RENEGADOS

RENEGADOS

Tradução de Regiane Winarski

MARISSA MEYER

Rocco

Título original
RENEGADES

Primeira publicação por Feiwel and Friends Book,
um selo da Macmillan Children's Publishing Group.

Edição brasileira publicada mediante acordo com
Jill Grinberg Literary Mangement LLC e
Sandra Bruna Agencia Literaria, SL

EDITORA ROCCO LTDA.
Rua Evaristo da Veiga, 65 – 11º andar
Passeio Corporate – Torre 1
20031-040 – Rio de Janeiro – RJ
Tel.: (21) 3525-2000 – Fax: (21) 3525-2001
rocco@rocco.com.br
www.rocco.com.br

Printed in Brazil/Impresso no Brasil

preparação de originais
THAÍS LIMA

CIP-Brasil. Catalogação na publicação.
Sindicato Nacional dos Editores de Livros, RJ.

Meyer, Marissa, 1984-
M56r Renegados / Marissa Meyer; tradução de Regiane Winarski. – 1ª ed. – Rio de Janeiro: Rocco, 2021.

Tradução de: Renegades
ISBN 978-65-5532-132-6
ISBN 978-85-7980-489-2 (e-book)

1. Ficção americana. 2. Super-heróis. I. Winarski, Regiane. II. Título.

21-71773 CDD-813
CDU-82-3(73)

Camila Donis Hartmann – Bibliotecária – CRB-7/6472

O texto deste livro obedece às normas do
Acordo Ortográfico da Língua Portuguesa.

Para Jeffrey, o primeiro herói que tive

LISTA DE PERSONAGENS

OS RENEGADOS: EQUIPE DE RABISCO

RABISCO – Adrian Everhart

Consegue dar vida aos seus desenhos e artes

MONARCA – Danna Bell

Transforma-se em um enxame de borboletas-monarcas

ASSASSINA VERMELHA – Ruby Tucker

Quando ferida, o sangue se cristaliza em forma de armas; sua marca registrada é um gancho feito de heliotrópio

CORTINA DE FUMAÇA – Oscar Silva

Conjura fumaça e vapor

OS ANARQUISTAS

PESADELO – Nova Artino

Não dorme nunca e pode fazer os outros dormirem com um toque

DETONADORA – Ingrid Thompson

Cria explosivos a partir do ar que podem ser detonados quando quer

FOBIA – nome verdadeiro desconhecido

Transforma o corpo e sua foice na personificação de vários medos

TITEREIRO – Winston Pratt

Transforma as pessoas em marionetes indefesas que fazem o que ele quer

ABELHA-RAINHA – Mel Harper

Exerce controle sobre todas as abelhas e vespas

CIANETO – Leroy Flinn

Gera venenos ácidos pela pele

Conselho dos Renegados

CAPITÃO CROMO – Hugh Everhart

Tem superforça e é quase invencível a ataques físicos; capaz de gerar armas de cromo

GUARDIÃO TERROR – Simon Westwood

Pode ficar invisível

TSUNAMI – Kasumi Hasegawa

Gera e manipula água

PÁSSARO DO TROVÃO – Tamaya Rae

Gera trovões e relâmpagos; é capaz de voar

LUZ NEGRA – Evander Wade

Cria e manipula luz e escuridão

ÉRAMOS TODOS VILÕES NO começo.

Durante centenas de anos, prodígios foram temidos pelo restante do mundo. Nós começamos a ser caçados. Atormentados. Temidos e oprimidos. Acreditavam que éramos bruxas e demônios, aberrações e abominações. Fomos apedrejados, enforcados e queimados, enquanto multidões se reuniam para assistir, com expressões cruéis, orgulhosas de livrarem o mundo de mais um pária.

Elas estavam certas de terem medo.

Centenas de anos. Quem teria aguentado?

Ace Anarquia mudou tudo. Uniu os prodígios mais poderosos que conseguiu encontrar e juntos eles se rebelaram.

Ele começou com a infraestrutura. Prédios do governo arrancados das bases. Bancos e bolsas de valores destruídos. Pontes arrancadas do céu. Rodovias inteiras reduzidas a montes de pedras. Quando os militares enviaram jatos, ele os arrancou do céu como se fossem mariposas. Quando enviaram tanques, ele os esmagou como se fossem latas de alumínio.

Depois, foi atrás das pessoas que falharam com ele. Com todos eles.

Governos inteiros destruídos. Forças da lei desfeitas. Os burocratas metidos que compraram cargos de poder e influência... todos mortos, em questão de semanas.

Os Anarquistas não se importavam muito com o que viria depois que o mundo desmoronasse. Só queriam mudança, e conseguiram. Em pouco tempo, uma série de gangues de vilões começou a sair das cinzas da sociedade, cada *uma ávida por sua fatia de poder, e não demorou para que a influência de Ace Anarquia se espalhasse pelo planeta. Prodígios se uniram pela primeira vez na história, alguns cheios de ira e ressentimento, outros desesperados por uma aceitação que nunca veio. Eles exigiam tratamento justo, direitos humanos e proteção da lei, e, em alguns países, os governos em pânico correram para oferecer exatamente isso.*

Mas, em outros países, as rebeliões ficaram violentas, e a violência virou anarquia.

O caos surgiu para ocupar o vazio que a sociedade civilizada deixou para trás. O comércio e a indústria pararam de funcionar. Guerras civis explodiram em todos os continentes. Gatlon foi isolada do mundo, e o medo e a desconfiança que prevaleceram continuariam presentes por vinte anos.

Essa época foi chamada de Era da Anarquia.

Ao olhar para trás agora, as pessoas falam dos Anarquistas e das outras gangues como se fossem a pior parte daqueles vinte anos, mas não foram. Claro, todo mundo morria de medo deles, mas eles deixavam as pessoas em paz, desde que pagassem o que deviam e não causassem problemas.

Mas as pessoas. As pessoas normais. *Elas eram bem piores. Sem regra e sem lei, acabou sendo cada homem, mulher e criança por si. Não havia repercussão por crimes nem por violência; não havia para quem correr quando se levava uma surra ou era roubado. Não havia polícia. Não havia prisão. Não legítimas, pelo menos. Vizinhos roubavam de vizinhos. Lojas eram saqueadas e suprimentos eram estocados, e crianças morriam de fome na sarjeta. Passou a ser os fortes contra os fracos, e, no fim das contas, os fortes em geral eram uns idiotas.*

A humanidade perde a fé em momentos assim. Sem ninguém para admirar, sem ninguém em quem acreditar, todos nós viramos ratos correndo pelos esgotos.

Talvez Ace tenha sido mesmo um vilão. Ou talvez tenha sido um visionário.

Talvez não haja muita diferença

De qualquer modo, as gangues comandaram a cidade de Gatlon por vinte anos, enquanto o crime e os vícios se espalhavam como esgoto em volta de um cano furado. E a Era da Anarquia talvez continuasse por mais vinte anos. Cinquenta. Uma eternidade.

Mas aí, da noite para o dia... esperança.

Uma esperança luminosa e cintilante, vestindo capas e máscaras.

Uma esperança linda e alegre, prometendo resolver todos os seus problemas, usar a justiça contra os seus inimigos e, provavelmente, ter uma conversa séria com alguns pedestres imprudentes no caminho.

Uma esperança calorosa e promissora, que encorajava as pessoas normais a ficarem dentro de casa, onde era seguro, enquanto eles davam um jeito em tudo. Não se preocupem com nada. Vocês já têm muita coisa em que pensar, tendo que se esconder e chorar secretamente como têm feito ultimamente. Podem tirar o dia de folga. Somos super-heróis. Nós cuidamos disso.

A esperança se chamava Renegados.

PRÓLOGO

NOVA ESTAVA RECOLHENDO SERINGAS no beco atrás do prédio havia semanas. Ela sabia que os pais as pegariam se descobrissem, então escondia todas em uma caixa de sapatos velha, junto com uma variedade de parafusos, lacres, fios de cobre, bolas de algodão e qualquer coisa que ela achasse que pudesse ser útil em suas invenções. Com seis, quase sete anos, ela já tinha percebido como era importante ser versátil e econômica. Afinal, não podia exatamente fazer uma lista e mandar o pai à loja comprar suprimentos.

As seringas seriam úteis. Ela sabia desde o começo.

Ela prendeu um tubo fino de plástico na ponta de uma e enfiou a ponta oposta do tubo em um copo de água que tinha enchido na pia do banheiro. Puxou o êmbolo e encheu o tubo de água. Com a língua aparecendo pela abertura do primeiro dente que tinha perdido recentemente, ela pegou uma segunda seringa e a enfiou no lado oposto do tubo, depois remexeu na caixa de ferramentas para pegar um arame comprido o suficiente para prender o sistema de roldanas que tinha desenvolvido no alto da casinha de bonecas.

Demorou o dia inteiro, mas Nova, finalmente, estava pronta para o teste.

Ela prendeu alguns móveis da casa de bonecas na plataforma do elevador, pegou a seringa e apertou o êmbolo. A água se deslocou pelo tubo, empurrando o segundo êmbolo para cima e botando a série complicada de roldanas em ação.

O elevador subiu.

Se recostando, Nova abriu um sorriso.

– Elevador movido a energia hidráulica. *Sucesso.*

Um grito do quarto ao lado atrapalhou o momento, seguido da voz tranquilizadora da mãe. Nova olhou para a porta fechada do quarto. Evie estava doente de novo. Parecia que vivia com febre agora e havia dias que não tinham remédio para ela. O tio Alec deveria trazer mais, mas talvez demorasse horas.

Quando Nova ouviu o pai perguntando ao tio Alec se ele conseguiria ibuprofeno infantil para a febre do bebê, ela pensou em pedir mais jujubas de frutas como as que ele tinha lhe dado no aniversário do ano anterior, ou talvez um pacote de pilhas recarregáveis.

Poderia fazer muita coisa com pilhas recarregáveis.

Mas Papà devia ter visto o pedido nascendo em seu rosto e olhou para ela de um jeito que a silenciou. Nova não sabia bem o que aquilo queria dizer. Tio Alec sempre foi bom com eles, levava comida e roupas e, às vezes, até brinquedos dos espólios semanais, mas seus pais nunca queriam pedir nada especial, por mais que precisassem. Quando havia algo específico, eles tinham que ir aos mercados e propor trocas, geralmente pelas coisas que seu pai fazia.

A última vez que o pai tinha ido ao mercado, ele voltou com um saco de fraldas reutilizáveis para Evie e um corte irregular na sobrancelha. A própria mãe que deu os pontos. Nova assistiu, fascinada ao perceber que era exatamente do mesmo jeito que a mãe costurava o urso Dolly quando as costuras se abriam.

Nova se voltou para o sistema hidráulico. O elevador estava quase na altura do segundo andar da casa de bonecas. Se conseguisse aumentar a capacidade da seringa, ou fazer ajustes ao sistema de alavancas...

Atrás da porta, o choro continuava. O piso estava gemendo agora que seus pais estavam se revezando para consolar Evie, andando de um lado para o outro do apartamento.

Os vizinhos começariam a reclamar em pouco tempo.

Suspirando, Nova colocou a seringa no chão e se levantou.

Papà estava segurando Evie no colo na sala da frente, balançando--a e tentando encostar uma toalha fresca na testa quente, mas isso só a fazia chorar mais alto e tentar empurrar o paninho. Pela porta da cozinha pequena, Nova viu sua mãe remexendo nos armários, reclamando do suco de maçã no lugar errado, apesar de todos eles saberem que não tinha suco nenhum.

– Quer que eu ajude? – perguntou Nova.

Papà se virou para ela, a consternação no olhar. Evie gritou mais alto quando ele esqueceu de balançá-la por dois segundos inteiros.

– Desculpa, Nova – pediu ele, balançando Evie de novo. – Não é justo pedir que você faça isso... mas se ela pudesse dormir mais uma ou duas horas... descansar pode fazer bem a ela, e pode ser que Alec já tenha chegado até ela acordar.

– Não me importo – disse Nova, esticando a mão para o bebê. – É fácil.

Papà franziu a testa. Às vezes Nova achava que ele não gostava de seu dom, embora não soubesse por quê. A única coisa que já tinha feito foi deixar o apartamento mais tranquilo.

Ele se agachou e colocou Evie nos braços de Nova, verificando se ela estava segurando direito. Evie estava ficando tão pesada, não mais o bebezinho que era menos de um ano antes. Agora, estava com coxas gorduchas e braços agitados. Começaria a andar qualquer dia daqueles, seus pais sempre diziam.

Nova se sentou no colchão no canto do quarto e passou os dedos pelos cachos macios do bebê. Evie estava confusa, com lágrimas grandes rolando pelas bochechas fofas. Encontrava-se tão febril que a sensação era de estar segurando uma fornalha em miniatura.

Nova afundou nos cobertores e travesseiros e encostou o polegar na bochecha da irmã para pegar uma lágrima quente. Deixou que seu poder penetrasse nela. Uma pulsação tranquila e gentil.

O choro parou.

Os olhos de Evie tremeram, as pálpebras ficaram pesadas. A boca se abriu em um “O” trêmulo.

E assim, do nada, ela estava dormindo.

Nova ergueu o olhar e viu os ombros do pai relaxarem de alívio. Sua mãe apareceu na porta, surpresa e curiosa, até ver Nova com o bebê no colo.

– Esse é meu jeito favorito – sussurrou Nova para eles. – Quando ela está toda macia e aconchegada e… *quieta*.

O rosto de sua mãe relaxou.

– Obrigada, Nova. Talvez ela esteja melhor quando acordar.

– E não tenhamos que começar a procurar outro lugar pra morar – resmungou Papà. – Charlie já expulsou gente por menos do que um bebê chorão.

Sua mãe balançou a cabeça.

– Ele não arriscaria irritar seu irmão assim.

– Não sei. – Papà franziu a testa. – Não sei mais o que as pessoas fariam e não fariam. Além do mais… não quero ter mais dívidas com Alec do que já temos.

Sua mãe se recolheu para a cozinha para começar a guardar as latas e caixas que tinha espalhado pelo piso, enquanto Papà afundava em uma cadeira em frente à única mesa do apartamento. Nova o viu massagear as têmporas por um momento, depois empertigar os ombros e começar a trabalhar em um projeto novo. Nova não sabia bem o que ele estava fazendo, mas amava vê-lo trabalhar. O dom dele era bem mais interessante do que o dela: o jeito como conseguia puxar fios de energia do ar, dobrá-los e esculpi-los como filigrana de ouro.

Era lindo de ver. Hipnotizante, até, quando as tiras luminosas surgiam do nada, fazendo o ar no apartamento zumbir, depois ficavam em silêncio e escureciam quando seu pai deixava que endurecessem para formar algo tangível e real.

– O que você está fazendo, Papà?

Ele olhou para ela, e uma sombra surgiu em seu rosto ao mesmo tempo que ele sorria para ela.

– Ainda não sei direito – disse ele, os dedos contornando o trabalho delicado de metal. – Alguma coisa… alguma coisa que espero que conserte parte dos grandes males que causei a este mundo.

Ele suspirou, um som pesado que fez Nova franzir a testa. Ela sabia que havia coisas que os pais não lhe contavam, coisas que tentavam esconder dela, e odiava isso. Às vezes, ouvia conversas entre os dois, palavras trocadas pelas longas horas da noite, quando eles achavam que ela estava dormindo. Eles sussurravam sobre prédios que caíram e bairros inteiros queimados até não sobrar nada. Murmuravam sobre lutas pelo poder e como não parecia haver mais lugar seguro e que eles até poderiam fugir da cidade, mas que a violência parecia ter consumido todo o mundo agora, então para onde eles iriam?

Uma semana antes, Nova ouviu a mãe dizer: "Vão acabar com todos nós se ninguém os impedir..."

Nova quis perguntar sobre isso, mas sabia que só receberia respostas vagas e sorrisos tristes e ouviria que não era para ela se preocupar.

– Papà –repetiu ela, depois de observá-lo por um tempo. – A gente vai ficar bem?

Um fiapo de energia cor de cobre tremeu e se desintegrou no ar. Seu pai a olhou com expressão arrasada.

– Claro, querida. Nós vamos ficar bem.

– Então por que você sempre parece tão preocupado?

Ele colocou o trabalho na mesa e se encostou na cadeira. Por um momento, ela achou que o pai estava quase chorando, mas ele piscou e a expressão se desfez.

– Escuta, Nova – disse ele, saindo da cadeira para se agachar na frente dela. – Tem muita gente perigosa no mundo. Mas também tem muita gente boa. Gente corajosa. Por pior que as coisas fiquem, temos que nos lembrar disso. Desde que haja heróis no mundo, há esperança de que amanhã será melhor.

– Os Renegados – sussurrou ela, a voz carregada com um toque de admiração.

Um leve sorriso surgiu nas feições do pai.

– Os Renegados – confirmou ele.

Nova encostou as bochechas nos cachos macios de Evie. Os Renegados pareciam mesmo estar ajudando todo mundo atualmente. Um tinha capturado um assaltante que tentou levar a bolsa da Sra. Ogilvie, e ela soube que um grupo de Renegados tinha invadido um dos armazéns de uma gangue e tirado toda a comida para levar para um orfanato.

– E eles vão nos ajudar? – perguntou ela. – A gente pode pedir remédio pra *eles* da próxima vez.

Seu pai balançou a cabeça.

– Nós não precisamos desse tipo de ajuda tanto quanto outras pessoas da cidade.

Nova franziu a testa. Não conseguia imaginar alguém precisando desse tipo de ajuda mais do que eles.

– Mas – continuou seu pai –, quando precisarmos deles... quando *realmente* precisarmos, eles estarão aqui, certo? – Ele engoliu em seco, e pareceu mais esperançoso do que convincente quando acrescentou: – Eles vão nos proteger.

Nova não questionou o que ele disse. Os Renegados eram super-heróis. Eram os mocinhos. Todo mundo sabia.

Ela encontrou os dedos gorduchos de Evie e começou a contar cada dobra enquanto repassava todas as histórias que tinha ouvido. Os Renegados resgataram o motorista de um caminhão de entregas capotado. Os Renegados acabaram com uma troca de tiros em um bairro comercial próximo. Os Renegados salvaram uma criança que tinha caído na baía Harrow.

Eles estavam sempre ajudando, sempre aparecendo no momento certo. Era isso que eles *faziam.*

Talvez, ela pensou (enquanto o pai se voltava novamente para o trabalho), talvez eles só estivessem esperando o momento certo para aparecer e ajudá-los também.

Seu olhar pousou nas mãos do pai. Ela ficou olhando enquanto elas moldavam, esculpiam, puxavam mais fios de energia do ar.

As pálpebras de Nova começaram a pesar.

Mesmo nos sonhos ela via as mãos do pai, só que agora ele estava puxando estrelas cadentes do céu, juntando-as como contas douradas cintilantes...

UMA PORTA BATEU.

Nova acordou com um susto. Evie bufou e rolou para longe dela.

Grogue e desorientada, Nova se sentou e sacudiu o braço, que formigava pelo tempo passado embaixo da cabeça de Evie. As sombras no quarto tinham mudado. Havia vozes baixas no corredor. Papà parecia tenso. Sua mãe murmurava *por favor, por favor...*

Nova afastou o cobertor que tinha sido colocado por cima dela e o ajeitou em volta de Evie, passando sorrateiramente pela mesa onde uma pulseira delicada da cor de cobre estava abandonada, um espaço vazio na filigrana esperando para ser preenchido por uma pedra preciosa.

Quando chegou à porta da frente, virou a maçaneta o mais lentamente que conseguiu e abriu o suficiente para poder espiar o corredor escuro.

Havia um homem no patamar, com barba por fazer no queixo e cabelo claro preso em um rabo de cavalo lustroso. Ele usava um casaco pesado, apesar de não estar frio lá fora.

Estava segurando uma arma.

Seu olhar indiferente se desviou para Nova e ela recuou, mas sua atenção voltou para o pai, como se ele não a tivesse visto.

– É um mal-entendido – disse Papà. Ele tinha entrado entre o homem e a mãe de Nova. – Me deixa falar com ele. Tenho certeza de que posso explicar...

– Não houve mal-entendido nenhum – cortou o homem. A voz estava baixa e fria. – Você traiu a confiança dele, Sr. Artino. Ele não gosta disso.

– Por favor – disse a mãe. – As crianças estão aqui. Por favor, tenha misericórdia.

Ele inclinou a cabeça e olhou de um para o outro.

O medo contraiu o estômago de Nova.

– Me deixa falar com ele – repetiu Papà. – Nós não fizemos nada. Sou leal, eu juro. Sempre fui. E minha família... por favor, não faça mal à minha família.

Houve um momento em que pareceu que o homem poderia sorrir, mas passou.

– Minhas ordens foram bem claras. Não é meu trabalho fazer perguntas... nem ter misericórdia.

Seu pai deu um passo para trás.

– Tala, pega as garotas. *Vai.*

– David... – choramingou a mãe dela, se movendo na direção da porta.

Ela mal tinha dado um passo quando o estranho ergueu o braço.

Um tiro.

Nova ofegou. O sangue fez um arco na porta e algumas gotas acertaram sua testa. Ela ficou olhando, sem conseguir se mexer. Papà gritou e segurou a esposa. Ele a virou nos braços. Estava tremendo enquanto a mãe ofegava e se engasgava.

– Sem sobreviventes – disse o homem com a voz baixa e regular. – Essas foram as minhas ordens, Sr. Artino. O único culpado disso é você mesmo.

O pai de Nova a viu do outro lado da porta. Seus olhos se arregalaram, cheios de pânico.

– Nova. Cor...

Outro tiro.

Desta vez, Nova gritou. Seu pai caiu por cima do corpo da mãe, tão perto que daria para ela tocar nos dois.

Ela se virou e cambaleou dentro do apartamento. Passou pela cozinha, entrou no quarto. Bateu a porta e abriu o armário. Subiu em cima dos livros e ferramentas e caixas que cobriam o chão. Fechou a porta e se encolheu em um canto, ofegando para respirar, a visão dos pais queimada na mente cada vez que ela fechava os olhos. Tarde demais, ela pensou que devia ter ido pela saída de incêndio. Tarde demais.

Tarde demais, ela lembrou...

Evie.

Tinha deixado Evie lá fora.

Tinha deixado *Evie.*

Um ofegar trêmulo foi sufocado por um grito horrorizado, apesar de ela tentar engolir os dois. A mão pousou na porta do armário, e ela tentou avaliar com que velocidade conseguiria ir até a sala e voltar, se havia alguma chance de pegar o bebê sem ser vista...

A porta da frente gemeu ao ser aberta, e ela ficou paralisada.

Ela botou a mão na boca.

Talvez ele não reparasse em Evie. Talvez ela ficasse dormindo.

Ela ouviu os passos lentos e pesados. O piso gemendo.

Nova estava tremendo tanto que teve medo do barulho dos ossos entregar onde estava. Também sabia que não importaria.

O apartamento era pequeno, e ela não tinha para onde correr.

– Os Renegados virão – sussurrou ela, a voz pouco mais do que um sopro na escuridão. As palavras surgiram do nada na cabeça dela, mas estavam lá mesmo assim. Uma coisa sólida. Uma coisa à qual se agarrar.

Bam.

O sangue da mãe na porta.

Ela choramingou.

– Os Renegados virão...

Uma verdade, inspirada pelas incontáveis notícias ouvidas no rádio. Uma certeza, montada a partir das palavras dos vizinhos fofoqueiros.

Eles sempre vinham.

Bam.

O corpo do pai caindo no corredor.

Nova cerrou os olhos enquanto lágrimas quentes desciam pelas bochechas.

– Os Renegados... os Renegados virão.

O choro agudo de Evie soou na sala.

Nova abriu os olhos. O choro subiu pela garganta, e ela não conseguiu mais dizer as palavras em voz alta.

Por favor, por favor, que venham...

Um terceiro tiro.

O ar entalou nos pulmões de Nova.

Seu mundo parou. Sua mente ficou vazia.

Ela afundou na bagunça no fundo do armário.

Evie tinha parado de chorar.

Evie tinha parado.

Ao longe, ela ouviu o homem se movendo pelo apartamento, verificando dentro dos armários e atrás das portas. Lento. Metódico.

Quando a encontrou, Nova tinha parado de tremer. Ela não conseguia sentir mais nada. Não conseguia pensar. As palavras ainda ecoavam na mente dela, mas tinham perdido todo o significado.

Os Renegados... os Renegados virão...

Banhada com a luz do quarto, Nova ergueu os olhos. O homem estava na sua frente. Havia sangue na camisa dele. Mais tarde, ela lembraria que não havia arrependimento, não havia um pedido de desculpa, não havia remorso.

Nada quando ele ergueu a arma.

O metal foi encostado na testa, onde o sangue da mãe dela já tinha esfriado.

Nova esticou a mão, segurou o pulso dele e liberou seu poder com mais força do que já tinha feito na vida.

O maxilar do homem ficou frouxo. Os olhos embotaram e rolaram para dentro da cabeça. Ele caiu para trás e bateu no chão do quarto dela com um ruído retumbante, esmagando a casinha de bonecas com o peso. O prédio todo pareceu sacudir com a queda dele.

Segundos depois, uma respiração profunda e pacífica ocupou o apartamento.

Os pulmões de Nova se contraíram de novo. O ar se moveu pela garganta, tremendo. Para dentro. E para fora.

Ela se obrigou a se levantar e a limpar as lágrimas e o catarro do rosto.

Pegou a arma, apesar de senti-la estranha e pesada na mão, e enfiou o dedo na frente do gatilho.

Deu um passo adiante, uma das mãos segurando o batente da porta enquanto saía da proteção do armário. Não sabia bem onde devia mirar. Na cabeça. No peito. Na barriga.

Decidiu pelo coração. Chegou tão perto dele que conseguia sentir a camisa com os dedos dos pés.

Bam. Sua mãe estava morta.

Bam. Seu pai.

Bam. Evie...

Os Renegados não tinham vindo.

Eles não viriam.

– Puxa o gatilho – sussurrou ela no quarto vazio. – Puxa o gatilho, Nova.

Mas ela não puxou o gatilho.

– Puxa o gatilho.

Não conseguia.

Minutos, talvez horas depois, o tio a encontrou. Ela ainda estava parada ao lado da forma adormecida do estranho, ordenando a si mesma a puxar o gatilho. Ouvindo os disparos repetidamente cada vez que ousava fechar os olhos.

– Nova? – Uma sacola plástica caiu no chão, com um frasco de remédio de plástico dentro. Nova levou um susto e virou a arma para ele.

Tio Alec nem se encolheu quando se agachou na frente dela. Estava vestido como sempre: com o uniforme preto e dourado, os olhos escuros quase invisíveis pelo elmo cor de cobre que disfarçava boa parte do rosto.

– Nova... Seus pais... Sua irmã... – Ele olhou para baixo e pegou a arma. Nova não resistiu quando ele a tirou da mão dela. Sua atenção se voltou para o homem. – Eu sempre achei que você talvez fosse uma de nós, mas seu pai não queria me contar o que você era capaz de fazer...

Ele encarou Nova de novo. Havia pena e, talvez, admiração.

Com esse olhar, Nova desmontou e se jogou nos braços dele.

– Tio Alec – disse ela aos prantos, chorando no peito dele. – Ele atirou neles... ele... ele matou...

O tio a pegou no colo e a aninhou contra o peito.

– Eu sei – murmurou ele no cabelo dela. – Eu sei, minha criança doce e perigosa. Mas você está em segurança agora. Vou proteger você.

Ela quase não o ouviu em meio ao barulho na cabeça. O tumulto pressionando o interior do crânio. *Bam-bam-bam.*

– Mas você não pode me chamar mais de Alec, não lá fora. Tudo bem, meu pequeno pesadelo? – Ele fez carinho no cabelo dela. E o cabo da arma bateu na sua orelha. – Para o resto do mundo, sou Ace. Entendeu? Tio Ace.

Mas Nova não estava ouvindo. E talvez ele soubesse disso.

Em meio ao choro dela, ele a apertou com força, mirou a arma no homem adormecido e atirou.

CAPÍTULO UM

DEZ ANOS DEPOIS

As ruas do centro de Gatlon estavam lotadas de super-heróis falsos.

Crianças corriam como loucas com capas laranja, berrando e balançando estrelinhas da marca do Luz Negra acima da cabeça, ou atirando umas nas outras com revólveres de água da Tsunami. Homens adultos tinham se espremido em leggings azuis e pintado ombreiras para parecerem uma armadura do Capitão e agora estavam sentados brindando nos terraços de bares isolados que se espalhavam pela rua principal. A troca de gênero também estava na moda naquele ano, com incontáveis mulheres usando versões ousadas do macacão típico do Guardião Terror, e vários homens com réplicas baratas das asas de penas pretas da Pássaro do Trovão nas costas.

Ah, como Nova desprezava o Desfile dos Renegados.

Os vendedores de rua não eram melhores e vendiam de tudo, desde varinhas luminosas bregas a versões de pelúcia do famoso quinteto de Renegados. Até os *food trucks* estavam comemorando o tema do dia, com *funnel cake* do Capitão Cromo e cestas de peixe empanado com batatas da Tsunami e um cartaz anunciando A PIPOCA DE FRANGO FAVORITA DO GUARDIÃO TERROR: COMPRE AGORA, ANTES QUE *DESAPAREÇA*!

Se Nova tivesse apetite, com certeza já o teria perdido.

Um grito surgiu na multidão, e o som da banda marcial se destacou na barulheira. Trompetes e tambores, e o barulho regular de centenas de músicos sincronizados se deslocavam pela rua. A música foi ficando mais alta, chegando perto agora. Canhões explodiam no alto e cobriam a multidão de confete. As crianças ficavam loucas. Os adultos não estavam muito diferentes.

Nova balançou a cabeça, ligeiramente decepcionada com a humanidade. Ficou atrás da multidão, sem conseguir ver muito da parada em si, o que não era problema para ela. Os braços estavam cruzados sobre o peito, na defensiva. Os dedos batiam um ritmo impaciente no cotovelo. Já parecia que ela estava ali havia uma eternidade.

Os gritos viraram de repente vaias altas e exuberantes, o que só podia significar uma coisa. Os primeiros carros alegóricos tinham aparecido.

Era tradição que os carros alegóricos dos vilões viessem primeiro, para agitar bem a plateia e lembrar a todos o que eles estavam comemorando. Aquele era o nono aniversário da Batalha de Gatlon, quando os Renegados enfrentaram os Anarquistas e as outras gangues de vilões em uma luta sangrenta que terminou com dezenas de mortes dos dois lados.

Os Renegados venceram, claro. Os revolucionários de Ace foram derrotados, e os poucos vilões que não pereceram naquele dia se esconderam ou fugiram da cidade de vez.

E Ace...

Ace Anarquia estava morto. Fora aniquilado na explosão que derrubou metade da catedral que ele tinha tomado como sua casa.

Aquele dia marcava oficialmente o fim da Era da Anarquia e o começo do governo do Conselho.

Eles chamavam de Dia do Triunfo.

Nova olhou para o alto e viu um balão enorme, quase da mesma largura da rua, flutuando entre os arranha-céus. Era uma réplica estilo desenho animado do Cérebro Atômico, que tinha sido um dos aliados mais próximos de Ace antes de os Renegados o terem matado, quase quinze anos antes. Nova não o tinha conhecido pessoalmente, mas ainda sentia uma fagulha de ressentimento ao ver o tratamento que davam a ele no balão: a cabeça inchada e o rosto desfigurado, grotesco.

A multidão riu e riu.

O pequeno transmissor chiou dentro do ouvido dela.

– E assim começa – disse Ingrid, a voz sarcástica e sem humor.

– Eles que riam – respondeu Fobia. – Não vão rir por muito mais tempo. Pesadelo, está em posição?

– Estou – confirmou Nova, tomando o cuidado de mover os lábios o mínimo possível, apesar de duvidar que alguém na multidão estivesse prestando atenção nela. – Só preciso saber em qual terraço de prédio você me quer.

– O Conselho ainda não saiu do armazém – disse Fobia. – Vou te alertar quando saírem.

Nova olhou para o outro lado da rua, para a janela do segundo andar de um prédio de escritórios, onde mal conseguia ver Ingrid (ou Detonadora, como o público a conhecia) espiando pela persiana.

As vaias da multidão recomeçaram, mais entusiasmadas do que nunca. Acima da cabeça dos espectadores, Nova teve vislumbres de um carro alegórico elaborado. Nele havia uma versão em miniatura da paisagem de Gatlon e, no meio dos prédios, atores usando fantasias estilizadas demais feitas para lembrarem alguns dos membros mais conhecidos da gangue de Ace. Nova reconheceu Rato e Enxofre, ambos mortos nas mãos dos Renegados, mas, antes que pudesse se ofender por eles, ela viu uma figura escura perto do alto do carro alegórico. Uma gargalhada de surpresa escapou dela e aliviou um pouco da ansiedade que vinha crescendo a manhã toda.

– Fobia – disse ela –, você sabia que ia aparecer no carro alegórico dos vilões este ano?

Um chiado soou no aparelho no ouvido dela.

– Nós não estamos aqui para admirar o desfile, Pesadelo.

– Não se preocupe. Você está ótimo lá em cima – disse ela, olhando para o ator. Ele tinha colocado uma capa preta comprida e estava carregando uma foice enorme de plástico com umas cobras de borracha grudadas no cabo. Mas, quando abriu a capa, em vez de ser consumido por sombras, o ator revelou um físico pálido e magrelo vestido apenas com uma sunga de natação verde-limão.

A plateia foi à loucura. Até a bochecha de Nova tremeu.

– Eles podem ter tomado algumas liberdades.

– Acho que gosto mais assim – disse Ingrid com uma risada debochada, vendo o desfile da janela.

– Com certeza inspira pavor – concordou Nova.

Fobia não disse nada.

– Aquilo é...? – Ingrid começou a dizer. – Ah, meu sagrado esquadrão antibombas, tem uma Abelha-Rainha este ano.

Nova olhou de novo. Primeiro a atriz estava escondida do outro lado da paisagem da cidade, mas depois ela apareceu, e Nova ergueu as sobrancelhas. A peruca loura da mulher tinha o dobro do tamanho da cabeça dela, e o vestido preto e amarelo de lantejoulas não podia ser mais chamativo, cintilando no sol da tarde. Tinha rímel preto escorrendo pelas bochechas e ela estava abraçando uma abelha de pelúcia grande contra o peito, chorando pelo tratamento injusto dado às suas pequenas fazedoras de mel.

– Uau – admirou Nova. – Até que a imitação não está ruim.

– Mal posso esperar pra contar pra Mel – disse Ingrid. – A gente devia estar gravando isso.

Os olhos de Nova percorreram a multidão pelo que poderia ser a milésima vez. Ficar parada a deixava tensa. Ela tinha sido treinada para se mover.

– Você está ofendida de não haver uma Detonadora? – perguntou ela.

Houve uma longa pausa antes de Ingrid dizer:

– Bom, estou *agora*.

Nova se voltou novamente para o desfile. Ficou nas pontas dos pés para tentar identificar se algum outro colega estava no meio das fantasias, quando um estrondo alto assustou os espectadores. O topo do prédio mais alto no carro alegórico, uma réplica da torre Merchant, tinha explodido para cima, e uma nova figura estava surgindo, rindo loucamente enquanto levantava as mãos para o céu.

Nova apertou o maxilar, a diversão do momento sufocada por uma onda de fúria.

A fantasia de Ace Anarquia era a mais próxima da realidade: o traje familiar preto e dourado, o elmo ousado e icônico.

A surpresa dos espectadores passou rapidamente. Para muitos, era o ponto alto do desfile, uma atração ainda maior do que ver o amado Conselho.

Em segundos, as pessoas começaram a pegar as frutas podres e os repolhos murchos que tinham levado especificamente para isso. Passaram a arremessá-los no carro alegórico, gritando obscenidades e debochando dos vilões em cima. Os atores aguentaram com resistência impressionante, se escondendo atrás de prédios e berrando com horror fingido. O imitador de Ace Anarquia levou o pior do ataque, mas não abandonou o personagem: sacudiu o punho e chamou as crianças da frente de *pirralhos patifes* e *pequenos pesadelos* antes de finalmente se esconder no prédio oco e puxar o topo de volta ele mesmo, preparando a surpresa para a plateia da rua seguinte.

Nova engoliu em seco e sentiu o nó no estômago afrouxar somente depois que o carro alegórico dos vilões passou.

Meu pequeno pesadelo...

Ele também a chamara assim, tantos anos antes.

Os carros alegóricos foram seguidos de um grupo de acrobatas e um balão da Pássaro do Trovão deslizando acima. Nova viu uma faixa ser levantada em hastes altas, anunciando os testes para os Renegados, em breve.

OUSADO. VALENTE. JUSTO. VOCÊ TEM O QUE É PRECISO PARA SER HERÓI?

Ela fingiu um som alto de vômito, e uma mulher idosa ali perto a olhou com expressão azeda.

Um corpo se chocou no dela, e Nova cambaleou para trás, as mãos pousando instintivamente nos ombros da garota e a colocando de pé antes de ela cair no chão.

– Cuidado – disse Nova.

A garota olhou para cima; estava com uma máscara preta nos olhos, fazendo-a parecer uma versão menor, mais magrela e mais feminina do Guardião Terror.

– O que você disse, Pesadelo? – questionou Ingrid no ouvido dela. Nova a ignorou.

A garota se afastou murmurando um pedido de desculpas, se virou e voltou para o meio da multidão.

Nova ajeitou a blusa e estava prestes a se virar para o desfile quando viu a garota esbarrar em outra pessoa. Só que em vez de a ajeitar, como Nova tinha feito, o estranho se abaixou, segurou o tornozelo da garota e a virou de cabeça para baixo em um movimento ágil.

Nova ficou boquiaberta enquanto o estranho carregava a garota, gritando e batendo no peito dele, na direção de Nova. Ele devia ter a mesma idade dela, mas era bem mais alto, tinha pele escura, cabelo curtinho e óculos de armação grossa. O jeito como ele andava pela multidão fez parecer que estava carregando um daqueles bichos de pelúcia bregas do Capitão Cromo em vez de uma criança zangada se debatendo.

Ele parou na frente de Nova, um sorriso paciente no rosto.

– Devolve – disse ele.

– Me coloca no chão! – gritou a garota. – Me solta!

Nova olhou do garoto para a criança, depois avaliou rapidamente as pessoas próximas. Tinha gente demais olhando para eles. Olhando para *ela*.

Isso não era bom.

– O que você está fazendo? – perguntou ela, se virando para o garoto. – Coloca ela no chão.

O sorriso dele ficou ainda mais sereno, e o coração de Nova deu um salto. Não só porque ele tinha um daqueles sorrisos tranquilos que deixavam as garotas tontas, mas porque havia alguma coisa perturbadoramente familiar nele, e Nova começou naquele instante a revirar o cérebro para descobrir de onde o conhecia e se ele era ou não uma ameaça.

– Tudo bem, Mini-Pega – disse ele de um jeito meio condescendente –, você tem três segundos antes de eu fazer um pedido para que coloquem você em condicional. Pensando bem, tenho certeza de que a equipe de zeladores anda precisando de ajuda ultimamente...

A garota bufou e parou de lutar. A máscara tinha começado a escorregar e estava quase caindo da testa.

– Eu te odeio – rosnou ela, e enfiou a mão no bolso. Tirou a mão e esticou na direção de Nova, que levantou a sua com incerteza.

Uma pulseira, a pulseira *dela*, caiu em sua palma.

Nova olhou para o pulso, onde existia uma marca leve no lugar em que usava a pulseira todos os dias havia anos.

A voz de Ingrid soou na cabeça dela.

– O que está acontecendo aí, Pesadelo?

Nova não respondeu. Enquanto apertava a pulseira na mão fechada, ela olhou de cara feia para a menina, que só retribuiu a cara feia.

O rapaz a largou sem-cerimônia, mas a garota rolou com facilidade quando bateu no chão e ficou de pé novamente antes que Nova pudesse piscar.

– Não vou denunciar isso – disse o garoto – porque acredito que você vá fazer escolhas melhores depois disso. Certo, Pega?

A garota olhou para ele com repulsa.

– Você não é meu pai, Rabisco – gritou ela, deu meia-volta e foi pisando duro até a esquina mais próxima.

Nova apertou os olhos para o garoto.

– Ela vai roubar de outra pessoa, sabe.

A voz de Ingrid zumbiu no ouvido dela.

– Pesadelo, com quem você está falando? Quem está sendo roubado?

– ... posso esperar que isso faça ela repensar suas escolhas – dizia o garoto. Seu olhar se encontrou brevemente com o dela e desceu até o punho fechado. – Quer ajuda com isso?

Ela apertou mais os dedos.

– Com o quê? A pulseira?

Ele assentiu e, antes que Nova percebesse o que estava acontecendo, tinha segurado a mão dela e começado a abrir seus dedos. Ela ficou tão perplexa pelo gesto que ele conseguiu soltar a pulseira da mão dela antes que Nova pensasse em impedir.

– Quando eu era criança – disse ele, pegando a filigrana cor de cobre nos dedos –, minha mãe sempre me pedia pra ajudar com a puls... – Ele fez uma pausa. – Ah. O fecho quebrou.

Nova, que estava observando o rosto dele com surpresa cautelosa, olhou para a pulseira. Sua pulsação deu um pulo.

– Que pestinha!

– Nova. – A voz de Ingrid estalou. – Houve algum comprometimento?

Nova a ignorou.

– Tudo bem – disse o garoto. – Posso consertar.

– Consertar? – Ela tentou tirar a pulseira dele, mas ele não permitiu. – Você não entende. Essa pulseira não é... é...

– Não, pode confiar em mim – assegurou ele, enfiando a mão no bolso de trás e tirando uma caneta preta de ponta fina. – Este pulso, né? – Ele colocou a pulseira em volta do pulso de Nova, e, novamente, a sensação de um toque tão raro e inesperado a fez ficar paralisada.

Segurando a pulseira com uma das mãos, ele abriu a caneta com os dentes e se inclinou por cima do pulso dela. Começou a desenhar na pele, no espaço entre as duas pontas da pulseira arrebentada. Nova olhou para o desenho: dois elos pequenos conectando a filigrana e, entre eles, um fecho delicado, surpreendentemente decorado para um desenho feito de caneta, e combinando perfeitamente com o estilo da pulseira.

Quando terminou, o garoto tampou a caneta com os dentes de novo e levou o pulso dela para perto do rosto. Ele soprou; foi um movimento de ar suave e quase inexistente na parte de dentro do pulso que gerou arrepios pelo braço dela.

O desenho ganhou vida, soltou-se da pele e assumiu forma física. Os elos se mesclaram com as pontas da pulseira, até Nova não conseguir saber onde a pulseira real terminava e o fecho criado começava.

Não... isso não era totalmente verdade. Numa inspeção mais detalhada, ela viu que o fecho que ele fez não era exatamente da mesma cor dourado-acobreada, mas tinha um toque rosado e até uma linha leve azul onde o desenho atravessou uma das veias embaixo da pele dela.

– E a pedra? – perguntou o garoto, virando a mão dela e batendo com a caneta no lugar vazio feito para uma pedra.

– Já estava sem – gaguejou Nova.

– Quer que eu desenhe uma?

– Não – disse ela, puxando a mão de volta. Seus olhos se ergueram a tempo de perceber um brilho de surpresa, e acrescentou rapidamente: – Não, obrigada.

O garoto pareceu prestes a insistir, mas se segurou e sorriu.

– Tudo bem – disse ele, e guardou a caneta no bolso de trás de novo.

Nova balançou a mão para um lado e para o outro. O fecho não soltou.

O sorriso do garoto assumiu um tom sutil de orgulho.

Obviamente, um prodígio. Mas ele também era...

– Renegado? – perguntou ela, fazendo pouco esforço para esconder a desconfiança da voz.

– Renegado? – indagou Ingrid. – Com quem você está falando, Nova? Por que não...

A multidão explodiu em um novo frenesi de gritos e aplausos, sufocando a voz de Ingrid. Uma série de fogos de artifício foi disparada para o alto do carro alegórico que tinha acabado de surgir e explodiu e cintilou com gritos furiosos das pessoas abaixo.

– Parece que as atrações principais chegaram – disse o garoto, um tanto desinteressado ao olhar para o carro alegórico atrás dele.

A voz de Fobia estalou.

– Estação oeste, Pesadelo. Estação oeste.

A determinação desceu pela coluna de Nova.

– Roger.

O garoto se virou para ela com uma pequena ruga se formando acima dos óculos.

– Adrian, na verdade.

Ela deu um passo para trás.

– Tenho que ir. – Ela deu meia-volta e abriu caminho por um grupo de apoiadores fantasiados dos Renegados.

– Testes para os Renegados na semana que vem! – disse um deles, enfiando um pedaço de papel na mão dela. – Abertos ao público. Venham, venham todos!

Nova amassou o folheto sem nem olhar e enfiou no bolso. Atrás, ouviu o garoto gritando:

– De nada!

Ela não olhou para trás.

– Alvo passando agora pela Altcorp – disse Fobia enquanto Nova entrava na sombra de um beco. – Qual é seu status, Pesadelo?

Nova verificou se o beco estava vazio antes de levantar a tampa de um latão de lixo e subir na beirada. A bolsa esportiva a esperava no alto da pilha.

– Pegando minhas coisas – disse ela, retirando a bolsa. Ela pulou de volta ao chão. A tampa do latão se fechou com um estalo. – Estarei no telhado em dois minutos.

– Que seja em um – disse Fobia. – Você tem um super-herói pra matar.

CAPÍTULO DOIS

NOVA PENDUROU A BOLSA no ombro e esticou a mão para pegar uma das cordas que tinha prendido no chão do beco na noite anterior. Enrolou o braço na corda e soltou o nó de marinheiro nos pesos que a seguravam no chão.

Os pesos presos na ponta oposta caíram, puxando-a pela roldana no telhado acima. Nova foi levada para cima, segurando-se com força enquanto a corda subia pela parede de concreto do prédio.

O segundo conjunto de pesos bateu no chão.

Ela parou com um tremor, a mão a centímetros da roldana, o corpo balançando seis andares no ar. Nova jogou a bolsa no telhado, segurou a beirada e se ergueu. Caiu agachada e remexeu na bolsa para pegar o uniforme que tinha elaborado com a ajuda da Abelha-Rainha. Prendeu o cinto de armamentos nos quadris, onde ele se acomodou de forma confortável, com bolsos especiais e ganchos para todas as suas invenções favoritas. Em seguida, vestiu a jaqueta preta justa com capuz: à prova d'água e retardadora de chamas, mas leve o suficiente para não inibir seus movimentos. Ela a fechou até o pescoço e puxou as mangas até os dedos antes de botar o capuz, onde dois pequenos pesos amarrados na bainha o seguravam no lugar acima da testa.

A máscara foi a última coisa. Uma cobertura metálica dura modelada perfeitamente ao nariz, que desaparecia na gola alta da jaqueta, escondendo a parte inferior do rosto.

Com a transformação completa, ela se inclinou e pegou o rifle e o único dardo envenenado na bolsa.

– Cadê você, Pesadelo? – questionou Fobia.

– Aqui. Quase em posição. – Ela se aproximou da beirada do prédio e olhou para a comemoração abaixo. Estava mais silencioso lá em cima; o barulho da multidão ficava baixo com o apito do vento e o zumbido baixo dos geradores. A rua estava uma confusão de confetes e cores, balões e fantasias, risadas e música e gritos.

Nova carregou o dardo na câmara da arma.

Ingrid tinha elaborado o plano, e era lindo em sua simplicidade. Quando contou para o grupo, Winston reclamou de não ter sido incluído, mas Fobia observou sabiamente que Winston, que a maioria das pessoas conhecia como Titereiro, não era capaz de manter nada simples.

Então eram só os três no campo hoje. Não precisavam dos outros. Nova tinha um dardo feito à mão por Leroy Flinn, o mestre dos venenos. Só precisava de um. Se errasse, não teria uma segunda chance.

Mas não erraria.

Ela mataria o Capitão.

Quando ele fosse atingido, Ingrid, a Detonadora, surgiria do esconderijo e acertaria o carro alegórico do Conselho com o máximo de suas típicas bombas, feitas de uma fusão de gases no ar, que conseguisse lançar. Fobia se concentraria na Pássaro do Trovão, pois ela costumava levantar voo durante as batalhas, o que lhe dava uma vantagem frustrantemente injusta. Eles tinham ouvido falar que a Pássaro do Trovão morria de medo de cobras, uma das especialidades dele. Eles estavam torcendo para que os boatos fossem verdade. O pior cenário possível: Fobia a surpreenderia por tempo suficiente para Nova ou Ingrid a derrubarem. O melhor: Ela teria um ataque cardíaco em pleno voo.

E era isso. O Conselho, os cinco Renegados originais, todos erradicados de uma vez.

Mas começaria com Nova passando pela suposta invencibilidade do Capitão Cromo.

– E aí... Pesadelo?

– Estou *aqui*, Detonadora. Relaxa.

– É, estou vendo você aí. Mas tenho quase certeza de que o Fobia queria você na estação oeste.

Nova ficou paralisada. Olhou para o telhado de trás e para o que ficava depois do vão até o prédio do outro lado do beco, onde sua segunda corda com peso estava esperando, sem uso. Ela apertou os olhos para o sol do meio-dia e falou um palavrão.

Fobia falou no ouvido dela.

– Me diz que ela não foi pro prédio errado.

– Eu estava distraída – disse ela por entredentes.

Fobia deu um suspiro pesado.

– Ela não consegue acertar o alvo do telhado oeste? – perguntou a Detonadora.

Depois de um breve silêncio, Fobia disse:

– Pode ser que consiga uma linha de tiro até a Tsunami ou o Luz Negra, mas não até o Capitão Cromo. A rota do desfile vai fazer com que eles se virem antes de ela estar alinhada. – Ele murmurou, pensativo. – Ela pode acabar com um membro do Conselho, e vamos ter que nos preocupar com os outros em outra ocasião.

– Nossa prioridade era o Capitão – insistiu Ingrid. – Essa missão inteira foi planejada para eliminar o *Capitão*.

– Um Renegado é melhor do que nenhum.

– Mas ainda faz a missão ser um fracasso.

Lambendo os lábios, Nova olhou para o telhado em frente, estimando a distância por cima do beco.

– Calma, todo mundo. Consigo chegar do outro lado. Fobia, quanto tempo eu tenho?

– Não o bastante.

– *Quanto?*

– Dez segundos até o carro alegórico entrar na sua área principal de alvo, depois talvez quarenta e cinco para disparar.

Nova pegou a bolsa e a jogou por cima do vão. Caiu com um baque no outro telhado.

A voz de Fobia estalou.

– Isso não me parece aconselhável.

– Deixa ela tentar – disse Ingrid. – Vai ser culpa dela se cair.

– Não vou cair – murmurou Nova. Ela pendurou o fuzil nas costas e soltou um par de luvas de um aro no cinto. Enfiou as mãos nas luvas e afivelou os punhos, prendendo-as no lugar, depois apertou os polegares nos botões dos pulsos. Um tremor de eletricidade disparou pelo tecido preto, formando ventosas pressurizadas nas pontas dos dedos e nas palmas das mãos.

Ela avaliou a distância mais uma vez. Andou até o outro lado do prédio. Inspirou.

E saiu correndo.

Suas botas bateram no chão. O ar chiou nos ouvidos e empurrou o capuz para trás. Ela firmou o pé direito no chão e pulou.

Sua barriga bateu na beirada da parede de tijolos do outro lado do beco. Uma dor se espalhou pelos ossos. Ela gemeu e apertou as palmas das mãos no concreto para se segurar antes que começasse a escorregar.

Ingrid deu um grito agudo no ouvido dela.

Fobia não disse nada até que Nova ergueu o corpo no telhado leste, depois apenas:

– Quatro segundos até contato visual.

Nova alterou a pressão das luvas, deixou que as ventosas se retraíssem no tecido e puxou o capuz sobre o rosto novamente. Tirou o fuzil das costas à medida que andava pelo elevador de carga do prédio e parou na beirada, enquanto a pulsação latejava nas veias. Apesar de não conseguir ver o carro alegórico do Conselho, ela percebeu que estava chegando pelo aumento na empolgação das pessoas.

Ignorando a dor latejante no local onde a barriga tinha batido na parede, ela se apoiou em um joelho e pousou o cano da arma na beirada do telhado. Verificou o dardo carregado.

– Pronta.

– Muito bem, Pesadelo – disse Detonadora.

– Ela ainda não fez nada – ressaltou Fobia.

– Eu sei, mas não é bom ter uma atiradora na equipe de novo?

– Ela também ainda não atirou em nada.

– Dá pra vocês dois calarem a boca? – rosnou Nova, tirando as luvas e enfiando-as no aro no cinto.

Abaixo, o carro alegórico do Conselho apareceu. Era uma estrutura enorme em andares com cinco pedestais surgindo de uma nuvem preta de tempestade. Uma nuvem de tempestade literalmente cheia de trovões e relâmpagos, como se eles achassem que eram deuses ou algo do tipo.

Correção. Eles realmente acreditavam que eram deuses.

Pássaro do Trovão, a inimitável Tamaya Rae, estava no primeiro pedestal, as asas pretas enormes totalmente abertas no carro alegórico e o vento balançando o cabelo comprido e escuro, fazendo-a parecer a mascote orgulhosa no mastro de um navio. Ela lançava raios ocasionais para acender mais a nuvem aos seus pés.

Sem querer ser ofuscado, Luz Negra estava no segundo andar, soltando fogos e fazendo faíscas estroboscópicas piscarem no ar enquanto a multidão ofegava e gritava. Com a barba ruiva e o bigode encaracolado, Nova sempre achou que Evander Wade parecia mais um duende de um metro e oitenta do que um super-herói, mas supostamente ele tinha um séquito dedicado de fãs, e os gritos histéricos da multidão pareciam sustentar essa teoria.

Acima dele, Kasumi Hasegawa talvez nem estivesse ciente de que se encontrava no meio de um desfile. Essa era a imagem que a Tsunami sempre passava: absorta no próprio mundo, um sorriso tranquilo e cheio de segredos nos lábios. Enquanto ela mal se mexia e mantinha os braços esticados, o fluxo de água cheia de peixes que estava manipulando se movia em volta dela como uma fita em uma dança hipnotizante. Um jato de espuma, spray e acarás girando, rodopiando, espiralando em todas as direções.

O quarto pedestal parecia, num primeiro olhar, estar vazio, o que queria dizer que era lá que Simon Westwood estava. E realmente, enquanto Nova olhava, o Guardião Terror surgiu, uma pose de Pensador. Um segundo depois, sumiu de novo, só para reaparecer plantando bananeira, primeiro com as duas mãos e depois com uma só. Outro segundo depois, ele ficou invisível de novo. A multidão caiu na gargalhada quando ele reapareceu, não no próprio pedestal, mas na quinta e mais alta plataforma do carro alegórico, usando os dedos para fazer orelhinhas de coelho no Capitão Cromo.

Ao lado um do outro, eles pareciam a noite e o dia. Simon Westwood tinha pele morena, barba bem aparada e cabelo ondulado escuro, enquanto Hugh Everhart, o amado Capitão, era a imagem do charme masculino jovem, com cabelo dourado e até covinhas.

O Capitão Cromo revirou os olhos e olhou para o Guardião Terror por cima do ombro. Eles trocaram um olhar que era repugnantemente carinhoso.

Nova era pequena demais para perceber se houve algum choque ou escândalo quando dois dos Renegados originais anunciaram que estavam apaixonados ou mesmo se houve qualquer comunicado. Talvez eles só *existissem assim*, desde o começo. De qualquer forma, ela desconfiava que o mundo estava lidando com destruição demais para se importar, e naquela época o Capitão Cromo e o Guardião Terror eram praticamente o casal favorito do mundo. Os tabloides falavam sem parar se eles estavam planejando ou não adotar outro filho, ou se ambos se aposentariam do Conselho para se mudarem para os trópicos, ou se um segredo sombrio do passado estava ameaçando os separar.

Mas, pelos sorrisos dos dois, Nova duvidava que houvesse verdade nos boatos, e isso a fez trincar os dentes.

Por que *eles* deviam ter tanta felicidade?

Ela se ajeitou na posição e calculou a distância e o ângulo enquanto a arma se aquecia em sua mão.

O Guardião Terror desapareceu novamente e voltou ao próprio pedestal, deixando o Capitão em paz, um rei perante seus amorosos súditos. Era tão familiar para Nova quanto o próprio reflexo. O cabelo louro encaracolado na testa. As ombreiras azuis se projetando acima de um peito largo e musculoso. Um sorriso contagiante com dentes tão brancos que cintilavam ao sol.

Quando os gritos da multidão chegaram a um pico ensurdecedor, ele esticou a mão para um suporte que havia ao seu lado. A mão se fechou em uma haste de metal alta e ele a levantou acima da cabeça. Um dos fogos de artifício do Luz Negra explodiu nessa hora, iluminando a todos em um tom de dourado acobreado.

O estômago da Nova se contraiu.

– Isso é...?

– Não pensa nisso – disse Fobia.

– Pensar em quê? – perguntou Ingrid.

Nova engoliu em seco mesmo com o nó na garganta, sem conseguir responder.

O Capitão Cromo, o amado super-herói e adorado Renegado, estava com um elmo do Ace Anarquia enfiado no alto de um pique. Tinha sido enfiado pelo crânio, rompendo o material pintado de bronze que um dia fora elaborado a partir do ar pelas pontas dos dedos de seu pai, anos antes da Nova nascer.

A voz da Detonadora soou pelo fone de novo, em compreensão, quando o carro alegórico ficou visível para ela. Nova mal ouviu.

– *Ah...*

Nova tinha seis anos de novo. Estava com medo. Arrasada. Olhando para os olhos atrás daquele elmo, se jogou nos braços dele.

Os Renegados não tinham aparecido, mas ele tinha. Talvez não tão rápido a ponto de salvar sua família, mas tinha ido mesmo assim. Ele foi o salvador *dela*.

– Você está pensando – disse Fobia, a voz quase uma provocação.

Nova empertigou os ombros.

– Não estou.

Fobia não respondeu, mas ela sentiu uma resposta arrogante no silêncio dele.

– Tudo bem, Pesadelo – disse a Detonadora. – Estamos fazendo isso por Ace, não estamos? Use a raiva. Use pra se vingar por ele.

Nova não respondeu. O mundo ficou imóvel. Sereno. Preto e branco.

Ela olhou pela mira e alinhou com o alvo.

Tinha que ser no olho. Em qualquer outra parte do corpo, a ponta do dardo se quebraria na camada de cromo por baixo da pele, e o veneno não chegaria ao organismo dele.

A mira tinha que ser perfeita.

E seria.

Ela estava se preparando para aquele momento havia anos.

Use essa raiva.

Não era só para vingar Ace, embora isso já pudesse ser suficiente. Era para vingar sua família também, que o Conselho poderia ter salvado, mas não salvou.

Era para revitalizar a visão de Ace. O sonho dele de liberdade para *todos* os prodígios, não só para os que estivessem dispostos a se submeterem ao Conselho autonomeado e suas leis autocráticas.

Era porque Nova sabia que o Conselho havia falhado com as pessoas, estava falhando mesmo agora, mas ninguém tinha coragem de dizer.

A sociedade ficaria melhor sem eles.

A rua abaixo pareceu ficar em silêncio, coberta pela determinação martelando na cabeça dela. O olho do Capitão entrou em foco. Um azul chocante e rugas leves no canto quando sorriu. Ele não era mais jovem, como quando formou os Renegados. O Conselho estava envelhecendo, passando o legado para uma nova geração.

– Puxa o gatilho – sussurrou para si mesma. *Inspira.* O gatilho fez pressão no dedo de Nova.

Eles estavam envelhecendo, mas ainda detinham todo o poder. Todo o controle. Mais, talvez, do que tinham quando andavam pelas ruas à noite, procurando criminosos e vilões.

Mais do que quando ele tirou o elmo do verdadeiro dono.

Expira.

– Puxa o gatilho agora, Nova.

Os Renegados virão.

Nova fez uma careta.

– O que houve? – perguntou Detonadora.

– Nada. – Nova lambeu os lábios. Ajeitou a mira de novo. O carro alegórico estava dobrando a esquina agora. Em pouco tempo, ficaria fora do campo de visão. Em pouco tempo, ele ficaria de costas para ela, o sorriso e o charme cumprimentando a próxima rua de adoradores.

Aquela era a melhor oportunidade que eles teriam de derrubar o Capitão, e, em pouco tempo, o restante do Conselho iria atrás.

Enquanto os Renegados corressem para repor o Conselho, os Anarquistas ressurgiriam. Sem as gangues de vilões para interferir agora, eles mostrariam às pessoas daquela cidade como a anarquia devia ser. Liberdade real. Independência real. Para *todo mundo*.

Ela só tinha que puxar o gatilho.

Um inseto surgiu no canto da visão dela. Nova o espantou.

Ela encontrou o alvo de novo.

O Capitão se mexeu e virou a cabeça de leve na direção dela.

Era a melhor oportunidade que ela teria.

Nova começou a apertar o gatilho.

Alguma coisa pousou na ponta do fuzil. Nova ergueu o olhar e se concentrou na borboleta dourada e preta, as asas se abrindo e fechando, pousada no cano.

Nova olhou para cima.

Uma revoada de borboletas-monarcas surgiu no alto: centenas, talvez milhares de asas vibrantes batendo acima dela.

– Temos companhia.

Um momento de silêncio foi seguido de:

– Renegados?

Ela não respondeu. O carro alegórico estava virando. Cinco segundos, talvez menos.

Nova olhou pela mira e encontrou o Capitão, encontrou o cabelo perfeito, o sorriso perfeito, os olhos azuis perfeitos...

Um monte de balões passou entre eles, cada um com o *R* icônico dos Renegados.

Ela esperou, paralisada no tempo, o suor escorrendo pelo pescoço.

Os balões passaram.

O Capitão Cromo voltou o olhar para cima, parecendo quase olhar *diretamente para ela*.

Ela disparou.

O Capitão se moveu, só um fio de cabelo.

O dardo acertou a têmpora dele. A ponta de agulha se quebrou.

O Capitão Cromo ficou alerta e começou a procurar nos telhados e a sinalizar para os outros. Nova soltou uma série de palavrões enquanto se escondia atrás da beirada.

Um gancho vermelho voou na lateral da visão dela, preso a um fio fino. Enrolou-se na arma e a arrancou das suas mãos.

Nova deu um pulo e ficou de pé.

Uma garota adolescente, pálida e cheia de sardas, estava parada no canto do telhado, segurando a arma de Nova com uma das mãos e o gancho reluzente na outra. Usava o uniforme dos Renegados: lycra cinza-escura grudada no corpo do pescoço até as botas, com viés vermelho e um brasão de *R* pequeno sobre o coração. O cabelo era uma mistura de platinado e preto como carvão, preso num rabo de cavalo descuidado.

As borboletas chegaram perto dela, girando até as asas virarem um borrão, e se materializaram no corpo de uma segunda garota, usando um traje cinza idêntico e com dreadlocks compridos e louros em volta do rosto.

A Assassina Vermelha e a Monarca.

Nova já as tinha encontrado uma vez, quando elas tentaram impedi-la de roubar uma pequena farmácia para buscar os suprimentos de que Leroy precisava, mas eles estavam em número maior daquela vez.

Nova ergueu uma sobrancelha.

– Cadê todo mundo? Aproveitando a vida no bar?

Assim que falou, ela ouviu um *ding*, e a grade de metal na frente do elevador de carga se abriu.

Um terceiro Renegado saiu do elevador: um garoto com pele marrom-clara e cabelo preto denso. Ele mancava um pouco ao andar e usava uma bengala, com leves filetes de fumaça atrás.

O Cortina de Fumaça.

O canto da boca de Nova se curvou para cima.

– Agora sim.

A voz da Detonadora estalou no ouvido dela.

– O que está acontecendo aí em cima?

Nova a ignorou.

– Pesadelo – disse o Cortina de Fumaça, com uma inclinação sutil da cabeça. – Quanto tempo.

– Você logo vai desejar que tivesse sido mais tempo. – Nova levou a mão ao cinto e soltou duas das estrelas termossensíveis, uma invenção que tinha trabalhado o verão todo para aperfeiçoar.

Ela jogou as duas na Assassina Vermelha, sabendo como ela podia ser perigosa com aquele gancho que tinha. A Assassina desviou. Monarca se desfez de novo em uma revoada de borboletas.

Um raio de fumaça negra acertou Nova na cara. Ela tropeçou para trás, cega.

– Pesadelo, responda – disse Ingrid.

Rosnando, Nova levou a mão ao transmissor atrás da orelha e o desligou.

Ela se obrigou a abrir os olhos que ardiam e viu uma mancha amarela, e de repente a Monarca estava ao lado dela. Um joelho acertou a lateral do corpo de Nova, que caiu no concreto e rolou pela força do golpe. Ela usou o impulso para pular de volta e ficar de pé, deixando de lado a dor nas costelas, piscando em meio às lágrimas ardidas que borravam sua visão.

Alguma coisa se prendeu embaixo do queixo dela e puxou o pescoço com força; era a bengala do Cortina de Fumaça. Ele a puxou para perto. Apesar de não ser um homem grande, os braços dele pareciam ferro e a bochecha ficou encostada na lateral do capuz.

– Seus dias de vilania acabaram, Pesadelo.

Ela riu com deboche.

– Você fala como alguém que leu quadrinhos demais.

– Você fala como se isso fosse uma coisa ruim – retorquiu ele.

Ela procurou as mãos dele dos lados da bengala, mas as luvas do uniforme se sobrepunham às mangas, não deixando pele vulnerável exposta.

O aperto do Cortina de Fumaça aumentou.

– Você está trabalhando sozinha?

Na frente dela, a Assassina Vermelha pegou uma das estrelas com o fio e a jogou em um cano de ventilação. Bateu e fez um ruído metálico. A segunda estrela fez a volta acima do beco e voltou na direção dela. Ela rodopiou o gancho rubi na frente do corpo e jogou a estrela no concreto com a ponta de pedra preciosa antes que pudesse subir de novo.

A Assassina Vermelha soltou a pedra e se virou para Nova e Cortina de Fumaça, ofegante. Começou a girar o rubi preso por um fio como um laço acima da cabeça.

Nova fez cara feia. Tanto trabalho desperdiçado.

Monarca se formou novamente, os braços cruzados sobre o peito.

– Acredito que o Cortina de Fumaça tenha feito uma pergunta.

– Ah, me desculpem – debochou Nova. – Eu estava ocupada fantasiando com os enterros de vocês.

Ela segurou a bengala e projetou os quadris para trás, jogando o Cortina de Fumaça por cima da cabeça. Ele caiu de costas com um grunhido.

Arrancando a bengala das mãos dele, Nova bateu na parte de trás dos joelhos da Monarca, derrubando-a no chão.

A Assassina Vermelha jogou a pedra em Nova. O fio se enrolou em seu tornozelo, e ela foi derrubada no chão e arrastada pelo telhado áspero. Nova tentou soltar outra estrela do cinto, mas antes que conseguisse pegá-la a Assassina puxou uma adaga feita do mesmo cristal vermelho do gancho e apertou o joelho no peito da Nova. Ela enfiou a ponta da adaga na direção da jugular da Nova.

– Para quem – disse a Assassina Vermelha, pronunciando as palavras devagar – você está trabalhando?

Ao sentir os próprios batimentos na pedra preciosa, Nova não pôde deixar de sorrir por trás da máscara.

– Seu pior pesadelo – disse ela, enfiando as pontas dos dedos na barra da bota da Assassina e encontrando a pele do tornozelo. O poder emanou dela. A lâmina afundou em sua garganta, mas a Assassina Vermelha fechou os olhos e desabou ao seu lado.

Uma onda de neblina branca se espalhou pelo telhado. Nova olhou ao redor, mas a neblina já estava densa demais para ela ver o Cortina de Fumaça. Depois de se sentar, ela soltou o fio da perna e pegou a adaga. Era mais leve do que qualquer faca que já tivesse segurado e parecia ter sido feita de um único rubi, embora ela soubesse que uma pedra preciosa de verdade seria bem mais pesada.

Fosse qual fosse o material que a Assassina Vermelha usasse para suas armas especiais, era afiado, e Nova só estava mesmo preocupada com isso.

De pé novamente, ela espiou a fumaça branca sem odor, prestando atenção em sinais do Cortina de Fumaça e da Monarca. Seus sentidos pareciam entorpecidos na neblina. Óculos infravermelhos teriam ajudado. Ela teria que trabalhar nisso em breve.

Ela viu uma figura escura: sua bolsa esportiva. Com mais uma olhada ao redor, correu até a bolsa e enfiou o cotovelo pelas alças.

Monarca apareceu do nada, os dreadlocks balançando atrás dela quando mirou um soco na cabeça da Nova, que se abaixou e bateu com o ombro no abdome da Monarca. A Renegada se inclinou para a frente, e Nova atacou com a adaga para cima, mas assim que sentiu a lâmina perfurar a pele da perna Monarca explodiu em asas agitadas.

A fumaça estava começando a sumir, e Nova viu uma escada de incêndio meio bamba no prédio ao lado. Enfiou a adaga no cinto, correu para a beirada do telhado e pulou. Segurou-se no corrimão da escada de incêndio, pulou por cima e caiu na escada de metal, que tremeu e fez um barulho metálico.

A voz do Cortina de Fumaça soou na neblina.

– Monarca!

Nova fez uma pausa suficiente para olhar para trás e ver a Monarca reaparecer, mas ela caiu na mesma hora e apertou com a mão o corte na coxa. O tecido cinza do uniforme estava ficando escuro de sangue.

Nova jogou a bolsa esportiva no ombro e subiu pela escada de incêndio dois degraus de cada vez.

Ela chegou ao telhado e correu até o outro lado.

Estava na metade quando uma figura grande pulou da rua abaixo e pairou uns seis metros acima do telhado. Nova parou de repente e a respiração ofegante aqueceu a parte de dentro da máscara.

A forma pousou na frente dela com um estrondo.

Em vez de um traje cinza-carvão, ele estava usando uma coisa parecida com uma armadura; todos os membros protegidos, todos os músculos esculpidos na cobertura dura, o rosto disfarçado por trás de um elmo e um visor escurecido. O *R* de Renegado aparecia no peito dele, mas a armadura não se parecia com nenhum uniforme de Renegado que ela tivesse visto.

Apesar de não conseguir ver os olhos, ela sentia que estavam a observando. Nova deu meio passo para trás e olhou a figura da cabeça aos pés. Não havia pele visível, só junções estreitas entre as placas da armadura que poderiam ser vulneráveis a ataques mais tradicionais.

– Você deve ser novo por aqui – disse ela.

Ele inclinou a cabeça.

– Estou aqui há tempo suficiente pra saber quem você é... Pesadelo.

Os dedos de Nova percorreram o próprio cinto, apesar de ela não saber bem se alguma das armas seria eficiente.

– Devo me sentir lisonjeada?

Antes que a figura pudesse responder, uma série de gargalhadas agudas ecoou nos arranha-céus e se espalhou pelas ruas e becos do centro de Gatlon. O som era irritante, agudo e familiar demais.

Nova fez uma careta.

– O que esse idiota está fazendo aqui?

CAPÍTULO TRÊS

O ESTRANHO DE ARMADURA VIROU a cabeça na direção da gargalhada na mesma hora que a curva de um balão surgiu acima do desfile. O balão estava decorado no preto e branco de um arlequim, com um símbolo enorme verde-limão dos Anarquistas por cima. A cesta de vime carregava um ocupante: um homem com cabelo laranja, as bochechas pintadas de vermelho e linhas fortes desenhadas dos cantos da boca pelo queixo, imitando uma marionete.

O Titereiro estava de pé sobre a beirada da cesta usando um terno quadriculado, segurando as barras do alto enquanto a cesta abaixo se balançava.

– Ah, *Renegaaaaados* – gritou ele, a voz cantarolada. – Ninguém quer brincar comigo?

Os gritos abaixo viraram berros de medo, e ele riu de novo, esticando uma das mãos sobre a multidão, se inclinando tanto que parecia que ele ia cair da cesta.

– Uni, duni... *tê*!

Oito fios dourados cintilantes deslizaram das pontas dos dedos na multidão, e, apesar de Nova não conseguir ver onde caíram, ela sabia que ele estaria procurando crianças no caos abaixo. Os que fossem tocados pelos fios se transformariam em marionetes que ele poderia controlar. Depois de tantos anos, ela ainda não tinha certeza se o poder dele só funcionava em crianças ou se ele só as preferia porque crianças raivosas e desmioladas de quatro anos eram simplesmente sinistras.

– Peguei! – gritou o Titereiro. – Tá com você!

Os gritos ficaram mais altos.

– Amigo seu?

Nova olhou de lado para a figura de armadura.

– Não exatamente.

O Titereiro riu de novo, e os punhos do estranho se fecharam. Nova não o culpava pela irritação. Também não era exatamente a maior fã de Winston Pratt, mesmo que, tecnicamente, ela estivesse do mesmo lado dele desde os seis anos.

Em um movimento, Nova puxou a bolsa para a frente do corpo e enfiou a mão dentro para pegar a arma de rede que tinha feito a partir de uma bazuca de brinquedo quando tinha onze anos. A figura se virou para ela no mesmo momento em que ela ergueu a arma e puxou o gatilho, disparando uma rede de cordas de náilon na direção dele. As oito pontas se abriram como um polvo. O estranho cambaleou para trás com surpresa e levantou a mão para se defender conforme a rede foi caindo.

Ele se apoiou em um joelho. A rede o envolveu e se emaranhou nos membros. O elmo se virou de um lado para o outro enquanto ele tentava afastar as cordas, mas cada movimento só as apertava.

– Foi um prazer conhecer você – disse Nova enquanto enfiava a bazuca de volta na bolsa. Ela passou correndo por ele e observou o telhado seguinte antes de dar o salto fácil.

– Ainda não acabamos.

Ela olhou para trás. Os ombros do estranho estavam encolhidos. Ele fechou os dedos enluvados nas cordas amarradas e começou a expelir fumaça pelas pontas dos dedos.

As cordas pegaram fogo. Chamas lamberam o náilon e deixaram a rede preta, até que pedaços caíram, tendo virado cinzas.

Quando uma parte suficiente da rede tinha se consumido, ele abriu um buraco e saiu da prisão, deixando o resto fumegando no telhado de concreto.

Ele foi até a beirada e olhou para Nova.

Ela deu um sorrisinho debochado, nada impressionada.

– Outro elemental do fogo. Que peculiar. Não é exatamente uma raça rara, mas é difícil criticar um clássico.

Ele dobrou os joelhos, se agachou de leve e pulou para cima, passando com o corpo bem acima da cabeça dela. Nova seguiu a trajetória dele pelo ar, um arco completo que o levou até o telhado atrás dela. Apesar do pouso ser gracioso, o peso da armadura fez o piso entre eles tremer.

O sorriso de Nova hesitou.

Um elemental do fogo com um traje chique antigravidade... ou um prodígio com velocidade e força superiores, que por acaso também era capaz de queimar coisas... ou um super-herói com os dois poderes? Ela nunca tinha ouvido falar de uma combinação assim.

– Você não pode fugir de mim, Pesadelo – disse ele. – Vou te levar presa e você vai responder pelos seus crimes.

– Por mais adorável que isso possa parecer, tenho outros planos pra tarde de hoje.

Uma sombra passou acima deles; borboletas-monarcas se mesclando lentamente em uma forma de garota.

Quando a Monarca tomou forma, Nova olhou para ela e para o estranho. Estava encurralada entre os dois.

Ela não gostava de ficar encurralada.

Monarca franziu a testa para o homem de armadura. Uma atadura apressada tinha sido colocada no ferimento da coxa, cortada de tecido cinza.

– Quem é você?

O estranho não falou nada por um momento, e a Nova teve certeza de que a voz dele ficou mais grave quando ele respondeu, assumindo um ar de honra.

– Sou o Sentinela.

Nova riu.

– É sério?

O Sentinela virou a cabeça na direção dela, e ela não conseguiu ter certeza se imaginou o jeito como o peito dele se estufou, na defensiva.

– Amigo seu? – perguntou a Monarca, olhando para a Nova.

Ela apertou as mãos na alça da bolsa.

– Não tenho tantos amigos assim. Além do mais, ele está usando a *sua* marca.

Monarca apertou os olhos quando percebeu o *R* no peito do Sentinela.

Nova perdeu o interesse na confusão da Monarca, jogou a bolsa na cabeça do Sentinela e levou a mão às costas para pegar a adaga vermelha. Moveu a lâmina na direção do abdome da Monarca, mas só acertou o ar quando ela se dispersou novamente. Rosnando de frustração, Nova golpeou de novo e de novo... até finalmente partir uma borboleta no meio.

Ela soltou o ar e olhou para o leve pó de asa na lâmina.

Dois braços a envolveram e prenderam seus cotovelos nas laterais do corpo. Se o Cortina de Fumaça já era forte, aquele cara era ferro e aço.

Ou talvez fosse o traje.

Nova trincou o maxilar e fez força para trás. Ele deu um gritinho, mas não a soltou quando o pé bateu na amurada baixa em volta da beirada do prédio.

Com mais um empurrão, Nova derrubou os dois pela lateral. Por um momento eles ficaram no ar, os braços dele travados em volta dela.

Eles bateram no telhado ao lado com um sacolejo que reverberou pelos ossos da Nova. Alguma coisa embaixo deles foi esmagada e estilhaçada.

Embora seu corpo doesse, ela se obrigou a rolar de cima do Sentinela, empurrando os braços dele enquanto caía trêmula em um tapete de vime. Nova olhou ao redor. Eles estavam em um pequeno jardim de terraço, cercado de móveis de vime e plantas em vasos... uma delas agora esmagada embaixo do Sentinela. Um chafariz gorgolejava na parede da qual eles tinham caído.

Ela teve um vislumbre do balão do Titereiro seguindo pela rua. Houve brilhos de luzes vermelhas que piscavam, iluminando as laterais de prédios na avenida principal. O Luz Negra, talvez, tentando distrair o Titereiro com fogos e brilhos, ou talvez Pássaro do Trovão lançando um dos relâmpagos em uma tentativa de derrubar o balão... ou eletrocutar o vilão. Talvez as duas coisas.

As borboletas voltaram e formaram uma nuvem escura acima. O Sentinela tinha rolado de lado e estava tentando se levantar.

– Ei, Sentinela – disse Nova, apertando a adaga.

Ele olhou.

Ela enfiou a faca no espaço entre o peito e as placas dos ombros.

O Sentinela rugiu e a empurrou para longe. Ele se agachou e apoiou uma das mãos no chão enquanto a outra se iluminava, engolida repentinamente por chamas laranja. Então puxou a mão de volta.

Nova se abaixou e puxou o capuz quando uma coluna de chamas surgiu às suas costas. Ela *sabia* que acrescentar uma cobertura resistente a fogo no uniforme tinha sido boa ideia.

Um grito de dor chegou aos seus ouvidos.

Nova olhou para cima pela sombra do capuz quando as borboletas se juntaram no corpo da Monarca. As chamas tinham acertado um grupo de insetos laranja, e os filetes restantes de cinzas pareceram derreter e formar a lateral esquerda da garota, das costelas ao quadril. O uniforme estava preto e fumegante, e o fedor de carne queimada se espalhava no ar.

A escada de incêndio sacolejou e estalou na lateral do prédio. Cortina de Fumaça apareceu na escada, prendendo a bengala na beirada do telhado para se erguer. Ele estava respirando pesadamente, o cabelo escuro grudado na testa enquanto avaliava a cena. Os olhos se arregalaram.

– Monarca?

Alguma coisa estalou aos pés de Nova. A adaga de rubi, com a lâmina escurecida de sangue.

Nova não se deu ao trabalho de olhar para nenhum deles quando se virou e correu de novo, escalando o chafariz de pedra e se lançando de volta ao telhado de onde eles tinham caído. Atrás, ouviu o Sentinela mandando o Cortina de Fumaça ajudar a Monarca e um incrédulo Cortina de Fumaça perguntando:

– E quem é você?

A cesta de vime do Titereiro apareceu novamente.

– Pega! – gritou Nova.

O Titereiro olhou na direção dela, mas não fez esforço nenhum para pegar a bolsa quando Nova a jogou na cesta.

– Boa tarde, pequena Pesadelo – disse Winston. – Que surpresa deliciosa essa. Só saí pra... desfilar um pouco. – Ele inclinou a cabeça para trás e começou a rir, as linhas de marionete no rosto o deixando mais sinistro do que ele já era.

As mãos dele ainda estavam esticadas sobre a multidão, fios finos de ouro brincando com as crianças indefesas abaixo. Nova conseguiu ver uma garota de maria-chiquinha morder com força o tornozelo de um homem grisalho... possivelmente o próprio avô.

Com uma careta, Nova subiu na beirada do telhado.

– Me joga uma corda.

O Titereiro ficou em silêncio e olhou para ela com olhos sem emoção.

– Você tem companhia.

A mão de alguém segurou o cotovelo dela e a virou com força. Dedos se fecharam na garganta dela, inclinando-a para trás e apertando o suficiente só para impedir que ela despencasse na rua embaixo.

– Você tentou assassinar o Capitão Cromo – rosnou o Sentinela. – Por quê? Quem mandou você fazer isso? O que mais estão planejando? – O visor do elmo era uma tela vazia, mas a voz estava furiosa. Nova achou que sentia o calor das chamas emanando das luvas.

– Vocês Renegados fazem muitas perguntas – disse ela, com pontos brancos piscando nos olhos.

Ele chegou tão perto que o visor quase bateu na máscara dela.

– É melhor você começar a responder.

– Você acha que tenho medo de um neófito pomposo com um traje de brinquedo?

Os dedos na garganta dela se afrouxaram de leve.

– Neófito?

– Quer dizer amador. Obviamente, você é novo no jogo.

– Eu sei o que... – O Sentinela fez um som de irritação. – Olha só, não ligo se você tem medo de mim ou não, mas estou disposto a apostar que você tem pelo menos um pouco de medo de morrer, como todo mundo. – Os dedos apertaram de novo, e Nova se sentiu forçada para trás. A mudança foi mínima, mas suficiente para ela sentir a alteração no equilíbrio, a força da gravidade.

Ela lutou contra a necessidade de respirar e forçou uma gargalhada, embora tenha saído mais como um chiado.

– Você sabe o que dizem... quem não tem medo não pode ser corajoso.

Ele deu um pulo para trás, como se ela tivesse batido nele. No mesmo momento, Nova esticou a mão e encostou no peito dele, enfiando os dedos no tecido cortado onde a faca tinha penetrado. Estava quente e grudento de sangue, e isso era tudo de que ela precisava. Pele, tecido e um batimento trovejando embaixo.

– O que você...

Ela direcionou o poder a ele, um martelo no peito.

A respiração travou, e ele ficou imóvel por um momento. Em seguida, afrouxou a mão no pescoço dela. Nova deu um grito e se agarrou ao antebraço dele, puxando o centro de gravidade na direção dele enquanto o Sentinela caía para trás e despencava no chão com um estrondo de sacudir os ossos.

O coração de Nova estava ricocheteando no peito quando ela olhou para ele, ainda sentindo o nó no estômago quando, por uma fração de segundo, achou que estivesse caindo.

– *Pesadeeeeelo...*

Massageando a garganta, ela se virou a tempo de pegar os fios dourados cintilantes que o Titereiro jogou para ela. Apesar de as pernas terem começado a tremer, Nova se obrigou a usar o que ainda tinha de força. Enrolou a corda no pulso e pulou, se balançando sobre a rua, onde as pessoas tinham se espalhado e um carro alegórico tinha batido na fachada de um salão de cabeleireiro.

Ela subiu pela corda até a cesta e caiu no chão lá dentro.

– Valeu, Winston.

Ele não respondeu; já estava concentrado de novo nas marionetes, a gargalhada louca soando acima do barulho do queimador de propano acima dos dois.

Quando Nova recuperou o fôlego, ela se segurou na beirada da cesta e se obrigou a ficar de pé.

A rua abaixo estava um caos. Os fios finos do Titereiro cobriam o chão, alguns ainda enrolados nos pescoços e pulsos das crianças, embora muitas marionetes já tivessem sido descartadas e estivessem caídas junto a prédios ou no meio da rua. Vários espectadores estavam feridos, os corpos caídos nas calçadas, rastros de sangue sendo deixados por quem tentava engatinhar até um lugar seguro. Winston ainda controlava quatro crianças, as cordas em volta dos pescoços como forcas enquanto elas jogavam instrumentos da banda nas vitrines das lojas, rasgavam carros alegóricos e atiravam comida nos membros do Conselho que estavam tentando impedi-las sem chegar a machucá-las.

O Guardião Terror, claro, tinha ficado invisível, enquanto Tsunami tentava encurralar as marionetes em uma onda espumante; só que as crianças enfeitiçadas não pareciam se importar de se afogarem e mergulhavam na parede de água.

Nova procurou o Capitão Cromo, mas não o encontrou em meio à confusão.

O tempo todo, a gargalhada irritante de Winston ecoava pela cidade. Ele poderia estar no circo a julgar pela alegria aparente.

Nova levou a mão até a orelha e ligou o transmissor.

– Pesadelo se apresentando. Detonadora, Fobia, onde vocês estão?

A voz de Fobia soou em resposta, controlada e seca.

– Onde você estava?

Nova olhou para o telhado, agora a meio quarteirão de distância com o movimento do balão pela rua, mas não dava mais para ver os Renegados nem o Sentinela.

– Fiz umas novas amizades – disse ela.

Um rugido atraiu a atenção de Nova para cima a tempo de ver as asas enormes da Pássaro do Trovão se abrirem no céu azul. O rosto estava retorcido de fúria, uma das mãos segurando um raio branco estalando.

Nova falou um palavrão.

Winston riu.

– Oi, passarinha!

Pássaro do Trovão levantou a mão livre e lançou a palma na direção do balão. O ar explodiu e empurrou o balão para trás. A cesta bateu em um prédio comercial. Nova ricocheteou na lateral e caiu no chão de novo.

Winston se ergueu, uma das mãos segurando a barra superior enquanto ele puxava os fios dourados em volta do dedo, levando as crianças abaixo a fazerem sabe-se lá o quê.

– Ha-ha-ha – disse ele com uma risadinha infantil. – É falta de educação bater. Você devia pedir desculpas.

– Solta aquelas crianças agora, Titereiro – rosnou Pássaro do Trovão, erguendo o raio acima do ombro.

Nova abriu a bolsa e pegou a arma de rede. Expirou, apareceu na beirada, usou a lateral da cesta para firmar o braço e disparou.

As cordas envolveram o corpo da Pássaro do Trovão. Um lado se enrolou na asa esquerda, e ela deu um grito de surpresa. O raio acertou uma corda, e a rede toda se iluminou e estalou de eletricidade.

Pássaro do Trovão gritou.

De repente, estava caindo, caindo. Na direção da rua, na direção do chão...

Bem nos braços expectantes do Capitão Cromo.

Ele a colocou no chão e voltou os olhos azuis para o céu. Não estava mais sorrindo. Não parecia mais um imbecil superestimado em um carro alegórico chamativo.

Seu olhar se encontrou com o de Nova, e ela engoliu em seco.

– O que está acontecendo aí embaixo, Detonadora? – perguntou ela. – Uma ajudinha seria boa.

– O Titereiro não era parte dessa operação. – A resposta foi seca. – Se ele quer agir sozinho, pode morrer sozinho.

Lá embaixo, o Capitão pegou o pique de metal que estava segurando antes. Nova o viu arrancar o elmo do Ace Anarquia da ponta e o jogar longe. O elmo rolou pela rua até um bueiro.

– Não é só o Titereiro agora – disse ela. – Eu também estou aqui em cima!

– Boa sorte, Pesadelo. Esta missão acabou.

O estalo leve no fone ficou silencioso.

O Capitão Cromo ergueu o pique acima da cabeça, o segurou como um dardo e arremessou.

Apesar de o balão estar a dezenas de metros no ar, o pique nem tremeu e voou na direção dela.

Nova se abaixou.

O dardo acertou o aquecedor do balão com um estrondo ensurdecedor e desconectou o cabo de propano. A chama oscilou e se apagou. O pique ricocheteou no metal e caiu novamente na rua.

O efeito foi instantâneo. Apesar de o balão continuar voando por um momento, o movimento para cima diminuiu de velocidade.

Nova olhou ao redor. Eles teriam passado pelos prédios seguintes com facilidade, mas, com a mudança de propulsão, ela duvidava que fossem conseguir agora. Sem o aquecedor esquentando o ar no balão, eles logo começariam a descer e cairiam nas mãos dos Renegados.

Winston inclinou a cabeça para o lado e olhou para Nova.

– Oh-oh.

Nova sustentou o olhar dele, considerando.

Se eles pudessem se livrar de um pouco de peso, talvez conseguissem chegar ao quarteirão seguinte e ganhar distância suficiente para escaparem antes de os Renegados os alcançarem.

Ela voltou a atenção para a bolsa, com todas as suas armas e invenções. Todos os seus esforços. Todo o seu trabalho.

Winston choramingou em solidariedade.

– Sacrifícios precisam ser feitos às vezes, mini-Anarquista.

Nova suspirou.

– Você está certo.

Ela passou o braço em volta dos tornozelos de Winston e o empurrou. Ele gritou, bateu os braços e caiu pela beirada.

Nova não esperou os gritos dele sumirem para se erguer e inspecionar o aquecedor. O balão mal tinha passado pelos telhados, dando a ela tempo suficiente de prender o cabo de propano. Ela mexeu no interruptor algumas vezes, e a chama ganhou vida.

O balão voou para o céu.

Nova soltou um gemido cansado e aliviado e ousou olhar para baixo, para a rua.

O Titereiro tinha caído em um carro alegórico. Estava coberto de confete e flores, e o Capitão Cromo o levava para o chão.

Winston não lutou. Seu olhar ficou grudado em Nova o tempo todo, a expressão contorcida naquele mesmo sorriso delirante.

Nova levantou o braço e acenou.

CAPÍTULO QUATRO

ADRIAN ACORDOU sentindo como se a cabeça tivesse sido enchida de lã. Gemeu e tentou rolar para o lado, mas lembrou que ainda estava usando a armadura. O material duro afundou dolorosamente nas costas.

Tudo estava doendo, mas o ombro era o pior. Latejava e queimava, e estava grudento de sangue.

Não conseguia acreditar que ela dera uma facada nele. Não sabia por que era tão surpreendente, exceto pelo fato de que... não era assim que os prodígios lutavam. Eles combatiam com superpoderes e habilidades extraordinárias, mas aquele foi um ataque sujo, nada além disso.

Ele teria que lembrar, para a próxima vez. A Pesadelo não seguia as mesmas regras do resto.

Mas, pensando bem, ele achava que também não seguia as mesmas regras do resto. Não mais. Não quando era o Sentinela.

Ele conseguiu se sentar. Apesar de ainda ser dia, o céu estava escurecendo, e as sombras do prédio ao lado tinham eclipsado o telhado. Ele devia ter ficado inconsciente umas cinco ou seis horas. Tinha sorte de ela o ter apagado lá em cima, onde era improvável que alguém o encontrasse. Apesar de estar claro que não tinha sido incomodado, ele ficou perturbado de se imaginar caído e vulnerável por tanto tempo.

Caído, vulnerável e inútil.

Por que Oscar não foi procurá-lo?

Não... era uma pergunta idiota. Por que teria ido? Oscar não sabia que era Adrian por baixo da armadura do Sentinela, e além do mais... Danna tinha sido ferida, e talvez Ruby também. Oscar tinha outros problemas para resolver. Eles teriam voltado direto para o quartel-general. Provavelmente ainda deviam estar lá.

Adrian verificou para ter certeza de que não havia ninguém espiando em janelas próximas e apertou os dedos no centro da placa do peito do traje.

A armadura estalou e chiou, dobrando-se como origami, rolando para dentro nos membros dele até estar do tamanho de uma lata de alumínio esmagada. Ele enfiou-a na pele acima do esterno e fechou a tatuagem de zíper que tinha desenhado ali mais de um mês antes.

Começou a abotoar a camisa, mas seu ombro gritou para que parasse. Ele olhou para baixo. A camisa tinha um corte no tecido, e apesar de a compressão do traje ter desacelerado o sangramento, um olhar bastou para ele saber que tinha perdido muito sangue. A lateral toda estava úmida, o tecido da camisa quase preto onde o sangue tinha coagulado. Ele se perguntou se era por isso que seu cérebro parecia estar lutando para funcionar ou se era resultado do poder da Pesadelo.

Provavelmente uma combinação das duas coisas.

Ele a xingou de todas as formas em que conseguiu pensar enquanto afastava o tecido da pele, depois xingou a si mesmo ao puxar a camisa por cima da cabeça.

Aquela garota tinha um monte de dispositivos de baixa tecnologia e um poder que só funcionava no contato com a pele. Como o tinha vencido?

Ele fez uma careta e reconheceu suas tentativas patéticas de defender seu orgulho. Mas quem queria enganar? Tinha subestimado uma oponente que não devia ter sido subestimada. Ela era forte. Era inteligente. E a maioria dos dispositivos de baixa tecnologia que ele a viu usar era bem impressionante.

Ele balançou a cabeça e começou a rir, com ironia no começo, mas logo virou humor de verdade, apesar de estar rindo de si mesmo.

Esse era o próximo grande super-herói da cidade?

– Na próxima vez – sussurrou ele para si mesmo. Uma promessa.

Ele continuaria treinando. Ficaria melhor. E *haveria* uma próxima vez.

Ele tirou a caneta do bolso de trás da calça, desenhou uma torneira na beirada de concreto do telhado e tornou o desenho tridimensional. Com um movimento, a água fria começou a jorrar.

Usou a metade limpa da camisa como pano para remover o máximo de sangue que conseguisse. O ferimento não pareceu tão ruim depois de limpo. Seu coração ainda estava batendo, e se o braço estava funcionando, então ela não podia ter acertado nada tão importante.

Depois de uma inspeção atenta do ferimento, ele colocou a ponta da caneta na pele e desenhou pontos, juntando a pele. Quando terminou, tampou a caneta e a guardou, desligou a água e ficou passando o polegar pela tatuagem do antebraço. Uma espiral de chama em tinta preta forte, as extremidades se misturando com a própria pele escura.

Manipulação de fogo. Talvez não fosse raro, mas ainda era um dos poderes mais desejados entre os prodígios. Com isso, e o traje e as molas que tinha desenhado nas solas dos pés, ele tinha ficado confiante de que seria capaz de fazer qualquer coisa, de impedir qualquer pessoa.

Mas Pesadelo nem sequer piscou.

Não foi só isso. Ela *debochou* dele.

Com um gemido, ele ficou de pé e reuniu coragem para olhar a rua onde o desfile tinha passado de manhã. A comemoração havia sido substituída por um silêncio sombrio enquanto as equipes de limpeza varriam o confete e os pacotes de comida junto com os cacos de vidro, os carros alegóricos destruídos e as mercadorias deixadas para trás com o ataque do Titereiro.

Pesadelo tinha pedido ao Titereiro para jogar uma corda para ela. Estavam trabalhando juntos? Ela era Anarquista?

Fazia sentido, de certa forma. Eles eram uma das poucas gangues de vilões que não tinham sumido completamente na década anterior e desprezavam os Renegados mais do que todo mundo, principalmente o Conselho.

Era por isso que ela estava ali em cima, não era? Estava atrás do Conselho. Estava atrás do Capitão.

Adrian apertou os óculos no alto do nariz. Na rua abaixo, uma garotinha estava sendo tirada de debaixo de um ônibus, onde devia ter ficado escondida a tarde toda. Estava chorando histericamente, e mesmo lá do alto, Adrian conseguia ver um fio dourado ainda amarrado no pescoço dela. Ficou pensando no que o Titereiro a tinha obrigado a fazer.

Seu maxilar se contraiu.

A maioria das identidades dos Anarquistas era conhecida havia anos. Winston Pratt. Ingrid Thompson. Mel Harper. Leroy Flinn.

Mas *Pesadelo*... ela era nova. Um mistério. E uma ameaça.

Quando fechava os olhos, ele a via, o leve brilho dos olhos visível na sombra do capuz. Sem expressão. Sem remorso. Sem *medo*, palavras que ela mesma dissera... as palavras que o assombravam havia anos. Mesmo agora, não tinha certeza se imaginara que ela as disse. Que não tinha sido parte de um sonho que se desenrolou quando ele estava inconsciente.

Quem não tem medo não pode ser corajoso.

Ele soltou o ar, trêmulo. Não foi sonho. Ela falou.

Não podia ser coincidência.

– Pesadelo – sussurrou ele, e foi como se aquela fosse a primeira vez que ela dizia o nome. A primeira vez que ele significou alguma coisa. Ela não era mais só uma vilã a ser detida. Mais uma mancha da cidade a ser resolvida. Agora, ela era alguém que podia ter respostas. – Quem é você de verdade?

A LERDEZA DOS PENSAMENTOS tinha passado quase toda quando Adrian chegou ao Quartel-General dos Renegados. Ele tinha desenhado uma camisa nova, com mangas compridas para esconder as tatuagens, o peito e o ombro ainda latejando embaixo do tecido.

Empurrou a porta giratória da entrada principal e parou no patamar com vista para o saguão enorme. Era um espaço amplo que estava sempre vibrando de atividade, conversas e botas pesadas pisando no enorme *R* no centro do piso. Renegados de uniformes cinza e vermelhos passavam por médicos de jaleco e se misturavam com administradores de ternos impecáveis. Pessoas corriam entre os vários departamentos, se reuniam em grupos, olhavam as telas que ocupavam as paredes, repetindo as cenas do ataque do Titereiro sem parar.

Hugh e Simon às vezes brincavam que tudo aquilo tinha começado no porão do Guardião Terror. Eles eram adolescentes, amigos desde a infância, os dois com poderes extraordinários, os dois cansados de assistir à cidade sendo comandada por Anarquistas e criminosos. Até uma noite em que decidiram fazer alguma coisa.

Conforme as aventuras ficavam mais ousadas e eram mais divulgadas, quatro outros prodígios se juntaram à equipe de justiceiros: Kasumi, Evander, Tamaya e a mãe de Adrian, Georgia Rawles. A incomparável Lady Indomável.

Foi Evander quem escolheu o nome que solidificaria o lugar deles na história. *Os Renegados*. Na época, pelo que Adrian sabia, eles não tinham dinheiro, não tinham quartel-general, não tinham influência. Nada além de uma profunda determinação de mudar o mundo para melhor. E fizeram isso sobrevivendo de macarrão com queijo de caixinha, usando trajes baratos feitos em casa e se revezando para dormir no sofá corroído dos outros.

Apesar de os seis originais ainda serem considerados o grupo central que começou os Renegados, a quantidade não parou de crescer: mais justiceiros se juntaram à causa, mais prodígios ousaram lutar contra os vilões que tinham destruído o mundo deles.

Ao ver o quartel-general agora, era quase impossível imaginar como tudo tinha começado naquele porão, tantos anos antes. Dois adolescentes e um desejo de mudar o mundo para melhor.

E agora… aquilo. Oitenta e dois andares e oito subníveis das instalações mais abrangentes do governo e das forças da lei.

Tudo bem que a maioria daqueles andares não tinha nada, mas Hugh costumava falar no quanto eles ficariam felizes de ter espaço quando precisassem se expandir. A torre tinha sido construída para ser o prédio principal de um banco internacional ou alguma outra coisa igualmente chata, mas agora tinha instalações modernas e tecnológicas, e simuladores de realidade virtual, onde os Renegados podiam treinar física e mentalmente dentro de uma variedade de situações programáveis. Havia um arsenal completo, onde diversas armas eram guardadas atrás de uma série de defesas cada vez mais impenetráveis, além de um andar inteiro dedicado ao armazenamento e à preservação de ferramentas e artefatos de superpoderes. Havia dois andares dedicados à vigilância da cidade e ao trabalho investigativo; o centro de atendimento de ligações sempre agitado; celas de prisão onde eram deixados criminosos prodígios perigosos demais para serem colocados em celas de prisão comuns; áreas de descanso para Renegados fora de horário de serviço; laboratórios de pesquisa; uma ala médica completa; e, a glória máxima deles, o Salão do Conselho, no andar mais alto, onde o Conselho aprovava leis e fazia decretos com a intenção de fortalecer a sociedade que eles tinham liberado da anarquia e proteger o mundo de outro colapso.

O Conselho agia como se a única direção em que a sociedade pudesse se mover fosse para a frente, para longe dos anos terríveis de caos e crime, mas Adrian às vezes tinha a sensação de que a base de ordem que os Renegados tinham construído era mais precária do que qualquer um queria admitir.

Empertigando a coluna, ele começou a descer a grande escadaria até o piso principal e foi até os elevadores, a caminho da ala médica. Algumas telas no alto mostraram uma imagem da Pesadelo acenando para a multidão da cesta do balão, o rosto eclipsado pelo capuz.

Uma determinação renovada surgiu em Adrian quando ele a viu. Sua mente começou a repetir o momento em que Pesadelo enfiou a faca nele, e logo com a lâmina de Ruby. Ele perdeu o controle. Lançou aquela chama com a intenção de acertar a Pesadelo, mas estava cego de fúria, e não pensou no que podia haver atrás dela.

Ela o chamou de neófito, e estava certa. Foi um erro amador.

Assim que ouviu o grito da Monarca, Adrian soube que ela estava muito ferida. Ele não se segurou, e por mais que quisesse culpar a Pesadelo pelo que aconteceu, não podia. As chamas saíram das mãos dele, o resultado de um poder que mal tinha explorado. Ele foi arrogante e descuidado, e Danna estava sofrendo por isso.

Quando chegou à ala médica, ele viu Tamaya Rae, Pássaro do Trovão, pela janela do primeiro quarto. Ela estava sentada na beirada de uma cama enquanto um curandeiro cuidava das asas de penas pretas. Ela parecia enfurecida, mas só o que ele ouviu foram as palavras *Titereiro* e *balão* e *rede de pesca patética!*.

Ele encontrou Danna no terceiro quarto, deitada de lado, inconsciente. Boa parte do uniforme tinha sido cortada, revelando queimaduras extensas no braço esquerdo e no tronco. Havia uma máscara acima da boca e do nariz dela, provavelmente enchendo os pulmões com um elixir que impediria o corpo de se transformar com ela inconsciente, o que às vezes acontecia quando o cérebro dela entrava em reação de estresse agudo. Uma vez, ela havia dito que isso acontecia muito quando tinha pesadelos na infância.

Pesadelos.

Ah, que ironia.

O estômago de Adrian deu um nó. Ele não teve tempo de parar e ver se as queimaduras tinham sido muito ruins durante a luta, e agora foi atingido em cheio pelo peso da culpa do que tinha feito.

Oscar e Ruby também estavam lá, sentados em um banco no canto. A cabeça de Ruby apoiada no ombro de Oscar, e por um momento Adrian pensou que ela podia estar dormindo, mas seus olhos se abriram, atordoados. Ela viu Adrian e se sentou. Um breve sinal de decepção surgiu no rosto de Oscar, mas sumiu tão rápido a ponto de Adrian achar que pudesse ter imaginado.

– Ah, *agora* ele aparece – reclamou Oscar, se levantando. – Cara, onde você estava?

– Desculpe – disse Adrian, sentindo o arrependimento até a alma. – Recebi a sua mensagem sobre a Pesadelo e estava indo até vocês quando o Titereiro apareceu e fiquei enrolado tentando levar um grupo de crianças pra um lugar seguro. Deviam ser umas cem crianças em um passeio de escola. Foi um caos. – Ele coçou de leve o ombro ferido pela camisa, surpreso com a facilidade com que a mentira veio. – Mas eu devia estar lá com vocês. Desculpe. Danna...?

Oscar deu um suspiro frustrado.

– Ela sofreu uma queimadura feia na briga.

Na cama, Danna inspirou e tremeu. Uma máquina na parede apitou mais rápido por um segundo e então voltou para um ritmo regular. Adrian chegou mais perto e se obrigou a levantar uma das compressas frias que tinham sido colocadas sobre as queimaduras. Obrigou-se a avaliar o dano que tinha provocado.

Quanta dor ela sentiu? Ou o corpo dela tinha entrado em choque imediato? Depois de colocar a compressa de volta na queimadura, ele esfregou a tatuagem de fogo por cima da manga. Apesar de ter cicatrizado havia semanas, ele imaginou por um momento que a sentia, como se a chama estivesse viva, como se estivesse queimando sua pele.

Ele se voltou para Oscar e Ruby.

– Os curandeiros já vieram vê-la?

Oscar assentiu.

– Vieram. Disseram que ela ficará bem, mas vai demorar um tempo. Foi bem ruim.

– Danna é nossos olhos quando estamos patrulhando – disse Adrian, coçando a nuca. – Vamos ficar em enorme desvantagem sem ela.

– O estranho mesmo – disse Ruby – é que isso não foi coisa da Pesadelo. Foi – ela apontou para Danna e fez aspas no ar – "*o Sentinela*".

Adrian se encolheu ao ouvir o veneno na voz. A pequena parte dele que queria contar à equipe que ele estava no telhado com eles naquele dia evaporou rapidamente.

– Quem?

– Um cara que apareceu no meio da luta – disse Oscar. – Enfrentou a Pesadelo. Tinha um *R* no traje dele, mas... – Ele deu de ombros. – Nenhum de nós tinha visto esse cara antes.

Adrian manteve a testa franzida de confusão.

– O Sentinela?

– Foi o que a Monarca disse antes de apagarem ela. Era um elemental do fogo, eu acho. – Oscar franziu a testa. – Mas definitivamente não era o Fogo Indomável.

Fogo Indomável era o único elemental do fogo que havia entre os Renegados, pelo menos na filial da cidade de Gatlon. Adrian tinha tirado a maioria das ideias sobre manipulação de fogo de vê-lo nos salões de treinamento.

Ruby bocejou.

– Também acho que não era aquele prodígio da ilha. O que treinou aqui ano passado. Magma, não era? E esse Sentinela estava completamente coberto, da cabeça aos pés. Conseguiram uma foto dele da rua e estão começando a espalhar pra ver se alguém sabe alguma coisa.

– Ele também pulava de um jeito absurdo – disse Oscar –, e o traje parecia saído direto de uma revista em quadrinhos. Sinceramente, acho que ele pode ser da pesquisa e desenvolvimento, de repente uma espécie de novo supersoldado em que estão trabalhando lá, mas confidencial demais pra admitirem.

Ruby ofegou e se inclinou para a frente com empolgação, como se tivesse acabado de descobrir uma pista.

– Ou ele pode ser um vilão disfarçado de Renegado. Pode ser que esteja tentando manchar nossa reputação. Talvez seja tudo parte de um plano complicado que vai levar à nossa ruína final!

Adrian e Oscar olharam para ela.

Ruby deu de ombros.

– Talvez?

– Talvez – concordou Oscar.

Depois de se sentar de novo no banco, Ruby jogou um braço por cima dos olhos, como se o desabafo tivesse esgotado o que lhe restava de energia. O heliotrópio no pulso dela refletiu a luz do quarto, deixando sua bochecha rosada.

– Essa é minha teoria e é nela que acredito.

– Mas ele estava lutando com a Pesadelo primeiro – disse Oscar –, antes de atacar a Monarca. Mas também pode ter sido erro. Quem sabe?

– Mais alguém se machucou? – perguntou Adrian.

– Não – disse Ruby, um pouco na defensiva. – Estamos ótimos. Maravilhosos.

– A Pesadelo encostou nela – explicou Oscar. – Fez ela dormir.

Ele esticou a mão e fez carinho na cabeça da Ruby. Foi um dos gestos mais desajeitados que Adrian se lembrava de vê-lo fazer, e Oscar era bem desajeitado às vezes.

– Fofoqueiro – resmungou Ruby, dando um tapa nele. – Se quiserem saber, estou sentindo como se alguém tivesse enchido minha cabeça de concreto.

Adrian segurou o impulso de dizer que sabia exatamente o que ela estava sentindo.

– É a quarta vez este ano que uma equipe de Renegados entrou em contato com a Pesadelo. Ela não pode estar trabalhando sozinha.

– Ela fugiu no balão do Titereiro – disse Oscar. – Pode ser uma nova Anarquista.

– Mas – continuou Ruby, levantando um dedo no ar – ela jogou o Titereiro lá embaixo. Isso não é exatamente um gesto amigo.

– Mas eles são assim mesmo, não são? – disse Adrian. – Mesmo quando deviam estar trabalhando juntos, eles ainda acreditam em pisar nos mais fracos pra abrir caminho para os mais fortes.

Oscar deu de ombros.

– Não faz sentido pra mim, mas eles são vilões, né. Quem sabe o que pensam?

– O lado bom – disse Ruby, abrindo os olhos e dando um sorriso malicioso – é que peguei a arma da Pesadelo.

Adrian ergueu uma sobrancelha.

– Levaram lá pra cima pra inspecionar – disse Oscar. – Ela disparou um dardo no Capitão, chegou pertinho de acertar o olho dele. – Ele aproximou bem os dedos. – O dardo também está sendo examinado. Talvez consigam rastrear e descobrir onde ela conseguiu.

Adrian afastou o olhar. Não sabia quanta informação dava para descobrir na arma e no dardo que ela usou, mas era alguma coisa. Um começo.

Naquela manhã, ele só tinha se preocupado em provar suas habilidades como Sentinela. Ficou animado para mostrar tudo que era capaz de fazer. Fantasiou em tirar o elmo de Sentinela e se revelar para a equipe e para o resto dos Renegados.

Mas agora essas coisas nem tinham mais importância para ele. Uma frase da Pesadelo mudou tudo.

Adrian tinha que descobrir quem ela era. E também o que ela sabia.

Ele tinha que encontrá-la.

CAPÍTULO CINCO

ADRIAN ESTAVA FICANDO ANSIOSO, apesar de não saber bem por quê. Pássaro do Trovão tinha sido levada para o quartel-general horas antes para ser tratada dos ferimentos, mas o restante do Conselho ainda não tinha voltado. Ele já saberia se eles estivessem feridos, então esse não era o caso. Talvez estivesse curioso para saber se tinham ouvido falar do Sentinela. O que acharam. Se conseguiram descobrir a verdade sobre ele.

Ele passou um tempo na ala médica, verificando outros que tinham se ferido na luta contra o Titereiro, antes de subir para visitar Max, que devia estar se sentindo isolado de toda atividade, como sempre.

A quarentena de Max era depois de uma passarela acima do piso principal do saguão. Possivelmente, era o aposento mais chique do lugar: praticamente uma suíte de luxo, com janelas do chão ao teto que ofereciam uma vista maravilhosa do rio e com aposentos particulares fora de vista, com um quarto amplo e um banheiro com banheira e tudo, embora Adrian tivesse a sensação de que Max não aproveitava com tanta frequência. Max não parecia passar muito tempo lá. Estava sempre no espaço principal do confinamento. Sempre trabalhando na cidade de vidro que tinha construído com cuidado nos últimos quatro anos.

Quando Adrian se aproximou da quarentena, viu Max sentado de pernas cruzadas dentro do modelo do Parque da Cidade, um dos poucos pontos com espaço no chão para ele se sentar. Os olhos estavam grudados nas telas do lado de fora do confinamento, vendo as filmagens do desfile. Os dedos estavam brincando com um dos bonecos de vidro que Adrian tinha feito anos antes: uma carruagem puxada a cavalo como as que levavam os turistas pelo parque.

Tinha começado como uma brincadeira. Max ainda era criancinha quando a quarentena foi construída para ele, e Adrian estava determinado a deixá-lo o mais à vontade possível. Tinha visto o quanto Max amava construir com um kit de blocos interligáveis que o Capitão levou para ele, então começou a fazer blocos também, usando a caneta para fazer desenhos novos no vidro e os empurrar para o lado de Max.

Conforme foi ficando mais velho, Max começou a fazer pedidos. Queria blocos que imitassem as torres altas e os tetos abobadados, ou cabos que pudesse usar para construir uma ponte. Antes de Adrian perceber o que o garoto queria fazer, viu uma paisagem familiar surgindo perante seus olhos.

Max tinha dez anos agora, e a cidade em miniatura estava quase completa. Era uma maravilha e ocupava o piso todo da sala circular. Uma réplica quase exata de Gatlon, criada toda de vidro transparente. Mas, assim como a cidade real, estava sempre mudando. Sendo derrubada, reconstruída, editada e refinada conforme o garoto trabalhava para deixá-la similar à verdadeira Gatlon, uma cidade da qual ele só podia imaginar fazer parte.

Max viu Adrian se aproximando e ergueu um bloco para ele ver. Tinha se esforçado para desenhar o carro alegórico do Conselho no desfile.

– Você consegue fazer isso? – perguntou Max, a voz abafada pelo vidro.

– Como é que é, nada de "oi"? Nada de "que bom ver que você não foi morto por um vilão psicótico hoje"?

Max baixou o bloco.

– Tem relatórios circulando a tarde toda, mais com foco na Pássaro do Trovão, se bem que sei que a Monarca e alguns outros foram feridos. O noticiário está passando atualizações sobre as mortes dos civis em intervalos de minutos. – Ele fez uma pausa antes de acrescentar, por questão de clareza: – Obviamente, eu saberia se você tivesse se machucado.

Adrian grunhiu e se sentou no chão.

– Nesse caso, sim, claro, eu consigo fazer isso, mas a nuvem não vai ter um relâmpago de verdade saindo. Você vai ter que usar a sua imaginação. Quer uns carrinhos de comida de rua também?

Os olhos de Max se iluminaram.

– Quero. E o carro alegórico dos vilões. E a banda marcial.

– Eu por acaso pareço uma fábrica de miniaturas? – Ele pegou a caneta e começou a desenhar o carro alegórico, colocando o maior número de detalhes que conseguia lembrar de cabeça, embora estivesse distraído quando apareceu, absorto tentando consertar a pulseira daquela garota.

Ele fez uma pausa, o carro alegórico quase pronto.

Com tudo que veio depois, ele quase tinha se esquecido da garota e da forma como ela olhou para ele quando consertou o fecho: não como se o trabalho dele fosse a coisa mais incrível que ele tinha visto na vida, mas como se estivesse tentando entender se era um truque de golpista com o qual ela precisava tomar cuidado.

Talvez houvesse prodígios demais se espalhando pela cidade atualmente. A novidade de ver alguém com superpoderes devia estar passando.

Ele terminou o carro e acrescentou rodas embaixo para Max poder empurrá-lo pelas ruas se quisesse.

– Pronto – disse ele, apertando a mão no desenho e forçando sua vontade no vidro.

O desenho surgiu do lado de Max da janela. Uma réplica transparente do carro alegórico do desfile, com rodas giratórias e tudo.

A parede de vidro ficou intacta, o desenho apagado na transição.

Max esticou a mão e o rosto se contraiu de tensão. O carro alegórico em miniatura começou a tremer, subiu e pairou no ar. Balançou lenta e firmemente pela cidade, pela avenida Raikes, dobrando a esquina para a via Park, antes de cair no chão ao lado dele.

Ele expirou e abriu os olhos.

– Obrigado.

– Acho que você está ficando mais forte – observou Adrian. – Foi mais firme do que o habitual. Tenho certeza.

– Não estou, não – disse Max com aquele tom seguro que teria disfarçado a decepção de quase qualquer outra pessoa.

– Bom... um pouco de telecinese ainda é melhor do que nenhuma, né? – Adrian coçou a têmpora com a tampa da caneta. – Você queria bonequinhos do Conselho pra botar em cima?

Max fez que não.

– Ainda tenho os que você fez ano passado. – Ele olhou em volta. – Em algum lugar. – Sua expressão se fechou quando ele se virou para Adrian. – Tentaram mesmo assassinar o Capitão?

Adrian hesitou, mas não havia motivo para esconder a verdade de Max. Ele era um garoto inteligente e observador demais. Assistia a mais noticiários do que a filmes e desenhos, e mesmo dentro daquela prisão de vidro, sempre parecia saber mais do que estava acontecendo no mundo do que Adrian.

– Tentaram. Uma vilã chamada Pesadelo.

– Você já lutou com ela.

– Eu, não. Oscar e os outros tiveram um encontro com ela meses atrás, e algumas das outras equipes também já a viram antes.

– Por que ela ia querer fazer mal ao Conselho?

Adrian começou a desenhar personagens da banda marcial no vidro. Um tocador de tambor e um de tuba. Uma fila inteira de trombones.

– Algumas pessoas gostavam de como as coisas eram antes dos Renegados tomarem conta.

– Quando todo mundo estava sempre roubando coisas e se esfaqueando?

– Eu também não entendo. Mas acho que as pessoas no poder naquela época deviam estar vivendo bem, né? – Ele franziu a testa enquanto tentava desenhar as voltas intrincadas de uma trompa. Acabou desistindo e fez um trompete para o músico.

– Você acha que esse cara novo também quer isso? Devolver a cidade aos vilões?

– Cara novo?

Max apontou para a tela. Adrian seguiu o olhar e um arrepio desceu pela espinha dele. O noticiário estava mostrando uma foto do Sentinela. Era uma imagem granulada dele pulando entre telhados, tirada do chão trinta metros abaixo. Capturada naquele momento em que quase parecia que ele era capaz de voar.

Apesar da péssima qualidade da fotografia, foi a primeira vez que ele se viu com o traje, e foi ao mesmo tempo sinistro e reconfortante.

Não dava para saber que era ele. Não tinha como. Ninguém tinha que saber que foi ele quem fracassou na captura da Pesadelo. Que foi ele quem feriu Monarca.

– Eu não acho... – Adrian hesitou. – Nós não sabemos se ele é vilão. Pode ser que estivesse tentando ajudar. Ele lutou contra a Pesadelo, e dizem que tinha um *R* no peito.

– Mas ele não é um de nós, é?

Adrian começou a empurrar a banda marcial pelo vidro para Max, um músico de cada vez.

– Não sei. Oscar acha que ele pode ser uma arma secreta que estão desenvolvendo lá em cima.

Uma agitação no saguão chamou a atenção de Adrian para a entrada iluminada. O Conselho tinha finalmente voltado, arrastando o Titereiro, preso com correntes de cromo. O Capitão empurrou o vilão para uma das equipes que estavam aguardando e deu ordens para ele ser levado para o bloco da prisão. Tsunami foi junto, com um muro de água pronto, caso Winston Pratt tentasse qualquer coisa. Mas ele parecia estar eufórico demais por estar dentro do Quartel-General dos Renegados para elaborar um ataque.

Luz Negra deu tapinhas nas costas do Capitão e do Guardião Terror, e mesmo lá de cima, Adrian ouvia a voz alta dele dizendo alguma coisa sobre Pássaro do Trovão enquanto também seguia para o elevador.

Adrian se levantou. O Capitão Cromo olhou na direção dele e seu rosto se suavizou, talvez de alívio, embora não tenha havido muito motivo para ele estar preocupado. Até onde sabia, até onde *qualquer um* sabia, Adrian estava na multidão vendo o desfile o tempo todo e era capaz de se defender de um grupo de crianças com lavagem cerebral.

Ainda assim, não segurou um sorriso quando levantou a mão para uma saudação de boas-vindas.

Ele se virou e bateu duas vezes na janela de Max, que deu um tchau sem erguer o rosto, já organizando a banda na frente do carro alegórico.

Adrian foi até o térreo. O Capitão andou pela multidão que tinha se reunido em volta dele, todos gritando perguntas sobre a tentativa de assassinato, o Titereiro, a Pesadelo, o Sentinela, mas as perguntas foram todas ignoradas. O Capitão se encontrou com Adrian no pé da escada e lhe deu um abraço rápido antes de se afastar e segurar os ombros dele. Adrian fez uma careta quando sentiu os pontos se repuxarem no ferimento, mas fez o melhor que pôde para disfarçar com um sorriso.

– Nós não sabíamos se você estava no desfile quando começou – disse o Capitão Cromo.

O Guardião Terror apareceu ao lado deles e deu um abraço lateral em Adrian.

– Estamos felizes de você ter voltado em segurança.

Para o mundo, eles eram Hugh Everhart e Simon Westwood. Super-heróis. Integrantes do Conselho. Membros fundadores dos Renegados.

Mas, para Adrian, eram seus pais.

Ele revirou os olhos para o teto.

– Parem com isso. Vocês estão me fazendo pagar mico.

– E não vai ser a última vez, tenho certeza – disse Simon. – Você se envolveu na luta?

Adrian balançou a cabeça.

– Eu estava a alguns quarteirões de lá quando começou. Passei a maior parte do tempo bancando o guarda de trânsito pra ajudar alguns ônibus cheios de crianças.

– É um trabalho difícil – comentou Hugh –, mas alguém tem que fazer.

– Já começou a investigação? – perguntou Adrian. – O Titereiro não estava agindo sozinho. Acho que havia mais Anarquistas lá... e a Pesadelo estava nos telhados. – Ele franziu a testa para Hugh. – Ela estava atrás de *você*.

– Eu estou bem – disse Hugh, coçando a têmpora. Adrian sabia que tinha sido ali que o dardo o atingiu, mas não tinha ficado nem marcado.

– Estou vendo, mas ela tentou assassinar você hoje... e quase conseguiu. *E* acertou a Pássaro do Trovão. Essa garota... ela fica aparecendo toda hora, e acho que não está trabalhando sozinha.

– Nós também achamos – disse Simon. – Estamos investigando, mas até agora não tem nenhuma prova concreta de que a Pesadelo estava com os Anarquistas e nem com nenhuma outra gangue, antiga ou nova. Ela pode só ter tido sorte de conseguir usar o balão do Winston pra uma fuga conveniente. E sem provas...

– ... é contra o código ir atrás deles – murmurou Adrian com voz monótona.

– Se não seguirmos as regras, vamos ser como eles – disse Hugh.

Adrian não respondeu. Quando os Renegados se formaram, eles não precisavam seguir regra nenhuma; não havia regras a seguir. Eles eram mais justiceiros do que agentes da lei, e certamente não eram *fazedores* de leis. Eles faziam o que precisava ser feito para tornar o mundo um lugar melhor e mais seguro. Mesmo que isso significasse chantagear alguém para obter informações ou se infiltrar em um esconderijo por acharem que havia algo de suspeito acontecendo, com ou sem prova concreta.

Havia dias em que Adrian achava que as coisas eram melhores assim. Quando os super-heróis eram só super-heróis, não líderes.

Talvez fosse por isso que a ideia do Sentinela o atraía. Havia liberdade no anonimato. Havia poder em não ter que responder a ninguém.

Só que, como aquele dia tinha mostrado, isso não queria dizer que não havia consequências.

– Tenta não se preocupar tanto – disse Simon, e Adrian percebeu que estava de cara amarrada. – A arma da Pesadelo foi enviada mais cedo para exame. Vamos ver se revela algo de útil.

– Ela é só uma vilã novata tentando ganhar credibilidade – acrescentou Hugh. – Nós já encaramos coisa pior.

Adrian não podia discutir com isso. Eles tinham vencido o próprio Ace Anarquia, além de incontáveis outros. Ainda assim, algo dizia que a Pesadelo não devia ser ignorada. Até onde sabia, aquele dardo tinha chegado mais perto de matar o Capitão Cromo do que qualquer outra coisa antes.

Simon olhou para a parede coberta de telas, mudando entre imagens do Titereiro, da Pesadelo balançando na cesta do balão e, de vez em quando, do Sentinela.

Hugh seguiu o olhar de Simon e franziu a testa ao ver a imagem do prodígio de armadura.

– Falando em investigação, o que a gente sabe sobre ele?

Apesar de eles estarem cercados de repórteres, assistentes e equipes de patrulha, ninguém respondeu.

Adrian coçou o peito, onde a tatuagem de zíper ficava escondida, onde o Sentinela estava guardado em segurança, dentro dele.

– Minha equipe o viu quando eles estavam enfrentando a Pesadelo. O Sentinela também estava atrás dela.

Hugh olhou para ele.

– Ele foi visto usando alguma habilidade?

– Eu… acho que sim. É. – Ele engoliu em seco. – Oscar achou que ele talvez fosse produto da pesquisa e desenvolvimento.

– Seria novidade pra mim – murmurou Simon. – Vou falar com Oscar e Ruby e ver o que a gente descobre. – Uma clareza repentina surgiu nos olhos dele. – Eu soube sobre Danna. Ela está bem?

Adrian enrijeceu. Ainda conseguia sentir o calor do próprio fogo. Ainda era capaz de ver as borboletas ficando pretas e se desintegrando na frente dele.

– Os curandeiros disseram que ela vai ficar.

Simon apertou o ombro de Adrian, e ele sabia que era para ser um gesto paternal e reconfortante, mas alguma coisa o fez se sentir pior.

Não só por causa de Danna, mas também porque já tinha decidido que não podia contar que *ele* era o Sentinela. Ainda não.

Hugh se virou para a multidão.

– Escutem – disse ele com aquela voz grave e heroica capaz de fazer uma minhoca prestar atenção. – Se alguém souber alguma coisa sobre esse prodígio que se chama Sentinela, que traga a informação para o Conselho. Até onde sabemos, ele não é um de nós... – Ele fez uma pausa, os olhos azuis firmes percorrendo o aposento para o caso de alguém querer se adiantar e confessar ali mesmo, *caramba, era eu o tempo todo!*. Evitando o olhar do pai, Adrian virou o rosto para Max, que estava espiando da quarentena.

Hugh prosseguiu.

– Mas ele está usando nosso símbolo e nosso nome. Quero saber os motivos dele. Se for inimigo, quero saber com quem está trabalhando. Se for aliado... quero saber por que não está trabalhando *conosco.*

Ele se virou para Adrian e exibiu o sorriso padrão do Capitão Cromo, aquele que, mesmo depois de tantos anos, ainda fazia Adrian se sentir como se estivesse olhando uma foto em uma caixa de cereal.

– Quem sabe? Pode ser que ele apareça nos testes.

– Sr. Everhart, Sr. Westwood. – Uma mulher de jaleco branco e tênis atravessou o saguão, carregando uma prancheta. – Posso falar com vocês? Nós terminamos nossos exames preliminares na solução que havia dentro do dardo.

Hugh e Simon se juntaram a ela e começaram a andar na direção de onde ela tinha vindo. Adrian foi atrás, fingindo que tinha sido convidado, enquanto o resto do grupo se dispersava.

– Não temos resultado para o envoltório físico do projétil – disse a mulher, virando uma página da prancheta. – Mas a solução era quase idêntica a venenos que foram atribuídos ao Cianeto no passado.

– Cianeto – repetiu Hugh. – Leroy Flinn?

A mulher assentiu.

– Um Anarquista – disse Adrian.

Eles fizeram uma pausa e se viraram, e os três pareceram surpresos de ele ainda estar ali.

Suspirando, Hugh se virou para a técnica.

– Nada sobre a arma ainda?

Ela começou a balançar a cabeça, mas hesitou.

– Isso não foi confirmado, mas tinha marcas de fabricação parecidas com algumas que apreendemos de criminosos não afiliados. Mercado clandestino, se eu fosse dar um palpite.

– Pode ser de um traficante de armas novo na cidade – observou Hugh, coçando o queixo.

– Ou um antigo – acrescentou Simon – voltando ao trabalho.

– Quem liga pra origem da arma? – disse Adrian. – O Cianeto fez o veneno, e nós sabemos que ele é Anarquista. Considerando ele e o Titereiro, deve ser pra eles que a Pesadelo está trabalhando. Ou... com eles.

Simon afastou as beiradas da capa dos ombros.

– Os Anarquistas estão inativos há nove anos. É mais provável que a garota seja só uma prodígio canalha tentando ganhar nome nas ruas.

– Você não sabe se é isso mesmo – questionou Adrian. – E que importância tem? Eles nos atacaram hoje, o Titereiro e a Pesadelo, os dois. Isso deve ser motivo suficiente pra ir atrás dos Anarquistas, mesmo sob o código de autoridade.

– Não é suficiente confirmar que a Pesadelo é uma deles. – Hugh sorriu, e havia algo de tão caloroso e gentil naquele sorriso que Adrian se irritou, como se o pai estivesse tentando reconfortá-lo depois de um dia difícil no treino de softball. – Mas pode ser que você esteja certo. Vamos mandar alguém investigar os Anarquistas. Fazer algumas perguntas, ver o que consegue descobrir.

A pálpebra esquerda do Adrian começou a tremer.

– Por que você não me manda? *Nós?* Oscar e Ruby estavam no chão hoje. Eles sabem mais sobre a Pesadelo do que qualquer pessoa neste momento. Deixa a minha equipe ir.

– Sua equipe é excelente na patrulha – observou Simon –, mas vocês não são investigadores. Vamos encontrar alguém com mais experiência pra cuidar disso.

Adrian massageou a testa.

– Eu não acho... Só fico pensando se outra equipe vai levar isso tão a sério quanto deveria. A Pesadelo se mostrou uma verdadeira ameaça hoje, e se os Anarquistas estiverem envolvidos, vamos ter que parar de pensar neles como ratos de esgoto inofensivos. Mesmo sem Ace, eles ainda são vilões. Nós não temos como ter certeza do que eles são capazes.

Hugh riu.

– Você esquece com quem está falando, Rabisco – disse ele, usando seu nome de Renegado, e Adrian não conseguiu interpretar se foi de um jeito carinhoso ou ofensivo. – Que os Anarquistas tentem retomar o poder da cidade. Eles jamais teriam chance... com ou sem essa *Pesadelo*. Nós ainda somos super-heróis, sabe.

Eles se viraram e seguiram a mulher até os elevadores, e Adrian já os ouviu falando sobre outros tópicos do Conselho: como eles tranquilizariam as pessoas depois dos ataques de hoje, e o que fazer com Winston Pratt, e qual era a melhor forma de rastrear esse suposto distribuidor de armas do mercado clandestino.

Adrian os viu se afastarem, os braços cruzados com força sobre o peito. Só conseguia pensar que Hugh Everhart estava enganado. Eles não eram mais super-heróis, não do jeito como tinham sido antes. Não porque estivessem ficando velhos ou por não terem saído tanto em campo desde que reuniram o Conselho e deixaram boa parte da luta contra o crime para os recrutas mais novos. Era porque eles tinham regras agora. Regras que eles mesmos tinham criado, mas que ainda assim mantinham suas mãos atadas.

A solução pareceu muito simples para ele, muito óbvia. Eles sabiam onde os Anarquistas moravam. Equipes dos Renegados invadiam as fortalezas deles em intervalos de meses para ter certeza de que não estavam desenvolvendo armas ilegais, nem construindo bombas, nem criando venenos fatais exatamente como o que foi encontrado no dardo. Eles só precisavam ir lá e exigir que a Pesadelo fosse entregue.

Mas iam só enviar uma equipe que... faria o quê? Algumas perguntas sem sentido para depois pedir desculpas educadamente por terem ocupado o tempo deles?

O Titereiro e o Cianeto eram Anarquistas que foram leais ao Ace desde o começo. As chances de Winston Pratt estar trabalhando sozinho hoje pareciam improváveis, e a ideia de que o uso que a

Pesadelo fez do balão dele e o fato de que o dardo tinha veneno do Cianeto serem coincidência parecia ingênua.

Se os Anarquistas estavam ficando ativos de novo, recrutando novos membros, tramando contra o Conselho, essa poderia ser a melhor oportunidade de os impedir, antes de poderem fugir do controle.

Porque eles não podiam fugir do controle. Não de novo. Nove anos tinham se passado, mas o mundo ainda carregava cicatrizes demais do domínio do Ace Anarquia.

Adrian não tinha certeza se eles conseguiriam se recuperar uma segunda vez.

CAPÍTULO SEIS

O BALÃO TINHA BATIDO em um prédio residencial ao sul da via Bracken. Nova pulou da cesta antes que caísse no chão e desapareceu nas sombras de uma rua adjacente. Sabendo que os Renegados estariam rastreando o balão e procurando por ela, Nova forçou as pernas a se moverem por quase três quilômetros de vielas e pátios vazios até finalmente desabar atrás de uma lavanderia e um restaurante que anunciava teriyaki e cheeseburgers. Deitou-se no concreto e ficou olhando pelas grades da escada de incêndio, pelos varais cheios de calcinhas e toalhas, para o menor vislumbre do céu entre fachadas de tijolos. A brita machucou suas costas e todos os músculos estavam doendo, mas era bom retirar o capuz e a máscara. Respirar o ar, mesmo com cheiro de óleo velho e alho, e, ocasionalmente, um odor de cachorro molhado.

Só quando um cachorro molhado de verdade apareceu farejando perto da cabeça dela foi que Nova afastou o focinho dele, se levantou do chão e começou a voltar para casa.

Para as sombras e a imundície da vida diária.

Ela andou por mais de uma hora até chegar a uma das extintas entradas de metrô que tinham conexão com a rede de túneis dominada pelos Anarquistas depois que a vitória dos Renegados os obrigou a se esconderem. Havia oito anos que o Conselho vivia dizendo que ia fazer o metrô voltar a funcionar, mas até onde Nova percebia não fora feito progresso nenhum. Ela tinha dúvidas sérias de que aconteceria no futuro breve.

Ela passou pela tábua de compensado e entrou.

A escuridão a engoliu enquanto ela descia a escada. Foi só quando chegou ao primeiro patamar e se virou para o segundo que pegou a pequena lanterna no cinto e a acendeu. A luz dançou sobre rabiscos familiares de pichações e placas anunciando livros por muito tempo fora do mercado e peças que não eram encenadas em Gatlon havia mais de trinta anos.

O sistema do metrô tinha caído com o governo, no começo da revolução do Ace, e os túneis tinham se tornado um refúgio para os que estavam procurando consolo da agitação acima. Ofereciam abrigo e anonimato, pelo menos, e isso era alguma coisa. Agora, os túneis abandonados pertenciam aos Anarquistas, pelo menos naquele canto do labirinto, com os vagões quebrados, trilhos cheios de lixo e uma escuridão que parecia penetrar nas paredes.

Eles não estavam exatamente escondidos; os Renegados sabiam onde encontrá-los. Mas, anos antes, depois da Batalha por Gatlon, Leroy ofereceu uma trégua ao Conselho. Foi assim que ele chamou. *Trégua*. Apesar de Ingrid dizer que era um pouco melhor do que humilhação. Ainda assim, o Conselho aceitou os termos dele. Os poucos Anarquistas sobreviventes teriam permissão para um pouco de autonomia, aquela vidinha patética subterrânea, desde que nunca mais usassem as habilidades contra os Renegados ou contra o povo.

Nova não sabia muito bem o que tinha dado no Conselho para aceitar a proposta quando eles poderiam facilmente ter emboscado e enfiado todos na prisão naquele dia. Talvez o sentimento de retidão que os movia tivesse passado assim que eles viram o Capitão Cromo sair das ruínas da catedral com o elmo do Ace Anarquia no pique. Talvez tivessem sentido pena dos Anarquistas que perderam tudo tão de repente: a batalha, o líder, o lar.

Ou talvez só tivessem concluído que, sem o Ace, os Anarquistas não eram mais ameaça.

Os Renegados ainda os visitavam de tempos em tempos, para fiscalizar os túneis e ter certeza de que eles não estavam desenvolvendo armas ilegais e nem "causando confusão", mas, fora isso, eles até que eram deixados em paz.

Nova se perguntou quanto tempo isso duraria agora, depois do fiasco de Winston no desfile. Se tivesse sido só ela, os Renegados talvez não conectassem a agressão ao grupo. Ela poderia ter trabalhado sozinha, na visão deles. Claro que, quando o Fobia e Ingrid se apresentassem, eles revelariam o envolvimento dos Anarquistas de qualquer modo, mas, àquela altura, o Conselho estaria morto e não importaria.

Mas o Conselho não estava morto, e embora as alianças da Pesadelo ainda pudessem ser um mistério, o envolvimento do Titereiro levaria os Renegados direto a eles.

Ela não devia ter entrado naquele balão. Essa escolha foi só mais uma prova que os conectava.

Se não fosse aquele cara novo... *o Sentinela*... as coisas poderiam ter terminado de um jeito diferente.

Nova chegou ao andar mais baixo da estação do metrô e seguiu pela plataforma. Ratos saíram correndo quando ela pulou nos trilhos e foi para o túnel. Virou o facho da lanterna para a parede até encontrar o interruptor que tinha ajudado Ingrid a instalar alguns anos antes. Com um movimento, uma série de lâmpadas fracas se acenderam no teto e a guiaram para casa.

Nova apagou a lanterna e jogou na bolsa, que parecia vinte e cinco quilos mais pesada do que estava de manhã. Os braços queimavam de cansaço. Todos os músculos do seu corpo estavam se manifestando, cada um dolorido e cansado e comunicando suas reclamações.

Algumas dezenas de metros depois, encontrou Ingrid na plataforma central, colocando caixas de comida e suprimentos em um carrinho de compras.

Nova largou a bolsa nos trilhos. Ingrid se virou, os olhos arregalados, mas relaxou quando viu Nova.

– Você me deixou lá – disse Nova, apoiando a mão fechada no quadril.

Ingrid balançou a mão e se virou para as estantes, pegando latas de sardinha e feijão.

– Me ajuda a pegar essas coisas, tá?

– Tipo como você me ajudou?

Ingrid deu um gemido, se virou e olhou de cara feia para Nova. Ainda estava usando o uniforme da Detonadora: botas altas, calça cáqui justa, uma cropped azul e as braçadeiras azul-metálicas que espiralavam pela pele negra, dos ombros até os pulsos. A única diferença do visual durão de vilã de sempre era que tinha prendido o cabelo preto crespo com uma faixa com pedras, sem dúvida roubada de Mel.

– Está na hora de superar isso, Pesadelo – disse Ingrid. – Você sabia dos riscos da missão, sabia que não haveria tentativa de resgate se as coisas dessem errado. Mas olha... você está bem, eu estou bem, o Fobia... – ela revirou os olhos com exagero – eu não sei, deve estar fazendo uma sessão espírita, sei lá, aquele trapaceiro sinistro, mas pelo menos ele também está bem. Nós estamos todos bem.

– Winston não está bem.

– Winston mereceu o que teve. Planejar um ataque daqueles no centro da cidade! Ele quase nos levou à morte. É dele que você devia estar com raiva agora.

Nova curvou o lábio. Também estava com raiva de Winston, mas a raiva estava dominada pela culpa de saber que ele foi pego em parte por causa dela.

– E agora nós temos coisas mais urgentes para resolver do que aquele cretino – disse Ingrid –, então pare de ficar emburrada e leve isso aqui até o estoque embaixo da linha amarela. – Ela voltou a jogar alimentos dentro do carrinho.

Nova subiu na plataforma e jogou a bolsa em cima dos alimentos.

– Você acha que vai haver invasão hoje?

– Aposto. Os Renegados vão estar procurando confusão. – Ela colocou algumas caixas de arroz instantâneo na parte de baixo do carrinho. – Pronto. Eles podem invadir os túneis, mas pelo menos não vamos passar fome.

Um choro leve reverberou nas paredes. Nova virou a cabeça.

– Mel?

Ingrid bufou.

– Ela está assim desde que voltamos. Não sei bem por que está tão chateada. Talvez um zangão tenha morrido. Não sei. Ignora ela. Aqui, vou ajudar a botar o carrinho nos trilhos. – Ela empurrou o carrinho até a beirada da plataforma, as rodinhas velhas e irregulares chiando nos ouvidos delas. – Juro que tem dias em que fico me perguntando o que ainda estou fazendo aqui com vocês, seu bando de ultrapassados. Mel é causa perdida. Leroy matou neurônios demais com os produtos químicos que vive cheirando. E o Fobia... ele está ficando cada dia mais esquisito, você já reparou? – Ela desceu para os trilhos e segurou a frente do carrinho enquanto Nova o empurrava na direção dela.

– Talvez você fique por minha causa – disse Nova quando o carrinho estava em segurança lá embaixo.

Ingrid riu.

– Ah, querida. Você atirou no próprio Capitão hoje. – Ela estalou a língua, mas, pela primeira vez desde que Nova a encontrou na plataforma, seus olhos assumiram um ar amistoso. – Você talvez seja a mais maluca de todos nós.

– A ideia foi sua.

– Exatamente.

Quando Nova já tinha deixado o carrinho de suprimentos no depósito embaixo da linha amarela, que estava cheio de baratas e costumava ser ignorado durante as visitas dos Renegados, seus braços estavam vibrando de empurrar as rodinhas do carrinho pelos trilhos. Ela ficou feliz de finalmente chegar ao seu vagão abandonado e largar a bolsa.

Parou um momento para preparar uma xícara de chá com uma pequena chaleira elétrica. Era um dos rituais que regulavam seus dias. Embora o chá nunca a fizesse dormir e nem parecesse ajudar muito a acalmar a mente, como deveria, ainda sinalizava para o corpo que o dia tinha acabado e a noite estava prestes a começar. Dava uma sensação de normalidade, uma coisa tão simples e reconfortante quanto uma rotina da hora de dormir, mesmo ela pulando a parte de ir para a cama.

Com a caneca na mão, ela voltou para os túneis.

Os lamentos de Mel ficaram mais altos conforme Nova foi se aproximando dos aposentos dela, o choro perturbado apenas pelo zumbido das colmeias.

– Mel? – disse Nova, empurrando a porta de aço pesada com o ombro.

Mel Harper, a famosa Abelha-Rainha, estava com um humor daqueles. Tinha se arrumado como fazia quando as coisas ficavam realmente ruins, com delineador grosso e cintilante e cachos louros em um penteado que desafiava a gravidade. Estava usando um vestido colado que descia pelas curvas generosas, parada na frente de um espelho de corpo inteiro, alternando entre se admirar com apreciação e chorar nas mãos.

Ela seria a imagem perfeita de uma estrela de cinema do passado, toda dramática e cintilante, beirando o ridículo... se não fossem as abelhas.

Além da mobília esparsa do aposento (uma cama bagunçada, uma penteadeira, um guarda-roupa antigo), cada centímetro do espaço era ocupado por colmeias e ninhos e criaturinhas cujo zumbido acumulado era mais alto do que uma serra elétrica. Abelhas doces e gordas, operárias eficientes e trabalhadoras, zangões e vespas, alguns do tamanho do polegar da menina. Apesar de irem e virem dos túneis, sempre havia milhares lá dentro, trabalhando, construindo, produzindo. Algumas dezenas andavam pelo vestido e pela pele da Mel, e Nova conseguia ver que duas tinham ficado presas nos fios grudentos de laquê do cabelo.

Nova tinha observado uma vez para Mel que, cientificamente falando, vespas não eram abelhas, e como ela podia ter domínio sobre elas se seu poder era relacionado a abelhas? Mas Mel só sorriu e fez carinho na bochecha dela, murmurando:

– É bom ser rainha.

Nova era criança na época; isso foi antes de eles terem sido expulsos para os túneis.

Quando os Renegados os derrotaram, Mel foi quem mais sofreu e encarou como um ataque pessoal ter sido forçada a ir com suas preciosas súditas para as cavernas escuras e sem sol. Ela vivia como uma rainha naquela época, e muitas vezes fingia que ainda era assim. Nova tinha quase certeza de que a negação inflexível da nova realidade deles a tinha deixado meio louca.

– Mel? – chamou ela de novo, mais alto agora, para ser ouvida acima do zumbido.

Mel se virou para ela, as bochechas vermelhas.

– O quê? – respondeu ela com rispidez.

A maquiagem dos olhos estava escorrendo, formando manchas pretas nas bochechas, mas isso não a deixou menos bonita. Estava mais para uma moça perturbada que precisava de ajuda. O tipo de mulher que muitos caras tentariam ajudar se não fosse a vespa preta no decote.

Ao ver Nova, ela se empertigou toda para poder olhá-la de cima enquanto se recompunha. Uma sombra de sorriso cruzou seus lábios cintilantes. Ela nunca usava batom, só espalhava mel... o melhor hidratante da natureza, ela lembrava repetidamente, sugerindo não tão sutilmente que Nova devia usar um pouco.

– Minhas desculpas, querida – disse Mel com um suspiro. Ela esticou a mão para um copo de martíni na penteadeira e ignorou a abelha na borda ao tomar um gole. – Não ouvi você entrando.

– Tudo bem. Posso pedir emprestado...

– Achei que você estivesse fora. O dia foi bem silencioso aqui. Para onde foi todo mundo?

Nova apertou as mãos nas laterais da caneca. Era frio nos túneis, e o calor vindo da cerâmica era bom nos dedos.

– Ao desfile?

Uma sobrancelha bem desenhada subiu no rosto.

– Era hoje? Como foi?

Nova abriu a boca para contar a Mel o fracasso que a missão foi. Mas hesitou e acabou dizendo:

– Botaram uma atriz pra interpretar você no carro alegórico dos vilões.

Mel levou um susto. A abelha caiu na bebida, e ela enfiou o dedo e a tirou sem olhar, largando a criatura encharcada na penteadeira.

– Ela era muito bonita – acrescentou Nova. – Não chegava aos seus pés – ela indicou o vestido da Mel –, mas fez um bom trabalho. Era cheia de classe. Acho que não foi atingida por nenhuma fruta.

Mel olhou para dentro do copo, os cílios longos e falsos roçando na bochecha, e naquele momento ela pareceu um retrato. Triste e abandonada. Uma rainha separada do reino.

– Talvez não tenham me esquecido, afinal.

– Ah, para com isso – disse Nova, balançando o saquinho de chá na caneca. – Como poderiam esquecer você?

Um leve sorriso surgiu nos lábios brilhantes de Mel, na hora em que uma vespa subia até lá.

– A propósito... – Nova ergueu a caneca fumegante. – Você pode me emprestar um pouco de mel?

Mel olhou para ela, os olhos brilhando, e suspirou.

O chá já estava esfriando quando ela saiu dos aposentos de Mel e foi para a bifurcação nos túneis. Nova passou por outra plataforma abandonada, um mural de azulejos lascados e sujos marcando a parada na estação Blackmire, e parou novamente, refletindo.

A plataforma estava ocupada por três tendas de circo de tamanho infantil, e mal dava para ficar em pé dentro delas. As tiras largas de cores primárias que já tinham sido vibrantes haviam desbotado com anos de poeira e sujeira. As tendas eram conectadas por abas rasgadas no tecido e costuradas com retalhos de sacos de dormir e lençóis velhos, formando uma espécie de palácio de tendas em miniatura. Mas a mudança mais impressionante foi que as bandeirolas tinham sido substituídas por cabeças de boneca cortadas, uma para cada tenda, os olhos pretos cegos observando qualquer um que ousasse se aproximar.

Nova botou a xícara no chão e subiu na plataforma. Abriu a aba da frente da tenda e esperou um momento, permitindo que os olhos se adaptassem à escuridão e que o nariz franzido se ajustasse ao odor forte de Winston Pratt, que nunca tinha sido muito adepto dos hábitos de higiene.

Ela prendeu o ar, parou junto aos restos de brinquedos de corda quebrados e kits de pintura secos e seguiu até a segunda tenda, onde uma cozinha de madeira para criança a recebeu, cheia de comida de verdade e de plástico.

Ela remexeu na geladeira e nos armários de brinquedo até encontrar um saco de pipoca e uma barra de chocolate. Enfiou ambos nos bolsos.

Winston não voltaria tão cedo mesmo.

Quando chegou ao vagão de Leroy, onde uma lanterna estava acesa na janela, o chá estava morno. As coisas nunca ficavam quentes por muito tempo nos túneis úmidos.

Nova foi até a porta lateral e bateu.

– Entre por sua própria conta e risco – bradou ele, o cumprimento familiar.

Nova abriu a porta de vidro, que tinha sido pintada de preto muito tempo antes, e entrou no vagão. Leroy, ou Cianeto, como o mundo o conhecia, estava à mesa de trabalho, medindo uma colher de pó verde e colocando dentro de um frasco cheio de líquido amarelado. A mistura estalou e chiou no tubo.

Ele olhou para Nova e sorriu enquanto empurrava os óculos para o alto da cabeça.

– Você está com uma cara péssima.

– Exatamente o que eu precisava ouvir, obrigada. – Ela se deitou em uma espreguiçadeira marrom. Apesar de a almofada já ter sido lar de uma família de ratos e de o estofamento de couro falso estar rasgado em vários pontos, ainda era um dos lugares mais confortáveis para se sentar na linha oeste. – Em que você está trabalhando?

– Só um pequeno experimento – disse Leroy.

Ele era um homem gorducho, com cabelo castanho sempre grudado na testa e um rosto que era uma colcha de retalhos de cicatrizes e descolorações por causa de vários experimentos que deram errado ao longo dos anos. Não tinha três dentes e as sobrancelhas sempre cheiravam a produtos químicos, mas, de todos os Anarquistas, ele sempre foi o favorito de Nova.

– Como foi o desfile?

Ela deu de ombros.

– Nós não matamos o Conselho. E nenhum Renegado, na verdade.

– Que pena.

– Mas acho que posso ter quebrado uma das asas da Pássaro do Trovão.

Os olhos de Leroy se iluminaram, impressionados, enquanto ele erguia o frasco. A mistura dentro tinha parado de borbulhar.

– Conseguiu usar o dardo?

Ela franziu ainda mais a testa.

– Eu tentei. Errei.

Ele cantarolou, sem preocupação nenhuma.

– Talvez na próxima vez.

Nova se encostou e o apoio para pés subiu.

– Winston apareceu.

– É?

– Não era pra ele ir.

– Foi o que pensei.

Nova olhou para as barras de metal que seguiam o comprimento do vagão. Para os mapas velhos e amarelados da cidade. Para o teto que tinha começado a rachar na lateral.

– Ele foi capturado pelos Renegados. – Ela tomou um gole de chá. – Pode ter sido culpa minha.

Leroy não respondeu. Nova ouviu os sons do trabalho dele. Medindo, virando, misturando.

Ela colocou o chá no chão, levantou um braço e o cruzou atrás da cabeça, tentando alongar os músculos.

– Acho que talvez tivesse conseguido salvar nós dois se tivesse tentado de verdade.

Leroy botou uma rolha em um dos frascos e escreveu no rótulo.

– Se ele fosse mais forte do que os Renegados, não teria caído nas mãos deles.

Era lógico. Lógica anarquista. Lógica confortável, sem culpa.

– Mas, de qualquer modo – disse Nova, mudando o braço alongado –, Ingrid acha que os Renegados vêm invadir nosso esconderijo hoje, em retaliação, ou talvez pra tentar descobrir se estávamos envolvidos.

– Tenho certeza de que você vai estar bem escondida quando eles chegarem.

– É, mas... você não deveria guardar algumas dessas coisas?

Os lábios de Leroy subiram de um dos lados, fazendo metade do rosto dele ficar frouxa por falta de uso.

– Acredite ou não, tudo que faço aqui é perfeitamente legal.

Nova não conseguiu perceber se ele estava brincando.

– Ah, bom... não vá dizer que eu não avisei.

– O aviso foi recebido com um agradecimento de coração. – Ele pegou um pote vazio e um funil em um armário próximo. – Estavam anunciando os testes no desfile?

– Como se fosse feriado nacional – resmungou Nova, e acrescentou com deboche: – *Você tem o necessário para ser herói?* Ugh. Prefiro que me acertem com um batedor de ovo.

Ela tirou o saco de pipoca do bolso, que fez ruído quando o abriu. Ofereceu para Leroy, mas ele recusou.

– O mundo precisa de heróis – disse ele, botando os óculos de novo para virar a mistura na garrafa. Faziam seus olhos parecer três vezes maiores.

– É o que dizem. – Nova colocou um pouco de pipoca na boca. – Mas nós dois sabemos que o mundo ficaria melhor sem heróis. Sem vilões. Sem nenhum de nós atrapalhando as pessoas normais e felizes nas vidas normais e felizes.

Os lábios do Leroy se curvaram num sorriso sutil.

– Você já pensou em fazer o teste?

Ela riu.

– Pra quê, pra ser uma Renegada?

– Eles não sabem quem você é, como é sua aparência. – Ele botou a chama do bico de Bunsen mais baixa e o pote de vidro em cima. – Você seria uma espiã promissora.

– Só que não tem a menor chance de eu conseguir fingir ter respeito por aqueles metidos, arrogantes, pretensiosos... *heróis* por tempo suficiente de descobrir qualquer coisa útil.

Leroy deu de ombros.

– Você conseguiria se quisesse.

– Sem falar em passar pela verificação de antecedentes – continuou ela. – Não é qualquer um que entra para o grupinho deles, sabe. Você acha mesmo que deixariam uma garota com o sobrenome *Artino* entrar?

Ele balançou a mão para ela.

– Obstáculos menores. É fácil arrumar documentos falsos nesta cidade. Nós somos vilões ou não somos?

– Você tem pensado a respeito disso.

Ele olhou para ela.

– Só desde que começaram a anunciar os testes novamente. Ace sempre dizia que conhecimento é poder, e ele estava certo. Infelizmente, nos dias de hoje, os Renegados têm todo o conhecimento *e* o poder.

Nova pegou a caneca quase vazia e se levantou.

– Nesse caso, me enviar para os testes seria um plano perfeito. Se ao menos eu tivesse desejo de morrer...

– Dê um pouco mais de crédito a si mesma, pequena pesadelo – disse Leroy. – Pelo menos eu dou.

Nova grunhiu.

– Vou pensar – concedeu ela, abrindo a porta. – E não me chame assim.

Leroy apenas sorriu.

CAPÍTULO SETE

Adrian apoiou os pés na mesa de centro, um prato de cereal no colo. Era o cardápio padrão quando seus pais trabalhavam até tarde, o que acontecia com muita frequência, e depois do dia que tiveram, ele não esperava que chegassem tão cedo.

Ele pegou o controle remoto e ligou a televisão para ver os noticiários da noite. Uma filmagem trêmula do desfile apareceu na tela da televisão, um vídeo do balão de arlequim do Titereiro percorrendo as ruas do centro de Gatlon enquanto uma multidão gritava e corria para tentar escapar. A voz de um repórter fora da tela citava as estatísticas. Os números tinham aumentado desde que ele os ouviu naquela tarde, e agora estavam dizendo que foram sessenta e oito feridos, com cinquenta e um civis ainda recebendo tratamento no Hospital da Cidade de Gatlon e dois Renegados, incluindo a integrante do Conselho Tamaya Rae, tendo os ferimentos tratados no Quartel-General dos Renegados. Por sorte, não houve fatalidades. O criminoso, o Anarquista Winston Pratt, conhecido pela maioria das pessoas como Titereiro, estava detido...

Adrian afastou o olhar das imagens e botou a mão no caderno de desenho ao seu lado. Abriu a capa e usou o polegar para passar as páginas até encontrar os desenhos mais recentes, os que fez rapidamente assim que chegou em casa, com as ideias ainda frescas.

Enquanto mastigava o cereal, ele levou o caderno à altura dos olhos e inspecionou os desenhos.

Conceitos para uma nova tatuagem.

Não tinha planejado fazer mais nenhuma, mas, por outro lado, sempre achava que a tatuagem da vez era a última, e menos de dois meses depois de iniciar o experimento ele já tinha três na pele.

Mas tinha aprendido muito sobre as habilidades que tinha quando estava nos terraços enfrentando a Pesadelo. Ou melhor, aprendera muito sobre as habilidades do Sentinela.

Havia potencial ali. Grande potencial, ele sabia. A armadura tinha funcionado exatamente como ele queria, oferecendo ao mesmo tempo flexibilidade e proteção, mesmo a Pesadelo tendo conseguido encontrar uma vulnerabilidade no traje.

E as molas nos pés funcionaram como magia. Na primeira vez que pulou do nível da rua para um parapeito a três andares do chão, ele se sentiu quase como se tivesse levantado voo.

Mas o fogo... o fogo era problemático.

Pareceu uma ótima ideia quando ele tatuou. Na verdade, foi a primeira tatuagem que fez nele mesmo, antes de ter certeza se ao menos funcionaria. Antes que pudesse ter certeza de que o dom dos desenhos poderia se transferir a uma tatuagem permanente e imbuir seu corpo de um superpoder novinho e totalmente real.

Todo mundo queria manipulação do fogo. Era um clássico, e tinha tantas aplicações, desde acender velas de aniversário a incendiar um armazém inteiro lotado de narcóticos ilegais.

Não que ele já tivesse encontrado um armazém assim, mas, se *encontrasse*, gostava de saber que poderia fazer alguma coisa.

Mas fogo também era imprevisível. Era uma força da natureza, selvagem e incontrolável.

Adrian precisava era de algo novo e organizado. Algo que pudesse ser sistematicamente mirado e disparado, mesmo por ele, que, precisava admitir, não estava entre os melhores atiradores dos Renegados. Precisava de alguma coisa que tivesse bem menos chance de acertar um dos seus colegas.

Seu primeiro pensamento foi algum tipo de arma embutida na armadura, mas aí se lembrou de uma garota que foi treinada no quartel-general alguns anos antes, um prodígio capaz de disparar raios curtos de energia a partir de um nódulo no centro da testa e acertar qualquer alvo com grande impacto. As pessoas se referiam aos disparos como lasers, mas não eram isso. Adrian não sabia bem *o que* eram, mas sabia que acertavam com força suficiente para atordoar um oponente e às vezes até deixá-los inconscientes, sem permitir qualquer evidência que uma bala deixaria. Nem cartucho, nem restos, nem um ferimento aberto.

Era perfeito.

O truque era pensar em como incorporar uma habilidade dessas na armadura do Sentinela... e que tipo de tatuagem lhe daria esse poder. Muitas vezes, ele achava irônico ser capaz de fazer praticamente qualquer coisa ganhar vida quando desenhava, desde que conseguisse primeiro convencer a si mesmo de que faria sentido na realidade. Ele tinha que ser estratégico. Prático.

Molas nas solas dos pés. Uma espiral de fogo no antebraço. Um zíper no esterno que podia ser aberto para liberar a armadura.

E agora, uma espécie de diodo de laser. Um cilindro longo e estreito, desta vez no antebraço direito, que surgiria na manopla do Sentinela, já carregado e pronto para disparar...

Ele colocou o caderno de lado e comeu outra colherada de cereal.

– ... e, sim, o Titereiro foi pego no final, mas não acho aceitável tantos passantes terem ficado feridos antes de ele ser detido.

Os olhos de Adrian se voltaram para a televisão, onde dois homens e duas mulheres, todos bem penteados, estavam sentados em volta de uma mesa dentro do estúdio.

– Exatamente! – disse um dos homens, se inclinando por cima da mesa e apontando um dedo acusador na direção da mulher que tinha falado, apesar de parecer estar concordando com ela. – Não é aceitável. Foi um evento com grande presença de público. Onde estava a segurança? E por que o Conselho demorou tanto para reagir a essa ameaça? É trabalho deles nos proteger, mas hoje eles pareceram mais preocupados com propaganda ruim do que com impedir esse louco.

– Em defesa do Conselho – disse o segundo homem, levantando as mãos em um gesto de calma –, nós temos relatos de testemunhas dizendo que, poucos minutos depois do ataque começar, o Capitão Cromo conseguiu salvar sete crianças pequenas do controle do Titereiro, enquanto o resto do Conselho e vários Renegados que não estavam a serviço levaram centenas de civis para lugares seguros dentro de prédios e garagens próximas. – Ele ergueu a mão em um gesto de silêncio quando o outro homem tentou interromper. – *E* isso se alinha com o que o Conselho está nos dizendo desde o dia em que os Renegados viraram uma entidade oficial: que eles vão sempre se concentrar em proteger as vidas inocentes primeiro e partir para o ataque *depois*. Eles seguiram o protocolo hoje, e tenho que admirá-los por isso. Não pode ter sido fácil, principalmente com o Titereiro se mostrando um alvo tão óbvio.

Adrian levou o prato até a boca e bebeu o leite tingido de rosa.

– Sim – disse uma das mulheres –, mas quantos ferimentos poderiam ser impedidos se eles o tivessem detido?

O homem deu de ombros.

– E se um dos civis que eles levaram para um lugar seguro tivesse acabado morto? Nós nunca vamos saber.

– O que nós sabemos – disse a primeira mulher – é que, deixando os feridos de lado, Winston Pratt provavelmente não teria sido capturado hoje se não fosse aquela candidata a assassina o jogando para fora do próprio balão. Podemos, por favor, falar sobre o elefante na sala? – Ela abriu bem os braços, o rosto retorcido de descrença. – A Pesadelo! Quem ela é? De onde veio? Nós não sabemos nada sobre ela, só que quase assassinou o Capitão Cromo hoje, acertou a Pássaro do Trovão e escapou de uma unidade de patrulha dos Renegados em uma luta de uma contra três. Ninguém está preocupado com isso?

– Eu estou – disse o homem ao lado dela. – Mas o que me preocupa ainda mais do que esse ataque solitário, isso se *foi* solitário, é que, até onde sabemos, isso pode ser um sinal de que mais prodígios vão começar a sair dos seus esconderijos, determinados a provocar destruição e caos tudo de novo. Mostra que os Renegados podem não ter a cidade sob controle como eles querem que nós pensemos. Que prodígios novos e *vilões* ainda estão fora do radar. E, se for o caso, eu gostaria de ouvir do Conselho o que planejam fazer sobre essas ameaças.

– Com sorte – disse a mulher ao lado dele –, eles têm um plano melhor do que tinham hoje!

Adrian fez cara feia, pegou o controle remoto e desligou a televisão. Encostou-se no sofá e comeu outra colherada de cereal. No silêncio repentino, o barulho da mastigação ficou absurdo, a demolição de flocos de arroz com sabor artificial ocupando a sala toda.

Era impressionante o quanto as perguntas do âncora refletiam as que ficaram na cabeça dele o dia todo.

Pesadelo. O grande mistério. E eles nem sabiam o maior mistério de todos, as palavras que ele não conseguia silenciar.

Quem não tem medo não pode ser corajoso.

Adrian apoiou os pés no tapete, colocou o prato na mesa de centro e pegou o caderno.

O piso de madeira da casa estalou embaixo dele quando ele foi até o saguão e subiu a escadaria de carvalho até o segundo andar. Era uma casa velha e imponente. Já tinha sido a mansão do prefeito quando Gatlon tinha um. O prefeito, sua família e até alguns funcionários foram mortos naquela casa nos primeiros dias da Era da Anarquia. Quando era mais novo, Adrian tinha certeza de que os fantasmas deles ainda assombravam os andares de cima, e era por isso que tinha implorado para poder fazer do porão um quarto. Apesar de não acreditar mais que os espíritos dos mortos estivessem por lá, ele costumava sentir um arrepio de apreensão quando subia para o segundo andar, onde a suíte principal e vários quartos de hóspedes podiam ser acessados por um corredor central. Mas ele raramente tinha motivo para subir. O porão, a cozinha, a sala; esses eram seus domínios.

Mas o que ele precisava ver agora estava lá em cima, no escritório dos pais.

Ao chegar ao patamar, ele acendeu a luz do corredor e iluminou as portas escuras de madeira, a sanca intrincada, os tapetes orientais desbotados que ocupavam todo o corredor.

A casa estava em péssimo estado quando seus pais decidiram ir morar lá. Tinha sido alvo de saqueadores durante a Era da Anarquia, mas

Simon achava que tinha história demais para sucumbir ao abandono eterno. Era um símbolo de uma época diferente; uma época pacífica e civilizada, quando a sociedade tinha ordem e regras e liderança.

Então, eles foram morar lá e estavam fazendo as reformas desde a mudança. Adrian mal conseguia lembrar as condições da casa nos primeiros dias, quando ele ficou apavorado com a ideia de realmente morar lá, com as pilhas de lixo e guimbas de cigarro, fios expostos saindo de buracos nas paredes, teias grossas e pichações em todas as superfícies. Mas, em pouco tempo, o sonho dos pais virou o dele, e agora ele já tinha participado tanto na reforma quanto os dois. Pelo menos suas habilidades eram usadas com facilidade no projeto. Quando uma aba de janela estava fechada ou uma balaustrada destruída, era mais fácil Adrian simplesmente desenhar uma nova do que procurar um artesão que fosse reproduzir o estilo. O resultado era que Adrian tinha tanto orgulho da casa quanto imaginava que seus pais tivessem, mesmo ainda evitando os aposentos onde os assassinatos tinham acontecido.

Com o caderno embaixo do braço, ele encostou os dedos na porta do escritório e a empurrou. As dobradiças gemeram. A luz do corredor entrou nas sombras densas. Tateando o aposento, Adrian apertou o botão de cima do interruptor antigo, um dos poucos ainda originais da casa. O candelabro se acendeu, cinco lâmpadas pequenas com cúpulas cor de âmbar deixando a sala iluminada em tons sutis de dourado.

A mesa no centro da sala estava uma bagunça, as estantes atrás igualmente caóticas. Organizar o escritório nunca parecia prioridade quando havia uma cidade da qual cuidar, e qualquer tempo livre que seus pais tivessem era quase sempre dedicado a consertar a casa.

Adrian ignorou pilhas aleatórias de papel, arquivos e pastas, cartas e revistas e jornais. Foi direto até a estante, onde uma série de álbuns de fotos cheios de poeira estavam espremidos entre um atlas antiquado e um rádio quebrado.

Ele colocou a mão na lombada de um álbum coberto por uma capa marrom e o tirou da prateleira. O resto dos álbuns caiu para dentro, uns sobre os outros, enquanto Adrian se sentava na área ampla do tapete. Colocando o álbum em cima do caderno, ele virou as primeiras páginas. Apesar de haver anos que ele não olhava o álbum, ele ainda conhecia a maioria das fotos de cor.

Havia uma imagem granulada da sua festa de três anos, com ele sentado no meio de uma pilha de caixas e jornais rasgados que tinham sido usados como papel de embrulho, sua mãe e Kasumi sorrindo atrás.

Havia uma foto dele equilibrado no colo da mãe, com ela parada na frente de uma variedade de bolsas e caixas cheias de legumes enlatados e caixas de macarrão de massa seca. Os outros Renegados originais estavam todos lá também, menos Simon, que devia ter tirado a foto. Adrian lembrou a história daquele dia, quando eles conseguiram pegar toda aquela comida de um armazém controlado por uma das gangues de vilões, que estavam vendendo para cidadãos famintos por preços absurdos.

Sua mãe parou de aparecer nas fotografias depois disso, e com poucas viradas de páginas, o próprio Adrian passou de um bebê bochechudo a um garoto magrelo de oito anos. Os pais estavam atrás dele, as mãos em seus ombros, sorrindo com orgulho. Ele parecia feliz naquele dia, apesar de ser difícil lembrar como se sentia. Foi o dia em que eles o adotaram oficialmente, mais de um ano depois da morte da mãe. Os ferimentos não tinham cicatrizado, mas alguma coisa no fato de a papelada ter se encerrado o deixou se sentindo não mais vagando por aí, sem ligação com nenhuma família, separado de qualquer sensação de pertencimento. Na ocasião, pareceu absurdamente importante.

Ao olhar para trás, Adrian reconheceu que não havia adoção *oficial*. Evander Wade foi quem escreveu o certificado de adoção, pois não havia legislação para esse tipo de coisa. Seus pais estavam criando as leis conforme iam se mostrando necessárias. Mas talvez tivessem sentido a ansiedade de Adrian por não ter família para chamar de sua, mesmo acolhendo-o desde o começo. Talvez soubessem o que algumas assinaturas e um selo oficial significariam para ele.

Adrian passou pelas fotos da comemoração da adoção, pelo certificado com aparência oficial no meio das páginas. Mais alguns aniversários, algumas comemorações de feriados, embora os registros fotográficos fossem se tornando menos prioridade conforme Adrian crescia, e não havia nada de seus anos adolescentes, o que não era problema para ele. Não estava mesmo procurando um passeio pelo passado.

Finalmente encontrou o que estava procurando. Um pedaço de notícia bem dobrado e enfiado em um protetor de plástico perto do fim do álbum. Ele tirou o jornal da proteção. Estava meio amarelado, o que achou peculiar. Não fazia tanto tempo assim; não o suficiente para o tempo ter seu efeito nos recortes que tinham sido guardados. Havia dias em que parecia que tinha acabado de acontecer.

Mas também havia dias que parecia ter sido uma vida antes.

Adrian empurrou os óculos para cima e desdobrou o quadrado de papel cortado da *Gazeta de Gatlon*, o único jornal local que continuou operando durante a Era da Anarquia, embora tivesse havido anos em que os jornalistas foram pressionados pelas gangues a relatarem apenas algumas atividades, e não de forma verdadeira.

Ainda assim, *aquele* artigo Adrian tinha todos os motivos para acreditar que fosse verdade.

Uma foto em preto e branco mostrava a imagem dela em toda a sua glória de super-heroína: os pés com botas brancas pairando acima do chão, a capa dourada oscilando no ar, o sorriso largo familiar enquanto ela fazia um sinal de OK para o fotógrafo. Tudo em contraste tão drástico com a manchete no alto, em letras grossas de forma:

LADY INDOMÁVEL ENCONTRADA MORTA, ASSASSINO DESCONHECIDO

Adrian não esperava que as palavras o afetassem com aquela força toda tantos anos depois. Já tinha lido aquele artigo inúmeras vezes, e não achava que ainda fosse doer vê-la. Ele já havia se conformado com a morte da mãe. Tinha se ajustado a viver sem ela. Aceitara que o vilão que a matou quase certamente tinha morrido no Dia do Triunfo e que teria que se satisfazer com essa pequena justiça, mesmo se o mistério da morte dela nunca fosse solucionado.

Mas isso tudo foi antes da Pesadelo o macular com aquelas palavras. A expressão que significava bem mais para ele do que para qualquer outra pessoa. Ela sabia?

Mas... como podia?

Adrian passou os olhos pelas colunas do artigo até encontrar o parágrafo que estava procurando.

> A autópsia revelou ossos quebrados e o crânio fraturado, consistentes com uma queda de sete andares no beco de concreto, e o legista declarou que essa é a causa da morte. Apesar de nenhum sinal adicional de agressão no corpo e na cena do crime ter sido encontrado, morte por potencial suicídio foi descartada rapidamente por causa de uma pista: um cartão branco enfiado no cinto da Lady Indomável, com a seguinte frase ambígua escrita: "Quem não tem medo não pode ser corajoso."

Adrian desviou o rosto do papel e olhou cegamente para a traseira da escrivaninha.

Alguém a matou. Quase certamente um vilão, alguém que conseguiu anular o superpoder dela; afinal, como alguém capaz de *voar* morre de uma queda de sete andares?

Ele fechou os olhos, e embora não tivesse pesadelos com o corpo da mãe havia anos, sua imaginação conjurou a visão novamente. Ossos quebrados. Crânio fraturado. Apesar de o artigo não mencionar, ele tinha ouvido boatos de que, quando foi encontrada, seu rosto estava contorcido em um grito silencioso.

Um arrepio desceu pela sua espinha.

Quem não tem medo não pode ser corajoso...

Qual era o significado da Pesadelo conhecer aquelas palavras? Ela parecia nova demais para estar envolvida no assassinato, mas era possível que o assassino ainda estivesse vivo? Pesadelo sabia quem era? Estava ligada a ele?

Mas, se ela tinha mesmo se juntado aos Anarquistas, não fazia sentido o assassino da sua mãe ser um *deles*?

Ele largou o álbum no chão e se levantou, massageando a nuca. Os pés começaram a se moverem, os olhos parecendo não enxergar enquanto ele andava de um lado para o outro do escritório.

Ele sabia que o Conselho ia enviar alguém para revistar a fortaleza dos Anarquistas em busca de sinais de que estivessem trabalhando com a Pesadelo, ou que mais integrantes deles estiveram envolvidos no ataque ao desfile. Talvez para prender Cianeto como cúmplice. Uma unidade de patrulha os investigaria naquela noite, talvez estivesse fazendo isso naquele exato momento. Uma "equipe experiente".

Mas ele era o único que sabia sobre essa ligação a um caso antigo. O assassinato da Lady Indomável dez anos antes. Uma Renegada original. Sua *mãe*.

Se o assassino ainda estivesse vivo, ainda estivesse por aí... Adrian tinha que saber. E, até onde ele sabia, a única pessoa que podia ter aquela resposta era a Pesadelo.

Ele engoliu em seco e levou a mão ao esterno, onde a tatuagem de zíper vivia escondida por baixo da camiseta.

Seus pés pararam.

Adrian Everhart ir contra uma ordem direta e investigar os Anarquistas sozinho atrairia o risco de consequências demais... para ele e sua equipe. Rabisco não podia ir sozinho, e ele não queria envolver os outros. Não enquanto não tivesse alguma coisa mais substancial do que uma única frase enunciada num momento em que não havia ninguém por perto para ouvir.

Ele sabia que era perigoso e talvez um pouco idiota. Sua primeira missão como Sentinela não transcorreu exatamente como planejado. Mas ele já tinha tentado pedir permissão uma vez; sabia que não fazia sentido tentar de novo.

Contaria tudo ao Conselho. Sobre o Sentinela e a habilidade recém-descoberta. Sobre a Pesadelo e o que ela tinha dito. Contaria para eles em breve.

Contaria a verdade depois de conseguir algumas respostas de que precisava.

CAPÍTULO OITO

A CARACTERÍSTICA DE QUE Nova mais gostava nos túneis era não haver noite ou dia. A noite podia ser solitária na superfície, quando todas as lojas estavam fechadas e até as corujas mais dedicadas acabavam cedendo à atração do sono quando o relógio se aproximava da manhã. Nova não se importava de ficar sozinha, mas ficava entediada às vezes enquanto esperava o mundo acordar e voltar para sua existência sombria e infeliz.

Nos túneis, o único lembrete de que Nova tinha oito horas a mais do que todo mundo era se ela conseguia ou não ouvir os roncos da Ingrid vindos do vão de elevador desativado que ela chamava de quarto. Tudo relacionado a Ingrid era barulhento: suas bombas, sua personalidade e, evidentemente, até seus sonhos.

Nova recolheu os dardos do alvo e voltou pelo túnel, se preparando para treinar mais. Tinha passado a noite fazendo aquilo. Normalmente, gostava de dividir as horas noturnas entre mexer nas armas e invenções recentes, ou praticar meditação e artes marciais, ou seguir uma série de exercícios para melhorar a força e a resistência... ou qualquer habilidade de que pudesse precisar no encontro seguinte com os Renegados.

Mas, naquela noite, não conseguia afastar a lembrança do desfile. Os momentos em que estava no telhado. Quando o Capitão Cromo estava na sua mira.

Ela teria conseguido. Ela, Pesadelo, Nova Jean Artino, poderia ter sido quem matou o invencível Capitão Cromo.

Mas hesitou. Demorou demais para puxar o gatilho e estragou tudo.

Nunca mais.

Ela voltou para a linha que tinha desenhado no trilho e enfiou um dardo na arma. Não a arma que usou no telhado naquele dia; a Assassina Vermelha tirou aquela de suas mãos, e ela nunca teria a chance de recuperá-la. Era outra, encontrada na coleção de Ingrid.

Ela levantou a arma nos braços. Olhou pela mira. Apontou para o primeiro alvo.

Disparou.

De novo

E de novo.

E de novo, até cada dardo ter sido usado.

Ela expirou e foi recolhê-los. Só quando chegou perto dos alvos foi que pôde avaliar como tinha se saído bem.

Foi tudo na mosca. Havia doze dardos enfiados nas pupilas de doze recortes de revista, cada um deles uma fotografia brilhosa do rosto encantador do Capitão.

Ela nem sorriu quando retirou cada dardo. Era só um treino. Tinha falhado quando realmente importava. Quando poderia ter feito a diferença.

Todas as revoluções vêm com morte. Alguns precisam morrer para que outros tenham vida. É uma tragédia, mas também é a verdade.

Ela ainda conseguia se lembrar de Ace lhe dizendo isso quando era mais nova, quando perguntou a ele por que tantos tinham que morrer para que eles tivessem liberdade. Na ocasião, não conseguia imaginar o ódio e a violência direcionados aos prodígios nos séculos anteriores à Era da Anarquia, mas, mesmo então, mesmo em sua mente de seis anos, a paixão de Ace foi contagiosa.

Bem poucas pessoas realmente entenderam o que Ace estava tentando fazer. Ele não queria que o mundo se tornasse o que se tornou. Claro, houve muita brutalidade e destruição com o domínio dele, mas ele estava certo: sempre há durante uma revolução. O que ele realmente queria era um mundo em que os prodígios não fossem oprimidos e não sentissem mais medo, não fossem diminuídos nem atormentados. Ele queria um mundo em que todos pudessem ser livres para viver a própria vida como quisessem.

Foram todos, as *outras* pessoas famintas por poder, vilões e não prodígios, que começaram a competir por controle. Que se descontrolaram em um mundo sem regras.

Nova não queria voltar para a Era da Anarquia. Não queria que pessoas inocentes fossem massacradas, como aconteceu com sua família. Só queria a liberdade que Ace visualizou para ela e para as pessoas como ela. Queria que os Renegados e o Conselho a deixassem em paz, deixassem os Anarquistas em paz.

Ora, ela queria que o Conselho deixasse a sociedade em paz. Talvez eles achassem que estavam fazendo a coisa certa ao serem o núcleo da elite governante, mas a sociedade mal se aguentava em pé e eles eram orgulhosos demais para admitir que não era deles que as pessoas necessitavam.

As pessoas precisavam aprender a se cuidar, mas isso nunca aconteceria enquanto houvesse super-heróis mandando nas coisas.

Ela estava voltando pelo trilho quando o chão tremeu. Nova cambaleou e apoiou a mão na parede para se firmar. Pedaços de concreto solto caíram pelas laterais do túnel em fluxos pequenos. O trilho vibrou embaixo dos pés dela, e por um momento Nova teve o pensamento estranho e horrível de que havia um trem vindo... e ela não tinha para onde ir.

O tremor parou. Houve mais alguns de leve antes de o chão parar e se calar novamente.

Nova olhou pelo túnel, se questionando se tinha sido um terremoto; um daqueles bem fundos no subterrâneo, talvez até a mais de cento e cinquenta quilômetros dali. Nada com que se preocupar. Sem dúvida aqueles túneis antigos tinham aguentado coisas bem piores.

Mas o silêncio foi rompido de novo, desta vez por um estrondo. A acústica do túnel impossibilitava descobrir de que distância o som tinha vindo, mas Nova foi tomada de uma certeza.

Os Renegados estavam de volta.

Ela pegou a arma, enfiou um dardo e guardou os outros em uma bolsinha do cinto. Apesar de Leroy ainda não os ter enchido com veneno, achava que ainda conseguiria encontrar um jeito para que fossem úteis.

Ela voltou correndo na direção das plataformas e túneis onde ficavam os vagões. Quando se aproximou da plataforma principal, obrigou-se a ir mais devagar. Não estava com o capuz e a máscara para se disfarçar de Pesadelo, e sabia que seria tolice entregar sua identidade aos Renegados agora.

Quando dobrou uma esquina, as paredes começaram a tremer de novo, o que foi seguido de outro estrondo, mais alto e mais próximo desta vez.

Nova chegou aos fundos do vagão do Cianeto e parou. Ouvia coisas se espalhando pela plataforma e caindo nos trilhos. Um momento depois, uma pequena lata de feijão veio rolando na direção dela e bateu na lateral dos trilhos a alguns passos dos pés da Nova.

– Podem aparecer, Anarquistas – trinou uma voz feminina extravagante. – Está na hora de revisar sua performance.

Nova correu para trás do vagão do Leroy e se esgueirou até o outro lado. Ao espiar pelo canto, viu quatro figuras na plataforma central, onde muitos dos suprimentos deles estavam guardados. Ou estiveram; duas das estantes enormes de metal foram jogadas no chão, deixando uma confusão de garrafas quebradas, caixas amassadas e um fedor denso de vinagre no ar.

Ela reconheceu a equipe dos Renegados imediatamente; era uma das equipes mais populares da cidade, com reputação de ter detido incontáveis criminosos. A líder, a garota que falou, era Geladura. Alguns anos mais velha do que Pesadelo, era atlética e bonita, com cabelo branco-prateado na altura dos ombros e pele branca-prateada tão transparente que Nova via as veias azuis de leve mesmo com a iluminação fraca do túnel.

Havia também Sismo, um homem corpulento com um cavanhaque escuro que devia ter sido a causa dos terremotos. Ao lado dele estava Arraia, um garoto magro de olhos brilhantes que se movia com uma graça tão sinistra e escorregadia quanto o animal que lhe dava nome, uma cauda lustrosa e farpada atrás. Por último, havia o gigante. Gárgula, que parecia permanentemente corcunda por ter que se encolher para caber nos lugares e cujos membros podiam mudar de carne humana para pedra sólida em um instante.

– Bom – disse Geladura, apoiando as mãos nos quadris –, parece que são todos covardes demais para virem nos dar um oi. – Ela assentiu para o Sismo e o Gárgula. – Procurem nos túneis e vejam se conseguem arrancá-los dos esconderijos.

Enquanto os dois Renegados seguiam para túneis opostos, com Sismo passando ao alcance do esconderijo da Nova, Arraia começou a mexer nos suprimentos espalhados.

– Quiabo em conserva? – disse ele com desprezo e pegou um pote de vidro. – Que nojento.

Ele se virou e jogou o pote na parede, onde um mosaico de pequenos azulejos formava o nome da rua acima. O vidro se estilhaçou e espalhou mais vinagre e vegetais pela plataforma.

Nova apertou a arma.

– E Fruity Rings? – disse Geladura, chutando uma caixa de cereal que já estava esmagada em um canto. – Não como esse lixo desde os quatro anos. É melhor mesmo dar para os ratos. – Ela foi até a beirada da plataforma, pegou a caixa, abriu-a e jogou o cereal colorido nos trilhos.

A caixa era de Winston, o cereal favorito dele, e não seria uma grande perda para o resto. Mesmo assim, o desperdício fez Nova contrair o maxilar. Qualquer um que se lembrasse da Era da Anarquia sabia que o desperdício era um crime imperdoável, independentemente de que lado da batalha estivesse.

No lado oposto do vagão, uma porta se abriu. Geladura e Arraia se viraram para o carro. Nova se encolheu novamente nas sombras e ouviu os passos de Leroy descendo os degraus e pisando nos trilhos. Ela teve um vislumbre da expressão enojada da Geladura observando Leroy, com as cicatrizes e a pele descolorida.

Quando Leroy entrou na linha de visão, ela viu que ele estava usando o roupão surrado por cima da calça de moletom e dos chinelos. Seus pés esmagaram a pilha de cereal conforme ele foi andando até os degraus ao lado da plataforma.

– Ops – disse Geladura com uma voz melosa. – A gente te acordou?

– Ah, não – disse Leroy, parando a uns dez passos dos Renegados. – Estávamos esperando vocês depois do que aconteceu hoje. É bom ver que ainda cumprem as expectativas. Se bem que... – Ele suspirou pesadamente e indicou as estantes derrubadas e a bagunça que ocupava um quarto da plataforma. – Eu questiono o objetivo de tudo isso.

O rosto da Geladura foi rapidamente de arrogante a furiosa. Ela diminuiu a distância de Leroy, um pedaço longo de gelo cristalino se formando no punho.

– O objetivo é lembrar a vocês, suas aberrações, que qualquer coisa que vocês têm, seja comida ou água ou até esse buraco patético nesses túneis infestados de baratas, é porque *nós permitimos*. – Ela ergueu o pedaço de gelo, encostou a ponta no queixo de Leroy e o obrigou a erguer o rosto. – E se decidirmos que vocês não merecem essa caridade, nós podemos tirar.

– Caridade? – disse Leroy, a voz firme apesar do gelo encostado no queixo. – Os Renegados não nos deram nada. Tudo que temos foi comprado e pago... ou recolhido de forma justa, como todo mundo faz.

– Recolhido – repetiu Arraia. Ele virou a cabeça e cuspiu na plataforma. – Nós não estaríamos recolhendo coisas por aí se não fossem vocês, não é verdade?

Leroy ergueu uma sobrancelha, ou o músculo onde ficava uma que tinha sido queimada anos antes.

– Se não fôssemos *nós*, o garoto com o rabo farpado quase certamente teria sido morto ao nascer, os restos enfiados em um pote de formaldeído para exames futuros.

O rosto do Arraia se contorceu de raiva, mas Leroy continuou falando:

– Seu Conselho está no domínio da cidade há quase dez anos. Se não conseguiram restaurar sua economia, talvez vocês devessem perguntar a eles por que estão demorando tanto em vez de perder tempo nos culpando.

Geladura arrastou o pedaço de gelo para o lado, fazendo um corte fino embaixo do queixo do Cianeto. Ele se encolheu, mas só de leve.

– Talvez se o Conselho não tivesse que defender as pessoas desta cidade de ataques insensatos, eles pudessem se concentrar em arrumar a bagunça que vilões como você fizeram no mundo.

– Talvez – disse Leroy – com tantos prodígios sofrendo lavagem cerebral sob a tutela deles, eles pudessem atualizar as medidas de segurança.

O chão tremeu de novo, e Sismo apareceu na entrada de um dos túneis. Cada passo que ele dava gerava novos tremores na terra.

– Não tinha nada ali além de uns livros mofados.

Ele apoiou uma das mãos na plataforma, subiu e foi parar ao lado do Arraia.

– Você não deve ter olhado direito – disse uma voz seca.

Sismo se virou e viu uma forma escura saindo do túnel de onde ele tinha acabado de sair, a capa preta do Fobia se formando como se feita de sombras, a lâmina da longa foice captando a luz fraca do teto. Nada de roupa de descanso para ele, claro. Do grupo todo, ele era o único que a Nova nunca via sem uniforme: a capa com capuz, a máscara de sombras, a foice curva acima da cabeça. Também diferentemente de Ingrid e de Mel, de Winston e de Leroy, Fobia era o único membro dos Anarquistas cujo nome de batismo continuava sendo um mistério. Às vezes, Nova se questionava se ele nasceu tão apavorante que seus pais horrorizados escolheram *Fobia* naquela época mesmo.

– Eles são mesmo ruins nisso.

Nova olhou para cima, para onde Ingrid estava sentada na passarela estreita de pedestres que passava por cima dos trilhos até a plataforma oposta, as pernas compridas penduradas pela grade da amurada.

– Fiquei aqui em cima o tempo todo, e eles não olharam nem uma vez. Sinceramente, é uma surpresa que esta cidade funcione com vocês no comando.

Geladura rosnou.

– Tragam ela pra baixo.

Sismo ergueu um joelho e deu um pisão no chão... com força. Uma fissura se abriu no concreto e subiu na direção da escadaria. O chão se abriu entre os degraus, um vão na terra. A escada caiu. A passarela se inclinou. Ingrid se levantou momentos antes dos parafusos que seguravam a murada de metal se soltarem e a passarela inclinar para um lado, metade afundando no vão que Sismo tinha criado, o resto caindo nos trilhos. Ingrid pulou da passarela no último momento, rolou e parou agachada não muito longe do vagão de Leroy.

– Assim é melhor – disse Geladura em um tom leve, um quadril projetado para o lado.

Fagulhas brilharam nos olhos de Nova. Ela deu um passo para trás, ergueu o fuzil e apontou o cano na direção do Sismo. Mas assim que o encontrou na mira alguém entrou entre eles.

Nova baixou a arma. Ingrid estava entre ela e o Renegado, de costas para Nova. Ela moveu uma das mãos para trás e também os dedos na direção de Nova.

Nova fez cara feia e se irritou de ser expulsa como uma criança chata.

Mas teria ficado bem mais irritada se uma parte dela não soubesse que Ingrid estava certa. Seria descuido se entregar, e o que ela faria com aquela arma e um punhado de dardos? Sem veneno, um ataque ofensivo só serviria como um pequeno incômodo.

– Recomendo cautela – disse Fobia, a voz rouca paciente como sempre. – Esses túneis são velhos e têm bases velhas. Você não vai querer que sejamos todos enterrados vivos, não é? – Ele girou a foice acima da cabeça. – Eu não me importaria tanto, mas duvido que tenha sido a intenção de vocês quando vieram interromper nosso repouso.

Com Ingrid ainda bloqueando a mira, Nova se encolheu entre a parede e o vagão. Esticou a mão para os degraus de metal na lateral do vagão e, ainda segurando a arma com uma das mãos, subiu até o teto. Deitou-se de bruços e foi chegando para a frente até conseguir ver a plataforma abaixo.

– Acho que o que o Fobia está dizendo – disse Ingrid, com fagulhas azuis nas pontas dos dedos – é que às vezes se exibir pode ter efeitos negativos.

Geladura deu um sorriso debochado.

– Eu não teria como saber.

Gritos de histeria ecoaram do túnel mais distante. Nova apoiou a mão no vagão e levantou a cabeça. No começo, os berros de Mel eram gritos indistintos de pânico, mas, conforme foram chegando mais perto, passaram a ser palavras de desespero.

– Coloca de volta! *Coloca de volta!* Você não sabe o que está fazendo!

Momentos depois, o Gárgula saiu da entrada do túnel, os braços aninhando umas vinte colmeias de vários tamanhos e estado de finalização. Os bandos de insetos furiosos zumbiam em volta dele e criavam uma nuvem preta que cobria seu tronco, mas ele tinha transformado o corpo todo em pedra, e as ferroadas pareciam não ter efeito nenhum.

Mel vinha andando atrás dele, usando um baby-doll rosa-claro, o cabelo preso em rolinhos.

– Você não faz ideia do trabalho que dá pra fazer isso, sua pilha gigante de pedras!

Como Gárgula continuou ignorando o que Mel dizia, ela saiu correndo e se jogou nele, tentando segurar o braço grosso. Ficou pendurada no cotovelo, as pernas pálidas chutando inutilmente a dele.

Irritado, Gárgula deu uma sacudidela poderosa de braço e jogou Mel longe, deslizando pela plataforma. Ela bateu na pilha de alimentos e o ombro se chocou com a estante de metal caída. Embora momentaneamente atordoada, seu olhar estava cheio de ódio quando ela ergueu o rosto.

Gárgula parou na frente de Geladura, que pareceu ficar tensa, o olhar observando com cautela a nuvem de vespas e abelhas, algumas com corpos compridos e grossos como um polegar e com veneno que queimava como fogo.

Geladura apontou para Mel.

– Manda elas pararem – exigiu ela, a voz sufocada pelos zumbidos ao redor. – Manda elas pra longe, senão isso vai ser tratado como uso de habilidades de prodígio contra um Renegado ativo.

Mel se sentou.

– Vou fazer isso assim que ele botar tudo no lugar onde encontrou!

– Botar no lugar? – disse Geladura, o tom carregado de diversão. Ela se virou para o Gárgula. – Onde você encontrou?

– Ela tem uma sala alguns metros pra lá – explicou ele. – Um antigo depósito. Estava lotado disso.

– Bom, pra um prodígio com controle de abelhas – disse Geladura, inclinando a cabeça –, isso me parece desenvolvimento de armas mortais.

Mel soltou um grito chocado.

– São os meus bebês! E agora você pegou a casa deles, que não tem o direito de pegar!

– E estou mandando você tirar seus bebês daqui agora – disse Geladura. – Senão a *sua* próxima casa vai ser uma cela de prisão no Quartel-General dos Renegados.

Mel lançou um olhar de irritação para ela, e Nova a viu tremer. Seus olhos faiscaram e o ar pareceu zumbir em volta dela... embora talvez fosse na verdade o zumbido das abelhas se jogando sem parar contra a pele impenetrável do Gárgula.

Nova viu a tentação no rosto de Mel, misturada com indecisão.

Talvez ela não pudesse fazer mal a Gárgula, mas Geladura era bem vulnerável aos ferrões das vespas mais mortais. Nova tinha que admitir, ver Geladura se contorcendo de dor de cem ferroadas venenosas pareceu muito tentador naquele momento.

Mas duraria poucos segundos, até o Gárgula chegar a Mel e a matar ou prender.

Essa pequena vingança não valia o que seria perdido, Nova sabia, e Mel pareceu perceber a mesma coisa. Ela se levantou em meio às latas e caixas derrubadas, empertigou os ombros e movimentou os braços amplamente.

Ao mesmo tempo, os insetos rodopiaram no ar, se viraram e voltaram para o túnel.

Quando estavam longe, Geladura assentiu para o Gárgula.

– Destrói tudo.

Nova ofegou, mas o som não foi ouvido por causa do berro de Mel.

Gárgula largou as colmeias no chão e começou a pisoteá-las, esmagando-as uma a uma embaixo dos pés de pedra gigantescos.

Os gritos de Mel passaram de furiosos a infelizes enquanto ela olhava a destruição das colmeias, muitas ainda com zangões e abelhas dentro. O corpo de Mel foi sendo sacudido pelo choro com a destruição. Os pedaços finos de colmeia se espalharam pela plataforma, e os cadáveres e asas arrancadas das abelhas foram esmagados no concreto.

O tempo todo, Gárgula sorria. Era o sorriso de uma criança que tinha acabado de descobrir o prazer sádico de esmagar besouros com os sapatos.

Nova trincou os dentes até o maxilar doer. Ela voltou a atenção de Mel para Ingrid, Cianeto e Fobia, mas ninguém se moveu para impedir o Gárgula.

Qualquer tentativa de impedi-lo seria vista como ataque contra o Renegado e seria motivação para uma prisão. Os Renegados deixaram bem claro quando aceitaram a trégua do Cianeto tantos anos atrás que os Anarquistas não teriam terceira chance.

Finalmente, Gárgula terminou. Ele chutou os restos da última colmeia de lado, que deslizou pela plataforma e caiu nos trilhos, não muito longe de onde Geladura tinha espalhado o cereal do Winston.

– Bom, agora que estamos todos aqui... – disse Geladura docemente, girando o pedaço de gelo como um bastão. – Temos coisas a resolver.

Ela se virou, e antes que Nova pudesse avaliar qual era a intenção, ela jogou o pedaço de gelo como um dardo em Fobia. Acertou-o no peito, e o corpo dele se dispersou em fumaça preta e voltou para as sombras do túnel.

No mesmo momento, Arraia se virou e acertou Mel com o rabo farpado. Os espinhos venenosos a acertaram na lateral, e o grito de surpresa passou a ser de dor quando o corpo ficou rígido e caiu. Quase no mesmo movimento, Arraia moveu o rabo na direção de

Leroy e o acertou no ombro quando ele estava tentando recuar. Leroy ficou paralisado e caiu para trás com força no concreto.

Nova puxou a arma para mais perto, desta vez mirando no Arraia. Mas o ataque dele já tinha acabado e deixado Mel caída sobre a estante e Leroy imóvel exceto pelos olhos, que piscavam rapidamente enquanto ele olhava para o teto. Nova não tinha muita certeza de qual era o veneno que o Arraia tinha no rabo, mas os dois pareciam paralisados, imóveis, exceto por um tremor nos membros conforme o veneno corria por suas veias.

Ingrid rugiu e correu na direção da plataforma, uma esfera de energia azul girando na palma da mão. Geladura moveu a mão na direção dos pés de Ingrid, e um raio de gelo saiu da pele, formando uma pequena geleira em volta das pernas. Ingrid gritou de surpresa e mal conseguiu se segurar, o movimento jogando a metade de cima do corpo para a frente enquanto o gelo prendia os pés nos trilhos. A bomba que ela estava desenvolvendo evaporou quando seu foco passou da fúria à surpresa.

– Vocês parecem ser os últimos Anarquistas que restaram – disse Geladura, retirando distraidamente alguns cristais de gelo que se formaram nos dedos e os soltando no chão. – Por enquanto, claro. Me ajudem aqui: existe algum motivo pra gente não matar vocês depois de tudo que aconteceu no desfile de hoje?

Ingrid rosnou. Uma energia azul começou a zumbir nas mãos dela de novo.

– Eu não estava no seu desfile idiota – disse ela, e apesar de Nova saber que era mentira, achou-a bem convincente.

– Não quero saber – disse Geladura. – Winston Pratt executou um ataque contra o povo inocente de Gatlon, e é meu dever cuidar pra que seja a última vez que nossos cidadãos sejam aterrorizados por Anarquistas.

– Winston Pratt atacou seu desfile e, até onde eu sei, vocês o levaram preso – disse Ingrid. – Então o que querem com a gente?

Geladura deu uma risada debochada.

– Você espera que eu acredite que aquele imbecil estava trabalhando sozinho?

– É exatamente nisso que eu espero que você acredite – disse Ingrid. Ela pareceu relaxar e o rosnado virou um olhar de desprezo. – E você e eu sabemos que você não tem prova nenhuma que sugira o contrário, porque, se tivesse, nós não estaríamos tendo essa conversinha enquanto você espera que eu diga alguma coisa que incrimine a mim ou aos outros. – Ela começou a jogar a bomba no ar e a pegar com facilidade cada vez que caía. – Já vi os decretos do seu Conselho. *Ninguém será considerado culpado por mera associação*, certo? Portanto, não nos ameace, queridinha. E boa sorte para encontrar alguma coisa que nos conecte aos crimes do Titereiro. Ele agiu por conta própria hoje. Nós não tivemos nada a ver com aquilo.

Geladura se aproximou até as pontas das botas ficarem na beirada da plataforma.

– Eu não preciso conectar vocês aos crimes no desfile – disse ela, balançando os dedos. Um novo fluxo de gelo foi disparado na direção da Ingrid. O bloco de gelo em volta das pernas dela ficou maior e se expandiu até as coxas e quadris. – Atacar um Renegado é um delito do maior tipo. Com seu descontrole, não vai ser difícil fazer você ceder. É tipo cutucar um cachorro raivoso, agora que estou pensando no assunto.

Ingrid chiou conforme a coluna de gelo foi subindo até o abdome. Ela tinha parado de jogar a bomba para o alto e a estava segurando na mão fechada.

– Sei o que você está pensando – disse Geladura. – Você vai insistir que foi legítima defesa. Só que, sem testemunha nenhuma aqui, quem vai acreditar na sua palavra contra a minha? Uma Anarquista contra uma Renegada celebrada. – Ela estalou a língua com pena fingida. – Parece que você tem uma decisão a tomar. Se me atacar, vamos prender você. Se confessar seu envolvimento no desfile de hoje, também vamos prender você, mas vamos ser mais gentis. – Ela deu de ombros. – Você também pode não fazer nada. O que acha que vai te matar primeiro? O frio ou sufocamento? Eu aposto na segunda opção.

O gelo chegou ao peito de Ingrid e começou a subir pelos ombros. Em pouco tempo, ela não teria como usar os braços e nem as bombas.

Nova apertou bem os olhos, tentando pensar com clareza apesar da forma como suas veias estavam pulsando, de um jeito quente e ritmado.

Esses eram os super-heróis que o mundo idolatrava? Talvez Ingrid não fosse totalmente inocente. Talvez nenhum deles fosse, mas os Renegados também não eram. Ali estavam eles, torturando Ingrid, tentando forçar uma confissão falsa. Eles tinham acabado com as colmeias de Mel, provocado destruição nos túneis, estragado os suprimentos de que eles precisavam para sobreviver, tudo para encontrar uma desculpa *legítima* para prendê-los.

Seu dedo escorregou no gatilho. Ela abriu os olhos, e sua visão pareceu clara de repente. A mente livre de obstruções.

Ela encontrou Geladura com a mira.

Os dardos podiam não estar envenenados, mas isso não queria dizer que um disparo bem mirado não poderia causar um grande dano.

Ela mirou em um olho da Geladura, que era azul-pálido. Mais claro do que os do Capitão Cromo, mas não muito.

O gatilho estava firme embaixo do dedo.

Ela tinha começado a apertar quando uma cascata de fogo luminoso e ardente surgiu nos trilhos.

CAPÍTULO NOVE

NOVA OFEGOU, RECUOU E espiou pela beirada do vagão.

O trilho estava pegando fogo.

Não... era uma coluna de fogo vinda das sombras. Em segundos tinha percorrido o canal de gelo entre Ingrid e a Geladura.

Geladura falou um palavrão e recuou, girando na direção do túnel quando passos pesados ecoaram nas paredes.

O queixo de Nova caiu quando ele apareceu, a armadura mais ameaçadora saindo da escuridão do que debaixo do sol nos telhados da cidade.

O Sentinela.

– Por mais que eu adorasse ver esses vilões atrás das grades – disse ele, a voz firme e grave –, alguma coisa me diz que o Conselho não aprovaria seus métodos para prendê-los.

– E quem é você? – perguntou a Geladura, fechando o punho e formando outro pedaço longo de gelo. – O cãozinho do Conselho?

– Que engraçado – disse o Sentinela sem humor nenhum –, já pensei a mesma coisa de você várias vezes.

Nova relaxou a mão na arma. Conseguia ver suas desconfianças espelhadas no rosto da Geladura. As palavras dele sugeriam que ele a conhecia, e não de um jeito genérico de quem leu no jornal.

– Nós estamos aqui em missão oficial dos Renegados – disse Geladura. – Se tentar nos impedir, vamos ficar bem satisfeitos em prender você também.

Uma manopla de chamas de pontas alaranjadas começou a lamber a mão esquerda do Sentinela.

– Vocês não são os únicos em missão oficial dos Renegados. A diferença é que eu recebo ordens diretamente do Conselho.

Nova chegou para a frente, pois não queria perder uma palavra. Se pegou olhando para o peitoral da armadura. Era um truque da luz fraca dos túneis ou do ângulo do alto do vagão? Dali, parecia que o corte no ombro da armadura tinha sumido.

Ela franziu mais a testa, tinha o esfaqueado entre o ombro e a placa do peitoral, mas não conseguia ver sinal de dano ali. Não havia sangue seco na parte externa da armadura. Ele nem parecia ferido. Talvez com os movimentos meio rígidos, mas não tão incapacitado quanto deveria estar depois de um ferimento daquele.

Era mais um mistério naquele tal de Sentinela, e mais uma prova de que ele *não* era um Renegado normal. Que era uma coisa nova. Um soldado? Um assassino? Uma arma criada pelo Conselho, para ser usada em missões nefastas demais para serem designadas a um super-herói típico?

– Diretamente do Conselho? – disse Geladura, soltando uma gargalhada. – Você acha que eu sou idiota? Ninguém no quartel-general ouviu falar de você. Você é um impostor. E isso – ela ergueu o pedaço de gelo por cima do ombro – torna você um inimigo.

– Ou significa que você está em posição baixa demais no ranking para ser informada de tudo em que estamos trabalhando – disse o Sentinela.

Geladura pareceu hesitar, e Nova viu uma pontada de dúvida surgir no rosto dela.

– Enquanto eu – prosseguiu Sentinela – sei que você foi enviada aqui por dois motivos: para determinar se algum outro membro dos Anarquistas estava envolvido no ataque do Titereiro e para descobrir a conexão deles com a Pesadelo. – Sentinela inclinou a cabeça, e Nova teve a impressão de que ele estava olhando para Ingrid, que ainda permanecia envolta em gelo do pescoço para baixo. Ela estava batendo o queixo. – Estou vendo que não descobriu muita coisa.

As narinas da Geladura se dilataram.

O Sentinela pulou para o alto de repente e caiu na plataforma a uma pequena distância da Geladura. Ela cambaleou um passo para trás, mas logo recuperou o equilíbrio. Atrás dela estavam Gárgula, Sismo e Arraia, na defensiva, prontos para atacar, embora ninguém tivesse se movido. Ficou claro que a alegação do Sentinela de estar lá por ordens do Conselho os fez hesitar.

– Soltem a Detonadora – disse ele, abrindo o punho. As chamas se extinguiram. – Em seguida, você e sua equipe podem ir embora. Vou assumir essa investigação.

Geladura soltou uma gargalhada de descrença. Girou o pedaço de gelo uma vez, mas baixou o braço e apoiou o gelo como uma bengala no concreto rachado.

– Se o Conselho quiser nos mandar parar, eles mesmos podem nos dizer.

– Eles disseram – declarou o Sentinela. – Pena que o sinal aqui embaixo é tão ruim. Vocês podiam ter se poupado desse constrangimento.

Geladura só pareceu mais desconfiada, mas Arraia e Sismo olharam para as faixas pretas idênticas em volta do pulso. Nova mordeu o lábio. Já tinha se perguntado muitas vezes o que eram as pulseiras que as unidades de patrulha dos Renegados usavam. Eram algum tipo de dispositivo de comunicação?

– Neste momento, não vou informar os seus superiores sobre os muitos, *muitos* códigos que vocês violaram hoje. No entanto, não desperdicem mais meu tempo – prosseguiu o Sentinela.

Com os dedos batucando no pedaço de gelo, Geladura desviou o olhar do visor para o *R* impresso no peito do Sentinela. Seu rosto ficou azedo, mas não menos arrogante.

– Tudo bem – disse ela com desprezo. – Não há mais nada a ser descoberto aqui, de qualquer modo. – Ela jogou o gelo para o lado, que se estilhaçou na parede.

Ela passou pelo Sentinela e fez sinal para a equipe ir atrás.

– Solte a Detonadora – ordenou o Sentinela.

– Solte você – retorquiu ela. – E se ela agradecer abrindo um buraco nesse traje chique, não venha atrás de mim chorando.

Nova ficou observando o Sentinela enquanto os quatro Renegados desapareciam pelo túnel que os levaria de volta à superfície. Queria desesperadamente ver o rosto dele... e saber se estava aliviado ou zangado, irritado ou agradecido. Mas não conseguia concluir nada a partir da postura, que era a imagem do heroísmo de quadrinhos. Alto e estoico, os ombros empertigados, as mãos fechadas nas laterais do corpo.

Lentamente, ele moveu a cabeça para olhar para Ingrid e soltou um suspiro frustrado. Pareceu considerar as opções por um longo e irritante momento até finalmente esticar a mão e soltar um fluxo fino e constante de chamas na direção do bloco de gelo. Ele mirou nas partes mais grossas em volta dos pés, permitindo que derretessem devagar.

A mente de Nova estava em disparada. Ela não conseguia deixar de sentir uma pequena gratidão por ele ter chegado, mas, ainda assim, apesar do desprezo óbvio dele por Geladura e sua equipe, ela não era inocente o suficiente para achar que, de repente, ele tinha se tornado um aliado.

Ele era um Renegado, um que trabalhava para o Conselho. Um projeto secreto que o restante da organização desconhecia.

Alguma coisa dizia que eles talvez tivessem trocado uma ameaça por outra bem maior.

Quando uma parte suficiente do gelo tinha derretido, ele puxou o braço e apagou a chama. Com um grunhido de dor, Ingrid forçou um dos joelhos a quebrar a camada fina que restava. Uma folha de gelo se espatifou no trilho, e ela caiu para a frente de quatro, tremendo. Quando conseguiu se sentar nos calcanhares, começou a esfregar as mãos, tentando devolver o calor às extremidades.

O Sentinela não disse nada, só ficou olhando, imóvel. Nova tinha a impressão clara de que ele estava na dúvida sobre alguma coisa e, de vez em quando, via uma chama fraca surgir por entre os dedos apertados, como se ele estivesse pensando em gerar fogo para aquecer Ingrid.

Mas não fez isso.

Quando o bater dos dentes tinha sossegado o suficiente para parecer que ela conseguiria falar, o Sentinela foi até a beirada da plataforma.

– Eu vim atrás da Pesadelo – disse ele. – Onde ela está?

Ingrid olhou para ele com total desprezo.

– *Quem* é a Pesadelo?

– Dessa altura? – disse Sentinela, com a mão a uma altura que só podia ser deboche com a altura real dela. – Capuz preto? Tentou matar o Capitão Cromo hoje?

Ingrid flexionou os dedos e testou as fagulhas azuis que conseguiu gerar no ar antes de se levantar. Nova percebeu que ela estava fraca, mas se esforçava para esconder.

– Ah, aquela Pesadelo. – Ela deu de ombros. – Não vi.

A voz do Sentinela ficou mais firme.

– Talvez você saiba onde posso encontrá-la.

Atrás do Sentinela, Leroy grunhiu e rolou de lado. O herói se virou com chamas surgindo nas palmas, mas pareceu relaxar quando viu Leroy tentando se sentar.

Leroy tossiu no vão do braço e olhou para a máscara do Sentinela.

– Ela não é do nosso grupo. – As palavras dele soaram tão regulares quanto se ele estivesse ensinando o caminho para chegar ao Parque da Cidade. – Nós não temos ligação com a garota que se chama Pesadelo e, portanto, não podemos dizer onde você pode encontrá-la.

Sentinela andou na direção dele, os passos medidos e intimidadores.

– Então me explica, Cianeto – disse ele, se agachando a ponto de ficar quase na altura do olhar do Leroy –, como um de seus venenos pessoais foi parar no projétil que ela usou pra tentar assassinar o Capitão.

– Um dos meus venenos? – questionou Leroy. – É mesmo? Que coincidência.

Sentinela segurou Leroy pelo maxilar e virou o rosto dele para cima. Nova curvou os dedos ao reconhecer como a tática era parecida com a forma como ele tentou a intimidar no telhado.

Sendo experimento secreto de alta tecnologia dos Renegados ou não, ele não passava de um valentão desmiolado. Só mais um seguidor idiota do Conselho.

– Você não pode esperar que eu acredite que você não tem ligação com ela – rosnou ele.

– Não ligo para o que você acredita ou não – respondeu Leroy. Ele tinha começado a suar, e a pele escura estava brilhando. – Quanto ao meu veneno ter sido encontrado no projétil dela, bem... eu vendo venenos nesta cidade há décadas. – Ele sorriu e revelou dentes lascados e buracos. Havia uma aura de orgulho na imagem. Ele poderia estar se gabando de ser um cultivador de tulipas famoso mundialmente. – De fármacos a ajudar a livrar a casa das pessoas de pestes, há mil motivos para alguém ter um dos meus venenos, e nem *todos* os motivos são nefastos ou ilegais. Você já considerou que talvez essa Pesadelo, seja quem for, pode ter comprado o veneno de um dos meus distribuidores?

Nova sabia que aquilo era verdade. Os venenos que Leroy fazia eram legítimos e úteis de um modo geral. Seu negócio paralelo ainda era a fonte principal de renda para os Anarquistas. Uma dádiva quando estava ficando cada vez mais difícil obter ou roubar até as necessidades mais básicas naquele mundo pós-Conselho, que era uma coisa que Geladura e seus capangas sem dúvida sabiam quando decidiram destruir o depósito de alimentos deles.

– Não era um simples pesticida – rosnou o Sentinela.

– E como eu posso saber disso? Você só disse que era um dos meus venenos, o que não restringe nada.

– Tudo bem, Cianeto, que tal um dos seus venenos com intenção de... – O Sentinela parou, interrompido por um chiado baixo. Ele se encolheu e afastou a mão que estava segurando o rosto de Leroy.

Nova botou a mão na boca para sufocar uma risadinha. Mesmo sem conseguir ver a expressão do Sentinela, a descrença dele estava clara na linguagem corporal. Com o braço totalmente esticado, a cabeça se inclinou para trás, como se tentando fugir do próprio membro, onde os dedos da manopla direita estavam cobertos de uma substância grudenta e escura que escorria dos poros do Leroy e corroiam agora a superfície de metal da luva.

Leroy ficou de pé, apertou o cinto do roupão e enfiou as mãos nos bolsos.

– Você estava dizendo?

– Ele estava dizendo – disse Mel, tentando afastar a paralisia enquanto se apoiava em uma das estantes caídas – que tem tanta evidência de atividade criminal quanto aquela garota gelada irritante. O que quer dizer nenhuma. – Ela tirou um dos rolinhos do cabelo e voltou a enrolar a mecha loura.

– Você está certa – disse o Sentinela. – Nós não temos provas... ainda. Mas sei que vocês estavam envolvidos no ataque de hoje. Sei que os Anarquistas querem ver os Renegados destruídos.

– Claro que queremos ver todos eles destruídos – soou a voz assombrosa do Fobia, como uma explosão de trovão ecoando em todos os cantos dos túneis. Sentinela se virou, procurando nos túneis escuros. – Mas querer uma coisa não é crime, nem com as leis *deles*.

As sombras atrás do Sentinela se solidificaram, e o Fobia saiu como se do nada, segurando a foice com as mãos.

– Nós toleramos essa invasão da nossa casa por tempo demais.

– Concordo – disse Leroy. – Se o Conselho acredita que estamos violando o acordo, eles que venham fazer a acusação. Até lá, exigimos a privacidade que nos prometeram.

Pequenas chamas começaram a estalar em volta das mãos fechadas do Sentinela.

– Vocês receberam o direito à privacidade apenas enquanto seguissem as leis do Conselho. Quando temos motivo para acreditar que as coisas estão diferentes, é nosso direito investigar. Hoje, um Anarquista foi preso por terrorismo e agressão. Hoje, descobrimos uma mistura Anarquista implicada em uma tentativa de assassinato.

– E se isso fosse suficiente para nos prender – disse Ingrid, que estava de pé de novo, os braços cruzados em desafio sobre o peito –, nós todos estaríamos detidos agora mesmo.

– Mas não estamos, não é? – emendou Mel. De pé, ela se espreguiçou de leve, esticando os braços para cima. – Então pode desperdiçar o tempo que quiser nos ameaçando, mas vou consolar meus pobres e desolados filhos.

Ela lançou um olhar trêmulo para as colmeias destruídas, depois ergueu o queixo e começou a seguir em frente, descalça, em meio às garrafas quebradas e provisões espalhadas.

Ela não tinha dado dois passos quando o Sentinela deu um salto e pousou diretamente na frente dela. Mel recuou, prendeu o ar e inclinou a cabeça para trás para encarar o visor da figura ameaçadora.

A expressão de surpresa de Mel sumiu e ela firmou o maxilar e apoiou as mãos nos quadris. A aparência era um lembrete de por que ela se autointitulava Abelha-Rainha. Mesmo de baby-doll e rolinhos no cabelo, mesmo com os insetos venenosos enviados para longe, ela mantinha uma aura majestosa. Pelo menos perante a oposição. Nova não pôde deixar de notar como ela parecia diferente do total desespero poucas horas antes. Talvez Mel só se destacasse quando tinha algo contra o que lutar.

Talvez todos eles.

– Mais uma coisa antes de você ir – disse o Sentinela, a voz um ribombar trovejante dentro do elmo.

Nova ficou tensa e segurou a arma ao lado do corpo enquanto esperava que ele esticasse o braço e fechasse os dedos no pescoço ou no maxilar da Mel, como tinha feito com ela e com Leroy. Começou a avaliar suas alternativas novamente. O dardo não faria nada contra aquela armadura, mas talvez ela pudesse usá-lo para criar algum tipo de distração...

Ela não era a única se preparando para o ataque. Leroy tinha tirado uma cápsula do bolso do roupão, e ela sabia que continha um ácido poderoso. Ingrid abriu as mãos e formou uma esfera nova de energia azul entre elas. O corpo todo do Fobia começou a crescer, se esticando para cima, se envolvendo em sombras tão densas que era difícil saber onde ele terminava e a escuridão começava. Até o zumbido das abelhas tinha voltado e estava ficando mais alto conforme elas saíam do túnel, um enxame agitado e furioso que pairava acima de forma ameaçadora.

O mundo parou exceto pelas abelhas. O Sentinela pareceu hesitar, a frente vazia do visor o fazendo parecer mais uma estátua do que um ser humano. Mais um robô do que um herói.

Os dedos dele tremeram, e Nova se questionou se ele realmente achava que o traje poderia protegê-lo de todos de uma vez. Duvidava que a armadura pudesse aguentar uma das bombas da Detonadora.

Uma parte dela desejava que eles descobrissem logo.

Mas em vez de segurar Mel ou de atacar com outro pilar de fogo Sentinela se inclinou e pegou uma das estantes de metal. Ergueu-a e a colocou no lugar junto à parede. Ele se virou, pegou a segunda estante e, com uma das mãos, também a colocou no lugar.

Nova franziu a testa.

– Independentemente do que qualquer um de vocês tenha feito com as suas vidas desde o Dia do Triunfo – disse ele –, vocês são todos inimigos do Conselho e dos Renegados. Mas, agora, a única inimiga que me interessa é a Pesadelo.

Ele se virou para o vagão onde a Nova estava deitada. Ela se encolheu no alto enquanto o Sentinela andava na direção dela e pulava no trilho. Ele passou por Ingrid sem olhar para ela e para a bomba na mão dela.

– Quando vocês virem a Pesadelo – disse ele, segurando os restos da passarela de concreto que Sismo tinha derrubado –, digam que na próxima vez que ela for atrás do Conselho, eu estarei lá esperando para destruí-la. E não vou esperar a permissão do Conselho pra isso.

Ele empurrou a ponte para a lateral da plataforma e liberou o trilho. Não se virou para ver como a mensagem tinha sido recebida, só seguiu em frente e entrou na abertura preta do túnel. Em pouco tempo, a escuridão o engoliu, e o ruído regular dos passos dele sumiu no silêncio.

Demorou muito para a tensão se dispersar. Mel acabou enviando as abelhas de volta à alcova solitária. Ingrid terminou liberando a energia explosiva, Leroy guardou a bomba ácida no bolso e Fobia voltou à estatura normal.

Ingrid levantou as mãos para os dois lados da cabeça e fez uma careta para o túnel para onde o Sentinela tinha ido.

– Ser fraco – comentou Fobia com voz rouca. – Ser indefeso.

Ingrid olhou para ele de lado.

– Como é?

– Esse é o medo mais profundo dele – disse Fobia, girando a foice acima da cabeça. – Em essência, não ter poder.

Mel bufou.

– Tão adequado para um Renegado moralista.

– Talvez – disse Fobia, o capuz da capa oscilando com o movimento de concordância. – Mas é um medo difícil de explorar contra uma pessoa que tem tanto.

– As habilidades dele são produto da armadura? – refletiu Leroy, tirando um lenço que estava junto ao peito e secando o rosto. – Seria benéfico saber se ele representa uma nova evolução na força dos prodígios ou se os poderes dele são resultado de experimentação ou engenharia.

– E se podem ou não ser replicados – observou Ingrid, a desconfiança fazendo seu lábio se curvar.

Fobia não tinha resposta.

Soltando o ar lentamente, Nova rolou e ficou de costas. Muito tempo antes, alguém tinha pichado o teto ali, e ela se viu olhando para um rosto feio e demoníaco, com a língua para fora.

Eles estavam certos. Se o Sentinela era criação do Conselho, quem podia dizer que não haveria mais? Esse pensamento levou a uma série de preocupações. Se eles podiam dar superforça a alguém, superagilidade e até a capacidade de fazer e controlar fogo... quem sabia o que mais eles eram capazes de fazer?

Ela podia lidar com um Sentinela. Mas um exército inteiro? Acabaria deixando os Anarquistas, bem... impotentes.

Ela se mexeu e sentiu alguma coisa no quadril. Enfiou a mão no bolso e fechou a mão em um pedaço de papel amassado.

– A gente devia ter matado ele – disse Ingrid, e Nova ouviu os ruídos de quando eles começaram a botar os alimentos no lugar, nas estantes. – A gente devia ter matado todos eles.

– E passar o resto da vida atrás das grades? – Leroy estalou a língua. – Seria uma tentativa míope de vingança.

– Pelo menos vingaria minhas pobres queridinhas – disse Mel.

– Nada mudou – disse Fobia. – O Conselho é nosso inimigo. Os Renegados vão cair facilmente quando eles morrerem.

Nova desdobrou o papel. Era o folheto que lhe deram no desfile, anunciando os testes para os Renegados. No alto, estava escrito em letras de forma: VOCÊ TEM O QUE É PRECISO?

Com o maxilar tremendo, ela começou a rasgar o papel em pedacinhos.

Fobia estava enganado. As coisas mudaram naquele dia. Graças ao ataque de Winston e da tentativa fracassada de assassinato dela, os Renegados estariam mais alertas do que nunca.

E agora eles tinham que lidar com Sentinela.

Enquanto vinte e quatro horas antes ela se sentira otimista em relação às chances deles, agora parecia que qualquer esperança de retomar uma vida real estava evaporando perante seus olhos. A existência do Sentinela era prova de que não sabiam o suficiente sobre os inimigos, enquanto os Renegados sabiam tanto sobre *eles*. Onde moravam. A extensão de suas habilidades.

Mas eles não sabiam sobre *ela*.

E se essa era a única vantagem que tinha, Nova a usaria.

CAPÍTULO DEZ

Do grupo deles, Leroy era o único que chegou a aprender a dirigir. Não era necessário para a maioria das pessoas da cidade, que podia ir andando até onde realmente precisassem ir, e muita gente ainda ganhava a vida levando os outros de um lugar para o outro, principalmente depois do colapso do sistema de transporte público.

Ainda assim, embora Leroy alegasse ter tirado habilitação legítima antes da Era da Anarquia ter começado, Nova às vezes se perguntava se ele dizia isso só para passar confiança aos passageiros; nesse caso, não funcionava. Talvez fosse em parte devido ao fato de que ele se sentava tão baixo no banco do motorista que ela não achava possível ele conseguir enxergar direito acima do painel, ou talvez fosse porque o agradável sorriso de sapo do Leroy nunca sumia quando ele estava dirigindo, independentemente de quantas pessoas buzinassem ou o xingassem ao passar, independentemente de qual fosse o objeto misterioso pelo qual ele passasse por cima, independentemente de quantos pedestres gritassem e corressem para sair da frente.

– Onde essa mulher mora, afinal? – perguntou ela, olhando para Leroy do banco do passageiro do carro esportivo amarelo, um veículo que ele alegava ter sido muito desejável na época em que o roubou. (De acordo com Leroy, pertenceu a um advogado famoso por ter defendido um homem que espancou um prodígio quase até a morte. O advogado conseguiu que o homem saísse só com uma multa e serviço comunitário para pagar pelo crime. Portanto, roubar o carro dele foi questão de justiça e também de ambição.)

Trinta anos e zero lavagens depois, o carro mais parecia uma banana madura passada do que qualquer coisa remotamente desejável, pelo menos aos olhos de Nova. Tinha ferrugem em todos os cantos, incontáveis amassados e arranhões na tinta das portas, e o estofamento rasgado exalava o odor distinto de mofo.

– Perto da marina – disse Leroy, batucando com os dedos no volante.

Nova observou os prédios por onde passaram. Eles tinham saído do centro e estavam seguindo pelo bairro industrial, onde os depósitos e pátios de armazenamento já tinham sido lotados de contêineres prontos para serem carregados em navios de carga e distribuídos para o restante do país por trens e caminhões. Embora o comércio internacional estivesse voltando lentamente à cidade, a maioria dos prédios ainda estava deserta, abrigando apenas ratos e sem-teto que, por algum motivo, não tinham direito aos lares distribuídos pelo Conselho. Ou então eles preferiam fazer as próprias escolhas de onde e como viver suas vidas, fosse qual fosse o custo.

Por vãos entre os armazéns e as fábricas desativadas, ela teve vislumbres da baía Harrow, pouco iluminada por alguns barcos na água. Seus olhos foram até o horizonte, que se mesclava quase perfeitamente com o céu negro. Apesar de ainda estarem na cidade, a poluição luminosa era pequena ali a ponto de Nova conseguir ver estrelas espalhadas, e ela se viu procurando constelações que conhecia. O Guerreiro Caído. O Grande Cipreste. O Caçador e o Cervo.

Quando criança, Nova era fascinada pelas estrelas. Inventava histórias inteiras sobre os seres celestiais representados nessas constelações. Naquela época, convenceu a si mesma que todos os prodígios, como ela, seu pai e seu tio Ace, tinham nascido das estrelas, e que foi assim que eles haviam conseguido seus superpoderes. Nunca chegou à conclusão de como isso aconteceu exatamente, mas pareceu fazer sentido na lógica infantil.

Ela não sabia bem o que era mais incrível: sua teoria de infância sobre como os prodígios passaram a existir ou a verdade. Que cada uma daquelas estrelas era seu próprio sol, a milhares de anos-luz de distância. Que observar uma estrela era olhar para trás no tempo, para uma época em que não existiam prodígios.

Leroy dobrou uma esquina e o carro passou por alguns trilhos de trem antes de descer por uma ladeira íngreme na direção da marina.

– Como é que você conhece mesmo essa mulher? – perguntou Nova.

– Ah, sei lá. Mas pensando bem... o quanto a gente realmente conhece as pessoas? Podemos dizer com certeza absoluta que conhecemos a nós mesmos?

Nova revirou os olhos.

– Mais uma vez. Como você a conhece?

Leroy sorriu e virou o volante para o lado. Nova enrijeceu e olhou pela janela, mas não conseguiu ver de que ele estava se desviando. Um segundo depois, Leroy tinha ajeitado o carro na rua.

– Ela era membro dos Demônios – disse ele, citando uma das gangues de vilões que subiram ao poder durante a Era da Anarquia, uma que tinha feito uma espécie de aliança com os Anarquistas. – Eu trocava com ela tinta invisível por documentação falsa. Ainda troco quando necessário.

– Então ela é um prodígio.

Leroy confirmou.

– Algum poder do qual eu deva saber? – Mesmo ao encontrar uma suposta aliada, Nova gostava de estar preparada.

– Psicometria. Nada perigoso.

Psicometria. A capacidade de enxergar o passado de um objeto.

– Bom – acrescentou Leroy com uma risadinha –, nada perigoso se você não for esmagada por todas as coisas dela. Você vai ver quando a gente chegar. Ela me disse uma vez que é difícil abrir mão de coisas quando você sabe o que cada uma delas passou.

– Não tenho medo de coisas – declarou Nova –, desde que possamos confiar nela.

– Ah, eu não disse isso. Mas, fora da família, ela é o mais confiável que dá. E acho que não temos outra escolha. – Ele suspirou.

Nova afundou mais no banco e olhou para as casas flutuantes antigas que passaram.

Sua mente se voltou para aquela palavra efêmera.

Família.

Ela já tinha tido uma família. Mamãe. Papà. Evie. Quando eles foram tirados dela, ela acreditou que tinha perdido tudo. Tanto da infância dela se foi em uma confusão de dor e perda, de luto e raiva, traição e uma tristeza tão forte que havia dias inteiros em que ela não tinha energia para comer ou mesmo chorar. Noites inteiras em que sombras a aterrorizavam, tornando-se assassinos e monstros.

Houve só uma fonte de luz naqueles primeiros meses. A única família que ela ainda tinha.

O tio Ace.

Ele a abraçou para que ela não visse os corpos da família quando a levou do apartamento, parando só para pegar a pulseira inacabada na qual o pai dela estava trabalhando. Ele só a soltou quando eles chegaram à catedral, que ele e os Anarquistas chamavam de lar naquela época. Era a maior igreja da cidade, que Ace ocupou bem antes de Nova nascer. No começo, achou o lugar sinistro e assustador, com os tetos altos que ecoavam cada passo, a torre do sino que estava havia muito tempo em silêncio e cheia de teias, os quadros de santos mortos que a observavam com olhos de condenação.

Mas Ace fez o possível para que se parecesse com um lar para ela. Nova não se lembrava dele como alguém que falava muito, mas sempre parecia estar perto quando ela precisava de uma presença estável. Às vezes, segurava a mão dela ou massageava suas costas quando ela chorava com o rosto em seu ombro. Às vezes, usava seus poderes para distraí-la da dor, fazendo marionetes brincalhonas a partir das imagens e estátuas que ocupavam a nave e as paredes da capela. E quando a curiosidade superou a tristeza, ele mostrou a ela todas as alcovas escondidas da catedral. As tumbas embaixo da base, cheias de ossos e história. O órgão imenso cujas teclas Nova tinha liberdade de batucar conforme sua vontade, preenchendo o espaço amplo com acordes sinistros que se adequavam perfeitamente ao seu humor. Ele a levou até o campanário e deixou que ela puxasse as cordas que faziam os pequenos sinos tocarem, e mostrou como conseguia mover o enorme sino central só com os pensamentos. A música deles ecoava pelos telhados dos quarteirões da cidade ao redor.

A dor não passou, mas, quando Ace estava presente, parecia ir diminuindo aos poucos.

Até que, um dia, ele contou para ela a verdade sobre o que aconteceu com a família.

Nova estava inspecionando alguns relicários que tinha encontrado em uma das capelas menores quando Ace a encontrou e a botou sentada em um banco velho de madeira. Ele contou para ela que uma das gangues de vilões, os Baratas, exigiram que o pai dela fizesse uma coleção de armas usando seu dom. Eles ameaçaram a esposa e as filhas do David se ele não correspondesse às expectativas deles.

Quando o papà dela começou a se atrasar nos pedidos, ele foi até os Renegados e suplicou por proteção. O próprio Capitão Cromo prometeu que nenhum mal aconteceria a ele ou à família dele, mas só se ele parasse de fazer armas para os inimigos.

E assim, o pai dela parou. E os Baratas, em retaliação, enviaram um assassino atrás dele e da família.

Só que os Renegados não cumpriram a palavra. O Capitão Cromo também não. Eles não estavam lá protegendo a família de David quando mais precisavam deles.

Quando Ace terminou de contar a história, ele entregou a Nova uma xícara de leite frio e dois biscoitos wafer de baunilha tirados de uma embalagem plástica que fazia muito barulho. Nova, com seis anos e tão pequena que os pés não tocavam no chão de pedra quando ela se sentava no banco, comeu os biscoitos e bebeu o leite sem comentar. Ela lembrava que não tinha chorado. Lembrava que, naquele momento, não sentiu tristeza.

Ela só sentiu raiva.

Uma raiva cega e ofegante.

Quando se levantou para sair, para ela poder refletir sobre a morte da família, Ace disse simplesmente, de forma prática:

– Os Baratas tinham quarenta e sete integrantes. Ontem à noite, matei todos.

Aquela foi a única vez que eles conversaram sobre a morte da família dela. O que estava feito, estava feito. A gangue matou a família de Nova. Ace matou a gangue. A justiça estava feita.

Exceto pelos Renegados, que não cumpriram a promessa.

Dois meses depois disso, a vida de Nova virou de cabeça para baixo de novo.

No Dia do Triunfo, Nova recebeu a ordem de permanecer nas tumbas. Ela ficou sentada na escuridão, ouvindo os gritos e trovões da batalha, sentindo o ribombar e os estrondos na terra e nas paredes em volta. Durou horas. *Eras.*

Mel a achou primeiro. Ou as abelhas a encontraram e levaram Mel até ela. Elas fugiram por uma passagem secreta, pequena e úmida, com cheiro de terra e ar mofado, iluminada só pela pequena lanterna que Nova tinha levado para as tumbas. A consternação de Mel impediu Nova de falar por muito tempo, mas quando a passagem finalmente, as deixou em uma estação de metrô abandonada Nova ousou perguntar o que tinha acontecido.

Recebeu só três palavras como resposta.

Os Renegados venceram.

– Aqui estamos.

Nova saiu do mundo dos pensamentos. Estava com a pele toda arrepiada pela lembrança daquele dia.

Ela se sentou mais ereta e espiou pelo para-brisa. Leroy tinha estacionado junto ao meio-fio de uma rua estreita e tranquila perto da baía Harrow. Formações rochosas e ondas cheias de espuma captavam a luz da lua hesitante, e ela viu um punhado de docas na água. A maioria estava vazia, mas algumas tinham pequenos barcos de pesca presos, as laterais batendo secamente no píer.

Ela se virou no banco. À direita havia um penhasco alto cheio de plantas feias que se agarravam desesperadamente à face de pedra e um cemitério de madeira esbranquiçada vinda do mar embaixo. Atrás deles, a rua escura seguia em curvas para longe do mar e desaparecia.

Não havia casas. Não havia apartamentos. Não havia armazéns. Não havia construção nenhuma.

– Encantador – disse ela.

Leroy desligou o motor. Estava virado para longe dela, olhando na direção da água.

– Não ligo muito para o mar – disse ele, solenemente. – Vê-lo sempre me enche de arrependimento.

– Arrependimento? – Nova observou as ondas agitadas. – Por quê?

– Porque, se eu tivesse aprendido a velejar, poderia ter ido embora deste lugar. De barco, pode-se ir a qualquer lugar.

– Você tem carro – apontou Nova, olhando para ele de lado. – Poderia ir embora dirigindo se quisesse.

– Não é a mesma coisa. – Leroy se virou, não para olhar para ela, mas para encarar os dedos tortos no volante. – Não tem nenhum lugar civilizado no mundo todo onde eu não seria reconhecido, e os outros também. Nossa reputação nos precederia onde quer que fôssemos. Enquanto a anarquia for sinônimo de caos e desespero, os Anarquistas sempre vão ser sinônimo de vilões. – Ele inclinou a cabeça para o lado e desta vez olhou para ela, embora estivesse tão escuro no carro que ela só conseguisse ver pontos fracos de luar refletidos nos olhos. – Mas não você, Pesadelo. Ninguém sabe quem você é. Você poderia nos deixar, sabe. Poderia ir para qualquer lugar.

Ela riu com um certo deboche.

– Aonde eu iria?

– Aonde você quisesse. Essa é a beleza da liberdade.

Ele sorriu, mas com uma expressão triste, cheia daquele arrependimento que mencionou.

Nova engoliu em seco. *Liberdade.*

Ela sabia que ele estava certo. O pensamento já tinha passado pela cabeça dela mil vezes. Ninguém sabia como Nova Artino era, nem mesmo que ela ainda estava viva. Ninguém sabia que ela tinha sido criada pelos Anarquistas. Ninguém sabia que ela era a Pesadelo.

– O que você está dizendo?

– Nós estamos aqui porque você diz que quer se infiltrar nos Renegados pra um dia podermos destruí-los – disse Leroy. – E ninguém ficaria mais feliz do que eu se isso acontecer. Mas não posso ir em frente com isso em sã consciência sem dar uma alternativa a você. Depois de hoje, você vai ter um novo nome, uma nova identidade. Poderia ir embora de Gatlon. Ou... poderia ficar. Arrumar um emprego e um apartamento. Começar uma vida real, como todo mundo está tentando fazer. Você teria muita companhia se fizesse essa escolha.

Nova se moveu no banco e cruzou os braços.

– E fazer o quê? Deixar vocês derrotarem os Renegados sem mim? Vai sonhando.

Leroy balançou a cabeça.

– Não vai haver derrota sem você e o que você pode descobrir. Sem o que você pode conseguir mudar. – A voz dele ficou baixa. – Tenho pouca esperança de ver a liberdade pela qual já lutamos. Pela qual *matamos*. Mas você não escolheu essa vida, Nova. Não como nós. Você ainda pode fazer uma escolha diferente.

Com o maxilar contraído, Nova olhou para um dos barcos. Oscilando pra lá e pra cá, um movimento incessante e regular.

– Os Anarquistas são a minha família – disse ela. – A única família que ainda tenho. Só vou ser livre quando vocês forem. Só vou descansar quando os Renegados forem punidos. Por como tratam vocês. Por como traíram a minha família. Pelo que fizeram com Ace.

Leroy fixou um olhar concentrado nela.

– E se a vingança não lhe der alegria?

– Não é alegria que estou procurando.

Leroy esticou a mão ao lado do volante, desligou os faróis e tirou a chave da ignição.

– Então vamos ver se conseguimos achar o que você *está* procurando.

CAPÍTULO ONZE

Seus pensamentos estavam em disparada enquanto ela andava atrás de Leroy na calçada estreita da rua escura. A conversa no carro ainda ocupava sua mente. Ela estava fazendo aquilo por eles? Por Ace ou por Evie ou por si mesma?

Ou estava fazendo por toda a humanidade? Por todas as pessoas que eram cegas demais para ver que ficariam melhor sem o Conselho. Sem os Renegados.

Talvez, ela disse a si mesma, pudesse ser as duas coisas.

Não tinha certeza de quando tinha começado a pensar nos Anarquistas como família. Sem dúvida não durante os meses iniciais, quando só amava Ace e pensava só nos pais e na irmã e em si mesma. Apesar de eles terem todos ocupado os mesmos espaços dentro da catedral, ela via os Anarquistas mais como fantasmas passando por ela na nave ou discutindo no claustro. Havia mais deles na época. Muitos morreram na batalha, alguns cujos nomes ela nunca soube. E, de um modo geral, todos ignoravam a criança abandonada que Ace tinha levado com ele. Não eram *maus* com ela, Ace não teria tolerado isso, mas também não se esforçavam muito para serem gentis.

Porém, quando eles foram realocados para os túneis, isso começou a mudar. Tinham sobrado tão poucos, todos sofrendo a mesma derrota. Isso os uniu mais do que antes, até a pequena Nova. De repente, os Anarquistas que restaram se interessaram por ela.

Leroy descobriu seu interesse por ciência e começou a lhe ensinar química e até permitiu que ela brincasse com o equipamento de laboratório e fizesse diferentes misturas. Ingrid a treinou para lutar, tanto com as mãos quanto com qualquer arma que eles conseguissem obter ou trocar. Mel, com medo de eles acabarem criando outro selvagem como Winston, tornou seu propósito guiar Nova para que se tornasse uma *dama*... ou pelo menos o tipo de dama que sabia preparar um martíni adequado e passar delineador sem enfiar a ponta no olho. Quanto a Winston, por um tempo ele foi o único companheiro de brincadeiras de Nova, que contava histórias de contos de fadas com marionetes de sombras e ensinava a arte refinada do pique-esconde, com a casa nova deles oferecendo infinitos esconderijos.

E Fobia foi... bom. Fobia era Fobia.

Ele nunca foi gentil com ela, mas também nunca parecia ser gentil com mais ninguém, então Nova aprendeu logo cedo a não encarar a indiferença dele como uma coisa pessoal.

Leroy se aproximou de uma doca pequena e velha. Nova via a água formando espuma embaixo conforme eles iam andando pelas tábuas bambas, úmidas do borrifo do mar. O ar tinha cheiro de sal, alga e criaturas mortas que foram parar nas margens.

Havia um único barco amarrado na ponta da doca; tinha seis metros e quase todo o comprimento era ocupado por uma cabine fechada. As laterais estavam cobertas de cracas e o teto plano cheio de baús de madeira e uma única bicicleta enferrujada. Havia uma cadeira de plástico no pequeno convés da proa, ao lado de uma garrafa de vinho vazia e um tomateiro murcho saindo de uma jarra de leite reutilizada.

Não havia luz vindo de dentro do barco, e Nova se perguntou se eles estavam sendo aguardados.

Leroy se inclinou na beirada da doca e bateu em uma das janelas escuras.

Dentro do barco, Nova ouviu som de passos e o estalo de madeira velha. A mesma janela na qual Leroy bateu se abriu alguns centímetros, deixando um brilho amarelo quente sair para a doca, e Nova percebeu que nenhuma luz passava porque as janelas eram todas pintadas de preto opaco.

Uma pistola apareceu pela janela aberta.

– Quem está aí?

– Sou só eu, Millie – disse Leroy. – Viemos buscar aqueles documentos.

A arma se moveu para o lado, e um olho de mulher espiou pela abertura, pequeno e cercado de rugas. Ela avaliou os dois.

– Onde eu estava na primeira vez que vi Leroy Flinn? – perguntou ela, a voz carregada de desconfiança.

Leroy nem hesitou.

– Remexendo nos suprimentos do departamento de arte da universidade. Procurando estiletes e laminados, se me lembro bem.

A mulher resmungou baixinho e bateu a janela.

Nova olhou para Leroy com o canto do olho.

– Ela teve um problema com um transformador de rostos um tempo atrás – sussurrou ele. – Quase a tirou de atividade. Ela ficou meio paranoica depois disso.

A porta no final da cabine se abriu, e a luz de dentro se espalhou pela água.

– Entrem, então – disse a mulher. – Rápido, antes que alguém veja vocês.

Nova olhou em volta. Não havia nada além de penhascos e a rua vazia e o mar em todas as direções. O carro amarelo solitário de Leroy era o único sinal de civilização por perto.

Leroy passou do deck por cima da amurada e entrou na cabine do barco. Nova foi atrás e fechou a porta depois de olhar para trás.

A cabine era estreita e estava tão cheia de coisas que Leroy teve que se virar de lado para caber no corredor, indo atrás conforme a mulher seguia para o fundo. Havia prateleiras cobrindo as paredes e exibiam de tudo, desde produtos de limpeza a latas de comida e mais vinho. Um fogão a lenha no canto era a fonte de luz e de um calor envolvente que chegava quase a ser opressivo. À esquerda, a parede era coberta de mais prateleiras e caixas de todos os formatos e tamanhos, muitos com pilhas de pratos, cerâmicas e pilhas de toalhas bem dobradas. À direita, um amontoado de impressoras e monitores de computador velhos, escâneres e uma copiadora de escritório, uma plastificadora, caixas de luvas azuis de látex e pilhas e pilhas e pilhas de papel das mais diferentes cores e gramaturas. Havia um labirinto de barbante acima, ocupando toda a cabine, com roupas lavadas e uma variedade de documentos pendurados.

– Millie – disse Leroy, parando atrás da mulher quando ela colocou a arma em cima de um arquivo e começou a tirar algumas folhas de papel do varal –, quero apresentar Nova, a sobrinha de Ace.

– Eu sei quem ela é – disse Millie, batendo com os cantos dos papéis juntos para ajeitar as folhas e tirando uma pasta vazia de uma gaveta e os colocando dentro. – Bem-vinda a bordo, Nova McLain.

– Hum. É Artino, na verdade.

Millie olhou para trás de Leroy e entregou a pasta para ela.

– Não mais.

Nova pegou a pasta, abriu e olhou a folha de cima. Era uma certidão de nascimento, simples e sem decoração nenhuma, como a maioria das criadas durante a Era da Anarquia. Com poucos consultórios médicos para fazer partos, muitas mulheres davam à luz em casa, com a ajuda de uma parteira, que podia ou não ter treinamento profissional, que podia ou não ter se dado ao trabalho de preencher qualquer papelada depois, principalmente não existindo nenhum departamento governamental esperando a entrega desses papéis. Nova sabia que tanto ela quanto Evie nasceram em casa, mas, até onde sabia, os pais nunca tiraram certidão para nenhuma das duas.

Mas aquele documento parecia tão profissional quanto os da época, carimbado e assinado por uma *Janice Kendall, parteira*. Incluía as assinaturas de seus pais imaginários, *Robert e Joy McLain*. Incluía seu aniversário, e era *mesmo* seu aniversário, dia 27 de maio, talvez para que Nova tivesse menos chance de errar a data se alguém perguntasse.

E escrito com caligrafia caprichada no meio da página estava o nome dela.

Quase.

Nova Jean McLain

– Eu pareço escocesa?

– Seu pai era escocês – disse Millie, abrindo a tampa de um escâner e tirando uma folha de papel. – Você puxou a sua mãe.

Nova abriu a boca para dizer que não, que seu pai era italiano e a mãe era filipina, e que ela gostava de pensar que era uma mistura forte dos dois, mas acabou parando. Que importância tinha o nome que o mundo achava que ela tinha ou de onde vieram os olhos azuis ou o cabelo preto? Que importância tinha se alguém achasse que seus pais eram Robert e Joy... fossem eles quem fossem.

Ela não podia ir para os testes dos Renegados com o sobrenome Artino, e Nova Jean McLain era uma identidade secreta tão boa quanto qualquer outra.

Ela levantou a certidão. O papel seguinte era o formulário necessário para participar dos testes dos Renegados. Tinha sido preenchido com uma máquina de escrever antiga.

Nome: Nova Jean McLain

Codinome: Insônia

Habilidade de prodígio (superpoder): Não precisa dormir nem descansar; fica totalmente desperta o tempo todo sem qualquer consequência da falta de sono.

– Insônia – murmurou Nova. Não era exatamente o tipo de nome que encheria o coração dos inimigos de medo, mas também não era ruim. Ela se perguntou se foi Leroy quem o criou ou Millie.

– Tem um lugar na última página pra sua assinatura – disse Millie, entregando uma esferográfica. – Não vá assinar o nome errado.

Nova pegou a caneta sem olhar. Do lado de fora, as ondas batucavam uma melodia regular na lateral do barco.

– Eu moro na Noventa e Quatro Leste com Wallowridge? – Ela franziu a testa. – Tem casas habitáveis naquela região?

– Você preferia que eu colocasse "túnel do metrô da defunta estação da rua Mission"? – perguntou Millie.

Nova olhou para ela.

– Eu só não quero que ninguém vá me investigar e acabe descobrindo que a residência nos meus documentos é, na verdade, uma loja de conveniência que pegou fogo vinte anos atrás ou algo desse tipo.

Millie lançou um olhar irritado para Leroy, que retribuiu com um sorriso apaziguador.

– Eu não sou amadora – disse ela com desprezo. Inclinada por cima da mesa, começou a separar as canetas espalhadas, as anotações adesivas e as navalhas em uma coleção de latas. – Se alguém for investigar você, vai encontrar um sobrado de dois quartos que pertence a Peter McLain há mais de quarenta anos.

– Quem é Peter McLain?

– Seu tio – disse ela. – Na página três, você vai encontrar um ensaio pessoal de duzentas palavras sobre como você tem gratidão por ele ter acolhido você depois da morte prematura dos seus pais.

– Tudo bem, mas quem ele é de verdade?

– Ninguém. Invenção da minha imaginação. Um fantasma que só existe no papel. Não se preocupe, todos os documentos vão bater. Pelo que as pessoas sabem, a casa realmente pertence e é ocupada pelo Sr. McLain, e agora pela sobrinha dele.

Nova olhou para Leroy, mas ele estava observando Millie.

– O formulário pedia referências pessoais, não pedia? O que você colocou?

– Uma professora do fundamental que achava Nova uma excelente aluna de se ter em sala de aula – disse Millie – e um antigo chefe que achou uma perda terrível quando Nova decidiu sair do emprego, mas que está animado por ela ir atrás do sonho de se tornar uma Renegada.

– Um antigo chefe? – Nova virou para a página seguinte, onde viu que Nova Jean McLain havia trabalhado no Parque de Diversões Cosmopolis até um mês antes. – Eu era operadora de brinquedo? Sem essa. Até um esquilo consegue fazer esse trabalho.

– As duas referências – continuou Millie como se Nova não tivesse falado – são fontes legítimas. Trabalhadores civis de verdade desta comunidade que aceitaram graciosamente elogiar a Srta. McLain se alguém os perguntasse sobre ela. – O olhar dela se desviou para Leroy. – Claro que você vai pagá-los por essa honra.

– Naturalmente – disse Leroy, olhando para o formulário. – Winston tinha um negócio paralelo no Cosmopolis. Acho que ele talvez tenha conhecido esse cavalheiro.

Millie assentiu.

– Os negócios dele prosperaram bem mais na época da anarquia do que na do Conselho. Não foi difícil persuadi-lo a se envolver nessa causa.

Nova sentiu a barriga se contrair enquanto foi lendo o formulário, e não achava que fosse do movimento do barco. Parecia haver buracos demais naquela vida construída às pressas. Um tio que ela não conhecia. Pais com quem não sentia ligação. Uma professora e um empregador, uma casa e um emprego, e qualquer uma dessas coisas poderia ser verificada como sendo falsa se alguém se desse ao trabalho de investigar a fundo.

Ela precisou lembrar a si mesma que todo mundo nascido na Era da Anarquia tinha buracos nos registros. Todas as coisas que mantiveram a sociedade organizada antes tinham sido destruídas, de registros médicos a matrículas de escola, imposto de renda e extratos de banco. Não havia nada disso. Só gente tentando sobreviver. Seguir com a vida da melhor maneira que pudesse.

Ninguém pensaria duas vezes sobre onde ela morava e com quem e se a antiga professora estava mentindo quando chamava Nova de excelente aluna.

Os Renegados queriam achar os melhores prodígios para tornar a organização mais forte, mais inteligente, melhor. Se ela entrasse, só teria que os persuadir de que era digna de ser mantida lá, e ninguém ligaria para seu passado e suas conexões.

Ninguém pensaria em pesquisar mais fundo até que fosse tarde demais.

– Devo concluir que está tudo satisfatório? – perguntou Millie, olhando não para Nova, mas para Leroy.

Ele assentiu e tirou um rolinho de dinheiro de um bolso interno. Millie o pegou e soltou o elástico, contou as notas e enrolou tudo de novo. Nova viu o dinheiro desaparecer no punho dela com um novo peso nos ombros. Ela não tinha pensado em pagamento, nem de onde esse dinheiro viria, mas claro que Millie ia querer alguma coisa pelos serviços. Ver a transação fez o esquema todo parecer bem real de repente. Leroy tinha trabalhado por aquele dinheiro; vendendo substâncias legais para matar insetos e pragas, ou então drogas e venenos menos legais distribuídos nos mercados subterrâneos. De qualquer modo, era fruto do trabalho dele, e ela sentiu uma pontada de responsabilidade por ver como aquele dinheiro todo obteve pouca coisa.

Uma identidade falsa. Um nome, um endereço, um passado.

Uma chance para Nova entrar nos testes dos Renegados e se tornar espiã.

– Não se esqueça de assinar o formulário – disse Millie.

Nova abriu o formulário na última página, apoiou o papel em cima da copiadora e clicou para acionar a ponta da caneta.

– McLain – lembrou Millie.

Ela inspirou fundo e rabiscou uma assinatura na linha de baixo. *Nova Jean McLain.*

Ela esticou a caneta para Millie, que, em vez de pegar, segurou o antebraço de Nova e a puxou para perto. Nova contraiu o corpo, pronta para lutar, mas a mulher só se inclinou sobre o pulso dela e inspecionou a pulseira.

– Trabalho de David Artino? – murmurou ela, a voz cheia de admiração. Ela passou um dedo pela corrente da pulseira. Os cílios tremeram e a testa se franziu como se em concentração profunda. – Ele era mesmo um mestre. – Ela virou o braço de Nova e lançou-lhe um olhar astuto enquanto batia com a unha do mindinho no fecho da pulseira. – E *ele* era um jovem lindo, não era?

– Como é? – gaguejou Nova.

Leroy olhou com interesse para Nova.

– Que jovem lindo?

– Eu não... – Nova hesitou e visualizou um sorriso relaxado e dedos calorosos em torno do pulso. Ela fez uma careta e arrancou o braço da mão da Millie. – Ninguém. Ele não era ninguém. Só um cara.

Rindo, Millie pegou a caneta da mão dela.

– Então isso é tudo. Boa sorte, *Insônia*.

Ainda franzindo a testa, Nova fechou a pasta.

– Tá, obrigada.

Ela se virou e percorreu a cabine. Leroy foi atrás, indo devagar para não derrubar nenhuma pilha de coisas.

– Por curiosidade – disse Millie quando eles estavam quase na porta –, o que você vai fazer em relação às digitais?

Nova olhou para trás.

– Digitais?

– Nós vamos dar um jeito nisso – disse Leroy. Ele esticou a mão na frente de Nova e abriu a porta, deixando um sopro de ar salgado entrar.

– Eles precisam de digitais? – perguntou Nova enquanto passava para a doca. A porta do barco bateu e, um segundo depois, ela ouviu o clique de um trinco.

Leroy passou por ela, a cabeça abaixada para se proteger do spray da água.

– Vão fazer uma verificação de digitais nos testes, sim.

Nova foi atrás dele.

– Mas... a arma. Eles estão com a arma usada no desfile. Devem ter pesquisado as digitais e inserido as encontradas no banco de dados. Se me verificarem nos testes, vão saber.

– Se as digitais forem compatíveis.

– Claro que vão ser! – Ela fez uma pausa. – Espera. Por que não seriam?

Os passos de Leroy aceleraram conforme ele foi seguindo pela doca, de volta à margem e pela rua, ansioso para sair do sopro forte do vento. Nova o acompanhou, esperando, mas ele ainda não tinha dito nada quando eles chegaram ao carro e entraram.

– Leroy – disse Nova enquanto fechava a porta. – Por que as digitais não seriam compatíveis?

Ele não olhou para ela quando falou:

– Porque nós vamos alterar as suas.

As pontas dos dedos dela formigaram com apreensão sutil.

– Como?

Leroy se virou para ela com expressão hesitante, como se soubesse que devia ter mencionado isso muito antes. Mas antes que pudesse responder, Nova entendeu exatamente como ele planejava alterar suas digitais.

Seu olhar desceu para a mão que ele tinha pousado compulsivamente no câmbio do carro.

– Ah.

– A dor vai ser tolerável – disse ele, de um jeito que talvez tivesse a intenção de ser reconfortante.

Mas não era a dor que a preocupava.

– Não vai ser suspeito? Chegar lá com digitais mutiladas?

– Não tanto quanto a correspondência perfeita com as digitais naquela arma.

Ela olhou para ele com sarcasmo.

Leroy suspirou.

– Vamos arrumar uma explicação plausível. Mas... se você não quiser...

– Claro que quero – disse ela, com mais raiva do que pretendia. – Não vai ser a pior coisa que já me aconteceu.

Leroy a olhou quase com pena e levantou a mão, como se pretendesse bater na mão dela em um high five. A luz de dentro do carro ainda não tinha se apagado, e no brilho doentio, Nova viu o veneno começar a escorrer da pele dele. Primeiro foram gotas bem pequenas, mas logo começaram a escorrer, até as pontas dos dedos estarem cobertas de uma camada meio preta. Nova não sabia se era uma espécie de veneno ou ácido que o corpo dele produzia, ou alguma substância química particular da sua fisiologia.

Não importava muito.

Ela inspirou e se preparou. Em seguida, levantou a mão e encostou os dedos nos dele.

CAPÍTULO DOZE

A arena já estava tremendo com cantos de torcida e pés batendo no chão, e os testes ainda nem tinham começado. Adrian estava encostado na parede dentro da abertura que levava ao campo, olhando para as arquibancadas cheias de gente. A multidão estava cheia de placas vermelhas distribuídas na entrada, um lado com a palavra HERÓI e no outro, ZERO.

Essa era parte da diversão, ele achava, para os não prodígios que iam assistir aos testes. Apesar da decisão de quem era aceito nos Renegados fosse de cada equipe, a plateia podia fingir ter participação ao erguer as placas quando cada competidor entrava em campo.

Ele nunca tinha gostado dos dias de testes. Aquele era o quarto evento anual e ainda sentia uma inquietação no estômago. Mas havia algo de ridículo na situação toda, no fato de que o futuro de um prodígio podia ser decidido com base em algumas perguntas e uma demonstração de poder de trinta segundos. Isso poderia mesmo ser suficiente para decidir se alguém era adequado ou não para ser herói? Capaz de lutar por justiça, defender os fracos, proteger a cidade? Ele duvidava seriamente e, mais ainda, desconfiava que, se tivesse sido obrigado a entrar pelos testes, talvez não tivesse conseguido.

Adrian se tornou um Renegado praticamente de forma automática. Ele era filho da Lady Indomável, e desde a morte dela foi criado pelo

Capitão Cromo e pelo Guardião Terror. Ninguém ousaria protestar quando chegou a hora de ele ganhar um uniforme, e, por causa disso, Adrian tinha muitas oportunidades de provar a si mesmo e as suas habilidades. Dar vida à sua arte acabou sendo muito útil várias vezes.

Mas *útil* não era sempre o que importava nos testes. Ao menos, não para os espectadores. Eles queriam ser surpreendidos e impressionados, e talvez até um pouco assustados. Queriam explosões e terremotos, e o poder de Adrian deixaria a plateia insatisfeita.

A não ser que ele desenhasse uma granada de mão.

Na verdade, uma granada de mão até que seria incrível.

Ainda assim, ele não precisou competir para ter um lugar nos Renegados, então jamais saberia se teria sido escolhido ou não.

Atualmente, não importava muito o que achavam de seus poderes, não desde que ele alterou a própria habilidade com tatuagens. Ele não era mais só Rabisco, um Renegado e um artista.

Ele era o Sentinela, com mais poderes do que já residiram em um ser só, ao menos até onde sabia. Era diferente de qualquer outro prodígio que já tivesse sido visto. Tinha sido transformado.

Era estranho usar o uniforme de Renegado de novo depois de estar com a armadura do Sentinela; o tecido ajustado ao corpo de repente o fez se sentir vulnerável. Ele ficava passando o dedo entre a gola da camisa e o pescoço, tentando abrir espaço para respirar.

– Feliz dia de testes, *u-hu*!

Adrian se virou e viu Oscar descendo pelo corredor de concreto. Bateu com a bengala algumas vezes no ar antes de a apoiar no chão de novo.

– Tragam os novatos, estou pronto pra *julgar geral*.

Ruby não estava muito atrás, se balançando na ponta dos pés.

– Como estão as coisas lá fora? – perguntou, parando ao lado de Adrian. Ela arregalou os olhos. – Caramba, tem muita gente.

O heliotrópio estava pendurado no pulso dela, apoiado na coxa enquanto ela observava a arena lotada. Sua atenção se deslocou para as mesas espalhadas pelo campo. Havia quase quarenta, cada uma coberta de um tecido vermelho. Todas as unidades de patrulha tinham que comparecer aos testes, ao menos as que não estavam de·

serviço naquela noite, e tinham que se sentar às mesas e assistir a prodígios esperançosos tentando impressioná-los e acabar decidindo o destino deles.

– Tem mesmo tantas equipes de patrulha agora? – perguntou Ruby. – Não tinha nem metade quando eu fiz o teste. Não parece cheio assim quando estamos no quartel-general.

– Não é comum que coloquem todos nós em um aposento só – disse Adrian. – Mas não sei bem quantas estão procurando integrantes novos. – Seu olhar foi até a plataforma pendurada na outra ponta do campo. Os membros do Conselho, inclusive seus pais, já estavam sentados, conversando agradavelmente e parando de vez em quando para sorrir para a câmera. Até a Pássaro do Trovão estava lá. Os curandeiros lhe deram permissão para ir, desde que não fizesse nenhuma besteira, tipo tentar voar. – Sei que o Conselho também espera encontrar novos talentos hoje, então vamos ver quantos eles vão escolher.

Ruby balançou a cabeça e pareceu meio atordoada por toda a comoção.

– Vocês conseguem imaginar fazer um teste nessas condições? É tanta pressão.

– Vocês dois foram escolhidos em testes – disse Adrian. – Não foi muita pressão na época?

– Ah, foi – lembrou Ruby com uma gargalhada nervosa. – Fiquei apavorada.

– Eu, não. – Oscar sorriu. – Mas eu sabia que seria escolhido. Quem não ia querer isto na equipe? – Ele levantou a palma da mão, e uma nuvem de fumaça azulada virou um dragão feroz. Saiu voando para a arquibancada e gerou gritinhos da plateia. – Falando sério? Há usos infinitos pra esse truque.

– Sério mesmo – disse Ruby com um movimento sábio de cabeça. – *Infinitos.*

– Engraçado – comentou Adrian. – Eu me lembro de você ter sido desafiado por... o quê? Nove equipes ao mesmo tempo?

– Isso! – disse Oscar, sorrindo com a lembrança. – E eles se arrependeram disso, né? Foi um momento de glória para mim. Pensando bem, devo ter chegado ao meu auge naquele dia. Acho que minha vida só piorou depois.

Ruby riu.

– Você se lembra da expressão na cara da Mia Hagner quando você derrotou o Rolo Compressor? Aquilo foi demais.

Oscar apoiou a cabeça no ombro da Ruby, os olhos brilhando.

– Continua. Me conta tudo que você lembra em detalhes completos e excruciantes.

Ruby encostou a cabeça na dele.

– Eu faria isso, só que você cobriu o campo todo com neblina para que nenhum de nós conseguisse ver nada.

Oscar apertou um olho.

– Ah, é. Mas pode confiar em mim, foi lavada.

Adrian balançou a cabeça enquanto olhava a arquibancada cheia de espectadores, sendo que alguns tinham começado a fazer a ola. Ele se lembrava claramente dos testes dos três colegas de equipe, embora não fosse líder de equipe na época. Danna foi aceita sem questionamento durante seu teste; ser capaz de se dispersar em um bando de borboletas a tornava rápida, convenientemente camuflável e um trunfo quando a questão era se esconder e se esgueirar em lugares que não eram de fácil acesso a outros.

Mas Oscar e Ruby foram ambos desafiados, o que queria dizer que, embora uma equipe tivesse visto seu potencial, outras tinham dúvida se eles mereciam um lugar entre os Renegados. Cada um teve que se provar em um combate mano a mano contra um membro da equipe desafiadora.

Oscar podia ter impressionado a plateia com um bando inteiro de dragões de fumaça e um exército de cavaleiros de vapor para destruí-los, mas alguém ainda teria questionado se um garoto com uma doença nos ossos que o mantinha preso a uma bengala poderia se tornar herói em Gatlon. Mas ele surpreendeu todo mundo derrotando o Rolo Compressor, um prodígio conhecido por esmagar qualquer pessoa e coisa que houvesse no caminho. Oscar lançou uma neblina densa no campo, cegando o Rolo Compressor, e o enganou para que fosse atrás dele até só estar menos de um metro dentro do campo. Finalmente, ele o prendeu com uma série de dardos feitos de fumaça preta densa. Rolo Compressor engasgou e começou a sufocar e saiu cambaleando do campo... e o Cortina de Fumaça entrou para os Renegados.

Ruby também foi subestimada. Apesar de ter praticado artes marciais durante anos, sua verdadeira habilidade – quando ela sangrava, seu sangue se cristalizava em pedras parecidas com rubis – era vista como algo que tinha mais espaço no mercado clandestino do que em uma vida de agente da lei. Ela enfrentou a Guilhotina, que achava que teria uma vitória fácil quando cortou o antebraço da Ruby durante o primeiro ataque. Mas, menos de um minuto depois, Ruby reagiu com força, o braço e a mão de repente cobertos com estalagmites vermelhas afiadas como adagas. Guilhotina sofreu muitos cortes antes de desistir da batalha.

– Vou atrás de comida – disse Oscar. – O que vocês querem? Pretzel? Cachorro-quente?

– Algodão-doce – declarou Ruby. – O que tem azul e rosa misturados.

– Pode deixar. Rabisco?

– Não, obrigado – respondeu Adrian.

– Vou trazer pipoca. Não deixem nada legal acontecer sem mim. – Ele piscou e voltou pelo corredor.

– Não prometo nada – cantarolou Ruby para ele, que estava de costas. E seus olhos se iluminaram quando ela apontou para a arquibancada. – Ah, olha! Fizeram um cartaz pra você!

Sobressaltado, Adrian seguiu o gesto dela e viu uma mulher segurando um cartaz caseiro que dizia EVERHART = MEU HERÓI P/ SEMPRE!

– Tenho quase certeza de que isso é para o meu pai.

Ruby pareceu murchar.

– Você não sabe se é. – Ela inclinou a cabeça para o lado, como se ver o cartaz de outro ângulo pudesse mudar alguma coisa. – É, você deve estar certo. Mas podemos fingir que fizeram um cartaz pra você?

– Eu realmente não me importo – disse Adrian, franzindo a testa para a plateia. Mal podia esperar para que aquilo acabasse. Não estava exatamente nervoso. Era mais para... constrangido, de certa forma. Por estar participando de uma tradição que ele não tinha certeza se aprovava.

Eles deviam encorajar todos os prodígios... não, todos os *humanos* a serem o mais heroicos possível. Como rejeitar publicamente alguém poderia ajudar nesse objetivo?

Além do mais, não eram só os competidores que estariam sendo julgados hoje, os Renegados também. O público queria ver os prodígios paladinos que ficavam encarregados de proteger a cidade, de proteger *a todos eles*. Queriam saber que estavam em boas mãos.

E, tudo bem, eles também queriam uma tarde de entretenimento grátis.

Tudo parecia um jeito absurdo de lidar com o recrutamento. Ninguém tinha coisa melhor para fazer?

– Como está Danna? – perguntou Adrian, os olhos encontrando outro cartaz caseiro nas arquibancadas que dizia VOCÊ ME ILUMINA, LUZ NEGRA!!!

– Triste de não poder estar aqui – disse Ruby. – Ela odeia ficar presa em casa.

– Eu também odiaria – respondeu Adrian.

Ruby ficou tensa de repente ao lado dele. Adrian seguiu o olhar de raiva. Genissa Clark, também conhecida como Geladura, estava percorrendo o túnel, cercada pelo restante da equipe. Eles nem olharam para Adrian e Ruby ao passarem para o campo, apesar de as equipes terem que esperar para serem anunciadas antes de irem para suas mesas.

– Espero que nossa mesa seja longe da deles – murmurou Ruby, cruzando os braços.

O lábio do Adrian tremeu quando ele lembrou que Genissa foi uma das que desafiaram a aceitação de Ruby nos Renegados dois anos antes. Ele entendia o ressentimento dela.

Não que ele gostasse muito de Genissa e dos companheiros dela. Nunca tinha gostado, e ver como eles se comportaram com os Anarquistas também não despertou nenhuma grande afeição. Não que tivesse muita pena dos Anarquistas, mas Geladura e os outros agirem como agressores pretensiosos era inaceitável pelo código que os Renegados juravam seguir. Além do mais, ver aquelas colmeias destruídas, mesmo pertencendo a uma inimiga, fez Adrian torcer o nariz de repugnância.

As escolhas ruins de vida dos vilões não eram exatamente culpa das *abelhas*, afinal.

Apesar de não ter descoberto nada sobre a Pesadelo e nem encontrado provas que poderia usar para incriminar o resto dos Anarquistas, ele ficou feliz de ter decidido entrar nos túneis naquela noite. O boato de que o Sentinela tinha aparecido de novo, alegando ter sido enviado pelo próprio Conselho, se espalhou rápido pelo quartel-general. Quando o Conselho negou com firmeza essa alegação e ficou claro que o Sentinela mentiu, a humilhação de Genissa e da equipe dela foi quase palpável.

Adrian os enganou para que abandonassem a missão. Ele os fez se passarem por tolos e não podia deixar de sentir uma pontada de arrogância cada vez que pensava nisso.

Mas o lado ruim era que o mistério do Sentinela estava crescendo diariamente. Quem era ele? De onde tinha vindo? Podia ser um projeto secreto executado pela pesquisa e desenvolvimento ou estava envolvido com a Pesadelo e os Anarquistas – um inimigo com o intuito de confundir todos?

O que começou como uma investigação sobre Pesadelo estava se tornando rapidamente uma investigação sobre *ele*, e isso o deixou inquieto.

As outras equipes também começaram a se espalhar pelo campo, algumas olhando com dúvida para o Conselho, sem saber se deviam esperar ou não, mas o Conselho estava ocupado conversando entre si e não prestava muita atenção no campo. O círculo de mesas começou a ser ocupado. Os espectadores nas arquibancadas gritaram, fãs animados tentando chamar a atenção dos heróis favoritos.

– Lá vamos nós! – gritou Oscar, aparecendo no meio das pessoas no corredor. A mão livre estava carregando uma bandeja cheia de comidas e bebidas no estilo garçom, acima da cabeça. – Algodão-doce de duas cores para a moça, pipoca para o meu amigo, fiquem à vontade para pegar batata frita com alho ou crocante de chocolate, mas não toquem no meu smoothie ou não vou pensar duas vezes na hora de matar vocês e todo mundo que vocês já amaram.

Ruby pegou o saco de algodão-doce no alto da pilha.

– Oscar, posso tomar um gole do seu smoothie?

Oscar grudou um olhar gelado no rosto dela por três, quatro segundos e voltou atrás.

– Tá, tudo bem.

Ela deu uma dançadinha e pegou o smoothie na bandeja. Os olhos de Oscar seguiram o canudo para dentro da boca de Ruby, o pomo de adão subindo e descendo.

Adrian revirou os olhos e encheu a mão de pipoca.

Na plataforma do Conselho, Luz Negra se aproximou do microfone e abriu os braços para a plateia.

– Bem-vindos ao quarto evento anual de testes dos Renegados!

A multidão gritou. As arquibancadas estavam cheias de cartazes, fãs gritando, pés batendo.

Adrian desconfiava que essa não era a intenção quando os Renegados surgiram tantos anos antes. Na época, qualquer um disposto a lutar contra as gangues de vilões era herói. Não era preciso ter um broche especial nem um título. Não era preciso da aprovação de ninguém.

Agora, eles não eram tanto justiceiros, estavam mais para celebridades. Celebridades que tinham um trabalho importante, mas celebridades mesmo assim. E estavam ficando tão políticos, influenciados não pela necessidade do povo, mas pelo que obteria mais apoio público. Por aquilo que os tornaria mais interessantes.

Ele sabia que o Conselho só estava tentando manter a cidade unida, ainda buscando solidificar seu controle tênue. Sabia que não tinha sido fácil para eles. Todos tinham vinte e poucos anos quando derrotaram Ace Anarquia, exceto Luz Negra, que tinha acabado de completar dezenove anos na época. Eles foram heróis e combatentes do crime durante anos, mas não tinham planejado se tornar líderes e criadores de leis.

Eles fizeram o melhor que puderam. Construíram uma cidade nova usando os ossos de uma antiga, trabalharam incansavelmente para curar os ferimentos que as gangues de vilões tinham deixado na sociedade. Ordem e justiça vinham primeiro – uma espécie de sistema legal, com os próprios Renegados como criadores e defensores da nova ordem. Mas aquilo tinha sido só o começo.

As pessoas disseram que precisavam de comida, e os Renegados limparam os detritos e escombros de quarteirões inteiros das cidades para abrir espaço para jardins e lavouras comunitárias.

As pessoas precisavam de abrigo, então eles consertaram incontáveis prédios abandonados para torná-los habitáveis e seguros.

As pessoas precisavam de escolas para os filhos, e eles alocaram fundos para professores e materiais e selecionaram centros comunitários onde aulas regulares poderiam acontecer.

As pessoas precisavam de segurança e representação, então eles montaram um centro de atendimento telefônico dos Renegados e encontros semanais com o Conselho para os cidadãos que desejassem compartilhar seus problemas.

As pessoas precisavam de um ganha-pão, então o Conselho lutou para levar trabalho de manufatura e construção para a cidade, estabelecendo novos acordos de comércio com países de quem estavam isolados havia décadas.

Quando não havia fundos para manter a sociedade seguindo em frente, o Conselho trocou o único recurso que eles tinham: super-heróis e superpoderes. De certa forma, os Renegados haviam se tornado um bem de consumo, um dos mais valiosos do mundo. Apesar de virem prodígios de todo o mundo para serem treinados e doutrinados em Gatlon, depois que eram parte da organização, podiam ser enviados para outros países a fim de ajudarem com furacões e enchentes, lutarem em guerras, destruírem organizações criminosas ou ajudarem a extrair recursos naturais da terra. Governos estrangeiros, muitas vítimas da ascensão de vilões de gangues imitadoras dos Anarquistas, estavam dispostos a pagar bem pelos serviços dos Renegados, e essa riqueza foi revertida na cidade, o suficiente para mantê-los sempre em frente.

Os relacionamentos vieram com um benefício colateral. Em um curto período, os Renegados se tornaram uma corporação multinacional, com embaixadas espalhadas por todo o globo. O resultado foi que mais e mais jovens prodígios aspiravam a se tornar um dos maiores heróis do mundo e faziam a peregrinação aos testes anuais na esperança de serem aceitos no grupo.

E assim os Renegados iam ficando mais fortes, e a cidade também, e o Conselho também. Eles conquistaram muito em uma década. Tinham muito de que se orgulhar.

E, mesmo assim, com toda aquela agitação, toda a comoção e cerimônia, Adrian não conseguia fugir da sensação de que eles tinham perdido o objetivo principal de vista. Estavam esquecendo o que eram.

Não celebridades. Não políticos.

Heróis.

– Todas as unidades de patrulha, por favor, compareçam ao campo – disse Luz Negra.

As equipes que tinham optado por ficar no corredor seguiram em frente. Adrian viu que a mesa deles ficava quase do outro lado do portão por onde os competidores prodígios entrariam no campo. Ele se sentou no meio, com Ruby e Oscar um de cada lado. Oscar espalhou as guloseimas na frente de todos, e se ele ou Ruby se importavam de serem a única equipe comendo batata-frita e doces, eles não demonstraram.

Ruby pegou o pequeno tablet que ficava na mesa e começou a ler as instruções sobre como aceitar ou rejeitar um competidor, e a responsabilidade importante que cada equipe tinha de fazer escolhas que fortalecessem os Renegados como um todo.

Depois que a explosão inicial de entusiasmo da plateia virou silêncio, Luz Negra explicou as regras. Cada competidor seria chamado, um por vez, para responder a perguntas dos capitães de equipe e executar uma demonstração de seus poderes. Os capitães de equipes podiam aceitar ou rejeitar o candidato, e o Conselho teria uma oportunidade de aceitar todo mundo que não tivesse sido escolhido por uma equipe. Se duas ou mais equipes quisessem o mesmo candidato prodígio, ele poderia escolher a qual equipe se juntar.

– E, a qualquer momento – prosseguiu Luz Negra –, se uma equipe discordar da seleção dos colegas, pode desafiar uma escolha. Nesse caso, o candidato prodígio terá que enfrentar um componente da equipe que o desafiou e vencer para se juntar aos Renegados.

A plateia gritou. Era isso que eles queriam. Não um processo de seleção fácil, mas um que fosse cheio de viradas, desafios e duelos.

Não era para encontrar novos heróis para proteger as pessoas, pensou Adrian. Era o espetáculo.

Mas as regras não dependiam dele.

– E, agora – declarou Luz Negra, levantando um punho no ar –, que os testes comecem!

Jatos de luz explodiram da mão dele, raios vermelhos e cinzentos virando fogos acima da arena.

A plateia gritou.

Adrian pegou a caneta e desenhou um canhão em miniatura na toalha da mesa, o pavio já aceso. Não era maior do que a mão dele, mas soltou um *estrondo* surpreendente ao liberar uma torrente de confete e fumaça. O coice empurrou o canhão para trás, e Adrian quase não o pegou quando rolou para a beirada da mesa. Ruby e Oscar bateram palmas, mas alguns Renegados na mesa ao lado olharam com irritação.

– Um kazoo – sussurrou Oscar. – Faz um kazoo pra mim.

– Ah... eu quero címbalos – disse Ruby. – Os pequenininhos de dedo, sabe?

Adrian colocou o canhão na mesa e continuou desenhando enquanto Luz Negra falava.

– Recebam nosso primeiro candidato da noite, fazendo sua terceira tentativa seguida... Dan Reynolds, também conhecido como... *O Garça!*

– Acho que me lembro desse cara – disse Ruby. – O do origami, né?

Era mesmo o do origami. Um cara com idade de universitário capaz de dobrar papel em criaturas de formato complexo e fazê-las se mover ou flutuar sob suas ordens. Infelizmente, as criaturas não eram sencientes, o que limitava severamente sua utilidade.

A plateia vaiou e levantou quase exclusivamente os lados das placas que diziam ZERO. Em pouco tempo, Dan Reynolds foi rejeitado pela terceira vez.

– Coitado – disse Ruby. – Que difícil.

– Ele devia fazer performances de rua – disse Oscar. – Os turistas pagariam uma grana pelas tartaruguinhas dele. – Ele indicou um punhado de tartarugas coloridas de papel que Dan tinha feito e que agora percorriam o campo lentamente. Ele soprou o kazoo em solidariedade.

A competidora seguinte, que se chamava Tagarela, era capaz de falar qualquer língua instantaneamente.

– *Legal* – sussurrou Ruby. – Eu queria ser capaz de fazer isso.

Oscar se inclinou para a frente.

– Você sangra armas feitas de cristal.

– É, mas falar todas as línguas sem ter que estudar? Pense no quanto poderia ser útil.

Nenhuma das equipes ficou com Tagarela, mas, depois de uma curta discussão, o Conselho decidiu trazê-la para a família dos Renegados mesmo assim.

A plateia não pareceu empolgada nem decepcionada. Talvez as pessoas entendessem como a decisão era prática.

– Pronto – disse Oscar, esfregando as mãos –, tem um bom vindo. Estou sentindo. – Ele fez uma pausa e acrescentou: – Aliás, estamos com esperanças de conseguir alguém hoje?

– Não – disse Ruby rapidamente. – Nós já somos uma ótima equipe. Não é, Rabisco?

Adrian piscou, os dedos parando na ilustração de um pequeno gongo.

– Sem dúvida – confirmou ele. – Nós somos uma equipe ótima mesmo. Mas... quem sabe? Pode ser que alguém nos surpreenda.

CAPÍTULO TREZE

— NOME?

— Nova McLain.

O homem sentado na mesa de registro digitou alguma coisa no tablet. Sem olhar de novo, ele esticou a mão.

Nova olhou para ele. Ele estava pedindo dinheiro? Era preciso pagar para se tornar um Renegado? Ela não se lembrava de ter visto nada sobre isso. Não tinha dinheiro nenhum. Eles realmente excluiriam um prodígio só porque...

O homem olhou para ela.

— Formulário? — disse ele lentamente.

Nova ficou corada e limpou a garganta.

— Certo — gaguejou ela, tirando o formulário da bolsa e colocando-o na mão aberta do homem.

O canto da boca do homem murchou quando ele colocou os papéis na mesa e desamassou as dobras.

— Seu codinome será anunciado quando você for chamada no campo. Tem certeza de que está feliz com... — Ele olhou o documento. — Insônia? Pode ser difícil mudar depois.

Nova se inclinou para a frente e passou os olhos pelo formulário de cabeça para baixo, apesar de saber tudo de cor. Ele estava tentando dizer que ela *devia* mudar? Insônia era uma escolha ruim? Ela até gostava, mas agora estava em dúvida. Não era *Pesadelo*, mas também não era ruim. Era?

– Hum... tenho...

O homem, a expressão indiferente, digitou o codinome no registro.

– Mão direita – disse ele, colocando a caneta na mesa e pegando uma bola de algodão em uma lata. Ele a mergulhou em uma tigela rasa cheia pela metade de líquido claro e olhou novamente para Nova, que não tinha se movido. – *Mão direita* – repetiu ele.

Ela engoliu em seco e esticou a mão. Ele passou a bola de algodão na ponta de cada dedo, e o aroma distinto de álcool chegou ao nariz dela. A bola de algodão estava fria, e as mãos dele eram ásperas e estavam grudentas, e a pele de Nova ficou arrepiada o tempo todo. Embora só tivesse levado um momento, ela não conseguiu evitar um suspiro de alívio quando ele terminou.

O homem bateu no alto de uma pequena máquina. Uma tela mostrou um diagrama de uma mão, os espaços precisos onde ela tinha que colocar as pontas dos dedos marcados por ovais azuis.

– Vá em frente – disse ele. – Você vai ter que pressionar por alguns segundos.

Nova se preparou e apertou as pontas dos dedos na tela. Sua mão estava tremendo, mas ela se esforçou para ficar firme enquanto o marcador no alto da tela indicava o progresso da avaliação das digitais.

Quando terminou e Nova cruzou os braços com ansiedade, o homem estava de testa franzida. Ele olhou para ela de novo, desconfiado mais uma vez.

As digitais na tela estavam obviamente mutiladas; pedaços inteiros das espirais entrecortados por placas vazias.

– Eu queimei quando era criança – disse ela, a mentira ensaiada saindo antes que ele pudesse perguntar. – Você vai ver no meu formulário que eu gosto de ciências: química e engenharia e... hum. Eu estava fazendo uma experiência. Com ácido. E... isso aconteceu. – Ela indicou a tela.

O homem repuxou os lábios.

– Bom – disse ele, olhando para um segundo monitor –, não está aparecendo nenhuma correspondência no nosso sistema. Então... – Ele fez sinal com o polegar por cima do ombro. – Pode entrar por aquelas portas e esperar ser chamada.

O corpo dela ficou imóvel.

– É sério?

– Sério o quê?

– É sério que eu vou... vou poder fazer o teste?

– É pra isso que você está aqui, não é? – Ele olhou atrás dela. – Próximo.

– Ah. Tudo bem. Obrigada.

Nova se afastou da mesa e entrou pela porta dupla.

A sala para a qual ele a mandou devia já ter sido um vestiário; era úmido, frio, cheio de concreto e iluminação ruim, com o leve aroma de suor velho permeando as paredes. Os armários tinham sido removidos, deixando marcas leves nas paredes, e uma alcova no canto ainda tinha ralos no piso frio, embora só buracos onde o encanamento e os chuveiros antes ficavam.

Agora o ambiente estava cheio de bancos desconfortáveis e muitos prodígios nervosos repetindo frases motivacionais. Uma janela com película escura dava vista para o campo, por onde eles podiam assistir aos testes em andamento. Um candidato a Renegado estava caminhando para o campo central. As mesas com as equipes estavam espalhadas pelo campo, e uma faixa de papel gigante tinha sido pendurada entre dois pilares no meio: VOCÊ TEM O QUE É PRECISO?

À direita dela, uma plataforma se projetava acima do campo, de onde os cinco membros do Conselho assistiam aos procedimentos. Mesmo dali de baixo ela via as ataduras na asa da Pássaro do Trovão, e sentiu uma pontada de orgulho pelo que viu.

No ano anterior, a Detonadora tinha sugerido que fizessem um ataque nos testes, mas Cianeto a convenceu de não fazer isso por acreditar que seria uma concentração grande demais de prodígios e apoiadores dos Renegados para que pudesse ser eficiente.

Quando viu o ambiente, Nova soube que ele estava certo. Havia prodígios para todo lado. Renegados *para todo lado*. Era como estar cercada das colmeias da Abelha-Rainha e ser alérgica a picadas de abelha.

Ela se concentrou no campo, onde o competidor tinha revelado quatro braços adicionais saindo do tronco. A multidão ganhou vida com placas vermelhas, a grande maioria dizendo: HERÓI!

Nova fez um ruído de deboche. Eles achavam mesmo que membros a mais tornavam alguém herói? Ou ser capaz de disparar fogos de artifício das mãos? Ou até mesmo ter uma camada de cromo embaixo da pele?

Heroísmo não tinha relação com o que a pessoa era capaz de fazer, e sim com o que a pessoa fazia.

Tinha relação com quem você salvava quando alguém precisava ser salvo.

Ela cruzou os braços e bateu os dedos nos cotovelos enquanto os testes prosseguiam. Havia prodígios vindos de todos os cantos da cidade, alguns de lugares distantes no mundo, até, na esperança de serem aceitos entre a elite.

Muitos eram aceitos, mas os que não eram... a expressão de decepção no rosto deles quase, *quase* fez Nova sentir pena deles. Mas era isso que eles ganhavam por terem botado tanta fé nos Renegados.

Ela fechou os olhos e expirou. A amargura estava formando uma poça na língua e enchendo sua boca com um gosto azedo. O cheiro de suor e nervos travou sua garganta.

Ali não era o lugar dela. Ela nem *queria* estar ali. Se Cianeto não tivesse botado a ideia na cabeça dela, ela duvidava que tivesse um dia pensado naquilo.

Mas, se conseguisse, caso se tornasse uma Renegada, ela poderia fazer a diferença. O que poderia aprender lá dentro, sobre o quartel-general, o Conselho, os planos para a cidade?

Sem mencionar seu novo inimigo.

O Sentinela.

Só de pensar no nome, seu estômago se contraiu, e ela pensou de novo na honradez arrogante que ele demonstrou no telhado quando falou. *Eu sou o Sentinela.*

Eca. Bleh.

Ele não passava de um experimento científico chique, mas a natureza do experimento lhe escapava quanto mais ela pensava no assunto. Ele tinha muitos poderes, capacidades demais para um prodígio só. Ela nunca tinha visto nada igual. E se os Renegados tivessem encontrado um jeito de conceder múltiplos superpoderes a um indivíduo, o que os impediria de fazer um exército inteiro de pessoas assim?

Já era bem difícil lutar contra eles. Por dez anos, os Anarquistas se agarraram aos últimos fiapos de sobrevivência e liberdade. Nova temia que o Sentinela pudesse ser o fim da vida que eles conheciam.

Mas não se ela conseguisse descobrir mais e encontrar uma forma de lutar contra ele ou destruí-lo completamente e a qualquer outra pessoa que fizessem como ele.

Conhecimento é poder.

Uma das frases favoritas de Ace, enfiada na cabeça dela ao longo dos anos. Para destituir os Renegados, eles precisavam de conhecimento. E também conhecer as fraquezas e vulnerabilidades do inimigo.

E se eles conseguissem... se *ela* conseguisse...

Não ser mais vista como parasita na sociedade. Ser temida seria tão melhor do que isso: o desprezo, o deboche, os insultos baixos de pessoas que preferiam ser manipuladas pelos ídolos a terem liberdade de viver com vontades e escolhas próprias.

Ela abriu os olhos de novo. Seria capaz mesmo? Ela teria que passar dias ou semanas ou até meses fingindo ser uma deles. Quanto tempo conseguiria sustentar esse fingimento? Quanto tempo até eles perceberem que ali não era o lugar dela?

Na arena, a multidão teve crises de gargalhada quando uma prodígio demonstrou seu poder: expandir a cabeça como um balão de hélio e flutuar alguns poucos metros acima do chão até murchar de novo.

As gargalhadas que se espalharam pelas arquibancadas eram de diversão no começo, mas logo ficaram cruéis. Nova teve nojo. Claro, a aparência da garota pode ter sido meio boba, mas algum *deles* era capaz de fazer o que ela estava fazendo? Eles acreditavam mesmo que eram melhores do que ela?

As equipes de Renegados deram suas respostas, e a palavra REJEITADA apareceu no placar. A garota foi enviada para fora do campo sob um coral de vaias.

Nova sentiu um enjoo de repulsa quando ouviu seu nome saindo dos alto-falantes.

– A seguir... Nova McLain! Codinome: *Insônia!*

Ela lançou um olhar para o teto. Não tinha que fazer isso. Ainda poderia ir embora.

Ou poderia ficar e tentar fazer alguma coisa digna. Poderia dar orgulho à família.

Ela empertigou os ombros e seguiu para o campo.

ADRIAN SE EMPERTIGOU NO ASSENTO quando uma nova prodígio entrou no centro do campo. Havia algo de familiar nela. Ela parou embaixo da faixa e das luzes ofuscantes, sem olhar para as equipes ao redor, mas para cima. Para o Conselho.

Foi a postura que chamou a sua atenção primeiro, a forma como ela se posicionava, como se estivesse se preparando para um ataque vindo de todos os lados. Como se quisesse. O queixo projetado, a postura dos ombros, os pés plantados com firmeza no chão. Relaxada, mas pronta para a luta.

Ele arregalou os olhos. Era a garota do desfile. A da pulseira.

Ela era uma *prodígio*?

Bom. Isso podia explicar por que ela não ficou impressionada com o que ele fez.

Empurrando os óculos para cima, ele se inclinou na direção da Ruby.

– Qual foi o nome que disseram?

– Hã... – Ruby olhou para o tablet. – Nova. Nova McLain.

– Insônia – disse a voz trovejante do Luz Negra. – Pode fazer uma demonstração do seu superpoder.

Adrian puxou a cadeira para a frente e apoiou os cotovelos na mesa. Seu olhar ficou indo da garota no campo para as telas acima das arquibancadas que mostravam um close do rosto dela. Cabelo preto ondulado cortado acima dos ombros. Nariz fino, queixo pontudo e maçãs proeminentes, a careta determinada fazendo tudo parecer severo demais. Olhos azuis intensos, tão cautelosos agora quanto estavam quando ele ofereceu de ajudar a consertar o fecho quebrado da pulseira.

O microfone suspenso espalhou a voz dela quando ela respondeu:

– Infelizmente, meu superpoder não pode ser demonstrado em um campo em trinta segundos ou menos.

Uma risadinha baixa se espalhou pela multidão. Havia algo de desafiador na voz dela, tão diferente dos outros competidores, que estavam entusiasmados e às vezes desesperados para mostrar o que sabiam fazer.

– Então o descreva – disse Luz Negra. – De forma sucinta, se possível.

Ela respondeu simplesmente:

– Eu não durmo.

Adrian franziu a testa. A plateia também pareceu se impressionar com a explicação, embora, depois de um momento hesitante, houvesse algumas vaias esporádicas e vários cartazes de ZERO erguidos no ar.

– Você pode explicar melhor? – pediu Luz Negra.

Um lado da boca de Nova McLain subiu um pouco.

– Sem dúvida. – Ela limpou a garganta. – Eu não durmo... *nunca*.

Algumas gargalhadas soaram na plateia. Dois líderes de equipe clicaram em *rejeitada* nas telas do tablet, incluindo Genissa Clark.

Adrian sentiu Ruby e Oscar olhando para ele, mas manteve o olhar em Nova McLain.

Insônia.

– Agora, se vocês quiserem saber que habilidades não *superpoderosas* úteis eu tenho, posso dizer que sou adepta do combate mano a mano e de uma variedade de armas. Consigo correr um quilômetro e meio em sete minutos, saltar uma distância de cinco metros e meio com impulso, e sei muita coisa sobre física, eletrônica e fontes renováveis de energia, entre outras coisas.

Oscar soltou um assobio.

– Não sei dizer se isso foi arrogância – murmurou Ruby – ou apenas… sabe como é, sinceridade.

– As duas coisas não são mutuamente exclusivas – disse Oscar.

– Ela não dorme – observou Adrian, batendo com a caneta na mesa. – Pode ser boa pra vigilância, vocês não acham? A gente talvez possa usá-la, principalmente com Danna se recuperando.

Ruby se inclinou para a frente.

– Mas por que ela parece que precisa provar alguma coisa?

Adrian deu um sorriso irônico.

– Isso aqui são os testes dos Renegados. Todo mundo precisa provar alguma coisa.

E com um poder que não podia ser demonstrado, que não oferecia atração nenhuma, ele conseguia entender por que ela estava agindo na defensiva.

Ao perceber que a plateia estava fazendo mais barulho, Adrian olhou para as arquibancadas. Havia uma mistura maior de cartazes de ZERO e HERÓI do que para qualquer outro dos candidatos anteriores; uma plateia dividida, o que o surpreendeu. Parecia que a atitude arrogante dela estava conquistando apoio, apesar da habilidade sem graça.

Mas então ele olhou para o placar e percebeu que a equipe dele era a única que ainda não tinha respondido. Todas as outras já tinham manifestado rejeição.

Nova McLain também estava olhando para o placar, e, se estava magoada, não demonstrou. Seu rosto ficou determinado quando ela olhou para a mesa deles. Seus olhares se encontraram, e a expressão foi substituída por surpresa e reconhecimento. Ela se empertigou.

Mais uma vez, aquele leve apertar de olhos. A mesma cautela que ele se lembrava do desfile. E apesar de ela estar bem longe dele para que Adrian enxergasse com clareza, ele percebeu com um sobressalto que conseguia lembrar o tom exato dos olhos dela. Um cobalto profundo, com partículas ocasionais de cinza-escuro.

Ele engoliu em seco.

– Rabisco – disse Luz Negra, chamando Adrian pelo codinome e o fazendo pular –, você e sua equipe têm alguma pergunta a fazer antes de tomar sua decisão?

Afastando o saco de pipoca, Adrian puxou o microfone para mais perto. Nova o encarou com desafio.

– Então – disse ele, arrastando a palavra enquanto formulava os pensamentos –, quando você diz que *nunca* dorme... você quer dizer nunca, nunca *mesmo*?

Algumas risadinhas foram ouvidas na plateia. Atrás dele, Oscar murmurou:

– Bem elaborado, Shakespeare.

Nova McLain pareceu insegura, como se talvez achasse que ele estava debochando dela. Quando a plateia tinha feito silêncio de novo, ela se inclinou para a frente e repetiu:

– Nunca, nunca... *mesmo*.

Adrian se encostou na cadeira. Olhou para ela pelo campo e Nova olhou para ele, sem desviar. Uma série de justificativas estava surgindo na cabeça dele, cada uma mais lógica do que a anterior.

Um prodígio que nunca dormia podia ser valioso: para vigilância, para segurança, para a simples matemática de horas de trabalho acumuladas na força. E eles estavam sem Danna agora. Estavam desfalcados. Poderiam usar alguém com habilidade de combate. Ela disse que tinha habilidade em combate, certo?

Além do mais, ela se interessava por ciência e eletrônica, e a divisão de pesquisa e desenvolvimento estava sempre procurando ajuda, sempre iniciando novos projetos e fazendo novos estudos. Sem dúvida aproveitariam alguém assim. Sem dúvida os Renegados poderiam aproveitá-la.

Mas nem toda a lógica do mundo era capaz de sufocar a verdade que Adrian sentia nos batimentos disparados.

Havia alguma coisa nela no desfile. Ele estava olhando para ela quando Pega pegou a pulseira dela, e esse foi o único motivo para Adrian ter visto acontecer. Porque se sentiu atraído por ela naquele momento. Não por ser bonita, apesar de ele ter reparado nisso. Mas porque havia uma impetuosidade na posição do maxilar dela que o intrigou. Uma determinação nos olhos que o deixou curioso.

– Hã, Rabisco? – sussurrou Oscar. – Se é competição de quem não pisca, você perdeu uns oito minutos atrás.

Sem olhar para os colegas, Adrian pegou o tablet. Foi o instinto e não a lógica que moveu sua mão. A certeza inexplicável que ela devia ficar ali. Com ele.

Bom... não, não com *ele*. Mas com sua equipe. E com os Renegados.

Um sino tocou. Sua resposta apareceu no placar: ACEITA.

Nova se virou e olhou para o placar, como se não acreditando, e havia desconfiança de novo quando ela olhou para Adrian.

– Tuuudo bem – disse Oscar. – Pode ir em frente com isso. A gente não devia discutir a ideia como equipe nem nada mesmo.

– Confia em mim – sussurrou Adrian. – Tenho uma sensação em relação a ela.

Do outro lado, Ruby deu uma risadinha.

– É, eu sei exatamente que tipo de sensação é essa que você tem.

Adrian se virou para ela, irritado.

– Não *assim*.

Ela ergueu uma sobrancelha sugestiva.

Uma buzina de romper os tímpanos tocou acima do barulho da plateia. Adrian deu um pulo e olhou ao redor, atordoado. Demorou um momento para ele entender o que a buzina significava.

A decisão deles estava sendo desafiada.

Algumas mesas depois, Genissa Clark se levantou, as mãos nos quadris.

Adrian gemeu e se encostou na cadeira, passando a mão pelo cabelo quase raspado.

– É sério, Clark?

– A aceitação de Insônia foi desafiada! – disse Luz Negra, gerando um rugido de euforia da plateia. Adrian olhou para Nova, mas ela estava tão sem expressão que ele se perguntou se ela sabia o que isso queria dizer.

– Ah, para com *isso* – gritou Ruby. Ela empurrou a cadeira para trás e virou a cabeça para olhar para Genissa. – Você só está protestando porque somos *nós*.

Genissa fez expressão de desprezo.

– Não seja presunçosa – gritou ela em resposta. Ela pegou o microfone e fez sua voz ser amplificada para a plateia. – Nós desafiamos a aceitação de Nova McLain com a justificativa de que não temos como validar a verdade das coisas que ela disse. Não podemos provar se ela dorme ou não, nem vimos nenhuma prova de que ela sabe sobre eletrônica ou física ou... qualquer uma das coisas que ela mencionou. Nós protestamos contra essa aceitação com a justificativa de que, pelo que vimos de Nova McLain hoje, que foi precisamente *nada*, não temos como determinar se ela é digna do título de Renegada.

Era para isso que a plateia tinha ido lá. Drama. Dúvida. Um duelo em potencial.

Adrian suspirou e tentou chamar a atenção de Nova, com expressão de desculpas, talvez, embora não tivesse certeza do motivo que tinha para pedir desculpas. Mas a atenção dela ficou grudada em Genissa. Ela não pareceu chateada. Na verdade, um brilho de empolgação parecia ter surgido no olhar dela, um brilho que Adrian tinha certeza de que não estava lá antes.

– Um desafio foi feito! – repetiu Luz Negra para quem não estivesse prestando atenção. – Insônia, para assumir seu lugar entre os Renegados, você tem que derrotar um membro da equipe desafiadora em um duelo mano a mano. Você pode escolher seu oponente. Você aceita o desafio?

– Um momento – disse Adrian, tão alto que sua própria voz explodindo no microfone o fez pular. – Geladura, escute. – Genissa virou um olhar arrogante para ele, uma sobrancelha erguida. – Sei que podemos usar habilidades como as dela, tanto na minha equipe quanto na organização dos Renegados. Peço respeitosamente que você retire o seu desafio.

Genissa riu.

– Tenho uma novidade para você, Everhart. O resto de nós também não dorme durante dezesseis horas do dia. Não é exatamente um *super*poder, e, além do mais, como a gente pode ter certeza de que ela está falando a verdade?

– Por que ela mentiria? – perguntou ele, sua voz ecoando pelo estádio.

– Porque ela quer ser uma de nós – respondeu Genissa. – Porque *todos* eles querem ser um de nós.

– Então por que ela não inventaria um superpoder mais... – Adrian estalou os dedos no ar – ... *super*? Por que não...

– Eu aceito o desafio.

A atenção de Adrian voltou para o campo. Nova estava parada com as mãos unidas nas costas, o queixo erguido enquanto encarava Geladura.

– Eu aceito o duelo.

Com um sorrisinho superior, Genissa Clark empurrou a cadeira para longe da mesa, cristais de gelo já se formando nos nós dos dedos.

– Não com você.

Genissa parou.

Nova apontou o dedo para a figura enorme atrás da mesa de Genissa, grande demais para se sentar com os colegas, o corpo muito pesado para as cadeiras dobráveis. Ele se adiantou, e as luzes fortes da arena se refletiram nas pedras ásperas implantadas nos braços gigantescos.

O queixo de Adrian caiu.

Ao lado dele, Oscar engasgou com a bebida.

– Ela é maluca?

No campo, Nova virou a mão e fechou os dedos, fazendo sinal para a besta se aproximar.

– Vou lutar com o Gárgula.

CAPÍTULO QUATORZE

EVERHART.

Geladura o chamou de Everhart, e no período de um único batimento, Nova se deu conta de por que ele pareceu tão familiar para ela no desfile.

Ele era Adrian Everhart. Filho da Lady Indomável, uma das Renegadas originais, e filho adotivo de ninguém menos que o Capitão Cromo com o Guardião Terror. Sentiu-se idiota por não ter percebido antes. Já tinha visto o rosto dele em várias capas de tabloides, espalhados pelas bancas de jornal por toda a cidade, e apesar de preferir queimar esses jornais a ler um, ela devia ter percebido. Mesmo sendo nova demais para se importar quando a adoção saiu na primeira página. Mesmo acreditando que a idolatria do público pela família dele era um dos maiores problemas da sociedade naquela época e de ela se recusar a participar da obsessão da imprensa por eles.

Ele era filho dos inimigos dela, e ela devia ter sabido.

Mas compensaria essa ignorância agora. Ela tinha sido aceita por uma equipe de Renegados. Pela equipe *dele*, e se fosse haver alguma oportunidade de ela se infiltrar pelo grupo e descobrir mais sobre o Conselho e as fraquezas deles, sem dúvida era aquela.

Mas... uma coisa de cada vez.

A plateia estava histérica quando o Gárgula entrou no campo, mas estava abafada aos ouvidos de Nova. Na cabeça, ela ainda ouvia os gritos de Mel quando o Gárgula destruiu suas colmeias. Ela ainda via o jeito como ele sorriu ao fazer aquilo.

Gárgula estava flexionando sistematicamente os bíceps quando se aproximou, cada um mais grosso do que a cabeça de Nova. Os pedaços de pedra na pele exposta se moviam e ondulavam junto com os músculos flexionados.

Um leve sorriso surgiu nos cantos dos lábios dela.

Sabia que gostaria daquilo.

As regras foram explicadas pelos alto-falantes. Nova não precisava derrubá-lo nem deixá-lo inconsciente, o que era bom, pois ela não revelaria seu verdadeiro poder nem deixaria clara sua ligação com a Pesadelo em território Renegado. Por sorte, não precisava de contato direto para derrotá-lo. Só precisava fazer com que ele tocasse no chão fora da arena.

E tentar não ser esmagada pelo monstro até lá.

– Os competidores entendem seus objetivos? – perguntou Luz Negra, apesar de os gritos da plateia serem tão ensurdecedores que Nova quase não conseguiu ouvir.

Ela levantou a mão no ar.

– Posso usar uma arma?

A pergunta ecoou pela arena e aquietou momentaneamente a plateia. Ela baixou a mão de novo.

– Nós não pudemos trazer armas de não prodígio hoje, mas como minha alegação de ter habilidade com várias armas é parte do que está sendo desafiado parece justo que eu tenha alguma coisa com que me defender.

Luz Negra olhou para o resto do Conselho. Aquela devia ser uma pergunta que nunca tinha surgido. Ele se virou novamente para o microfone e limpou a garganta.

– Gárgula, como oponente dela, você pode escolher aceitar ou recusar o pedido.

Gárgula abriu bem as mãos. A envergadura dos braços era do tamanho de um carro.

– Por que não? Não vai fazer diferença.

– O que você quer? – gritou Geladura. – Eu mesma faço.

Nova remexeu os ombros e os pulsos, soltando as juntas.

– Uma faca.

Geladura deu um sorrisinho debochado.

– Só isso?

– Só isso.

Geladura juntou os dedos no ar e os moveu para baixo. Uma adaga clara como cristal apareceu, com vinte centímetros de comprimento, o cabo e a lâmina feitos de gelo cintilante. Ela riu e jogou a faca para Nova, que a pegou sem hesitar. O gelo estava tão frio que queimou. Nova jogou a faca de uma das mãos para a outra, dando tempo à pele para se ajustar.

– Foi uma escolha ruim – disse Geladura, se sentando na cadeira entre os colegas de equipe e apoiando os pés na mesa. – Não vai nem penetrar na pele dele.

Nova retribuiu o sorriso e girou a lâmina nos dedos enquanto ia assumir seu lugar. À frente dela, o Gárgula era muito intimidante, os músculos virando pedra e voltando a serem músculos. Até os dentes, quando ele sorria, pareciam cortados de pedra cinza.

A buzina tocou e se espalhou acima do burburinho da plateia.

Gárgula se adiantou. O chão embaixo dele se abriu e rachou por causa da pressão dos passos, e nuvens de terra subiram atrás dele. Ele puxou um braço para trás, e Nova viu do cotovelo aos nós dos dedos endurecerem em pedra com manchas pretas.

Nova fintou para a esquerda. Ele mordeu a isca e atacou enquanto ela se virava e mergulhava para rolar por baixo do outro braço dele. Ela se levantou e estava se virando para olhar para ele quando um aríete acertou a lateral do crânio dela.

Ela ficou momentaneamente sem peso.

Seu corpo bateu na terra dura com uma reverberação que sacudiu seu esqueleto inteiro. Estrelas piscaram nos olhos dela. Gemendo, Nova piscou para a faixa de papel oscilando acima e ouviu os gritos da multidão e os baques dos passos do Gárgula indo para cima dela.

– Certo – murmurou ela depois que a cabeça parou de ecoar como um sino de bronze. – Não vou voltar a cometer esse erro.

Uma sombra eclipsou as luzes fortes da arena. Ela sorriu docemente para o Gárgula e levantou a mão.

– Pode ajudar uma dama a se levantar?

Rosnando, Gárgula se inclinou e segurou a camisa dela com o punho de pedra, levantando-a do chão.

– Todo super-herói deseja poder voar, né? – disse ele, repuxando os lábios e revelando uma série de dentes lascados. – Bom, querida, você vai ter esse prazer agora. – Ele puxou o braço para trás, se preparando para jogar o corpo dela para fora do campo.

Antes que ele tivesse essa chance, Nova ergueu os pés, passou os tornozelos em volta do bíceps dele e travou as pernas. Quando o Gárgula tentou jogá-la longe, ela ficou agarrada. Ele rosnou e começou a sacudir o braço, como quem tenta se livrar de uma aranha teimosa.

A plateia explodiu em gargalhadas.

Ele moveu a outra mão para soltar as pernas dela, e Nova se balançou para a frente e enfiou a ponta da lâmina de gelo na palma da mão dele.

O gelo se estilhaçou, deixando só o cabo com um pedaço curto e quebrado.

Ele deu um sorriso irônico.

– Você achou mesmo...

Nova soltou os tornozelos, caiu no chão e passou a parte quebrada da lâmina na perna dele, em um pedaço de pele que ainda não tinha se transformado em pedra.

Gárgula berrou e deu um chute por instinto, acertando Nova no peito. Ela caiu de costas, junto da beirada do campo.

Esfregando o peito com a mão livre, ela rolou de lado e ficou de pé. Avaliou suas opções enquanto o Gárgula, bufando de raiva renovada e talvez de constrangimento, se preparou para atacar de novo.

Ela lambeu os lábios. Flexionou os dedos em volta do cabo da faca e a prendeu na cintura da calça, ignorando a queimadura do gelo na pele.

Ela se preparou... de novo.

O Gárgula correu.

Nova também correu. Correu de frente, direto para cima do oponente.

Um momento antes de eles colidirem, Nova deu um salto. Ela caiu com os pés nos ombros do Gárgula e usou o impulso para saltar para um dos pilares dentro do círculo. Seus braços e pernas se fecharam em volta do poste, e ela começou a subir.

Abaixo, ela ouviu a voz grave e provocadora do Gárgula, dizendo alguma coisa sobre a garotinha que estava fugindo, mas Nova não se importava com o que ele achava que ela estava fazendo.

Ao chegar ao alto do pilar, ela pegou o cabo da faca gelada nas costas e cortou as cordas que seguravam a faixa de papel acima do campo. A beirada ainda estava afiada, e as cordas se partiram com facilidade. A ponta da faixa mais perto dela caiu no chão.

Alguma coisa se estilhaçou embaixo dela. A coluna tremeu. Nova olhou para baixo quando Gárgula deu um segundo soco na coluna, gerando uma rachadura profunda na viga de madeira.

A coluna começou a quebrar e se inclinar para o centro do campo.

Nova pulou e rolou quando caiu no chão. Pegou a ponta da faixa e se levantou. Girando para encarar o oponente, ela ergueu a lâmina e a jogou. A faca rodopiou no ar em um arco perfeito na direção do peito do Gárgula.

Ele a bloqueou com o braço. O que restava da faca se estilhaçou em cem pedacinhos de gelo.

A gargalhada dele ribombou pela arena, seguida dos milhares de estranhos na plateia.

– Qual é seu plano agora? – perguntou Gárgula. – Me estrangular com um pedaço de papel?

Nova fez uma careta. Queria que ele ficasse com raiva, não que achasse graça. Precisava que a atacasse, e desta vez com sentimento. Mas o Gárgula se virou para a plateia e começou a agitá-la ainda mais, soltando piadas sobre a garotinha que perdeu a faquinha.

Nova olhou em volta para procurar outra coisa que pudesse usar.

Encontrou Adrian Everhart.

Ele estava de pé atrás da mesa da equipe, as mãos apoiadas na toalha, os dedos batucando com ansiedade enquanto assistia ao duelo. Ele a encarou com uma intensidade que não tinha no desfile.

A pulsação dela acelerou.

Ela lambeu os lábios e avaliou a variedade aleatória de objetos espalhados na mesa dele.

Ela apontou.

– Aquilo.

Adrian olhou para baixo e levantou as mãos como se achasse que estavam escondendo alguma coisa.

– O canhão!

Inseguro, Adrian pegou o pequeno canhão.

Enrolando o antebraço na faixa e torcendo muito para que fosse forte o suficiente para aguentar seu peso, Nova começou a correr.

Gárgula se virou, curioso, quando Nova deu uma volta inteira no campo, um salto e subiu mais um pouco na faixa. Gárgula se abaixou quando ela chegou perto dele, mas ela não estava se preparando para um ataque. Nova bateu com os dois pés nos ombros dele com força e usou o impulso para se lançar para fora do campo.

– Agora!

Adrian jogou o canhão em miniatura para ela quando Nova passou voando pela mesa deles. Ela o pegou com a mão livre e escorregou pela faixa para pular novamente no campo.

A gargalhada do Gárgula explodiu pela arena.

– O que essa coisa dispara, bolas de gude? Ah, estou morrendo de medo! Por favor, não me machuque!

A multidão gritou em resposta.

Agachada no centro do campo, a faixa presa em uma das mãos e o canhão na outra, Nova sorriu.

– Se você é tão corajoso, por que não chega mais perto pra descobrir?

Gárgula balançou a cabeça com um sorrisinho.

– Cuidado com o que deseja.

Ele saiu correndo para cima dela.

Nova correu para trás com a faixa flutuando ao lado.

No último momento, jogou o canhão entre eles. Rolou no caminho do Gárgula, diretamente para baixo de um dos pés grandes. Ele pisou em cima e as rodas giraram, desequilibrando-o. Deu um gritinho. Uma das mãos se moveu na direção de Nova quando ele caiu, e ela saiu do alcance dele. Girando para o lado, ergueu a faixa no alto.

Gárgula bateu no papel como um touro ferido, e Nova pulou nas suas costas e enrolou o papel na cabeça dele para cegá-lo. A outra metade da faixa foi arrancada da segunda coluna, e o Gárgula tropeçou e caiu, e o impulso o jogou rolando de lado. Ele caiu a centímetros da beirada do campo enquanto as mãos enormes tentavam soltar a venda de papel.

Nova pulou na montanha do peito dele e pegou uma das mãos. A mão se afastou do rosto segurando uma bola de papel amassado. Confuso e desorientado, o olho que aparecia olhava com raiva para Nova quando ela usou todo o peso do corpo para forçar a mão dele na grama falsa ao lado.

A buzina tocou.

Gárgula levantou a mão como se a grama o tivesse queimado. Ele se sentou e jogou Nova no chão. Ela caiu com um grunhido de lado, bem fora do campo, mas não se importou. Já estava rindo quando olhou para o gigante, que estava olhando com consternação para a marca da própria mão na grama.

– Pedra, papel ou tesoura – disse ela, se levantando e limpando a calça. – Papel ganha da pedra.

Ela passou por ele, ignorando a Geladura e sua equipe e olhando para Adrian Everhart. O garoto do desfile. O que tinha consertado a pulseira.

Ele sustentou o olhar dela quando ela se aproximou, e o jeito como a olhou fez a vitória parecer nova e inexplicavelmente real. Não foi totalmente uma expressão de choque, apesar de haver um pouco disso. Mas havia algo de perplexo e impressionado, e orgulhoso também, e isso fez seu coração crescer.

Ela tinha sido desafiada por um Renegado, nos *testes*, e venceu.

Mas antes de chegar à mesa ela foi atacada dos dois lados. Dois pares de braços a envolveram, e uma pessoa gritou no ouvido dela.

Instintivamente, Nova se jogou no chão, segurou os tornozelos das pessoas e puxou para cima.

Os dois Renegados bateram no chão com força. O garoto gemeu de forma lastimável. A garota ficou olhando boquiaberta para o teto da arena, a boca se abrindo e fechando, trêmula, com ela tentando recuperar o ar.

Nova rosnou ao reconhecer o Cortina de Fumaça e a Assassina Vermelha. Não tinha armas para se defender dos dois, mas viu a pedra de rubi presa no pulso da Assassina Vermelha e tentou pegar, considerando dez jeitos diferentes com que poderia usar em sua vantagem...

– Opa, opa, opa!

Nova parou de mexer a mão. Levantou a cabeça. Adrian Everhart pulou por cima da mesa e se aproximou dela com as mãos erguidas, uma caneta de ponta fina entre os dedos.

– Eles estão comigo... conosco – disse ele ao mesmo tempo que sua preocupação abria espaço para aquele sorriso meio perplexo e meio cativante. – São da sua equipe.

Piscando, Nova olhou para baixo de novo. A Assassina Vermelha tinha conseguido se sentar, enquanto o Cortina de Fumaça grunhia:

– É um prazer conhecer você.

– Eu acho – ofegou a Assassina Vermelha, olhando para Nova, impressionada – que vamos nos dar muito bem.

Nova engoliu em seco.

– Está vendo. Eles são legais. Você é legal. Todo mundo é legal – disse Adrian.

– O Gárgula não é legal – observou o Cortina de Fumaça, massageando o quadril.

– Não estou preocupado com o Gárgula. – Adrian abriu a caneta, se agachou para estar na altura da Nova e começou a desenhar uma coisa na camisa dela, por cima do coração disparado. Ela se encolheu com o toque inesperado, mas, se ele reparou, fingiu que não.

Quando terminou, ele fechou a caneta e se levantou.

Nova olhou para o broche vermelho no peito. O *R* familiar, icônico e odioso.

– Sou Adrian – disse ele, esticando a mão. Um Renegado. Esticando a mão… *para ela.*

Nova se preparou, segurou a mão dele e permitiu que ele a ajudasse a se levantar. O aperto era firme, mas a expressão era calorosa e gentil, os olhos escuros concentrados nela por trás dos óculos de aros grossos. O caos da arena ficou mais baixo e distante. O mundo todo pareceu encolher para aquele bolsão de espaço, onde Nova sentia só a pressão da palma da mão dele, sem medo do toque da pele dela. Onde ela só conseguia ver aquele sorriso simpático e sem reservas. Onde ouvia não os cantos e gritos da plateia, mas somente a voz dele, as palavras dele.

– Bem-vinda aos Renegados.

CAPÍTULO QUINZE

ADRIAN ACORDOU CEDO, e toda a sensação de cansaço desapareceu assim que ele abriu os olhos. Não se considerava uma pessoa matinal, mas ao se sentar na cama sentiu-se recarregado de energia. Como se o dia à frente estivesse transbordando potencial.

Não só por causa dos testes. Não só porque eles tinham um membro novo na equipe a partir de hoje, uma pessoa que ele tinha quase certeza de que quase todas as outras equipes no campo tinham se arrependido de rejeitar no momento que ela derrotou o Gárgula.

Mas, mais do que isso, eles tinham uma pista nova no caso da Pesadelo.

Na noite anterior, ele ouviu seus pais conversando sobre a arma que Ruby pegou durante a briga no telhado. O departamento de investigações a tinha rastreado até o vendedor de armas que comprou e vendeu muitas armas durante a Era da Anarquia, um homem chamado Gene Cronin, que usava o codinome de Bibliotecário. Não era um nome muito original, pois ele tinha mesmo gerenciado uma biblioteca pública durante a Era da Anarquia, e ainda fazia isso.

Adrian tinha certeza de que escolheriam alguém para investigar Cronin em breve, talvez até hoje, e estava determinado a pegar a missão com sua equipe. Afinal, eles tinham um membro novo na equipe. Um prodígio que não dormia. Era a equipe de vigilância dos sonhos.

De uma forma estranha, parecia quase predeterminado.

Além disso, ele tinha finalmente aperfeiçoado o conceito da tatuagem nova e o novo poder do Sentinela, e (Adrian verificou o comunicador no pulso e viu que não eram nem cinco horas da manhã ainda) com mais de três horas até ter que sair para o quartel-general, até tinha tempo de fazer a tatuagem naquela manhã.

Ele subiu para fazer uma garrafa de café, apesar de sentir que não precisava, e para ver se os pais ainda dormiam. Parou no saguão, ouvindo os estalos da casa. Tudo estava imóvel e escuro.

Eles também não eram pessoas matinais.

Dez minutos depois, voltou para o porão convertido com uma caneca de café na mão. O porão era dividido em dois aposentos: no primeiro ficavam a sua cama, um sofá, uma estante cheia de cadernos de desenho velhos e quadrinhos e uma pequena televisão com uma variedade de jogos de videogame. O segundo aposento ele considerava seu ateliê de arte, apesar de chamar assim fazer o ambiente parecer bem mais legal do que era. Resumia-se basicamente a um cavalete, uma escrivaninha barata e o piso coberto de trapos sujos de tinta velha.

Tudo de que precisava estava na gaveta de baixo da escrivaninha. Ele se sentou na cadeira de rodinhas e começou a arrumar o material.

Álcool e bolas de algodão. Ataduras. O pote de tinta de tatuagem que ele tinha comprado em uma loja cheia de incenso no final do bairro Henbane, onde ficava guardado entre uma planta e um narguilé.

Ele colocou o braço direito em cima da escrivaninha com a palma virada para cima e usou os dedos da outra mão para medir o tamanho do cilindro que faria. Oito centímetros, talvez dez, na metade do antebraço, entre o pulso e o cotovelo. Em uma ponta, ele incluiria um símbolo de alvo. Básico, simples, eficiente.

Essa era a intenção, pelo menos. Tinha conseguido fazer o zíper funcionar, então aquela devia ser fácil. Ele foi bastante cuidadoso com o zíper, concentrando-se em desenhar a armadura precisa que queria, até os mínimos detalhes, sem permitir que o foco se desviasse enquanto ele desenhava a tatuagem na pele.

Cuidado. Ele tinha aprendido muito novo que era o mais importante no que dizia respeito à habilidade dele. Não talento. Não a execução. O cuidado.

Se o zíper era capaz de esconder uma armadura inteira, o cilindro poderia produzir um fluxo regular de raios de energia.

Fácil.

Adrian molhou uma bola de algodão no álcool e limpou a pele do antebraço. Depois que secou, ele desenhou o símbolo com uma caneta de tinta azul. Foi um processo mais lento do que as primeiras tatuagens, por ter que desenhar com a mão não dominante desta vez; mas, quando terminou, estava precisamente como ele queria.

Ele ficou tão nervoso na primeira vez, na primeira tatuagem. Seu cérebro havia fornecido constantemente inúmeros avisos práticos sobre doenças transmissíveis por agulhas, sem mencionar a dor que sabia acompanhar uma tatuagem feita em si mesmo. Apesar de todos os ferimentos e incidentes que eram parte de ser um Renegado, ele não gostava de dor quando era, rigorosamente falando, desnecessária.

Mas primeiro testou seu talento na casca de uma laranja, antes de reunir coragem de fazer em si mesmo.

A chama foi a primeira. Apesar de pequena, demorou mais de uma hora para ficar pronta.

Depois foram as molas nas solas dos pés, e *essas* doeram. Mas trincou os dentes e aguentou, e na primeira vez que pulou dois andares no ar, ele soube que tinha valido a pena.

Só depois do sucesso das molas foi que ele teve a ideia do Sentinela. Foi inspirado em um personagem fictício que tinha criado aos onze anos, quando ainda tinha o sonho de desenhar quadrinhos para ganhar a vida, o que na época era mais interessante para ele do que ser um Renegado. Ele fez três edições inteiras de um gibi que chamou de *Rebelde Z*, um que nunca tinha mostrado para ninguém. Na história, vinte e seis garotos de rua eram sequestrados e forçados a se tornarem experimentos científicos de um maluco. Os primeiros vinte e cinco morreram como resultado dos experimentos, mas o último garoto, conhecido apenas como Z, se tornou um super-herói com vários superpoderes impressionantes. No segundo volume, ele obteve uma armadura. No terceiro, começou a se chamar de Sentinela e se tornou um justiceiro determinado a destruir o maluco e qualquer pessoa que o ajudasse a tirar vantagem de tantas crianças inocentes.

Depois disso, Adrian se cansou da história e parou de fazer gibis. Nunca chegou a fazer Z executar sua vingança, mas se viu pensando no personagem várias vezes, mesmo com o passar dos anos. Um justiceiro com uma missão, um alter ego e um poder incontrolável. Um super-herói em todos os sentidos da palavra.

Quando teve a ideia da tatuagem de zíper, a tentação foi impossível de resistir. Não tinha pensado em se afastar dos códigos dos Renegados na época. Na verdade, ficou animado para contar aos pais e aos amigos sobre o Sentinela depois que soubesse que funcionava. Sua intenção era se revelar após o desfile.

Mas então o desfile aconteceu. Danna ficou ferida. A Pesadelo escapou. E de repente, ele percebeu o apelo de manter uma identidade secreta... bem, secreta.

Não seria para sempre. Quando tivesse certeza de que era capaz de controlar todos os poderes do Sentinela, ele se revelaria. Ou talvez esperasse até ter encontrado e capturado a Pesadelo. Ou até ter descoberto a ligação dela com o assassino da sua mãe e *o* levado à justiça também.

Assim como o Rebelde Z: quando sua missão estivesse completada, ele se revelaria. Até lá, o Sentinela tinha trabalho a fazer.

Adrian espalhou o material, encheu um prato raso com tinta preta e acendeu uma vela. Passou uma nova bola de algodão molhada de álcool na pele, o que fez a tinta azul se apagar um pouco, e secou a região com uma toalha limpa.

Finalmente, esterilizou a agulha, uma agulha comum que tinha encontrado em uma caixa de costura esquecida em um armário na lavanderia, passando a ponta pela chama.

Adrian flexionou o antebraço, molhou a agulha na tinta e começou a trabalhar.

A primeira picada era sempre a pior. Aquele momento em que ele se perguntava mais uma vez se não era uma ideia ruim estar fazendo aquilo.

Mas as dúvidas passavam mais rápido cada vez.

Ele logo caiu em um ritmo regular. Curvado sobre a mesa, vendo os dedos progredirem nas linhas azuis. Agulha entrando, agulha saindo. Parando ocasionalmente para limpar gotinhas de sangue com um pano limpo. Mil furinhos na pele conforme os segundos e minutos viravam horas. Em determinado ponto, ele ouviu os estalos reveladores nas tábuas do piso acima comunicando que tinha alguém na cozinha, mas os ignorou. Seus pais sempre o deixavam em paz quando ele estava no quarto e, além do mais, deviam achar que ele ainda estava dormindo.

Quando terminou, Adrian botou a agulha na mesa, esticou o pescoço, deu alguns estalos satisfatórios e estendeu o braço para admirar o trabalho. Dolorido, definido e permanente.

Ele guardou o material de volta na gaveta e seguiu para o banheiro no andar de cima para lavar e fazer um curativo na pele. Tinha acabado de puxar a manga comprida da camisa quando ouviu Simon o chamando.

– O quê? – perguntou ele, entrando na cozinha.

Simon estava na frente de uma frigideira que chiava com bacon dentro, enquanto Hugh se encontrava na frente da bancada, separando o conteúdo de uma pilha de correspondência.

– Achei que tinha ouvido você acordar – disse Simon, indicando um prato cheio de melão, morango e bolinhos. – Coma alguma coisa.

Adrian olhou para o prato.

– Sério?

– Sério – respondeu Simon, olhando para ele com severidade, embora Adrian soubesse que era só porque ele estava se sentindo culpado pela ideia de que um café da manhã caseiro fosse digno de confiança. – Vamos começar uma nova tradição familiar. Café da manhã juntos uma vez por semana. Agora, pega um pouco de bacon e se senta.

Adrian segurou um sorriso e obedeceu. Hugh e Simon gostavam de iniciar novas tradições familiares quase todos os meses, e ao longo dos anos tinham feito de tudo, desde noites de jogos de tabuleiro às sextas a piqueniques de verão no parque e um período curto em que todos concordaram em ir correr juntos às seis da manhã todos os dias, que durou exatamente um dia. Adrian sabia que era o jeito deles de *tentar*, como se depois de todos aqueles anos seus pais ainda não estivessem convencidos de que os três eram mesmo uma família.

Assim, Adrian, que amava seus pais, os homens que o acolheram sem pensar duas vezes depois que a mãe morreu, aceitou quatro fatias de bacon e se sentou em frente à bancada.

– Essa nova tradição familiar tem suco de laranja fresco?

– Não force a barra – avisou Simon, preparando um prato para si.

– E então – disse Hugh, colocando uma pilha de propaganda que chegou pelo correio na lixeira. O Conselho ficava dizendo que iniciaria um programa de reciclagem por toda a cidade qualquer dia, mas, como tantos dos planos deles, este ainda não tinha se tornado realidade. – Está ansioso para o primeiro dia da sua nova companheira de equipe?

Adrian piscou. Estava tão concentrado na tatuagem que tinha quase se esquecido de Nova McLain.

Quase.

– Ah, sim – disse ele, abrindo o bolinho e passando manteiga. – Acho que estamos todos animados com ela.

Simon balançou a cabeça.

– Quando ela escolheu lutar contra o Gárgula, eu achei que ela estava louca. Mas fiquei impressionado com a forma como ela lidou com tudo. Precisamos de pessoas que consigam ser engenhosas assim, que consigam pensar rápido durante uma altercação.

Adrian deu um sorriso irônico pelo termo *altercação*. Em algum momento, seus pais tinham parado de falar como super-heróis e começado a falar como chefes de polícia, e ele não tinha muita certeza de quando tinha acontecido.

– Só espero que vocês todos trabalhem bem juntos – disse Hugh, rasgando um envelope. – Química é uma coisa importante em uma equipe. E vocês todos parecem estar em sintonia. Espero que ela se encaixe bem.

– Se não acontecer – disse Simon –, vamos conseguir encontrar outro lugar para ela. Ela foi uma boa escolha, Adrian. Não sei bem o que fez você a aceitar, mas acho que ninguém vai questionar se ela merece ou não ser uma Renegada depois do que ela demonstrou. – Ele esticou a mão por cima da mesa, empurrou a pilha de cartas para o lado e colocou um prato de comida no lugar. – Hugh. Come.

Hugh olhou para baixo, momentaneamente surpreso, pegou uma tira de bacon e mordeu metade.

– Por curiosidade – continuou Simon, passando manteiga no pão –, o que fez você a escolher? Achei que não estivesse procurando mais ninguém para a equipe.

Adrian deu uma grande mordida e se deu conta logo em seguida de que podia ter sido uma tentativa subconsciente de ganhar um pouco de tempo antes de responder. Tomou um gole do café frio e deu de ombros.

– Intuição, eu acho.

– Intuição – repetiu Hugh, assentindo, como se Adrian tivesse falado com grande sabedoria. – É importante ouvir esses sentimentos quando os temos. Uma intuição forte pode salvar vidas, principalmente na nossa linha de trabalho.

Adrian colocou a caneca na mesa.

– Certo. Quanto a isso... como está indo a investigação sobre a Pesadelo?

Simon pegou o prato e contornou a bancada para se sentar ao lado de Adrian.

– Você ainda está preocupado com ela?

– Preocupado de haver uma pretensa assassina pela nossa cidade e de não termos a menor ideia do que ela é capaz e nem de que tipo de conexões ela pode ter? Um pouco, sim.

Simon olhou para ele contrariado.

– Talvez tenhamos obtido uma pista promissora ontem, na verdade. Vamos pesquisar mais hoje à tarde.

– A arma? – perguntou Adrian, fingindo indiferença. – A que está ligada a Gene Cronin?

Hugh ergueu o olhar.

– Você andou xeretando.

– Eu vim buscar um lanche. Se era segredo, vocês não deviam falar sobre isso na sala de jantar.

Hugh e Simon trocaram olhares.

– É – disse Simon. – Não temos certeza se o Bibliotecário vendeu a arma para ela, mas vamos investigar.

– Vocês vão interrogá-lo?

– Não imediatamente – respondeu Hugh. – Se ele ainda estiver envolvido com o comércio de armas ilegais, abordá-lo cedo demais e sem provas suficientes pode colocá-lo em alerta. Pode fazê-lo parar qualquer negociação na qual esteja envolvido.

– Aquela arma não é considerada prova suficiente?

Simon balançou a cabeça.

– Pode ter percorrido círculos criminosos nos últimos dez anos. Até essa arma cair na nossa mão, não tivemos motivo para acreditar que Gene Cronin ainda estivesse envolvido com tráfico. Até onde sabemos, o Cartel Vândalo se desfez depois que a maior parte dos membros foi morta na Batalha de Gatlon, e Gene Cronin não exibiu sinais de participar de atividades ilegais desde então. A arma pode ter passado por várias mãos até chegar a Pesadelo.

– Mas você não acha que seja isso – sugeriu Adrian. – Você acha que ele ainda está vendendo, não é?

Hugh deu um sorriso fraco.

– Nós achamos que vale a pena dar uma olhada.

– Acho que vamos começar com vigilância à biblioteca dele – disse Simon. – Ele é recluso, e se ainda estiver trabalhando no mercado clandestino, há boas chances de que os negócios estejam acontecendo lá. Vamos observar o lugar por um tempo, ver se há indicação de atividade ilegal.

– Mas isso pode levar dias... semanas, até. Por que não entram e fazem uma busca no lugar?

– Sem prova significativa de que ele tenha cometido um crime? – perguntou Simon, parecendo ofendido com a ideia.

– Ah, para com isso – desdenhou Adrian. – Ele é vendedor de armas. É criminoso. Por que defendê-lo?

– Ele *foi* criminoso – disse Hugh –, em uma época diferente, em uma sociedade diferente. Se começássemos a punir todo mundo por crimes cometidos uma década atrás, não sobraria ninguém a defender nesta cidade.

– Nós ainda estamos nos recuperando da Era da Anarquia – acrescentou Simon. – A autoridade do código protege os direitos e a privacidade de todo mundo, até os que já estiveram envolvidos com gangues de vilões. Como vamos poder esperar que as pessoas mudem se não dermos oportunidade disso?

Adrian fez cara feia, ainda não convencido. Ele achava que ter uma arma que podia ser ligada a Gene Cronin era motivo suficiente para revistar a biblioteca, mas percebeu que não chegaria a lugar nenhum com aquele argumento.

– Vocês escolheram a equipe pra vigilância?

– Não, mas provavelmente vamos usar...

– Nós nos voluntariamos.

Simon hesitou, o garfo a caminho da boca, um morango espetado.

– O quê?

– Adrian... – começou Hugh.

– Não digam não – insistiu ele, o olhar indo de um ao outro. – Só escutem. Queremos estar envolvidos na investigação da Pesadelo, e esse seria um jeito fácil de fazermos isso. Mais ninguém vai querer passar a noite sentado em frente a uma biblioteca pública, esperando que alguma coisa interessante aconteça. E nós vamos ter a garota nova. Ela nem precisa dormir.

Simon franziu a testa, pensativo, e Adrian viu que isso pelo menos parecia ter dado algum mérito para ele.

– Por que você está tão interessado no caso da Pesadelo? – perguntou Hugh, jogando outra pilha de cartas no lixo.

– Minha equipe já a enfrentou duas vezes – disse Adrian. – Está começando a parecer pessoal. Além do mais... ela atacou *você*.

Hugh deu uma risada debochada, e Adrian não sabia se foi só fachada ou se ele realmente achava que o ataque da Pesadelo não era digno de preocupação.

– Estou falando sério, pai. Caso você não tenha reparado, ela quase te matou.

Um músculo se contraiu no maxilar do Hugh.

– E ela derrubou Tamaya com... uma rede de pesca – prosseguiu Adrian. – Sem mencionar que foi parcialmente responsável pelos ferimentos da Monarca e que conseguiu fugir de Oscar e de Ruby e – ele inspirou fundo e girou a mão no ar em um gesto que esperava que demonstrasse uma certa indiferença – daquele tal de Sentinela. O poder dela pode não parecer grande coisa, mas ela é uma ameaça. Não podemos subestimá-la de novo.

– Não estamos subestimando – declarou Simon. – Estamos levando a tentativa de assassinato muito a sério. Tão a sério, na verdade, que seria irresponsável enviar uma unidade de patrulha de rua inexperiente para fazer um serviço investigativo.

Adrian ficou tenso e o calor subiu às suas bochechas.

– Durante o último ano, acho que nossa equipe mais do que provou a capacidade de lidar com qualquer tarefa designada a nós.

– Exceto as duas vezes em que a Pesadelo escapou, né? – apontou Simon.

Adrian fez cara feia.

– Golpe baixo, pai.

A expressão de Simon se suavizou.

– Olha, não estamos dizendo que achamos que vocês não são capazes de lidar com isso. Na verdade, preferimos manter vocês na patrulha de rua, onde suas habilidades são usadas verdadeiramente para a vantagem de todos. Você sabia que as taxas de crimes aumentaram oito por cento nos últimos quinze dias? Precisamos botar todas as unidades que pudermos nas ruas.

– E quanto um cara como Gene Cronin estaria participando dessas taxas? – questionou Adrian, se obrigando a falar devagar, a parecer racional. – Se ele estiver mesmo vendendo armas ilegais para criminosos, o quanto não melhoraria com a captura desse cara?

– E, para isso – disse Hugh –, vamos enviar uma equipe investigativa.

Adrian suspirou com frustração.

– Parem com isso, escolham a gente. Por favor.

– Adrian, que importância tem? – perguntou Simon. – Você mesmo disse, ninguém quer ficar olhando uma biblioteca a noite toda se puder estar por aí ajudando gente.

– É que eu quero ser parte disso – declarou Adrian, perdendo a batalha para manter a voz firme. – Porque quero encontrar a Pesadelo.

Simon puxou o corpo para trás e inclinou a cabeça para o lado, e Adrian reparou pela primeira vez como a barba dele estava grande e desgrenhada. Ele olhou para Hugh e viu que o cabelo dele estava precisando de um corte, o rosto precisando ser barbeado.

Quando foi a última vez que os dois tiraram um dia para relaxar? Para *viver*? Era sempre o Conselho, a cidade, os Renegados. Adrian só podia imaginar a pressão que eles sofriam, junto com o restante do Conselho. O mundo todo procurava orientação e proteção deles, além de segurança e estabilidade e justiça.

Ele suspirou e passou o garfo pelas migalhas que tinham caído do bolinho.

– Oscar disse que ouviu uma coisa durante a luta no telhado – inventou ele, torcendo para que os dois jamais se dessem o trabalho de verificar a mentira. – Ela falou... *quem não tem medo não pode ser corajoso.*

Ele não precisou olhar para os pais para sentir a mudança no clima. Hugh inspirou fundo. Simon se afastou da bancada e se encostou no banco.

Hugh batucou com os dedos na mesa.

– Você não acha que a Pesadelo teve ligação com a morte dela, acha? Pelo que percebi, ela é jovem demais para estar envolvida.

– Não, eu sei que é – insistiu Adrian. – Mas e se ela conhecer quem foi? E se a pessoa ainda estiver viva?

– Pode ser coincidência – disse Simon.

– Ou não – contrapôs Adrian.

Simon apertou o ponto entre as sobrancelhas grossas, onde sempre massageava quando estava refletindo.

– Cartas como a que foi encontrada em Georgia também foram encontradas em incontáveis corpos durante a Era da Anarquia. Talvez a Pesadelo tenha lido sobre elas em algum lugar e... esteja adotando a frase pra si.

Adrian afastou o olhar. Havia uma lógica na sugestão, e devia ter passado pela cabeça dele como possibilidade bem antes. Mas... de alguma forma, não parecia certo. Quando a Pesadelo disse aquilo, ela não usou como frase de efeito, algo que esperava que fosse citado nos jornais no dia seguinte. Na verdade, pareceu tão casual, tão sem querer. Palavras que surgiram naturalmente, da forma como acontecia com as coisas ouvidas repetidamente ao longo do tempo.

– Não seria típico que um vilão parasse de deixar uma marca dessas se ainda estivesse na ativa – observou Hugh.

– Eu sei – disse Adrian. – Mas não impossível.

Era o motivo para todos terem suposto tão rapidamente que o assassino de Lady Indomável tinha sido morto na Batalha de Gatlon. Depois daquilo, os bilhetes misteriosos pararam de aparecer em corpos. Da noite para o dia, as pistas horríveis sumiram. Fazia sentido que a pessoa que os deixava tivesse morrido.

Mas Adrian não tinha mais certeza.

– Por favor – disse ele. – Eu só quero encontrá-la. Preciso saber onde ela ouviu aquelas palavras. Preciso saber o que significam pra ela. E vocês vão mandar uma equipe pra investigar de qualquer jeito, não vão? Nos deem uma chance. Só estou pedindo isso.

Hugh pegou o café ainda fumegante e bebeu em três goles grandes, e foi assim que Adrian soube que ele estava pensando no pedido, embora o ato em si tenha feito Adrian se encolher. Como tantas coisas, Hugh não era afetado por uma coisa tão simples quanto queimar a língua em uma xícara de café pelando.

Quando colocou a xícara na mesa, Hugh olhou para Simon.

E aquele olhar, por mais vazio que fosse, disse a Adrian tudo que ele precisava saber. Foi uma luta segurar o sorriso que ameaçava surgir.

Simon murchou.

– Sua equipe pode se retirar da patrulha de rua por duas semanas pra ajudar com a investigação da Pesadelo. Vamos enviar protocolos de segurança até o meio-dia e esperar relatos regulares das descobertas, por mais triviais que possam parecer. Depois de duas semanas, vamos determinar se vocês podem continuar essa investigação ou se devem voltar para a patrulha da cidade.

Adrian começou a sorrir, mas Simon levantou a mão e o fez parar no meio.

– Mas estou falando sério, Adrian. Ao primeiro sinal de que Gene Cronin está envolvido em qualquer tipo de atividade ilegal, ou se vocês descobrirem qualquer prova que sugira uma ligação com a Pesadelo ou qualquer outro vilão, vocês têm que pedir reforços de uma equipe investigativa experiente. Vocês não vão enfrentar Cronin sozinhos. Entendeu?

– Sim, claro – concordou Adrian, permitindo que o sorriso se abrisse agora. – Pode deixar. Obrigado.

– Não nos agradeça ainda – disse Hugh. – Você ainda não sabe como esse tipo de trabalho pode ser dolorosamente tedioso.

Adrian deu de ombros.

– Oscar vai estar comigo. O quanto pode ser tedioso com ele?

Hugh deu um sorrisinho.

– Tem razão.

– Nós temos que ir – disse Simon. – Temos um monte de petições do Conselho hoje e uma infinidade de reuniões com a equipe de pesquisa e desenvolvimento, e temos que trabalhar nos detalhes do baile do mês que vem... – Ele gemeu. – Às vezes, acho que nunca vai ter fim.

– Não é fácil guiar o mundo para uma nova era – declarou Hugh. Ele botou o resto da comida na boca e largou o prato vazio na pia.

Adrian viu os pais reunirem suas coisas e vestirem blazers pretos e cachecóis por cima dos uniformes de uma maneira que parecia ridícula, como criancinhas vestindo casacos de inverno por cima da fantasia de Halloween.

Eles estavam quase saindo quando Simon parou e olhou para trás, o olhar especulativo.

– Adrian...

Adrian se sentou mais ereto, se preparando enquanto olhava Simon lutar com o que queria dizer.

– Quero que você seja cauteloso com isso, tá?

Adrian franziu a testa.

– Como assim?

– Independentemente do que acontecer, independentemente do que você descobrir, nada vai trazer sua mãe de volta. Sei que você quer respostas. Nós todos queremos. Mas não vai mudar o fato de que ela se foi.

– Isso não tem a ver com querer ela de volta – disse Adrian. – Também não é por querer respostas. Na verdade, eu só quero a mesma coisa que todos os Renegados querem. – Adrian se permitiu abrir um pequeno sorriso. – Justiça.

CAPÍTULO DEZESSEIS

NOVA FICOU NA CALÇADA em frente ao Quartel-General dos Renegados por mais tempo do que deveria, provavelmente, ignorando as pessoas se movendo ao redor, resmungando por causa da garota no caminho, e os turistas amontoados ao lado do ponto de ônibus tirando fotos das letras vermelhas acima das portas de vidro enormes.

Nem inclinando a cabeça para trás ela conseguia ver direito o topo do prédio. Ficava praticamente enevoado lá no alto, perto do céu, maior do que o restante da paisagem da cidade. Ela tinha visto o prédio de longe mil vezes, tinha olhado dos telhados da cidade e imaginado como poderia escalar as paredes, entrar lá dentro, se vingar do Conselho e dos ditos heróis que o tratavam como um palácio. Mas nunca tinha se imaginado entrando pela porta giratória que era a entrada principal. Nunca achou que seria bem-vinda lá.

As portas giratórias estavam girando sem parar desde que ela chegou. Nova não achava que todos que trabalhavam no prédio eram prodígios, mas havia muita gente indo e vindo usando os uniformes cinza, embora a mesma quantidade de terno e roupas mais casuais de trabalho. Alguns dos Renegados paravam para sorrir e acenar para os turistas, e sempre eram recebidos por uma série de gritinhos e flashes de câmera. Todos os adoradores iam espiar.

Nova franziu a testa quando olhou ao redor e percebeu que *ela* estava entre os observadores encantados. Bufando, levantou os pés da calçada e se obrigou a seguir em frente. As palmas das mãos estavam suando quando ela chegou perto da porta. Uma mulher de terninho elegante saiu. Nem olhou para Nova ao sair andando pela rua, falando no dispositivo que tinha no pulso e deixando a porta girando sozinha para trás. A abertura entre as barricadas de vidro surgiu.

Nova engoliu em seco e entrou.

Seus batimentos estavam disparados quando as portas a envolveram e a levaram ao outro lado.

De repente, estava dentro do Quartel-General dos Renegados. Ela desviou da porta giratória e parou, todos os músculos contraídos, mas nenhum alarme tocou.

Ela estava em um patamar que dava vista para um saguão iluminado e amplo, onde o *R* dos Renegados a recebia no piso branco reluzente. Uma escadaria à esquerda levava ao saguão, e à direita havia uma rampa, ambos na direção de uma recepção em meia-lua com a palavra INFORMAÇÕES na frente em letras grandes de aço.

Os Anarquistas pensaram mil vezes em um ataque ao QG dos Renegados, mas sempre souberam que seria arriscado demais tentar se infiltrar. Nunca chegaria a hora em que eles não estivessem em número bem menor, pois centenas de prodígios trabalhavam e treinavam no prédio todos os dias. Nova via agora que o que eles supuseram era verdade: os Renegados não se deixaram vulneráveis a ataques. Depois de uma olhada rápida pelo saguão, ela já tinha identificado mais de uma dezena de câmeras, sensores e alarmes, assim como Renegados armados e uniformizados, claro, localizados em intervalos estratégicos no ambiente, inclusive um de cada lado do patamar onde estava. Ela se perguntou se montar guarda era uma função de tempo integral aqui ou se era uma posição rotativa. Teria que descobrir. Esse era precisamente o tipo de informação em que Leroy pensou quando sugeriu que ela seria uma boa espiã.

Todo mundo parecia estar ignorando os guardas, e ela fez o mesmo, embora seus nervos tivessem tremido quando passou por um a caminho da escadaria. Um arrepio ameaçador desceu sua coluna, e ela teve a premonição de que seria atacada por trás. Seria presa, amarrada, obrigada a responder por seus crimes contra o Conselho. Que talvez sua aceitação nos Renegados tivesse sido só uma trama para atraí-la até lá.

Mas não. Nada aconteceu. Nova passou pelo guarda sem olhar na cara dele, e até onde percebeu, ele também não olhou para ela, embora pudesse ter olhado com desinteresse para o *R* preso na blusa, o que parecia que estava abrindo um buraco na pele dela. Era seu passe, afinal. Era o código secreto para ela entrar naquele lugar.

Aquele broche era a prova de que ali era seu lugar.

Quando estava descendo a escada, o saguão amplo pareceu se transformar em volta dela. Não mais ladeada por seguranças, ela começou a observar os outros detalhes sobre o ambiente. Havia salas de espera com sofás de couro modernos e mesas de centro cheias de jornais e revistas. Havia um pequeno café no canto mais distante, cercado de mesinhas redondas onde as pessoas liam documentos enquanto bebiam de copos de papel. Do outro lado do saguão havia uma escada se curvando para uma passarela ampla e um mirante, um aposento grande e circular todo de vidro. Ela viu uma espécie de escultura de vidro ocupando o piso da sala, mas não conseguiu identificar daquela distância o que era.

Ela olhou para as telas de televisão espalhadas pelo saguão, penduradas no teto ou presas a pilares. A maioria estava sintonizada em vários canais de noticiários, tanto locais quanto internacionais, mas alguns ofereciam mensagens internas. JANTAR ANUAL DOS RENEGADOS NO DOMINGO, TRAGAM A FAMÍLIA TODA! Ou AGENTE NECESSÁRIO PARA EQUIPE DE PATRULHA NOTURNA – INSCRIÇÃO NA SEGURANÇA. Ou...

Os pés de Nova pararam no último degrau, quando uma das mensagens na tela foi substituída por uma nova. Uma foto borrada *dela*.

PROCURADA: "PESADELO" – RELATEM QUALQUER INFORMAÇÃO AO CONSELHO.

Suas costas ficaram rígidas e ela sentiu aquele embrulho horrível de ansiedade no estômago de novo, a mesma sensação que teve a noite toda e a manhã toda. O que estava *fazendo*?

Ela seria descoberta. Alguém a reconheceria.

Só que... dois dos Renegados que deviam tê-la reconhecido já tinham indicado não perceber nada. Se ela conseguiu enganar a Assassina Vermelha e o Cortina de Fumaça, seria capaz de enganar qualquer um.

Ela olhou com firmeza para a imagem na tela. Vestida de Pesadelo, não havia nada que a revelasse. Não dava nem para ver os olhos dela na foto, só o brilho da máscara por baixo do capuz preto. Ninguém a reconheceria, não pela aparência, pelo menos. Eram os maneirismos que ameaçavam entregá-la, as pequenas coisas que todo mundo fazia de forma inconsciente. O jeito como ela andava, ou onde botava as mãos quando estava parada, ou até como lutava no combate mano a mano. E, talvez mais do que tudo, o desprezo dela pelos Renegados e o Conselho, e o ódio que sentia e que poderia transbordar pela boca a qualquer momento.

Ela teria que tomar cuidado para esconder esses instintos. Para fazer o jogo. Para ser uma deles.

Ela levou a mão ao broche preso à blusa, o que Adrian Everhart desenhou nos testes. Seus dedos percorreram os cantos do *R*, acompanharam a curva da letra.

Hoje, ela era uma Renegada, para que um dia pudesse ser a ruína deles.

Ela se aproximou do balcão de informações, onde um homem corpulento com costeletas impressionantes estava digitando em um computador. Ele sorriu quando olhou para ela, mas Nova não conseguiu retribuir.

– Oi – disse ela. – Fui recrutada nos testes. Eu tinha que...

– Insônia – interrompeu ele com alegria, ficando de pé e esticando a mão para ela, que ficou olhando por muito tempo, a pele rosada e as unhas bem cuidadas e uma pulseira de couro trançado em torno do pulso grosso. Embora fosse um gesto inocente, um gesto *normal*, tudo pareceu estranho.

Aqui estava um Renegado, talvez um prodígio, talvez não, mas, de qualquer modo, estava oferecendo a mão para ela. Contato. *Pele.*

Nem os Anarquistas gostavam de tocar nela. Não porque ser posto para dormir fosse uma grande tragédia, mas porque o sono deixava a pessoa vulnerável. *Ela* deixava as pessoas vulneráveis.

Ela esperou demais.

O homem (Sampson Cartwright, de acordo com a placa na mesa) fechou a mão com constrangimento e recuou.

– Eu vi você nos testes – disse ele, estalando os dedos como se isso pudesse compensar o momento constrangedor. – Você foi ótima. A cara do Gárgula... – Seus olhos brilharam quase com alegria, ou talvez deboche, e foi uma percepção estranha para Nova pensar que talvez nem todos os Renegados se dessem bem.

Sampson limpou a garganta.

– Você está na equipe do Rabisco, né? Acho que ele ainda não chegou, mas posso verificar se...

O coração de Nova entalou na garganta. Sampson continuou falando, mas as palavras dele viraram um zumbido irritante na cabeça dela.

O Conselho tinha acabado de sair de um dos elevadores atrás do balcão de informações.

Não, não o Conselho inteiro. Só o Capitão Cromo e a Tsunami.

A boca da Nova ficou seca quando ela os viu. Eles estavam conversando, tranquilos, descuidados. Tsunami ficava rindo e cobrindo a boca educadamente com os dedos. O olhar do Capitão brilhava, com um toque de alguma coisa que parecia malícia. Diferentemente dos demais Renegados, eles não estavam usando os uniformes típicos cinza e vermelhos, mas seus trajes icônicos: as ombreiras e a legging para o Capitão, a saia rodada para a Tsunami.

Eles andaram pelo saguão. Não exatamente na direção de Nova, mas também não para longe dela. Nenhum dos dois olhou para ela. Nenhum deles reparou que tinha uma vilã no meio deles. Nenhum dos dois fazia ideia de que sua mão foi até o cinto quando eles chegaram e os dedos alcançaram com destreza a caneta que ela havia pegado entre suas armas naquela manhã. A que possuía o compartimento secreto atrás dos refis de tinta. O que já tinha um dardo envenenado carregado.

Sua pulsação saltou. Ela estava *ali*. Estava dentro do Quartel--General dos Renegados, a poucos passos de dois membros do Conselho, e ninguém tinha a menor ideia de que ela era uma ameaça.

Era um gosto novo de poder. Não só por ser Pesadelo e todo o segredo e anonimato que isso a concedia. Mas, agora, por ser Insônia.

Ser *uma deles*. Andar no meio deles, chegar tão perto e ninguém nem olhar para ela.

A arma fez pressão na palma da mão dela.

Ela poderia abater um deles agora, naquele momento?

Seria seu fim, sem dúvida. Se não fosse morta instantaneamente, poderia ser capturada e ficar presa pelo resto da vida.

Ainda assim... a possibilidade existia. O *potencial*.

Se não agora, se não hoje, em breve. Uma oportunidade surgiria, e ela estaria preparada.

Engolindo em seco com dificuldade, ela forçou a mão a soltar a caneta na hora em que os dois membros do Conselho entraram em um corredor e desapareceram.

– Sei exatamente o que você está pensando.

Desorientada, Nova se virou para Sampson Cartwright, que a estava observando com um olhar conhecedor e sério. Seu coração pulou e a sensação de vulnerabilidade voltou. Seu ódio estava tão claro no rosto? Seus pensamentos eram decifrados com tanta facilidade?

Ou... pior...

Sua respiração falhou quando ela se inclinou na direção de Sampson.

– Você é telepata?

Sampson ficou olhando para ela, mudo por um momento, e soltou uma gargalhada alta.

– Quem me dera! Eu nem sou prodígio. Mas ora essa... todo mundo fica meio impressionado na primeira vez que vê o Conselho de perto. – Ele indicou a caneta presa ao cinto dela. – Você pode pedir autógrafo da próxima vez. Não se preocupe. Acontece o tempo todo, e eles são bem legais quando alguém pede.

Nova relaxou, aliviada porque o estranho não leu a mente dela enquanto ela estava planejando contra o precioso Conselho, mas também consternada por ele ter interpretado tão errado a expressão dela.

Ela foi salva da resposta irada que surgiu na garganta quando seu nome ecoou pelo saguão.

– Nova!

Ela se virou. Cortina de Fumaça e Assassina Vermelha estavam indo na direção dela. O mesmo surto de adrenalina que sentiu na arena surgiu no seu organismo quando ela os viu, mas logo foi sufocado pelos sorrisos largos. Para começar, não havia neblina cinzenta nos tornozelos do Cortina de Fumaça, e a pedra da Assassina Vermelha estava pendurada inocentemente em um cordão no pulso dela. Ela também carregava um montinho de tecido cinza.

– Nova McLain – disse o Cortina de Fumaça, apoiando a bengala no piso enquanto indicava o saguão enorme com o braço livre. – Bem-vinda ao QG. Encontrou com facilidade?

Nova piscou.

– É o prédio mais alto da cidade.

– Ele está sendo engraçadinho – explicou a Assassina Vermelha. Ela passou o montinho de tecido para o outro braço e esticou a mão. Sem luva. – Sou Ruby, aliás. Este é Oscar.

Ruby. Oscar.

Nomes normais. *Gente* normal.

Desta vez, Nova aceitou a mão. Seu poder vibrou dentro dela com o toque, mas ela o segurou com o que esperava que fosse um sorriso simpático.

– Nova.

Em vez de apertar a mão dela, Oscar passou um braço em volta de seus ombros e começou a guiá-la pelo saguão. Nova ficou tensa com o contato, mas ele não reparou ou ignorou.

– Estamos muito felizes de receber você – disse ele. – Vem, o Adrian está chegando. Ele falou que nos encontraria no saguão.

– Hã... espera, só um segundo – pediu Nova quando uma coisa preocupante passou pela cabeça dela. Ela se soltou do braço de Oscar. Ele e Ruby ficaram olhando quando Nova correu de volta até o balcão de informações. Inclinando-se por cima da bancada na direção de Sampson, ela sussurrou:

– Ei, você pode me dizer se *tem* algum leitor de mente nos Renegados?

Sampson olhou na direção de Ruby e de Oscar e novamente para Nova.

– Hum. Não. Não agora. Tivemos uma alguns anos atrás, mas ela foi transferida pra uma das nossas embaixadas estrangeiras.

Nova abriu um sorriso.

– Ah, que ótimo. Obrigada. Eu só estava curiosa.

Ela acenou e voltou correndo até os outros.

– Tudo bem? – perguntou Ruby.

– Ótimo – confirmou Nova, reunindo todo o entusiasmo que conseguiu. – Aquele cara foi muito legal.

– Sampson é gente boa – disse Oscar, indicando os elevadores. – Vem, vamos trocar sua roupa.

– Trocar?

Andando ao lado dela, Ruby indicou o que estava carregando.

– Diga oi para o seu novo uniforme! Peguei um tamanho que achei que caberia, mas talvez a calça fique meio comprida. – Ela olhou para os pés de Nova. – Temos uma equipe de ajustes. Vão querer medir seus pés pra um par de botas antes de você ir embora. Pode ficar com seus sapatos por enquanto, mas esperamos que você já tenha os novos amanhã ou em dois dias. São muito chatos com as roupas aqui.

– Alguns anos atrás, um recruta estava perseguindo um ladrão de bolsas e torceu o tornozelo – disse Oscar. – Agora, o uniforme vem com botas que têm suportes no tornozelo, solas antiderrapantes e todas as outras características em que puderam pensar. São bem acolchoadas também. Você vai adorar.

Nova forçou um sorriso sem graça.

– De qualquer modo – continuou Ruby –, este uniforme vai ser bem melhor do que o que você está acostumada a usar, né?

Nova tropeçou nos próprios pés ao visualizar a jaqueta com capuz e a máscara de metal da Pesadelo.

– Como?

– Eu já fui ao parque Cosmopolis – disse Ruby, que estava praticamente pulando ao lado de Nova. – Os uniformes são horríveis, com as calças listradas e os chapéus... – Ela indicou o corpo todo, e apesar de haver anos que Nova tinha ido ao parque de diversões, visualizou com facilidade o traje que Ruby estava descrevendo, com a calça listrada de vermelho e branco, a gravata borboleta amarela e o chapeuzinho de palha.

Ela tremeu ao se imaginar usando aquilo.

– Você leu meu formulário?

– Nós queríamos te conhecer um pouco melhor antes de você chegar – disse Oscar, sorrindo. – Não se preocupe. Seus talentos foram totalmente desperdiçados como operadora de brinquedo. Você vai ser bem mais feliz aqui.

Eles chegaram aos elevadores, e Oscar apertou o botão de *subir* com a ponta da bengala. Quando eles entraram, Ruby entregou as roupas para Nova e recuou para inspecionar o cinto dela.

– São suas invenções?

– Só algumas – revelou Nova.

Foi difícil decidir o que levar naquela manhã. Ela não podia levar nenhuma das armas e dos dispositivos favoritos, pois todos seriam reconhecíveis como ferramentas com as quais Pesadelo tinha sido vista no ano anterior. Mas pediram que ela levasse exemplos do trabalho dela, então ela teve que escolher alguma coisa.

No final, escolheu a caneta que dispara dardos, uma arma de choque que podia imobilizar um oponente a até nove metros e um conjunto de microssinalizadores exotérmicos.

– Legal! – disse Ruby com mais empolgação do que Nova achava que as invenções mereciam. – Quando acabarmos de mostrar tudo pra você, você devia mostrar isso aí no P e D. Eles amam coisas assim.

– Não diz isso! – pediu Oscar, como se chocado. – Vão querer tirar ela da gente.

Ruby fingiu ofegar.

– É verdade. Nova, você não devia ir falar com o pessoal do P e D. Nunca.

– Eles são uns estraga-prazeres – acrescentou Oscar. – São os que sempre levam legumes pras festas, sabe como é? – Ele olhou para ela com sabedoria.

– É melhor aquela Pesadelo tomar cuidado agora que a gente tem você na equipe – acrescentou Ruby.

O pânico desceu pela coluna de Nova.

– Pesadelo? – disse ela, a voz tensa. – Como assim?

– Você ouviu falar dela, né? – perguntou Cortina de Fumaça. – Ela tem aparecido muito nos noticiários ultimamente.

Sem esperar a resposta de Nova, Ruby explicou:

– O lance dela é parecido com o seu. O superpoder dela é fazer as pessoas dormirem com o toque, mas ela também tem acesso a umas armas bem legais. Tem imagens dela de uns meses atrás escalando um prédio como uma aranha, sem usar apoios pras mãos. Dizem que era alguma coisa nas luvas que ela estava usando. – Ela deu de ombros. – O P e D está tentando replicar, mas acho que ainda não obtiveram muito sucesso. Ainda assim – ela deu um tapinha na arma de choque no quadril de Nova –, se tivéssemos isso no desfile, teria sido o fim dela.

Nova tentou abrir um sorriso encorajador, sem se dar ao trabalho de dizer para eles que a arma de choque disparava em uma velocidade bem mais lenta do que uma arma normal com munição normal. Ela tinha *quase certeza* de que a Pesadelo poderia ter desviado direitinho do disparo.

As portas do elevador se abriram, e um tanto aliviada de estar fora do confinamento da caixa de metal com dois dos seus inimigos transformados em aliados, Nova expirou e foi atrás. Eles levaram Nova para outro espaço aberto, embora esse fosse bem mais casual do que o saguão. Mais sofás e telas de televisão, e havia a mesma quantidade de videogames sendo jogados e telas exibido notícias. Havia máquinas de lanches e bebidas ocupando uma parede, e várias mesas compridas na frente das janelas, onde homens e mulheres de uniformes cinza riam em meio a sacos de frutas secas e balas.

Nova passou os olhos pelos ocupantes da mesa, procurando dicas de suas habilidades e fraquezas, mas havia pouco que ela conseguisse discernir com eles só sentados conversando. Um homem com cabelo preto ondulado carregava um ukulele nas costas. Uma jovem tinha uma marca de nascença no formato de uma chave-mestra na lateral do rosto. Uma pequena nuvem de poeira explodia dos dedos de uma mulher cada vez que ela estalava os dedos, evidentemente tentando pensar em uma palavra da qual não conseguia se lembrar.

– Aqui é o lounge – disse Ruby. – Acesso liberado pra qualquer um das forças de patrulha ou que trabalhe na execução das leis. Em geral, a gente vem aqui relaxar quando está esperando o começo de um turno ou se a noite foi lenta nos crimes.

– Não que a gente tenha tido muito disso ultimamente – disse Oscar. – Nem... nunca. – Ele indicou um corredor. – Tem quartos individuais ali se você precisar tirar um cochilo. – Ele fez uma pausa. – Ou não um cochilo, mas... uma coisa renovadora e... tranquila... como meditação. Sei lá. – As orelhas ficaram vermelhas e ele olhou para Ruby pedindo ajuda.

– *Ou* – retomou Ruby em voz alta, encontrando uma porta com placa de "vazio" perto da maçaneta – se você precisar trocar de roupa. – Ela abriu a porta. – Fique com o cinto por cima do uniforme. Vai ser parte da sua marca registrada.

– A gente espera aqui fora – concluiu Oscar. – Quer alguma coisa das máquinas?

– Não, obrigada – disse Nova, entrando no quarto e fechando a porta.

Depois de ter certeza de que estava sozinha, ela esticou a mão e passou a tranca. O quarto era como ela imaginava que um quarto de alojamento de faculdade seria, mas com móveis de melhor qualidade. Uma cama estreita, com os cobertores enfiados embaixo do colchão. Uma mesa de tampo de vidro com a edição do dia da *Gazeta de Gatlon* e um abajur moderno. Uma bancada pequena no canto com pia embutida. Um espelho de corpo inteiro em uma porta de armário.

A única decoração era um pôster grande emoldurado atrás da cama, uma gravura vintage mostrando as páginas centrais de uma revista em quadrinhos que Nova não reconheceu. No painel de cores vibrantes, um super-herói mascarado estava tomando uma mulher ruiva nos braços e voando com ela para um lugar seguro acima de uma paisagem de cidade. Os olhos da mulher estavam brilhando de forma delirante enquanto ela exclamava em Comic Sans em negrito: "Eu sabia que você viria! Você *sempre* vem!"

Com uma gargalhada depreciativa, Nova se virou de costas para a gravura.

O quarto era legal. Bem mais legal do que ela estava acostumada. Mas havia algo meio irritante no local. Era limpo demais, arrumado demais, *perfeito* demais.

Cheio de promessas falsas demais.

Ela não seria atraída para a segurança por confortos simples como uma falta evidente de insetos deslizando pelo chão.

Ela desenrolou o tecido e segurou o uniforme pelos ombros. Era um macacão simples que a cobriria do pescoço até os pulsos e os tornozelos, com detalhes vermelhos nos membros e um *R* vermelho no peito.

Ela balançou a cabeça e suspirou.

– Tudo bem, Insônia – disse ela, colocando o uniforme na cama e tirando a blusa. – É tarde demais pra mudar de ideia agora.

CAPÍTULO DEZESSETE

ADRIAN ESTAVA COM UM SORRISO LARGO quando entrou no lounge. Nas horas desde que tinha conseguido permissão dos pais para sua equipe cuidar da missão de vigilância da biblioteca, ele já tinha ido visitar o local da primeira tarefa deles que não era de patrulhamento. Não tinha entrado na biblioteca, mas encontrou um prédio comercial abandonado do outro lado da rua que seria o lugar perfeito para eles se estabelecerem e um escritório de canto em particular com uma janela que dava para a viela no lado leste da biblioteca, onde uma porta dos fundos pareceu a entrada perfeita para pessoas suspeitas indo fazer acordos suspeitos. Fez uma lista de suprimentos, de binóculos a lanches e um baralho, porque um Oscar entediado era uma coisa perigosa. Na verdade, sua cabeça ficou ocupada a manhã toda com fantasias nas quais sua equipe não só descobria um círculo de negociação de armas do mercado clandestino e botava Gene Cronin atrás das grades, mas também encontravam e prendiam a Pesadelo com facilidade.

Ele viu Oscar e Ruby jogando Batalha da Morte, um dos dois jogos de fliperama no lounge, que tinha sido colocado lá para entreter as unidades que esperavam uma missão. O jogo era um desafio clássico de combate entre duas pessoas, e os dois desenvolveram uma rivalidade instantânea quando o jogo foi levado para lá anos antes.

Pelo que Adrian sabia, as habilidades deles continuavam semelhantes, para a frustração de ambos.

Ele parou atrás deles quando o avatar de Ruby deu um chute alto que jogou o de Oscar fora da tela. Ruby gritou e abriu os braços em comemoração, acertando Adrian no nariz. Ele gritou e recuou, ajeitando os óculos com uma das mãos e apertando o nariz com a outra.

Ruby se encolheu.

– Desculpe! – exclamou ela, embora a expressão de remorso tenha passado rapidamente a uma de desconfiança. – Só que não, seu xereta sinistro. Há quanto tempo está parado aí?

– Uns dois segundos – disse Adrian, apertando o nariz duas vezes para ter certeza de que a dor era só na cartilagem.

– Ah. Nesse caso... desculpe! – Ruby fez uma pausa. – Só que não, porque *eu bati o recorde de Oscar*! – Ela levantou o punho no ar.

– Essa batalha está longe de acabar – avisou Oscar, se encostando na máquina. – Exijo uma revanche.

Ruby estalou os dedos.

– Você pode pedir quantas revanches quiser. Eu não vou perder a liderança.

– Ei, pessoal, cadê a garota nova? – perguntou Adrian. – Vocês não espantaram ela, né?

– Trocando de roupa – disse Oscar, apontando com o polegar por cima do ombro enquanto Ruby colocava uma nova moeda no buraco da máquina.

– Ah – disse Adrian, olhando na direção dos quartos na hora que uma figura apareceu no corredor. Ele se empertigou. – Ah.

Nova olhou para ele e pareceu hesitar.

Adrian se afastou dos outros e se aproximou dela, enfiando as mãos nos bolsos. Ele ainda estava de calça jeans e jaqueta, depois de ter concluído que não havia sentido em colocar o uniforme se eles não patrulhariam.

– Que tal? – perguntou ele.

Ela olhou para baixo. Com as roupas dobradas em uma das mãos, ela passou a outra mão com timidez pela lateral do uniforme.

– Comprido.

Adrian seguiu o olhar dela e viu que a barra da calça estava amontoada em volta dos tênis.

– Mas eu sei costurar – disse ela. – Vou consertar quando chegar em casa.

– Não, não se preocupe. Vou mandar o departamento de ajustes pegar outro uniforme e consertar. Você vai recebê-lo amanhã, ou talvez em dois dias. Eles ficam cheios de serviço depois dos testes.

Nova abriu a boca, e ele viu um argumento surgindo, e por isso acrescentou rapidamente:

– A gente não trouxe você aqui pra ser costureira.

Ela hesitou, mas voltou a fechar a boca, e naquele momento, Adrian percebeu o que a deixou tão diferente quando ela saiu no corredor. Primeiro, ele achou que tinha sido por ver o uniforme, que representava coragem e força, características que ela exibiu nos testes, mas que agora estavam acentuadas pelo *R* vermelho em destaque.

Mas não, não era isso.

Ela estava diferente porque parecia naquele momento, comicamente, desconfortável à beira da histeria. Nervosa e talvez até um pouco constrangida, como ficou quando ele desenhou o fecho da pulseira dela. Quase não parecia possível que aquela fosse a mesma garota que desafiou o Gárgula com coragem inabalável. Que não demonstrou nada além de determinação feroz enquanto estava cercada por uma arena inteira de espectadores gritando.

– Aqui – disse Adrian, pegando a caneta. – Você precisa de uma bolsa. – Ele foi até a mesa mais próxima e desenhou uma bolsa grande estilo esportiva. Ergueu-a da superfície de acrílico, pegou as alças e sacudiu, depois a abriu para Nova colocar as roupas.

– Obrigada – murmurou ela, e guardou as peças. Ela fechou as mãos na base das alças da bolsa, quase como se estivesse evitando tocar nas mãos de Adrian quando pegou dele. – Você gosta mesmo de se exibir com esse truque, né?

O pescoço dele ficou quente. Ele estava se exibindo?

– Bom, pode ser bem conveniente... às vezes.

Nova pareceu brevemente que sorriria, e ele começou a se perguntar se ela estava de provocação.

– Você pode guardar nos armários ali enquanto fazemos a visita pelo local – disse ele, indicando o canto do lounge.

Um grito cheio de raiva chamou a atenção deles para o jogo de fliperama, onde Oscar estava rindo como um maníaco enquanto Ruby batia nos botões.

– Meus controles congelaram! Isso aí não conta!

– Dirija todas as reclamações ao grande guardião dos pontos no céu – disse Oscar, estalando os dedos com deboche, imitando como Ruby tinha feito antes.

Adrian botou a tampa na caneta e guardou.

– Pode acreditar, eles são ótimos super-heróis.

Nova olhou para ele, que percebeu que ela não estava convencida.

– Você falou alguma coisa sobre uma visita?

Adrian tinha planejado só levar Nova pelas áreas do quartel-general que eles usavam com frequência como equipe. Ela já tinha visto o lounge, então ele achou que eles poderiam passar pelo refeitório e pelo centro de treinamento, depois fazer uma simulação rápida de equipe no piso de realidade virtual e encerrar o dia. Mas assim que os quatro entraram no elevador, a curiosidade de Nova o surpreendeu. Ela queria saber sobre o arsenal e como eles distinguiam que armas ficavam guardadas lá e as que ficavam guardadas nos cofres feitos especificamente para artefatos poderosos de prodígios. Queria ver os laboratórios de pesquisa e desenvolvimento, e apesar de eles não terem autorização para entrar, Adrian a viu esticando o pescoço para ver por uma porta aberta quando um dos técnicos saiu. Ela estava curiosa sobre o trabalho pericial, o departamento de investigação, o Salão do Conselho e as celas modernas da prisão... embora nisso, mais uma vez, Adrian só fora capaz de descrever da melhor maneira possível. Ele nunca tinha entrado lá para ver.

Para a surpresa dele, ela quis até ver a central de comunicação, localizada no septuagésimo quinto andar do prédio. Ruby e Oscar tentaram convencê-la a não ir lá, explicando que não era tão interessante assim, mas o entusiasmo de Nova pelos vários aspectos da organização, até mesmo os chatos, estava ficando contagioso. Ele e sua equipe passavam tanto tempo nas ruas, se comunicando com o quartel-general por mensagens rápidas transmitidas pelas bandas de comunicação, que era fácil esquecer como o sistema era complexo. Ver a curiosidade de Nova e tentar responder às perguntas enfáticas lembrou-lhe de que os Renegados tinham se tornado bem mais do que o grupo de justiceiros procurando defender as pessoas do mundo. Eles ainda eram protetores, mas agora eram inventores, criadores de leis e ativistas. Estavam trabalhando para melhorar a sociedade de cem jeitos diferentes a qualquer momento, e ver como Nova estava interessada em tudo serviu para deixá-lo mais interessado também.

Ao chegarem o septuagésimo quinto andar, eles saíram do elevador em uma plataforma circular que dava vista para uma fileira de mesas de computador. As paredes ao redor eram ocupadas por imagens de satélite projetadas em tempo real em telas enormes, algumas mostrando Gatlon, outras os subúrbios próximos ou outras partes do país. Linhas verdes, marcas vermelhas e anotações digitais eram acrescentadas e tiradas da tela o tempo todo, e a sala vibrava de atividade. Telefones tocavam. Funcionários falavam nos microfones embutidos nos fones de ouvido e digitavam nos teclados. Pessoas gritavam ordens ou exigiam saber o status de várias situações em desenvolvimento.

Uma invasão de casa foi relatada em C14 – quando uma patrulha pode chegar lá?

O senhorio de East Bracken está reclamando de pichações de novo – temos uma equipe de limpeza disponível?

Preciso de um grupo para verificar uma ameaça de bomba do lado de fora da arena. Qual é o status do Metalock?

O Metalock ainda está resolvendo aquela explosão em Murkwater, mas podemos enviar Gota Mortal.

Ele diz que é a quarta vez que sua loja foi vandalizada nos últimos dois meses. A gente já não pegou os caras?

Temos uma situação no B-Mart na Sessenta e Dois... Parece que um homem está ficando agressivo por ter recebido o troco errado.

Adrian apoiou os ombros na amurada que envolvia a plataforma.

– Nós vemos isto como o sistema nervoso da cidade – disse ele. – As ligações de emergência chegam aqui, a situação é avaliada, e uma equipe de patrulha ou às vezes um Renegado sozinho é designado para resolver.

– Bem mais eficiente do que ficar andando pelas ruas à noite, procurando crimes – observou Ruby –, que era o que faziam antigamente.

– Mais eficiente – declarou Oscar, dando um suspiro dramático –, mas não tão glamouroso.

– É incrível como organizaram isso em tão pouco tempo – disse Nova. – Os laboratórios, os simuladores de realidade virtual, *isto*. Como construíram isso em apenas dez anos?

– Nove anos – disse Ruby.

– Oito – corrigiu Adrian. – Este prédio foi ocupado oito anos atrás. Foi ocupado por posseiros na Era da Anarquia, mas estava abandonado quando o Conselho decidiu fazer o quartel-general aqui. Quanto a transformar *nisto* – ele indicou o centro agitado de comunicação –, quando você tem uma equipe cheia de gente que mexe em metal e elementais da terra, prodígios que têm capacidade telecinética básica e superforça, sem mencionar um ciberlinguista muito atencioso, as coisas tendem a acontecer bem rápido.

– Ciberlinguista?

– Um prodígio que consegue se comunicar com tecnologia cibernética – explicou ele. – É o cara da parte técnica.

Nova fez um ruído, e ele não conseguiu interpretar a reação dela. Seu olhar voltou para um mapa da cidade de Gatlon, os olhos acompanhando um ponto amarelo que piscava na avenida Drury.

– Vocês parecem estar com pouca gente.

Adrian assentiu.

– É um problema atualmente.

– Então por que recusar tantos prodígios nos testes?

– Nós só estamos com pouca gente quando o assunto são as patrulhas. O resto do sistema está ótimo, mas precisamos de mais gente que possa ir pra rua, lidar com criminosos e aplicar a lei. Por isso, agora só admitimos recrutas que achamos que servem pra isso. – Ele franziu a testa. – Mas sou o primeiro a admitir que os testes provavelmente não são a melhor forma de encontrarmos novos talentos. Só que não depende de mim.

– Depende de quem? Do Conselho?

– Tudo – disse Ruby com uma risada alegre. – Tudo depende do Conselho.

– Basicamente. O que fazemos aqui não é só lutar contra o crime agora, nem só ajudar pessoas. Nós impedimos que a cidade desmorone de novo e, para isso, precisamos da união. E... bom, por mais horríveis que os testes possam ser, eles unem as pessoas.

O olhar de Nova continuou avaliando o aposento.

– Então por que vocês ainda vão resolver coisas como pintar sobre pichações ou ajudar um vendedor que não sabe calcular troco? Por que não montam uma força policial de não prodígios para lidarem com situações que não precisam de um... vocês sabem. Um super-herói.

– Uma força policial de não prodígios? – repetiu Oscar, achando graça. – Ninguém se inscreveria.

– Por quê? – perguntou Nova. – Era o que existia antes da Era da Anarquia.

– Porque agora existem super-heróis pra resolver essas coisas pra eles – disse Oscar, dando de ombros.

– Mas a cidade também é deles – insistiu Nova. – A vida deles, a sobrevivência deles? Eles não podem esperar que os prodígios façam tudo pra eles o tempo todo.

A atenção dela tinha se voltado para Adrian, mas ele não sabia bem como responder. Era verdade que os ajudaria muito poder entregar algumas tarefas de prioridade menor para uma força policial civil, mas ele não conseguia deixar de achar que Oscar estava certo. Com os Renegados dispostos a assumir todas as responsabilidades, por que alguém se candidataria a uma força policial assim?

Os ombros de Nova murcharam um pouco.

– Ou não?

– Podemos sugerir para o Conselho? – questionou Ruby. – Talvez começar a convidar gente que era da polícia antes da Era da Anarquia para se candidatarem a uma força-tarefa especial?

Adrian assentiu.

– Posso falar com meus pais quando os encontrar mais tarde.

Ao lado dele, Nova pareceu ficar tensa, então um momento depois ela mudou de posição e se afastou alguns centímetros. Ele nem tinha percebido como eles estavam próximos. Adrian observou o rosto dela, mas tinha ficado ilegível quando ela começou a avaliar o mapa do bairro de Wallowridge.

Ele limpou a garganta.

– Pronta para ir ver o centro de treinamento?

O rosto de Nova se renovou quando ela se virou para ele, e qualquer desconforto que Adrian tenha percebido sumiu tão rapidamente que ele se perguntou se tinha sido imaginação. O sorriso dela foi repentino e ansioso.

– Claro.

CAPÍTULO DEZOITO

O CENTRO DE TREINAMENTO era a única parte do quartel-general que ficava no subsolo do prédio. Quando o arranha-céu foi construído, a base abrigava um estacionamento enorme. Depois que os Renegados foram para lá, eles demoliram andar por andar de concreto, deixando só as paredes e os pilares da fundação para proteger a integridade do prédio acima. O que sobrou foi um espaço amplo embaixo de tetos altos para eles exercitarem seus poderes.

Assim como o saguão e o centro de comunicações, o centro de treinamento era cheio de atividade, mas toda a falação dos andares de cima foi substituída por movimento e ação. Renegados pulando de plataformas, escalando paredes, atirando em alvos, se enfrentando em ringues grandes envolvido por redes, percorrendo uma pista de obstáculos feita de cordas e barras e, mais do que tudo, exibindo sua grande variedade de capacidades.

Adrian liderou o grupo quando eles saíram do elevador e foi pela passarela que passava por cima das divisões de treinamento. Ele logo percebeu que Nova passou a ir mais devagar, até que parou completamente. Adrian olhou para trás e viu o rosto dela tomado por espanto mudo.

Ele seguiu o olhar dela, tentando imaginar que aquela era a primeira vez que estava vendo aquilo tudo. À direita, irmãos gêmeos lutavam com bastões, mas um virava líquido laranja e o outro vapor laranja cada vez que levava um golpe. Ao lado, havia um garoto vendado disparando com arco e flecha em uma série de alvos móveis, acertando na mosca todas as vezes. À esquerda de Adrian, um elemental da terra transformava o conteúdo de uma caixa de areia em um castelo de areia de dois andares sem tocar em um grão. À frente, uma mulher se transformou em urso-pardo num piscar de olhos e atacou um homem com grandes chifres de touro surgindo do crânio. Ao longe, uma garota tinha criado um vórtice acima da cabeça e estava sugando o oponente para ele, enquanto o tal oponente usava as mãos e os pés farpados para se segurar no chão e lutar contra a força que o sugava.

– Minha nossa – sussurrou Nova.

– É meio impressionante na primeira vez que a gente vê – disse Adrian.

Nova deu um passo à frente e segurou a amurada.

– Eu não tinha ideia de que vocês... eram tantos.

– Os números variam – explicou ele. – Nossa equipe permanente tem cerca de quatrocentas pessoas, mas recebemos prodígios de todo o mundo, que vêm aqui para serem treinados por alguns meses e vão embora. Temos as melhores instalações pra isso e a melhor reputação.

– Eles vêm ser treinados pra quê, exatamente?

– Pra serem super-heróis – disse Ruby, mexendo no cordão no pulso. – O que mais poderia ser?

– E quando eles estão prontos – prosseguiu Adrian –, eles voltam pra casa e assumem a causa dos Renegados onde estiverem. Há filiais dos Renegados no mundo todo agora. Pessoas que se dedicam a defender a justiça. E tudo começou aqui. Bom, não bem *aqui*. – Ele desviou o olhar para o teto alto. – Os Renegados começaram tecnicamente no porão do Guardião Terror, mas isso já faz muito tempo.

Ele os guiou pela passarela estreita que percorria o comprimento do centro de treinamento, dois andares acima do piso abaixo. Adrian mostrou áreas diferentes que Nova poderia querer explorar quando tivesse oportunidade, das pistas de obstáculos e treino com alvos a ringues de luta, e uma parede de escalada equipada com vários materiais que imitavam superfícies diferentes, e uma piscina de água salgada e fileira atrás de fileira de halteres e pesos.

– É só dizer se você precisar de um parceiro pra malhar com os pesos – disse Oscar. – Eu e Ruby estamos aqui o tempo todo.

– Adrian não? – perguntou Nova, olhando para ele.

Adrian olhou para Oscar com irritação.

– Eu gosto da parede de escalada e das pistas de obstáculos, mas os pesos me entediam.

– Ele fica intimidado por mim – declarou Oscar. – Não gosta de ser lembrado que consigo levantar mais peso do que ele.

– É verdade – concordou Adrian, dando de ombros.

Eles prosseguiram, Adrian se esforçando para mostrar qualquer recurso que pudesse ser do interesse de Nova, só que *tudo* parecia ser do interesse dela. Eles tinham acabado de passar pela bancada de aluguel de equipamentos, onde uma parede enorme exibia tudo, desde nunchakus e sapatos de neve, quando Nova ofegou e segurou o cotovelo de Adrian. Ele levou um susto e se virou para ela. Nova puxou a mão rapidamente e a encostou na barriga, fechada.

– É aquela garota – disse ela, indicando o piso. – A do desfile.

Ele seguiu o olhar dela.

– Ah, sim. Maggie. Codinome Pega, por causa do... hum... gosto por objetos pequenos e brilhantes.

Nova se endireitou e ficou com as bochechas vermelhas.

– Ela é uma ladra! Os Renegados toleram isso?

– De quem estamos falando? – perguntou Ruby, esticando o pescoço. Em um tatame abaixo, Pega estava sobre uma prancha acima de um tanque enorme cheio de terra e usava seu poder para extrair objetos metálicos cada vez maiores e mais pesados, como se a mãozinha dela tivesse o poder de um ímã industrial. – Ah, dela. Ela é mais uma catadora de coisas, eu acho.

Adrian assentiu.

– Tem muitos lugares abandonados nesta cidade, e ela nos ajudou a encontrar muitas coisas úteis. Talheres, baterias... coisas assim. É útil, principalmente quando tentamos fazer o comércio e a manufatura voltarem a funcionar.

Nova fez cara feia.

– Pegar a minha pulseira não foi catar uma coisa.

– Eu sei – admitiu Adrian. – Você está certa. Obviamente, roubo é contra o código. Mas muitos dos jovens que vêm parar aqui, inclusive a Pega, tiveram infâncias difíceis. Claro que há pais que acham ótimo quando o filho se mostra um prodígio, mas também tem muita gente que ainda tem medo do que somos capazes de fazer. Que não confia em nós. E, para eles, ter um filho com superpoderes... – ele franziu a testa, o coração dando um nó enquanto pensava nas incontáveis histórias que ouviu de prodígios negligenciados, abusados e até abandonados – ... não é ideal – concluiu ele, sem jeito, voltando a olhar para Nova. – Quando eles chegam aqui, nós tentamos ensinar o que é certo e o que é errado, mas pode ser difícil superar alguns dos instintos de sobrevivência que eles desenvolveram até então. Estamos trabalhando nisso, no entanto.

Nova ainda estava observando Pega abaixo, os lábios repuxados. Ela olhou para o pulso, onde os dedos giravam a pulseira delicada por cima do uniforme cinza. Ela fechou a mão por sobre a pulseira e suspirou.

– Não me digam que os Renegados montaram um lar pra prodígios infantis abandonados além de todo o resto.

– Nada tão oficial – disse Adrian com um sorriso leve. – Mas quando crianças nos procuram sem terem família nós tentamos encontrar uma família de Renegados com a qual eles possam morar.

Nova o olhou, e ele viu uma pergunta por trás dos olhos dela. Talvez ela estivesse se questionando sobre a família dele, o passado dele. Os pais adotivos celebridades sobre quem todo mundo queria saber.

Mas ela se virou sem falar neles e ergueu o queixo enquanto observava o salão agitado.

– Onde o Sentinela treina?

Adrian ficou tenso.

– O quê?

A expressão dela estava pensativa enquanto olhava em volta.

– O Sentinela – repetiu ela. – Aquele Renegado que apareceu no desfile. Ele treina aqui com todo mundo ou tem uma área especial pra ele? Ou... Renegados como ele. Tem mais de um?

O tom dela estava leve, inocente, mas Adrian não conseguiu parar de olhar para Nova, sem conseguir decidir se a pergunta era mesmo tão inócua quanto parecia ou se havia mais alguma coisa do que aparentava na superfície. Se havia uma acusação por trás das palavras.

Quando Nova olhou para ele, a curiosidade moldava suas feições.

Foi Ruby quem respondeu primeiro.

– Ele é um impostor – disse ela, com desprezo suficiente para fazer Adrian se encolher.

Nova se virou para ela.

– O Sentinela?

– Ele está fingindo ser um Renegado – disse Ruby –, mas não é. Ele é falso.

O olhar de Nova foi de um para o outro, uma pequena ruga se formando na testa.

– Vocês acreditam mesmo nisso?

O foco dela ficou em Adrian, e ele conseguiu se recompor e afastar a paranoia.

– Ninguém tinha ouvido falar nele antes daquele dia. Seja lá quem ele for, ele não revelou a identidade pra ninguém aqui.

– Mas ele é prodígio e é bem poderoso – disse Nova, e, de alguma forma, esse pequeno elogio casual despertou uma pontada de orgulho no peito de Adrian. – E quem além dos Renegados teria recursos pra fazer uma armadura como a que ele usa? Ou pra encontrar um jeito de combinar múltiplos superpoderes em um ser humano? – Ela olhou para Ruby e Oscar, mas de alguma forma a atenção dela sempre parecia voltar para Adrian. Inquisitiva e curiosa, como se ela percebesse a dificuldade que ele estava tendo para agir com abstração. – Se vocês não sabem quem ele é, então... talvez ele seja um projeto confidencial que ainda não foi revelado pra todo mundo. Certo?

– Foi isso que pensei no começo – disse Oscar. – Mas quando o Conselho soube que ele estava agindo em nosso nome, alegando estar agindo sob ordens deles e tal, eles pareceram furiosos.

Adrian baixou o olhar.

– E não sei bem se dá pra fingir esse tipo de coisa – acrescentou Oscar. – Pelo menos, não todos eles. Não daquele jeito.

– Hã – disse Nova, e ficou claro que ela continuava cética. – Acho que vamos acabar descobrindo.

Adrian coçou o antebraço direito, onde a nova tatuagem ainda estava dolorida embaixo do curativo.

– Ah, olhem! – disse Ruby, apontando para o salão de treino. – É Danna.

Feliz pela distração, Adrian seguiu o gesto e viu Danna em um dos tatames abaixo, se preparando em um banco acolchoado. Do outro lado do tatame, um dos treinadores estava segurando um estilingue.

Enquanto eles olhavam, Balístico, o treinador, mirou para cima e disparou, lançando um projétil com paraquedas na direção do teto.

Danna se agachou, jogou os dreadlocks compridos por cima do ombro e se concentrou no alvo. Em seguida, pulou, e seu corpo se dispersou em um ciclone de borboletas voando para cima. As criaturas cercaram o projétil, e Danna se materializou de novo, o pegou com uma das mãos e o jogou no chão. Foi um movimento quase perfeito, mas quando seus pés tocaram no chão ela soltou um grunhido de dor e se apoiou em um joelho.

Adrian fez uma careta.

– A Monarca? – perguntou Nova.

– Você pesquisou direitinho – disse Oscar. – Ela também é da nossa equipe, mas foi ferida no desfile e não pôde ir aos testes.

– Vem – disse Ruby, segurando o braço de Nova. – Vamos apresentar você.

Eles foram até a escadaria mais próxima. Quando se aproximaram do tatame de Danna, Adrian ouviu Balístico a lembrando de ficar em formação de bando enquanto descia, pois seu corpo não estava pronto para uma queda daquelas. Danna fechou as mãos e respondeu:

– Não é tão fácil assim! Vinte e nove borboletas se queimaram. Seria como você tentar pegar essa coisa com três dedos faltando!

Ela viu o grupo, se endireitou e passou o braço na testa para secar o suor. Sua atenção se voltou para Nova.

– Deixaram você sair da ala médica! – exclamou Ruby. Soltando Nova, ela abriu bem os braços em comemoração. Adrian mal teve tempo de se afastar antes de levar uma pancada no nariz. – Foi mais rápido do que eles pensaram, né?

Danna deu um suspiro e lançou um olhar azedo para o treinador.

– Disseram que eu poderia começar a treinar de novo pra usar o bando. Vocês ficariam impressionados com a diferença que faz quando eu perco tantas assim. É como aprender a controlá-las tudo de novo.

Os ombros de Adrian se contraíram. *Vinte e nove borboletas se queimaram.*

– Mas preciso passar pela pista de obstáculos pra me deixarem sair em patrulha de novo – continuou Danna. – Vou demorar pelo menos umas duas semanas.

– Depois daquelas queimaduras? – disse Oscar, indicando o local onde devia haver curativos por baixo do uniforme. – Sorte que não foi pior.

– E que os curandeiros são tão bons – acrescentou Ruby. Sorrindo, ela indicou Nova. – Você ainda não conheceu nossa garota nova.

Danna olhou para Nova.

– Insônia, né? – disse ela, esticando a mão. – Eu vi os testes. Impressionante.

Nova aceitou o aperto de mão, mas puxou rapidamente a mão de volta depois que Danna a soltou.

– O Gárgula não é tão assustador quanto acha que é.

Danna riu.

– Não vou mentir. Foi uma delícia ver alguém botar a equipe da Geladura no lugar dela. – Ela se sentou no banco. – Cinco minutos? – gritou ela para Balístico, mas ele já tinha se virado e começado a trabalhar com o Relâmpago, um garoto que tinha o que pareciam ser bolas de gude embutidas nas palmas das mãos.

Danna voltou o olhar para Nova.

– Eu soube que Rabisco acha que você vai ser boa em vigilância.

Nova ergueu as sobrancelhas e olhou para Adrian.

Ele coçou a nuca.

– Nós ainda não começamos a discutir...

– Mas há muito mais coisas em ser um bom espião do que as pessoas acham – interrompeu Danna.

O olhar de Nova se apurou.

– Não diga.

– Você foi ótima nos testes, mas eles não te preparam pra realidade, sabe. Em uma situação real, principalmente numa missão de vigilância, é preciso prestar atenção aos detalhes. E se lembrar deles. Juntar as menores pistas pra formar um todo. Nunca se sabe o que vai ser importante e não se pode descartar nada.

Adrian limpou a garganta.

– Danna é a especialista em vigilância da equipe. Mas, obviamente, o que ela é capaz de fazer envolve uma habilidade diferente da sua. Nós não esperamos... estamos felizes de ter as duas.

Os lábios de Nova formaram um sorriso fino.

– Obrigada pela dica, Monarca. De verdade, acho que aguento.

– Tenho certeza que sim – disse Danna. – Só quero que você fique alerta. Preciso ter certeza de que esses preguiçosos vão estar em boas mãos quando vocês estiverem trabalhando sem mim.

– Pode me testar se quiser – sugeriu Nova, dando de ombros casualmente. – Pra ver se eu passo.

Adrian lançou um olhar para Oscar e, ao ver o constrangimento evidente na cara dele, ficou feliz de não ser o único sentindo a tensão.

– Isso não é...

– Não, tudo bem – disse Nova. – Não me importo. Não foi justo ela não estar nos testes, e quero que Danna sinta confiança na sua escolha. Ela e eu também vamos acabar trabalhando juntas em algum momento, certo? Então, vamos lá. Vamos ver se sou boa nessa coisa de vigilância.

Danna se inclinou para trás apoiada nas palmas das mãos e apertou os olhos, pensativa.

– Tudo bem. Sem olhar... quantas saídas tem aqui neste salão?

– Ah, para com isso – disse Ruby. – Hoje é o primeiro dia dela.

– Sete – declarou Nova, sustentando o olhar de Danna.

Um segundo se passou e Oscar deu uma volta para contar as saídas baixinho. Quando terminou, ele soltou um som baixo.

Adrian também se viu observando o salão.

– Se bem que podemos argumentar – acrescentou Nova – que, com tantos prodígios aqui capazes de manipular metal ou explodir concreto, há potencial pra incontáveis saídas mais se necessário.

O rosto de Danna se suavizou. Ela estava começando a sorrir quando Nova continuou:

– Tem também dez câmeras de segurança, dois extintores de incêndio e cinco máquinas, sendo que uma só vende balas, o que me faz questionar seriamente o compromisso dos Renegados com a nutrição adequada.

Oscar riu.

– Ela já entendeu a gente direitinho. Espera só pra ver o refeitório. Tem um bufê de macarrão com queijo!

Os lábios de Danna se curvaram para cima.

– Quantos ocupantes?

Nova ergueu uma sobrancelha.

– *Você* sabe quantas pessoas estão aqui?

– Não – disse Danna. – Só estou verificando se você não é melhor nisso do que eu.

Nova se balançou nos calcanhares.

– Bom, não tenho a contagem exata. Umas cinquenta, eu diria. E até agora só discerni a habilidade de dezesseis.

No tatame ao lado, o treinador jogou um disco e Relâmpago levantou as mãos, disparando uma série de raios coloridos das palmas das mãos com bolas de gude, e acertou o disco no percurso sobre o salão.

– Dezessete – acrescentou Nova.

Adrian sorriu.

– Quem está se exibindo agora?

Nova voltou um olhar sobressaltado para ele, e houve um momento em que a competidora confiante e ousada dos testes apareceu ao lado dele. Mas um segundo depois as bochechas dela ficaram vermelhas e ela se encolheu de leve, tímida ou confusa. Ele não soube dizer qual das duas coisas.

Danna assentiu com apreciação.

– Ao que parece, você vai ser ótima. Só tente deixá-los fora de perigo, tá?

– Isso está na descrição do meu trabalho? – perguntou Nova.

– Não – disse Danna, puxando os dreadlocks e prendendo-os em um rabo de cavalo. – Mas eu me sentiria melhor se soubesse que você está gastando metade dessa energia nesse pessoal aqui.

Nova deu um sorriso largo e mostrou os polegares, no que Adrian teve certeza absoluta que era uma positividade debochada.

– Pode contar comigo.

– Bom – disse Adrian, juntando as mãos. – É melhor deixarmos você voltar ao treino. Não deixa o Balístico pegar muito no seu pé, tá?

Danna grunhiu e acenou sem animação quando eles voltaram na direção da escada.

– Só está faltando uma parada nessa visita – disse Adrian.

– O refeitório? – perguntou Nova sem muito entusiasmo.

– Não fala mal do refeitório – avisou Oscar. – É de graça e é incrível.

Adrian balançou a cabeça.

– Não o refeitório, se bem que tenho certeza de que Oscar pode mostrar como é mais tarde se você pedir. Na verdade, tem uma pessoa especial que quero que você conheça. Nós o chamamos de Bandido.

– Bandido? – disse ela, sufocando uma gargalhada.

– É. Na verdade, ele pediu uma audiência especial com você.

– *Bandido* – repetiu ela, com voz lenta. – Por acaso estamos no Velho Oeste?

Adrian sorriu para ela.

– Às vezes eu me pergunto o mesmo.

CAPÍTULO DEZENOVE

ELES PEGARAM O ELEVADOR para o saguão principal e subiram uma escadaria em espiral, passaram por um corredor curto e seguiram pela passarela alta que Nova tinha visto quando entrou no prédio. Ela viu a sala de vidro de novo, um ambiente fechado circular cheio de pequenas esculturas que cintilavam como estalagmites de cristal vistas de baixo.

Quando eles se aproximaram, a vista pelas janelas ficou clara e ela viu que não eram esculturas aleatórias, mas um modelo de Gatlon, construído em detalhes impressionantes. Era tudo feito de vidro transparente e reluzente.

– O que é isso, uma instalação de arte? – disse ela enquanto seus olhos acompanhavam o contorno da cidade até a beirada do Parque da Cidade, o contorno do Quartel-General dos Renegados e a torre Merchant, depois descendo até as docas na marina e as pontes que passavam por cima do rio Snakeweed.

– Não exatamente – disse Adrian, batendo com os dedos na janela. – É mais... uma maquete de brinquedo. É meio que o passatempo do Bandido.

– E quem é o Bandido?

– O nome dele é Max. – Ele bateu no vidro. – Ei, Max. Você tem visita.

Nova viu uma pessoa surgir do outro lado da cidade em miniatura. Era um garoto de uns dez anos, talvez, com cabelo louro-pálido que se encaracolava em volta das orelhas e sobrancelhas grossas. Ele percorreu a cidade de vidro, os pés descalços atravessando a rua Broad, pisando com cuidado ao lado de táxis e árvores em caixas miniatura, e um ocasional pedestre de vidro. Ele ficou tão atento ao caminhar que estava na metade da cidade quando reparou em Nova.

Ele parou e arregalou os olhos.

– Insônia!

– Bandido? – ela tentou adivinhar.

Ele correu o restante do caminho até a janela que os separava. Do lado dele, os arranha-céus cederam lugar a armazéns e estaleiros. Uma área ampla do que seria a praia em torno da baía Harrow acabou sendo um lugar conveniente para ele parar.

– Aquela luta nos testes... foi a melhor coisa que já vi. Eu não *suporto* o Gárgula. E, uau, você é mais baixa do que eu pensava!

Oscar se encostou na parede de vidro.

– Você já falou com o Gárgula?

Max ergueu o olhar com repulsa.

– Por favor. Já vi entrevistas suficientes com a Geladura e a equipe dela pra saber que o cérebro dele é dois terços sedimentado.

A boca de Nova se abriu no que poderia ser o primeiro sorriso verdadeiro que ela deu o dia todo.

– Você acabou de fazer uma piada de geologia?

Max ignorou a pergunta e se virou para Adrian.

– Você consegue desenhar ela?

Nova arregalou os olhos.

– Desenhar... quem? Eu?

– Hum, claro – disse Adrian, o olhar se voltando na direção dela. – Se ela não se importar.

– Você tem que dizer sim – disse Max, enfiando a mão no bolso de trás e pegando um boneco de oito centímetros do Gárgula. – Olha. Estou montando os testes. – Ele apontou na direção de onde tinha vindo. – A arena fica lá. Eu queria montar a parte em que você ganhou e entrou pra nossa equipe.

Nova olhou além dos arranha-céus, e apesar de não conseguir ver a arena de onde estava, era capaz de imaginá-la do outro lado do bairro central, espelhando sua localização no mundo real.

– *Nossa* equipe? – Ela olhou para Adrian, que já tinha se agachado e começado a desenhar na parede de vidro.

Foi Oscar quem respondeu.

– Max não pode participar de patrulhas, então o tornamos um membro honorário da equipe. Assim, ele, pelo menos, ganha um uniforme.

Nova olhou para o garoto, que estava usando um pijama xadrez de flanela.

– Que tal? – perguntou Adrian.

Ela deu um passo para trás para olhar o desenho; era uma imitação simples e precisa dela no vidro. O desenho não estava usando o uniforme dos Renegados como ela utilizava agora, mas a blusa canelada simples e a legging que ela usou nos testes. Ele até desenhou o canhãozinho na mão dela.

– Perfeita – disse Max.

Adrian encostou a palma da mão no desenho, e Nova viu a tinta penetrar pela janela e sair do outro lado como um boneco tridimensional.

– Uau – refletiu ela. – Meu primeiro dia de trabalho e já virei bonequinho.

Adrian ergueu a cabeça e sorriu.

Max pegou o boneco e atravessou a cidade de novo. Parou quando estava dobrando a esquina da avenida Raikes.

– Obrigado, Adrian. Foi um prazer conhecer você, Insônia. Sou seu fã.

Adrian acenou, e Nova, sem saber como reagir a esse estranho encontro, fez o mesmo.

– Obrigada… – disse ela, mas Max já tinha dado as costas para eles. Ela observou a cidade de novo e a inspecionou com mais atenção do que antes. – Você fez tudo isso?

– É um projeto de estimação há anos. – Adrian se levantou e guardou a caneta. – Um trabalho de amor. Ao menos, mantém Max ocupado.

Ela observou a sala ou o que conseguia ver dela. Havia um caminho que contornava a passarela e levava a uma porta fechada do outro lado do ambiente.

– Ele não está trancado aí, está?

Como ninguém respondeu, ela olhou para eles e viu que uma sombra tinha surgido no rosto de Adrian e que Ruby e Oscar estavam com as testas franzidas. Não de raiva nem de tristeza, mas de... resignação.

– Não é uma prisão – disse Adrian. – Ele poderia sair se quisesse ou precisasse. Mas ele sabe... – Ele hesitou. – Ele nunca tenta. Sair.

– Por quê?

Ele a encarou.

– Nós chamamos de quarentena. Ele tem que ficar lá dentro para o bem dele mesmo. E para o nosso. – Ele deu de ombros. – É o mais confortável que dá pra ser.

– Então ele está doente.

– Não exatamente – disse Adrian, escolhendo as palavras. – Ele é...

– Perigoso – completou Ruby.

Ao mesmo tempo, Oscar falou:

– Valioso.

Nova inclinou a cabeça sem entender, mas, antes que qualquer um deles pudesse elaborar, ela ouviu um estrondo alto e um chiado vindos da porta dentro da quarentena de Max, que se abriu e revelou outro aposento fechado além. Uma mulher entrou no aposento circular usando um traje de proteção, com capacete cobrindo o rosto e um aparato de respiração. Embora boa parte do traje estivesse branco e impecável, tinha barras metálicas nos pulsos, tornozelos e no pescoço. Parecia o tipo de uniforme que se usaria para se aventurar por uma área nuclear abandonada.

A mulher estava carregando uma caixa branca médica.

Atrás da cidade de vidro, Max se levantou, parecendo um pouco chateado com a interrupção.

A mulher não precisou dizer nada para Max colocar os bonecos de Insônia e Gárgula no chão e ir na direção dela.

– O que está acontecendo? – perguntou Nova.

– Precisam colher amostras dele regularmente – disse Adrian. – De sangue, saliva... – Ele deu de ombros. – Sinceramente, não sei bem o que estão fazendo com isso.

– Tentando curá-lo? – perguntou ela, achando que devia ser óbvio.

Mas Adrian balançou a cabeça.

– Acho que não. Não é assim. Estão trabalhando em alguma coisa na pesquisa e desenvolvimento, eu acho. – Adrian suspirou e deu as costas. – Vem, vamos dar privacidade ao garoto.

Nova seguiu o grupo pela passarela, mas olhou para trás uma vez e viu Max dobrando a manga enquanto a mulher preparava uma seringa.

– Vocês ainda não me contaram o que tem de errado com ele – disse ela. – Nem por que ele é perigoso, valioso ou todas as opções acima.

Os outros trocaram olhares, e Nova se irritou.

– É meio que confidencial – disse Adrian, com expressão de desculpas.

Aquela palavra gerou um arrepio pela coluna de Nova. *Confidencial.*

Era por coisas confidenciais que ela estava ali.

– Mas agora eu sou uma de vocês, não sou? – insistiu ela. – Por que não posso saber?

Adrian deu de ombros.

– Nós nem devíamos saber. É só que... eu tenho o luxo de acabar ouvindo muitas das coisas que tecnicamente não deveria ouvir.

– Então você ouviu informações confidenciais e contou pra eles – disse ela, indicando Ruby e Oscar.

– É seu primeiro dia, Nova – observou Ruby. – Não estamos tentando deixar você de fora, é só que... é seu *primeiro dia*. E o que está acontecendo com Max não tem nada a ver com a gente.

– Além do mais – disse Oscar –, temos coisas mais importantes pra resolver agora, não temos?

Nova franziu a testa e reconheceu a mudança de assunto. Não pôde deixar de sentir repulsa. Se bem que, para ser justa, sabia que *ela* não confiaria uma informação confidencial a si mesma, por melhor que tivesse se saído nos testes.

Ela arquivou uma nota mental para depois: *Descobrir o que o Bandido tem, o motivo da quarentena e o que estão fazendo com as amostras de sangue dele.*

– ... com isso.

Nova se concentrou e olhou para baixo. Adrian estava segurando uma tira estreita de plástico fino, do tamanho de uma régua, mas ela não tinha ouvido o que ele disse sobre o assunto.

– O que é? – perguntou ela, pegando-a entre os dedos e levando-a à altura dos olhos, espiando Adrian do outro lado.

– Comunicador dos Renegados – disse ele.

– Basicamente, um telefone chique – observou Ruby.

– E um acessório maneiro – acrescentou Oscar. Ele enrolou a manga do uniforme e revelou uma tira similar de vidro em volta do punho. – Designers de ponta estão tentando copiar. Vão estar na moda ano que vem.

– Deixando a moda de lado, o P e D tem orgulho disso. Aqui.

Adrian segurou o antebraço esquerdo de Nova, mas hesitou quando viu a pulseira delicada. Ele pegou o outro braço. Depois de tirar o dispositivo da mão dela, começou a curvá-lo até caber justo no pulso dela, um aro elegante sobre a pele. Era tão leve que ela mal sentia; ou talvez só estivesse concentrada demais no calor vindo dos dedos de Adrian para prestar atenção no comunicador.

– Esta parte vai acender e tocar um alarme quando houver uma emergência – disse ele, apontando para um lado do dispositivo. – Se o centro de comunicações já tiver designado um local para nos apresentarmos, um mapa da cidade vai aparecer aqui no meio, indicando aonde ir. Aqui embaixo – ele bateu na outra ponta da tira, perto do polegar de Nova – é por onde você se comunica com um de nós. É só apertar o dedo aqui e dizer o nome da pessoa com quem você quer fazer contato.

– Ou você pode segurar na frente do rosto – disse Oscar, imitando o gesto –, e vai começar a gravar automaticamente uma mensagem de vídeo. Bem legal.

Nova virou o pulso de um lado para outro e sentiu um sorriso surgindo. Tecnologia nova, um dispositivo novo. Finalmente, eles estavam falando a língua dela.

Mas aí surgiu um pensamento que sufocou a primeira pontada de empolgação. Tecnologia assim devia ter um dispositivo de rastreamento. O que queria dizer que, enquanto ela o usasse, os Renegados saberiam onde a encontrar.

Ela não fazia ideia se eles se dariam o trabalho de usar assim, mas, de qualquer forma, isso fez com que ela sentisse que tinham enrolado uma cobra venenosa no pulso dela.

– Obrigada – disse ela, tentando parecer agradecida. – Ainda não parece muito real. Vocês sabem... ser uma *Renegada*. – Ela balançou as mãos de leve ao lado do rosto.

– Você se acostuma – garantiu Adrian, com um sorriso compreensivo.

– Acostuma? – disse Ruby, sorrindo. – Ainda não me acostumei. Ainda é a coisa mais incrível do mundo.

– Tente usar o comunicador o tempo todo – disse Adrian. – Você já deve ter uma mensagem aí com as nossas instruções pra amanhã à noite.

– Amanhã à noite?

– Nossa primeira missão. – A expressão de Adrian se iluminou. – Vamos vigiar a Biblioteca Cloven Cross.

Nova ficou imóvel.

– É gerenciada por um cara chamado Gene Cronin – continuou ele. – Ele era integrante de uma gangue de vilões chamada Cartel Vândalo, e temos motivos para acreditar que ele talvez ainda negocie armas ilegais, inclusive, talvez, a arma que Pesadelo usou para tentar assassinar o Capitão Cromo no desfile.

Nova ficou olhando para ele, o corpo tenso esperando a atuação de Adrian se revelar e ele dizer que sabia a identidade secreta dela e que tudo aquilo foi um truque para prendê-la dentro do quartel-general.

Mas ele só indicou os elevadores.

– Vamos levar você até o lounge para que possa pegar suas coisas. Você tem o resto do dia pra descansar. Ou... fazer o que quer que você faça. – Os lábios dele tremeram, mas Nova não estava pronta para uma piada, e qualquer humor se perdeu nos pensamentos errantes. – Então – disse Adrian, o sorriso sumindo. – Vamos nos encontrar em frente à biblioteca amanhã à noite, às onze. Pode usar roupas de rua. Acho que vamos querer ficar incógnitos.

– Espera – disse Nova, seguindo-o cegamente até o elevador. – É só isso? Vigilância? Nós não vamos... sei lá, rastrear um assassino em massa nem nada assim?

– Uma decepção danada, né? – disse Oscar.

Adrian olhou para ele com irritação.

– Nós gostamos de poupar os recrutas das caçadas aos assassinos em massa. Mas a missão é muito importante. Se conseguirmos encontrar provas de que Cronin ainda está negociando no mercado clandestino, isso pode abrir muitas portas para círculos de criminosos na cidade toda. As taxas de crimes têm subido nos últimos quatro anos, e se Cronin estiver por aí fornecendo armas para criminosos, detê-lo pode ser uma vitória enorme para nós.

Nova tentou prestar atenção e assentir quando pareceu apropriado, mas sua mente estava girando. Ela sabia muito bem que Gene Cronin, que conhecia como Bibliotecário, vendia armas no mercado clandestino e tinha fornecido a arma que ela tentou usar contra o Conselho.

– Mas, antes que possamos fazer qualquer coisa – continuou Adrian, ignorando o quanto aquela conversa a tinha deixado nervosa, por ter chegado perto demais dos segredos dela –, o Conselho exige provas de que Cronin está violando a lei. Não permitem uma invasão e nem dão permissão para buscas na biblioteca enquanto não tivermos algo concreto.

– É sério? – disse Nova, sem conseguir tirar a descrença da voz. – O Conselho não permite uma invasão?

Tinham permitido e muito nos túneis do metrô...

O rosto de Adrian ficou meio irritado, mas Nova percebeu que não era com ela.

– O Conselho é muito rigoroso quando se trata de seguir os novos códigos. Você sabe, durante a Era da Anarquia, eles faziam qualquer coisa que tivessem que fazer pra tentar acabar com toda a violência e todos os roubos que estavam acontecendo. Mas agora estão tentando restabelecer um sistema de justiça, como tínhamos antes. Acho que estão com medo de que, se começarmos a desviar das regras, as outras pessoas vão ter a impressão de que podem fazer o mesmo.

– Você quer dizer que as pessoas não gostam de ver hipocrisia nos líderes? Chocante.

– Eu sei – disse Adrian, olhando para o teto, o sorriso rápido retornando. – Os motivos deles fazem sentido. Mas quer dizer que nossas mãos estão atadas em situações assim. Mas quem sabe? Talvez a gente descubra alguma coisa que seja uma prova suficiente para começarmos a investigar Cronin de verdade.

– Durante nossa vigilância – esclareceu Nova. – De uma biblioteca pública.

– Isso. – Adrian assentiu. As portas do elevador se abriram, e ele a levou de volta aos armários onde tinha guardado as roupas. – Para nossa sorte, temos a Renegada que não precisa dormir.

– É, pra sorte de vocês – disse ela, pegando a bolsa que Adrian tinha desenhado naquela manhã e a pendurando no ombro.

A expressão dele perdeu um pouco da alegria.

– Sei que não é empolgante, e suas habilidades, obviamente, tornam você útil pra missões bem mais práticas...

Nova riu.

– Tudo bem. Não estou decepcionada. Na verdade, estou meio aliviada.

E era verdade, embora ela fosse deixar que ele imaginasse os motivos para isso.

Essa era uma missão com a qual ela poderia trabalhar. Poderia facilmente desempenhar o papel da Renegada obediente ao mesmo tempo que não fazia nem dizia nada que incriminasse Cronin, que sempre foi aliado dos Anarquistas. Ela poderia até encontrar um jeito de tirar os Renegados do rastro dele... e do dela.

– Que bom – disse Adrian. – Então nos vemos amanhã.

Ela apertou os lábios e assentiu.

– Ótimo. Certo. Hã... nos vemos amanhã. – Ela se virou e saiu andando para o elevador. – Obrigada por mostrar tudo.

Ela tinha acabado de entrar quando ouviu seu nome.

– Nova.

Ela olhou para trás.

– Como está o fecho da pulseira?

Ela sustentou o olhar de Adrian, sentindo novamente o jeito como ele segurou a mão dela, o movimento delicado da ponta da caneta na pele, o tremor da pulsação por baixo.

Ela balançou o pulso de leve e sentiu o metal roçar na pele, bem na manga do uniforme.

– Não quebrou mais.

Ele empurrou os óculos para cima e, só por um momento, pareceu quase tímido.

– Me avise se precisar que eu, hum, desenhe alguma coisa. Tá?

As portas do elevador se fecharam antes que Nova pudesse pensar em como responder. Quando o elevador começou a descer, ela ergueu o braço e inspecionou o fecho da pulseira pelo que devia ser a centésima vez. Os detalhes simétricos, as diferenças sutis de cor. Quando ele o desenhou, fez o fecho ser funcional, para que pudesse ser aberto e tirado se ela quisesse, apesar de Nova nunca fazer isso.

Ela girou a pulseira e olhou o espaço onde haveria uma pedra se seu pai a tivesse terminado, mas não estava vendo a pulseira, a corrente e os ganchos vazios.

Sua mente disparou pelas últimas horas, lutando para organizar tudo que tinha aprendido, tentando discernir o quanto daquilo tudo era valioso e sobre o que ela teria que coletar mais informações nas semanas seguintes. O elevador chegou ao térreo. Quando atravessou o saguão do Quartel-General dos Renegados e seguiu para as ruas de Gatlon, ela foi repassando as lembranças do dia.

Ela viu uma sala de treino subterrânea cheia de inimigos poderosos.

Viu uma mulher com uma espécie de traje de proteção ir colher amostras de um garoto que eles diziam que era perigoso e valioso.

Viu dois membros do Conselho percorrendo o saguão, rindo como se não tivessem nenhuma preocupação nesse mundo.

Viu Adrian e aquela mudança repentina de confiança, um leve constrangimento quando notou as portas do elevador se fecharem.

Enquanto se afastava do quartel-general, ela começou a sentir a pressão de olhos a seguindo. Era tão raro ver um Renegado na cidade que as pessoas paravam para olhar quando ela passava, e alguns turistas até tiraram foto. Havia também reações opostas: as pessoas que odiavam os prodígios e faziam expressão de desprezo ou as que não faziam contato visual por medo ou repulsa.

De uma forma ou de outra, admirada ou desprezada, Nova ficou mais ansiosa a cada passo dado para chegar em casa e tirar o uniforme o mais rápido possível.

Ela não era uma Renegada.

Era a Pesadelo.

E não gostava de ser vista.

CAPÍTULO VINTE

A Noventa e Quatro Leste com Wallowridge ficava em um bairro ainda pior do que Nova tinha imaginado. Não que ela fosse orgulhosa demais para deixar que os Renegados achassem que ela morava ali. Era só que... se ela ia ter uma casa falsa, Millie não poderia ter escolhido alguma coisa um pouco melhor? Talvez uma daquelas mansões abandonadas no subúrbio, ou um apartamento de condomínio com vista ou, pelo menos, um lugar que não parecesse quase condenado?

A casa que Nova McLain dividia com o tio era um sobrado com fachada de tijolos entre outros dois iguais, cada um com tinta descascando na moldura da janela e pequenos pátios tomados de grama e erva daninha. Havia lixo nos bueiros da rua, garrafas vazias de cerveja no degrau de entrada da casa dela e um pneu velho encostado na parede. Uma das janelas de cima parecia ter um buraco de bala, e dois vizinhos cobriram as portas e janelas com tábuas.

Parada na calçada, ela olhou a rua toda de um lado e do outro, observando as pichações nas paredes, os carros sobre blocos. Estava tudo tão parado que ela não tinha certeza se alguém morava ali. Se havia algum morador, era péssimo nos cuidados.

Pelo menos moram num lugar que tem luz do dia, sussurrou uma voz no fundo dos pensamentos dela.

Nova franziu a testa para a invasão do cérebro à crítica aos vizinhos, mas pensou melhor e aliviou a expressão.

Na verdade, a luz do sol era um ponto bem positivo.

E à noite haveria estrelas.

Ela subiu a escada curta e passou por cima das garrafas de cerveja. Um buraco para cartas de metal na porta tinha sido entalhado com uma única palavra muito tempo antes: MCLAIN.

Era a primeira indicação que Nova via que sua identidade falsa poderia estar ligada de verdade a alguém do mundo real, diferentemente do que Millie tinha dito. Isso fez com que ela tentasse imaginar o que tinha acontecido com os verdadeiros McLain.

Nova testou a maçaneta e viu que não estava trancada. Empurrou a porta e deu de cara com uma sala estreita e uma coleção de teias de aranha. Ficou surpresa de ver móveis: duas poltronas antigas e um rack, embora a televisão ou rádio que ficava ali antes já tivesse sido levado e substituído por uma camada grossa de poeira. A sala havia sido decorada com papel de parede estampado extravagante, mas algumas tiras estavam começando a soltar.

Mas o que a fez hesitar mais foram as pegadas recentes deixadas no piso poeirento de madeira, fazendo uma série de caminhos indo e vindo entre a porta e a escadaria que ficava em frente.

Nova pousou a mão no cinto, que ainda carregava os instrumentos que ela tinha levado para o QG dos Renegados naquela manhã, e entrou. Passou por uma coleção de fotos emolduradas na parede – talvez a família de Nova McLain –, mas não se deu ao trabalho de inspecionar os rostos ao subir a escadaria. A madeira gemeu embaixo dela, destruindo o silêncio absoluto da casa. Ela parou e prestou atenção. Quando só o som da respiração dela podia ser ouvido, ela dobrou a esquina e continuou pela escada. No segundo andar, havia uma porta à esquerda, só com uma fresta aberta, e uma área aberta à direita, com um quarto depois.

Nova esticou a mão e abriu a primeira porta até o fim. Dentro havia uma cama sem colchão e painéis de cortina amarela na frente de duas janelas altas, uma delas balançando na direção do buraco de bala.

Virando-se, ela foi para o segundo quarto; era o principal, a julgar pelo pequeno banheiro azulejado anexo ao closet. Mas não tinha mobília. Só uma mochila, um saco de papel de mercado e um saco de dormir verde com uma forma grande encolhida dentro.

Nova parou na porta, ficou olhando para a forma e torceu para que não estivesse morta. O cadáver de um estranho não era exatamente o tipo de presente de boas-vindas que ela esperava. Depois de olhar um momento, detectou uma sutil subida e descida de respiração.

Suspirando, Nova atravessou o quarto. Viu uma arma não muito longe da pessoa e, com o pé, a empurrou para longe. Em seguida, limpou a garganta.

A pessoa não se mexeu.

– Ei.

Uma fungada baixa.

Com cara amarrada, Nova se agachou e cutucou a pessoa por cima do saco de dormir. A pessoa deu um gritinho e rolou, depois deu um pulo. O homem tinha uma barba densa e orelhas de abano grandes demais. Apesar do grisalho visível no cabelo e das rugas na testa, Nova teve a impressão de que ele era mais novo do que parecia, mas que tinha envelhecido prematuramente por anos difíceis demais. Sua mão foi até o lugar onde a arma estava, mas quando só encontrou o chão ele olhou para baixo e a viu atrás de Nova.

A surpresa dele virou desprezo.

– Quem é você? – gritou ele.

– A nova moradora – disse ela. – Desculpe, mas você vai ter que encontrar um novo lugar para dormir.

Ele observou o uniforme de Renegada, e ela sentiu a indecisão lutando por trás dos olhos grogues. Ficou claro que o homem queria mandá-la ir embora e deixar que ele voltasse a dormir, mas a maioria das pessoas atualmente optava por tratar qualquer Renegado com respeito, independentemente de apoiar ou não o domínio deles na cidade.

– O quê? – disse ele. – Vocês estão tomando este quarteirão pra um dos seus projetos sociais ou alguma outra coisa?

– Alguma outra coisa. – Pegando a arma, ela passou por cima do homem no saco de dormir e abriu a janela mais próxima. Jogou a arma lá fora. Caiu com um baque suave em um canteiro no beco dos fundos.

– Ei! – gritou o homem.

Nova voltou na direção da escada.

– Você tem dois minutos – disse ela por cima do ombro. – Se não tiver sumido até lá, você vai ser a próxima coisa que vou jogar pela janela.

Ela estava na metade do quarto quando ele respondeu.

– Você acha que pode me jogar por uma janela? Já tive vira-latas maiores do que você!

Nova parou, se virou e olhou para ele pela porta.

– Agora você tem um minuto.

Ela desceu a escada para terminar de conhecer a casa, que era composta de um lavabo e um pequeno conjunto de cozinha e sala de jantar nos fundos do térreo. Uma porta de vidro de correr levava a um quintal pequeno, basicamente coberto de ervas daninhas e que incluía uma amoreira enorme que estava devorando um triciclo de criança.

Trinta e quatro segundos depois, ela ouviu a escada gemer e a porta da frente se fechar.

Nova expirou.

– Lar, doce lar.

Ela voltou para a cozinha e começou a mexer nos armários. Encontrou uma caixa de sacos de lixo preto em um canto e começou a enchê-lo de tampas de garrafa, latas de refrigerante amassadas e uma ocasional barata morta que sujavam o chão. Não tinha planejado ficar lá quando decidiu ir dar uma olhada. Na verdade, estava pensando de forma estratégica. Concluiu que, se os Renegados *estivessem* rastreando seus movimentos pelo comunicador, eles esperariam que ela voltasse para casa em algum momento, então era melhor tirar isso logo do caminho. Seu plano era esconder a pulseira lá e voltar para os túneis do metrô para contar aos outros o que tinha descoberto no primeiro dia no QG.

Mas agora que estava ali ocorreu-lhe que, se eles a *estivessem* rastreando, não seria suficiente ir lá de tempos em tempos. Ela teria que passar um tempo ali, gostando ou não, e era melhor que o tornasse... bom, não confortável. Mas um tanto tolerável.

Ela tinha terminado sua coleta preliminar de lixo quando ouviu a porta da frente se abrir de novo.

Gemendo, ela largou o saco de lixo e voltou até a sala da frente.

– Estou avisando, este lugar não está mais...

Ela parou de repente.

Ingrid estava na porta, o lábio curvado em repulsa ao olhar a entrada.

– Ora – disse ela, passando pela porta –, eu ia parabenizar você pela melhoria de vida, mas não sei mais se houve melhoria.

Leroy e Mel entraram atrás. Mel se virou para fechar a porta, mas hesitou e usou o dedo do pé para empurrá-la. Estava com a mão contra o peito, como se com medo de tocar sem querer em alguma coisa e acabar pegando tétano.

Nova revirou os olhos. Quase uma década passada em um túnel úmido e escuro e Mel Harper ainda conseguia ser elitista.

– O quê, nada do Fobia? – perguntou Nova secamente.

– Ele não estava interessado em se juntar a nós – disse Ingrid. – A falta de curiosidade dele não é humana.

– Ou isso – sugeriu Mel com expressão de desprezo – ou ele tem um medo profundo de papel de parede estampado. Não, espera, essa sou eu.

A bochecha de Nova tremeu.

– O que vocês estão fazendo aqui?

– Nós estávamos curiosos pra saber como foi seu primeiro dia – disse Leroy. Ele afofou uma almofada florida desbotada e se sentou em uma das poltronas. Mel olhou para ele boquiaberta e horrorizada.

– Eu ia voltar para os túneis depois que – ela olhou ao redor – explorasse o local.

– Nós imaginamos. – Ingrid percorreu lentamente a sala, inspecionando a mobília e o papel de parede desbotados. – Mas não achamos que seria uma ideia muito boa caso você estivesse sendo seguida.

Nova franziu a testa.

– E se eu estiver sendo seguida, você não acha um problema que a pessoa que está me seguindo tenha visto três Anarquistas entrando na minha casa?

– Bom, você não está sendo seguida, obviamente – disse Ingrid. – Só por nós. Estamos atrás de você desde que você saiu do Quartel-General dos Renegados. Nós teríamos notado se houvesse mais alguém.

– Mas você não sabia disso – observou Mel, ousando dar outro passo pela sala. – E ainda parece arriscado você ir aos túneis enquanto for uma... isso aí. – O olhar dela percorreu o uniforme de Nova. – Nós não queremos chamar nenhuma atenção desnecessária.

– E aí? – perguntou Nova, cruzando os braços. – Estou banida de ir pra casa enquanto essa farsa estiver em andamento?

– Para com isso, Nova – disse Ingrid. – Você não está perdendo nada. Vai ficar com uma casa inteira só pra você. – Ela abriu os braços e indicou o aposento ao redor.

– Minhas coisas todas estão lá. Minhas armas, minhas invenções, minhas roupas...

– Você não está sendo banida – disse Leroy. – Sempre é bem-vinda a voltar, claro. Mas vamos esperar um ou dois dias, só para ter certeza de que os Renegados não estão de olho no seu paradeiro. Além do mais... – Ele deu de ombros. – Você sempre passou o máximo de tempo possível do lado de fora. Não imagino que isso seja uma inconveniência pra você.

Nova apertou os lábios, sem ter o que argumentar.

– Tudo bem. Eu nem planejo passar muito tempo aqui. Assim que completar minha primeira missão oficial, vou passar o tempo livre que tiver no quartel-general, pra aprender o que puder.

– É assim que se fala – disse Ingrid. Ela tinha completado a volta pela sala e agora parou na frente da parede com as fotos emolduradas. Pegou uma da parede e deixou à mostra um retângulo de papel de parede limpo onde antes ficava a foto, indicando o quanto o resto tinha desbotado com o tempo.

– Descobriu alguma coisa interessante hoje? – perguntou Leroy, se mexendo para se acomodar nas almofadas caroçudas.

Nova jogou o saco de lixo no chão e fez o melhor possível para recontar o dia que passou no quartel-general. Apesar de ter descoberto bem pouco sobre os experimentos na pesquisa e desenvolvimento e nada sobre o Sentinela, ela pelo menos tinha começado a desenvolver uma compreensão hesitante de como a organização funcionava. A hierarquia. A estrutura. O escopo do que eles estavam tentando fazer.

E foi bem além do que ela esperava.

Claro, ela sabia a posição deles sobre crimes e aplicação da lei, e até a respeito de programas sociais. Sabia que o Conselho se via como líderes benevolentes tentando solucionar todos os problemas da humanidade, sem qualquer compreensão aparente de como o envolvimento deles só estava condenando a sociedade à impotência e ao desespero.

Mas ela raramente parava para pensar nos Renegados como uma organização global, com o poder continuando a crescer a cada prodígio que vinha ser treinado. As cidades do mundo todo estavam se tornando tão dependentes do comando e da proteção dos prodígios quanto Gatlon? Quanto tempo demoraria para que toda a humanidade desistisse da liberdade e da responsabilidade pessoal? Quanto tempo demoraria para que eles esquecessem completamente como era isso?

Ela agora tinha visto prova do poder deles com os próprios olhos. Não só na tecnologia e no desenvolvimento de armas, mas nos números também. Sabia que só uma fração da força de trabalho deles estava no centro de treinamento quando ela fez a visita, e ainda sentia o jeito como seus pulmões travaram quando ela os viu.

Tantos prodígios, todos usando os uniformes cinza, todos com os *Rs* vermelhos. Sem nunca ter visto tantos Renegados juntos ao mesmo tempo, foi fácil subestimá-los como um todo. Mas lá ela testemunhou a cacofonia de flashes e explosões, os elementos naturais usados como armas, prodígios desafiando a gravidade e a física, os corpos se transformando e voando e lutando e treinando mais e mais e mais.

Tanto poder fechado em um lugar só fez seus nervos vibrarem.

Tanto.

Os Renegados tinham tanto. E o que os Anarquistas tinham?

Uma elaboradora de bombas, uma criadora de abelhas, um destilador de venenos... e ela.

Parecia o começo de uma piada ruim.

Mas Nova se recusava a se desviar da causa. Ver o funcionamento interno dos Renegados não tinha mudado nada fora o fato de que, pela primeira vez em anos, os Anarquistas tinham uma vantagem. Ela descobriria que segredos estavam sendo desenvolvidos por trás das portas fechadas do laboratório. Aprenderia como minar os sistemas e protocolos, de um jeito ou de outro. Descobriria quem o Sentinela era e para que o Conselho pretendia usá-lo, e o impediria antes que ele tivesse oportunidade.

O Sentinela.

Aquilo foi alguma coisa. Nova tinha certeza de ter detectado nervosismo em Adrian quando ela tocou no nome do soldado. Tinha certeza de que ele estava fingindo ignorância, mas não achava que foi só com ela. Teve a impressão de que, o que quer que ele soubesse, estava escondendo de Ruby e de Oscar também.

O que fazia sentido.

Claro, se algum deles sabia sobre as aventuras confidenciais do Conselho, esse alguém seria ele.

– É um começo – disse Leroy quando ela terminou de relatar tudo que tinha visto e ouvido durante seu primeiro dia como uma Renegada. – Você determinou seus objetivos iniciais para seguir em frente?

– Pesquisa e desenvolvimento – explicou Nova. – Há muitos segredos lá. Quero saber em que estão trabalhando e que consequências pode haver para nós e para a cidade. E também o Sentinela. Quero prova de que ele é uma ferramenta dos Renegados, e quero saber quem ele é e para que planejam usá-lo. A partir daí... – Ela balançou a cabeça. – Não sei. Quero saber quais são os elos fracos.

Talvez um ataque direto ao Conselho tenha sido prematuro. Talvez haja outras formas de fazer a organização desmoronar sobre si mesma. Jeitos mais sorrateiros.

Ingrid assentiu.

– Se você quer derrubar um prédio – disse ela –, retire as vigas de suporte.

Nova a encarou.

– Infelizmente, não vou derrubar nada por alguns dias. A equipe que me escolheu nos testes está designada para uma missão especial. Mas acho que vai interessar a vocês.

Ingrid ergueu as sobrancelhas.

– A partir de amanhã à noite, vamos vigiar a Biblioteca Cloven Cross.

– O quê? – gritou Ingrid, jogando a fotografia emoldurada em um canto. Nova fez cara feia para o lugar onde caiu, no chão, com um sentimento peculiar de propriedade, tanto em relação a casa quanto a tudo dentro, até em relação à família que era, em um universo alternativo, a *sua* família. – O que encontraram sobre Cronin?

– Nada – disse Nova. – Ainda. Mas rastrearam a arma que usei no desfile até ele. – Ela olhou de Ingrid para Leroy. – Você *comprou* dele em algum momento, não foi?

– Anos atrás – disse Leroy, esfregando a bochecha com tanta força que a pele marcada se enrugou e inchou em volta dos dedos. – Ele estocava aquele modelo específico. Eu devia ter me dado conta de que fariam a ligação. Foi descuido meu.

– Eles ainda não têm nenhuma prova do envolvimento dele – insistiu Nova. – Só estão desconfiados. Desde que o Bibliotecário consiga não comprar nem vender nada ilegal por um tempo, eles não devem conseguir culpá-lo de nada.

– A não ser que revistem a biblioteca – refletiu Mel, mexendo em uma mancha misteriosa no tapete com o pé. – Se descobrirem o estoque dele, bem... é o fim.

– Eles não podem fazer uma revista – disse Nova. – Não sem evidência de atividade ilegal. É parte do *código* deles. – Ela não conseguiu evitar o sarcasmo, embora, nesse caso, o código dos

Renegados estivesse sendo uma coisa boa. Para eles, pelo menos. E para o Bibliotecário.

– Não estou gostando – disse Ingrid, começando a andar de um lado para o outro. – Se perdermos acesso à rede de Cronin... – O olhar dela ferveu. – Já estamos com muito poucas armas.

– De novo – disse Nova. – Eles não podem revistar...

– Ah, por favor. – Ingrid fez um ruído debochado. – Se desconfiarem que ele está vendendo, vão encontrar um motivo pra revistar a biblioteca, mesmo que tenham que plantar provas.

Os ombros de Nova murcharam, e ela se perguntou se era verdade. Adrian pareceu firme sobre essa missão de vigilância e a importância de encontrar provas que permitiriam que os Renegados fizessem uma busca legal na biblioteca. Era só uma tramoia? Uma exibição de boa-vontade para a comunidade, uma demonstração de esmero, antes de eles plantarem provas que os levariam aos resultados que eles queriam?

– Então... temos que avisá-lo – disse Nova. – Posso ir agora mesmo. A vigilância só vai começar amanhã à noite. Isso vai dar a ele mais de vinte e quatro horas para esvaziar qualquer estoque de armas ou documentos que possam incriminá-lo. Deve ser tempo suficiente.

– Você não pode ir – disse Ingrid, batendo com os dedos nos quadris. – Seria suspeito demais se alguém te reconhecesse.

– Mas você disse...

– Eu falo com Cronin – continuou Ingrid. – Já trabalhei mais com ele do que qualquer pessoa. Não posso dizer que confiamos um no outro, mas é mais provável que ele me escute do que a qualquer outro aqui. Além do mais, o homem é um covarde. Se achar que os Renegados estão atrás dele, seu instinto vai ser de fugir e salvar a pele. – Ela inspirou fundo. – Como ele fez na Batalha de Gatlon.

Nova olhou para Leroy, que deu de ombros.

– Há um motivo para ele ser um dos poucos vilões que sobreviveram àquele massacre, e sem dúvida não foi pela força e pela coragem.

– Mas, se ele fugir de novo – disse Ingrid –, aposto que vai sair de vez da cidade, e isso não vai nos deixar melhor do que se os Renegados o prendessem. Então, vou tomar o cuidado de motivá-lo de uma forma que ajude nossa causa mais do que atrapalhe. – Ela virou o foco para Nova, a expressão calculista. – Quantos Renegados vão estar envolvidos nessa missão de vigilância?

– Só quatro, eu acho. Eu e os outros três da minha equipe.

Ingrid sustentou o olhar dela por um tempo antes de perguntar:

– Inclusive o garoto Everhart?

O jeito como ela falou fez os cabelos se arrepiarem na cabeça de Nova, e ela percebeu seus dedos se fechando sozinhos, de forma quase protetora, na pulseira.

– Sim – disse ela. – Ele é o líder da equipe. Mas, pelo que pude perceber, ele nunca fez vigilância assim. Acho que ninguém da equipe fez.

– Claro – disse Ingrid. – Mas ele é o candidato perfeito para arrumar uma prova incriminadora, não é?

Nova engoliu em seco, se perguntando por que esse pensamento não tinha passado pela cabeça dela.

Leroy se levantou e tirou a poeira das costas.

– Nova vai ficar de olho nele durante a missão. Se ele tentar plantar alguma prova contra Cronin, ela pode impedir.

– Não se dê ao trabalho – disse Ingrid. – Vai ser melhor se revistarem o lugar e acabarem logo com tudo.

– O quê?

– Vou cuidar para que não haja nada para eles encontrarem – disse Ingrid. – Quanto a *você,* providencie para que sua equipe faça a busca, digamos... de manhã cedo, logo depois que a biblioteca abrir. Quanto mais cedo eles puderem tirar a biblioteca da lista de vigilância, mais cedo podemos voltar à rotina.

– E – acrescentou Mel – mais cedo Nova vai conseguir se concentrar em investigar todas aquelas outras coisas no quartel-general.

Nova abriu a boca para discutir, sem ter total certeza de que conseguiria persuadir Adrian a revistar a biblioteca no caso de eles não verem nada suspeito. Mas hesitou. Era isso que ela estava fazendo com os Renegados, não era? Tirando do rumo. Enfraquecendo da forma que pudesse.

– Tudo bem – disse ela. – Me dê alguma coisa com que trabalhar, algo suspeito que eu possa usar pra fazer com que eles entrem na biblioteca para o caso de Adrian não estar planejando inventar provas. E vou dar um jeito de revistarem o local. Mas se encontrarem alguma coisa, nem que seja um cartucho, uma *bala*...

– Relaxa, Pesadelo – disse Ingrid, sorrindo. – Vou cuidar de tudo.

CAPÍTULO VINTE E UM

ELES SE ACOMODARAM em um escritório abandonado de quarto andar em frente à Biblioteca Cloven Cross. O espaço exibia os rastros dos invasores que passaram por lá ao longo das últimas décadas: camadas de pichação e restos de lixo nos cantos. Saqueadores levaram cada peça de metal que conseguiram encontrar, inclusive maçanetas e os fios nas paredes. Uma escrivaninha improvisada de compensado ocupava um canto debaixo de uma camada de poeira, e algumas das divisórias dos cubículos ainda estavam de pé, com cheiro de mofo e perfuradas com grampos e buracos de pregos e restos de pôsteres arrancados. Em uma das paredes, Nova reparou em um calendário de trinta anos antes, ainda aberto em julho, mostrando uma foto desbotada de uma cidade costeira distante, onde todos os prédios banhados de sol estavam pintados de tons de coral e pêssego. Nova conseguia imaginar um funcionário entediado de escritório sonhando em viajar para lá um dia, um lugar tão diferente de Gatlon quanto possível.

Os Renegados tinham se preparado para a noite com um cobertor grande e macio que Adrian abriu no tapete imundo assim que ocuparam o espaço. Ruby espalhou algumas almofadas para ficar confortável e se deitou em cima. Oscar abriu um cooler e ofereceu para todo mundo refrigerante e pretzels, que Nova recusou.

Ela foi até as janelas e olhou para a biblioteca do outro lado da rua. Passava das onze da noite, e a biblioteca estava fechada havia horas, o que indicava em uma placa pendurada por um barbante na porta. O prédio todo de dois andares estava escuro por dentro, e embora houvesse arandelas velhas penduradas junto à entrada, elas pareciam estar queimadas havia muito tempo, deixando só um poste solitário na calçada lançando um brilho âmbar na fachada.

Era um prédio digno. A parte externa era toda de tijolos marrons, e as janelas eram emolduradas com carvalho escuro e acentuadas com arcos de pedra. As portas da entrada eram ladeadas de colunas duplas sustentando um frontão triangular, com as palavras BIBLIOTECA PÚBLICA entalhadas muito tempo antes na pedra.

Apesar do desgaste da fachada imponente ao longo dos anos, havia sinais claros de que não tinha manutenção rigorosa, desde a trepadeira invasora ocupando a parede a oeste até pedaços de telhas faltando no telhado. Havia as janelas rachadas que não foram consertadas e os canteiros de plantas em torno da base, que já tinham abrigado plantas, agora estavam cobertos de ervas daninhas.

Do local da tocaia, Nova via uma parte da viela que separava a biblioteca do cinema que oferecia ingressos com descontos, onde uma fileira de caçambas e latas de lixo desapareciam nas sombras. Havia duas portas pequenas naquela parede da biblioteca, nenhuma tão formal quanto a entrada principal, mas as duas envoltas em decoração de pedra. No entanto, o efeito era minimizado pelas barras de ferro que alguém tinha colocado na frente das duas portas em algum momento dos últimos cento e cinquenta anos. Uma das portas podia ser uma saída de emergência, supunha Nova. A outra, talvez, uma entrada de fundos para a equipe ou local de entregas.

Não havia atividade na viela. Não havia atividade em lugar nenhum. Até a bilheteria do cinema estava escura.

Ingrid e o Bibliotecário tiveram mais de vinte e quatro horas para se prepararem para a visita dos Renegados. Devia ter sido tempo suficiente para ele cancelar qualquer negócio ilegal em atividade para que nada incriminador restasse.

– O que você acha? – perguntou Adrian, aparecendo ao lado dela.

Nova manteve a atenção na rua abaixo.

– O que exatamente estamos procurando?

– Vilões – disse Oscar. – Fazendo coisas de vilões.

Nova olhou para ele, nada impressionada.

– Qualquer coisa que possa ser qualificada como atividade suspeita – disse Adrian, atraindo o olhar dela. Ele retribuiu o olhar com um movimento de ombros. – Eu acho que, se isso servir de fachada para venda ilegal de armas ou qualquer outra coisa, toda a atividade deve acontecer pelas portas dos fundos, não é? E provavelmente não aconteceria nos horários normais de funcionamento. – Ele franziu mais a testa. – Pelo menos é o que eu acho. – Adrian indicou a viela. – Se virmos alguém vindo ou indo, principalmente se reconhecermos a pessoa, ou se alguém sair com uma coisa que pode ser uma arma, vamos atrás pra ver o que conseguimos descobrir.

Nova segurou um sorriso. Duas vezes ela fora até lá com Ingrid para oferecer trocas por equipamentos de que elas precisavam, e as duas vezes foram no meio do dia, e elas entraram pelas portas da frente, como qualquer cliente. Gene Cronin tinha um sistema montado para seu negócio *paralelo*, um punhado de livros específicos enfiados no meio das prateleiras que agiam como código para a recepcionista quando levados até o balcão. Era um jeito discreto de indicar que a pessoa não estava lá atrás de material de leitura.

Mas se os Renegados queriam acreditar que toda atividade ilícita acontecia pelas portas dos fundos, acobertadas pela noite, que fosse.

– Então vamos ficar vigiando essas portas a noite toda? – perguntou ela.

– Basicamente. – Ele fez uma careta. – Pensei em fazermos turnos. Acho que você poderia ser a última, considerando que é a menos provável de cair no sono.

Menos provável. Como se ainda pudesse ser uma possibilidade.

Nova se afastou da janela. Adrian assentiu para Oscar, que assumiu sua posição como primeiro vigia.

– O Bibliotecário é vilão? – perguntou Oscar, olhando para a rua. – Tipo, com superpoderes? Ou é só um cara mau?

– Ele é prodígio – disse Adrian –, mas não sei exatamente o que faz. Nada violento, eu acho.

– Retenção de conhecimento – disse Nova. Os outros se viraram para olhá-la, e ela teve um sobressalto. – Foi... o que ouvi – acrescentou, desajeitada. – Acho que é por isso que o chamam de Bibliotecário. Não é só porque ele cuida de uma biblioteca, mas supostamente se lembra de tudo que lê, palavra por palavra. Pra sempre.

– Faz sentido – disse Ruby, abrindo um pacote de balas.

Permitindo-se relaxar quando a atenção do grupo se afastou dela, Nova se sentou de pernas cruzadas e olhou para a pilha de comida que eles levaram. Fios compridos de alcaçuz vermelho, jujubas, biscoitos de creme de amendoim e uma variedade de bebidas energéticas em lata.

– É a primeira vez que vocês fazem isso, né?

– O que você quer dizer? – perguntou Ruby, pegando um punhado de jujubas, separando as roxas e as colocando de volta no saco antes de enfiar as outras na boca de uma vez.

Nova indicou o cobertor.

– Isso é um pico de hipoglicemia esperando pra acontecer. Ninguém pensou em trazer... sei lá, cenoura? Ou frutas secas, carne seca... quem sabe alguma coisa com nutrientes?

Ruby ficou olhando para ela e depois olhou para Oscar. Nenhum dos dois falou nada.

– Posso ir até o mercado – disse Adrian. – Tem um mercadinho a três quarteirões daqui. Se você precisar de alguma coisa...

Ao perceber que ele estava olhando para ela, Nova fez que não.

– Não vai fazer diferença pra mim, mas... – Ela balançou a mão no ar. – Esqueçam. Não se preocupem. Eu fico de vigia quando vocês desmaiarem, o que aposto que vai acontecer mais cedo do que imaginam.

– Isso mostra o que você sabe – disse Oscar. Ele estava encostado na janela, batendo com a ponta da bengala no chão. – Eu tenho a energia de um triatleta.

Nova ergueu as sobrancelhas.

– Ele não quis dizer *isso* – murmurou Adrian.

– Não? – comentou Oscar, com um olhar sugestivo na direção dele.

Adrian estalou os dedos para ele.

– Olhos na janela.

Nova olhou de Oscar para Ruby. Era a primeira vez que ela os via com roupas civis, ele de camisa xadrez azul de botão, as mangas dobradas até os cotovelos, ela de camiseta com o logotipo das SUPER SCOUTS no peito, uma revista em quadrinhos de outro país que era muito popular, mas que Nova nunca tinha lido. Como Assassina Vermelha, o cabelo preto e branco estava sempre preso alto na cabeça, mas hoje estava caído em marias-chiquinhas frouxas que a faziam parecer adoravelmente inofensiva. Porém o mais impressionante era a atadura branca grossa em volta do braço, que desaparecia embaixo da manga. Nova se perguntou se Ruby se machucou na luta no desfile, embora tivesse certeza de que *ela* não a tinha ferido.

Adrian também estava vestido de forma casual, quase da mesma forma como no desfile. Tênis vermelhos. Calça jeans. Uma camiseta escura de mangas compridas. Não havia nada de estiloso no traje, mas caía bem nele, do jeito certo para indicar os músculos tonificados por baixo.

Ela afastou o olhar rapidamente, irritada com o pensamento.

– Nós trouxemos jogos – disse Ruby quando o silêncio começou a ficar incômodo. Ela mexeu em uma mochila e tirou um baralho e uma caixa de dominó. As peças fizeram um barulho alto quando ela colocou a caixa no cobertor. – Alguém?

Como uma falta de entusiasmo silenciosa foi a resposta, ela deu de ombros e pegou o baralho.

– Tudo bem. Vou jogar paciência.

Nova a viu espalhar uma fileira de cartas.

– Então essa é a vida de um super-herói. – Ela olhou para Adrian. – Não estou surpresa de todo mundo querer ser parte do seu grupo.

Ele respondeu com um sorriso e se sentou no outro canto do cobertor.

– Todo mundo quer ser parte do *nosso* grupo – corrigiu ele. – E, sim. Estamos vivendo o sonho.

– Certo – disse Oscar, apoiando um pé no parapeito. Sem olhar para trás, ele levantou a mão em formato de pistola e disparou uma flecha de fumaça branca na direção de Nova. Acertou o peito dela e se dispersou. – História de origem. Vai.

– Como é? – perguntou ela, afastando os restos da fumaça inodora que voava para o alto.

– Você sabe – disse ele, olhando para trás. – Quando alguém decidir escrever uma versão dramatizada de quadrinhos sobre a história da Insônia, onde vai começar?

– Ele quer saber de onde veio seu poder – disse Ruby, botando uma nova carta no jogo.

– Foi resultado de algum trauma pessoal? – perguntou Oscar. – Ou de experimentação humana? Abdução alienígena?

– Oscar – disse Adrian, em aviso, e Oscar voltou a atenção para a janela.

– Só estou conversando – justificou ele. – Nós devíamos saber mais sobre ela do que só a capacidade de transformar uma caneta em receptáculo de dardos.

– Nós sabemos que ela é capaz de limpar o chão com gente como o Gárgula – disse Ruby.

– E que sabe dar uma resposta irônica ao Luz Negra no meio de uma arena cheia de fãs gritando – acrescentou Adrian. Ele sorriu para Nova, que afastou o olhar.

– Tudo bem, eu falo primeiro – disse Oscar, e apesar de ela não poder ver o rosto dele, Nova teve a impressão de que era assim que ele sempre quis começar a conversa.

– Fique à vontade – disse ela, se apoiando nas palmas das mãos atrás do corpo. – História de origem. Vai.

Oscar inspirou fundo antes de declarar de forma um tanto dramática:

– Eu morri em um incêndio quando tinha cinco anos.

Como ele não disse mais nada, Nova olhou para Adrian para ver se tinha perdido alguma piada, mas Adrian só assentiu.

– Então... – disse Nova – você é um zumbi que controla fumaça?

Ela viu o sorriso de Oscar no reflexo da janela.

– Isso seria *incrível*. Mas não. Eu não estou mais morto, obviamente.

– Obviamente – concordou Nova.

– De acordo com a teoria – disse ele –, minha mãe estava no porão do nosso prédio lavando a roupa quando uma das nossas vizinhas pegou no sono e o gato derrubou uma vela que ela tinha deixado acesa. O prédio todo foi consumido em chamas em, sei lá, *minutos*. Eu estava no meu quarto e ouvi gente gritando, depois vi a fumaça, mas fiquei paralisado, e, além do mais, eu não sou muito rápido, né? – Ele balançou a bengala. – Então, quando reuni coragem pra tentar sair do apartamento, o fogo estava subindo pela escada e eu não sabia o que fazer. Então fiquei paralisado no corredor, vendo a fumaça até estar tão densa que eu mal conseguia enxergar e não era capaz de respirar. Eu desmaiei, e foi assim que os Renegados me encontraram.

– Os Renegados? – perguntou Nova.

– Quem mais? Tsunami, pra ser específico. Foi ela que apagou o fogo e me entregou para a Pássaro do Trovão, que voou comigo até o hospital, mas não tinham muitas esperanças que eu sobrevivesse. Eu não tinha pulsação. Mas, enquanto eles estavam lamentando a morte do garoto, eu estava tendo um sonho. – A voz dele ficou sombria e assumiu um ar de importância. – Eu sonhei que estava no alto do nosso prédio e estava inspirando, uma inspiração longa que não parava nunca. Foi uma inspiração tão funda que tirou toda a fumaça do ar e levou para os meus pulmões. Finalmente, eu parei de inspirar, olhei para o céu e expirei. E foi aí que eu acordei.

– No hospital? – disse Nova. – Ou no necrotério?

– No hospital. Só tinham passado uns dez minutos que me levaram pra lá; tempo suficiente para me declarar legalmente morto, mas ainda assim. Minha mãe também estava lá, e ela me viu expirar, e uma nuvem de fumaça grande saiu da minha boca. – Oscar repuxou os lábios e soprou. Uma nuvem cinza explodiu na superfície da janela. – E aqui estamos nós.

Nova inclinou a cabeça.

– Então... o seu poder. Não tem nada a ver com... – Ela indicou a bengala, e apesar de Oscar não estar olhando para ela, ele bateu com a bengala no chão algumas vezes em reconhecimento.

– Não. Eu nasci com *isso*. Quer dizer, não com a bengala. Mas meus ossos não crescem como os de uma pessoa normal. É uma doença rara. – Ele sorriu para Nova. – Mas, provavelmente, foi a melhor coisa que aconteceu comigo, não é? Imagine só: se eu tivesse sido mais rápido, talvez tivesse saído bem do prédio, e estaria no meio de todos aqueles outros trouxas não prodígios por aí.

– Certo – disse Nova. – Não morrer por envenenamento de monóxido de carbono quando você tinha cinco anos teria sido *horrível*.

– Viu? – Oscar olhou diretamente para Adrian. – Ela entende.

Adrian revirou os olhos.

– E quando você fez o teste para os Renegados... – começou Nova, se inclinando para a frente. – Ninguém achou que isso fosse... um problema? – Ela indicou a bengala.

Oscar riu com orgulho.

– Claro que acharam. Até hoje, tenho o recorde do candidato mais desafiado nos testes. Mas aqui estou. – Ele indicou Ruby. – Ela também foi desafiada no teste dela. Na verdade, está virando moda aqui.

– Vou tentar adivinhar – disse Nova, apoiando o queixo na mão e inspecionando o cabelo descolorido de Ruby enquanto ela se inclinava sobre as cartas. – Sua origem é que... você encontrou artefatos mágicos antigos escondidos em uma loja de antiguidades em algum lugar, inclusive um gancho e uma adaga de rubi, que concederam a você capacidades místicas de luta de alguma cultura esquecida.

Ruby riu.

– Hum, não, mas acho que vou começar a dizer isso aí pras pessoas. É bem menos traumático do que a verdade.

– Ah?

Ruby virou a última carta, verificou que não tinha onde a colocar e começou a recolher todas.

– Antes de a sociedade desmoronar, a minha avó era uma joalheira respeitada. Ela tinha uma loja na Queen's Row havia quarenta anos quando os Anarquistas tomaram tudo, e foi um dos primeiros lugares invadidos depois que todos os cartões de crédito pararam de funcionar e todo mundo entrou em pânico, e nós achamos que teríamos que voltar a fazer escambo com ouro e pedras. Você sabe, antes de perceberem que comida, água e armas eram os verdadeiros bens em um mundo daqueles. Depois de alguns dias de pilhagem, tudo se foi, menos o que a minha avó tinha escondido no cofre. Ela pegou todas as pedras e diamantes que ainda tinha e começou a esconder onde achava que não seriam encontrados, incluindo alguns lugares secretos em casa.

– Vocês moravam juntas? – perguntou Nova.

– Ah, sim, ela morava conosco desde antes de eu nascer. A vovó, eu, meus pais e meus irmãos.

– Você tem irmãos? – perguntou Nova.

– Dois – disse Ruby, olhando para ela. – Mas não é relevante pra essa história.

– Desculpe.

– Então ela escondeu todas aquelas pedras valiosas pela casa, em buraquinhos nas paredes, compartimentos secretos nas cômodas, lugares assim. E todos ficaram lá por mais de vinte anos, enquanto minha família tentava sobreviver, e meus irmãos e eu acabamos nascendo, e um comentário à parte: sim, todos nós temos nomes irritantes de pedras preciosas, *valeu*, vovó. Bom, uma noite estávamos brincando de pique-esconde e eu me escondi atrás da grade da lareira e por acaso encontrei um saco cheio de rubis que tinha sido enfiado na chaminé. Eu já tinha ouvido sobre a joalheria e as invasões e tudo o mais, e não sabia o que fazer com eles, então botei de volta. Só que alguns meses depois... Lembra que pouco tempo antes do Dia do Triunfo algumas gangues de vilões começaram a descobrir como fazer negócios internacionais, e foi aí que o ouro ficou valioso de novo? Bom, minha avó foi uma das primeiras pessoas que procuraram. Uma noite, nossa casa foi invadida por vilões procurando qualquer coisa que pudessem ter deixado passar antes.

– Que vilões? – perguntou Nova, tendo feito a pergunta antes de perceber que faria isso. – Que gangue?

– Os Chacais – disse Ruby, tremendo. – Eu nunca vou me esquecer daquelas máscaras horríveis.

Nova apertou os lábios. Ela tinha visto fotos dos Chacais, tiradas antes do Dia do Triunfo. Eles foram uma das poucas gangues a usar uniforme: roupas pretas com máscaras pintadas para parecerem os animais que lhes davam o nome.

Ela não sabia bem por que sentiu decepção, mas Nova percebeu que uma parte dela estava esperando que Ruby dissesse que sua família foi atacada pelos Baratas, a mesma gangue que mandou o assassino atrás da sua família. A gangue que Ace exterminou em retaliação. Eles eram uma das maiores e mais poderosas gangues de Gatlon, então não seria surpresa se tivessem sido eles a atormentar a família de Ruby. Alguns diziam que eles tinham recebido o nome dos Renegados, quando um dos primeiros justiceiros reclamou que por mais que matassem aqueles vilões eles nunca conseguiam se livrar de todos.

Houve um pequeno e leve desejo que ela e Ruby compartilhassem desse inimigo mútuo e há muito exterminado.

Ela encolheu os joelhos junto ao peito e enfiou as pontas dos dedos nas pernas.

Que coisa idiota de se desejar.

– Nós não tínhamos muito àquela altura, pois a maior parte das coisas valiosas tinha sido usada em trocas – disse Ruby –, mas eles começaram a botar a casa abaixo mesmo assim. Enquanto estavam ocupados ameaçando meu pai, eu subi a escada e fui até a lareira e peguei os rubis... o que, pensando agora, deve ter sido a coisa mais idiota que eu podia fazer, porque eles talvez nem os encontrassem lá, mas eu tinha quatro anos, o que eu sabia? E aí... – Ela inspirou fundo, como se essa fosse a parte difícil de falar. – Eu os coloquei na boca e os engoli.

– Claro – disse Nova.

– Tudo de uma vez. – Ruby fechou a mão em concha e fez um gesto de jogar um punhado de rubis na boca e engolir, não muito diferente de como ela tinha comido as jujubas. – Não sei bem o que deu em mim pra fazer aquilo, fora eu saber que não aguentaria a ideia dos Chacais levando mais do que já tinham pegado. O problema foi que um dos Chacais me viu. Ele me segurou e começou a mandar que eu cuspisse. Ou vomitasse, acho. Mas eu não quis. Então... – Pela primeira vez desde o começo da história, o rosto da Ruby se fechou de raiva. – Ele me esfaqueou.

Nova arregalou os olhos.

– Uma vez no meu braço – disse Ruby, olhando para o braço com a atadura. – Duas vezes no meu peito. Uma bem aqui. – Ela apontou para um local perto do estômago. – Eu sabia que ele ia me matar. Mas aí... bom, aqui. – Ela soltou a ponta da atadura e começou a desenrolá-la do braço, revelando pele suficiente para Nova ver um ferimento profundo e aparentemente bem recente. Começou a sangrar assim que a atadura foi removida, o sangue vermelho pingando para a dobra do cotovelo, escorrendo na direção dos dedos dela.

Até que...

Os lábios de Nova se abriram e ela chegou mais perto, hipnotizada, quando o sangue começou a endurecer e virar formas duras e simétricas que se projetavam do ferimento.

– Eu não sabia o que estava acontecendo – disse Ruby –, mas comecei a reagir. Arranquei a máscara do Chacal e perfurei o olho dele.

O queixo de Nova caiu ainda mais.

– Isso parece bem corajoso, falando agora – acrescentou Ruby –, mas só me lembro do quanto estava apavorada. Foi mais instinto do que qualquer outra coisa. Mas deu certo: os Chacais fugiram depois disso e nunca mais voltaram.

Ruby passou a outra mão pelo corte e cortou os cristais na base com um *crack* baixo. Ela os jogou no canto, onde se estilhaçaram em meio às pilhas de papéis e lixo.

– Eu sangro rubis desde esse dia. Eles se formam em ferimentos novos por um tempo, mas esses costumam cicatrizar muito rápido. Já os lugares onde ele me esfaqueou... – Ela começou a enrolar a atadura no braço com força. – Eles não param de sangrar nunca. Não cicatrizaram nunca.

Nova olhou para as pedras brilhantes no chão e para Ruby.

– E o codinome? – perguntou ela. – Cortina de Fumaça e Rabisco fazem sentido, e entendo a parte do Vermelha, mas... Assassina?

O rosto de Ruby se alegrou.

– Na verdade, meus irmãos que inventaram. Foi uma piada nossa. Nós fingíamos que éramos super-heróis quando crianças. Como todo mundo faz, né?

Nova não respondeu.

– Então eles inventaram nomes pra todos nós. Jade era Máquina Verde, Esterlino era Cobra Prateada, e eu me tornei a Assassina Vermelha.

Nova olhou para a pedra pendurada no pulso de Ruby. Ainda conseguia se lembrar claramente da sensação da adaga de rubi encostada na garganta.

– Então... você nunca...?

– O quê? Matei alguém? – Ruby riu. – Até agora, não. – De repente, ela ficou séria. – Mas eu mataria alguém. Se precisasse.

– Mas é sempre um último recurso – acrescentou Adrian.

– Me corrijam se eu estiver errada – disse Nova, sabendo que não estava –, mas os Renegados não matavam gente o tempo todo? Na Era da Anarquia, sempre houve histórias sobre eles matando membros das gangues de vilões.

– Novas regras – disse Adrian –, novos regulamentos. Nós sempre temos que os levar presos da forma mais pacífica que pudermos e evitar violência desnecessária sempre que possível.

Nova olhou para ele, boquiaberta. Parecia tão... bobo em comparação ao que lhe ensinaram a vida toda. Os fortes acima dos fracos. Olho por olho. Se alguém fizesse mal a você ou aos seus, você fazia o que tivesse que fazer para que não acontecesse mais.

O que muitas vezes queria dizer matar a pessoa que tinha feito mal a você.

Todos entre os Anarquistas tinham incontáveis mortes nas mãos. Ela se lembrava de noites em que eles se sentavam falando sobre as mortes mais brutais cometidas. Gabando-se. Rindo delas. Quando eles desenvolveram o plano para Nova matar o Capitão Cromo, Leroy brincou sobre dar uma festa para ela, depois, para comemorar sua primeira morte.

Sua primeira.

Porque todos supuseram que haveria mais depois. Até Nova supôs isso.

Então por que a ideia de repente a deixou incomodada? Porque tinha fracassado na missão? Ou era outra coisa?

– Ei, pessoal – disse Oscar, encostando a mão na janela. – A porta dos fundos se abriu.

Todos se levantaram, até Nova, e por um momento ela esqueceu que a última coisa que queria que eles testemunhassem era uma atividade suspeita acontecendo na viela. Mas, quando estavam todos reunidos em volta de Oscar, eles viram que era só uma garota levando um saco de lixo para fora e colocando na pilha ao lado da caçamba mais próxima.

Nova reconheceu Narcissa, a neta de Gene Cronin, mas nenhum dos outros parecia saber quem ela era.

Narcissa soltou a tampa da caçamba e limpou as mãos na calça antes de voltar para a biblioteca.

Oscar resmungou:

– Alarme falso.

– Será que a gente devia olhar o lixo? – perguntou Ruby. – Vocês acham que estão jogando fora alguma prova incriminadora?

Adrian franziu a testa, pensativo.

– Talvez, mas vamos ver o que esta noite vai revelar.

Nova olhou para ele com o canto do olho. Era lá que ele ia colocar as provas falsas?

– Minha vez – disse Ruby, cutucando o ombro de Oscar enquanto Nova e Adrian voltavam para o cobertor. – Estou entediada.

– Ah, sim, porque isso é muito empolgante – debochou ele, mas cedeu o lugar na janela sem discutir. Ele se deitou e se acomodou nas almofadas.

– E você? – perguntou Nova, virando-se para Adrian. – Você foi desafiado nos testes?

– Não.

– Adrian não precisou fazer teste – disse Oscar, chutando a canela do Adrian. – Trapaceiro.

– Ah, sim – disse Nova. – Por causa... – Ela hesitou, pensando nas palavras certas. Da família? Dos pais? Dos responsáveis adotivos, que por acaso eram os prodígios mais influentes da cidade, talvez do mundo todo?

– Eles não desobedeceram a regra nenhuma por minha causa nem nada – disse Adrian. Em determinado momento, ele pegou a caneta e estava mexendo nela agora, girando a tampa de um lado para o outro. – Mas eu andava pelo quartel-general desde que eles começaram as reformas. Quando pensaram em começar a fazer testes para trazer novos talentos, eu já era... você sabe como é. Parte da equipe. Obviamente, eu teria feito o teste se alguém tivesse me pedido.

Ele fez cara feia para Oscar, e alguma coisa na postura defensiva dele fez Nova relaxar.

– Eu sei que faria – disse Oscar. – E teria arrasado.

– Obrigado – disse Adrian, coçando a têmpora com a caneta. – Eu poderia desenhar uma granada de mão, né.

– Ninguém está duvidando de você – insistiu Oscar.

– E qual é sua história de origem? – perguntou Nova. – Estou supondo que a caneta não tem tinta mágica.

O sorriso tranquilo de Adrian voltou, e ele olhou para a caneta.

– Não tem magia. Infelizmente, não tem também nenhuma experiência emocionante de quase morte e nem invasão de vilões atrás de joias. – Ele deu um suspiro alto, como se estivesse com medo desse momento, embora um toque de sorriso permanecesse nos lábios dele. – Como vinte e oito por cento dos prodígios de hoje, eu nasci com o meu poder. Pelo menos, acho que nasci. Se manifestou desde que me deram um giz de cera.

– Se manifestou como? – perguntou Nova.

Ele deu de ombros.

– Eu comecei a desenhar, e os rabiscos começaram a ganhar vida e se remexer pelo apartamento como minhocas de cores primárias que a minha mãe sempre tentava varrer. As coisas ficaram interessantes mesmo quando eu tinha... uns dois ou três anos? Meu poder funciona por intenção mais do que qualquer outra coisa, então, na época, eu ainda estava só rabiscando linhas aleatórias, mas na minha cabeça estava desenhando dinossauros e alienígenas. Então nossa casa ficou tomada de rabiscos que acreditavam ser dinossauros e alienígenas e sempre estavam tentando morder os dedos dos pés das pessoas que passavam. E foi nessa época que a minha mãe achou que seria uma boa ideia contratar um ex-professor de arte que morava a algumas ruas da minha casa para começar a me dar aulas de desenho.

Oscar deu uma risada alta.

– Reparou como ele reclamou da falta de emoção na história dele, mas aí a gente descobre que havia verdadeiros dinossauros comedores de carne nela? Você sempre quer sair por cima, Rabisco.

– Foi uma história perturbadora – concordou Nova.

Ela estava sorrindo, apesar de seus pensamentos estarem descontrolados no fundo da mente. Adrian tinha mencionado a mãe, e agora ela se viu comparando o rosto dele com as fotos que tinha visto da Lady Indomável, a sexta e última dos Renegados originais. A semelhança era clara. Nova visualizou o sorriso efervescente dela com facilidade, um sorriso que se comparava ao do Capitão em brilho e charme, e que Adrian claramente tinha herdado.

A mãe dele também tinha sido uma Renegada. Talvez ainda se encontrasse no Conselho hoje se estivesse...

Nova sentiu um aperto no coração.

Se ainda estivesse viva.

Ela revirou a mente tentando lembrar o que tinha acontecido com a super-heroína, mas só sabia que ela tinha morrido muito tempo atrás. Nova nunca se importara muito com aquilo. Uma Renegada a menos com que se preocupar. Mas ela se viu sucumbindo à curiosidade, querendo saber o que tinha acontecido com ela, porém sem saber como perguntar.

– Chega de enrolar, Insônia – disse Adrian, chamando a atenção dela de volta. – É sua vez.

– Ah. – Nova balançou a cabeça e levantou a mão no ar, como se a história fosse tão chata que nem valia a pena contar. Na verdade, ela nasceu com o poder, o que considerava seu poder *real*, a capacidade de fazer as pessoas dormirem. Tinha uma leve lembrança da mãe brincando uma vez sobre como foi difícil amamentar Nova quando bebê porque ela pegava no sono sempre que Nova estava mamando.

Mas o poder que *eles* conheciam, o fato de que Nova não dormia nunca... isso veio depois. Quando, durante semanas, cada vez que ela fechava os olhos, tiros soavam em seus ouvidos.

Bam.

Bam.

Bam.

– Aconteceu quando eu tinha seis anos – disse ela, tirando bolinhas de lã do cobertor. – Eu só... parei de dormir.

– Mas você dormia antes disso? – perguntou Ruby, o olhar na biblioteca.

– Claro. Não tanto quanto a maioria das crianças. Mas... um pouco.

– Mas você ainda conseguiria? Se quisesse? – perguntou Oscar. – Ou é impossível pra você dormir agora?

Nova balançou a cabeça.

– Não sei. Faz muito tempo que não quero.

– O que aconteceu quando você tinha seis anos? – perguntou Adrian.

Ela o encarou, e a lembrança estava bem ali. O armário escuro. O choro de Evie. O olhar sem remorso do homem.

– Eu tive um sonho – disse ela. – Sonhei que havia pequenos dinossauros rabiscados que ficavam tentando morder os dedos dos meus pés, e quando acordei, pensei, já chega. Nunca mais.

Oscar e Ruby riram, mas o olhar de Adrian só se suavizou.

– Que pesadelo.

Ela tremeu.

– Seus pais devem ser uns santos – disse Oscar, chamando a atenção dela. – Aguentar uma filha que nunca dormia? Espero que você fosse boa em se distrair sozinha.

As palavras dele a atingiram no peito. Ela fez uma careta, e Oscar empalideceu, arregalando os olhos com horror.

– Desculpe. Eu esqueci.

O pedido de desculpas inesperado pegou Nova desprevenida, e a dor das palavras dele foi logo substituída por desconfiança. Eles sabiam? Como sabiam?

– Seus documentos mencionavam, hum... – Oscar massageou a nuca.

Adrian limpou a garganta.

– Você mora com seu tio agora, né?

A barriga de Nova se contraiu de novo, apesar de ela saber que a pergunta de Adrian foi bem-intencionada. Uma tentativa de afastar os pensamentos dela da única linha de explicação que eles deviam ter lido quando examinaram o formulário falso. *Ambos os pais foram mortos por uma gangue de vilões desconhecida durante a Era da Anarquia. Mora atualmente com Peter McLain, tio paterno.*

– Hã, é – gaguejou ela. – Ele me acolheu depois... – Ela engoliu em seco. – Eles morreram há muito tempo.

– Quantos anos você tinha? – perguntou Ruby, a voz suave, embora suas tentativas de acalmá-la só tenham feito os pelos de Nova se eriçarem.

Ela fixou o olhar em Ruby.

– Seis.

Com o canto do olho, ela viu Adrian inclinar a cabeça com curiosidade.

Seis anos quando seus pais morreram. Seis anos quando ela parou de dormir.

Como isso tinha chegado tão traiçoeiramente próximo da verdade?

Sem olhar para ele, Nova se levantou.

– Vou dar uma olhada no telhado. Talvez a vista da viela seja melhor de lá.

Ruby e Oscar trocaram um olhar, e ela percebeu que eles queriam impedi-la. Ou talvez pedir desculpas, embora as palavras não tenham sido ditas, e Nova ficou feliz por isso.

Ela não queria um pedido de desculpas, nem pena, nem solidariedade, nem mesmo gentileza. Não precisava dessas coisas de ninguém, menos ainda de um bando de Renegados.

CAPÍTULO VINTE E DOIS

NOVA FICOU NO TELHADO por mais de uma hora, mais tempo do que pretendia, mas quando se deu conta de que estava esperando que um dos Renegados... não, que estava esperando que *Adrian* fosse dar uma olhada nela, um sentimento de teimosia surgiu e se recusou a passar mesmo depois de ela saber que devia ter voltado para a sala improvisada de vigilância.

Ela não o estava esperando. Por que esperaria?

Enquanto estava no telhado, olhando a fachada silenciosa de pedra da biblioteca, a imobilidade das janelas pretas, o carro ocasional que passava na rua, ela sentiu as palavras pesadas na língua, esperando uma chance de sair.

Por que você parou de dormir?, ele perguntaria.

E, contra toda a lógica que havia nela, ela responderia.

Eu peguei no sono... foi a última vez que dormi. E quando acordei, havia um homem com uma arma. Ele matou os dois. Matou a minha irmã. Tentou me matar. E os Renegados não apareceram...

Depois disso, todas as vezes que tentava dormir, eu ouvia tudo acontecendo de novo, até que acabei parando de tentar.

Essa era a história da origem dela. A história toda.

E não era da conta de Adrian e nem de ninguém.

Ela não entendia por que falar sobre isso a deixou tão na defensiva e gerou uma compulsão tão forte de contar a verdade sobre seu poder e de onde tinha vindo. Nunca tinha contado para ninguém, não com tantas palavras, embora achasse que Ace entendia a essência, e claro que todos os Anarquistas perceberam que ela não era de dormir logo depois que ela foi morar na catedral. Mas ela nunca teve motivo para *contar* para alguém a história. Nunca tinha sentido vontade.

Por que faria isso agora?

Então, ela andou. De um lado para outro no telhado, apreciando o ar fresco na pele. Apesar de estar de legging e uma camiseta simples, roupa de civil, como instruída, ela preferiu usar as botas do uniforme que tinha ido buscar no quartel-general mais cedo naquele dia mesmo. Ela pensou em usar a missão para começar a amaciá-las, embora agora percebesse que não era necessário. As botas eram absurdamente confortáveis, e uma parte dela odiava os Renegados por vencerem até nisso.

Finalmente, quando teve certeza de que qualquer compulsão de revelar informações desnecessárias tinha passado, Nova desceu para o quarto andar.

Ruby e Oscar tinham adormecido. Oscar não tinha saído do mesmo lugar nas almofadas, e Ruby agora estava deitada com a cabeça ao lado da dele, mas o corpo na perpendicular, e eles formavam uma espécie de ângulo reto no chão sem nada além das cabeças se tocando. Pareceu quase como se Ruby tivesse se esforçado para se colocar em uma posição que não sugerisse nada além do fato de que ela estava cansada e Oscar estava tomando conta das almofadas.

Se bem que ela podia ter levado o travesseiro para o outro lado do cobertor. Se quisesse.

Nova passou por cima das pernas de Ruby e se aproximou de Adrian. Ele tinha puxado a mesa para a frente da janela e agora estava sentado com os pés pendurados ao lado, com um bloco no colo. Desenhava a biblioteca com linhas rápidas e apressadas, se concentrando mais nas sombras escuras que se espalhavam do beco.

Nova subiu na mesa e se sentou ao lado dele, os dedos dos pés tocando no vidro.

– Você está bem? – perguntou Adrian sem olhar.

– Estou – disse Nova. – A vista do telhado é praticamente igual à daqui.

– Eu sei. Olhei ontem de manhã.

O lábio dela tremeu, e novamente ela não soube bem o que era mais irritante: ele não ter ido atrás dela para perguntar dos pais ou ela ainda querer que ele tivesse ido.

– Então, fora dinossauros compridos e fechos de pulseira – ela olhou para o bloco –, que tipo de coisa você gosta de desenhar?

Ele fez um ruído enquanto pensava, desenhando um arbusto perto da base da biblioteca.

– Eu desenho muitas ferramentas e armas para os Renegados. Peças de armadura. Algemas. Coisas que podem ser úteis quando estamos na rua, patrulhando. Não só pra nossa equipe, mas pra todo mundo. Tem feito uma grande diferença nas coisas que conseguimos fazer.

– Aposto que sim – disse Nova, tentando deixar o ressentimento fora da voz.

– Mas, quando fico sozinho – continuou Adrian –, eu gosto de desenhar a cidade.

– A cidade?

Ele botou a caneta na mesa e virou as páginas do caderno. Várias estavam em branco, e ela se perguntou se havia desenhos nelas antes, que depois viraram realidade, até ele chegar em uma série de imagens escuras e detalhadas. Diferentemente de todos os desenhos de caneta que ela tinha visto, aqueles foram feitos com carvão. Ele entregou o caderno para Nova, e ela o pegou com delicadeza, sentindo a respiração parar.

A primeira imagem era da praia da baía de Harrow, na sombra da monumental ponte Sentry. Havia um casal sentado na margem pedregosa, lendo um jornal encolhidos embaixo de uma única capa de chuva.

Ela virou a página e viu Ashing Hill, um bairro de barracos e casas simples que foi um ponto de drogas e crime na Era da Anarquia. Provavelmente ainda era, pelo que Nova sabia, mas, naquele desenho, Adrian tinha capturado três crianças colhendo buquês de dentes-de-leão e trevos nas beiradas da calçada.

Ela virou a página e viu um músico de rua dedilhando uma guitarra na esquina da rua Broad, com dois cachorros enormes encolhidos nos tornozelos dele. Em seguida, um desenho de uma bilheteria em frente ao velho cinema Sedgwick, com a maioria das lâmpadas do letreiro queimadas e os pôsteres na parede divulgando um musical de anos antes. Depois, uma vista do mercado de pulgas lotado na rua North Oldham, onde pessoas de toda a cidade iam vender de tudo, desde luvinhas de crochê para bebês a relógios quebrados e abobrinha plantada em casa.

Nova virou outra página e parou.

Ela viu uma cena de um vale cheio de sombras cercado de um muro baixo de pedra e árvores densas e altas. No centro do vale havia uma única estátua, parcialmente coberta de musgo. Era uma figura elegante, envolta da cabeça aos pés com uma capa longa e um capuz tão caído para a frente que cobria completamente o rosto. Tudo que podia ser visto da pessoa embaixo da capa eram as mãos, um pouco afastadas uma da outra na frente da barriga da figura, como se estivesse segurando um presente invisível.

Nova expirou e passou para outro desenho. Chegou ao fim do caderno e começou a voltar pelas páginas.

– São extraordinários.

– Obrigado – murmurou Adrian, e embora devesse saber que eram extraordinários, ela ainda detectou um toque de timidez na voz.

– Você poderia dar vida a isso? Se quisesse?

Ele balançou a cabeça.

– Eu tenho que querer dar vida ao desenho quando o estou fazendo. Senão, é só um desenho. Além do mais, mesmo que pudesse, eles não ficariam maiores do que a página onde estão. Seria meio como fazer um livro pop-up superdecorado. – Ele fez uma pausa e acrescentou: – Mas um dia eu gostaria de tentar fazer um mural em tamanho real, uma paisagem que pudesse transformar em realidade. É uma coisa em que estou pensando há um tempo.

Nova voltou ao desenho da estátua. Passou o polegar pela figura encapuzada, tomando o cuidado de mantê-lo acima do papel para não borrar as linhas.

– Isso é no Parque da Cidade, não é?

– Você já foi lá?

– Meus pais me levavam ao parquinho quando eu era pequena. Uma vez, eu me afastei sem eles perceberem e vim parar aqui. – Ela bateu com o dedo no papel, onde a figura encapuzada estava, serena e imponente. – Meus pais estavam tão em pânico quando me encontraram, mas... eu adorei. Parecia que tinha encontrado uma coisa que ninguém sabia. Eu até lembro... – Ela hesitou quando filamentos de lembranças percorreram seus pensamentos. Ela franziu a testa e olhou para o desenho, depois balançou a cabeça. – Você é muito bom.

– Eu pratiquei muito – disse Adrian, pegando o caderno de desenho quando ela o devolveu para ele. Ficou mexendo em um lápis, mas não virou a página. – Mas chega de falar de mim e da minha arte extraordinária. Que tipo de hobby você tem pra ocupar suas outras cinquenta e seis horas por semana?

Nova olhou para a biblioteca. Passava da meia-noite, e o prédio estava escuro como uma tumba, o único poste na calçada fraco e piscando. Olhando assim, parecia que o local estava abandonado havia dez anos, como poderia mesmo estar se Cronin não o tivesse escolhido para funcionar durante a Era da Anarquia. Mesmo aquela causa filantrópica sendo um disfarce para os negócios no mercado clandestino... tinha que contar para alguma coisa, certo?

– Na maior parte do tempo, eu treino. E estudo. E... invento. – Ela abriu um sorriso de lado. – Alguns de nós não conseguem desenhar uma ferramenta para usá-la. Nós temos que *inventar*.

– Eu invento coisas – disse ele, batendo com a ponta da borracha na têmpora. – Na cabeça.

– Não é a mesma coisa.

Ele sorriu.

– Mas acho que tive vários hobbies ao longo dos anos. Não são muitos que ficam, mas sempre estou tentando encontrar novos jeitos de me manter ocupada.

– Que tipos de hobbies?

– Sei lá. Eu tricotei por um tempo, mas nunca fui além de cachecóis tortos. Depois observei pássaros, fiz malabarismo, bordado, astronomia...

– Opa, opa, opa – disse Adrian, rindo. – Volte para o começo. Tricô? Sério?

– É uma arte pouco valorizada – sugeriu Nova, conseguindo ficar séria. Na verdade, foi uma ocupação de uns quatro meses quando tinha doze anos, mas ela foi ficando menos interessada em fazer acessórios de inverno e mais interessada na ideia de poder carregar por aí armas tão terríveis quanto agulhas de vinte e cinco centímetros sem ninguém achar estranho.

– E observação de pássaros? – perguntou Adrian.

– Observação de pássaros, é. – Esse hobby foi ideia de Leroy, que insistiu que ajudaria a desenvolver sua paciência, furtividade e capacidade de observação. – Em geral, perto da baía. Você sabia que aquela área é o lar de mais de quarenta espécies de aves aquáticas?

– Na verdade, eu nem sabia sobre a população de aves aquáticas, mas parece uma boa informação de se ter.

– Nunca se sabe quando pode surgir numa conversa.

Ele sorriu de novo, e Nova viu que as bochechas dele formavam uma covinha, só um pouquinho, quando o sorriso ficava largo.

Ela engoliu em seco.

– Tudo bem, o que mais você disse? Malabarismo?

Ela ainda ouvia Ingrid falando dos muitos benefícios físicos que o malabarismo oferecia: de destreza a equilíbrio e coordenação entre mãos e olhos.

– Eu fui boa nisso, na verdade – disse ela.

– Se eu desenhar uns pinos de boliche, você faz uma demonstração?

– Não.

– Que tal uns cachecóis? Bolinhas? Tochas em chamas?

Ela afastou o rosto, em parte para esconder o sorriso que estava tendo dificuldade de segurar.

– Nós estamos em uma missão muito importante, sabe. Eu odiaria ser uma distração.

– Tudo bem. Vou deixar passar... por enquanto. Qual foi a outra coisa que você mencionou?

– Astronomia.

– Certo. Isso eu entendo. Como fica acordada a noite toda, você deve passar bastante tempo olhando as estrelas.

Nova olhou para cima, para as poucas estrelas brilhantes que podiam ser vistas pontilhando o céu entre os prédios. Não houve nenhum motivo maior para aprender sobre o céu noturno, só que ela o achava fascinante. Ela se lembrava do céu cheio de estrelas quando era criança. Era mais difícil de ver agora, porque boa parte da eletricidade da cidade tinha sido restaurada.

Ela gostava de eletricidade, mas, em algumas noites, teria dado quase qualquer coisa para ver a Via Láctea novamente.

Nova ainda estava olhando para as estrelas quando, atrás dela, Ruby começou a resmungar dormindo; Nova só ouviu *mostrar um zero*... e o que pode ter sido *caçarola*. Ela olhou para trás na hora em que Ruby rolou de lado e se encolheu em posição fetal, a cabeça deslizando da almofada até o braço esticado de Oscar.

– Eles são...? – perguntou ela, indicando os dois corpos adormecidos.

– Não – disse Adrian, que estava virando as páginas do caderno de novo.

– Mas se gostam?

– Difícil dizer. – Ele encontrou o desenho da biblioteca e olhou novamente, os olhos aliviando um pouco quando observou os amigos. – Tenho quase certeza de que Oscar gosta dela, mas acho que tem medo de agir. E Ruby... ela finge não perceber, mas tenho minhas dúvidas. – Ele bateu com a caneta no papel. – Você está treinando pra quê?

– Hã?

– Você disse que passa muito do seu tempo treinando. Pra quê?

Ela se apoiou nas mãos, inclinada para trás. Estava treinando para quê? Para destruir os Renegados. Para vingar a morte da família. Para um dia ver a visão de Ace realizada: um mundo em que todas as pessoas poderiam ser livres. Onde as pessoas não seriam incomodadas nem por gangues de vilões *nem* pelo Conselho. Onde os prodígios não seriam sujeitados a constantes injustiças e crueldades, como antes da Era da Anarquia.

Um mundo em que os Anarquistas poderiam voltar para a luz do sol sem medo de perseguição pelo menor dos erros.

– Pra isso, eu acho – sussurrou ela, passando o dedo pela pulseira. – Pra ser uma Renegada.

Adrian assentiu, como se fosse uma coisa perfeitamente razoável para se treinar.

– E é tudo que você esperava e mais?

Com um sorrisinho debochado, Nova olhou para Oscar e Ruby de novo e viu que Ruby estava babando de leve.

– Até agora, posso dizer com sinceridade que está ultrapassando todas as expectativas.

Virando-se para a janela, ela viu que uma lua fina tinha surgido acima da biblioteca. Devia estar perto das duas da madrugada.

– Qual é o significado da pulseira?

Nova olhou para baixo. Não tinha se dado conta de que estava mexendo nela de novo.

– Ah. Foi... da minha mãe. – Ela limpou a garganta. – Obrigada, aliás. Por consertar.

– Foi um prazer – murmurou Adrian. Esticando o braço, ele segurou a filigrana entre dois dedos e girou, para ver a parte vazia. – O que aconteceu com a pedra?

Ela afastou a mão e a colocou no colo.

– Estava assim quando eu peguei – disse ela, visualizando a pulseira abandonada na mesinha da cozinha. Ace a pegou quando a tirou do apartamento, recusando-se a deixar outra peça de trabalho de David cair nas mãos das gangues.

Seu estômago se contraiu.

– Você não está cansado? – perguntou ela.

Adrian piscou de surpresa com a mudança de assunto, mas a surpresa logo virou constrangimento.

– Não muito. Já trabalhei em patrulhas noturnas, e tomei uma bebida energética antes de você descer de volta.

– Vai descansar um pouco. – Nova botou as pernas em cima da mesa e ficou sentada de pernas cruzadas, olhando a rua e a viela e as janelas pretas enquanto nada, nada, nada acontecia. – É pra isso que estou aqui, né?

– Eu sei, mas... não quero perder nada.

– Perder nada de quê? – perguntou Nova, indicando a biblioteca.

Ele franziu a testa.

– Adrian – disse ela, com mais firmeza agora. – Eu posso cuidar disso. Se você não dormir um pouco, vai ficar inútil, então... – Ela indicou o cobertor.

Ele suspirou e levantou as mãos em resignação.

– Tudo bem. Mas você vai me acordar assim que vir alguma coisa suspeita, certo?

Ela suspirou, fingindo exasperação.

– O que você acha que eu sou, amadora?

Adrian se deitou no cobertor, colocando as mãos embaixo da cabeça.

– Cuidado, Insônia. Não faz nem três dias inteiros que você é uma Renegada.

Ela se virou para a janela. No vidro, viu o próprio reflexo e foi pega de surpresa pelo sorriso leve ainda brincando nos lábios. Ela pousou o olhar na biblioteca e disse as palavras em que achava que Adrian acreditaria sem dúvida nenhuma, o que qualquer Renegado ouviria como absoluta verdade.

– É, mas tem dias que sinto como se fosse uma Renegada a vida toda.

Nova fechou os olhos para esconder a risada neles. Era tão dolorosamente ridículo, mas ela sentiu orgulho de como falou. Quase tinha convencido a si mesma.

Ela esperou um comentário espertinho em resposta, mas não houve nenhum.

Ela franziu a testa. Esperou mais um pouco.

E só ouviu respiração pesada.

Nova olhou para trás. Seu queixo caiu.

Ele *já estava dormindo.*

– Ugh. Você é desses.

Suspirando, ela envolveu as pernas com os braços, apoiou o queixo no joelho e olhou para o mundo escuro além do escritório abandonado. Sempre tinha se impressionado com pessoas que conseguiam pegar no sono rápido, como se não houvesse nenhuma dificuldade. Como se seu espírito não carregasse o peso de sofrimento e ressentimento. Como se o coração e a mente pudessem ficar em paz com facilidade.

Depois de um tempo, ela ousou olhar para Adrian, só para ter certeza de que ele estava mesmo dormindo. Franziu a testa quando seu olhar pousou primeiro no subir e descer regular do peito dele. Sua atenção desceu pelo corpo magro até os tornozelos casualmente cruzados, depois de novo para o rosto. Ele tinha tirado os óculos e colocado ao lado da parede. O rosto ficava diferente sem eles. Mais aberto e tranquilo, embora isso pudesse ser pelo sono.

Ela sabia que era um estereótipo, mas os óculos realmente davam-lhe um ar de intelectualidade. De artista. Sem eles, ele parecia... bom, um super-herói.

Um super-herói muito bonito.

Nova ficou vermelha, envergonhada de repente pela direção dos pensamentos, e se virou rapidamente para a janela, prometendo não olhar para ele nem mais um segundo.

A promessa foi mais difícil de cumprir do que admitiria, mas ela a cumpriu. Ouvindo o som da respiração. Um movimento ocasional de tecido e um suspiro pacífico enquanto seus companheiros dormiam e se mexiam e dormiam mais. Na cidade, uma sirene distante. Uma moto ganhando vida a alguns quarteirões.

Não foi a noite mais curta da vida dela, mas também não foi a mais longa.

Ela procurou qualquer sinal de atividade dentro da biblioteca, mas não havia nada além de imobilidade e janelas escuras. E isso era bom. Ingrid e o Bibliotecário tiveram o dia anterior inteiro para tirar todas as provas incriminadoras da biblioteca. Não havia nada a fazer agora além de esperar a manhã, quando Nova poderia encorajar os Renegados a entrarem e o Bibliotecário poderia provar que não tinha nada a esconder, pondo assim um fim à investigação.

Nova estava ficando ansiosa para acabar logo com tudo. Tinha outras coisas a fazer além de ficar sentada com uma unidade de patrulha em uma missão inútil de vigilância. Tinha coisas para investigar no quartel-general; segredos para descobrir, fraquezas para verificar, e não ia conseguir nada daquilo ali.

O céu acabou mudando de preto para azul-marinho e para safira, uma progressão com a qual ela estava bem familiarizada. A janela era virada para o norte, então ele não teve esperança de ver o sol nascer, mas sentiu no clareamento gradual das nuvens e na forma como as sombras se esticaram na rua, e também como de repente todas as janelas da biblioteca começaram a cintilar com a luz matinal.

Às oito em ponto, a placa de FECHADO da biblioteca foi virada para ABERTO. Nova não conseguiu ver quem fez isso, Narcissa ou o próprio Gene Cronin?

Nove minutos depois, o primeiro cliente chegou, uma mulher idosa carregando uma cesta cheia de livros grossos, a cabeça embaixo de um capuz de plástico, apesar de não haver uma nuvem de chuva no céu.

Nova desceu da mesa e cutucou Adrian com o pé.

– Ei, Rabisco.

Foi Ruby quem acordou primeiro e ficou sobressaltada quando viu que estava presa pelo braço de Oscar na cintura. Ela o afastou e se sentou, puxando o cabelo preto e branco para o lado. Oscar e Adrian acordaram momentos depois, Adrian com um pulo assim que viu Nova e lembrou onde eles estavam.

– Aconteceu alguma coisa? – perguntou ele, as mãos tateando no chão até ele encontrar os óculos. Adrian os abriu e colocou no rosto, olhando para Nova. – Você viu alguma coisa?

– Vi – disse ela, se encostando na mesa. – A biblioteca abriu. Uma velhinha entrou carregando uns livros, mas... tenho a sensação de que ela pode estar escondendo uma metralhadora embaixo do casaco.

Adrian ficou olhando para Nova sem entender, e ela reparou que havia um pontinho branco preso nos cílios do olho esquerdo dele, o que sua mãe chamava de "poeira do sono". Nova teve uma vontade peculiar de erguer os óculos dele e passar o polegar pelos cílios para limpá-los.

– Ela está sendo sarcástica, né? – perguntou Oscar, mexendo o ombro para soltar o músculo.

Nova olhou para ele.

– Estou.

Uma cacofonia de risadinhas vindas de fora os atraiu para a janela. Na rua abaixo, um grupo de crianças pequenas tinha acabado de chegar em três minivans e estava sendo levado para a biblioteca. Talvez um grupo de creche ou uma visita de escola.

Eles ficaram olhando até as últimas crianças e professoras terem desaparecido pelas portas grandes da entrada.

– Bom – disse Ruby, batendo as mãos. – Nós não esperávamos ver nada na primeira noite, não é? Afinal, quem sabe a frequência com que os negócios ilegais dele acontecem.

Nova dividiu a atenção entre os três Renegados.

– Esse é mesmo seu plano? Vigiar este lugar todas as noites por toda a eternidade? E se nunca pegarmos ninguém? E se os clientes dele do mercado clandestino não usarem a viela, mas entrarem por outro lugar? Ele poderia ter um túnel subterrâneo secreto. Ou, imaginem só, e se ele não estiver vendendo armas no mercado clandestino e isso for perda de tempo?

– É cedo demais para determinar essas coisas – disse Adrian.

– E quanto tempo vamos fazer isso até tentarmos outra coisa? – insistiu Nova.

Adrian abriu a boca, mas hesitou.

– Bom – declarou Ruby –, mais de uma noite, pelo menos.

Nova indicou a janela.

– Olhem, sei que sou a novata aqui, e talvez eu não tenha tanta informação para dizer isso, mas não acho mesmo que a gente vá descobrir alguma coisa olhando de um escritório abandonado para uma biblioteca pública fechada todas as noites. Acho que o único jeito de saber se tem alguma atividade ilegal acontecendo é se a gente entrar.

Adrian balançou a cabeça.

– O Conselho foi bem específico. Não podemos fazer uma revista sem termos alguma evidência de atividade criminosa.

– Então vamos entrar e arrumar alguma evidência. É uma biblioteca. Está aberta ao público. Não estaremos violando regras se entrarmos...

Ela parou de falar quando seu olhar viu uma figura solitária na rua abaixo. Sua respiração parou.

Ela afastou a atenção rapidamente, mas era tarde demais. Adrian seguiu o olhar e seus lábios se abriram de surpresa.

– Bingo – sussurrou ele.

– O quê? O que é? – perguntou Ruby quando ela e Oscar chegaram perto para olhar.

– Estão vendo aquela mulher ali? – disse Adrian, os olhos a seguindo quando ela atravessou a rua e entrou na sombra da biblioteca. – Tenho quase certeza de que é Ingrid Thompson. A Detonadora.

Nova engoliu em seco e olhou para Ingrid quando ela parou no degrau de entrada da biblioteca e olhou para trás, no que devia ser um gesto com a intenção de dar aos Renegados uma boa visão dela, mas que também serviu para fazê-la parecer suspeita ao entrar.

Adrian levou o comunicador à boca.

– Rabisco para o Conselho. Acabamos de testemunhar uma Anarquista, a Detonadora, entrar na Biblioteca Cloven Cross. Há civis dentro. Pedimos uma equipe de extração. Vamos proteger o local.

– Uma equipe de extração? – disse Nova, o encarando enquanto tentava imaginar o que Ingrid estaria pensando. A última coisa que devia fazer era dar provas *reais* de que Gene Cronin estava negociando no mercado clandestino... e ver uma Anarquista entrar na biblioteca podia não ser prova, mas também não ia ajudar a provar a inocência dele.

Mas Ingrid devia ter um plano. Ela sabia que Nova estava ali. Ainda queria que Nova levasse a equipe lá dentro?

– A equipe de extração vai entrar atrás da Detonadora e talvez do Bibliotecário também – disse Adrian. – Eles provavelmente vão trazer reforços. A Detonadora não está ativa há quase dez anos, mas tinha reputação de ser bem volátil na época.

Nova inspirou fundo pelo nariz e olhou para a porta fechada da biblioteca. O que quer que Ingrid estivesse pensando, ela teria planejado as coisas para apenas três Renegados naquela missão. O que quer que estivesse elaborando, uma equipe de extração não devia estar nos planos.

– A gente devia entrar – disse ela.

Ruby olhou para ela.

– O quê?

– A Detonadora faz bombas, certo? Ela poderia explodir o local em segundos. E se... e se ela se meter em uma briga com Cronin ou alguma outra coisa a irritar? Tem crianças lá dentro. Nós não podemos correr o risco de alguém se ferir!

Os outros trocaram olhares bem mais ansiosos agora do que segundos antes.

– Nós temos que pedir reforços – declarou Adrian, mas suas palavras não tinham muita convicção. – Nós não temos que nos meter.

– Isso foi quando éramos só nós e o Bibliotecário – disse Nova. – Mas as coisas mudaram. Agora, tem uma Anarquista envolvida. E se essa for a nossa única chance de pegar os dois no flagra?

Adrian olhou para cada um, a testa se firmando com determinação.

– Cuidar para que os civis fiquem em segurança *é* nossa maior prioridade...

– Mas se entrarmos e começarmos a mandar as pessoas saírem – disse Oscar –, isso vai dar a dica ao Bibliotecário de que estamos atrás dele.

– E provavelmente vai espantar a Detonadora – disse Ruby.

Adrian olhou para a biblioteca por um minuto longo e agonizante, como se hipnotizado pelo sol cintilando nas janelas.

– Os civis são nossa prioridade – repetiu ele. – Vamos encontrar a Detonadora e o Bibliotecário e os vigiar até o reforço chegar. Sem violência se pudermos evitar, e sem necessidade de causar pânico. – Ele olhou para a frente, o maxilar firme.

– Agora sim – disse Oscar, um filete de fumaça cinza envolvendo os dedos quando ele pegou a bengala. – Vamos ser super-heróis!

CAPÍTULO VINTE E TRÊS

As portas de carvalho se fecharam atrás deles, e Adrian se viu envolvido pelo ar parado e pelo odor de couro e papel. Parou no vestíbulo, observando a entrada e o saguão que vinha depois. Nunca tinha ido àquela biblioteca, e agora desejava ter entrado quando foi fazer reconhecimento da região. Não estaria se sentindo tão vulnerável agora, por estar entrando em um lugar completamente cego, tendo tão pouco conhecimento da planta e das saídas. Ele poderia ter entrado no horário comercial, tentado ser discreto...

O problema era que, graças aos seus pais, havia muita probabilidade de ele ser reconhecido.

Assim, ele dedicou um tempo a observar o que pudesse. Dentro do saguão de entrada havia duas alcovas, dos dois lados, cada uma com uma estátua de mármore. À esquerda, um nobre estudioso segurava um livro aberto em uma das mãos, a outra erguida em um gesto de inteligência, como se o livro tivesse acabado de revelar os segredos do universo. Na outra alcova, um escriba anotava seus pensamentos em um diário com uma pena comprida.

O piso gasto de madeira seguia em frente para um saguão central, onde uma silhueta no chão indicava que já houvera um balcão da administração. Uma mesinha barata ocupava um canto, emoldurada por lambris escuros na parede e um espelho antigo que refletia o pouco de luz que chegava ao aposento. Os raios de luz que entravam por duas janelas altas em posições estratégicas iluminavam a poeira densa que flutuava no ambiente.

Adrian seguiu em frente, uma das mãos pegando a caneta no bolso de trás e a segurando instintivamente. Ao seu lado, Nova olhou com curiosidade para a mão dele, depois o encarou com uma expressão quase desafiadora.

Ele afastou o olhar. Podia não ser uma arma nem uma faca, mas ainda era a arma mais eficiente que ele tinha.

Sem contar as tatuagens.

Seu maxilar se contraiu quando ele se aproximou da mesa, onde a única ocupante do saguão estava, em um banco, absorta no que parecia ser um livro de romance. A garota devia ser um ano ou dois mais nova do que ele, com cabelo ruivo trançado por cima do ombro.

– Com licença – disse Adrian, parecendo ridiculamente educado até para si mesmo.

Mas a garota nem olhou. Só esticou a mão por cima da mesa e empurrou uma prancheta na direção dele, um formulário para retirada de livros.

Ele limpou a garganta e, desta vez, tentou não parecer um cidadão preocupado, mas um Renegado. Um super-herói.

– Nós viemos por causa da Detonadora.

A garota levantou a cabeça. Olhou para Adrian, depois percebeu os outros, o olhar permanecendo por mais tempo em Nova, os cílios pálidos tremendo sobre os olhos cinzentos. Seus lábios se abriram quando ela olhou para Adrian, e disse:

– Como é?

– A Detonadora – repetiu Adrian. – Nós a vimos entrar há menos de dez minutos. Onde ela está?

A boca da garota se abriu. Fechou-se. Seus olhos foram novamente até Nova e voltaram para Adrian.

– Você... Vocês não são... – Ela olhou para Nova de novo, estupefata. – Eles são Renegados?

Não era uma pergunta. Adrian não sabia bem como ela percebeu sem os uniformes. Talvez tivesse reconhecido alguns da imprensa. Talvez eles tivessem *alguma coisa*. Ele gostava de achar que tinham.

Mas o estranho era o jeito como ela estava olhando para Nova, quase como se a reconhecesse.

– Somos, claro – disse Nova, a voz carregada de orgulho assertivo. – Renegados. Todos nós. Ousados, valentes e... hum...

– Justos – sussurrou Ruby.

Nova assentiu.

– Isso mesmo. Agora, nos diga onde...

– Nós estamos encrencados? – perguntou a garota, fechando o livro e o segurando contra a barriga, cobrindo a imagem de um espadachim sem camisa na capa. – Não fizemos nada, eu juro. É porque estamos oferecendo aquele livro de culinária de novo? Porque nos disseram que era direito nosso...

– A Detonadora – disse Adrian, com mais vigor na voz. – Pare de enrolar e nos diga onde ela está.

A garota hesitou. Olhou novamente para Nova, e desta vez Adrian franziu a testa e acompanhou o olhar. Nova se virou para ele e deu de ombros, aparentemente tão perplexa quanto ele.

– Eu... não sei quem é – gaguejou a garota. O rosto dela estava vermelho como uma cereja agora, e Adrian duvidou que tivesse a ver com a leitura. – Me desculpe. Não posso ajudar.

– Uma mulher mais ou menos dessa altura – declarou Adrian, indicando com as mãos. – Usa várias pulseiras e é capaz de fazer explosivos aparecerem do nada. Parece familiar?

A garota abriu um sorriso fraco e pesaroso.

– Não?

– E o Bibliotecário? – disse Oscar, chegando mais perto. – Onde ele está?

– Ele está... hã... lá atrás – disse a garota, a atenção se dividindo entre os quatro de novo. – Catalogando novos... materiais... de referência.

– Nos leve até ele – exigiu Adrian. – Agora.

– Ah, vocês não podem ir lá atrás – disse a garota. – Ele não gosta de ser incomodado.

Adrian trincou os dentes. Sentia o tempo passando com um tambor batendo no coração. Cada segundo era uma chance da Detonadora fugir, de Gene Cronin esconder o que tinha feito a vilã ir até lá.

– Pode incomodá-lo mesmo assim.

A garota abriu a boca, pronta para recusar, mas olhou para Nova de novo e hesitou.

Ela limpou a garganta e assentiu.

– Agora mesmo.

Ela desceu do banco, se virou e saiu andando, não em volta da mesa nem na direção de uma das portas, ou da escadaria que ficava próxima, mas para o grande espelho pendurado na parede atrás dela. Encostou os dedos na superfície, e o vidro ondulou para fora, como se ela tivesse tocado em um lago vertical. Em seguida, sem-cerimônia, ela entrou no espelho e sumiu.

Eles ficaram ali parados, olhando para seus reflexos, intrigados por um longo momento.

Oscar, claro, foi quem rompeu o silêncio.

– Isso – disse ele, apontando – foi um truque legal. – Ele contornou a mesa e bateu com os dedos no espelho, depois se afastou da parede e olhou atrás para ter certeza de que não era uma passagem secreta. – Legal.

– Eu me lembro de ter ouvido sobre ela uma vez – disse Ruby. – Uma garota que consegue se deslocar por espelhos. Me lembro que fiquei pensando por que ela não se candidatava para ser uma Renegada e acabei concluindo que devia ser boato.

– O problema – disse Adrian, batendo a ponta da caneta na mesa – é que agora não temos ideia de pra onde ela foi, nem se vai mesmo chamar o Bibliotecário, nem se os dois estão prestes a fugir. – Franzindo a testa, ele olhou em volta.

Do saguão principal, ele via uma sala de leitura à direita, as mesas intercaladas com estantes curtas e revisteiros. Mais estantes ocupavam a parede toda, interrompidas por uma eventual escada deslizante ou janela larga e suja. À esquerda ficavam as estantes grandes, fileiras e mais fileiras de prateleiras altas e estreitas. Daquela direção, ele ouvia risadinhas ocasionais de criança.

– Ruby, Nova, vamos começar a vigiar as saídas – disse ele, se virando para inspecionar a escadaria que levava ao segundo andar. Embora a escada fosse acarpetada, o carpete estava tão gasto em alguns pontos que era possível ver os degraus de madeira. – O Bibliotecário ou a Detonadora podem estar tentando fugir agora.

– Fugir? – soou uma voz cautelosa e com sotaque. – Eu fui trazido inadvertidamente para uma armadilha da qual preciso fugir?

Adrian se virou e viu um homem curvado parado na porta da sala de leitura. Ele tinha uma barba pontuda e cabelo branco desgrenhado, usava meias com buracos sem sapatos, a calça e o cardigã estavam amassados e ficavam largos no corpo magro, e a pele era tão pálida que parecia que ele nunca tinha visto o sol.

Adrian se empertigou.

– Você é o Bibliotecário?

– Eu sou... *um* bibliotecário.

– Você é Gene Cronin?

O homem o observou, a incerteza fazendo os cantos da boca tremerem, como se ele não tivesse certeza se devia sorrir ou não.

– Minha neta disse que havia Renegados que queriam falar comigo. – Ele riu, mas foi um som desconfortável. – Achei que ela devia estar de brincadeira. Mas aqui estão vocês. Eu devia ter percebido. Narcissa gosta de brincadeiras tanto quanto eu. – Seus lábios desistiram e se acomodaram em uma careta de preocupação. – A que devo o prazer?

– Minutos atrás testemunhamos a Detonadora, uma Anarquista conhecida, entrando nesta biblioteca – disse Adrian –, e temos motivo para acreditar que seus negócios com ela não são de natureza completamente legal.

– A Detonadora! – berrou o Bibliotecário, os olhos desviando de Adrian para observar os outros. – Os Anarquistas? Não me envolvo com eles há... bem, quase dez anos agora, não é? – Ele levantou a mão e passou um momento ajeitando uma parte do cabelo desgrenhado, que se levantou assim que ele baixou a mão para a lateral do corpo. Ficou caída desajeitada ao lado do corpo antes de ele esticá-la e encostar a palma no batente, os nós dos dedos ficando brancos na madeira. – Me dói pensar que, mesmo agora, os Renegados se recusam a confiar em mim. Eu pago os impostos do Conselho. Sigo as regras do Conselho. E, além disso tudo, presto um grande serviço a esta comunidade. – Ele fez um gesto indicando o saguão. – Vocês sabiam que só tem nove bibliotecas públicas funcionando em Gatlon? Havia bem mais de cem. Todas as nove existem graças aos esforços altruístas de pessoas como eu, que tornamos nossa missão de vida continuar a distribuição gratuita e o compartilhamento de conhecimento e sabedoria. Para garantir que as pessoas tenham acesso a isso... a *livros*. Enquanto isso, o que o seu amado Conselho fez para respeitar o trabalho de estudiosos dos anos passados? Para aumentar o conhecimento da sociedade?

Adrian franziu a testa, sem ter certeza se o Bibliotecário queria resposta.

– Eles reabriram escolas – disse ele, pensando que isso devia ser óbvio. – Enquanto você passou décadas vendendo armas para vilões que preferiam manter as pessoas ignorantes e indefesas.

Ao lado dele, Nova enrijeceu. Ele olhou para ela e viu um brilho de alguma coisa surgir nas feições dela: irritação ou negação. Mas sumiu tão rápido quanto apareceu.

– Insônia? – perguntou ele.

Ela manteve o olhar direcionado para o Bibliotecário e disse com voz sombria:

– Você está nos dizendo que não tem *nada* a esconder?

Gene Cronin repuxou os lábios até começarem a ficar tão brancos quanto a barba. Em seguida, ele bufou.

– Claro que não tenho nada a esconder. Durante a Era da Anarquia, eu fiz o que foi preciso para sobreviver. Agora, estou satisfeito em ganhar a vida por meios mais pacíficos.

– E isso inclui organizar reuniões particulares com vilãs como a Detonadora? – perguntou Adrian.

– Você está enganado – disse Cronin. – Eu não vejo a Detonadora e nem nenhuma Anarquista... – Seu olhar se desviou para Nova. – Há muito, muito tempo.

– Então você não vai se importar se dermos uma olhada? – perguntou Adrian.

– Isto é uma biblioteca pública – disse Cronin. – Olhar por aí é um ato que encorajamos.

Os dedos de Adrian apertaram a caneta.

– Talvez esteja disposto a nos levar para conhecer as áreas que não são abertas ao público. Se não tem nada a esconder, como você diz.

Cronin inclinou a cabeça.

– Seria um prazer.

Ele atravessou o saguão até a escada e tinha subido três degraus quando Adrian o fez parar.

– Não por aí – declarou ele.

Cronin olhou para trás.

– Este prédio tem porão, certo? Vamos começar por lá.

O rosto do Bibliotecário ficou vazio.

– Não tem nada no porão além da fornalha e de livros ultrapassados.

– Então a visita vai ser rápida – concluiu Adrian.

Com as narinas se dilatando acima do bigode, Cronin abandonou a escadaria e foi para a sala leste. Eles o seguiram por um par de estantes altas e desceram um corredor de mesas. No canto mais distante, Adrian viu uma lareira de pedra, embora não houvesse fogo aceso. Um jovem estava sentado de pernas cruzadas no chão, lendo um livro de figuras para as crianças espalhadas ao redor.

A visão deixou o sangue de Adrian gelado. Ele olhou para os outros e viu a mesma apreensão nos rostos de Oscar e de Ruby, mas Nova continuava com o olhar grudado nas costas do Bibliotecário.

Ainda não havia motivo para alarmar ninguém, ele disse para si mesmo. Mas ainda assim...

– Cortina de Fumaça – sussurrou ele –, você fica aqui. Esvazie a biblioteca a qualquer sinal de problema.

Oscar olhou para ele e, se ficou aborrecido de ser excluído, não demonstrou. Ele assentiu, voltou para uma das fileiras de livros e sumiu de vista.

Cronin os levou até uma porta com uma placa que dizia SOMENTE FUNCIONÁRIOS e passou um momento remexendo os bolsos atrás de uma chave. Quando abriu a porta, eles desceram por uma escada estreita até o porão, onde o ar estava mais úmido e mais denso, permeado com o cheiro de papel mofado.

Cronin limpou a garganta e andou para o lado quando chegou ao pé da escada, permitindo que eles se espalhassem pelo aposento e dessem uma olhada. Mais prateleiras ocupavam o espaço, embora estivessem mais próximas entre si do que as de cima, dando pouco espaço para pessoas passarem entre elas. Cada centímetro estava ocupado de livros. Quando uma prateleira não tinha espaço para mais nada, os livros ficavam empilhados em cima dos que já estavam lá, fazendo algumas prateleiras envergarem com o peso. Havia outros amontoados em cantos como montes de neve. Livros empilhados embaixo e em cima de mesas. Livros com lombadas rachadas e páginas dobradas jogados de qualquer jeito em uma pilha que chegava ao corredor.

Uma única escrivaninha tinha sido empurrada contra a parede mais distante, a superfície tomada de embalagens de comida e arquivos de papel. No chão ao lado, havia um espelho simples de corpo inteiro, como uma coisa que se encontraria em um provador de uma loja de departamentos barata. Mas a atravessadora de espelhos, Narcissa, ele dissera, não estava por perto.

Não muito longe, uma escada curta de concreto levava a uma porta marcada com sinal de SAÍDA; provavelmente, Adrian pensou, a porta lateral que levava à viela que eles observaram a noite toda.

– E aí está – disse o Bibliotecário, pegando um livro da pilha descartada e desdobrando com carinho as páginas. – Tem mais alguma coisa que eu possa fazer por vocês? Talvez queiram levar um livro de ciências políticas para o Conselho ler no tempo livre? Acho que pode ser bom pra eles. – Ele colocou o livro em uma prateleira e acariciou a lombada com carinho, como se fosse um bichinho.

Ruby gemeu.

– Você acha que somos idiotas? Nós *vimos* a Detonadora entrar aqui. Só nos diga onde ela está e as coisas vão ser bem mais fáceis pra você!

Cronin se empertigou e esticou a coluna curvada.

– Me desculpe, mas vocês parecem estar sofrendo de imaginação hiperativa.

Ruby lançou um olhar frustrado para Adrian, que sabia o que ela estava sentindo. Aquilo tinha levado bem mais tempo do que ele esperava, e se viu arrependido da decisão de entrar na biblioteca em vez de esperar por reforços como deveriam. Já via o erro da decisão. Se sua equipe tivesse só bloqueado as saídas da biblioteca, eles saberiam se a Detonadora tinha tentado sair. Teriam podido pará-la. Mas, agora, ela poderia ter saído por uma das portas dos fundos séculos antes.

Ele se sentiu um idiota. Sentiu que os pais tinham direito de duvidar da capacidade dele de lidar com aquilo, e isso o irritou mais do que tudo.

Mas agora era tarde demais para mudar a direção. O que uma equipe experiente faria nessa situação, para compensar os erros já cometidos? Eles deveriam ameaçar Cronin se ele não revelasse a localização da Detonadora? Prendê-lo? Começar a abrir buracos nas paredes, procurando alcovas secretas que guardavam contrabando ilegal?

– Então – disse o Bibliotecário, voltando para a escada –, se vocês quiserem, podemos continuar a visita lá em cima. Temos uma coleção maravilhosa de livros raros e primeiras edições no segundo andar...

Um *baque* alto o fez parar.

Adrian se virou e olhou para a parede de onde veio o som. Era outra parede com uma estante do chão ao teto, em nada diferente das outras. Mas, enquanto ele olhava, os livros começaram a tremer, e a parede a se deslocar para fora, se arrastando no chão e fazendo um barulho alto.

– Não... – murmurou Cronin. – O que ela... *não*!

Adrian deu um passo na direção da estante. Ruby girou o pulso e soltou o fio que prendia o heliotrópio. Nova colocou a mão no cinto.

A parede de livros se moveu para fora, se bem que o que havia atrás estava escuro demais para Adrian ver. Houve um clique baixo, e um único abajur de mesa preencheu o espaço com uma luz clara e esverdeada.

Eles estavam olhando um aposento não muito maior do que o cubículo de escritório onde eles tinham passado a noite. Havia uma única escrivaninha no centro da sala, que só sustentava o abajur. Uma mulher estava sentada na cadeira de rodinhas atrás da escrivaninha, as botas apoiadas na superfície e a cadeira inclinada para trás.

Ingrid Thompson. A Detonadora.

Mas aquilo não era um escritório.

Era um arsenal.

As três paredes em volta estavam cercadas de prateleiras, armários e gabinetes com etiquetas caprichadas, só que não era um aposento cheio de livros, mas de armas. Caixas de balas e cartuchos. Fuzis, escopetas, revólveres, pistolas, bandoleiras carregadas de munição, dardos com aparência letal, bestas, facas de caça e o que ele desconfiava que fosse uma caixa de granadas.

– Ah, por todos os esquemas diabólicos – murmurou Nova por trás dele. – É por isso que nunca conseguimos vencer.

A Detonadora deu um sorrisinho debochado.

– Demoraram muito, Renegados. Eu estava começando a achar que teria que ir atrás de vocês.

CAPÍTULO VINTE E QUATRO

INGRID NÃO DEVIA ESTAR ali.

As *armas* não deviam estar ali.

Nova avaliou a expressão arrogante de Ingrid, a mente vibrando de descrença, de irritação, de... *traição*. Elas tinham um plano. Um bom plano. O que Ingrid estava fazendo?

– Adrian Everhart – disse Ingrid. Ela tirou uma das mãos de debaixo da escrivaninha, segurando uma arma. Bateu com a coronha no tampo da mesa. – Que ótima surpresa.

– A garota contou pra você que estávamos aqui – disse Adrian, a expressão estranhamente neutra para quem tinha uma arma apontada para ele. – A atravessadora de espelhos.

Nova engoliu em seco. Era um bom palpite, e Ingrid não parecia inclinada a corrigi-lo, e seus lábios se abriram num sorriso arrogante.

– A melhor parte disso tudo – disse ela – é que vou matar você e ninguém vai saber que fui eu, porque ninguém vai sobreviver para contar. Mas – seus olhos se apertaram quando ela observou Adrian e Ruby, o Bibliotecário e Nova – está faltando um.

– E estão faltando neurônios em você! – gritou Ruby. Ela jogou o heliotrópio em uma das prateleiras altas ao lado de Ingrid. O fio se enrolou em um suporte e ficou preso, e Ruby puxou, fazendo a estrutura enorme cair. Ingrid gritou quando uma chuva de armas e munição caiu na cabeça dela. As prateleiras pesadas caíram nos seus ombros. A cadeira rolou de debaixo dela, e Ingrid desabou no chão; a queda das prateleiras foi amparada pelo tampo da escrivaninha.

Rosnando, Ingrid entrou embaixo da escrivaninha e ergueu a arma.

Adrian se virou e se jogou em Ruby no momento em que Ingrid puxou o gatilho. O tiro foi ensurdecedor no espaço fechado, e a bala se alojou em uma enciclopédia grossa enquanto Adrian e Ruby caíam no chão. Eles rolaram para trás de uma estante.

Com um grito apavorado, Gene Cronin se virou e foi para a escada, mas Nova esticou a mão e segurou as costas da camisa dele. Ela o empurrou em um canto atrás de outra estante bamba.

– Esse não era o plano – sussurrou ela. – O que está acontecendo?

– Eu faço a mesma pergunta! – respondeu ele, os olhos arregalados de terror. – Ingrid disse que tinha vindo buscar granadas novas, mas tenho a impressão clara de que ela armou pra mim!

Nova franziu a testa.

– O que ela disse pra você ontem?

– Ontem? Eu não a vi ontem!

Um estrondo soou na sala da artilharia. Soltando Cronin, Nova espiou por um espaço na estante enquanto Ingrid abria caminho pelas armas que tinham caído das prateleiras.

Nova procurou Adrian e Ruby, mas não viu sinal deles no labirinto de estantes.

– O que vai acontecer é o seguinte – disse Ingrid. – Eu vou matar vocês, depois vou encontrar seu amigo e matar ele também. O fumacento, né? Tenho certeza de que ele não foi longe. – Ela engatilhou a arma de novo. – Aí, quando o Capitão Cromo estiver sofrendo pela morte do único filho, eu vou botar fogo no Quartel-General dos Renegados e em tudo que eles construíram. Vou mostrar a eles como é se esforçar tanto por uma coisa e vê-la destruída em *minutos*.

Enquanto Nova via Ingrid abrir caminho pela bagunça, um movimento perto do chão capturou sua atenção. Ela ficou nas pontas dos pés e se esforçou para olhar por cima de uma pilha de livros. E viu Adrian. Ou a mão dele, desenhando linhas rápidas no chão.

– Nós poderíamos fugir correndo agora – sussurrou Cronin. – A escada fica ali. Nós poderíamos...

– Cala a boca – rosnou Nova.

Ingrid contornou uma estante, a arma pronta, procurando Adrian e Ruby. Ela deu outro passo, e de repente as linhas desenhadas no chão deram um pulo para cima; uma corda atravessando o corredor nos tornozelos dela. Ingrid tropeçou. Ela deu um gritinho e caiu de joelhos. A arma voou da mão dela.

Saindo de trás de uma estante, Adrian parou a arma com o pé.

– Você estava dizendo?

Ruby soltou um grito de guerra e pulou da prateleira ao lado de Ingrid, caindo nas costas dela e enrolando seu fio no pescoço, puxando sua cabeça para trás.

Adrian pegou a arma e apontou para Ingrid, mas, no mesmo momento, Ingrid se jogou na direção da estante, batendo com as costas de Ruby nela. Ruby gritou de dor, e a surpresa permitiu que Ingrid a jogasse por cima dos ombros, lançando-a estatelada no chão.

A estante onde elas bateram tremeu, os livros deslizando e caindo para o lado. Com um rugido, Ingrid encaixou o braço na lateral da estante e se inclinou para trás, puxando-a junto. A estante caiu em cima da seguinte, que caiu na seguinte, como uma fila de dominós precários, até a sala estar cheia de estantes e livros caindo.

Cronin empurrou Nova de lado e passou abaixado por ela antes que ela pudesse pensar em segurá-lo. Ela pegou a arma de choque no cinto e apontou para ele, mas hesitou e o viu subir a escada correndo.

Ele sumiu antes que a última enciclopédia tivesse caído nos amontoados de livros.

– Ruby! – gritou Adrian. Nova seguiu em frente, mas não conseguiu o ver no meio do caos e da poeira. – Você está bem?

– Ruby não – respondeu ela, gemendo. – Assassina. Vermelha.

– Certo. Desculpe.

Nova o viu saindo do espaço deixado por uma das estantes caídas.

Um brilho azul-elétrico chamou a atenção dela. Uma esfera azul luminosa estava presa à parede dos fundos, e a energia dentro estava começando a estalar.

Uma das bombas de Ingrid, prestes a explodir.

Ela viu Ingrid parada a uns quatro metros de Adrian. A expressão que o encarava era cruel.

O coração de Nova deu um pulo. Ela ergueu a arma de choque, mas... em quem ela devia mirar? Ela era uma Renegada hoje ou uma Anarquista? Quem devia proteger? Quem devia impedir?

Ingrid levantou a mão, os dedos preparados para estalar.

– Adrian, se abaixa! – Nova gritou.

Sem hesitação, ele se jogou no chão.

Ingrid estalou os dedos.

A explosão sacudiu o prédio e jogou pedaços da base para fora. O golpe derrubou Nova. Ela voou para trás e caiu em uma parede de estantes. Uma onda de calor quase insuportável cobriu a pele dela, e Nova virou o rosto e levantou o braço de forma protetora sobre a cabeça, no mesmo momento em que uma avalanche de livros caiu ao redor dos ombros dela.

Foram meros dois segundos de pandemônio, depois acabou. Os ouvidos de Nova estavam ecoando, e quando ela ousou levantar a cabeça, o ar estava cheio de papeis espalhados e detritos e fumaça.

Fumaça.

– Minha nossa – murmurou ela, embora não conseguisse ouvir a própria voz dentro da cabeça. – Que essa fumaça esteja vindo do Cortina de Fumaça.

Ela se segurou numa prateleira e a usou para se erguer da pilha de livros. Piscando rapidamente para tirar a poeira dos olhos, ela viu Ruby primeiro, tirando uma cadeira caída de cima das pernas. Em seguida, Adrian, ficando de quatro e sacudindo o corpo para tirar os detritos que o cobriam.

O alívio que tomou conta dela foi inesperado, um pouco desorientador e completamente obscurecido pela visão de Ingrid correndo na confusão. Ela estava com uma arma na mão de novo; Nova não sabia se ela tinha conseguido recuperar a que Adrian tinha tirado dela ou se era outra. Mas reconheceu a ira no rosto de Ingrid. Os olhos enfurecidos. O rugido saindo da boca retorcida, mesmo Nova não conseguindo ouvir.

Adrian ergueu o rosto.

Ingrid abaixou a arma e mirou na cabeça dele.

Ainda segurando a própria arma, Nova mirou em Ingrid e disparou.

Foi uma força invisível que derrubou Ingrid e a jogou estatelada em cima de uma das estantes derrubadas.

Adrian virou a cabeça na direção de Nova.

– Fogo! – gritou ela, embora a sensação fosse de gritar em um travesseiro.

Apesar de ainda não ter visto as chamas, a fumaça preta subia da pilha de livros mais perto do buraco na base. O calor da explosão estava fumegando nas páginas, esperando para entrar em combustão, pronto para queimar todo o material inflamável que pudesse devorar.

Adrian se levantou e enfiou as mãos nos bolsos. A expressão determinada falhou e foi substituída por uma careta de incompreensão. Ele tirou as mãos dos bolsos e bateu nos ombros e nas mangas. Com o pânico surgindo na expressão, ele olhou para o chão, fez um círculo completo e olhou para Nova e Ruby. Então disse alguma coisa.

Nova balançou a cabeça e indicou a orelha.

Ele falou de novo, e desta vez ela conseguiu ler os lábios: *Minha caneta.*

Ela olhou com consternação. O que ele ia desenhar, um extintor de incêndio?

Mas pensando bem... talvez desse certo.

Ela procurou no próprio cinto, pegou a caneta com o dardo escondido e jogou para Adrian.

Ele pegou a caneta na mesma hora em que outra explosão derrubou a pilha de livros. Eles se acenderam numa fogueira. Nova cambaleou para trás e se encostou na parede.

Do outro lado do aposento, Adrian se inclinou e segurou Ingrid, jogou o corpo inconsciente por cima do ombro e gritou para Ruby. *Corra! Corra! Corra!*

Eles correram para a escada antes que as chamas pudessem bloquear a passagem. Nova se juntou a eles, pulando por cima de estantes caídas, pisando na mesa e se jogando na escada. Não demorou para as chamas se alastrarem, pulando de uma pilha de livros para a seguinte, a fumaça preta se espalhando pelo ar e tomando a escada enquanto eles subiam.

Eles saíram pela porta no térreo da biblioteca, que parecia incrivelmente iluminada e arejada em comparação ao porão escuro e cheio de fumaça.

Uma voz apavorada soou no meio de seus pensamentos desorientados, e ela viu Oscar correndo na direção deles, balançando os braços.

– Está faltando um!

Adrian parou.

– O quê?

– Havia trinta e um visitantes – disse Oscar. Nova se inclinou para a frente, se esforçando para ouvir. – Eu contei e, assim que ouvi o primeiro tiro, comecei a tirá-los daqui, mas só tirei trinta! Tinha mais um, uma criança, tenho quase certeza. Pode ser que tenha saído sozinha, não sei, mas...

– Se separem – gritou Adrian, e apesar de sua voz ainda soar distante, Nova percebeu que o eco nos ouvidos estava começando a passar. – Encontrem a criança primeiro. Depois, se puderem, tentem encontrar Cronin e Narcissa também. Mas, primeiro, encontrem a criança!

Ruby e Oscar saíram correndo no meio das estantes.

– O que você vai fazer com ela? – perguntou Nova, olhando para o corpo inerte da Ingrid e tendo a visão horrível do Adrian a jogando de volta no porão em chamas.

– Prendê-la – disse ele. – Vou levá-la lá pra fora e fazer outra contagem dos civis, só pra ter certeza de que o garoto não saiu despercebido, depois vou voltar pra ajudar.

Nova enfiou a arma de choque no coldre e esticou as mãos.

– Eu levo ela.

– O quê?

– Eu levo ela lá pra fora e deixo ela presa.

O olhar de Adrian percorreu o corpo dela, e Nova soube o que ele estava pensando.

– Sou forte – insistiu ela. – Se você encontrar o garoto, vai poder tirá-lo mais rápido do que eu. Vamos lá, você está perdendo tempo. Passa ela pra cá.

Adrian franziu a testa por um segundo mais, depois mudou a posição da Ingrid e a colocou nos ombros da Nova, para que ela pudesse carregá-la como um saco de grãos. Não que ela já tivesse carregado um saco de grãos.

Ela também nunca tinha carregado um prodígio capaz de fazer explosões.

Nova trincou os dentes, ajustou o aperto na perna e no braço pendurados sobre seus ombros. Para dizer a verdade, ela achava que a Ingrid não era muito mais pesada do que sua bolsa quando estava cheia.

– Pegou? – perguntou Adrian.

– Peguei. Pode ir.

Nova cambaleou para o saguão. O local todo parecia abandonado, sem sinal de ninguém; nem Cronin nem a neta, nem Ruby nem Oscar. Só ela e Ingrid e a fumaça subindo pelo piso. Ela olhou para os próprios pés, pensando se estava imaginando o calor que subia do chão, pelas solas das botas novas.

O piso de madeira, preso a vigas de madeira. As paredes externas podiam ser de pedra, mas tudo dentro, toda a estrutura, todos os móveis, *todos os livros*, tudo era um inferno esperando para acontecer.

E isso nem levava em conta a salinha cheia de munições e explosivos no porão, sendo que qualquer um deles poderia ser detonado assim que o calor do fogo chegasse lá.

O peso de Ingrid a deixou lenta quando ela atravessou o vestíbulo e abriu caminho pelas portas de entrada.

Uma multidão de civis apavorados estava reunida na calçada na frente da escada. Não só os visitantes da biblioteca, mas um grupo cada vez maior de vizinhos e passantes. Em pouco tempo, a imprensa chegaria. E mais Renegados chegariam.

Nova os ignorou enquanto abria caminho. A multidão se separou, com ofegos e sussurros substituindo o barulho dentro do crânio dela.

– Questão... oficial... dos Renegados – grunhiu ela, andando para a rua. Um homem deu um passo à frente, as mãos esticadas, como se para aliviá-la do peso, mas Nova foi ríspida com ele. – Não toquem nela. Ela é perigosa.

Ele se afastou.

Ninguém a seguiu quando ela atravessou a rua e foi para a sombra do prédio de escritórios. O peso morto do corpo de Ingrid estava ficando insuportável quando Nova chegou à esquina, se apoiou em um joelho e rolou Ingrid para o chão. Ingrid caiu com um baque e um gemido.

Nova se sentou sobre os calcanhares, ofegante, e alongou os músculos do pescoço e dos ombros.

– Na próxima vez – disse ela –, vou deixar você pegar fogo.

Ingrid gemeu de novo.

Nova segurou o cotovelo dela e a botou sentada, depois a encostou no prédio. Soltou as algemas que os Renegados tinham lhe dado da parte de trás do cinto. Evidentemente, eram dadas a todas as unidades de patrulha, embora, naquele caso, Adrian e sua equipe não estivessem em *patrulha*.

– Você atirou em mim – murmurou Ingrid, as palavras arrastadas enquanto ela tentava se recuperar dos efeitos do choque.

– Não atirei – disse Nova. – Só dei um choque. É diferente. – Ela prendeu um lado da algema no pulso da Ingrid.

Ingrid levou um susto e sua expressão começou a ficar mais lúcida.

– O que...

– Só vou botar em uma das mãos – disse Nova. Ela puxou o braço de Ingrid para cima e prendeu o outro lado da algema nas barras da janela do térreo. – Você vai conseguir se soltar com facilidade, e vou atribuir a um erro de principiante.

Ingrid inclinou a cabeça e olhou sem entender direito para o pulso preso.

– Você devia ter me ajudado – disse ela. – Eles estariam mortos agora.

Soltando o ar, Nova se agachou perto dela.

– Você não o avisou, né? Armou isso tudo. Armou pra *mim*.

Ingrid tossiu.

– Se eu tivesse te contado, você não conseguiria puxar o gatilho e sabe bem disso. Como no desfile. Mas você é uma garota inteligente. Devia ter percebido. – Ela chegou mais perto da parede. – Uma equipe de Renegados vindo pras nossas mãos. E logo o filho do Capitão. Finalmente nossa chance de mostrar a eles a dor e a perda que tivemos que sofrer. E você estragou tudo!

O corpo de Nova começou a tremer com raiva descontrolada. Ela se levantou e deu um passo para longe de Ingrid.

– Meus objetivos são um pouco mais abrangentes do que destruir *uma* unidade de patrulha. Achei que estávamos juntas nisso. – Ela balançou a cabeça, cega de frustração. – Vamos conversar mais tarde. Agora, eu tenho que ir fazer o controle de danos, porque *alguém* ignorou completamente o meu plano. O plano que teria protegido o Bibliotecário e escondido nossa ligação com ele, devo lembrar.

– Eles o teriam acusado de alguma coisa – resmungou Ingrid. – Teriam arrumado um motivo pra prendê-lo. Era só uma questão de tempo.

Nova repuxou os lábios. No dia anterior, ela acreditou que isso fosse verdade. Agora, não tinha mais certeza. A noite toda, Adrian e os outros fizeram exatamente o que disseram que fariam. Observar e esperar. Eles só decidiram entrar na biblioteca depois que Ingrid apareceu. Se Adrian pretendia plantar provas incriminadoras, ela não tinha visto sinal nenhum.

– Talvez sim, talvez não – disse ela. – A única coisa que sabemos agora é que perdemos o Bibliotecário e o acesso a tudo que estava no depósito. Os Renegados venceram. De novo.

CAPÍTULO VINTE E CINCO

NOVA ATRAVESSOU A RUA, os pensamentos em disparada. Estava naquilo pelo objetivo maior. Fazia o papel de Renegada para poder ensinar a eles uma lição hoje ou amanhã. Não para poder minar uma única missão ou destruir uma única equipe.

Ela seria a causa do fim dos Renegados. Derrubaria o Conselho. Vingaria a família que eles juraram proteger e fracassaram. A família *dela*.

Ingrid foi idiota por ser tão míope, por tentar pegar a estrada mais fácil para a vingança. Mas... Nova também foi idiota. Devia ter percebido que alguma coisa estava errada desde o momento em que entraram na biblioteca e ela viu aquela expressão muda e apavorada no rosto de Narcissa. Devia ter reagido mais rápido, antes de tudo fugir do controle.

Mas estava muito concentrada em completar a missão. Tinha botado fé demais em Ingrid, convencida de que não haveria nenhuma prova incriminadora deixada para trás. Os Renegados revistariam o local e, quando saíssem de mãos vazias, a investigação estaria terminada.

Mas Ingrid enganou Nova, e agora tudo estava arruinado.

Ou pelo menos a biblioteca estava. Tinha fumaça saindo pelas janelas mais baixas. Nova viu o buraco enorme na base, onde a bomba explodiu. A nuvem de fumaça saindo daquela cratera era preta como piche.

As pessoas olharam para ela quando ela se aproximou, a atenção se desviando dela para Ingrid e para a biblioteca.

– O que está acontecendo? – perguntou uma mulher. – Você é uma Renegada, não é? Não vai fazer nada?

Nova parou e se virou para olhar para a mulher, a irritação crescendo rápido dentro dela.

– Fazer alguma coisa – disse ela. – Tipo... pegar o bandido? – Ela indicou Ingrid.

A mulher olhou com arrogância para Nova.

– Tipo apagar o fogo.

– Cadê a Tsunami? – perguntou uma criança.

– É! – gritou outra. – Ou outra pessoa com poder de água! É disso que vocês precisam.

Nova abriu a boca, se preparando para dizer que agora eles estavam fazendo o melhor que podiam com os poderes que tinham, mas hesitou e lembrou que a opinião favorável (ou desfavorável) do público em relação aos Renegados não era problema dela.

– Beleza – murmurou ela, abrindo caminho pela multidão na direção da biblioteca. Ela olhou para as janelas. Não havia sinal de Adrian nem dos outros. Eles tinham encontrado a criança desaparecida? Ainda estavam lá dentro procurando?

Deviam estar. Eles eram profissionais. Eram super-heróis *de verdade*. Se ainda não tinham encontrado a criança, encontrariam a qualquer minuto.

Mas... e o Bibliotecário?

Nova expirou, lutando para manter o foco na agitação. Para não perder de vista suas prioridades.

O Bibliotecário tinha sido descoberto. Seria preso assim que fosse encontrado de novo, acusado de comércio ilegal de armas, conspiração e sabe-se lá mais o quê. Qualquer esperança dos Anarquistas manterem a ligação com os distribuidores já era.

A não ser que ela conseguisse encontrá-lo primeiro. A não ser que pudesse levá-lo a um lugar seguro. Talvez, só talvez, ela ainda conseguisse salvar o navio naufragando.

Gene Cronin era um covarde. Foi o que Ingrid lhe disse mais de dez vezes. Devia ter fugido. Devia estar longe agora, provavelmente a caminho da fronteira da cidade.

Não devia?

Ela massageou a nuca, a incerteza enevoando seus pensamentos, quando uma série de explosões sacudiu a base da biblioteca. Foram seguidas por um estalo ensurdecedor de madeira cedendo. A multidão chegou para trás enquanto uma nuvem de fumaça preta saía pelas janelas e do buraco enorme na parede inferior.

Nova sabia que as explosões eram dos explosivos armazenados no porão, embora não pudesse ter certeza se ainda haveria mais detonações a caminho.

Em seguida, ela ouviu os gritos.

Primeiro, achou que estivesse imaginando. Um eco apavorado vindo da mente ainda maltratada.

Alguém a empurrou por trás. A mulher de antes, gritando.

– Tem alguém lá dentro ainda! Eu ouvi! *Faça* alguma coisa!

E apesar de Nova precisar de toda a sua força de vontade para não se virar e gritar para a mulher *fazer alguma coisa* ela mesma, ela ignorou o instinto e saiu correndo... não para a biblioteca, mas dobrando a esquina, certa de que os gritos tinham vindo de trás.

Assim que dobrou a esquina, ela o viu. Um garoto de seis ou sete anos, pendurado em uma janela do segundo andar. A gola da camisa estava puxada por cima do nariz, e mesmo de baixo ela viu os olhos vermelhos e em pânico.

Nova olhou em ambas as direções, mas não havia nada que pudesse usar para subir. Não tinha nenhuma escada aleatória caída, nenhuma árvore enorme conveniente. Ela avaliou a lateral do prédio e, sem se dar a chance de pensar demais, enfiou os dedos nos vãos entre as pedras e começou a subir.

Nova só tinha subido um pouco quando seu pé escorregou e ela caiu no chão, com força, de costas. Acima, o garoto chorou, os dedos segurando o parapeito da janela.

Nova se levantou, mas outra explosão sacudiu o chão e a derrubou de novo. Uma janela no primeiro andar explodiu para fora ao sucumbir ao calor e à pressão aumentando dentro da biblioteca. Chamas laranja ardiam lá dentro, lambendo as paredes de pedra.

Nova fechou os olhos e calculou os riscos. Apesar de só ter levado alguns segundos para tomar a decisão, pareceu uma eternidade.

Ela abriu os olhos novamente e enfiou a mão no compartimento do cinto que guardava os microssinalizadores exotérmicos feitos por ela. E, embaixo disso tudo, as luvas.

As luvas da Pesadelo.

Ela enfiou os dedos no couro preto e fechou as fivelas, depois apertou o botão que acionava as ventosas pressurizadas. Adiantou-se e pulou no prédio, com as palmas na fachada.

A sucção a segurou.

Nova começou a subir. Apertou, esticou, soltou. Seus dedos dos pés tentavam se apoiar no cimento entre as pedras. Os braços começaram a queimar com o esforço conforme ela ia subindo mais e mais. A fumaça saía pelas janelas abaixo e ocupava o ar ao redor.

Quando chegou à janela do segundo andar, os braços estavam prontos para cair dos ombros. Mas ela conseguiu entrar pela janela e desabou no chão ao lado da criança.

Ele olhou para ela, o lábio tremendo.

– Socorro – disse ele baixinho.

Ela assentiu.

– Me dá um segundo.

Inspirar. Expirar.

Ela se sentou e depois se levantou. Aquele andar também estava cheio de fumaça, apesar de ainda não estar densa a ponto de não ser possível enxergar.

– Vem – disse ela, passando um braço pelos ombros do garoto.

Ele a seguiu sem resistência por uma série de salas de arquivo, até eles chegarem à escadaria.

Nova parou e olhou para o saguão. O que antes era a entrada principal agora era um mar de fumaça e fogo. O piso estava soltando fumaça e, enquanto ela olhava, o chão embaixo da estátua no vestíbulo cedeu com o peso e desmoronou.

Nova recuou e empurrou o garoto na direção da parede.

– Certo – disse ela lentamente. – Nós não vamos por ali.

Ela o levou de volta pelo caminho que eles tinham feito e abriu a janela pela qual tinha entrado. Botou a cabeça para fora e analisou a queda. Não era muito grande... para ela.

– Você sabe se encolher e rolar?

O garoto choramingou.

– Você não sabe... você não sabe *voar*?

Ela olhou para ele.

– Se eu soubesse voar, por que eu... – Ela levantou as mãos, ainda cobertas pelas luvas, e gemeu. – Não importa. Escuta. Você vai subir nas minhas costas e eu vou descer pela parede. Você vai ter que confiar em mim, tá?

Apesar do rosto do garoto estar tomado de medo, o sentimento foi dominado por uma esperança pura e inexplicável.

– Você é uma Renegada – disse ele. – Claro que confio em você.

O estômago de Nova se contraiu, e todos os seus instintos queriam argumentar. *Não. Não confia neles. Eles não merecem.*

Mas ela segurou a resposta e estava começando a se abaixar para ele poder subir nas costas dela quando ouviu gritos.

Ela fechou as mãos no pulso do garoto e espiou pela janela. Viu Ruby e Oscar correndo pela hera abaixo.

– Nova! – gritou Oscar, e fez uma careta. – Quer dizer, Insônia! Você tem que sair daí!

O alívio pulsou nas veias de Nova. Ela fechou as mãos em volta da boca e gritou:

– Encontrei o garoto! Olhem!

Ela se virou, pegou o garoto pelas axilas e o levantou na janela para eles verem.

Ruby botou a mão sobre a boca. Ela e Oscar trocaram olhares, mas foi uma discussão curta e silenciosa.

– Espera – disse Ruby, desenrolando o fio do pulso. Ela deu um passo para longe de Oscar e começou a girá-lo como um laço no ar. – Para trás!

Nova pulou para longe da janela e puxou o garoto junto. Um segundo depois, o heliotrópio de Ruby caiu no parapeito. Assim que foi puxado, as pontas da pedra se abriram, transformando-a num gancho que ficou bem preso no parapeito.

– Legal – murmurou o garoto.

– Você já desceu por uma tirolesa? – perguntou Nova, tirando as luvas e as enfiando no cinto.

– Uma o quê?

– Nada. Vamos lá, é como brincar nas barras do parquinho. Uma mão na frente da outra. Se você cair, aquele cara de bengala vai te pegar, tá?

O garoto olhou para o fio fino e para Oscar e sua testa se franziu de incerteza.

– Ele também é um Renegado – disse Nova. – Ele levanta peso, uns... – Ela pensou. – Sei lá. Muitos quilos. Mais do que o seu peso, com certeza.

Parecendo reconfortado, o garoto passou uma perna pelo parapeito. Nova o ajudou a começar, mostrando como usar as mãos enquanto mantinha os tornozelos presos na corda.

Ele estava na metade e ela começando a relaxar, debatendo se também desceria pela corda ou se pegaria o trajeto mais rápido, o de pular, quando Oscar deu um grito para ela:

– Cadê Adrian?

Ela ficou tensa.

– Ele não está com vocês?

Oscar balançou a cabeça.

– Nós não o vemos desde que você saiu do porão.

Nova se afastou da janela de novo e olhou em volta. O ar dentro da biblioteca a fez se sentir em uma sauna. Uma sauna fumacenta e sufocante.

Adrian não podia ainda estar ali, podia?

A não ser que a fumaça o tivesse afetado. A não ser que ele estivesse inconsciente em algum lugar, morrendo de inalação de fumaça, ou preso embaixo de uma estante em chamas, ou...

Um grito soou no meio do rugido do fogo. Nova ficou imóvel. Não era Adrian.

Mas isso só significava que havia outra pessoa na biblioteca.

Ela seguiu os gritos até o canto extremo do terceiro andar, onde havia uma sala fechada no meio das escrivaninhas, o conteúdo visível por uma janela de vidro numa porta fechada. Uma placa ao lado da porta dizia LIVROS RAROS E PRIMEIRAS EDIÇÕES. Nova a abriu e encontrou essa sala livre da fumaça que ocupava o resto do prédio, que começou imediatamente a entrar pela porta aberta.

Gene Cronin e Narcissa estavam parados na frente de uma janela aberta. Narcissa se virou para Nova e gritou:

– Fecha a porta!

Nova empurrou a porta com uma força desafiadora.

O Bibliotecário nem olhou para ela. Estava ocupado demais tirando livros de armários com portas de vidro e os embrulhando em toalhas de papel antes de os jogar pela janela às braçadas.

– Me ajudem! – gritou ele. – Narcissa... rápido! O armário dos manuscritos. Nós temos que salvar os manuscritos!

– São só livros! – gritou Narcissa. – Nós temos que nos salvar!

– *Só livros?* – rugiu Cronin. – O trabalho da minha vida! Alguns desses são os únicos exemplares conhecidos que restaram no mundo todo! Primeiras edições... exemplares autografados...

– Narcissa está certa – disse Nova, entrando mais na sala.

Ela observou o espaço de novo, achando que Adrian apareceria por trás de algum armário, mas só havia o Bibliotecário e sua neta presentes. Adrian não estava lá. Ela engoliu em seco e tentou não imaginá-lo preso no fogo abaixo.

– O térreo está comprometido. O prédio todo vai desabar a qualquer minuto. Vocês têm que sair daqui.

Ela observou a sala. Duas paredes tinham janelas duplas, todas abertas, talvez numa tentativa de deixar sair a fumaça que entrava pelos vãos da porta. Uma lareira de tijolos ocupava a parede oeste, parecendo, ironicamente, não ver fogo havia décadas, com um espelho decorado por cima. Nova achou que o elemento decorativo era mais para a conveniência de Narcissa do que uma tentativa de elegância decorativa.

Fora isso, havia quatro armários com portas de vidro exibindo livros antigos, pergaminhos, diários e manuscritos, e até uma variedade de ferramentas antigas de escrever e imprimir, de potes de tinta a tipos de chumbo. Havia mais estantes nas paredes, cheias de trabalhos que não eram tão raros ou valiosos quanto os dos armários. E também a porta pela qual Nova tinha entrado, e... só. Nenhuma outra rota de fuga. Eles teriam que sair pelas janelas.

– Por que você os trouxe aqui? – berrou Narcissa, furiosa.

Nova se virou para ela.

– O quê?

– Você fez isso! Você e a Detonadora. Vocês nos enganaram. Por quê? – Lágrimas de medo estavam se acumulando nos olhos de Narcissa, e os punhos dela estavam tão apertados que tremiam. Passou pela cabeça de Nova que ela, pelo menos, não estava presa ali. Havia um espelho. Ela poderia sair a qualquer momento.

Mas ainda não tinha saído. Ainda estava tentando salvar o avô.

Nova mordeu o lábio, tentando pensar com clareza enquanto o olhar de ódio de Narcissa a fuzilava. Sempre tinha gostado da neta do Bibliotecário. Não a conhecia bem, mas ela sempre pareceu legal quando Nova ia com Ingrid fazer negócios. Apesar de ser neta do Bibliotecário e obviamente saber sobre as atividades dele, ela nunca pareceu a Nova particularmente... vilã.

Pela primeira vez, começou a pensar o que Narcissa achava *dela*. Nas poucas interações das duas, ela pareceu tranquila, até dócil. Nova tinha suposto que essa era só sua personalidade, mas agora questionava se Narcissa tinha medo dela.

Porque ela era a Pesadelo?

Ou porque ela era sobrinha de Ace?

– Vocês têm que sair – disse Nova, indo até a janela mais próxima. – Você pode levar seu avô pelo espelho?

– Não funciona assim – disse Narcissa com rispidez.

– Bom, então use o espelho enquanto pode. Gene e eu vamos pela janela. – Ela olhou para a queda de dois andares. – Eu acho.

Aquele lado da sala dava para a rua na frente da biblioteca, onde o aglomerado de civis só aumentava.

Uma olhada rápida na direção do prédio em frente revelou que Ingrid tinha fugido. A algema estava caída na calçada entre a pequena cratera fumegante onde Ingrid tinha feito uma explosão entre a parede e a janela com grade.

As outras duas janelas davam na direção da viela e do cinema. Se pulassem, podiam mirar na caçamba de lixo mais próxima, que aliviaria a queda mais do que o concreto. Mas Nova duvidava que Gene Cronin aguentasse essa queda, mesmo se ela o instruísse sobre o básico de saltos assim.

– Ele tem setenta e quatro anos! – gritou Narcissa. – Você acha mesmo que vai pular por uma janela?

Nova suspirou. Onde estava Winston com seu balão quando ela precisava?

Houve um estrondo atrás dela, e Nova se virou, com medo de o prédio estar começando a desabar. Mas não: uma janela tinha quebrado. Estilhaços de vidro voaram pelo ar, se espalharam no chão, seguindo a trajetória da figura que tinha acabado de entrar pela janela.

O queixo de Nova caiu quando ela viu a figura rolar com perfeição e acabar de pé, sem esforço. Ele girou, o corpo de armadura preparado para um ataque e a luz do dia refletindo no visor.

– Sério? – disse Nova. Ela sabia que era só uma questão de tempo até que mais Renegados começassem a aparecer, mas não esperava o guerreiro secreto. Era como aquelas pessoas lá fora disseram: alguém com poder de água seria bom.

Mas talvez fizesse sentido. O Conselho sabia sobre aquela missão e tinha interesse direto no bem-estar de Adrian. Talvez tivessem enviado o Sentinela para observar o progresso deles. Nesse caso, a pergunta não era o que ele estava fazendo ali, e sim por que ele demorou tanto.

O Sentinela virou a cabeça na direção dela e disse com uma voz grave e preocupada:

– Está todo mundo bem?

Nova abriu bem os braços.

– Estamos presos em um prédio em chamas. O que você acha?

– Vou levar vocês pra um lugar seguro – disse ele. – Todos vocês. Com uma condição. – Ele voltou o foco para o Bibliotecário, que tinha parado de jogar livros pela janela para olhar o recém-chegado. – Quero oferecer uma troca, Gene Cronin.

A boca de Cronin trabalhou em silêncio. Ele estava com um livro de capa de couro pressionado contra o peito, apertando-o como se fosse uma boia salva-vidas.

– Eu... quem é você?

– Sou o Sentinela.

Ele falou com o mesmo tom de honra do qual Nova se lembrava, e ela não pôde deixar de revirar os olhos.

– Me responda rapidamente – disse o Sentinela. – Nós não temos muito tempo.

– Eu... uma troca? Sim. Sim, tudo bem. Sou um negociante justo. Mas... tudo foi destruído. Se você veio querendo armas e explosivos, vai ter que esperar até eu restabelecer a ligação com o meu...

– Isso não me interessa – interrompeu o Sentinela. – Eu vim atrás de informações.

Nova franziu a testa e suas desconfianças aumentaram. Do lado de fora, ela ouviu alguém gritando seu nome e se virou e viu Ruby e Oscar correndo pela viela, cada um segurando uma ponta de uma escada de alumínio. Seu peito foi tomado de alívio. Ela se perguntou onde eles tinham conseguido, mas, naquele momento, não importava muito.

– Informações? – disse Cronin. – Bom, isso tenho aos montes.

– Estou procurando a Pesadelo.

Seu coração deu um pulo, e ela se virou para o Sentinela. Ele não estava voltado para ela, e Nova só conseguia ver o visor de perfil. Mas Cronin... ela o via muito bem, e o jeito como seus olhos atordoados se voltaram para ela fez sua pulsação trovejar embaixo da pele. Ela balançou a cabeça de forma rápida e desesperada.

– Me diga onde posso encontrá-la – pediu o Sentinela –, e não só vou tirar você em segurança deste prédio, mas vou levá-lo para um lugar que lhe dê vantagem significativa quando os Renegados começarem as buscas. Você e sua neta podem sair desta cidade e nunca mais voltar.

O olhar de Narcissa foi do Sentinela para Nova, os olhos arregalados. Era impossível saber se o Sentinela estava falando sério ou se a proposta era um estratagema para fazer o Bibliotecário falar. Talvez o Sentinela traísse o acordo assim que tivesse a informação que queria. Era o que um vilão faria. Mas um Renegado? Que se baseava em honestidade e integridade?

Mas, se pretendesse ir até o fim com essa oferta, ele estaria disposto a deixar o Bibliotecário fugir, um homem que botou centenas de armas ilegais nas ruas. O que o Conselho diria sobre isso? Já tinham aprovado esse acordo, tudo numa tentativa de achar a Pesadelo? De *a* encontrar?

Nova engoliu em seco, na dúvida se devia ficar lisonjeada.

– Pesadelo? – disse Cronin. Seus olhos ficaram grudados no Sentinela agora, e Nova quase conseguiu ver os pensamentos girando na cabeça dele enquanto tentava pensar na melhor chance de sobrevivência no longo prazo... e na liberdade.

– Ela é procurada por tentativa de assassinato contra o Conselho, embora eu desconfie que não preciso lhe dizer isso. Você forneceu a arma que ela usou, não foi? – O Sentinela deu alguns passos mais para perto, os pés batendo nas tábuas do piso. – Quero saber onde ela está e pra quem ela trabalha. Responda isso e vai ter o restante do dia pra encontrar algum outro alojamento que não seja uma cela de prisão.

– Onde ela está? – repetiu Cronin. – Pra quem ela está trabalhando?

O foco dele se desviou do Sentinela para Nova. A mão dela foi até o cinto e a arma de choque lá.

O pomo de adão de Cronin se mexeu rapidamente.

– Bem – disse ele, ofegante. – Essa é... uma questão complicada. – Ele limpou a garganta. – Sabe, a garota que... que usa o codinome Pesadelo, que é como... como alguns a conhecem... por esse nome... bem, ela...

Uma esfera azul em chamas entrou pela janela quebrada. Caiu no piso de madeira, quicou uma vez...

Nova mergulhou para se proteger atrás de um armário e envolveu a cabeça com os braços, enquanto o Sentinela se jogou em Cronin e Narcissa e protegeu os dois.

A detonação destruiu o canto da biblioteca, abriu um buraco no chão e empurrou as paredes para fora. Gesso, vidro e telhas caíram nas costas de Nova. O piso abaixo dela se inclinou na direção do epicentro da explosão. Ela agarrou uma das prateleiras embutidas e se segurou com firmeza enquanto o chão sumia de debaixo dos seus pés. Livros caíram em volta dela, mas ela ergueu o joelho para se apoiar e se segurou.

O ribombar das paredes ainda não tinha parado quando ela sentiu uma onda de calor e fumaça vinda do piso abaixo, chamuscante e densa. Nova tossiu e olhou em volta, tentando enxergar na fumaça. As chamas estavam vindo de baixo. A parede à direita tinha sumido, e ela via quase todo o cinema do outro lado da viela, mas pelo menos a abertura permitia que a fumaça fosse para fora. Ela tossiu. Seus olhos ardiam. Não havia sinal do Sentinela, nem de Cronin e Narcissa. Eles teriam caído no andar de baixo? Não havia sinal deles lá também.

A estante na qual Nova estava agarrada começou a ceder, as paredes externas fracas pela explosão. Ela trincou os dentes e procurou uma forma de sair, mas não havia nada em que se segurar. Sentiu que dar um único passo no piso destruído faria com que o que restava desabasse.

Ela olhou para uma arandela acima. Se conseguisse alcançá-la, talvez pudesse se segurar e jogar o corpo pela abertura...

Apesar de as palmas das mãos estarem escorregadias de suor, ela dobrou os dedos na estante e esticou a mão para cima, enquanto as prateleiras gemiam e se inclinavam para o piso quebrado. A gravidade a puxava. Ela se esticou, o braço se aproximando da arandela. Centímetros... que mais pareciam um quilômetro...

Seus dedos escorregaram.

Nova gritou quando caiu no fogo.

CAPÍTULO VINTE E SEIS

ALGUMA COISA A PEGOU NO MEIO DA QUEDA.

Nova sentiu o corpo ser esmagado contra uma superfície dura e inflexível, e começar a subir de novo. Ela inspirou fundo em choque e viu o visor do Sentinela. A sensação de falta de peso foi breve. Ele pousou no segundo andar, que gemeu e grunhiu com a força do pouso. O Sentinela virou-se e se lançou com ela no colo na direção da parede destruída. Vento e fumaça sopraram no rosto de Nova e ela se virou, protegendo os olhos no peito dele.

Desta vez, a sensação de voo levou a uma sensação de queda, e logo ele pousou com o impacto de uma escavadora no telhado do cinema. O Sentinela se apoiou em um joelho e a aninhou com o braço.

– Você está bem?

Nova percebeu que estava tremendo. O corpo todo tremia quando ela levantou a cabeça e só viu a própria expressão perplexa refletida na superfície do visor.

Ele a estava abraçando. Como se ela fosse... uma carga preciosa. Ou uma passante inocente. Ou... ou... uma donzela em perigo.

Nova contraiu o maxilar e bateu com as palmas na placa do peito dele para sair dos seus braços. Ele caiu para trás com surpresa e se apoiou em um cotovelo enquanto ela se levantava e recuava. Nova tirou a arma de choque da cintura.

O Sentinela esticou a mão para ela.

– Eu vim ajudar. – Ele se levantou lentamente. – Pode confiar em mim.

Ela riu; foi um som louco e incrédulo.

– Duvido muito.

Seu olhar percebeu movimento, e ela viu Gene Cronin e Narcissa ao lado de uma saída de ventilação do telhado. Narcissa estava agarrando o braço do avô, mas ele ainda segurava um dos livros velhos e delicados da biblioteca. O rosto de Narcissa estava pálido, a trança se desfazendo e as roupas sujas de fuligem. Cronin não se encontrava muito melhor, apesar de já ser naturalmente tão desgrenhado que não fazia diferença.

Outra explosão soou do outro lado da rua, e Nova se virou, imaginando mais bombas senso jogadas neles. Mas, desta vez, não tinha sido a Detonadora a provocar o ruído. Foi a biblioteca, sucumbindo ao fogo. As vigas e suportes restantes cederam e espalharam um monte de fagulhas e chamas que envolveram o que restava do telhado. Em pouco tempo, tudo que restaria seriam algumas paredes externas de pedra. Um esqueleto da estrutura que abrigavam.

Seu coração se apertou.

Adrian ainda estava...?

Não. Não, ele era forte e inteligente. Era um Renegado. Claro que tinha encontrado uma saída.

O Bibliotecário soltou um choro sofrido e caiu de joelhos.

– Minha biblioteca... meus *livros*...

Narcissa ficou ao lado dele, fazendo carinho nas costas, mas ele não pareceu notá-la em meio a tanta tristeza.

– Papel e tinta – disse uma voz furiosa.

Nova vez uma careta.

Ingrid apareceu saindo de trás de um holofote velho e enferrujado, do tipo que se usaria para promover uma estreia de filme novo em um tempo esquecido. Ela já estava com um sorrisinho debochado na cara e um novo explosivo estalando entre as mãos.

– Você vai superar – disse ela. – A verdadeira tragédia foram todas aquelas armas.

Cronin deu um sorriso pesaroso.

– As armas podem ter servido para a minha sobrevivência, mas aqueles livros... eles eram a minha vida.

Ingrid deu uma risada debochada.

– Patético – disse ela, voltando a atenção para o Sentinela. Ela começou a jogar a esfera de energia para cima, segurar com uma das mãos e jogar para a outra. – Ora, ora. Se não é o brinquedinho novo dos Renegados. Quem pensaria que você também estaria envolvido nisso?

– Fique onde está, Detonadora. Você já provocou danos suficientes hoje. – A mão direita do Sentinela começou a brilhar, o metal cinza ficando branco de tão quente do pulso às pontas dos dedos.

Nova olhou sem acreditar.

Aquilo era novidade.

Ele não podia ter mais habilidades que ela não tinha visto ainda. Como era possível?

– Sei disso – disse Ingrid com uma risada alegre. – E a sensação é *tão boa*. Depois de nove anos sufocando meu poder, fingindo obediência às exigências do Conselho... finalmente poder lembrar ao mundo o que sou capaz de fazer. Grandes poderes, é tão bom! – Ela soltou um grito para o céu e começou a rir. – Sabe, meu foco era eliminar aquele garoto Everhart, mas *você*... você pode ser até melhor. Eliminar o lacaio do Conselho. Você acha que sua armadura aguenta um golpe direto? Tenho minhas dúvidas...

– Lacaio do Conselho? – disse o Sentinela. – Acho que me confundiu com outra pessoa.

– Ah, não confundi – respondeu Ingrid.

O Sentinela esticou a manopla reluzente à frente do corpo, o punho fechado.

– Eu não vim por ordem do Conselho. Não vim executar serviço de ninguém, só o meu.

Ingrid suspirou.

– Você realmente...

Um raio estreito de energia branca saiu de um cilindro no antebraço do Sentinela e atingiu o peito de Ingrid. Ela cambaleou e caiu para trás, ofegante.

A boca de Nova estava escancarada agora, a mente momentaneamente calada em choque.

A armadura, o fogo, o salto de longa distância, e agora... o que era aquilo? Alguma espécie de raio de energia?

Quantas habilidades aquele cara tinha?

O Sentinela baixou o braço.

– Por que alguns vilões são tão irritantemente tagarelas?

– Ela está morta? – perguntou Nova.

O Sentinela se virou para ela.

– Desacordada. – Ele hesitou e olhou para o braço, que tinha voltado a ficar da mesma cor cinza do resto da armadura. – Eu acho. Eu nunca tinha usado isso.

Nova olhou para ele boquiaberta.

– Como assim, nunca tinha usado isso?

Eles foram interrompidos pela voz atordoada de Gene Cronin.

– *Ela* fez isso. – Ele tinha ido até a beirada do telhado e estava vendo a biblioteca pegar fogo, as chamas dançando nos olhos pesarosos dele. – Ela armou essa armadilha. Jogou as bombas. Destruiu tudo. – Ele soltou uma gargalhada breve e sem humor. – O que se pode esperar de uma mulher que se intitula *a Detonadora*? Eu devia ter percebido... nunca devia ter confiado em uma Anarquista...

Ele descruzou os braços, e Nova viu que ele ainda estava segurando o livro de couro que pegou na sala de livros raros.

– Mas eu me lembro de tudo – sussurrou ele. – De cada palavra. Esse conhecimento. Nada vai se perder. – Ele fechou os olhos e seu rosto assumiu uma expressão de exultação. De determinação profunda. – Foi por isso que esse dom foi concedido a mim. Para preservar todas aquelas palavras, todas as histórias e ideias. Para resgatá-las da extinção. Mesmo que leve o resto dos meus anos na face da Terra, eu vou registrar tudo. Vai ser o grande orgulho da minha vida.

– Você planeja fazer isso de uma cela de prisão? – perguntou o Sentinela. Cronin se virou para ele, como se surpreso de ainda haver alguém presente. – Porque os Renegados podem ou não estar dispostos a fornecer papel suficiente para substituir – ele fez um gesto na direção da biblioteca – tudo aquilo.

Cronin engoliu em seco.

O Sentinela chegou mais perto e baixou a voz.

– Mas minha proposta está de pé. Posso levar você e sua neta para longe daqui. Só me conte o que sabe sobre a Pesadelo.

– Minha nossa – murmurou Nova. – Você só se importa com isso?

O Sentinela não olhou para ela... mas o Bibliotecário sim.

Nova se empertigou e o olhou da forma mais ameaçadora que conseguiu.

– A Pesadelo – disse Cronin, e começou a rir de repente, como se tivesse acabado de lhe ocorrer como a situação era histérica. – Ah, a Pesadelo. Sim. Eu talvez saiba onde você pode encontrar...

Um tiro ricocheteou nos ouvidos de Nova. A cabeça de Gene Cronin foi empurrada para trás, um arco de sangue jorrou pelo telhado. O corpo dele pareceu oscilar, momentaneamente suspenso, antes de cair para trás. O livro que ele estava segurando caiu aberto ao seu lado e as páginas amarelas tremeram.

Narcissa gritou.

O mundo fez uma pausa. Nova olhou para o sangue borrifado na parede, e apesar de saber que era vermelho, tudo de repente pareceu banhado de cinza. Seus lábios estavam abertos, mas ela talvez tivesse parado de respirar. Seus olhos arregalados e incrédulos foram na direção de Ingrid e pousaram na arma nas mãos dela.

Ingrid ergueu o queixo. Havia pouco a ler no rosto dela. Raiva. Talvez orgulho. Mas nada de remorso que Nova pudesse ver.

Em seus pensamentos confusos, Nova as imaginou sentadas na plataforma do metrô mais tarde, ouvindo Ingrid contar como tinha matado o Bibliotecário momentos antes de ele poder trair a identidade de Nova. Imaginou Ingrid rindo e os outros também.

Mas não pareceu tão engraçado no momento.

Nova sabia que Gene Cronin teria revelado seu segredo. Ou agora, para o Sentinela, ou mais tarde, para o Conselho. Se sobrevivesse àquela noite, ele acabaria falando, mesmo que só para se vingar dela e dos Anarquistas que provocaram a destruição da biblioteca. Ele tinha que morrer para ela dar continuidade à missão. Se queria ter esperança de ficar nos Renegados e trabalhar para tirar o poder deles de uma vez por todas. Ele tinha que morrer. Era o único jeito.

Às vezes, os fracos precisavam ser sacrificados para que os fortes prosperassem.

Mas aqueles pensamentos pareciam muito distantes, e ela acabou percebendo que os estava ouvindo não com a própria voz, mas com a de Ace.

Quando viu Narcissa cair chorando por cima do corpo do avô, Nova soube que não teria conseguido matá-lo. Nem mesmo para se proteger.

Que tipo de vilã ela era?

Com os lábios repuxados em uma expressão de desprezo, Ingrid apontou a arma para Narcissa. A segunda ponta solta.

Um raio de energia ofuscante atingiu Ingrid na lateral e a derrubou de novo. A arma voou da mão dela. Um segundo raio a atingiu quase em seguida, fazendo-a rolar algumas vezes até seu ombro bater em um holofote enferrujado.

O Sentinela correu na direção dela, o braço reluzente, se preparando para disparar de novo... quando um brilho azul acertou o telhado aos seus pés. A explosão o jogou voando no ar por cima da beirada do telhado e deixou uma cratera de concreto rachado onde ele estava.

– Para! – gritou Nova. – Para de explodir as coisas! Só para!

Ingrid se sentou e se apoiou na lateral do holofote com uma das mãos enquanto preparava uma nova bomba na outra.

– Nós não podemos deixar que ela vá embora – disse ela. – Você sabe.

Nova ficou olhando para ela, as palavras dançando sem sentido na cabeça por muito tempo até perceber que Ingrid estava falando sobre Narcissa.

Nova firmou o maxilar, andou para a frente e pegou a arma caída.

– Vá em frente – disse Ingrid, deixando a esfera azul se extinguir e evaporar no ar. – *Tem* que ser você. Por que eu tenho que fazer todo o trabalho pesado quando o assunto é proteger a sua identidade?

Nova engatilhou a arma e enfiou o dedo no gatilho.

Tinha que ser ela. Precisava se preocupar com sua autopreservação. Com a proteção de seus segredos. Matar Narcissa era o que qualquer Anarquista faria. O que Ace ia querer que ela fizesse e quase certamente o que teria feito.

Nova soltou o ar, se virou e mirou.

Ingrid parou, olhando para o cano apontado de repente para seu peito.

– Não seja tola.

– Corra – disse Nova.

Ingrid a olhou com raiva. Nova retribuiu o olhar, uma gota de suor caindo no olho.

Ingrid se levantou lentamente. Olhou para Nova com cautela enquanto dava um passo para trás na direção da escada de incêndio, depois dois.

– Você está cometendo um erro.

– Não pode ser tão grande quanto os erros que você cometeu hoje.

Com a testa começando a tremer, Ingrid se virou e saiu correndo. Nova esperou até ela estar passando pela beirada do telhado para apertar o gatilho.

A bala acertou Ingrid na parte de trás do braço. Ela gritou quando caiu, e Nova ouviu o estrondo do corpo batendo no patamar de metal da escada de incêndio. A estrutura tremeu e fez barulho enquanto ela descia, pulando de patamar em patamar. Abaixo, Nova ouviu alguém gritar (Ruby?), e logo outra cacofonia de explosões sacudiu o prédio. Com um palavrão, ela correu até a beirada e olhou para a rua, onde faltava uma nova seção de pedras da parede do cinema, agora espalhada na rua. Ruby estava de costas, tossindo, com Oscar ajoelhado do lado. E Ingrid...

Nova procurou na rua e só viu as botas altas de Ingrid quando ela desapareceu em uma esquina.

Ela deixou os ombros penderem, sem saber se estava aliviada ou não de ver Ingrid fugir.

Suas pernas estavam tremendo quando ela se levantou na lateral do telhado e se virou.

Mas seu coração entalou na garganta de novo.

Narcissa não estava mais ajoelhada por cima do corpo do Bibliotecário. Uma série de pegadas de sangue atravessava o telhado até a beirada de frente para a biblioteca destruída. Narcissa tinha subido no parapeito baixo, segurando o livro que o avô tinha conseguido salvar.

– Narcissa, não!

Ignorando-a, Narcissa ergueu os braços em um arco gracioso acima da cabeça e se inclinou para a frente. Nova gritou e correu para ela, apesar de saber que era tarde demais. Ela se apoiou na beirada e se inclinou a tempo de ver a superfície cintilante de um espelho quebrado no concreto abaixo, onde Narcissa mergulhou e desapareceu.

O ar sumiu dos pulmões de Nova quando ela viu o reflexo do céu azul e das chamas tremer no vidro, antes de ficar imóvel novamente. Ela reconheceu o espelho como o que ficava acima da lareira na sala de livros raros. Havia tijolos da lareira espalhados na viela, derrubados pela explosão.

Nova gemeu, exausta até a alma, e caiu de joelhos, os braços flácidos sobre o muro. Sua cabeça se inclinou para a frente e se apoiou na pedra fria, e ela teve o pensamento distante de que ficaria perfeitamente satisfeita de permanecer sentada ali, parada, por um mês. Mesmo com o ar cheio de fumaça e detritos. Mesmo havendo um cadáver e uma poça de sangue a alguns passos. Ela não queria se mexer. Não sabia se conseguiria.

Ela se sentia pesada e esgotada. Seus pensamentos se misturaram enquanto tentava conciliar suas expectativas para o dia com o que tinha se tornado realidade.

Enquanto tentava determinar o que fazer agora.

Narcissa tinha escapado. Nova sabia que Ingrid estava certa: a garota era um perigo. Sabia demais. E apesar de Nova não se arrepender da decisão de não a matar, assim como de não ter deixado que Ingrid a matasse, também se perguntou por quanto tempo seria assombrada pelo medo de que Narcissa aparecesse a qualquer momento para revelar seu segredo por pura vingança… ou talvez, ainda mais provável, quando usaria esse segredo para fazer chantagem.

O Bibliotecário estava morto. Era bom... porque ele não podia mais traí-la. Era ruim... porque ele era um dos poucos recursos de confiança dos Anarquistas.

Era ruim... tantas armas destruídas. Pelo menos, ela supôs que a maioria estivesse destruída, e qualquer uma que não estivesse chegaria às mãos dos Renegados até o fim do dia. Era duplamente ruim.

Mas era bom... eles não tinham descoberto nada sobre Pesadelo. Nem quem ela era nem onde a encontrar. Nem mesmo prova definitiva de que o Bibliotecário tinha fornecido a arma que ela usou no desfile.

Se bem que o Sentinela devia ter deduzido que havia uma ligação entre Cronin e a Pesadelo, com base no quanto Cronin chegou perto de responder às perguntas dele, mas Nova não conseguia pensar com clareza suficiente ainda para determinar o quanto isso a botava em perigo. Afinal, muitos criminosos procuravam Cronin para obter armas. Isso não diminuía a busca.

Um estrondo reverberou no telhado, o som conjurando a memória de uma armadura metálica e braços frios a envolvendo de forma protetora enquanto eles voavam pelo ar.

Nova inspirou fundo.

– Você está bem? – perguntou o Sentinela, parecendo mais gentil do que antes.

Nova engoliu em seco. Ela não respondeu nem se virou para olhar para ele, mesmo com os passos chegando mais perto. Ele parou, não ao lado dela, mas ao lado do corpo do Bibliotecário.

Nova virou a cabeça o suficiente para poder vê-lo com o canto do olho. Ele parou antes da poça de sangue escuro. Ela inspecionou o perfil dele, a armadura, os braços que tinha visto arderem em chamas e reluzirem com energia, mas que agora estavam de um cinza metálico e sem vida. Havia sinais da batalha: marcas de queimadura na lateral do corpo, amassados nas costas. Mas, de um modo geral, ele parecia ótimo.

Ela tinha se esquecido da arma, que jogou no chão na pressa de impedir Narcissa. Agora, encontrou-a ao lado do joelho, o cabo frio na palma da mão quando a pegou.

– Você realmente teria deixado que ele fosse embora? – perguntou ela, sentando-se nos calcanhares. – Se ele tivesse dado as informações que você queria?

O Sentinela não disse nada por muito tempo antes de admitir:

– Eu ainda não tinha decidido.

– Você quer dizer que a proposta não tinha sido sancionada pelo Conselho?

Ele virou a cabeça para ela. Mas, em vez de responder à pergunta, perguntou de novo:

– Você está bem? Precisa de... ajuda? Pra descer?

– Estou ótima – disse Nova, passando o polegar pelo cabo da arma. – O que você quer com a Pesadelo, afinal?

O Sentinela inclinou a cabeça, e Nova conseguiu imaginá-lo a observando. Ela queria saber como ele era. A tela preta do rosto dele era bem irritante.

– Ela e eu temos questões não resolvidas.

Ela ergueu uma sobrancelha.

– E o Conselho também, não é?

– Eles não ditam tudo que eu faço – disse ele com certa teimosia. – A Pesadelo é uma ameaça para todos os Renegados, mas... eu tenho meus motivos para querer encontrá-la.

– Certo, Sr. Alter Ego – caçoou Nova, tentando dar uma certa leveza à voz –, agora estou curiosa. Quem é você na verdade?

Ele se virou para que ficassem frente a frente, e ela teve certeza de que contaria. Ele pareceu considerar a pergunta por um bom tempo.

Por fim, só declarou:

– Eu não sou seu inimigo.

A bochecha dela tremeu.

– Prove. Muita gente acha que você é um impostor que está tentando desacreditar os Renegados. Se não é esse o caso, então tire o capacete e se mostre. Não há segredos entre aliados, certo?

Mais uma vez, ele ficou imóvel por bastante tempo, até balançar a cabeça.

– Ainda não.

– *Insônia!*

Nova engoliu em seco. Quando ergueu a cabeça, mal conseguiu ver Ruby e Oscar na rua abaixo, olhando para o telhado do cinema com preocupação no rosto. Ao vê-la, Oscar apontou e gritou:

– Você está bem?

Nova não respondeu. Estava olhando atrás deles, ao redor deles, observando a região em todas as direções...

Ruby e Oscar estavam sozinhos. Adrian não estava com eles.

Seu olhar se voltou para a biblioteca, mas o fogo estava tão forte e o ar tão denso de fumaça que ela quase não aguentou olhar.

– Onde está Adrian? – gritou ela, e viu a expressão do rosto dos dois se transformar.

Nova tremeu. Adrian não podia ter desaparecido. Devia ter ficado preso lá dentro. O medo tomou conta dela, mesmo com ela dizendo para si mesma que era uma coisa boa. Um Renegado a menos no mundo. Um super-herói a menos...

Mas ela via o caderno dele cheio de desenhos impressionantes e viscerais. Ouvia a risada dele quando ela contou sobre malabarismo e observação de pássaros. Via o rosto de Max se iluminar quando Adrian desenhou a figura de vidro para a cidade de vidro.

Não estava convencida de que a morte dele, e uma morte tão horrível, podia ser uma coisa boa.

– Está tudo bem – disse o Sentinela delicadamente. – Aqui. Me deixe levar você até eles.

– Pode deixar.

– Tem certeza?

Ela olhou para trás e franziu a testa, se perguntando se estava imaginando o jeito como os ombros dele se curvaram para baixo, dando uma estranha impressão de... *timidez.*

– Eu tenho que ir – disse o Sentinela. – Mas só levaria um segundo para...

– Não – disse Nova, se levantando, apesar de ainda estar com as pernas fracas. – Você ainda não respondeu a nenhuma das minhas perguntas, *Sentinela*. Quem é você? O que quer com a Pesadelo? – Sua voz subiu, rouca pelo ar denso. – Você trabalha para o Conselho ou não?

– Não posso contar nada disso. Me desculpe.

Ele realmente parece estar lamentando, mas isso só serviu para alimentar a fúria de Nova. Aqui estava ele, seu inimigo, o Renegado de quem ela mais precisava de informação, e até o momento sentia que não tinha aprendido nada que já não soubesse no dia anterior.

– Tudo bem, que tal essa pergunta: essa armadura é a prova de balas?

– O quê...?

Nova apontou a arma e disparou. A bala o acertou no peito, bem no coração. Não penetrou na armadura, mas ele gritou e cambaleou para trás; Nova só não soube dizer se de dor ou de surpresa.

Ela franziu a testa.

– Parece que é.

O Sentinela encostou o dedo enluvado na bala alojada na placa do peitoral.

– O que você...?

Nova disparou de novo. E de novo. Cada bala ricocheteou na armadura.

O Sentinela pulou para cima, deu a volta por sobre a cabeça de Nova e caiu atrás dela. Tentou segurá-la pelos braços, mas Nova se jogou no chão e rolou para longe. Dando um pulo para ficar de pé, ela girou e ergueu a arma novamente.

– Pare! – exigiu o Sentinela, levantando as mãos em súplica. – Não vou lutar com você. Estou do seu lado.

– Eu acabei de testemunhar você tentando fazer um acordo com um vilão! – gritou Nova. – Você não quer revelar sua identidade e praticamente admitiu que não segue as leis do Conselho. Isso torna você um criminoso. – Ela atirou de novo, mas desta vez o Sentinela se desviou e se jogou atrás do holofote. Nova foi atrás dele. – Então ou você é um vilão fingindo estar do lado dos Renegados, ou você é uma classe nova de Renegado, e, por algum motivo, o Conselho não quer que a gente saiba disso. O que é? E *por quê?*

Nova contornou o holofote e foi derrubada pelo choque do Sentinela contra ela, que caiu de costas e sentiu a arma sendo arrancada da mão. O Sentinela jogou a arma pela lateral do prédio. Em seguida, esticou a mão para a cintura dela e tirou a arma de choque.

– Ei! – gritou ela, tentando pegar a arma.

Os dedos do Sentinela se fecharam no pulso dela e a puxaram de pé em um movimento rápido, deixando-a tão próxima que sua respiração embaçou o visor dele.

– Eu não sou vilão nem seu inimigo – disse ele –, mas não posso contar pra você nem pra ninguém quem eu sou, pelo menos enquanto eu não tiver encontrado a Pesadelo e obtido as respostas de que preciso.

Ele a soltou de repente, e Nova caiu para trás, esfregando os pulsos... embora mais para afastar a sensação do toque frio dele do que por a ter machucado.

Ele jogou a arma de choque pela lateral do prédio também.

– Ei! – gritou Nova de novo. – Eu que fiz essa!

O Sentinela não respondeu. Virou-se e se lançou no ar. Nova viu o corpo dele no meio dos restos fumegantes da biblioteca e desaparecer no meio da fumaça preta densa.

CAPÍTULO VINTE E SETE

Nova sabia que sua queda da plataforma de baixo da saída de incêndio do cinema na viela não foi nem um pouco graciosa, mas não se importava. Suas pernas estavam doendo, seus braços também, e, além do mais, não tinha ninguém por perto para ver. O telhado permanecia com cheiro de fumaça, mas estava cem vezes mais forte lá embaixo, denso e inescapável. Ela apertou o nariz no cotovelo e ficou perto da parede do cinema o máximo que pôde para evitar o calor emanando da biblioteca enquanto seguia pelos escombros.

A multidão tinha aumentado, mas a maioria das pessoas tinha ido para longe do prédio em chamas. Alguém gritou com surpresa esperançosa quando viu Nova saindo do meio da fumaça, mas um grunhido de decepção soou logo em seguida. Ela baixou o braço e fez cara feia na mesma hora que um garoto gritou. Um segundo depois, um corpo se chocou nela, os bracinhos envolvendo sua cintura. Ela ofegou e olhou para a cabeça do garoto. Era a criança que tinha encontrado no andar de cima. A que salvou, com a ajuda de Ruby e Oscar. Ela nem o viu chegar ao fim da corda de Ruby, e ficou surpresa com o alívio que sentiu quando o viu agora.

– Obrigado – disse ele, as palavras abafadas no tronco dela. Tão simples. Tão completo.

Com um sorriso cansado, ela deu um tapinha na cabeça dele.

Naquele momento, ela conseguiu começar a ver por que qualquer pessoa sã poderia querer ser um Renegado.

– Oscar, não!

Nova ergueu o olhar e viu Ruby e Oscar. Eles se destacavam na multidão, ousando ficar mais perto da biblioteca do que as outras pessoas. E talvez também porque seus rostos não estavam tomados de surpresa e curiosidade, mas de angústia.

Soltando-se do garoto, Nova foi até eles. Ruby estava com lágrimas brilhando nos olhos, apesar de ainda não estar chorando. Na verdade, quando chegou perto, ela percebeu que os dois estavam segurando as lágrimas, embora Oscar estivesse se esforçando mais para disfarçar com uma careta. Ele tentava se soltar de Ruby, mas ela estava agarrada à manga dele, se recusando a deixá-lo ir.

– Eu sobrevivi a um incêndio – disse ele. – Vou sobreviver a esse também!

– Você não sabe!

– Não vou deixar ele morrer lá dentro!

– Ele pode já estar...

– Não diga isso!

Ruby deu um passo para trás, o rosto contraído.

Nova chegou mais perto.

– Adrian?

O rosto de Ruby se contorceu de agonia.

– Ainda nenhum sinal dele. – As palavras foram seguidas de um soluço, mas ela botou a mão em cima da boca, a luta para segurar as emoções aparente no tremor dos ombros. – Ele disse alguma coisa pra você?

– Ele disse... – Nova lutou para lembrar. Parecia que séculos tinham se passado desde a hora que ela ofereceu para pegar Ingrid dele. – Ele ia procurar o garoto perdido. – Seu olhar foi até a criança, que tinha voltado para o meio das outras na calçada em frente.

– Vou voltar lá dentro – disse Oscar, soltando o braço. Ele estava mancando mais quando seguiu na direção da biblioteca. Apesar das chamas e da fumaça saindo das janelas quebradas, a fachada da frente estava relativamente ilesa em comparação ao resto da estrutura. As pedras de fora resistiam, mas Nova sabia que por dentro só haveria um vazio. Uma casca fumegante e preta.

– Oscar!

O grito da Ruby foi pontuado por um estalo alto na biblioteca, seguido de um *bum* e um jorro de chamas e fagulhas saindo pelo teto aberto. Outra parte do segundo andar tinha cedido.

Nova tremeu e deu alguns passos mais para perto enquanto via o prédio queimar.

Ele já teria saído, antes que fosse tarde demais. Claro...

Mas não se ainda acreditasse que havia uma criança que precisava ser resgatada. De alguma forma, apesar de conhecer Adrian tão pouco, ela teve certeza disso. Ele não teria saído enquanto acreditasse que alguém precisava da sua ajuda.

Ela passou a mão pela pulseira do pulso. O pensamento horrível surgiu do nada. Ingrid tinha alcançado seu objetivo. Tinha matado Adrian Everhart.

O Capitão Cromo e o Guardião Terror ficariam arrasados.

Nova sentiu só uma descrença vazia; nada da realização, nada da alegria que esperava. Ele podia ter sido inimigo dela, mas... ela não achava que merecesse morrer.

O estrondo repentino de uma buzina soou na rua. Nova ficou tensa e olhou, sem saber direito de onde o som tinha vindo.

Soou novamente. Uma buzina crua e perturbadora, repetidamente.

Com o cenho franzido, Nova deu um passo para mais perto da biblioteca. Seu coração disparou. Sem acreditar, mas também... com esperança?

Ela trocou um olhar com Ruby e Oscar e saiu correndo para os fundos da biblioteca. Aquela parede tinha desabado quando Ingrid jogou a bomba na sala de livros raros, e grandes pedaços de tijolos voaram pela rua, deixando para trás uma montanha de destroços onde antes ficava a parede. Lá dentro, as chamas estavam morrendo, mas os pisos desabados ainda soltavam fumaça, e o ar estava vivo com páginas pretas de livros voando nas cinzas.

A buzina continuou tocando, parecendo vir de algum lugar dentro das ruínas fumegantes.

Oscar passou por Nova e pegou um pedaço de madeira quebrada em cima da pilha de detritos mais próxima. Com um grunhido, ele a tirou de cima da pilha e esticou a mão para uma estante destruída. Nova percebeu que ele pretendia abrir caminho para o lugar de onde o barulho estava vindo. Mas, segundos depois, Oscar berrou e cambaleou para trás, olhando para as mãos queimadas. Ele soltou uma série de palavrões e começou a usar a bengala como pé de cabra para erguer detritos.

Ruby se juntou a ele um segundo depois, jogando o gancho de heliotrópio e arrastando pedaços de pedra e madeira e gesso.

Nova engoliu em seco e levou a mão à bolsa do cinto. Suas luvas eram à prova de calor. *As luvas da Pesadelo...*

Ela fechou os olhos e disse para si mesma que, se alguém ficasse desconfiado, conseguiria encontrar uma explicação perfeitamente razoável de por que tinha luvas tão parecidas com as que Pesadelo fora vista usando.

Tentou não pensar em como os Anarquistas gritariam com ela por fazer uma coisa tão burra, algo que arriscava revelá-la, só para salvar um ínfimo Renegado...

Expirando, abriu a bolsinha e enfiou a mão dentro.

Um rugido enfurecido ecoou em todas as direções. Nova ergueu o rosto e viu uma onda enorme e inexplicável rolando na direção deles... acima deles, a crista espumando em branco. Gritando, Nova segurou Ruby e Oscar pelas costas da camisa e os jogou para longe da biblioteca. Os três caíram em um canteiro de trepadeiras e ficaram olhando a parede de água desabar na biblioteca. O fogo chiou, e uma grande nuvem de vapor rolou acima deles. A água continuou seu rumo, encharcando a região em volta da biblioteca e as costas de Nova. Não mais limpa e transparente, a água estava enlameada com cinzas e detritos.

Ela viu Tsunami parada delicadamente no meio da rua, as palmas abertas na direção do céu e o rosto sereno. A imagem que passava era um contraste tão grande com o caos da última hora que Nova só conseguiu olhar impressionada. Tsunami baixou as mãos e virou a cabeça de leve. Ela deu um aceno sutil e encorajador, e Nova reparou no outro membro do Conselho que tinha chegado.

O Capitão Cromo se aproximou, e Nova mal tinha registrado os recém-chegados quando o Capitão foi abrindo caminho nos escombros como se a biblioteca desabada não passasse de um conjunto de blocos infantis, jogando vigas para o lado, enfiando os punhos em paredes de pedra parcialmente eretas. O vapor continuava a subir das ruínas, e apesar de o fogo estar apagado, Nova sabia que tudo ainda devia estar quente. Mas que diferença fazia para ele? Ele era o Capitão Cromo.

Ruby se levantou primeiro, e Nova e Oscar em seguida, vendo sem fala quando o super-herói abriu caminho pela destruição. Em determinado ponto, o barulho da buzina recomeçou, e ele mudou o rumo e abriu caminho pelas estantes caídas e queimadas, e pelas colunas de pedra destruídas. Com o canto do olho, Nova viu Ruby segurar a mão de Oscar. Nova apertou as mãos em punhos.

Na metade dos escombros, perto de onde ficavam os livros infantis, o Capitão segurou uma estante enorme e a empurrou na direção do resto dos destroços. E lá embaixo estava...

Nova olhou incrédula.

Ruby soltou um ruído engasgado e confuso.

Oscar começou a rir.

No meio do prédio queimado e fumegante, o Capitão Cromo encontrou um iglu.

Ou os restos de um iglu. Boa parte tinha derretido, e alguns pedaços de gelo haviam rachado e caído na frente da entrada em arco.

Segundos depois, uma figura saiu engatinhando pela pequena abertura.

Adrian estava encharcado. Em uma das mãos segurava a buzina, do tipo que encontramos presa em uma moto. Na outra, a caneta de Nova.

Antes que ele pudesse falar, o Capitão o puxou num abraço. Adrian fez uma careta de leve, mas não se afastou.

Quando o Capitão o soltou, eles voltaram até os outros. Adrian deu um sorriso agradecido para Tsunami, que retribuiu antes de desaparecer na frente da biblioteca, supostamente para ver se mais alguém precisava de ajuda.

– Um iglu, Rabisco? – disse Oscar, balançando a cabeça.

Adrian deu de ombros. Parecia exausto, mas ainda havia uma leveza no olhar dele, um leve sorriso nos lábios. A alegria de alguém que tinha desafiado a morte.

– Às vezes a inspiração bate, cara.

Finalmente permitindo um soluço, Ruby correu para a frente e abraçou Adrian, apertou com força, recuou e lhe deu um soco no ombro. Ele se encolheu, mais do que Nova achava que era necessário, considerando que não foi um soco tão forte.

– Onde você *estava*? – gritou Ruby.

Adrian piscou para ela e olhou para o iglu, que estava derretendo rapidamente.

– Por que você não saiu?

– Eu estava procurando o garoto que faltava – disse ele, passando um braço em volta de Ruby e lhe dando um abraço de amigo. Depois que a soltou, ela deu um passo para trás e cruzou os braços, uma expressão azeda ainda no rosto, deixando claro que não lhe perdoaria tão fácil pelo transtorno que tinha causado. – Eu estava no meio das estantes, e a fumaça ficou tão densa que eu não estava conseguindo enxergar nada. Fiquei desorientado e com a sensação de estar andando em círculos. Quando percebi que estava encurralado, fiz o iglu para me proteger. Mas aí o teto desabou. O iglu me protegeu, mas... em algum momento eu desmaiei. Inalação de fumaça, eu acho. – Ele inspirou fundo, agradecido. – Quando voltei a mim e percebi que ainda estava dentro do iglu, fiz a buzina pra pedir ajuda.

Ele se virou para Nova e devolveu a caneta que ela tinha emprestado pelo que pareciam ser séculos.

– Obrigado por isto.

Ela pegou a caneta com a mão dormente, sustentando o olhar dele e sentindo que devia dizer alguma coisa, mas não conseguia pensar em palavras que transmitissem seu sentimento. Ela nem sabia direito que sentimentos eram esses.

Mas não podia negar que ficava feliz por Adrian Everhart estar vivo. Estava feliz de o sorriso dele ser caloroso e relaxado agora, depois de um dia extremamente difícil, como no desfile. Estava feliz de...

Bom. Talvez só estivesse feliz.

Adrian parecia querer dizer alguma coisa, mas não conseguiu encontrar as palavras. Ele estava olhando para ela, uma pergunta nos olhos, mas pareceu pensar melhor e engoliu em seco e afastou o olhar.

– Nós temos que levar você para o quartel-general – disse o Capitão.

Nova levou um susto. Tinha ficado absorta nos olhos castanho-escuros do Adrian e esquecido que o Conselheiro estava ali.

– A equipe médica vai querer te examinar.

Adrian balançou a cabeça.

– Estou bem. Me sinto bem.

– Isso não é discutível. E o mesmo vale para o resto de vocês. – O Capitão voltou o olhar azul gelado para cada um, que não podia ser mais diferente do sorriso de celebridade que costumava exibir. – Voltem para o quartel-general. Sejam examinados e depois descansem. Vamos falar mais sobre isso amanhã. – O Capitão olhou para Adrian de novo, e Nova percebeu que ele tentava fazer a expressão severa e paternal, mas não foi convincente. Ele estava tomado demais de alívio por Adrian estar bem, e algo naquela expressão a fez sentir como se um parafuso estivesse sendo girado em seu estômago.

Ela já tinha tido um pai que também olhava assim para ela.

O Capitão se virou para ir.

– Pai, espera.

Ele parou.

– A Detonadora esteve aqui – disse Adrian. – Foi ela quem disparou as explosões. Cronin ainda estava vendendo no mercado negro, como desconfiamos.

– A Detonadora? Ingrid Thompson?

Adrian assentiu.

O Capitão apertou os lábios.

– E Gene Cronin? Onde ele está?

– Ele... – Adrian hesitou. Olhou para Nova, depois para os outros. E limpou a garganta. – Acho que ele escapou.

– Não – disse Nova. – Ele está morto. Ingr... a Detonadora o matou no telhado do cinema. – Ela apontou. – Depois, fugiu. Tentei impedir, mas... ela escapou.

– Nós também a vimos – acrescentou Oscar. – Quando ela desceu para a viela, Ruby e eu tentamos ir atrás, mas ela jogou algumas daquelas bombas, e não conseguimos ir rápido o suficiente.

– E a atravessadora de espelhos? – perguntou Ruby. – Alguém sabe o que aconteceu com ela?

– Ela escapou por um espelho depois... depois que a Detonadora matou Cronin – disse Nova. – Pode estar em qualquer lugar.

O Capitão suspirou e massageou o alto do nariz.

– Isso prova sua teoria, Adrian. Parece que os Anarquistas não estavam tão adormecidos quanto pensávamos. Acho que não podemos mais fingir que eles não estão planejando iniciar uma segunda Era da Anarquia. Vamos ter que cuidar deles.

Nova ficou tensa.

– Quando? O que vocês vão fazer?

O Capitão olhou para ela.

– Ainda não sei. Mas eles vão estar preparados para que façamos alguma coisa depois de hoje. Vamos ter que agir rápido.

Ela engoliu em seco. O que isso queria dizer? Eles retaliariam em dias? Horas?

O Capitão franziu a testa, como se um pensamento tivesse surgido na cabeça dele. Ele se virou para Adrian.

– Descobriu alguma coisa sobre a Pesadelo?

Adrian apertou a boca.

– Nada.

O Capitão assentiu, e Nova achou que ele não pareceu muito surpreso.

– Voltem para o QG. Vamos discutir mais sobre isso amanhã.

– O Sentinela também apareceu aqui – disse Nova.

O Capitão Cromo se empertigou.

– O Sentinela?

Ela assentiu e observou os olhos do Capitão com atenção quando disse:

– Eu atirei nele.

Todos ficaram parados e olharam para ela com surpresa.

– Múltiplas vezes – acrescentou Nova.

– Ele atacou você? – perguntou o Capitão, a expressão se fechando.

Nova piscou por achar impossível admitir que, na verdade, ele a tinha salvado.

Então, por que ela atirou? Nem conseguia lembrar. Estava furiosa na ocasião. Com raiva de Ingrid e sua traição, com raiva de tudo desmoronar em torno dela, com raiva de Adrian poder estar morto e sua primeira missão ter dado tão errado que a situação só poderia ser salva se ela pudesse descobrir quem ou o que o Sentinela era, mas ele não quis contar nada.

Com raiva de ele estar fingindo ser aliado dela quando ela sabia no âmago que era inimigo.

Mas não tinha como explicar nada disso para o Capitão Cromo.

– Primeiro, eu achei que ele tinha sido enviado por vocês, pelo Conselho – começou ela. – Mas ele disse que não. Disse que estava agindo por motivações próprias, e, sinceramente, eu não soube dizer se ele era inimigo ou não. Como ele se recusou a revelar sua identidade, eu atirei nele. Não pareceu atrapalhá-lo em nada, e ele fugiu mesmo assim, mas... achei que você devia saber. Achei... – Ela limpou a garganta. – Achei que talvez, se ele *estiver* trabalhando para o Conselho, você deveria nos contar, para podermos saber como devemos tratá-lo, se como aliado ou não.

O discurso dela foi seguido de um longo silêncio. Pelo canto do olho, ela viu Ruby e Oscar trocando olhares perplexos, mas teve determinação e manteve o olhar no Capitão. Esperando uma reação que revelasse a verdade.

Ele se balançou nos calcanhares, ergueu as sobrancelhas e soltou um atônito:

– Você vai direto ao ponto, não é?

O maxilar dela tremeu.

– Ele é um Renegado ou não?

O Capitão Cromo suspirou.

– Não – disse ele. – Pelo menos até onde sei. Seja quem for, não está agindo sob nossas ordens. – Ele inclinou a cabeça para o lado, e Nova teve a impressão de que ele a estava observando com mais atenção do que tinha feito até o momento. – E embora eu aprecie seus esforços para defender nossa reputação, esse pode ser um bom momento pra observar que, como parte do código dos Renegados, nós costumamos evitar atirar em gente que não cometeu nenhum crime.

Ele assentiu para cada um.

– Amanhã – disse ele de novo, e se virou e foi se juntar a Tsunami.

Nova apertou os punhos e o viu se afastar. Ela ainda não sabia se ele estava falando a verdade, e sua ignorância a enfurecia.

– Você atirou mesmo no Sentinela?

Ela olhou para Oscar.

– Atirei. Ele mereceu. Eu tenho certeza.

Adrian tossiu.

– Mas ele tem o dobro do seu tamanho – disse Oscar. – E deve pesar o triplo.

– Ele não é *tão* alto – contestou Nova.

Oscar deu de ombros.

– Só estou dizendo. – Ele tirou partículas brancas do cabelo. – Sabe, não sei se você escolheu o codinome certo. Insônia é passivo demais. Voto pela mudança pra Velociraptor.

Ruby riu.

– Relativamente pequena, mas surpreendentemente feroz?

– Exatamente. Todos a favor?

– Eu gosto de Insônia – disse Nova, fingindo estar irritada.

Só quando isso ficou difícil demais foi que ela percebeu que estava sorrindo.

CAPÍTULO VINTE E OITO

ELA NÃO QUIS PERDER tempo indo até a casa em Wallowridge, então Nova enterrou o comunicador dos Renegados embaixo do vaso de uma planta morta na entrada de um café a três quarteirões da entrada dos túneis do metrô. Ficou surpresa com a facilidade com que se adaptou a usá-lo e, enquanto seguia pela estação abandonada do metrô e descia a escada escura, se viu verificando o pulso continuamente, só para lembrar que o comunicador não estava mais lá.

Assim que chegou perto o suficiente do acampamento subterrâneo dos Anarquistas, soube que as coisas tinham mudado. Havia estrondos e estalos ecoando nos túneis, e ela passou por centenas de abelhas espalhadas, os corpos gordos rastejando sem destino pelas paredes.

Encontrou Mel jogando qualquer coisa ao seu alcance no baú de viagem de madeira, enchendo-o com vestidos, sapatos, roupões de seda, cosméticos e uma variedade de garrafas de licor cobertas de poeira.

– O que está acontecendo?

Mel deu um gritinho e se virou para ela.

– Já *chega*, Nova. Na próxima vez que você se aproximar de mim sorrateiramente assim, vou deixar uma vespa no seu lençol. – Bufando, ela prendeu uma mecha de cabelo atrás da orelha. – E nós vamos embora.

Nova engoliu em seco.

– Embora?

– Embora. Tenho muita coisa pra arrumar, então... – Mel balançou os dedos para expulsar Nova, mas ela não se mexeu.

– Como você vai subir com esse baú pela escada? Vai pesar uns cinquenta quilos quando você terminar de botar tudo isso aí dentro.

Mel lançou um olhar de súplica para o teto.

– Problema meu, não seu. Vaza!

Franzindo a testa, Nova deu meia-volta. Moveu-se mais rápido agora e passou pela plataforma abandonada do Winston sem nem olhar. Quando chegou ao vagão de Leroy, ouviu gritos vindos de dentro. Entrou sem se dar ao trabalho de bater. Ingrid e Leroy estavam enchendo caixas e bolsas com o máximo do equipamento de laboratório do Leroy que fosse possível.

– Mel disse que a gente vai embora.

Os dois olharam para ela, e a expressão de Ingrid, que já era de raiva, agora virou de fúria. Ela não respondeu, só deu as costas para Nova, oferecendo uma boa visão do lenço ensanguentado amarrado no braço, onde Nova tinha atirado nela.

– Nós vamos embora – confirmou Leroy. – Arrume as coisas de que realmente precisa e deixe o resto.

Nova balançou a cabeça, o coração começando a bater dolorosamente no peito.

– Não podemos ir embora.

– Temos que ir.

– E...

– Os Renegados estão vindo, Nova. – Leroy levantou o rosto da caixa que estava arrumando e fixou o olhar preto e penetrante nela. – Podem muito bem estar a caminho neste minuto. Imagino que você saiba melhor do que qualquer um.

Ela balançou a cabeça.

– Nós podemos lutar. Vamos ter a vantagem do terreno familiar. Talvez... talvez essa seja nossa melhor chance de atacá-los. Podemos atraí-los aqui pra baixo e depois...

– Nós já avaliamos isso – disse Leroy com um suspiro fundo. – Nós temos planos pra deixá-los mais lentos. Distrações que vão nos ajudar a sair em segurança, antes que eles possam nos seguir. Mas não vai ser suficiente. Eles são muitos. Não temos como vencer. Temos que ir embora.

Ela ficou olhando para ele, perplexa. Leroy fazia tudo parecer tão simples. Eles simplesmente iriam *embora*.

Mas não era tão simples, e todos sabiam.

O rosto severo de Leroy se transformou em algo quase pesaroso.

– Eu sei – sussurrou ele. – Não vai ser pra sempre. – E indicou a porta com o queixo. – Agora, vá buscar suas coisas.

Nova contraiu o maxilar, deu meia-volta e saiu correndo. Ela fez o que ele mandou porque pareceu mais fácil. Pegou a bolsa de viagem embaixo da cama e parou um momento para pensar no que realmente precisava.

A jaqueta com capuz e a máscara da Pesadelo. Suas estrelas e a bazuca com a rede. Algumas mudas de roupa.

Ela olhou em volta, mas percebeu que tinha pouco apego pelas outras coisas no vagão abandonado. O que realmente importava para ela?

A pulseira que seu pai tinha feito e a segurança dos Anarquistas. *Sua família*.

Ela pendurou a bolsa no ombro e pulou do vagão. Do outro lado, viu uma propaganda antiga na parede do túnel. Era a divulgação de um livro, um suspense de um autor campeão de vendas do qual Nova nunca tinha ouvido falar, mas o plástico protetor em cima do pôster havia sido todo pichado. As manchas coloridas de tinta seguiam pelas sombras do túnel.

Ela soltou a bolsa com um baque alto nos trilhos. Andou até o pôster, enfiou os dedos nas beiradas e puxou.

Uma passagem estreita e cheia de teias de aranha desaparecia na escuridão. O ar lá dentro estava parado e úmido, e o cheiro trouxe lembranças de volta. O túnel parecia maior na época, quando ela e Mel fugiram das tumbas da catedral e foram parar dentro dos túneis do metrô. Era alta o suficiente até para Ingrid ficar de pé, mas tão estreita que os outros tiveram que percorrer alguns trechos de lado.

Nova sabia que Ingrid tinha detonado uma bomba na outra extremidade, embaixo da nave da catedral, para impedir que achassem o túnel e fossem atrás deles.

Aquilo não era uma fuga.

Mas...

Ela dera um único passo para dentro quando ouviu um grito não familiar.

Sua pulsação acelerou.

Nova tirou o pé da passagem e fechou o pôster, verificando se todos os sinais do túnel estavam disfarçados, depois pegou a bolsa e correu na direção dos gritos.

Encontrou os outros reunidos na frente do mural azulejado da estação Blackmire, na plataforma onde Winston tinha montado sua tenda de circo. Mel ria como louca, os olhos vidrados e o corpo inclinado sobre os trilhos, observando o túnel. Leroy estava agachado a uma distância curta, mexendo no que parecia ser uma granada de mão, enquanto Ingrid e Fobia esperavam perto da escada que levava de volta à superfície. Era uma saída que nenhum deles usava, considerando que a entrada do alto tinha sido fechada com folhas de aço muito tempo antes.

– Eles chegaram? – perguntou ela.

– Ah, sim, eles chegaram – disse Mel, rindo. – E acabaram de descobrir como a picada da vespa vermelha pode doer. – Ela olhou para Nova com um sorrisinho. – Alguns dizem que parece uma agulha de tricô quente sendo enfiada na pele. – Ela riu de novo. – E acabei de soltar a colmeia inteira. – Ela bateu palmas com euforia. – Ah, é tão bom finalmente fazer alguma coisa. Mesmo que essa coisa *seja* fugir.

– Qual é exatamente o nosso plano? – perguntou Nova.

– Você e Mel devem começar a subir para a superfície – disse Leroy. – Ingrid vai derrubar a próxima seção de túneis, depois subir e abrir um caminho para fora da estação Blackmire, para nós sairmos. Enquanto ela estiver fazendo isso, vou encher esta câmara com um coquetel de vapores venenosos E... – Ele olhou para a capa escura e imóvel do Fobia. – Fobia vai agir como nossa última defesa, pronto para forçar para trás qualquer um que chegar à escada.

– O que você quer que eu faça?

Leroy olhou para ela.

– Nós queremos que você sobreviva – disse ele lentamente –, para poder um dia os destruir.

Ingrid riu com deboche.

Nova afastou o olhar.

– Vamos, Nova querida – disse Mel, segurando o braço dela e a puxando para a escada. Apesar de os músculos de Nova ainda estarem doloridos do esforço na biblioteca, ela se botou em movimento com uma mistura de adrenalina e instinto de sobrevivência, sabendo que, se os Renegados a encontrassem, só veria o interior de uma cela de prisão pelo resto da vida.

– O que aconteceu com seu baú? – perguntou Nova.

– Vamos voltar pra buscar depois – disse ela casualmente. – Meus bebês vão ficar cuidando dele, por enquanto.

Nova franziu a testa, sem saber direito se queria saber o que isso significava.

A escada foi ficando escura conforme elas foram subindo. Nova tirou a lanterna do cinto.

Mel, sorrindo para ela, não pareceu preocupada com tudo que acontecia, o que Nova achou estranho. Ela, que estava sempre pronta a fazer drama por tudo.

– Sempre cheia de recursos, a nossa pequena pesadelo – cantarolou ela.

Nova trincou os dentes, mas não se deu ao trabalho de reclamar do apelido. Eles nunca a ouviam mesmo.

Elas tinham acabado de chegar ao segundo patamar quando uma explosão sacudiu as paredes escuras. Mel tropeçou e tentou se segurar em um dos corrimões.

– Ai! – gritou ela, e apoiou o quadril no chão para poder se virar e examinar o joelho. Nova viu que estava arranhado e sangrando. Mel choramingou e encostou no ferimento com as pontas dos dedos.

Nova segurou o cotovelo dela.

– Vem, Rainha. Você poderia ter sido perfurada com uma agulha de tricô quente, então vamos manter as coisas em perspectiva.

Mel olhou de cara feia para ela enquanto se levantava, mas logo começou a rir.

– Foi Ingrid, não foi? Os Renegados devem estar quase na plataforma.

– O que quer dizer que Leroy está se preparando pra soltar os venenos, o que quer dizer que temos que sair daqui.

Três escadarias depois, elas chegaram ao andar mais alto, onde a folha grossa de metal bloqueava a abertura. Nova apontou a lanterna para as beiradas, procurando um ponto fraco na parede.

Ao raio da lanterna juntaram-se faíscas de luz azul no teto. Ingrid subiu correndo até o patamar, os olhos brilhando e as mãos segurando a esfera azul.

– Para trás – disse ela, sem olhar para Nova nem para Mel enquanto se aproximava.

Nova desceu para o patamar abaixo e se agachou junto à escada. Ela ouviu Leroy ofegando ao subir os degraus e enxergou o contorno da capa do Fobia voando atrás dele.

Bem abaixo, ela ouviu os ecos de tosse, engasgo, vômito. Engoliu em seco e se perguntou quantos Renegados sobreviveriam àquela noite.

E quantos Anarquistas.

Seus pensamentos tinham se voltado nessa direção quando a esfera de Ingrid explodiu, trovejando pela escadaria.

Quando as paredes pararam de tremer, Nova levantou a cabeça. Ingrid tinha detonado a bomba junto à parede lateral de concreto da entrada, deixando um buraco de noventa centímetros de diâmetro e muitos escombros no chão. Uma luz fraca do dia entrava no ambiente com o crepúsculo tomando a cidade.

Nova apagou a lanterna.

Ingrid olhou para o grupo e levantou uma sobrancelha.

– E aí?

Leroy se levantou primeiro, ainda ofegante da subida, e foi se juntar a Ingrid. Mel tirou o pó do vestido de lantejoulas, ajeitou o cabelo e foi até o alto como se estivesse chegando a um baile de gala.

Passos soaram na escada, vários andares abaixo. Nova olhou para trás e viu Fobia no patamar abaixo. Suas beiradas davam impressão de se mesclar com a escuridão, e parecia que ele estava se expandindo, crescendo para fora em todas as direções, até não ser nada além de uma área de escuridão impenetrável. O som de botas no chão foi ficando mais alto, e Nova ousou espiar por cima do corrimão. Ela não reconheceu a figura abaixo, mas identificou o uniforme cinza.

De repente, Fobia se desintegrou, o corpo todo se transformando em milhões de viúvas-negras. Elas andavam pela escada, subiam nas paredes, caíam do teto na direção da presa.

Nova não sabia bem o que a fez tremer: a visão de tantas aranhas de pernas finas andando nas sombras ou o grito de gelar o sangue que cortou o ar.

– Pesadelo! – gritou Leroy.

Ela se virou, correu e mergulhou pelo buraco que Ingrid tinha criado. O carro amarelo de Leroy os estava esperando, milagrosamente, e Nova se perguntou quando esse plano de fuga foi montado. Era uma coisa que tinha sido elaborada séculos atrás, em caso de emergência, e nunca se deram ao trabalho de contar para ela?

– Nós sabemos aonde estamos indo? – perguntou Nova.

– Pra sua casa – disse Mel, contornando o carro e se sentando graciosamente no banco do passageiro. Nova ficou olhando. Era só um carro esportivo de dois lugares, mas ela achava que não era o momento para se preocupar com cinto de segurança e conforto.

– Pra *minha* casa?

– Mel, chega para o meio – gritou Ingrid. – Você pode se sentar no console central. Nova, vá para o porta-malas.

– Um momento, Detonadora – disse Leroy, se colocando entre Ingrid e o carro. – Acho que vai ser melhor se você procurar uma outra acomodação.

Ela recuou.

– Como é?

– Você agiu de forma precipitada na biblioteca hoje, e o resultado é este. Você foi quem atraiu isso para nós, e os Renegados vão concentrar os esforços em encontrar você antes de qualquer outra coisa. Infelizmente, não posso permitir que você venha conosco.

As narinas dela se dilataram, e ela se virou para Nova.

– Nada disso teria acontecido se *ela* não tivesse ficado confusa sobre a própria lealdade.

– Eu? – gritou Nova. – Se você tivesse avisado Cronin, como deveria...

– Se você tivesse matado aqueles Renegados, como *você* deveria!

– Bom, talvez você devesse ter me contado o seu plano em vez de me levar pra sua armadilha idiota! – respondeu Nova, erguendo a voz.

– Você não teria tido coragem de ir até o fim. Você nunca puxa o gatilho quando importa, Nova. Você pode ser sobrinha de Ace, mas não é uma de nós!

– Chega – rosnou Leroy, segurando o braço de Ingrid. Ela resmungou e virou o olhar cheio de ódio para ele, com a energia estalando em volta das pontas dos dedos. – Você nos fez perder o Bibliotecário. Você trouxe os Renegados pra nossa porta. Se alguém não é mais Anarquista, é você. – Sem tirar o foco da Ingrid, ele indicou o carro. – Nova, entra.

– Não.

Leroy se virou para ela, surpresa.

Nova andou até o carro, jogou a bolsa no porta-malas e o fechou.

– Até onde eles sabem, eu sou uma Renegada. E não preciso correr nem me esconder. – Ela lançou um último olhar para Ingrid, depois assentiu para Leroy e Mel. – Vejo vocês em casa.

Ela saiu andando. Não demorou para que ouvisse o cantar de pneus. Olhou para trás a tempo de ver o carro dobrando a esquina. Ingrid não estava dentro, mas Nova procurou na rua e também não encontrou sinal dela.

Nova inspirou fundo e voltou até o café onde tinha escondido o comunicador, para logo o colocar de volta no pulso. Não ficou muito tempo nas ruas da cidade, mas foi para uma viela próxima e subiu por uma saída de incêndio bamba de um prédio, onde já tinha escalado centenas de vezes. Quando chegou ao alto, atravessou o telhado para um lugar de onde poderia ver o Quartel-General dos

Renegados ao longe, a torre iluminada de branco e vermelho como um farol. Holofotes enormes ao redor da torre criavam discos brancos nas nuvens acima.

Nova passou a perna pelo parapeito de concreto e se deitou com o pé pendurado. Virou o rosto para o céu e inspirou fundo pela primeira vez no que parecia semanas. Seu cabelo e suas roupas estavam fedendo a fumaça. Seus músculos contraídos como molas, e ela teve dificuldade de relaxar agora que não havia ninguém com quem lutar, nem para onde fugir.

O crepúsculo se transformava rapidamente em noite. Apesar de o céu estar cheio de nuvens, a leste essas nuvens se tingiam de roxo e cinza. Em algum lugar atrás disso, o sol estava se pondo.

E ela ouviu.

Um coral de cachorros latindo uns para os outros de prédio em prédio. Os gritos de um casal discutindo nos apartamentos abaixo. As sirenes que ecoavam de ruas distantes. Sirenes significavam os Renegados, e ela imaginou alguma unidade de patrulha em algum lugar correndo para ajudar alguém que precisasse. Talvez, também, até os companheiros presos nos túneis do metrô.

Ela sabia que Adrian, Ruby e Oscar não estariam lá, senão ela também teria sido chamada, como parte da equipe. Mas quantos Renegados foram parte da invasão? Quantos ficaram feridos? Quantos morreram?

Ingrid tinha deflagrado uma nova guerra hoje, e os Anarquistas haviam acabado de ganhar sua primeira batalha. Eles comemorariam hoje, sem ela? Ou estariam lamentando a perda do lar, a perda do pouco de independência que seu acordo com o Conselho tinha lhe concedido... talvez até a perda de Ingrid?

Nova fechou os olhos e pensou que se fosse uma vilã digna do nome, ela estaria com eles agora. Comemorando ou lamentando.

E se fosse heroína, estaria correndo para ajudar qualquer Renegado que poderia estar preso e ferido embaixo dos escombros.

Mas só ficou ouvindo os sons de uma cidade em perigo e não fez nada.

CAPÍTULO VINTE E NOVE

— O Conselho vai recebê-los agora.

Adrian ergueu o olhar. Prisma estava na frente deles, uma mulher cujo corpo era todo feito de um cristal que refletia uma variedade de arco-íris quando se movia. Ela estava na equipe administrativa desde que Adrian era criança, e ele tinha uma memória agradável de um jantar no apartamento do Luz Negra no qual Prisma distraiu Adrian por horas fazendo o gato do Luz Negra perseguir pontinhos de luz colorida no chão.

Mas hoje ela era puro profissionalismo e levou Adrian e os outros na direção do elevador. Depois que todos entraram, ele olhou em volta, para sua equipe. Ruby estava mordendo o lábio inferior, parecendo quase com medo. Oscar encostado na parede, examinando as unhas. E Nova estava fazendo o que sempre fazia: observando. Os olhos azuis examinavam cada centímetro do elevador, indo da câmera de segurança no teto para o botão de emergência na parede e a série de números acima da porta.

O elevador subiu tão rápido que o estômago de Adrian deu um nó. A parede de trás era feita de vidro, e quando eles passaram pelo telhado do prédio ao lado, a paisagem da cidade apareceu, visível até a ponte Stockton. O dia estava claro, e com o sol no céu a cidade parecia quase iridescente, com luz dourada cintilando de milhares de janelas e nuvens finas ametista deslizando do sul.

– Você já veio aqui em cima antes, não veio, Adrian? – perguntou Prisma, leve e jovial.

– Não – disse ele.

– É mesmo? Nem mesmo pra visitar?

– Eu tento não incomodá-los, se puder evitar.

– Ah, querido, você nunca incomoda. – Ela sorriu. A luz do sol nos dentes dela fez a parede cintilar com pontos rosados e amarelos.

As portas apitaram, e Prisma saiu primeiro, os pés descalços estalando no chão.

Adrian deu dois passos para fora do elevador e sua respiração travou.

Ele tinha ouvido falar que o Salão do Conselho era uma maravilha e sabia que havia gente que inventava todo tipo de petição só por uma chance de ir até lá olhar, mas ele não estava preparado. Havia uma passarela de mármore branco à frente, ladeada por uma parede de água que ia do chão ao teto alto. A água não era sólida como gelo, nem estava se movendo como uma cachoeira, mas parecia só estar lá parada, suspensa no espaço, tremendo com as vibrações do ar quando Prisma passou andando. Ele se perguntou o que aconteceria se tocasse ali. Seria como estourar uma bolha? O equilíbrio delicado seria rompido e a parede desabaria no chão? Ou a mão atravessaria a água, da mesma forma como se ele a enfiasse em uma piscina?

Ele teria que perguntar a um dos seus pais mais tarde.

E havia as luzes, pontinhos de luz dourada vagando sem direção acima da cabeça deles, reminiscentes de vaga-lumes piscando. Embora nenhum fosse maior do que um pontinho de poeira, juntos eles davam a impressão de uma coisa serena e viva, como algas reluzentes flutuando em uma onda. Davam ao espaço um toque caloroso, e o reflexo na água fazia ritmos de dança de luz pela passarela. O efeito era hipnótico e tranquilo, e Adrian sentiu mais como se tivesse entrado em um spa sobrenatural do que no salão do corpo oficial do governo.

No final da passarela havia cinco tronos de cromo. Ele sabia que não devia pensar nos assentos como tronos; o Conselho ficava na defensiva sempre que alguém sugeria que eles estavam tentando se tornar *realeza*. Mas não sabia de que outra forma poderia descrever as cadeiras enormes que ficavam em semicírculo ao redor de uma plataforma estreita.

Luz Negra e Tsunami estavam sentados nas primeiras duas cadeiras à esquerda de Adrian; sem dúvida eram os responsáveis pelos efeitos de água e luz na entrada, o que só o deixou mais curioso. A água e as luzes continuavam ali quando eles não estavam presentes ou sumiam à noite, transformando o salão em... bom, só um salão?

Havia o Capitão Cromo no assento central, seguido pelo Guardião Terror, os dois com as expressões de super-heróis: gentis, mas severos.

O quinto e último assento estava ocupado pela Pássaro do Trovão, a postura ereta e inclinada para a frente para deixar espaço para as asas, que estavam abertas e curvadas em volta do encosto.

Talvez a parte mais enervante de vê-los fosse que seus pais, assim como os outros, estavam usando os uniformes icônicos de super-heróis; não os trajes cinza que os Renegados atuais usavam, mas os trajes de justiceiros pelos quais tinham ficado famosos tempos antes. O Guardião Terror com a capa e a máscara pretas. O Capitão com a lycra que delineava os músculos e a armadura de ombro.

Adrian sabia as identidades deles desde que lembrava, desde anos antes de se tornar um membro oficial da família. Assim como sabia que sua mãe era a incrível e feroz Lady Indomável. Eles nunca tentaram guardar segredo. Mas, apesar de conhecer seus alter egos, sempre houve uma desconexão na mente dele. Uma distância entre os super-heróis que o mundo idolatrava e os pais adotivos que usavam moletons e camisetas manchadas e que tinham tradição mensal de comer uma bandeja inteira de rolinhos de canela no jantar enquanto assistiam a filmes bregas de ficção científica.

– Anunciando ao Conselho – disse Prisma –, o Sr. Adrian Everhart. O Sr. Oscar Silva. A Srta. Ruby Tucker. E a Srta. Nova McLain. – Ela chegou para o lado e fez sinal para eles se aproximarem da plataforma.

Adrian ficou na frente dos outros, embora pudesse sentir a presença deles ao seu redor.

Kasumi foi a primeira a falar.

– Bem-vindos, Renegados – disse ela... bem simpática, mas *tão formal*. Era surreal estar ali, na frente deles, naquele salão magnífico. Kasumi, Evander e Tamaya foram à casa deles para dezenas de jantares. Ele conheceu os cônjuges de cada um em churrascos de quintal. Tinha cuidado dos filhos de Tamaya quando era mais novo.

Mas eles não eram as mesmas pessoas ali. Eram Tsunami e Luz Negra e Pássaro do Trovão. Eram o Conselho. Quase fez Adrian rir, e foi assim que ele percebeu como estava nervoso.

– Estamos aqui – disse o Capitão Cromo – para discutir o que aconteceu na Biblioteca Cloven Cross. Já informei ao Conselho o que vocês me contaram, mas acho que todos queremos ouvir de novo, da perspectiva de vocês. Espero que todos consigam perceber a posição delicada em que nos colocaram. Por um lado, é claro que ficamos gratos por um grande fornecimento de armas do mercado clandestino ter sido encerrado e por seus esforços terem revelado o status ativo da Detonadora e dos Anarquistas.

– Por outro lado – disse o Guardião Terror –, vocês tinham recebido ordens expressas de *não* atacar o Bibliotecário, e muito menos entrar na biblioteca sem reforços. Vocês desobedeceram a uma ordem direta, e, nesse caso, sentimos que consequências são necessárias.

– Uma coisa de cada vez – disse Kasumi. – Queremos parabenizá-los por seguirem o protocolo de priorizar a segurança de civis. Entendemos que vocês agiram rápido para tirar inocentes da biblioteca e soubemos que a Srta. McLain entrou novamente no local para resgatar um garotinho do incêndio. Apreciamos sua coragem e altruísmo.

Adrian olhou de lado para Nova e abriu um pequeno sorriso, mas ela manteve o olhar à frente e a expressão neutra.

– Dito isso – continuou Kasumi –, não podemos fazer vista grossa para os protocolos que foram ignorados, nem para o fato de que a necessidade de resgatar civis poderia ter sido completamente evitada se vocês tivessem agido de forma mais responsável.

Adrian engoliu em seco.

– É importante entendermos os fatos direito – disse Tamaya. – Vocês não estão necessariamente encrencados. – Ela fez uma pausa, e Adrian teve a impressão clara de que ela estava considerando usar a palavra *ainda*. – Mas é de suma importância que sigamos nossas próprias regras. Senão, não seriamos melhores do que os Anarquistas.

Ao seu lado, Nova ficou tensa, e ele a ouviu murmurar:

– E isso seria terrível.

Tamaya ergueu as sobrancelhas.

– O que foi, Srta. McLain?

– Nada – disse Nova. – Só estou concordando. Regras, consequências etc. Tudo parece bem autoritário.

– Sr. Everhart – disse Tamaya, e Adrian demorou um momento para perceber que ela estava falando com ele e não com o Capitão. – Por que você não começa do início?

Adrian inspirou fundo e contou para eles, começando com a vigilância no prédio de escritórios que não detectou nada a noite toda. Ele mencionou os visitantes que eles tinham visto entrarem na biblioteca, inclusive um grupo de crianças. E depois viram a Detonadora.

– Você a reconheceu? – interrompeu Evander. – Já tinha visto Ingrid Thompson antes?

– Só em fotos – disse Adrian. – Mas eu soube que era ela. Aquelas braçadeiras, sabe.

– Então você *desconfiou* que fosse a Detonadora – esclareceu Evander.

– Não – disse Adrian lentamente. – *Era* a Detonadora.

Evander se encostou na cadeira e coçou a barba ruiva. Adrian prosseguiu, explicou a conversa deles da melhor forma que lembrava e a decisão de entrar na biblioteca.

– Por que vocês não esperaram os reforços? – perguntou Simon. – Foi a única coisa que pedimos, Adrian.

Adrian se encolheu um pouco. A pergunta pareceu mais pessoal do que profissional. Um pai decepcionado pelo filho ter quebrado uma promessa. E, nesse caso, essa promessa quebrada poderia ter levado à sua morte.

– Ficamos com medo de que as vidas das crianças estivessem em perigo – disse Ruby. – Nós não sabíamos o que a Detonadora tinha ido fazer lá. Não sabíamos se faria alguma coisa… radical.

– Como explodir o prédio – acrescentou Oscar. – Só para dar um exemplo.

– Também ficamos com medo que a Detonadora fosse embora antes do reforço chegar – disse Adrian. – Nós não sabíamos por quanto tempo ela ficaria na biblioteca e estávamos com medo de perder nossa oportunidade de... provar que ela estava lá. Que estava negociando com o Bibliotecário.

– Mas vocês eram uma equipe de *vigilância* – apontou Tamaya. – Deviam só vigiar, não se envolver.

– Nós éramos equipe de patrulha antes disso – declarou Adrian. – E aprendemos que, quando vemos alguém conduzindo atividades ilegais ou perigosas, nós os impedimos.

Tamaya franziu a testa, mas, depois de um segundo, pareceu dar crédito ao que ele disse.

– Prossiga. O que aconteceu depois que vocês entraram na biblioteca?

Eles contaram. Sobre Narcissa e Gene Cronin agirem de forma suspeita. A respeito do porão e a sala cheia de armas e que a Detonadora estava esperando. Sobre as explosões. A batalha. As tentativas de tirarem os civis da biblioteca. A criança perdida e como Nova e os outros conseguiram salvar o menino, e que Adrian tinha ficado preso lá dentro durante a busca.

Isso, claro, não era rigorosamente verdade, mas ele se manteve firme na história, enquanto Nova prosseguiu e contou sobre o enfrentamento entre a Detonadora e o Sentinela no telhado do cinema. Na verdade, ele não sabia se queria que seus pais se dessem conta de que ele tinha entrado novamente na biblioteca mesmo depois de ter desabado. Mesmo protegido com a armadura do Sentinela, ele sabia que era um risco, mas também sabia que era o único jeito de convencê-los de que tinha ficado na biblioteca o tempo todo. Ele ficou com a armadura enquanto desenhava o iglu, torcendo para ser encontrado antes do gelo derreter todo, mas também sabendo que, se o pior acontecesse, sempre podia se transformar novamente no Sentinela.

Mas não foi necessário. Ele foi encontrado.

O Capitão o encontrou, e Adrian ainda sentia culpa pela preocupação que devia ter provocado em todos.

– O que mais o Sentinela disse? – perguntou o Guardião Terror.

Adrian olhou para Nova, observando sinais do que ela achava de seu alter ego... além do fato de que ela havia atirado nele.

Diversas vezes.

Mas Nova estava ilegível.

– Ele queria saber sobre a Pesadelo. Quem ela é, onde pode encontrá-la.

– Garota popular – murmurou Oscar.

Os lábios de Nova tremeram.

– Ele lutou com ela no desfile, não foi? Acho que talvez esteja constrangido de ela tê-lo derrotado.

– Ela não... – começou Adrian.

Nova olhou para ele, mas Adrian apertou bem os lábios.

Ele limpou a garganta e recomeçou:

– Tenho certeza de que deve haver mais do que isso.

Nova deu de ombros.

– Seja como for, ele não arrancou nada de útil de Cronin. A Detonadora atirou no Bibliotecário antes que ele pudesse falar. Depois, fugiu. Eu atirei nela, mas só acertei no braço, e Ruby e Oscar também não conseguiram detê-la. Narcissa também fugiu. E aí... – Ela fez cara feia. – ... o Sentinela também fugiu.

– E, na sua opinião – disse Tamaya, entrelaçando os dedos –, se vocês tivessem esperado e pedido reforço, como deveriam, a Detonadora, o Sentinela *e* a neta do Bibliotecário teriam escapado de suas mãos? A biblioteca estaria em ruínas, junto com o que podemos supor que fossem volumes de provas que podiam ter nos levado a prisões, não só de Gene Cronin, mas talvez de incontáveis criminosos e vilões que negociaram com ele todos esses anos? Além disso, acham que Gene Cronin estaria morto se vocês tivessem ajuda, ou ele estaria detido, de forma que poderíamos interrogá-lo para obter mais informações?

Adrian não respondeu. Nenhum deles respondeu. Ele achava que não esperavam que eles respondessem. Sua atenção se voltou para os pais. Simon estava esfregando a bochecha. Hugh batia com os dedos no braço da cadeira.

Finalmente, foi Simon quem limpou a garganta e se sentou mais ereto.

– Nós nunca vamos saber os finais diferentes que poderiam ter acontecido se vocês tivessem agido de forma diferente. Mas *sabemos*, por causa de vocês, que Gene Cronin e todas aquelas armas nunca mais serão ameaça para o povo desta cidade.

Tamaya fez um ruído de deboche.

– Uma coisa positiva numa confusão horrenda.

– O que você propõe, Pássaro do Trovão? – perguntou Hugh. – Nós todos concordamos que eles desobedeceram a nossas ordens e agiram com irresponsabilidade. Ao mesmo tempo, Adrian fez uma observação importante: eles foram treinados como patrulha antes de tudo. Tinham motivos para acreditar que atividades ilegais estavam em andamento dentro daquela biblioteca e agiram com isso em mente. É difícil desmerecer isso.

– Então, talvez – disse Kasumi –, a solução aqui seja não puni-los pelos erros, mas encorajar os pontos fortes deles devolvendo-os aos deveres regulares de patrulha. Talvez não devêssemos tê-los colocado nesse caso, e nosso erro possa ser remediado tirando-os dele.

– Não – disse Adrian, os ombros ficando tensos. – Nós queremos ir até o fim. Queremos encontrar a Pesadelo.

– Sabemos que você quer – disse Simon. – Mas se não podemos confiar...

– Vocês podem confiar em nós. Olhem só, nós agimos de forma prematura, a gente entende. Mensagem recebida. Não vai mais acontecer. – Ele esticou a mão para o pequeno púlpito na frente, segurando as laterais. – Mas ainda acredito que podemos encontrá-la.

– Adrian – disse Hugh, o tom firme. – Vocês foram descuidados, e tenho que supor que foi em parte por causa do quanto essa tarefa está se tornando... pessoal pra você. Encontrar a Pesadelo não vale a arriscar sua vida.

– Nós vamos tomar mais cuidado da próxima vez. Prometo.

Hugh franziu a testa e trocou olhares com os outros. No final, foi o Luz Negra quem sugeriu três dias de suspensão dos trabalhos de rua e dos deveres de patrulha para a equipe, embora eles pudessem continuar usando qualquer recurso do quartel-general para dar continuidade às investigações, conforme necessário. Todos concordaram com a decisão e eles foram dispensados, mas Adrian ficou no local.

– E os Anarquistas? – perguntou ele. – E a Detonadora?

Hugh suspirou.

– Nós tentamos apreendê-los ontem à noite, mas eles estavam nos esperando. Infelizmente a Detonadora fugiu, assim como o resto. Vamos liberar um relatório para todas as unidades de patrulha esta manhã, encorajando-as a ficarem em alerta total enquanto esses vilões estiverem por aí. – Uma sombra passou pelo rosto dele. – Infelizmente, muitos dos nossos melhores Renegados se feriram no confronto. Nós tínhamos ficado complacentes em relação aos Anarquistas, por acreditarmos que eles não podiam ser uma grande ameaça sem Ace Anarquia à frente. Agora está claro que nos enganamos.

Adrian apertou os punhos.

– Por que não estávamos lá? Nós obrigamos a Detonadora a se revelar. Devíamos ter tido a chance de ir atrás dela... de todos eles.

– Bom, graças aos poderes vocês não estavam – disse Simon rispidamente, os olhos ardendo com uma intensidade que fez Adrian dar um passo para trás. – Você ouviu o que Hugh acabou de dizer? Renegados ficaram feridos ontem à noite... *muitos* Renegados, alguns deles nossos melhores lutadores e estrategistas. Vocês não são... – Ele hesitou, uma pequena careta enrugando o espaço entre as sobrancelhas escuras. Ele estava bem mais calmo quando continuou: – Cada um de vocês tem o necessário para ser um grande super-herói. Eu gostaria muito de vê-los sobreviverem por tempo suficiente para esse potencial ser realizado. – Ele fixou o olhar em Adrian, carregado de preocupação. – Nós precisamos que vocês tomem cuidado.

Adrian engoliu em seco e, pela primeira vez, começou a considerar mais a falação da Detonadora na biblioteca. Ela queria machucar *ele* mais do que qualquer outro, por saber como afetaria seus pais. Adrian descartou a ameaça na hora; ela era vilã, queria matar todos os Renegados. Mas agora ele se perguntou o quanto era um risco. Se alguma coisa acontecesse a ele, seus pais conseguiriam continuar sendo os super-heróis de que a cidade precisava?

Claro que sim. Eles teriam que continuar.

Mas a expressão de horror que passou brevemente pelos olhos de Simon fez Adrian hesitar. Antes que se desse conta, toda a irritação que havia sentido por não ter sido incluído na invasão dos túneis dos Anarquistas passou.

– Vocês vão nos informar se descobrirem alguma coisa sobre eles?

Simon olhou para os outros e assentiu.

– E... – Adrian secou as palmas das mãos nas coxas. – E encontraram alguma coisa que pudesse sugerir alguma ligação com a Pesadelo?

Pareceu por um momento que todos ficaram hesitantes em responder, Finalmente, Hugh disse:

– Havia um vagão que tinha sido ocupado recentemente. Procuramos digitais, e algumas bateram com as digitais que foram encontradas na arma da Pesadelo. Mas não encontramos o uniforme dela nem nenhuma pista de aonde ela e os outros possam ter ido. Até agora.

O nó no estômago de Adrian afrouxou. Já era alguma coisa. Era um começo e uma confirmação.

Ela *era* Anarquista.

Ele lambeu os lábios e encarou cada membro do Conselho.

– Posso fazer um pedido?

– Um pedido, Sr. Everhart? – disse Tamaya, a expressão sugerindo que ela achava o máximo da insolência ele estar fazendo um pedido depois de tudo que aconteceu.

– Eu gostaria de interrogar Winston Pratt.

Atrás dele, Nova inspirou fundo.

– Nós sabemos agora, ou temos motivos suficientes para acreditar, que a Pesadelo seja Anarquista. Temos um Anarquista detido. Eu gostaria de interrogá-lo pessoalmente. – Ele hesitou e acrescentou: – Vai ser uma boa forma de ocuparmos nosso tempo durante a suspensão.

– Winston Pratt já foi interrogado – disse Evander.

– Mas não depois que obtivemos evidências específicas que o conectam à Pesadelo, certo? – sugeriu Adrian. – Fora o fato dela tê-lo empurrado para fora do balão, pelo menos.

– Nós vamos pensar – disse Hugh, e seu tom não revelou nada; nem promessas, nem esperanças.

– Obrigado – disse Adrian, inclinando a cabeça.

E foram dispensados.

Adrian levou sua equipe pelo corredor. Oscar e Ruby pareceram murchar assim que saíram da plataforma, como se estivessem prendendo a respiração o tempo inteiro, e passou por sua cabeça que o Conselho podia ser muito intimidante para eles. Ele achava que *também* devia estar um pouco intimidado, mas sabia que não era a mesma coisa.

– Esperem... Srta. McLain? – chamou Kasumi.

Nova parou. Suas costas se empertigaram como uma vara, e Adrian percebeu um certo nervosismo surgir no rosto dela antes de ela conseguir controlá-lo em uma expressão de indiferença. Ainda assim, ela não conseguiu esconder que engoliu em seco quando se virou.

– Sim?

– Soubemos que você tem interesse em armamentos – disse Kasumi. – Por acaso nosso arsenal está sobrecarregado na tentativa de catalogar todos os equipamentos resgatados do incêndio. Achamos que você poderia ajudá-los. Seria uma boa oportunidade para você aprender sobre algumas das outras operações que fazemos aqui.

Franzindo a testa, Adrian foi para o lado de Nova.

– Esperem. Nova demonstrou que é mais valiosa para os Renegados do que para entrada de dados básicos. Não tem outra pessoa...

– Eu aceito – disse Nova. Ele se virou para ela e viu que Nova estava sorrindo, embora fosse um sorriso apertado que não combinava direito com ela. – Fico feliz em ajudar. – Ela olhou para Adrian. – Vai me manter ocupada durante a suspensão. Além do mais, sempre posso trabalhar à noite.

CAPÍTULO TRINTA

NOVA SEGUIU OS OUTROS para o elevador, ainda tensa pela experiência toda perante o Conselho. Estava orgulhosa de si mesma por ter ficado tão calma durante os acontecimentos, quando, cada vez que eles olhavam na cara dela, ela pensava na pequena Evie, ouvia tiros, lembrava novamente que aquelas eram as pessoas que tinham prometido proteger a família dela e falharam.

– Bem – disse Oscar com animação quando as portas do elevador se fecharam –, podia ter sido pior. Eles disseram suspensão... eu ouço *férias*.

– Nem brinca – disse Ruby, se encostando na parede. – Fiquei com medo de tirarem a gente da patrulha de ruas pra sempre e nos obrigarem a fazer, sei lá, tarefas administrativas, alguma coisa assim. – Ela fez uma careta para Nova. – Sinto muito pelo trabalho. Parece horrível.

Nova deu de ombros.

– O tédio é meu maior inimigo. Gosto de ter alguma coisa para me ocupar.

Na verdade, ela não conseguia imaginar uma tarefa melhor. Entrar na base de dados das armas e nos sistemas de computador? Irresistível. Qualquer coisa que pudesse acelerar o processo de descobrir informações novas e úteis seria muito bem-vinda àquela altura.

Qualquer coisa parar tirar Leroy, Mel e até, ocasionalmente, o Fobia da casa "dela". Não tinha se passado nem um dia inteiro ainda e ela já estava tomada de ansiedade, certa de que algum Renegado decidiria dar uma olhada na nova recruta e encontraria a casa dela tomada de Anarquistas.

Além do mais, eles não podiam evitar os túneis para sempre, por mais que estivessem gostando da luz do dia e de ter plantas em um canteiro. Mesmo esse canteiro sendo menor do que um saco de dormir e as plantas sendo nada além de urtigas e dentes-de-leão.

Os dentes-de-leão, ela ouvira Mel dizer naquela manhã, eram muito desvalorizados.

O elevador despencou até o térreo e eles saíram para o saguão.

– Alguém quer almoçar? – perguntou Oscar. – É dia de taco no refeitório.

– Vou visitar Max – disse Adrian, olhando para a passarela suspensa. – Ele deve ter passado a noite vendo notícias sobre a biblioteca.

A pulsação de Nova deu um salto. Embora seu foco estivesse voltado para o Sentinela ultimamente, ela permanecia intensamente curiosa sobre Max. *O Bandido*. Ela ainda sabia tão pouco sobre ele, suas habilidades e por que ficava preso numa quarentena.

– Posso ir junto?

Adrian olhou para ela com surpresa... mas de uma forma agradável, ela achou.

– Claro, se você quiser.

Quando eles chegaram à quarentena, Max estava batendo com um martelo no teto da Biblioteca Cloven Cross. Havia pedaços de vidro espalhados em volta dos joelhos, mas se ele estava preocupado com cortes não demonstrava. Pelo menos usava óculos de proteção enquanto dizimava o modelo.

Adrian bateu na janela.

Como Max não demonstrou ter ouvido, ele bateu mais alto.

Max levou um susto e olhou para trás, empurrando os óculos para o alto da cabeça. Ele sorriu, e houve algo de tão bizarro em ver aquele sorriso brilhante, junto com os óculos, o martelo e uma biblioteca demolida que Nova não conseguiu segurar uma gargalhada.

– Isso aí está ótimo – disse Adrian, girando um dedo na direção da biblioteca. – Mas o lado leste precisa ser mais destruído. Aquela parede praticamente se foi.

– Eu ainda não tinha acabado – argumentou Max com certa teimosia. Ele cruzou os braços e observou a cidade ao redor. – Eu estava pensando, agora que a Detonadora está ativa de novo, que vou precisar alterar muitas coisas nas próximas semanas.

– Esperamos que não – disse Adrian, franzindo a testa. – Estamos querendo menos destruição geral, não mais.

– Falando em alterações – disse Nova, andando um pouco pela parede de vidro para dar uma olhada melhor no bairro Merchant –, você se importa se eu der algumas sugestões? Você parece bem preocupado com a acuidade.

Max se empertigou, quase eufórico.

– Claro, o que você quiser.

Ela encostou os dedos no vidro.

– Está vendo aquela fileira de casas que tem ali na rua Mission? Na verdade, fica um quarteirão depois, na Stockton.

Max andou alguns quarteirões e apontou.

– Essas?

– É.

Adrian inclinou a cabeça.

– Tem certeza?

– Absoluta. Passei muitas horas só... andando. Conheço bem a cidade.

– Mas o que tem na Mission? – perguntou Max.

– Prédios comerciais de dois andares. Tem lojas no térreo, talvez escritórios no andar de cima, se bem que acho que alguns podem ser apartamentos. Tinha uma imobiliária fechada com tábuas na esquina, e quando eu era criança tinha uma farmácia, mas não sei se ainda está lá.

– Espera – disse Max. – Vou pegar alguma coisa pra anotar isso.

Ele desapareceu nos aposentos de trás, e Nova percebeu depois de um momento que Adrian a estava observando.

– Você morava lá? – perguntou ele.

– Quando eu era bem pequena. Minha família tinha um apartamento a alguns quarteirões dali. Por quê?

Ele afastou o olhar e deu de ombros.

– Minha mãe patrulhava muito aquela área. Era meio que... a rota dela, eu acho.

Nova levou um susto.

– Sua mãe?

Adrian olhou para ela, primeiro surpreso e depois achando graça. Inclinando-se para ela, ele fingiu sussurrar:

– Eu não sou filho *de verdade* do Capitão e do Guardião Terror, sabe.

Ela revirou os olhos.

– Obviamente. Eu sei quem Lady...

– Tudo bem, pode falar de novo – disse Max, pulando por cima da marina. – Dois andares, imobiliária, farmácia é um talvez. Isso é nesta esquina?

Nova afastou os pensamentos confusos.

– Hum. É. Espera, não, naquela do outro lado da rua. É, naquela. Se ainda estiver lá.

– Você pode descobrir pra mim? – pediu Max.

O olhar dele foi tão esperançoso que Nova não teve escolha além de dar de ombros.

– Claro...

– Nova está muito ocupada – comentou Adrian. – Acabou de receber uma missão nova no arsenal.

Max olhou para ele de cara feia.

– Então talvez você possa descobrir. O que *você* vai fazer hoje de tão importante?

Adrian retribuiu o olhar.

– Nós vamos descobrir – disse Nova. – Nos dê alguns dias. Além do mais, nossa ida ao Salão do Conselho hoje de manhã me deu uma ideia. – Ela esticou o queixo na direção do modelo do Quartel-General dos Renegados, a torre surreal bem mais alta do que o resto. – Que tal você ter elevadores funcionando na torre do quartel-general?

Max ficou paralisado.

– O que você quer dizer?

– É simples. Fiz um pra minha casa de bonecas quando eu era criança. Vamos precisar de alguns materiais, mas o princípio é o mesmo. – Ela foi marcando nos dedos. – Vamos precisar de seringas e um tubo comprido, e Adrian vai ter que redesenhar os elevadores de um jeito que eu consiga ligá-los ao ascensor hidráulico novo. Vou desenhar um plano para mostrar o que quero dizer.

Max voltou a atenção empolgada para Adrian.

– Você aceita?

– Claro – disse Adrian com uma gargalhada surpresa, e o sorriso que ele abriu para Nova, meio intrigado e meio agradecido, levou um calor inesperado às bochechas dela. – Tenho que desenhar as seringas e os tubos também, Srta. Engenheira?

– De jeito nenhum – disse Nova, fingindo repulsa. – A questão toda deste experimento é mostrar que objetos normais do dia a dia podem, pela força da física, ser transformados em uma coisa muito legal. Esse ponto é deixado de lado quando você simplesmente – ela fez um sinal na direção das mãos de Adrian – *conjura* tudo de que precisa.

Ele assentiu com seriedade, mas seus olhos ainda brilhavam por trás das lentes grossas dos óculos.

– Certo. Porque eu poderia, em teoria, simplesmente redesenhar os elevadores para fazê-los funcionar. Você sabe... por magia.

Nova apontou um dedo na direção do nariz dele.

– Minha ciência supera a sua magia. Você vai ver.

– Mal posso esperar – disse Adrian.

– Os técnicos têm seringas.

Ela olhou para Max, que tinha se aproximado de forma a estar do outro lado do vidro.

– Muitas – acrescentou ele, e Nova não conseguiu evitar que os olhos se desviassem para os hematomas nas partes internas dos braços.

– Certo – disse ela. – Serve. Aposto que eles têm rolos de tubos também. Talvez Adrian e eu possamos entrar e... falar com eles? Ver se nos deixam pegar umas coisas emprestadas? – *E dar uma olhada quando estivermos lá dentro...*

Mas Adrian balançou a cabeça.

– Nem eu tenho autorização de entrar nos laboratórios. Mas aposto que, se Max fizesse uma lista, eles levariam para ele.

Os ombros de Nova murcharam, mas só brevemente, até ela encontrar uma nova abertura. Sua testa se franziu quando ela se virou para Max.

– Eles tentam mesmo deixar você feliz aí dentro, não é?

De um momento para o outro, ela viu o entusiasmo dele passar, e teve a impressão de que ele tentava esquecer que estava preso lá dentro o máximo possível.

– Desculpa – disse ela. – É que... o que estão fazendo com você? Pra que as amostras de sangue?

Max olhou para as marcas de agulhas nos braços e esticou a pele para examiná-las, como se aquela fosse a primeira vez que ele prestava atenção a elas.

– Amostras de sangue, amostras de tecido, amostras de medula óssea...

– Exatamente – disse Nova.

Mas quando Max ergueu o olhar, não foi para ela, e sim para Adrian, a expressão ligeiramente suplicante. O sorriso de Adrian tinha desaparecido, trocado por uma testa franzida e lábios apertados.

– Ah, certo – disse Nova. – Não tenho autorização para esse tipo de informação.

– O que eles estão fazendo é muito importante – disse Max, e Nova se perguntou se ele estava tentando convencê-la ou a si mesmo. – Eles acham que estão à beira de uma descoberta, até. Vai mudar os relacionamentos dos prodígios para sempre.

– Relacionamentos dos prodígios?

Max ficou vermelho.

– É o que ficam dizendo.

– O que isso quer dizer?

Adrian limpou a garganta.

Nova fez uma careta para ele.

– Confidencial?

Ele mostrou as palmas das mãos em um gesto de desculpas.

– Nós não fazemos as regras.

Não, pensou ela com ironia. *É sua família que faz.*

Mas ela tentou sorrir como se entendesse.

– Posso perguntar onde seus pais estão?

– Estão mortos – disse Max, sem um momento de hesitação e um pingo de lamento.

– Ah – gaguejou Nova. – Me... me desculpe.

– Não peça desculpas – disse Max. – Eles me jogaram da ponte Sentry quando eu tinha duas semanas.

O coração de Nova deu um pulo, e ela ficou olhando sem palavras enquanto Max se inclinava casualmente e movia alguns dos barcos de vidro presos às docas aos seus pés.

– Eles tinham medo de prodígios? – sussurrou ela, pensando no que Adrian tinha dito sobre as crianças prodígios que costumavam ser abandonadas por pais supersticiosos.

Mas Max balançou a cabeça.

– Eles *eram* prodígios. Vilões. Integrantes dos Baratas.

Os Baratas. A mesma gangue que ordenou a morte da família dela.

– Mas então... por quê?

Max olhou para Adrian, e mais uma vez ela viu a hesitação, com a conversa chegando perto demais de território confidencial. Ela seguiu o olhar e viu que os ombros de Adrian estavam tensos, o maxilar contraído, a raiva de dois vilões dispostos a matar o próprio filho de forma tão desalmada surgindo rapidamente.

– Eu era perigoso para eles – disse Max, falando devagar. – E para o resto da gangue também. Eles sabiam que ficariam melhor sem mim.

– Como você sobreviveu?

– O Capitão Cromo e o Guardião Terror viram acontecer. O capitão mergulhou e me salvou, enquanto o Guardião Terror ia atrás deles. Eles fugiram, mas... acho que devem ter morrido na Batalha de Gatlon.

Nova apertou os punhos.

– Eles estavam mortos antes disso.

Max olhou para a frente com surpresa, e ela sentiu a cabeça de Adrian se virar na direção dela também, e na mesma hora seu cérebro começou a procurar verdades e mentiras, e ela se viu escolhendo as palavras com a mesma hesitação de Max. Talvez, pensou, fosse injusto se ressentir dos segredos dele quando vivia desviando dos dela.

– Todos os Baratas morreram alguns meses antes da batalha. A gangue toda foi massacrada. – Ela olhou para Adrian. – Os Renegados não sabiam disso?

Ele franziu a testa e balançou a cabeça.

– Ah. Bom... dizem que Ace... – Ela limpou a garganta. – Foi o próprio Ace Anarquia. Supostamente, houve uma... disputa de algum tipo. Entre as duas gangues.

Uma disputa. Tipo os Baratas matarem o irmão de Ace e a família dele.

– Hã – disse Adrian, coçando atrás da orelha. – Isso explica por que os Baratas ficaram tão quietos nos últimos meses.

Nova olhou de Max para Adrian e para Max de novo.

– E aí, o Capitão resgatou você e o quê, também te adotou? Vocês são irmãos?

O sorriso de Adrian começou a voltar, e essa visão fez alguma coisa se desenrolar no peito de Nova.

– Alguma coisa assim.

– Mas eu sempre tive que ficar separado dos outros – disse Max. – O Capitão Cromo é o único que é imune a mim. Quando eles começaram a construção do quartel-general aqui, criaram esses aposentos pra mim, especialmente. Eles queriam que eu me sentisse parte dos Renegados, ainda no meio de tudo mesmo... você sabe. Não estando de verdade.

– O Capitão Cromo – refletiu Nova, tentando manter o escárnio longe da voz. Sempre o invencível Capitão Cromo. – E os trajes que eles têm que usar para chegar perto de você? – questionou ela, indicando a câmara do lado de fora da quarentena.

– Eram trajes de descontaminação – disse Adrian –, mas foram aperfeiçoados com cromo no forro e nas beiradas. Permite que as pessoas cheguem perto por um tempo, mas o poder dele acaba as afetando depois de um tempo.

Nova curvou o lábio. Parecia que o que Max era capaz de fazer não era fatal, senão os pais não teriam podido transportá-lo até a ponte. Mas, por outro lado, do que todo mundo tinha tanto medo?

– Eu queria mesmo que você pudesse me contar o que você faz.

– Um dia – disse Adrian. – Não é pessoal. A maioria das pessoas aqui não sabe. Não é por acharmos que não podemos confiar nos Renegados nem nada, mas o Conselho tem medo de que, se muita gente soubesse, a informação poderia vazar, e... tem muita gente que ia querer sequestrar Max.

– Ou me matar – acrescentou Max, com a mesma calma de quem dá a previsão do tempo.

– Tudo bem – disse Nova. – Não vou mais xeretar.

Ela não estava sendo totalmente sincera. Eles tinham lhe dado mais informações do que deviam ter percebido; ao menos o suficiente para começar a formular algumas teorias, e ela esperava que, quando tivesse acesso às bases de dados dos Renegados, pudesse descobrir mais.

– Agora eu sei o que aconteceu com os *seus* pais... – Ela olhou para Adrian. – E a sua mãe? A Lady Indomável morreu na batalha?

Ele balançou a cabeça.

– Antes. Receberam uma dica de que um dos vilões estava planejando um assassinato de retaliação, porque um cara estava vendendo os segredos deles. Minha mãe se ofereceu para ir acabar com tudo. Mas, no dia seguinte, ela foi encontrada em uma viela... – O maxilar dela tremeu. – Ela tinha caído do telhado. Ou talvez tenha sido empurrada. A questão é que cair de um prédio não devia ter sido causa de morte pra ela, porque...

– Ela podia voar – disse Nova, pensando nas fotografias que tinha visto dos seis originais.

Lady Indomável era linda e forte, com cachos pretos em volta do rosto e um sorriso que parecia de propaganda de pasta de dente. Ela e o Guardião Terror eram os únicos membros do grupo de justiceiros a usar capa, e em todas as fotos ela parecia estar levitando alguns centímetros acima do chão, com o tecido dourado voando atrás.

– Ninguém viu acontecer – disse Adrian –, e ninguém sabe qual vilão foi responsável pela morte dela, nem como foi feito. Como conseguiram incapacitá-la por tempo suficiente para... – Ele parou de falar e não precisou terminar.

Como um prodígio capaz de voar cai de um prédio?

– E seu pai? – perguntou ela. – Estou falando do seu pai biológico. Não me diga que ele também era super-herói.

Ele riu.

– Acho que não. Ela me disse que foi um cara que ela salvou quando uma fábrica de sapatos desabou. Ela voou com ele até um lugar seguro, os dois estavam energizados de adrenalina, uma coisa levou a outra... sinceramente, àquela altura eu mandei ela pular para o fim da história, porque eu tinha cinco anos e... eca. – Ele tremeu, e Nova não conseguiu evitar uma gargalhada. – Eles tentaram sair algumas vezes depois, mas ele não aguentou a pressão de sair com uma super-heroína, então acabou antes mesmo de ela saber que estava grávida.

Nova encostou o ombro na parede de vidro. Dentro da quarentena, Max estava aparentemente entediado com a conversa e tinha começado a rearrumar as construções que ela havia mostrado.

– Você acha que vai querer encontrar ele um dia?

– Não. Se ele não aguentou uma namorada super-heroína, duvido que aguentasse um filho super-herói. Além do mais, foi uma grande notícia quando a minha mãe me teve. Tenho certeza de que ele deve ter sabido, e também mais tarde, quando houve a adoção. Se ele tivesse algum interesse em ser pai, teve muitas oportunidades para se apresentar. – A testa dele estava franzida enquanto falava, mas não durou muito, pois ele voltou a atenção para ela. – O que seu tio achou quando você voltou pra casa ontem à noite?

Os cabelos da sua nuca se arrepiaram.

– Meu tio? – balbuciou ela.

Ele assentiu.

– Nós recebemos muita reação negativa de pessoas da família, principalmente durante as primeiras semanas de um recruta em campo, quando elas começam a perceber como o trabalho é perigoso. E ontem foi mais perigoso do que o habitual. – Ele pareceu estar olhando para dentro dela, e Nova sentiu a antiga paranoia voltando à superfície dos pensamentos. – Mas temos uma ótima equipe de apoio que está sempre disposta a se envolver se você precisar de ajuda. Alguém pode ligar para o seu tio, ou ele é bem-vindo para uma visita ao quartel-general, para entender melhor o que fazemos. Às vezes, isso os ajuda muito a se sentirem mais seguros.

– Uma equipe de apoio – disse Nova. – Pra falar com o meu tio.

– Só se você quiser. – Aquela ruga apareceu acima do nariz dele de novo. – Ele disse alguma coisa? Tentou te convencer a não voltar? A gente ouve isso muito.

Ele pareceu verdadeiramente preocupado, e Nova sentiu uma gargalhada subir e entalar na garganta. Aquela risada histérica e descrente virou um engasgo.

Nova se virou, tossindo e pressionando a mão no peito, apertando os olhos quando começaram a lacrimejar. Ela sentiu uma mão nas costas, colocada delicadamente entre as omoplatas, e tremeu tanto com o toque que Adrian afastou a mão. Enquanto limpava a garganta e tentava normalizar a respiração, ela sentiu uma pontada de decepção que o toque, por mais preocupado e inocente que tivesse sido, não havia durado mais.

Engolindo em seco com a garganta arranhando, ela olhou para Adrian, ainda sorrindo e achando graça.

– Hum, não – disse ela por fim. – Meu tio não está tão preocupado comigo. Mas por outro lado... – Nova fez um gesto vago na própria direção. – Estou treinando para isso a vida toda, então acho que ele sabe que não dá pra me convencer a sair.

Adrian assentiu em compreensão.

– Bom, se ele começar a ter preocupações, me avisa. Não queremos que ninguém se sinta dividido entre os Renegados e a família.

Ela esticou os lábios de novo e soube que ele devia pensar que ela era maluca, mas não conseguiu disfarçar o quanto achava a conversa toda hilária.

– Não – disse ela –, isso seria horrível.

– Ei, Rabisco.

Eles se viraram, e a visão de Pega, a jovem ladra do desfile, apagou rapidamente o sorriso de Nova. A garota estava percorrendo a passarela, o rosto franzido a fazendo parecer mais velha do que devia ser. Ou, pelo menos, uma garota que queria que as pessoas achassem que ela era mais velha, mas não tinha muito sucesso nisso.

– Pega! – disse Adrian, e Nova percebeu que ele estava carregando intencionalmente a voz com alegria e animação, talvez em um esforço para equilibrar a nuvem de pessimismo que pairava sobre a garota. – Anda fazendo boas escolhas ultimamente?

Ela ignorou a pergunta, parou a uma curta distância e entregou uma pasta parda de aparência oficial para ele.

– O Conselho me botou como mensageira esta semana – disse ela, falando como se fosse uma punição indescritível.

– Ah, que bom – disse Adrian. – Isso vai deixar você longe de confusão por um tempo. – Ele ergueu o envelope. – Excelente entrega. Vou avisar que você está superando todas as expectativas. Continue o bom trabalho.

Ela soltou um gemido consternado, lançou um olhar amargo para Nova, se virou e saiu andando na direção dos elevadores. Nova não pôde deixar de verificar se a pulseira ainda estava no lugar quando a garota se afastou.

– Ela seria uma boa vilã – murmurou ela.

– Não vamos falar nisso – disse Adrian, abrindo o envelope. – Caso ainda não tenha passado pela cabeça dela, não quero ser quem botou a ideia lá.

Nova viu a mão dele puxar uma única folha de papel branco de dentro. No alto havia um *R* grande em vermelho metálico.

– O Conselho não acredita em enviar mensagens pelos comunicadores, como as pessoas normais?

Adrian balançou a cabeça e leu cada letra.

– Tudo que passa pelo sistema é sujeito a revisão e inspeção. Evidentemente – o canto de sua boca se ergueu quando ele a encarou –, não querem que a organização toda saiba que eles aprovaram nosso pedido de falar com o Titereiro.

CAPÍTULO TRINTA E UM

— Acho que não devo ir – propôs Nova, andando atrás de Adrian no meio das mesas do refeitório.

– De que você está falando? – disse ele, sem olhar para ela. – Claro que você deve ir.

– Você não precisa de mim – insistiu ela. – Eu não sei nada sobre interrogar pessoas. E... posso começar aquele trabalho de catalogação, certo? Na verdade, eu só vou atrapalhar.

Adrian parou e se virou para ela. Nova deteve-se e se encolheu perante o olhar preocupado.

– Você tem medo do Titereiro? – perguntou ele, atônito.

O rosto dela se franziu.

– *Não* – disse ela, antes de perceber que dizer sim a teria levado mais para perto do objetivo de não estar na mesma sala com a única pessoa no quartel-general que sabia exatamente quem ela era... e que não tinha ideia de que estava fingindo ser uma Renegada. – Quer dizer, ele é sinistro. E não gosto de... bonecos. Marionetes. Até marionetes de meia me assustavam quando eu era criança, então acho que sim. É, eu talvez tenha medo dele, sim. Posso ficar de fora?

O rosto de Adrian assumiu o olhar calmo e compreensivo com o qual Nova estava desenvolvendo um relacionamento de amor e ódio.

– Ele vai estar preso. Nós vamos estar em segurança. Além do mais, os poderes dele só funcionam em crianças.

– Eu não quero ir. Por favor.

Adrian piscou, e ela finalmente sentiu a determinação dele passar. A esperança pulsou nas veias dela.

– Nova... – disse ele com gentileza – você era a única naquele telhado com a Detonadora e o Bibliotecário. Você pode ter ideias sobre os Anarquistas e as ligações deles que poderiam passar despercebidas para o resto de nós. E, sejamos sinceros, você é muito observadora. Você pode perceber alguma coisa que deixemos passar. Então... me desculpe, mas acho que precisamos de você lá. – Ele deu um sorriso hesitante, como se para suavizar a recusa ao pedido. – Prometo que ele não é perigo para nós. Nada vai acontecer a você.

Ela engoliu em seco e desejou poder acreditar que era verdade.

Ele se virou e foi na direção de Ruby e Oscar, sentados a uma pequena mesa perto do canto. O prato de Ruby estava vazio, exceto por alguns pedaços de alface, e Oscar protegia seu prato dela, que tentava espetar uma azeitona preta com o garfo.

– Tem uma cesta inteira de azeitonas! – gritou Oscar. Ele levantou o prato da mesa e o segurou o mais distante dela possível. – Vai pegar pra você!

– Você nem gosta de azeitona – respondeu Ruby, quase caindo no colo de Oscar enquanto se inclinava por cima dele, o garfo espetando o ar. – Você só pegou pra me provocar!

– Já chega, pombinhos – disse Adrian, largando o envelope na mesa.

Ruby caiu na mesma hora de volta na cadeira, o rosto vermelho, enquanto Oscar sorriu, parecendo bem satisfeito com a palavra.

– Nosso pedido foi concedido. Temos trinta minutos para preparar as nossas perguntas.

Os dois o encararam, confusos.

– Pedido de quê? – indagou Oscar, ao mesmo tempo que Ruby perguntou:

– Que perguntas?

Adrian olhou de um para o outro e suspirou.

Trinta minutos depois, Nova se viu presa dentro de uma sala de metal, espremida entre Ruby e Adrian enquanto eles ouviam as trancas da porta se fechando atrás. Havia uma segunda porta à frente, pela qual o prisioneiro seria trazido. E também uma única mesa presa ao chão no meio da sala, junto com duas cadeiras, uma de cada lado. No outro lado da mesa havia grilhões, os aros grossos para os pulsos presos a domos de metal que envolveriam as mãos completamente, um dispositivo criado especialmente para prodígios que precisavam usar as mãos e os dedos para manifestar suas habilidades.

Se tivessem desconfiado que eles enfrentariam a Detonadora quando montaram a vigilância da biblioteca, Nova achava que a equipe teria sido equipada com algemas similares em vez das regulares que ela havia recebido.

– Então... – disse Oscar, indicando a cadeira mais próxima – você vai se sentar aí?

Adrian balançou a cabeça.

– Você vai.

– Não preciso – disse Oscar, com um movimento casual de um ombro só. – Você é o chefão aqui. Se quiser...

– Senta, Oscar.

Oscar fez cara feia, e Nova sentiu-o irritado com a rispidez de Adrian. Não era uma reação comum de Adrian, e sugeria que ele também estava mais nervoso do que tentava demonstrar.

Com um suspiro, Adrian indicou a cadeira.

– Preciso que você banque o policial malvado. O policial malvado ficaria com a cadeira, não ficaria?

Nova segurou um sorriso. Ele fazia parecer tão fácil, afastar a tensão. Respeitava as fraquezas deles; nesse caso, todos sabiam que o corpo de Oscar ainda se recuperava dos esforços do dia anterior, mesmo ele nunca admitindo o quanto estava sentindo dor. Mas, com esse simples acordo, Adrian também valorizava as muitas formas com que Oscar colaborava com a equipe, mesmo essa contribuição sendo apenas o talento de Oscar para o drama. Houve vezes em que

Nova se perguntou se Adrian se tornou líder de equipe por causa do nome da família, mas ela estava ficando mais e mais segura de que ele tinha conquistado a posição.

Fosse como fosse, a sugestão dele funcionou. Com uma inclinação orgulhosa do queixo, Oscar se acomodou na cadeira e encostou a bengala na mesa. Ele cruzou os braços rigidamente sobre o peito.

– Ah, sim – disse ele, com um movimento satisfeito de cabeça. – O policial malvado está pronto.

– Qual de nós é o policial bonzinho? – perguntou Ruby, olhando para Adrian e para Nova.

Nova não conseguiu responder. Sua boca estava tão seca que ela teve medo que tentar falar só fosse fazer as palavras grudarem na língua.

– Eu sou o policial bonzinho – disse Adrian. Ele olhou para Nova. – Você é a observadora. Se tiver alguma coisa a dizer ou acrescentar, pode entrar na conversa, mas, fora isso, quero você concentrada em qualquer sinal que indique que ele pode estar mentindo... ou falando a verdade.

– E quem eu sou? – perguntou Ruby.

Adrian sorriu.

– Você é a força.

Ruby sorriu e pulou com empolgação de um pé para o outro enquanto soltava o fio no pulso.

– Esperem – pediu Oscar, olhando para trás. – Acho que eu queria ser a força.

Nova olhou para o heliotrópio de Ruby, cintilando na luz fraca da sala.

– A gente não vai *torturar* ele, vai?

Eles se viraram para ela, os rostos igualmente perplexos.

– Pelos céus, Nova – disse Adrian. – Nós somos os mocinhos, lembra?

Ela se encolheu, sem saber direito se devia ficar constrangida com a pergunta ou não. Não pareceu ridículo quando falou.

Do outro lado da sala, eles ouviram o estrondo de mais mecanismos de trancas. O corpo de Nova ficou rígido. Ela esfregou as mãos úmidas nas laterais do uniforme.

A porta se abriu, e dois guardas entraram, guiando Winston Pratt pelos ombros. Ele estava vestido com as listras pretas e brancas de um macacão de prisão. Os pulsos e tornozelos presos com correntes, e o passo saltitante de sempre estava pesado, os ombros contraídos, os braços apertados junto ao corpo, como se ele tentasse evitar a mão dos guardas.

Nova ficou surpresa de ver que a maquiagem dele continuava no rosto... ou o que ela sempre supôs que fosse maquiagem, embora nunca o tivesse visto sem. A tinta preta em volta dos olhos, os círculos rosados nas maçãs do rosto, as linhas finas desenhadas dos cantos da boca vermelha até o queixo, dando o efeito de uma marionete de madeira. As linhas não estavam nem borradas.

Pela primeira vez em todos os anos que o conhecia, ela se perguntou se era maquiagem ou se o poder tinha mesmo transformado o rosto dele no de uma marionete.

Ou de um controlador de marionetes.

Seus olhos percorreram a sala, indo das cadeiras para as paredes, para a lâmpada no teto, para as algemas na mesa, para Oscar, para Adrian, para Nova, para Ruby.

De volta a Nova.

Ele piscou furiosamente, como se tentando afastar um cílio incômodo. A testa se contraiu.

Apertando os lábios, Nova se esforçou para passar a ideia de segredo, sacudindo sutilmente a cabeça e torcendo para ele perceber a intensidade desesperada do olhar dela.

Mas Winston Pratt nunca foi adepto da arte da sutileza.

Ele continuou olhando, os lábios abertos, a cabeça se inclinando curiosamente para um lado enquanto era colocado na cadeira. Não ofereceu resistência quando as mãos acorrentadas foram posicionadas nos grilhões e os domos se fecharam com segurança em volta.

– Vocês têm quinze minutos – disse um dos guardas para Adrian. – Esse interrogatório está sendo gravado – ele indicou uma pequena câmera no teto – para futura visualização, conforme necessidade do Conselho. Se quiserem terminar a sessão mais cedo, batam na porta e voltaremos.

Eles saíram.

Winston ainda estava olhando como bobo para Nova, e os outros começavam a reparar. Adrian e Ruby se voltaram para ela, e Nova reagiu com um movimento de ombros desconfortável e confuso.

– Tudo bem, Sr. Pratt – disse Oscar, inclinando-se para a frente e cruzando as mãos em cima da mesa –, ou devo chamar você de... *Titereiro?*

Isso pelo menos afastou o olhar de Winston de Nova.

– Nós vamos fazer algumas perguntas – explicou Oscar –, e recomendo fortemente que você responda. – Ele estalou os dedos, se inclinou para trás e dobrou o dedo por cima do ombro. – Vá em frente, Rabisco. Ele é todo seu.

As sobrancelhas se erguendo no que podia ser diversão ou constrangimento, Adrian se adiantou e parou ao lado de Oscar.

– Eu soube que você já foi interrogado várias vezes – disse Adrian –, mas temos um assunto específico que queremos discutir com você.

Apesar de Winston olhar para Adrian agora, o maxilar ainda estava frouxo de surpresa, e Nova sentiu suas entranhas sendo retorcidas por uma máquina de lavar roupa. Ela se viu imaginando uma situação em que sua identidade fosse revelada, aqui, agora, e se perguntando se tinha alguma esperança de sair com duas portas trancadas e três Renegados que Nova sabia que se virariam contra ela assim que se dessem conta de quem era.

– Primeiro – continuou Adrian –, você precisa saber que a Detonadora atacou uma biblioteca ontem. Ela disparou múltiplas bombas em espaços públicos. Como resultado, os Renegados entraram nos túneis do metrô onde você e seus companheiros moram, na tentativa de prendê-la. No entanto, esses Renegados foram atacados, e os Anarquistas desapareceram depois de terem abandonado os túneis do metrô.

Winston franziu a testa e começou a balançar a cabeça, atordoado.

– Eles não sairiam... – Ele olhou novamente para Nova.

Ela tentou permanecer sem expressão enquanto continuava o mantra em pensamento, *silêncio, segredo*, como se pudesse desenvolver telepatia de repente.

– Uma coisa encontrada nos túneis, de interesse específico – disse Adrian –, foi um vagão habitado recentemente. Temos motivo para acreditar que esse vagão pertencia à vilã que se chama Pesadelo. Nós sabemos agora que a Pesadelo é Anarquista.

Lábios abertos. Maxilar frouxo. Winston virou os olhos confusos para Adrian.

– É dela que queremos falar hoje. – Adrian colocou uma das mãos na mesa e se inclinou para a frente, e Nova poderia até achar que as tentativas dele de ser intimidador eram quase adoráveis, se ela não estivesse tremendo de medo.

Sua memória estava repassando os momentos no balão do Winston, quando eles sobrevoavam os destroços do desfile. Quando perceberam que não passariam por cima do prédio seguinte. Quando ela escolheu sacrificar Winston para os inimigos.

Ele tinha todos os motivos para desprezá-la agora. E também para traí-la.

Ela engoliu em seco.

– Me desculpe – disse Winston, olhando para Adrian com a boca aberta. – Mas... como é?

– Pesadelo – repetiu Adrian. – Vou começar com uma coisa simples. Qual é o verdadeiro nome dela?

Uma ruga funda pareceu entalhada de forma permanente entre as sobrancelhas do Winston, e o jeito como sua boca se recusava a se fechar fez parecer que o mecanismo que prendia o maxilar de marionete ao crânio de marionete tinha quebrado.

– Pesadelo? – grunhiu ele.

– Pesadelo – confirmou Adrian. – Você talvez se lembre dela como a pessoa que empurrou você pra fora do seu balão. Quero saber qual é o verdadeiro nome dela.

Nova mordeu o lábio.

– No...? – começou Winston, mas hesitou, deixando a palavra no ar até seus lábios se unirem em volta daquele *o* longo e inseguro. Os pulmões de Nova se espremeram e expeliram todo o ar.

– Como? – disse Adrian.

– No... não. Hã... – Winston olhou uma vez, brevemente, para Nova, depois para Adrian novamente. – No... reen. – Ele tossiu. – O nome dela é Noreen.

Nova inspirou fundo. Mas todas as outras pessoas ficaram imóveis. Ela sabia que ninguém tinha sido enganado. Mas não se importava. Winston teve a oportunidade de traí-la, mas não fez isso. Uma fagulha de esperança brilhou em seus pensamentos.

– Noreen – disse Adrian, a voz carregada de ceticismo.

– Noreen – confirmou Winston, com um movimento de cabeça determinado e orgulhoso.

– Noreen de quê?

– Hum?

– Ela tem sobrenome?

– Ah, hã... – Winston olhou em volta, como se procurando inspiração, mas deu de ombros. – Não. Não tem sobrenome. Só Noreen.

Adrian e Oscar trocaram um olhar antes de Adrian limpar a garganta.

– Nós sabemos que a Pesadelo obteve ao menos uma das armas dela de um negociante do mercado clandestino conhecido como Bibliotecário. Mas a testemunhamos usando várias armas e ferramentas que não se parecem com outras coisas no mercado. Onde ela consegue os suprimentos?

Winston sustentou o olhar dele. Piscou. Lambeu os lábios. Abriu a boca. Hesitou. Engoliu em seco. Tossiu. E finalmente respondeu:

– Na loja de materiais de construção, não?

– Na loja de materiais de construção?

– É. – Winston balançou a cabeça. – É onde ela consegue as coisas.

– Isso é um código para alguma coisa?

– Não. Só da loja de materiais de construção.

Nova se contraiu internamente, apesar de ser verdade. Ela conseguia muitos itens que usava nas invenções na loja de materiais de construção da região.

– Alguma loja específica? – perguntou Adrian.

– Hum. – Winston pareceu pensar nisso. – Não. Ela gosta de todas.

– Talvez – disse Oscar, se inclinando para a gente sobre o cotovelo – você possa mencionar só *uma* pelo nome. Só pra gente começar.

Winston apertou os lábios e deu de ombros.

– Não sei. Pergunte pra ela.

Felizmente, seu olhar não voltou para Nova quando ele disse isso, embora ela só pudesse imaginar o controle que ele tinha para continuar concentrado nos interrogadores.

– Que tal os nomes de qualquer contato que ela possa ter na cidade? – disse Adrian. – Você consegue pensar em alguém com quem ela possa ter se comunicado depois que os Anarquistas abandonaram os túneis do metrô? Algum lugar aonde ela possa ter ido?

Winston olhou para a mesa e pareceu estar pensando de verdade na pergunta. Finalmente, com sinceridade, ele começou a balançar a cabeça.

– Eu não sei aonde eles teriam ido.

Adrian massageou a têmpora.

– Que tal outros locais que a Pesadelo gosta de frequentar? Algum... restaurante favorito? Loja?

Winston não conseguiu impedir o olhar de se desviar para Nova desta vez, embora o deslocasse rapidamente para Ruby em seguida, depois para Adrian, como se para compensar o escorregão.

– Telhados? – sugeriu ele.

Os ombros de Adrian tremeram.

– Algum telhado em particular?

– Eu... eu não sei. Sinceramente. Não sei. – Winston se inclinou para a frente, e o rosto frustrado assumiu um pouco de desespero. – Eu não sei onde ela está. De verdade. Não faço ideia.

Adrian fechou os olhos brevemente.

– Tudo bem, Winston. Nós só estamos tentando...

– Não, *não* está tudo bem – disse Oscar, batendo com o punho na mesa. – Está óbvio que você sabe alguma coisa, e não vamos sair desta sala enquanto você não nos contar o que é!

Winston franziu a testa.

– Eles disseram que nós só temos quinze minutos.

– *Isso*... – começou Oscar, erguendo um dedo. Em seguida, murchou e limpou a garganta. – ... é verdade. Mas, mesmo assim, você pode nos contar o que sabe agora, ou podemos voltar e fazer isso amanhã de novo. E no dia seguinte. E no seguinte! Nós não vamos desistir enquanto você não nos contar o que precisamos saber, então comece a falar, Sr. Pratt, senão... senão vou providenciar pra que você não receba mais tacos! Nem, hum, o que eles servem aos prisioneiros aqui.

Adrian passou a mão pela lateral do rosto.

– Tudo bem – disse ele –, escuta. Ela te traiu. Te jogou do seu próprio balão e deixou que você fosse capturado por seus inimigos. Não foi? Você não tem motivo para a proteger. Mas se nos ajudar... – Ele hesitou, e Nova o viu lutando para encontrar alguma coisa que pudesse oferecer a Winston, algo que não fosse violar nenhum código Renegado. – Vou providenciar... Vou ver se podemos conseguir uns livros.

Nova repuxou os lábios, sabendo que esse suborno não o levaria longe, e a expressão do Winston pareceu mais confusa com a proposta do que outra coisa.

– Livros?

– Ou... sei lá. Revistas? Um baralho? Alguma coisa que sirva de distração. Deve ser um saco naquela cela, né?

Os olhos do Winston pareceram brilhar.

– Você pode conseguir pra mim um kit de pintura? E uma marionete nova?

Nova contraiu os ombros. Não. *Não*. Ele não podia ser convencido por eles *agora*.

– Hã... vou precisar da aprovação dos meus supervisores – disse Adrian. – Mas... posso perguntar.

A ânsia nos olhos de Winston era inegável, e pela primeira vez Nova se sentiu mal por ter pensado tão pouco nele desde a sua prisão. Ele não só devia estar entediado como solitário. Não que ela pudesse fazer qualquer coisa para ajudar, mas... ao menos poderia ter pensado nele.

– Qual era a pergunta mesmo? – indagou Winston.

– Nós queremos saber se tem algum lugar que a Pesadelo frequenta – disse Adrian. – Algum lugar aonde poderia ter ido.

Winston afastou o olhar, os pensamentos em guerra evidentes no rosto. A tentação que Adrian lhe ofereceu lutando contra qualquer lealdade que ele ainda pudesse ter pela Pesadelo e os Anarquistas.

– Ela, hum... ela gosta de ir... ao... parque.

O rosto de Adrian foi tomado de decepção.

– Ao parque – repetiu ele.

Em contraste, Winston era todo jovialidade pelo que devia achar que foi uma mentira sagaz e crível.

– É. Ela adora ir ao parque.

– Ao Parque da Cidade?

– Ah, não, não – disse Winston com entusiasmo –, ao parque *Cosmopolis*.

Nova tossiu e cobriu a boca para esconder o quanto estava achando graça.

Adrian olhou para trás.

– Me desculpem – disse Nova.

Ele suspirou e voltou o foco para Winston.

– Você está nos dizendo que a Pesadelo gosta de ir a um parque de diversões.

– Ah, sim. Ela vai lá o tempo todo. Gosta muito da casa maluca. – Ele riu como louco e deu de ombros, como quem sugere: "*Esses jovens malucos, quem imagina do que vão gostar agora!*"

– Posso fazer uma pergunta? – disse Ruby.

– Por favor – concedeu Adrian, se afastando da mesa e fazendo sinal para ela ir em frente. Ficava claro pela frustração nos olhos dele que o interrogatório não estava sendo como ele esperava.

Ruby deu um passo à frente, balançando o heliotrópio para a frente e para trás como um pêndulo. Winston acompanhou com os olhos, inclinando-se de leve para trás como se com medo de ser perfurado pela coisa. Possivelmente, ela faria isso mesmo.

– Os Anarquistas ficaram, digamos, *bem* inativos por nove anos, certo? Mas a Pesadelo parece ser bem jovem. Bem mais jovem do que o restante da gangue. O que quero saber é como ela foi se juntar a vocês. Vocês estão recrutando novos membros?

– Ah – disse Winston, aparentemente alegre por poder responder a essa pergunta sem ter que se esforçar muito para inventar uma mentira que fizesse sentido. – Não, nada de recrutamento. Na verdade, Ace a trouxe.

– Ace? – perguntou Oscar com uma gargalhada de descrença. – Ace Anarquia?

– Por favor – disse Adrian –, ela era uma criança na época.

– Era! – disse Winston, balançando a cabeça e concordando. – Ela *era* criança.

Eles ficaram olhando sem palavras por muito tempo. Finalmente, Adrian só disse:

– Explique.

Mas, àquela altura, Winston parecia ter se recolhido aos próprios pensamentos e estava duvidando da explicação ansiosa. Olhou novamente para Nova, ela deu de ombros para ele, sem saber direito quantos problemas a verdade lhe traria naquele momento.

Mas Winston optou por não contar a verdade, e novamente seu rosto assumiu aquela expressão temerosa e insegura.

– Ace encontrou ela... – começou ele. Depois de inspirar fundo, ele continuou: – No parque Cosmopolis!

– Claro – disse Oscar. – Onde mais?

– Não, não, é verdade – insistiu Winston. – Eu trabalhava lá, sabe, antes do Conselho o tornar tão – ele fez uma careta – *saudável*. E um dia havia uma criança. Uma garota. Andando na escuridão. O parque estava fechado havia horas e, bem, Ace a encontrou e descobriu que os pais a tinham deixado lá. Simplesmente... a abandonaram. Então ele deu algodão-doce pra ela e... bom, foi isso. Nós ganhamos uma pequena Pesadelo. – Ele começou a sorrir, um verdadeiro sorriso que esticou as linhas escuras no queixo. – Ela e eu brincávamos juntos. Às vezes, quando ela ficava com medo à noite, eu a entretinha com shows de marionetes. Ela gostava muito dos bonecos de sombras, que são uma especialidade minha. Lembra disso, N... – Ele soluçou. Tossiu. – Hã, eu me lembro bem daquela Pesadelo. A pequena Pesadelo. Nós éramos amigos... – Ele franziu a testa, uma tristeza tomando conta da explosão repentina de alegria. – Na época, pelo menos.

Nova sentiu que o coração estava se partindo. Há alguns anos, pensava em Winston como uma chateação, mas ele estava certo. Eles foram amigos quando ela era pequena. Como perderam isso? Como ela se tornou tão... tão Anarquista?

Nova manteve o olhar nele, desejando que ele olhasse direto para ela, desejando poder transmitir que lamentava e que se *lembrava* de todas aquelas ocasiões, todas as noites sem dormir em que ele a fez rir e o quanto aquilo tinha sido importante para ela.

Mas agora Winston mantinha a cabeça baixa.

Atrás dele, a porta estalou, e os guardas voltaram.

O interrogatório tinha acabado.

Ao voltar pelo corredor do lado de fora da salinha, Nova sentiu como se cem Gárgulas estivessem em cima dos seus ombros. Ela acharia que sair daquela sala com o segredo ainda intacto a teria deixado animada e alegre, mas só sentia culpa.

Não só culpa por causa de Winston, mas também por causa de todos. Os Anarquistas estavam contando com ela, e até agora o que tinha conseguido? Desde que foi para lá, eles foram obrigados a sair da casa deles. Ingrid estava exilada. O Bibliotecário estava morto. Eles não estavam mais perto de destruir os Renegados.

– Então – disse Ruby, girando a pedra em volta dos dedos. – A gente acha que alguma palavra que saiu daquela boca era verdade?

– Não sei – disse Adrian. – Não a maioria, com certeza.

Oscar assentiu.

– Concordo, mas acho que ele delineou a verdade às vezes, sabem? Tipo... pode ter havido pequenas verdades misturadas.

– É, mas que partes? – perguntou Ruby.

Adrian fez uma pausa e se encostou na parede e cruzou os braços.

– Ele mencionou o parque Cosmopolis algumas vezes, e sabemos que ele traficava drogas lá durante a Era da Anarquia, certo? Talvez tenha alguma coisa aí.

– Esperem – disse Ruby com uma gargalhada controlada. – Pensem nisso por um segundo. Vocês conseguem imaginar *Ace Anarquia* encontrando uma criança perdida em um parque de diversões, dando algodão-doce pra ela e decidindo levar ela pra casa... pra *criar*? Parem com isso.

Nova se irritou e olhou de cara feia para ela, mas Adrian também começou a rir.

– Pois é – concordou ele, massageando a testa. – Você está certa. É que... o que mais a gente tem? Alguma coisa?

– Nova – disse Oscar, olhando para ela –, você já trabalhou no parque Cosmopolis.

Pareceu tanto uma acusação que Nova ficou mais ereta, pronta para se defender.

– E daí?

– Se existe alguma conexão entre a Pesadelo e o parque... sei lá. Você já viu alguma coisa suspeita?

Na mesma hora suas defesas começaram a reagir. Ela expirou.

– Você quer saber se eu vi alguma garota andando de máscara de metal? Hã, não, não posso dizer que tenha visto.

– O que não é surpreendente – disse Adrian. – Se ela frequenta o parque de diversões, o que ainda duvido, mas, se frequentasse, ela não iria disfarçada, não é?

– Ainda assim – insistiu Ruby –, talvez Nova possa falar com o antigo chefe? Encorajar pessoas a ficarem vigiando?

Nova forçou um sorriso, tentando lembrar o nome do suposto chefe e torcendo para ninguém se dar ao trabalho de perguntar.

– É. Claro. Isso não seria problema.

– Tudo bem – disse Adrian, coçando o maxilar. – Vou obter a transcrição do interrogatório e enviar pra cada um de vocês hoje à tarde. Vamos tirar a noite pra pensar e discutir mais amanhã. – Adrian suspirou. – Ele estava escondendo alguma coisa, mas... não sei. Alguma coisa me diz que revelou mais do que percebemos.

CAPÍTULO TRINTA E DOIS

NENHUM DELES TINHA ENCONTRADO nada de novo ou de concreto no dia seguinte, nem no outro.

Na terceira noite depois do interrogatório do Titereiro, Nova começava a relaxar. O motivo podia ser por ela sentir que estava fazendo progresso, descobrindo coisas que poderiam ter valor, graças ao trabalho de catalogação.

Ela descobriu que gostava mais do quartel-general à noite. Ficava tão silencioso depois que a maioria das pessoas tinha ido para casa. Não totalmente vazio; sempre havia uma equipe de segurança monitorando o prédio e unidades de patrulha da madrugada indo e vindo entre turnos, mas a diferença em comparação ao dia era impressionante. A tranquilidade era uma delícia.

Nova tinha emoções contraditórias em relação às horas mais quietas da noite havia muitos anos. A suspensão do tempo em que todo o mundo ficava solitário e cheio de sombras. Houve períodos na infância em que ela frequentava lanchonetes vinte e quatro horas apenas pelo motivo de desenvolver um sentimento de ligação com as outras almas tristes e insones da noite, onde ela comia pilhas de panquecas de mirtilo e inventava histórias de vida para o entregador tomando café preto no bar ou para a garçonete que compensava os olhos cansados com empolgação efusiva. Mas alguém sempre acabava perguntando onde os pais dela estavam, e quando seus olhares eram tomados por conclusões pesarosas, Nova tinha que ir embora.

Mas havia outras noites em que ela desejava aquela solidão. Noites em que passava horas olhando para a lua e imaginando que era a última pessoa viva no planeta. Imaginando que não havia mais ninguém para provocar guerras e desavenças. Ninguém lutando por poder. Ninguém para ter medo ou ódio dos prodígios. Nenhum prodígio para odiar.

Ficar dentro do quartel-general às três da madrugada era uma mistura boa das duas coisas. A tranquilidade que acompanhava estar sozinha, mas também a certeza de que não estava de verdade. Mesmo estando cercada de inimigos, havia um consolo estranho no pensamento.

Ela tinha recebido um cubículo próprio no terceiro andar, com janela com vista para o saguão amplo e uma mesa que lhe disseram que podia decorar com itens pessoais, mas até o momento ela só tinha levado um pôster das constelações que comprara em uma loja de gravuras baratas a alguns quilômetros, e isso só porque tinha medo de a acharem esquisita se não levasse nada.

A tarefa que tinham lhe dado não era muito emocionante. Ela havia passado três noites seguidas revisando fotografias que o departamento de perícia criminal tirara da artilharia destruída na biblioteca, catalogando números de modelos quando estavam disponíveis ou procurando características identificadoras e as comparando com armas conhecidas em uma base de dados global. Não era um trabalho emocionante, mas lhe deu uma excelente oportunidade de alterar os metadados quando encontrou uma série de bombas de gás que ela reconheceu do laboratório de Cianeto, mas que agora viveriam para sempre nos arquivos dos Renegados como explosivos elaborados por amadores de fonte desconhecida.

A missão também lhe deu amplas oportunidades de investigar mais o sistema dos Renegados. Nas noites anteriores, ela mapeou a localização de todas as câmeras de segurança e alarmes dentro do prédio do quartel-general. Baixou uma lista completa de armas e artefatos de prodígios guardados nos depósitos. Descobriu a lista completa dos Renegados atuais, com codinomes, habilidades e até endereço de casa (inclusive o dela). E até, para sua alegria, encontrou uma pasta intitulada "Preocupações – Para Consideração Futura", que acabou sendo uma série de reclamações públicas voltadas para os fracassos e decepções correntes do Conselho.

Nova terminou de digitar os dados de uma caixa de munição, uma das poucas que não tinha explodido quando exposta ao calor do fogo, e parou um momento para alongar a coluna. Um brilho chamou a sua atenção, e ela olhou pela janela e viu que as luzes da quarentena de Max estavam acesas, iluminando a cidade de vidro de um tom pálido de amarelo. Nova tinha certeza de que ficava escuro antes. Ele estava com dificuldade para dormir?

Ela chegou mais perto da janela, mas não conseguiu ver sinal do garoto atrás das paredes do recinto. Seus olhos percorreram o resto do saguão. Só viu um segurança andando na frente da entrada principal, mas, fora isso, o lugar parecia tão abandonado quanto sempre ficava àquela hora da noite.

Com um grunhido curioso, ela se encostou na cadeira moderna e levantou as pernas para cruzá-las sobre o assento. Verificando a lista de dados oferecida, decidiu incluir mais três itens, e se a luz de Max ainda estivesse acesa quando acabasse, ela daria uma olhada nele.

Nova alongou os ombros e abriu as fotografias seguintes, que mostravam uma pistola simples tirada de vários ângulos. Ela encontrou o número de série perto da base do cano e o digitou no banco de dados.

Uma janela se abriu: UMA CORRESPONDÊNCIA ENCONTRADA.

Ela clicou na janela e abriu o perfil da arma, o fabricante, o ano em que foi produzida e, embaixo, uma lista de criminosos e gangues conhecidas com quem aquela arma ou outras similares estavam conectadas ao longo dos anos. Muitas vezes essa lista estava vazia ou só continha vagas anotações de campo, quando havia uma correspondência entre o número de série de uma arma e o cartucho da bala encontrado em uma cena de crime.

Só havia uma conexão listada; não daquela arma exata, mas de outra pistola do mesmo modelo. Ler as palavras foi como um chute na barriga de Nova.

EM LIGAÇÃO A UM ASSASSINATO COM MÚLTIPLAS VÍTIMAS — APARTAMENTOS KINGSBOROUGH. VER RELATO RESUMIDO.

Apartamentos Kingsborough.

Ela morou nos Apartamentos Kingsborough.

Suas mãos estavam tremendo quando ela abriu o relatório.

O texto era um resumo elaborado por Hugh Everhart, o próprio Capitão Cromo, com a data da noite do assassinato da família dela. *Da própria noite*. Horas depois que aconteceu.

O coração de Nova bateu forte.

Ele esteve lá. Ele esteve lá naquela noite.

Mas chegou tarde demais.

> *Quatro pessoas encontradas mortas. David Artino: 31 anos. Tala Artino: 30 anos. Evie Artino: 11 meses. Um homem desconhecido: idade desconhecida. Suspeito de afiliação aos Anarquistas ou aos Baratas.*
>
> *A perícia confirma que todas as mortes foram resultado de trauma direto dos ferimentos de bala, sem interferência de prodígio. As digitais encontradas na arma foram compatíveis com as do homem desconhecido e também com as de Alec Artino (codinome: Ace Anarquia).*
>
> *Há razões para desconfiar que a morte das três pessoas da família tenha sido assassinato encomendado. O motivo para os homicídios permanece sob investigação. Ver relatório completo arquivado por Hugh Everhart (Capitão Cromo) aqui.*
>
> *Nota adicional: a filha mais velha, uma garota de seis anos, não foi encontrada no local. Os vizinhos declararam não saber o paradeiro dela. Um relatório foi submetido à unidade de pessoas desaparecidas dos Renegados.*

Um ícone na parte de baixo do relatório indicava uma pasta com fotos tiradas no local. Nova tremeu. Tinha sido poupada de ver os corpos da família tantos anos antes, e não olharia agora. Mas saber que estavam ali... que aquelas fotos existiam a uma distância de meros cliques a deixou de estômago embrulhado.

Com o coração parecendo espremido por um alicate, Nova se obrigou a clicar no link para abrir o relatório completo.

Uma pequena janela apareceu no centro da tela.

ACESSO RESTRITO. INSIRA SENHA: _ _ _ _ _ _

Nova ficou olhando as palavras por muito tempo, revezando entre se sentir furiosa por uma coisa tão pessoal para ela ser mantida em confidencial, mas também, em parte, aliviada.

Ela sabia o que tinha acontecido com sua família. E também que os covardes dos Baratas haviam contratado um assassino para matá-los porque seu pai se recusou a continuar fazendo armas para eles. Sabia que os Renegados não estavam lá para impedir, mesmo depois de terem prometido proteger a família de David, e eles também não foram atrás da gangue para garantir que a justiça fosse feita. Não; foi Ace quem destruiu todos em retaliação.

Ela olhou para aquelas palavras, ACESSO RESTRITO, e sentiu um novo ressentimento fervendo dentro dela. Os Renegados sabiam que sua família estava sendo ameaçada. O Capitão Cromo *sabia* que eles podiam ser alvo, e mesmo assim não os salvou. Chegou tarde demais. Seria possível que o relatório completo fosse confidencial porque ele reconhecia a própria incapacidade? Estava tão constrangido de ter falhado em salvar essa família que esconderia do mundo?

Era fácil de acreditar. Ele não os protegeu. Não os salvou. Só registrou as mortes, digitando as informações como anotações em um livro de registros.

Mas as pessoas acreditavam que ele era o maior super-herói do mundo. Um golpe desses na reputação dele seria inconcebível para todos os tolos que o idolatravam.

Com um tremor, Nova fechou o resumo do relatório. Apertou bem os olhos e afastou a cadeira da mesa.

Foi bom ter encontrado isso, ela disse para si mesma. Era um lembrete de que o Conselho tinha traído a confiança da família dela. De que não estavam presentes quando mais se precisou deles.

Eles não eram super-heróis. Eram fraudes, e esse sistema todo que tinha sido elaborado para proteger e servir não passava de um experimento social fracassado. Ela via agora que muitos Renegados tinham boas intenções, e Adrian era uma boa prova disso, mas isso não mudava o fato de que a sociedade não estava sendo governada por líderes fortes e competentes, mas por ditadores que se colocaram naquela posição de poder sem motivo e que agora não tinham ideia nenhuma do que fazer.

As pessoas ficariam melhores sozinhas.

O mundo ficaria melhor sem eles.

Nova esperou que o nó no estômago começasse a passar e abriu os olhos. Estava de frente para a janela de novo, e seu olhar se deslocou imediatamente para a quarentena de Max.

Sua testa se franziu.

Ela se levantou da cadeira e chegou mais perto da janela, tentando entender o que estava vendo. Ainda havia uma luz acesa, mas não a mais forte do teto, como antes. Estava mais fraca agora, um dourado pálido cintilando na fachada de vidro dos pequenos arranha-céus.

Eles estavam... flutuando.

Nova esfregou os olhos e olhou de novo.

A mesma imagem a recebeu. Não *todos* os prédios do modelo da cidade, mas talvez algumas dezenas, as torres de vidro pairando acima do chão, balançando como boias em um lago calmo. Enquanto ela olhava, pedaços maiores da cidade começaram a subir também. Como centenas de mísseis reluzentes elevando-se lentamente no ar.

No centro estava Max, de pernas cruzadas, levitando.

Levitando.

– Ele é telecinético – sussurrou ela, mas dizer as palavras em voz alta não as tornou menos surpreendentes. Porque... ele *não devia* ser telecinético. Ela viu o perfil dele quando encontrou a lista. Tentou lembrar o que dizia: alguma coisa que pareceu intencionalmente vaga, ela recordou, porque ficou irritada na hora por não saber o que queria dizer.

Inclinada sobre a mesa, minimizou a base de dados das armas e abriu a lista dos Renegados novamente. Depois de uma busca rápida, ela o encontrou.

Max Everhart. Codinome: Bandido. Habilidade: Absorção.

Absorção. Isso mesmo, ela lembrava agora, e como era frustrante que aquilo não significasse nada. Absorção de quê? Não oferecia explicação da quarentena nem por que as pessoas pareciam achar que ele era perigoso.

Mas aquilo...

Ela olhou de novo. Mais dos prédios tinham subido agora, junto com cada árvore em miniatura do Parque da Cidade e toda a ponte Sentry.

Isso as pessoas poderiam achar que era perigoso. Não porque a telecinese era muito rara, mas porque a maioria dos telecinéticos só conseguia mover um ou dois objetos de cada vez. Não *dezenas*, e certamente não enquanto também se mantinha no ar. Esse tipo de foco e aptidão mental só tinha sido registrado em uns poucos prodígios até onde Nova sabia.

E um desses prodígios era Ace Anarquia.

Ela voltou à janela.

Ela até tinha uma vaga lembrança de ver Ace na catedral levitando como Max estava fazendo agora; de pernas cruzadas e a um metro e meio no ar, uma das poucas vezes que ela o viu relaxado o suficiente para ficar sem o capacete. Ele tinha se cercado de velas em copinhos protetores vermelhos, centenas flutuando em volta dele, espalhando espirais de luz tremeluzente em volta do altar.

Ver Max era tão dolorosamente familiar que ela quase teve dúvida se não era uma alucinação.

Abaixo, Max abriu os olhos. Por um momento, não olhou para nada. Nem para a cidade de vidro flutuando. Nem para o saguão abaixo. A expressão dele estava serena e imóvel.

Nova encostou a mão na janela do cubículo.

O pequeno movimento devia ter chamado a atenção de Max, porque ele olhou para ela de repente.

Sua concentração foi interrompida.

Nova viu o momento em que aconteceu. Seus olhos se arregalaram, os lábios se abriram e o corpo caiu no chão, enquanto todos aqueles prédios de vidro desabavam ao redor.

Nova fez uma careta, constrangida por ele.

Mas, então, ela viu a dor na expressão de Max. Não o tipo de dor que acompanhava uma queda, mas o tipo de dor que era excruciante.

Ela encostou o nariz no vidro, a respiração embaçando a superfície, e tentou entender o que tinha acontecido.

Assim que viu o sangue, ela se virou da janela e saiu correndo. Pelo corredor, pelos elevadores e até a escada. Nova correu pelos degraus até o patamar seguinte, depois o seguinte, os pés mal tocando no chão. Saiu pela porta e correu pela passarela. Estava vendo Max pelas paredes da sala. Ele estava de joelhos, inclinado para a frente, aninhando a mão. O braço direito encharcado de sangue.

Nova contornou a lateral da sala de quarentena e abriu a porta da câmara terciária. Correu para a porta seguinte, puxou a alavanca para soltar a eclusa de ar e a abriu.

A câmara de atmosfera controlada a aguardava. Gritando em frustração por causa de tantas barreiras, ela correu e abriu a segunda porta.

Sua respiração travou.

Ela estava dentro da quarentena dele.

Max não tinha se movido. Estava de costas para ela, mas havia caído sobre o quadril. Ele olhou para trás quando ouviu Nova entrar. A dor ainda tomava conta das feições dele, mas ele arregalou os olhos de medo quando a viu. Medo e pânico e desespero. Nova olhou para a mão dele, coberta de sangue. Ao lado, viu a torre ensanguentada do Woodrow Hotel.

– Caramba – sussurrou ela, e sua mente já estava criando uma lista. Limpar o ferimento. Fazer um curativo. Levá-lo até a ala médica ou, se nenhum curandeiro estivesse disponível, ao hospital.

Nova começou a seguir pela cidade de vidro, chutando para o lado os prédios caídos no caminho.

– Não… – ofegou Max.

– Tudo bem – disse Nova. – Você está bem. Pode estar em choque, mas está bem.

– Não, Insônia, para! – gritou ele, que começou a se afastar dela até colidir com a parede da arena. – Fica aí!

– Você precisa de cuidados médicos – disse ela na metade da avenida Drury. – Só primeiros socorros básicos, e vou levar você para os curan… curandeiros…

Seu corpo começou a ficar lento.

Seus pulmões se contraíram e expulsaram o que havia de ar.

Ela tropeçou e se apoiou no modelo da torre Merchant.

Piscou para Max, mas sua visão estava borrada.

Com pavor no rosto, Max se levantou e tentou passar por cima da arena, mas seu tornozelo ficou preso e ele tropeçou, derrubando um dos holofotes mais altos.

– Volta! – gritou ele. – Sai daqui!

Mas Nova não conseguiu se mexer. Sua respiração chiou, e ela caiu para a frente. Suas pálpebras estavam tão pesadas. Seu cérebro tomado de... de *exaustão*.

Ela sentiu como se os membros estivessem tomados de areia. Como se o crânio estivesse denso de névoa.

Ela caiu de lado. Seu ombro bateu no modelo do Hospital da Cidade de Gatlon. A torre norte se inclinou e se estilhaçou na rua, e esse foi o último som que ela ouviu antes da escuridão a engolir.

CAPÍTULO TRINTA E TRÊS

HAVIA DOIS RESTAURANTES QUE ficavam abertos a noite inteira em um raio de um quilômetro e meio do Quartel-General dos Renegados, e Adrian e sua equipe eram clientes frequentes de ambos. Às vezes, pareciam uma opção melhor a voltar para o QG e comprar alguma coisa nas máquinas ou comer algo do bufê de saladas no refeitório, que parava de servir comidas quentes a partir das nove horas. Lutar contra o crime queimava muitas calorias, e às vezes um super-herói precisava de um queijo-quente bem gorduroso ou de um waffle gigante com gotas de chocolate coberto de chantilly.

Ele não sabia se catalogar dados ou o que quer que Nova estivesse fazendo no departamento de armas queimava muitas calorias, mas sabia que todo mundo precisava se alimentar quando ficava acordado na madrugada, e duvidava que a incapacidade de dormir mudasse isso.

Ele precisava de uma distração, de qualquer modo. Como a equipe ainda estava tecnicamente no caso da investigação da Pesadelo, que virava rapidamente um caso de investigação dos Anarquistas, eles passaram os dias anteriores seguindo todas as pistas que puderam para tentar encontrar Ingrid Thompson, a Detonadora. Eles frequentaram todos os estabelecimentos que ela teria visitado. Visitaram todos os cidadãos que pudessem ter alguma ligação com ela, por mais tênue que fosse: um colega do ensino médio, um antigo vizinho. Até o momento, nada tinha levado a nada, e Adrian não pôde deixar de sentir que estavam perdendo tempo. Precisavam de uma coisa recente e concreta. Imagens de vídeo ou uma testemunha ocular ou... ele não sabia. Talvez uma pilha de explosivos azuis brilhantes descobertos em um armazém abandonado. Algo *tangível*.

Mas, em vez de alguma coisa que ajudasse no caso, Adrian teve três noites de sono inquieto e, agora, um saco cheio de sanduíches do Mama Stacey's Greasy Spoon. Como ainda não conhecia Nova bem o suficiente para adivinhar o sanduíche preferido dela, ele levou vários: um queijo-quente, um sanduíche de peito de peru e salada, um de rosbife e um wrap de frango. Achava que tinha explorado a maior parte das possibilidades no que dizia respeito a sanduíches, e Stacey incluiu seis saquinhos de batatas, porque, nas palavras dela, "temos que alimentar nossos heróis". Uma piscadela.

Ele ainda não sabia bem o que a piscadela quis dizer.

Pelo menos, esperava que Nova achasse o gesto atencioso. Esperava que não ficasse irritada de ele atrapalhar o trabalho dela. Esperava que talvez eles pudessem sentar e conversar, porque ele não parava de pensar na noite anterior no prédio em frente à biblioteca e o quanto foi bom conversar com ela. Conhecê-la, ao menos um pouco.

Quanto mais ele pensava, mais queria conhecê-la melhor. Perguntas não paravam de surgir na mente dele quando não estava perto dela, mas sumiam assim que eles se encontravam, e todas as conversas se voltavam para a investigação de novo. Perguntas como: de onde ela tirava as ideias para as invenções? E qual foi a coisa mais bizarra que ela já tinha feito para não morrer de tédio às três da madrugada? E ela tinha namorado?

Ele tinha quase certeza de que sabia a resposta a essa última pergunta. Ela nunca havia falado sobre um namorado. Mas por outro lado... não contara muito sobre a vida pessoal, então ele não tinha como ter certeza.

Ele até teve uma ideia absurda quando saiu do Mama Stacey's. Uma fantasia de entrar no cubículo da Nova quando ela estivesse fora e arrumar os sanduíches e guardanapos como se fosse um piquenique.

Ele podia até desenhar umas velas, só que talvez fosse demais, e não queria que ela pensasse que a situação era *romântica*.

Só que uma parte dele queria, sim.

As palmas das mãos dele estavam úmidas quando ele chegou ao quartel-general, e ele ficava tendo que trocar o saco de papel de uma mão para a outra para poder ir secando as palmas na calça. O leitor perto da porta reconheceu o sinal do comunicador dele e a destrancou. Ele empurrou a porta giratória e ouviu na mesma hora alguém gritando.

Adrian olhou para a cabine de segurança, onde o guarda de plantão estava gritando no comunicador:

– ... só dois curandeiros de plantão hoje, e os dois estão a caminho. Mas no que ela estava pensando para entrar lá?

Franzindo a testa e se perguntando se alguma coisa tinha acontecido com uma das unidades de patrulha, Adrian correu pelos degraus do saguão. Seu olhar foi direto para as janelas onde Nova estava trabalhando nos últimos dias. Ele viu uma luz no cubículo dela, mas a mesa parecia estar vazia.

Os cabelos da nuca dele ficaram em pé quando ele atravessou o *R* no piso.

Uma batida errática fez Adrian parar. Ele virou o olhar para a quarentena de Max, onde uma luz fraca espalhava um brilho pelo saguão.

Max estava de pé junto à parede. Usava uma calça de pijama xadrez, mas sem camisa. Uma das mãos enrolada em um pano, talvez na camisa que ele não utilizava, enquanto batia com o outro punho no vidro. Ele estava gritando, o rosto tomado de pânico, e Adrian levou um momento para entender.

Adrian! Corre!

O saco de sanduíches caiu da mão dele e bateu no chão, e Adrian saiu correndo escada acima até a quarentena. Assim que chegou à passarela, viu um corpo caído lá dentro.

Seu coração deu um pulo.

Era Nova.

Ela estava inconsciente.

Ela estava *dentro da quarentena*.

Ele foi mais devagar só por um segundo, mas mesmo assim... foi mais devagar, e sabia, e mais tarde se sentiria o maior covarde do mundo por aquele momento de hesitação. Mas então saiu correndo de novo, o mais rápido que conseguiu. Antes que pudesse pensar no que estava fazendo, ele levou a mão à porta da quarentena e a abriu. Não sabia quanto tempo havia que ela estava lá dentro, mas sabia que cada segundo podia fazer diferença. A cada segundo que passasse, as forças dela estariam se esvaindo aos poucos.

Seu poder estava sendo sugado aos poucos.

Mas ele não ficaria mais seguro se não corresse.

Depois de passar pela porta, ele fixou o olhar em Nova. Podia chegar nela. *Tinha* que chegar nela.

Do outro lado da quarentena, encostando o corpo na parede de vidro, Max estava ofegando, como se também tivesse corrido pelo saguão, pela escada e pela passarela. Seus ombros magros e pálidos tremiam, e Adrian viu agora que a camisa em volta da mão dele estava encharcada de sangue. Prédios de vidro caídos e quebrados para onde quer que ele olhasse.

– Eu estou bem – disse Max antes que Adrian pudesse falar. – Mandei uma mensagem pra segurança. Os curandeiros estão a caminho. Mas Nova! Você tem que tirar ela daqui!

Adrian engoliu em seco.

O que quer que tivesse acontecido, não havia nada que ele pudesse fazer por Max. Mas por Nova...

Ele travou o maxilar e pulou por cima dos arranha-céus, disparando pelas ruas de Gatlon.

Estava na metade da sala de quarentena quando sentiu. Era como se alguém tivesse aberto um ralo dentro dele e toda a sua força estivesse escorrendo por ele.

Primeiro, sentiu nas mãos. Seus dedos ficaram frios. Os músculos, os ligamentos nas juntas, pareciam estar se atrofiando a cada passo que ele dava. Os dedos se encolheram para dentro, se tornaram inúteis e frágeis. Dedos que jamais voltariam a segurar uma caneta ou um pincel... mãos que jamais voltariam a criar realidade a partir da imaginação...

Ele pulou por cima do hospital e se ajoelhou ao lado de Nova. Respirava em arfadas sufocadas quando passou os braços por baixo dela. A cabeça de Nova bateu no peito dele, e ele se virou e procurou a saída.

A porta parecia impossivelmente distante. Quantos passos seriam necessários para chegar lá? Trinta? *Cinquenta?* A cabeça de Adrian estava girando.

Eles não conseguiriam. Não se ele tivesse que tropeçar o caminho todo.

Ele apertou o corpo de Nova contra o peito e se agachou. Mas não sabia se daria certo. Não tinha certeza se aquela habilidade já havia sido sugada dele.

Mesmo assim... ele respirou fundo e pulou.

Seu corpo voou para cima. O poder vibrou nas pernas dele e jogou-o com Nova no colo por cima da cidade. Por um momento delirante, ele pensou: seria assim. Voar por cima da cidade, voar *de verdade*...

Mas o chão se apressou ao encontro deles, os prédios irregulares de vidro como centenas de espetos apontados para cima. Adrian ajustou o corpo com o impulso perdido, e ele e Nova caíram em Scatter Creek Row, a poucos passos da porta.

Seus músculos estavam tremendo com o esforço de se levantar, mas ele conseguiu. Suas mãos e braços estavam tão dormentes que ele duvidaria que ainda estavam presos ao corpo se não pudesse vê-los, e mesmo assim ele os encolheu embaixo das axilas da Nova, trancando os cotovelos embaixo dos ombros dela. Suas pernas pareciam trapos molhados, mas ele deu um passo para trás, e outro. E outro. Ofegante. Atordoado. A cabeça girando. A visão borrada.

Ele caiu na antecâmara e largou Nova ao seu lado. Com um movimento final e patético com o pé, fechou a porta da sala da quarentena.

E ficou deitado ali, ofegante. Sufocado. Morrendo, ele poderia ter pensado, só que nunca tinha ouvido falar que a habilidade de Max havia matado alguém. Mas a sensação era essa. Como se toda a vida estivesse se esvaindo do corpo.

A cabeça pendeu para o lado, e ele olhou para Nova. O corpo dela caído no chão ao seu lado, mas o rosto estava quase pacífico.

Ela estava inconsciente... ou dormindo?

Era uma distinção importante, mas ele não sabia como identificar a diferença.

Suas mãos ainda estavam dormentes. Não havia dor, só nada, o que parecia pior.

Ele rolou de lado e se contorceu para mais perto dela.

– Nova – disse ele, dando tapinhas na bochecha dela. – Acorda.

Ela estava respirando, pelo menos. Ele procurou a pulsação no pescoço e descobriu que estava firme e forte, e quando olhou no rosto dela, viu os olhos tremendo embaixo das pálpebras.

Era possível que ela estivesse sonhando?

Ele decidiu naquele momento que não se arrependeria da decisão de entrar para buscá-la. Mesmo que nunca fizesse outro desenho, mesmo que todos os poderes do Sentinela sumissem para sempre, ele não se arrependeria, desde que ela estivesse bem.

Porque era o que qualquer herói teria feito.

– Nova?

Pareceu quase cruel acordá-la, considerando que Nova não dormia havia tanto tempo, mas alguma coisa lhe disse que ela entenderia.

Ele colocou a mão na bochecha dela de novo, que foi como percebeu que estava voltando a ter sensações nas pontas dos dedos, porque sentiu a maciez da pele dela, a promessa de calor embaixo da palma da mão.

Ele virou o rosto dela para ele.

– Por favor, acorda.

E ela acordou.

Não como uma princesa que estava dormindo por muito tempo, que poderia sair de um cochilo tranquilo se espreguiçando, arqueando graciosamente as costas, os olhos tremendo e grogues depois de um descanso tão satisfatório.

Não. Nova McLain se sentou de repente e gritou.

Seu olhar pousou em Adrian e, ainda gritando, ela se levantou e recuou até um canto. Sua respiração estava barulhenta, e a cabeça se moveu de um lado para outro, observando a pequena antecâmara.

– Onde... o quê... – Ela ofegou, o peito em espasmos a cada respiração.

– Está tudo bem – disse Adrian. De alguma forma, ver Nova de pé o fez perceber que seus membros também tinham recuperado a força, e ele se levantou. – Você está bem, Nova. Você só... pegou no sono.

– Não peguei, não – disse ela com desprezo. Mas então sua expressão passou de brutal e violenta a apavorada, e por um momento, Adrian pensou tê-la visto à beira das lágrimas. Mas ela se virou, escondeu o rosto contra a parede e apertou as mãos nos ouvidos. – De novo, não. Faça parar.

Adrian deu um passo para mais perto. A respiração entrecortada estava melhorando.

– Está tudo bem – disse ele, torcendo para que fosse verdade. Quando chegou perto o suficiente, Adrian colocou a mão nas costas dela, e como ela não se esquivou, pôs a outra no braço e a virou para si. – Você está no Quartel-General dos Renegados. Está em segurança.

Ela engoliu em seco. Embora a respiração estivesse irregular, ela havia parado de tremer quando tirou as mãos dos ouvidos. Mas ainda parecia atordoada.

– Max – disse ela. – Max caiu... Se machucou... Eu... – Nova hesitou, a voz ficou baixa e insegura. – Eu entrei pra tentar ajudar, mas aí... – Ela encarou Adrian. – Você falou que eu peguei no sono?

– Eu acho que sim.

– Não apaguei. Não desmaiei. Eu dormi. Foi o que você disse. Por que você disse isso?

Ele olhou além das janelas da antecâmara e viu dois membros da equipe médica saírem correndo dos elevadores, os dois de roupas civis e não com o uniforme de sempre.

Ele se virou e tirou um dos trajes de proteção de um gancho na parede.

– Nós chamamos Max de Bandido, certo? – disse ele, abrindo todo o zíper do traje. – É porque ele... ele rouba poderes. Quando chega perto de um prodígio, a pessoa começa a perder a habilidade.

O poder simplesmente... some. Quanto mais perto se chega de Max, quanto mais tempo se passa na presença dele, maior é a probabilidade de... – Ele hesitou ao ver a percepção no rosto de Nova, junto com horror. – De esses efeitos serem permanentes.

Ele esticou um traje de proteção para ela, e Nova o pegou cegamente, o olhar desfocado.

– E eu apaguei – sussurrou ela. – Eu nunca apago.

Adrian pegou o segundo traje e começou a prepará-lo. Quando os dois curandeiros entraram na sala um segundo depois, ele já estava com os trajes deles prontos.

– A segurança disse... – declarou o primeiro, um homem cujo nome Adrian nunca tinha aprendido.

– Eu sei – concedeu Adrian. – Max precisa de ajuda. Acho que ele perdeu muito sangue.

– E vocês? Algum de vocês precisa de cuidados médicos?

– Não – disse Adrian. – Nós dois estamos passando pelos efeitos de termos entrado na sala da quarentena, mas... só isso. – Ele olhou para Nova. – Certo? Você não se machucou de outra forma?

Ela balançou a cabeça e não ofereceu resistência quando a mulher pegou o outro traje da mão dela e começou a enfiar as pernas dentro.

– Fiquem para trás – disse ela quando os dois colocaram os capacetes e as luvas.

Adrian tirou Nova da antecâmara. Eles ficaram na passarela, vendo os dois curandeiros abrirem caminho pela cidade de Max. O garoto estava sentado encostado na parede, muito pálido e com os olhos brilhando com lágrimas não derramadas enquanto os médicos começaram a desenrolar a mão para examinar o ferimento.

– O que aconteceu? – perguntou Adrian.

Nova pareceu demorar muito tempo para responder:

– Ele estava levitando.

Como ela não disse nada em seguida, ele voltou o olhar para ela, que estava olhando para a quarentena, mas ele não achava que Nova estivesse vendo Max, nem os médicos, nem a cidade de vidro. Os olhos dela pareciam desfocados e assombrados.

– Nova?

– Ele me viu olhando, e acho que levou um susto. Ele caiu e... – Ela engoliu em seco. – Acho que um dos prédios atravessou a mão dele.

Adrian fez uma careta.

– Foi quando eu corri, pra tentar ajudar. Eu não... eu não sabia. – Ela piscou e afastou os pensamentos que estivessem enevoando sua mente. – Quanto tempo eu fiquei lá?

– Não sei – disse Adrian. – Você estava inconsciente quando eu entrei.

Nova olhou para ele sem acreditar.

– Por que você *está* aqui?

Ele engoliu em seco e percebeu que ainda estava tocando nela, uma mão no braço e outra nas costas. Ela não tinha se afastado, mas agora que tinha novamente todas as sensações na mão, ele ficou extremamente ciente. O tecido macio do uniforme. O calor da pele dela pelo tecido. Ele se lembrou de quando pegou a mão dela no desfile, desenhou no pulso dela, e que agiu casualmente na ocasião. Tudo pareceu não ter importância, só uma gentileza a se fazer por uma estranha.

Mas agora a ideia de desenhar no pulso dela pareceu imperdoavelmente pessoal.

– Eu trouxe uns sanduíches – disse ele, e soube que pareceu ridículo quando baixou as mãos para as laterais do corpo. – Mas larguei o saco no saguão.

Nova franziu a testa e olhou pela lateral da passarela. Lá estava. O saco de papel caído, um sanduíche embrulhado e com um palito de dentes enfiado jogado no piso.

– Achei que você podia estar com fome – acrescentou Adrian, meio sem graça.

Nova ficou olhando em silêncio para o saco solitário pelo que pareceu uma eternidade, antes de finalmente se virar para ele. Sua expressão parecia mais clara.

– As pessoas não simplesmente perdem os poderes, não é? Ele os rouba. Ele os... *absorve*.

Adrian assentiu.

– Então por que você não foi afetado?

Ele oscilou junto à amurada.

– Eu fui. Estou.

A voz soou fraca quando ela disse:

– Nós não somos mais prodígios?

– Não sei – admitiu ele. – Nós não recebemos muitas cobaias dispostas a nos ajudar a descobrir exatamente o que a habilidade do Max faz, nem quanto tempo demora para se tornar... permanente. Mas sei que há pessoas que estiveram perto dele e não perderam o poder. Pelo menos se conseguem se afastar.

Nova firmou o maxilar e esticou a mão para Adrian, pousando-a com firmeza sobre a dele. Havia algo de determinado no olhar, beirando o desesperado. Ela esticou a mão até as costas. Seus dedos roçaram a lombar dele, e ele deu um pulo.

– Onde está sua caneta?

Adrian piscou para ela. *Caneta?*

Sentindo as bochechas ficarem quentes, ele mexeu no bolso escondido dentro do forro da manga esquerda. Tirou a caneta e tentou entregar para ela.

– Não pra *mim* – disse ela, mas segurou a mão dele para mantê-la imóvel enquanto tirava a tampa. – Desenha alguma coisa.

Ele a encarou ao entender o que ela queria. Embora o fato de Adrian ter ou não perdido o poder não fosse provar se *ela* havia perdido os dela, ele percebeu que era importante para Nova. E, para falar a verdade, Adrian também precisava saber. Mesmo estando com medo de os resultados não serem o que queria.

– O que você está esperando?

– Estou com medo – disse ele, e começou a rir quando falou, porque sabia que o que estava feito estava feito, e evitar a verdade não mudaria nada. Mas mesmo assim. Naquele momento, talvez naquele último momento, ele ainda era um super-herói.

Ele e Nova.

Mas Nova só soltou uma expiração irritada.

– Não seja bobão.

– *Bobão?*

– Desenha alguma coisa! – gritou ela, e a ansiedade dela ficou clara, e fosse por qual motivo fosse, Adrian viu que era a coisa a que ela estava se agarrando, talvez porque o poder dela não fosse algo tão fácil de testar. Ela voltaria a dormir? Dormiria como uma pessoa normal? Poderia levar horas ou até dias para ela ter certeza.

Adrian preparou a expressão, segurou a mão dela como tinha feito no desfile e a virou com a palma para cima. Ele começou a desenhar, sem pensar direito no que estava desenhando, só se permitindo rabiscar o que surgisse na mente.

E o que surgiu na mente dele foi um dinossauro. Um pequeno velociraptor, do tamanho do polegar dela.

Relativamente pequeno, mas surpreendentemente feroz.

Quando o desenho apressado terminou, ele olhou para o rosto da Nova, mas ela estava olhando para a criatura rabiscada na palma da mão dela.

– Ele é adorável – murmurou ela.

Ele engoliu em seco.

– Lá vamos nós – disse ele, passando a ponta do dedo sobre o desenho.

A criatura ganhou vida, pulou da pele de Nova e ficou de pé no centro da mão. Olhou com ansiedade em todas as direções, provavelmente procurando o lugar da presa.

– Ele é um dinossauro legal – disse Adrian, e só percebeu que estava sorrindo depois que falou. – Tenho certeza.

Os ombros de Nova relaxaram, e ela viu o animal correr pelo dedo anelar. Ele inclinou a cabeça e mordiscou a ponta do dedo, mas não pareceu machucar.

– Tudo bem – sussurrou ela. E de novo. – Tudo bem. Com você está tudo bem. Comigo também deve estar tudo bem.

Adrian não sabia o que dizer. Ele ainda não sabia por quanto tempo ela tinha ficado lá dentro.

O dinossauro pulou da mão de Nova na amurada e correu na direção da escada. Adrian se perguntou o quanto o olfato dele era apurado e se talvez ele já não teria detectado os sanduíches caídos no chão.

– Adrian?

Ele olhou para ela.

– De onde ele tirou a telecinese?

– Telecinese?

– Max. Ele estava levitando. Ele estava... ele é poderoso.

Adrian a encarou.

– Max? Poderoso?

– Ele colocou uns sessenta prédios pairando no ar além dele mesmo. Você sabe como isso é raro?

– Eu... sei – disse ele, ainda com a testa franzida. – Mas Max não... Ele só... – Adrian parou de falar. Só tinha visto Max erguer uma coisa de cada vez com os pensamentos, e normalmente não muito bem. – Você tem certeza?

Nova olhou para ele com frustração.

– Tenho.

Seus ombros murcharam. Estava claro pela expressão de Nova que ela sabia exatamente o que havia visto, e ele não tinha motivo para duvidar dela.

Além do mais, ele sabia exatamente de onde aquele poder tinha vindo.

Mas o que não conseguia entender era por que Max esconderia dele.

– Adrian? – disse ela de novo, com mais insistência desta vez.

Ele engoliu em seco.

– Ace Anarquia – respondeu ele. – Ele roubou esse poder do Ace Anarquia.

CAPÍTULO TRINTA E QUATRO

NOVA ESTAVA PRESA NUMA cama na ala médica havia nove horas e não parecia nem um pouco feliz com isso. Não tinha dormido nada, mas os curandeiros achavam que era importante mantê-la lá por pelo menos vinte e quatro horas e, idealmente, por até setenta e duas horas, para que eles observassem que tipo de sintomas ela poderia sofrer depois de exposta a Max.

Quando disseram isso, ela riu. Setenta e duas horas? Presa ali, numa *cama*? Sem dormir? Sem nada para a distrair além de uma pilha de *Gazetas de Gatlon* e uma tela de televisão que parecia só transmitir o noticiário, um bombardeio constante de negatividade sobre como os Renegados lidaram com a situação da biblioteca? Quando não podiam nem dar a ela um dos quartos particulares?

Nova achava que não.

Ela insistiu que estava se sentindo bem, mas ficavam dizendo que Nova não tinha como saber ainda se seus poderes haviam sido afetados ou não. Mesmo se sentindo energizada e desperta agora, poderia ser resultado da adrenalina e do relógio biológico do corpo se ajeitando. A maioria das pessoas se sentia perfeitamente bem a uma da tarde, e a maioria das pessoas conseguia se forçar a ficar acordada por dias seguidos antes de o corpo forçá-las a ter o descanso necessário. Era cedo demais para saber se Nova ainda era um prodígio.

Embora entendesse essa lógica, isso não diminuiu sua frustração. Se ela pudesse sair, levaria só uns cinco minutos para subir em um ônibus, encontrar um passageiro distraído e usar sua habilidade real para fazê-lo dormir. Assim ela teria certeza se seus poderes estavam funcionando. Seria infinitamente mais eficiente do que ficar presa ali sem fazer nada.

Além disso, Adrian não precisou ficar na ala médica. Eles disseram que era porque ele já tinha demonstrado que seu dom estava intacto, mas Nova desconfiava que não seguiram as regras tão rigidamente com ele porque ele era, bom, Adrian *Everhart*.

Nova estava resmungando e olhando as manchetes de jornal de novo para o caso de haver alguma que ela pudesse ter pulado antes, mas que pudesse ter ficado interessante agora com o tédio quando uma batida chamou sua atenção.

Monarca estava no pé da cama dela, o punho ainda erguido na moldura de metal que sustentava as cortinas.

– Oi – disse ela com um sorrisinho inseguro. – Eu soube do que aconteceu ontem. Pensei em trazer umas coisinhas. – Ela mostrou um saco de papel.

Nova ficou olhando para ela, boquiaberta. Por muito tempo. Mais tempo do que devia ser educado. Parecia uma armadilha. Até o momento, a única interação das duas foi no salão de treino, e ela saiu de lá sem saber se Danna gostava e confiava nela.

Finalmente, obrigou-se a se sentar e se encostar nos travesseiros. Ela olhou para o saco com cautela.

– Obrigada, eu acho?

Danna começou a rir e chegou mais perto, colocando o saco no colchão, junto às pernas de Nova.

– A comida aqui não é horrível, mas também não é ótima. Ruby me manteve bem abastecida quando eu estava em recuperação, então pensei em passar adiante. – Ela remexeu no saco e tirou algumas coisas para mostrar para Nova. – Eu não sabia se você preferia doces, salgados ou nenhum dos dois, então trouxe vários. Tem pretzels, tem chocolate, tem chips de frutas desidratadas se você curtir essas coisas. E o mais importante: material de leitura. Porque há um limite para o quanto se pode ler a *Gazeta* sem ficar amarga e sem esperanças. – Ela enfiou a mão no fundo do saco e tirou quatro livros, cada um com a capa curvada e a lombada marcada, parecendo bastante manuseados ao longo do tempo. – Um suspense, um romance, um de não ficção – ela mostrou o livro de não ficção, com um grande navio de guerra na capa – para o caso de você gostar de história. Esse era do meu pai. Sinceramente, não sei se é bom. E, por fim, meu favorito. – O último livro mostrava uma mulher de armadura montada num dragão. – Não julgue a imagem brega. A história é genial.

Ela empilhou os livros na bandeja ao lado da cama.

– Obrigada – disse Nova de novo, sem saber direito como lidar com essa demonstração aleatória de gentileza. – Você já está totalmente curada agora?

Danna olhou para baixo e passou a mão na lateral do corpo. Embaixo do uniforme, Nova viu um volume em cima das costelas, onde ainda devia haver um curativo em cima da queimadura.

– Quase – disse Danna, jogando os dreadlocks para trás. – Dizem que vou poder voltar para a rua em alguns dias. Só mais algumas sessões com os curandeiros e devo poder voltar a... bom, não cem por cento, mas o melhor possível.

– Por que não cem por cento? – perguntou Nova. – Todo mundo fala dos curandeiros aqui como se eles fossem milagreiros.

– Bom, eles são... até certo ponto. Ter um médico com habilidades de cura sobrenaturais ainda é melhor do que... sei lá, botar bolsas de gelo e óleo de calêndula, ou seja qual for a coisa antiquada que usam para tratar queimaduras. Mas eles não podem trazer de volta os lepidópteros que foram incinerados, e, como resultado, sempre vou ter um tecido cicatricial áspero aqui.

Nova ergueu uma sobrancelha.

– Você as chama de *lepidópteros*?

Sorrindo, Danna deu de ombros, só um pouco envergonhada.

– Às vezes, tenho medo de que chamar de borboletas o tempo todo acabe minimizando o quanto a capacidade é incrível. É como dizer ei, eu posso me transformar em arco-íris e margaridas! Legal, né?

Os cantos dos lábios de Nova se curvaram para cima, e Danna pareceu interpretar como sinal de que não haveria problema ela se sentar na cadeira do visitante.

– Mas prefiro assim. Faz as pessoas te subestimarem, né? E isso é uma vantagem automática. Você deve saber como é isso. Quer dizer... obviamente, ninguém achou que você venceria o Gárgula, o que torna a vitória muito mais satisfatória.

Nova soltou o jornal no chão e subiu ainda mais na cama.

– Você usa seu dom pra coisas além das missões dos Renegados?

– Ah, o tempo todo. – O sorriso da Danna ficou malicioso. – Quando era criança, eu sempre estava escondido no cinema. Até hoje eu nunca paguei um ingresso. – Ela fez uma careta leve e se inclinou para a frente. – Não conta pra ninguém, tá? Isso está fora do nosso *código*.

– Seu segredo está seguro. Mas e... – Nova olhou ao redor, embora pudesse ver pouco da ala médica fora das cortinas fechadas – por aqui? Tem tanta coisa acontecendo, tantas coisas que os Renegados estão tentando construir e inventar e... pesquisar. Aposto que estão inventando coisas na P e D que fariam o Sentinela parecer brincadeira de criança. Você não tem curiosidade sobre isso?

Danna gemeu.

– Nem me fala do Sentinela. Se eu encontrar aquele cara de novo, vou mostrar onde ele pode enfiar aquele fogo.

Nova deu um sorrisinho.

– Sei como é.

Danna cruzou as pernas embaixo do corpo o máximo que conseguiu na cadeira pequena, os joelhos se projetando acima dos braços.

– Eu nunca entrei no P e D e nem nos laboratórios de quarentena. Eles são sérios quando o assunto é manter confidencialidade, e nem eu estou disposta a arriscar a fúria deles. Mas – ela se inclinou para a frente de forma conspiratória –, quando cheguei aqui, eu xeretava pelos dutos de ventilação no armazém de artefatos. Se você tiver a chance de entrar lá, é incrível. É tipo um catálogo de todas as armas incríveis de prodígios de que você já ouviu falar. Tem o chicote do Ultrassônico, o escudo do Magnetron e o tridente do... bom, do Tridente.

– E você nunca foi pega? – perguntou Nova, surpresa (e até um pouco esperançosa) de pensar que a segurança de objetos tão poderosos podia ser falha.

– Eu nunca assumi minha forma – disse Danna. – Quer dizer, fiquei em modo bando o tempo todo, e enquanto elas ficam espalhadas, é fácil um grupo de borboletas passar despercebido. E tem muitos lugares para se esconder lá. Mas, na verdade, os melhores artefatos nem ficam no armazém. Muita gente não sabe, mas tem uma pequena coleção lá em cima, do lado de fora das salas do Conselho. Em teoria, qualquer um pode ir lá olhar, mas, sem horário marcado, não são muitas as pessoas que se aventuram por lá.

– O que tem lá? – perguntou Nova.

Antes que Danna pudesse responder, Genissa Clark, a Geladura, apareceu na cortina. Ela deu uma olhada em Nova e soltou uma gargalhada.

– Grandes poderes, achei que estavam brincando – disse ela, colocando a mão no quadril. – Ninguém pode ser tão burro de entrar na sala de quarentena. Você sabe o que a palavra *quarentena* quer dizer, não sabe, Srta. McLain?

Nova se encostou nos travesseiros e cruzou os pés nos calcanhares.

– Você tem razão, foi burrice. Obviamente, quando um super-herói vê um garoto de dez anos sofrer uma perfuração de vidro na mão, a reação correta é ficar esperando aparecer outra pessoa pra resolver. – Ela abriu um sorriso falso e encorajador na cara. – Viva, Renegados!

– Na verdade – disse Genissa com um suspiro arrogante –, a reação correta seria chamar alguém que soubesse o que estaria fazendo. Assim, quando os especialistas chegassem, eles não precisariam lidar com *dois* corpos inconscientes.

– Tive uma ideia – disse Danna. – Que tal você enfiar um furador de gelo em você mesma e Nova e eu ficarmos conversando trivialidades enquanto esperamos os curandeiros chegarem.

– Caso vocês duas tenham esquecido – disse Genissa, erguendo uma sobrancelha –, Nova não fez nada que ajudasse Max. Então, se quiser continuar achando que foi um ato heroico, por favor, pode acariciar esse ego. Mas a única coisa que você fez realmente foi botar suas habilidades em risco e fazer papel de trouxa. – A voz dela ficou cantarolada. – Mas, pra sua sorte, sempre podemos usar mais alguns drones de inserção de dados. Foi isso que mandaram você fazer, não foi. Você sabe como chamam um Renegado sem superpoderes, né?

Nova fingiu pensar.

– Alguém que ainda venceria sua pedra de estimação nos testes?

Danna riu.

– Fofa – disse Genissa, inabalada. – Mas a resposta correta é *administrador*. Sei que não é a posição empolgante de Renegada com a qual você sempre sonhou, mas considerando que não dormir continua não sendo um superpoder de verdade acho que você teve uma boa oportunidade enquanto durou. – Ela piscou e saiu andando.

– Manda um oi para o Gárgula! – gritou Nova atrás dela.

O maxilar da Genissa tremeu, mas ela não respondeu quando fechou a cortina ao passar.

– Encantadora – murmurou Danna com expressão de desprezo. – Se bem que ela disse uma coisa interessante. – Ela apoiou o cotovelo no braço da cadeira e aninhou o queixo. – Você é uma das poucas Renegadas cuja habilidade como parte de uma unidade de patrulha não necessariamente sofreria impacto se você perdesse o poder. – Ela deu de ombros. – Por que não deixariam você ficar na equipe? Aposto que pode desenvolver um bom argumento sobre isso.

– Espero que sim – disse Nova. Ela indicou a cortina. – Seja sincera. Ela é a pior, ela e a equipe dela, ou tem grupos de Renegados que são bem menos nobres do que todo mundo gosta de pensar?

– Ah, claro que há unidades de patrulha que parecem estar numa síndrome de pequeno poder permanente, mas Genissa Clark é a pior. A maioria das pessoas aqui é bem legal. Se bem que, entre nós duas, tem uma pessoa que eu tento evitar a todo custo. – Danna se inclinou para a frente e baixou a voz, e Nova também acabou se inclinando na direção dela. – A Pássaro do Trovão.

Nova piscou.

– Sério? Um membro do Conselho?

– Argh, ela é a pior. – Danna cobriu o rosto com as mãos, como se para se esconder. – Penso que ela não tem intenção de ser assustadora, mas acho a mulher apavorante. Ela é tão séria, e todas as vezes que está por perto parece que ela está procurando um motivo pra me expulsar do quartel-general. Não sei o que é, mas juro que ela me odeia.

– Ela parece… – Nova parou para pensar, sem conseguir encontrar a palavra, até que escolheu uma. – Crítica.

– Crítica, apavorante, dá no mesmo. – Danna retorceu o rosto e pareceu momentaneamente constrangida. – Se bem que, pra ser bem sincera, pode ter a ver com meu medo inerente de pássaros.

Nova ergueu as sobrancelhas.

– De pássaros?

Danna fingiu tremer.

– Desde que eu era criança. Você sabe qual é um dos maiores predadores das borboletas, né?

Nova riu.

– É, faz sentido. – Ela ponderou por um momento. – Você sabia que há mais de quarenta espécies de aves aquáticas nesta região?

Danna olhou para ela com incredulidade.

– É sério? Por que você me diria isso? Está tentando me fazer ter pesadelos sobre ser engolida por um bando de gaivotas?

– Pelos céus, não – disse Nova enfaticamente. – Você devia ter pesadelo com o albatroz-real. A envergadura dele pode chegar a mais de três metros.

Danna a olhou com frieza.

– Estou começando a me arrepender de ter vindo aqui.

– Informações demais? – perguntou Nova, fingindo uma expressão encabulada.

– Tudo bem – disse Danna, ainda de cara feia. – Sua vez, Srta. Vou Lutar Com o Gárgula. Você tem alguma fobia ou sempre fica calma perante o medo como ficou nos testes?

Alguma fobia?

Nova não pôde deixar de apertar os lábios.

– Só uma. Eu só tenho uma fobia.

Que, na verdade, é ele e carrega uma foice e é mil vezes mais assustador do que Tamaya Rae.

– Pode falar – disse Danna. – Eu contei a minha.

Nova balançou a cabeça.

– Eu não pedi revelação total, e esse segredo eu vou guardar.

Danna bufou, mas Nova percebeu outra pessoa passando pela cortina, um curandeiro olhando uma prancheta ao passar. Ela suspirou. Foram horas curiosas desde que tinham ido dar uma olhada nela. Claramente, não estavam tão preocupados quanto fingiam estar.

– Então Adrian estava trazendo uns sanduíches, é?

Ela levou um susto.

– O quê?

Danna olhou para ela com malícia.

– Às três da madrugada. É... *legal.* – Ela arrastou a palavra, dando a entender sem muita sutileza que foi um ato muito mais do que legal.

– Ah. É. – Nova deu de ombros. – Mas nós nem chegamos a comer.

– O que vale é a intenção. E não atrapalha em nada ele ter entrado em uma situação altamente volátil pra salvar você...

Nova franziu a testa.

– É. Ele é um cara legal. Acho que isso já ficou bem claro.

Danna cruzou os dedos sobre a barriga.

– Ele é mesmo. Ninguém pode discordar disso. Mas, sabe, em todo o tempo que estamos na mesma equipe, ele nunca trouxe sanduíches pra *mim*.

Nova limpou a garganta e pegou o livro do alto da pilha ao lado e começou a folheá-lo.

– Ele só estava sendo legal. Está se esforçando muito pra me fazer sentir parte daqui.

Isso era verdade, pensou ela, embora também soubesse que não explicava o calor que estava subindo ao seu rosto. Nem por que as insinuações de Danna faziam seu estômago tremer ao mesmo tempo que o maxilar se contraía.

A questão era que quando Adrian estava perto, Nova tinha cada vez mais dificuldades de manter os olhos procurando saídas e recursos, ou os sentidos sintonizados para ameaças em potencial, quando tudo que Nova realmente desejava era olhar para ele. Ela queria saber como Adrian conseguia alcançar aquele equilíbrio entre seguro e humilde. Relaxado e concentrado.

Quando ele estava desenhando, ela só tinha vontade de olhar os movimentos rápidos e ágeis das mãos dele. Quando sorria, ela se via prendendo a respiração para ver se o sorriso se alargaria o suficiente para exibir as elusivas covinhas. Quando estava olhando para ela, se sentia obrigada a olhar para ele. E também, ilogicamente, a olhar para longe.

Tudo junto a deixava irritada demais com a presença dele.

Era atração, pura e simples. Eram hormônios. Era... biologia.

E não era parte do plano dela.

– Sabe – disse Danna –, acho que Adrian nunca teve uma namorada. Pelo menos, nada sério. Não desde que o conheço.

Só quando esse comentário gerou uma nova onda de irritação foi que Nova percebeu o quanto, no breve intervalo da visita de Danna, ela quase tinha começado a gostar dela.

Não mais.

De repente, teve uma ideia.

Nova apertou os olhos, se inclinou para a frente e examinou o rosto de Danna.

– Você está se sentindo bem?

Danna enrijeceu.

– Estou. Por quê?

Nova dobrou o dedo e a chamou para mais perto.

– Pode ser só a temperatura aqui, mas você parece meio febril. – Ela esticou a mão e encostou na testa de Danna. – Talvez devesse descansar mais um pouco.

Seu poder fluiu com a mesma facilidade e naturalidade de sempre.

Danna fechou os olhos. Ela pendeu para a frente e caiu com a cara no cobertor.

Nova se encostou com um suspiro, o olhar virado para o teto.

Prova, finalmente.

Seu poder estava ótimo.

E cada momento passado ali era um desperdício de tempo.

Nova desceu da cama.

– Enfermeira!

Um momento depois, a enfermeira que tinha levado seu almoço abriu a cortina e ficou surpresa quando viu Nova levantando Danna da cadeira e a colocando no colchão.

– Não sei o que aconteceu. Ela parecia ótima num minuto, mas, de repente, ficou pálida e desmaiou. Acho que é bom chamar um curandeiro. Talvez ela tenha se exaurido demais muito cedo.

A enfermeira, perplexa, correu para alertar um dos curandeiros.

Quando voltou, Nova estava vestida de novo e quase terminando de calçar as botas.

– E aonde você acha que vai? – perguntou a enfermeira enquanto sentia o pulso de Danna.

– Pra casa – disse Nova.

A enfermeira soltou uma gargalhada.

– De jeito nenhum, mocinha. Nós vamos preparar um quarto novo pra você em um minuto, mas precisamos que fique quieta.

Nova olhou para ela de cara feia.

– Por quê?

– Porque sim! – disse a enfermeira, como se essa fosse uma explicação viável. – Nós temos que ficar de olho em você depois...

– Depois de quê? Depois do meu superpoder quase ser sugado de mim por um garoto de dez anos?

A enfermeira suspirou.

– Não é muita gente que entra em contato com o jovem Sr. Everhart. Nós temos que ser cautelosos.

– Bom – disse Nova, fechando as fivelas das botas –, se eu morrer, pode deixar que aviso. Até lá, tenho coisas pra resolver. E – ela indicou Danna – parece que vocês também.

CAPÍTULO TRINTA E CINCO

— TUDO BEM, AQUI ESTÁ a torre nova do hospital – disse Adrian, empurrando a construção para a sala de Max. – O que mais se quebrou?

– Só os apartamentos onde você caiu – disse Max, apontando para a saída.

– Certo – disse Adrian, começando a desenhar. Dentro da quarentena, Max carregou a torre nova até o prédio do hospital. Ele a colocou sobre o cotoco quebrado, trabalhando só com uma das mãos, pois a direita estava com uma atadura grossa. Adrian viu Max usar o antebraço para segurar a torre enquanto passava a mão esquerda sobre a parte quebrada. Lentamente, o vidro começou a derreter e se juntar, unindo as duas partes de um jeito que não era perfeito (uma rachadura ainda ficou visível no local da junção das duas partes), mas pareceu bem sólido.

Adrian engoliu em seco. Ele tinha visto Max usar aquele dom várias vezes, provavelmente mais do que qualquer outro poder que tivesse absorvido. Fazia-o pensar no que Nova tinha visto: Max usando a telecinese para sustentar dezenas de prédios de vidro no ar ao mesmo tempo. Na verdade, aquela imagem mental não o abandonou desde que Nova lhe contou. Ele ficou tentando a manhã inteira encontrar um jeito de perguntar a Max, mas ainda não tinha achado um que não parecesse uma acusação.

Em vez de fazer a pergunta que realmente queria fazer, ele disse:

– Como está a mão?

– Podia estar pior. – Max olhou para a palma da mão coberta pelo curativo. – Tiveram que cauterizar a artéria. Era de lá que o sangue todo estava vindo. Mas a torre passou bem aqui. – Ele levantou a mão esquerda para mostrar a Adrian. – Nessa parte carnuda entre o polegar e o indicador. Então não acertou nenhum osso e nenhum tendão. – Ele deu de ombros. – Acho que teria doído bem mais se o ferimento tivesse sido mais central. E já doeu bastante, na verdade.

– Com sorte, você vai ficar com uma cicatriz épica pra mostrar depois.

Um sorriso fugaz passou pelo rosto de Max. Ele deu um passo para trás para inspecionar o hospital e voltou até Adrian. Sentou-se na beirada da baía enquanto Adrian desenhava o prédio quebrado.

– Ei, Adrian? – disse ele, botando a mão no colo e mexendo no esparadrapo.

Adrian olhou para ele, hesitante na mesma hora. Não era comum que ele ouvisse Max parecendo preocupado.

– O que foi?

Max se sentou mais ereto, mas não encarou Adrian.

– Eu tenho o poder do Ace Anarquia.

Adrian ficou olhando para ele, esperando que dissesse alguma outra coisa, mas essa pareceu ser toda a confissão.

– É – respondeu ele. – Eu sei.

Max se mexeu de leve e limpou a garganta.

– Você acha... – Ele parou de falar.

– Eu acho o quê?

– Você acha que eu posso ser mau?

Adrian levantou as sobrancelhas. Ele se inclinou para trás e afastou a ponta da caneta do desenho inacabado.

– Ou... – continuou Max – que tenho algum poder maléfico em mim?

Adrian esperou que Max olhasse para ele, mas o garoto manteve o olhar grudado no chão.

– Não acho, não.

A boca de Max se contraiu para o lado, ainda não convencido.

– Eu sabia que você ia dizer isso.

– Porque é verdade – disse Adrian com uma gargalhada. – É por isso que você finge que não faz direito? É por isso que escondeu como sua habilidade é forte durante todos esses anos?

Max olhou para a frente, o rosto carregado de arrependimento. Ele não respondeu, mas Adrian viu a verdade no rosto dele.

Suspirando, Adrian fechou a caneta.

– Pra começar, a maior parte das coisas horríveis que o Ace Anarquia fez foi só porque ele tinha o elmo. Quando tiraram o elmo, ele ficou... Para um telecinético, ele até continuou bem forte e tudo, mas não como antes. E, mais importante do que isso, o que nós fazemos, o que qualquer um de nós faz, é só uma série de escolhas, certo? Pegue... os elementais do fogo. Cada elemental do fogo tem uma escolha. Eles podem botar fogo em prédios ou esquentar marshmallows.

Ele queria ser engraçado, mas Max franziu a testa, não parecendo nem um pouco impressionado com a tentativa de Adrian de ser esperto.

– Se você tivesse o poder de fazer tudo que o Ace Anarquia fazia, você teria feito escolhas diferentes. Você construiria coisas, não derrubaria. – Ele indicou a cidade de vidro. – Olha só.

Isso finalmente levou um sorriso aos lábios de Max.

– Falando em construir coisas – disse Max, o olhar brilhando –, eu descobri uma coisa hoje de manhã. Quer ver?

Sem esperar resposta, ele se levantou e foi até seus aposentos para voltar um momento depois com uma caneta fina vermelha.

Ele se agachou na frente da parede e começou a desenhar no vidro. Em pouco tempo, terminou um desenho rudimentar de um carro. Quando acabou, fechou a caneta e encostou o indicador no centro do desenho e empurrou.

Adrian já estava sorrindo na hora que o carro saiu da parede e caiu na mão dele. Era do tamanho de sua palma. Um pouco torto. As rodas não giravam. Também não tinha a mesma sensação de solidez dos objetos de vidro dele, mas sim uma suavidade inerente ao material. Uma certa maleabilidade. Como vidro prestes a derreter.

Fora isso tudo, era real.

– Ora, seu bandidinho – disse ele. – Você roubou o meu poder.

Max grunhiu. Ele estava olhando para o carro com reprovação óbvia.

– Não sou um artista muito bom. E tem alguma coisa errada com todas as coisas que fiz até agora. Meus objetos não são tão estáveis quanto os seus. Eu fiz algumas coisas em papel primeiro, e elas desmoronam como lenço de papel assim que as puxo para fora.

Adrian virou o carro, segurando-o pelo capô, e o objeto todo caiu no chão e se dobrou ao meio.

– Ah! Desculpa.

Max deu de ombros.

– Você não ficou muito tempo aqui, então não peguei muito do seu poder. E isso é bom. Se tivesse pegado tudo, eu teria que fazer os novos prédios da cidade, e eles não ficariam muito bons.

– Talvez no começo, mas eu poderia te dar aulas de desenho. – Adrian tentou desamassar o carro, mas estava perdendo a forma rapidamente. Já ficava com a consistência de massa de pão sobre a palma da mão dele. Ele desistiu e colocou a bolha transparente no chão. – Você sabe o quanto tirou de Nova?

Max balançou a cabeça.

– Ela ficou aqui mais tempo que você, mas... não foi *tanto* tempo. Você apareceu quando estava acontecendo. Mas acho que vamos descobrir. – Ele franziu mais a testa. – Queria que tivesse um jeito de desligar isso. Eu não quero o poder dela. A última coisa de que preciso são mais oito horas de tédio todos os dias.

Assentindo em solidariedade, Adrian desenhou sua versão do carro de Max no vidro e o empurrou. Em vez de pegar, Max só fez cara feia.

– Exibido.

– Não consigo evitar.

A postura de Max mudou de repente. A coluna enrijeceu, a cara feia ficou mais pensativa, mas também hesitante.

— Adrian?

O jeito como ele falou fez Adrian ficar tenso também.

— O quê?

— Quando você estava aqui... depois que pegou Nova... — Seus olhos se apertaram, e ele não estava olhando para Adrian, mas olhando cegamente para o carro de vidro. — Você *voou*.

A pulsação de Adrian acelerou. As palavras pairaram entre eles, sólidas como a parede que os separava, por tempo demais até Adrian forçar uma risadinha.

— Acho que você estava vendo coisas. Foi toda aquela perda de sangue, talvez.

As bochechas de Max ficaram vermelhas, e quando ele ergueu o olhar, estavam brilhando de raiva.

— Eu não sou burro.

Adrian engoliu em seco.

— Eu não quis dizer...

— Tudo bem, pode não ter sido um voo de verdade, mas também não foi normal o que você fez. Você pulou — ele olhou para trás, medindo a cidade com os olhos — pelo menos quatro metros, e nem estava correndo nem nada na hora. Você simplesmente subiu.

Adrian ficou olhando para ele, a mente procurando uma explicação, mas nada surgiu. O silêncio parecia impenetrável, e Adrian queria rompê-lo, mas não tinha o que dizer.

Finalmente, Max se sentou nos calcanhares.

— Sabe, eu vi vídeos de outro prodígio que também pode pular daquele jeito.

Adrian apertou bem os lábios, como se a confissão pudesse surgir sozinha. Ele já estava em dúvida se seria tão ruim contar a verdade a Max. Ele era de confiança para ouvir o segredo, não era? Claramente, ele já havia descoberto, ou ao menos tinha um *palpite*, então que mal haveria em admitir?

Mas ele hesitou. Porque, por mais que amasse Max, também sabia que Max amava o Capitão Cromo, e Adrian não tinha como ter certeza de a quem ele era mais leal, e ainda não estava pronto para seus pais saberem que ele era o Sentinela. A expressão deles quando chegaram ao quartel-general naquela noite, depois de ouvirem sobre o que aconteceu na quarentena, ficou marcada na memória. Medo e pânico, alívio junto com preocupação. Não só pelo que tinha acontecido, mas mais pelo que poderia ter acontecido. Adrian sabia que não era só o medo de que ele poderia ter perdido os poderes, o que seria difícil de aceitar no começo, mas não teria sido o fim do mundo. Mas também era o fato de que ele quase tinha morrido na biblioteca que os abalou mais. Talvez os nervos deles também estivessem abalados pela proximidade que o Capitão chegou da morte no desfile, mesmo nenhum dos dois admitindo como foi perto.

Ser um Renegado era perigoso. Sempre foi perigoso, e alguns super-heróis tentavam se convencer do contrário. Era só um fato da vida que eles tinham escolhido... ou que os tinha escolhido.

Mas caso seus pais descobrissem que Adrian também era o Sentinela... que tinha enfrentado a Pesadelo no desfile, visitado os Anarquistas nos túneis, enfrentado a Detonadora na biblioteca e entrado no fogo... a ansiedade deles dispararia. Ele não precisava fazê-los passar por isso.

Pelo menos foi o que ele disse a si mesmo. Era por eles. Estava guardando o segredo para o bem-estar deles, para protegê-los das próprias preocupações.

Mas também sabia que era uma decisão egoísta. Ele não estava pronto para aposentar o manto do Sentinela, e sabia que eles pediriam isso.

O que ele não sabia era se eles ouviriam o pedido. Agora, parecia mais fácil ficar quieto.

– Tá, tudo bem – disse Max quando ficou claro que Adrian não ia admitir as suposições dele. – Não precisa responder. Eu sei o que vi.

Adrian afastou o olhar, os ombros pesados de culpa. Ele desejou poder explicar para Max que não era pessoal. Que ele não estava pronto para contar para *ninguém.*

Ele só disse:

– É complicado.

Max riu.

– É, e eu não sei nada sobre isso.

Adrian fez uma careta.

– Mas uma coisa me ocorreu – disse Max, batendo com a caneta na mão. – Esse cara chamado Sentinela... você talvez já tenha ouvido falar nele. Sentinela? Ele tem aparecido nos noticiários.

Adrian olhou para ele com ironia.

– Parece familiar.

– Então, até onde sei, esse cara que chamam de Sentinela e eu podemos ser os únicos prodígios vivos que podem alegar ter mais de um superpoder. Pelo menos, nós dois temos superpoderes múltiplos e não relacionados. Não como a Tsunami, que pode criar água do nada e também manipular água existente. Mas ele pode fazer fogo e aquela coisa de pular, e agora estão dizendo que ele tem um raio de energia. Enquanto eu tenho – ele bateu com a caneta em cada ponta do dedo enquanto contava – telecinese, manipulação de metal, fusão de matéria, uma certa invisibilidade, hã... – Ele ponderou. – Absorção, obviamente, e agora isso aí que você faz. Como você chama mesmo?

Adrian estava sorrindo de novo. Ele sabia que Max tentava atravessar a separação provocada pelo segredo de Adrian e sua indisposição de falar sobre o assunto. Parecia um meio-termo, e ele ficou agradecido.

– Eu só chamo de desenho – disse ele. – Mas acho que está listado como “gênese artística”, no meu perfil.

– Gênese artística. Legal. É uma lista boa, não é?

– É uma lista incrível.

Na verdade, era mais impressionante do que Adrian sabia. Ele raramente via Max usar alguma das habilidades que tinha absorvido de prodígios, a maioria quando era criança. A telecinese do Ace Anarquia, a manipulação de metal e fusão de matéria dos pais, um pouco de invisibilidade tirada do Guardião Terror antes de eles perceberem que era isso que ele fazia. Agora, claro, o poder de Adrian, e talvez até um pouco do de Nova. Podia não ser poderoso em todas aquelas habilidades, como demonstrado pelo carro que agora tinha virado uma pilha mole perto do tornozelo do Adrian, mas era bem poderoso. Na verdade, se não estivesse dentro daquela quarentena o tempo todo, ele seria um super-herói incrível.

Adrian abriu a boca, pronto para dizer exatamente isso, quando Max falou de repente:

– O Sentinela pode dar a si mesmo *qualquer* poder?

Adrian piscou.

– Não diga que não sabe – continuou Max apressadamente –, só... finja que está dando um palpite, sei lá. É assim que funciona, não é? Você, de alguma forma... quer dizer, ele está desenhando os poderes pra virarem realidade? Ou... você... o Sentinela na verdade tem mímica de poder e a gênese artística não é o poder original?

Adrian fechou os olhos e massageou a testa.

– Eu não... – Ele fez uma pausa e deu um suspiro fundo. – Tudo bem, se eu tivesse que dar um *palpite*... – Voltou o olhar para Max, o observou com atenção, torcendo para transmitir a ideia de que, se alguém perguntasse algum dia sobre aquilo, era só um palpite. – Ele ainda está descobrindo quantos poderes pode dar a si mesmo e a extensão de suas habilidades. Ele... está inventando conforme vai usando as coisas.

– Imaginei – disse Max em um tom que deixou Adrian nervoso. – Mas você acha... ele já tentou invencibilidade?

– Invencibilidade?

– Você sabe. Tipo o Capitão.

Adrian se inclinou para trás e se apoiou nas mãos. Ele nunca tinha pensado muito em replicar os poderes dos pais, nem de ninguém do Conselho. Talvez fosse parecido demais com atravessar um limite proibido. Ele nunca poderia se tornar o Capitão Cromo ou o Guardião Terror, nunca poderia substituí-los; e o objetivo não era esse. Mas imbuir-se das habilidades deles, principalmente da invencibilidade ou da superforça do Capitão, pareceria quase desrespeitoso a tudo que o Capitão Cromo era, tudo que o mundo admirava.

Mas, ao mesmo tempo, ele sabia exatamente por que Max tinha perguntado sobre *esse* poder, dentre todos os superpoderes do mundo.

Por causa da invencibilidade, Hugh Everhart era o único prodígio que podia chegar perto de Max. E apesar de Max se sair bem em esconder a solidão, e de Adrian tentar não pensar muito nisso, naquele momento ficou claro o quanto ele devia desejar interações que não fossem separadas por uma parede de vidro ou um traje forrado de cromo.

– Não sei – disse ele por fim, lentamente. – Sinceramente, não sei.

Max assentiu em compreensão, e Adrian percebeu que ele não tinha ficado com raiva da resposta. Era a verdade. Adrian não sabia se poderia conceder invencibilidade a si mesmo, em algum nível, e certamente não no nível do pai. Max devia ter reconhecido a sinceridade nas palavras.

Mas a mente de Adrian já estava em disparada. Considerando. *Imaginando...*

– Você deveria ir dar uma olhada em Nova.

Adrian levou um susto.

– O quê?

– Aposto que ela ainda está assustada. Pareceu que ela gostava muito de ficar acordada o tempo todo.

– Não sei se *gostava* é a palavra certa... – disse Adrian, tentando lembrar as palavras exatas dela quando eles conversaram sobre como ela passa o tempo. – Mas acho que ela tem orgulho do que conseguiu por causa disso. Ela não só lê quadrinhos e desenha, como eu provavelmente faria. Em vez disso, ela se transformou em Renegada.

– Exatamente – disse Max –, e eu posso ter tirado isso dela.

Adrian se levantou, balançando a cabeça.

– Nunca. Ela é uma de nós agora, quer ela goste ou não.

CAPÍTULO TRINTA E SEIS

Os escritórios do Conselho não foram incluídos na visita inicial ao Quartel-General dos Renegados no primeiro dia de Nova, mas ela estava ciente da existência deles. O número do andar ficava na lista do saguão, e Nova tinha a intenção de dar uma olhada, mas nenhum motivo para isso. Não havia nada que pudesse usar como explicação, pelo menos, para o caso de alguém perguntar o que ela estava fazendo.

Mas, quando saiu do elevador, ela percebeu que não precisava ter se preocupado. Quando chegou, o andar pareceu estar deserto. Pelo menos, a mesa da recepção central estava desocupada, e Nova não ouviu sinais de atividade vindos da porta aberta atrás. Seu olhar se desviou para as câmeras de segurança espalhadas de forma obscura pelo teto, e ela lembrou a si mesma de agir de forma natural. De fingir que tinha todo direito do mundo de estar lá.

E foi o que ela fez. Nova *era* uma Renegada, e aquele andar não era proibido, de acordo com a lista no primeiro andar. Nem estava planejando fazer nada enquanto estivesse lá além de dar uma olhada, mas saber disso não ajudou muito a aliviar a sensação de paranoia vibrando na mente.

Nova contornou a recepção e reparou nas fotografias que mostravam um homem bonito e grisalho com o braço em volta de Prisma, a prodígio que os levou até o Salão do Conselho depois do incidente da biblioteca. Passou pela porta grande que levava a um saguão circular com piso branco brilhante, um candelabro elaborado de vidro e janelas amplas com uma vista impressionante da cidade e do mar. Uma fonte calmante borbulhava no centro, e obras de arte e estantes de vidro ocupavam as paredes. Cinco corredores saíam do saguão como os raios de uma roda, cada um com uma placa decorativa acima da entrada, entalhada com o codinome de cada um do Conselho. Tsunami. Luz Negra. Pássaro do Trovão. Guardião Terror. Capitão Cromo.

Nova parou e prestou atenção novamente. Como só ouviu silêncio, ela começou a andar pelos objetos expostos. Um mostrador exibia uma única pedra verde sobre uma base de cetim, e Nova não precisou da etiqueta descritiva embaixo para reconhecer a Pedra da Clarividência, que diziam ter dado a um prodígio chamado Fortuna a capacidade de descrever para qualquer pessoa os momentos mais felizes e tristes da vida dela... mesmo que ainda não tivessem acontecido. Em seguida, estava o leque dourado que Furacão podia usar para cortar um inimigo a até quinze metros de distância. Depois, uma coleção de ossos grandes de peixe, arrumados em uma bandeja de madeira. Era o esqueleto de um peixe-navalha, cujo espírito supostamente teria assombrado o Predador das Areias e o imbuído com a habilidade de se enfiar rapidamente em quase qualquer tipo de terreno.

Nova parou quando chegou a uma parede livre de estantes, só com um quadro grande. Seu estômago se contraiu quando começou a observar a rendição artística da Batalha de Gatlon. Ela reconheceu os degraus da catedral ao fundo, embora o chão estivesse coberto de destruição e escombros, corpos e sangue. À frente, em cima de uma pilha de destroços, estava o Capitão Cromo. Ele segurava o pique de cromo, com o elmo do Ace enfiado na ponta.

No pé da pilha estava o próprio Ace Anarquia, o corpo quebrado em cima de uma das balaustradas estilhaçadas da catedral, o sangue derramado na terra.

Nova ficou com a boca seca. O artista tinha desenhado as feições do Ace com perfeição; a horrível devastação, mesmo na morte. Olhos escuros abertos para o céu, os lábios abertos em descrença.

Não era baseado na realidade, ela sabia. Aquele momento, congelado no tempo, não passava de uma interpretação artística do que poderia ter acontecido. Talvez, na mente deles, o que *deveria* ter acontecido. Mas, na verdade, não havia nada do corpo do Ace sobre o qual eles poderiam manifestar sua vitória.

Isso não tornou a imagem menos repugnante, e naquele momento Nova jurou que, quando derrubasse os Renegados, o encontraria aquele quadro e o destruiria.

Soltando o ar, sem forças, ela se obrigou a se virar. Suas botas estalaram no piso quando passou pelo corredor seguinte, mas parou com o coração em saltos.

Ela deu um passo para trás, se alinhou com a entrada do corredor, o corredor do Capitão, e olhou para o fundo.

Seu queixo caiu. Sua pele formigou.

Ali, em um pedestal no final do corredor, brilhando em dourado-acobreado embaixo de um spot fraco, estava o elmo.

O elmo do *Ace*.

Nova mal tinha dado um passo à frente quando o comunicador do pulso vibrou. Ela parou, com a certeza, naquele momento, de que os Renegados tinham descoberto quem ela era e o que estava planejando, apesar de não ter certeza de estar planejando alguma coisa. Ela só sabia que foi tomada de culpa e paranoia assim que o comunicador vibrou.

Ela ergueu o pulso, olhou para o texto luminoso e soltou um suspiro longo. Era só Adrian... não a acusando de nada, só preocupado por ela não estar na ala médica.

Ela permitiu que a pulsação disparada se acalmasse antes de ler a mensagem completa.

> Insônia, não é porque você não dorme que pode sair da cama sem a permissão dos curandeiros! (Brincadeira. Mais ou menos.) Cheguei na ala médica e a enfermeira disse que você foi pra casa. Os curandeiros parecem preocupados – eles disseram que pode haver efeitos

colaterais que ainda desconhecemos por você ter ficado tão próxima de Max. Você pode voltar para o QG? Ou, se estiver desmaiada em alguma vala por aí, me avisa pra eu ir te buscar, tá? (Brincadeira de novo. Só que não.)

– Rabisco

Nova releu a mensagem três vezes. Na primeira, seus pensamentos ainda estavam delirantes por causa da descoberta do elmo do Ace, e a maior parte da mensagem perdeu o sentido no caos louco dentro da cabeça dela. Na segunda, ela só absorveu que poderia haver efeitos colaterais e que os curandeiros estavam tentando mandar nela, e que usavam Adrian para isso, o que ela achou incrivelmente irritante.

Mas, na terceira vez, ela viu a mensagem não só como um texto azul luminoso, mas também a ouviu na voz de Adrian, e quando chegou ao final ela percebeu que a irritação tinha passado e sido substituída por uma coisa que era quase uma diversão calorosa. Porque, mesmo ela sendo perfeitamente capaz de se cuidar e não precisando de Adrian nem dos curandeiros para isso, havia algo nas tentativas patéticas dele de esconder a preocupação que ela só conseguia achar encantador.

Mas então ela ergueu o olhar de novo e todo o sentimento de encanto e diversão sumiram, como fogo coberto por água gelada.

Deixando a mensagem sem resposta, Nova baixou o pulso, respirou fundo e seguiu pelo corredor.

Os spots estavam instalados em um trilho no teto, e o brilho da luz na superfície do elmo foi mudando conforme ela foi se aproximando. Ela viu vislumbres do próprio reflexo no painel curvo em torno do rosto. A intensidade da luz era capturada no crânio quebrado, onde muito tempo atrás o pique do Capitão penetrou, deixando um buraco e rachaduras fundas emanando para fora. O elmo estava apoiado sobre uma pequena cavilha e, de certos ângulos, parecia suspenso no ar, a abertura por onde os olhos do Ace observavam agora era apenas um buraco negro. Diferentemente dos artefatos no saguão, não ficava protegido por vidro, e sim exposto. Como se não houvesse medo de ser roubado. Como se ninguém tivesse medo de cair novamente nas mãos de um vilão.

E por que eles deveriam ter esse medo? Aquele buraco no alto era prova suficiente de que estava destruído. O poder que o elmo já contivera, a força que seu pai inseriu no tecido de sua energia transformada em metal já não existia mais.

Nova parou quando estava à distância de um braço do elmo, tomada de lembranças.

O tio Ace parado ao lado da forma adormecida de um assassino, olhando para Nova com tristeza e assombro.

Ace fazendo os sinos da catedral trovejarem e soarem só para levar um sorriso ao rosto de Nova.

O momento em que ela viu o carro alegórico do Conselho aparecer, com o Capitão exibindo aquele elmo como um caçador orgulhoso da conquista.

Lágrimas arderam nos cantos dos olhos quando ela ergueu a mão e a levou a dois centímetros do elmo. Imaginou vibrações leves emanando dele, quase como se pudesse sentir sua presença. Tinha certeza de que algum alarme tocaria, mas não conseguiu resistir a uma leve inspiração quando botou a mão no metal frio.

Nenhum alarme soou.

E o elmo parecia... um elmo. Nenhum choque de energia percorreu a pele dela. Nenhuma pulsação suave foi sentida. Só metal frio.

Ao olhar para a própria mão colocada com reverência sobre a superfície dourada, ela acabou vendo também a pulseira fina pendurada no pulso.

Suas sobrancelhas se contraíram. A cabeça se inclinou para o lado. Ela esticou a outra mão, segurou a filigrana delicada e a ergueu para a luz, se perguntando se era um truque das sombras.

Seu coração disparou.

A pulseira e o elmo não eram iguais. Havia um tom rosado distinto na pulseira, uma vibração bela e sutil inserida no metal que não havia no elmo, que era de um dourado-acobreado gasto.

Ela franziu mais as sobrancelhas, enquanto as justificativas subiam à superfície. A diferença devia ser porque o elmo estava estragado. O poder antes imbuído no material tinha sumido.

Mas por outro lado... sua pulseira também estava quebrada. O fecho original tinha sido perdido, e os ganchos estavam vazios, esperando a pedra que seu pai pretendia botar ali. Também não deveria estar com aquele tom embotado e apagado?

Antes que pudesse duvidar de si mesma, Nova esticou a mão e tirou o elmo do apoio.

Nenhum alarme tocou. O corredor permaneceu tão silencioso quanto antes enquanto Nova o trazia para mais perto, reparando primeiro no quanto era pesado, quando ela se lembrava das criações do pai sendo impossivelmente leves.

Nova o virou de um lado para outro. Observou a ruptura no alto. Sentiu as beiradas atrás. Virou-o e olhou dentro.

Uma gargalhada abrupta saiu de sua boca. Pois ali, na parte interior do crânio, estavam as palavras FEITO COM MATERIAIS 100% RECICLADOS.

– Srta. McLain?

Sua gargalhada transformou-se um gritinho e ela se virou. Primeiro, só viu um corredor vazio, mas uma forma oscilou no ar e se solidificou.

O Guardião Terror. Ele não estava com a capa e a máscara pretas de sempre, mas uma calça jeans e uma camisa de botão. As emoções de Nova estavam tão no limite por causa dos choques recentes, da descoberta do elmo à descoberta do fato de ser falso e, agora, pela chegada de um de seus arqui-inimigos vestido como uma pessoa completamente normal, que acabaram se combinando em uma gargalhada desajeitada e meio delirante.

Simon Westwood franziu a testa, e Nova teve que segurar o elmo contra o corpo com o braço e botar a outra mão na boca para segurar as risadas.

– Desculpe – disse ela, ofegante. Engoliu em seco. Limpou a garganta. – Me desculpe. Eu não... Eu só estava... – Ela olhou para o elmo e percebeu que talvez um alarme tivesse sido disparado, só que ela não o ouvia. Talvez qualquer toque nos artefatos daquele ambiente fosse anunciado aos membros do Conselho de uma forma mais discreta. Ela só foi apanhada no ato de pegar o elmo do Ace Anarquia... até onde qualquer um sabia, ela estava tentando roubá-lo.

Ela balançou a cabeça.

– Eu não estava tentando pegar, eu juro.

A expressão de Simon permaneceu mais curiosa do que alarmada, e apesar de ele não dizer nada, ela sentiu o incentivo dele para continuar.

Foi o que Nova fez, os pensamentos lutando para provar sua inocência, até que lhe ocorreu que... ela era, realmente, inocente. *Não ia* roubar o elmo. Pela primeira vez, em algum assunto relacionado aos Renegados, não tinha feito nada de errado. Além de talvez ter deixado manchas dos dedos no que ela podia garantir ser uma relíquia sem valor nenhum.

Uma falsificação.

– Eu soube que havia uns artefatos legais aqui e vim olhar. Me disseram que não tinha problema. Que qualquer um podia vir olhar.

Simon assentiu de leve.

– Hum... e quando eu vi o elmo, eu fiquei curiosa. Quer dizer, é... – Ela mal segurou a gargalhada de novo. – É o elmo do *Ace Anarquia*. Mas aí eu cheguei mais perto e... e pareceu... estranho.

– Estranho? – disse Simon.

Ela engoliu em seco.

– É falso. Esse não é o elmo do Ace Anarquia.

Os olhos escuros de Simon pareceram suavizar de leve.

– Como você percebeu?

Nova olhou para o elmo. Segurou-o com as duas mãos de novo, para poder olhar o rosto vazio. Como tinha percebido?

– Todas as descrições que ouvi ou li – declarou ela – diziam que o elmo tinha uma espécie de... brilho interno. Mas isso é só... metal. Metal normal.

– Alumínio coberto de cobre – disse Simon, atraindo o olhar dela de volta. Ele agora estava com um sorriso fraco. – Eu tinha ouvido falar que você era observadora, Srta. McLain, mas tenho que dizer que estou impressionado. Não sei se já houve alguém que não tenha sido enganado por esse elmo.

— Mas por quê? Por que tem um falso?

Simon deu um passo à frente e tirou o elmo das mãos dela. Inspecionou-o por um segundo, os lábios apertados, como se pudesse estar revivendo lembranças sofridas.

— É isso que usamos quando queremos exibi-lo. É um grande ícone, sabe; a derrota do pior vilão da humanidade. É um lembrete visível de como avançamos depois do Dia do Triunfo e do quanto temos a perder se deixarmos a humanidade voltar a ser como era.

— Mas não é real.

Ele deu de ombros e colocou o elmo de volta no suporte, ajeitando para ficar com o equilíbrio certo.

— Não precisa ser.

— Mas... — Nova bufou, sem saber direito como conseguia ficar tão calma sobre a questão. Ela não conseguiu deixar de parecer insistente quando perguntou: — Mas onde está o verdadeiro?

— Ah — disse Simon, a compreensão permeando sua expressão. — É com isso que está preocupada?

Ela franziu a testa.

— Eu não estou preocupada.

Simon ergueu as sobrancelhas. Embora a pele morena fosse clara em comparação à de Adrian, tudo o mais nele era escuro. Sobrancelhas grossas e escuras. Cabelo denso e escuro. Barba densa e escura. De alguma forma, tudo servia para deixá-lo mais expressivo, como se histórias inteiras pudessem ser contadas pela curva do lábio ou a ruga dos olhos.

Nova não gostou. Parada tão perto dele, ela se sentiu exposta, como se ele conseguisse enxergar através dela. O pensamento a deixou desconfortável, principalmente perante um homem tantas vezes invisível.

— Eu não estou preocupada — insistiu ela. — Só não entendo por que tem um falso.

Ele murmurou algo, e ela percebeu que ele não acreditava nela.

— O verdadeiro fica sob alta segurança no armazém de artefatos. Nós nunca o expomos em público. Não é exatamente o tipo de coisa que queremos que caia nas mãos erradas.

– Por quê? – perguntou ela. – Está imprestável, não está? O Capitão Cromo o destruiu.

– Ah... – Simon moveu a cabeça de um lado para outro e apertou um olho, como quem diz que esse pequeno detalhe pode ter sido um descuido. – Essa parte da lenda pode ter sido um pouco embelezada. Nós tomamos o elmo durante a Batalha de Gatlon. E Hugh tentou destruí-lo, mas... – Ele deu de ombros.

– Mas... o quê? – perguntou Nova, sem ar de repente. – Não está destruído?

Simon olhou para ela com solidariedade.

– Não se preocupe. Ninguém vai usar aquele elmo para atormentar as pessoas desta cidade de novo. Nós vamos cuidar disso.

Os dedos dela se moveram no ar, como se o verdadeiro elmo pudesse estar ali, esperando que ela o pegasse.

– Então... as pessoas podem ir lá ver?

– O elmo do Ace Anarquia?

Ela assentiu.

– Renegados, claro. Obviamente não o público, mas... se um de nós quisesse ver, seria possível?

O Guardião Terror deu uma risadinha.

– Talvez se você oferecesse um grande suborno ao pessoal das armas e artefatos. Ouvi falar que a Foto Instantânea ama jujubas azedinhas. São difíceis de encontrar, mas, se conseguir, pode ser que ela deixe você dar uma espiada.

Nova franziu a testa, sem saber dizer se ele estava brincando.

Mas não importava. Ela queria mais do que dar uma espiada, e ele já tinha revelado bem mais do que Nova esperava.

O elmo permanecia intacto. O elmo do Ace não estava destruído e se encontrava ali, naquele prédio, em algum lugar abaixo dos pés dela.

Seu comunicador vibrou de novo. Ela olhou para baixo automaticamente e leu a nova mensagem de Adrian.

Falando sério – você não está desmaiada em uma vala, está?

Ela balançou a cabeça, sem saber se ele estava tentando ser engraçado. Se sim, o humor se perdeu nos pensamentos confusos dela.

– Está tudo bem? – perguntou Simon.

– Ah, sim. – Ela balançou a mão, e foi um desafio continuar calma quando parecia que a base de tudo que conhecia como verdade tinha se transformado. – São só os, hã... curandeiros, querendo saber aonde eu fui. Eu devia estar na ala médica, mas... fico inquieta quando fico presa no mesmo lugar por muito tempo.

Ele assentiu, como se aquilo fizesse sentido, e começou a andar na direção do saguão central. Ao sentir que devia segui-lo, Nova olhou mais uma vez para o elmo e o acompanhou.

– Adrian nos contou sobre seu encontro com Max. O que você fez foi corajoso. Lamento ter se machucado.

– Foi Max que se machucou. Eu só apaguei um tempo.

Simon a olhou de lado.

– Além do mais, eu não sabia o que aconteceria se eu entrasse lá, então não sei se dá pra chamar de coragem.

Os lábios dele começaram a se curvar para cima.

– Você preferiria que eu dissesse que foi descuidado e perigoso?

Nova sustentou o olhar dele, sem saber se ele a estava provocando ou repreeendendo... ou se aquilo também era uma espécie de elogio. Finalmente, ela respondeu:

– E tudo isso em um dia de trabalho, né?

Para a consternação infinita dela, Simon Westwood riu. Uma gargalhada verdadeira e alta, calorosa e gutural.

Foi nessa hora que lhe ocorreu que ela estava conversando com o Guardião Terror. Ela o tinha feito *rir*.

E nem por um momento passou pela cabeça dela que talvez ela devesse estar usando a oportunidade para avaliar a melhor forma de matá-lo.

E foi uma coisa sábia, ela disse para si mesma. Tinha contado as câmeras quando saiu do elevador. Sabia que não havia como matar alguém ali e se safar.

Mesmo assim... o pensamento não devia pelo menos ter passado pela cabeça dela?

– Você sabe como Max está? – perguntou ela, ansiosa por um novo assunto de conversa.

– Ele vai ficar bem – disse Simon. – A quantidade de sangue fez o ferimento parecer bem pior do que foi. Claro que, por conta da natureza do dom de Max, não podemos cuidar dele com curandeiros prodígios, mas até os médicos normais dizem que ele vai se recuperar rapidamente. Talvez fique com uma cicatriz, mas qual é o jovem que não gosta de uma nova cicatriz de tempos em tempos?

Eles passaram pelo quadro do Dia do Triunfo, e Simon parou para olhar; não tanto com admiração, mas pensativo.

– Talvez – continuou ele – essa experiência tenha ensinado Max a ser um pouco mais cuidadoso quando se trata de fazer experiências com os poderes que ainda não controla perfeitamente. É uma lição difícil para qualquer prodígio, mas acho que para ele mais do que para a maioria.

Nova olhou para as pessoas no quadro de novo. O Capitão Cromo segurando o elmo que ela agora só conseguia pensar como sendo o impostor, por saber que um pique nunca tinha sido enfiado nele. Em seguida, olhou para o corpo do Ace, caído aos pés do Capitão, e soube que aquela parte da lenda também era mentira.

E também...

– Está faltando alguém nesse quadro – disse Nova. – Max também estava lá, não estava?

Simon não olhou para ela quando respondeu:

– Foi Adrian que contou ou você descobriu sozinha?

– Um pouco de cada. – Ela afastou o olhar do quadro. – O que realmente aconteceu? Como Max conseguiu o poder do Ace Anarquia?

Simon coçou a barba.

– Bom. Foi quase no final do confronto. Nós não pudemos levar Max antes porque as habilidades dele afetariam nossos aliados assim como nossos inimigos. Mas, àquela altura, o Ace Anarquia tinha se separado do que restara das gangues. Ele estava em cima de uma das arcadas da catedral, atacando quem ainda estava no chão. Claro que Hugh suportava melhor do que qualquer um. Ao perceber que essa era nossa melhor chance, ele foi buscar Max, que estava escondido em um porão próximo com uma enfermeira cuidando dele. Hugh o amarrou nas costas e voltou para a batalha. Ele me contou que foi a coisa mais difícil que fez, por saber o perigo em que estava colocando Max, mas ele não achava que houvesse outro jeito.

O queixo de Nova caiu enquanto ela ouvia e tentava imaginar a cena. O justo e invencível Capitão Cromo... partindo para a batalha com um bebê amarrado nas costas? Ela não sabia se achava a imagem apavorante ou histericamente engraçada.

– Ele escalou uma das paredes laterais – disse Simon, a voz distante agora. – Eu me lembro de ter olhado para cima e o visto e entendido o que ele ia fazer. Hugh chegou ao topo, e Ace percebeu que ele estava lá. Quanto mais perto ele e Max chegavam, mais fraco o Ace se tornava, mas ainda estava forte. Ele ainda tentou lutar. Sabia que não podia machucar Hugh, então concentrou os ataques no Max, sabendo que ele devia ser a causa da fraqueza. – Simon fez uma pausa e depois acrescentou: – Eu lembro como pareceu incrível na ocasião que Max não emitiu som nenhum, não chorou.

Nova tremeu.

– Ace acabou perdendo poder suficiente a ponto de não conseguir continuar lutando. Hugh conseguiu arrancar o elmo dele... e assim que pegou o elmo, pareceu que toda a capacidade de lutar sumiu do Ace Anarquia. Um terço da igreja já estava destruído, um lado estava pegando fogo, quase todos os Anarquistas estavam mortos e o Capitão Cromo estava com o elmo dele. Ele devia saber que tinha perdido. Então... Hugh foi acabar com tudo, quando o Ace Anarquia simplesmente... se virou e pulou. Ele pulou de três andares, direto no fogo.

Nova estava olhando para o quadro de novo e achou impressionante que uma obra de arte tinha errado tanto e ainda assim podia estar ali, em um lugar de honra. Talvez fosse testemunho do quanto a verdade, nesse caso, nunca tinha realmente importado.

– Obrigada por me contar – murmurou ela.

– Não, eu que agradeço.

Com a testa franzida, ela olhou para o Guardião Terror. Ele não estava olhando para ela nem para o quadro, mas sim sorrindo para o nada.

– Eu nunca pude abraçar Max. Nem quando ele era bebê e nem agora, quando ele fica machucado ou triste. Mas eu o amo. Ele é tão filho pra mim quanto Adrian. Então... obrigado. – Ele encarou Nova. – Por tentar salvá-lo.

– Mesmo eu não tendo ideia do que estava fazendo e piorando tudo no final?

O sorriso dele se alargou.

– Mesmo assim.

Nova limpou a garganta e se viu incapaz de sustentar o olhar dele.

– Eu tenho que voltar pra ala médica.

– Por favor – disse ele, indicando o elevador. – Não me deixe segurar você nem mais um minuto. Os curandeiros sabem ser chatos quando percebem que estão correndo o risco de serem ignorados.

Sem ter certeza se devia dizer adeus ou obrigada ou alguma outra coisa, Nova ergueu a mão em um gesto constrangido, baixou a cabeça e foi até os elevadores. Passou pela recepção de novo, onde a Prisma estava sentada agora. Disse tchau para Nova quando ela passou.

Quando o elevador chegou, Nova entrou e se encostou na parede, esfregando a testa. Seus pensamentos estavam girando com o relato do Guardião Terror sobre a Batalha de Gatlon. Com o envolvimento de Max e como Hugh Everhart pôde botar a vida daquele bebê inocente em risco e que Ace tinha se esforçado para matá-lo para se proteger.

Toda hora, seus pensamentos voltavam ao elmo quebrado no pedestal, tão perigoso quanto uma fantasia de criança.

Enquanto em algum lugar dentro do Quartel-General dos Renegados, o verdadeiro estava guardado. O elmo do Ace Anarquia. Intacto e esperando.

CAPÍTULO TRINTA E SETE

Nova deixou a porta bater ao passar. Não por estar com raiva, mas porque, mesmo depois da longa caminhada até Wallowridge, ela ainda estava atordoada pela descoberta do elmo do Ace e de tudo que significava. Para ela. Para os Anarquistas. Para os Renegados, que deviam ter, somando todas as unidades de patrulha que tinham, o mesmo poder contido naquele único objeto. Eles podiam ter decidido não o usar para seus objetivos próprios até o momento, mas ainda era uma possibilidade a qualquer instante. Enquanto o elmo estivesse com eles, ninguém tinha chance de se opor a eles.

Quando Nova passou pela sala da frente, Mel apareceu na porta da cozinha, enfiando uma colher em um pote cheio de mel dourado.

– Essa não foi sua entrada sorrateira normal – disse ela, levantando a colher. O mel começou a escorrer, mas Mel girou a colher com habilidade para segurá-lo. – Aconteceu alguma coisa? – Ela enfiou a colher na boca e a sugou como se fosse um pirulito.

Nova ficou olhando para ela. *Aconteceu alguma coisa? Aconteceu alguma coisa?*

– Mais ou menos – disse Nova, se espremendo para passar por Mel e tirando o comunicador do pulso. Ela o colocou na bancada da cozinha. Era a primeira vez que o tirava desde que eles decidiram sair da casa nos túneis do metrô, e seu pulso parecia nu sem ele. Nu... mas também leve e descompromissado.

– Oh-oh – disse Mel, erguendo uma sobrancelha pintada de lápis para o comunicador. – Você deve estar indo a algum lugar que os Renegados não aprovariam. – Ela se encostou na geladeira. – Conta.

– Mais tarde – disse Nova. – Tem uma coisa que preciso fazer primeiro.

Ela foi na direção da porta dos fundos e tinha acabado de segurar a maçaneta quando uma explosão fez as paredes vibrarem. Olhou para cima e viu pó cair do teto texturizado.

– Leroy está fazendo uma nova leva de alguma coisa – explicou Mel, mergulhando a colher de volta no mel. – Você já está de saída? Mas acabou de chegar.

Nova ignorou a pergunta.

– Você percebe que estamos tentando passar despercebidos aqui, né?

Mel deu um sorrisinho.

– Querida, algumas pessoas não conseguem não ser notadas.

Segurando-se para não revirar os olhos, Nova perguntou:

– O Fobia também está aqui?

– Não. Ele não apareceu o dia todo. Acho que passou a noite nos túneis. A umidade e as sombras são melhores pra ele, sabe. Já eu? Eu estou tão feliz de estar de volta ao sol. – Ela suspirou e abriu um sorrisinho para a janelinha suja acima da pia da cozinha.

Nova girou a maçaneta e saiu.

– Não se acostume – murmurou ela, e saiu na varanda estreita de concreto dos fundos.

Ela andou pela pequena área de ervas daninhas e espinhos, onde as abelhas de Mel estavam ocupadas refazendo as colmeias o mais rápido que conseguiam. No dia anterior, Nova reparou que o zumbido delas parecia mais feliz do que nos túneis, mas agora não passava de uma distração. Ela entrou na viela atrás da casa e foi na direção de Blackmire Way. Estava quase na hora do crepúsculo, e as sombras das casas ao redor ocupavam os espaços estreitos entre os prédios. Ela passou por janelas fechadas com tábuas e cercas pichadas e pátios cheios de dentes-de-leão. Um brilho chamou a sua atenção, e ela olhou para o segundo andar da casa da esquina na hora em que alguém estava levantando a janela. Ela parou com surpresa. Tinha se acostumado a pensar no bairro como deserto, e teve um sobressalto por descobrir que talvez eles tivessem vizinhos.

Ou talvez fosse só o homem que ela havia expulsado da casa antes.

Ela estava se virando quando os cabelos da nuca se eriçaram. Seu estômago se contraiu e sua mão pousou instintivamente na arma de choque no cinto.

Ela percebeu um segundo depois que foi um odor distinto que chamou a sua atenção. O cheiro doce de óleo corporal de coco misturado com o toque levemente podre de enxofre e pólvora.

Nova forçou os ombros a relaxarem quando se virou e afastou a mão da arma.

Ingrid estava encostada na lateral do prédio pelo qual Nova tinha acabado de passar, um calcanhar apoiado casualmente nos tijolos, os braços cruzados sobre o peito. Ela estava usando uma roupa que poderia ter sido escolhida como disfarce: calça preta grudada e uma jaqueta de gola alta que cobria os braços e a barriga. Até os cachos densos tinham sido escondidos embaixo de um gorro.

Fora isso, ela não parecia muito diferente da última vez que Nova a tinha visto, depois que eles fugiram dos túneis. Ela estava limpa e não parecia ter fome, pelo menos, e só quando teve esse pensamento foi que Nova se deu conta de que uma parte de si estava preocupada com ela.

– Como está a vida nos Renegados? – perguntou Ingrid, a voz transbordando desdém. – Você já deu as costas pra nós completamente ou ainda está se agarrando à mentira de que está do nosso lado?

O maxilar de Nova tremeu.

– Você e os outros sabiam exatamente quais eram meu plano e as minhas intenções desde o primeiro dia em que aceitei ir em frente com isso. Talvez você lembre que foi você que *me* traiu, não o contrário.

Ingrid balançou a mão languidamente pelo ar, como se já estivesse cansada dessas reflexões, embora Nova achasse que elas ainda não tinham tido chance de discutir o que aconteceu na biblioteca. Ela entendia que Ingrid desejou ter um ato de vingança contra o Capitão Cromo e o Guardião Terror ao fazer mal a Adrian, talvez até matá-lo. Mas Nova ainda não fazia ideia do que tinha feito Ingrid não revelar isso para ela. E levá-la para aquela armadilha junto com o restante da equipe.

Só que ela também sabia que não teria aceitado participar. Não ajudaria em sua missão, para começar, e... não estava convencida de que Adrian, Ruby e Oscar mereciam ser incinerados por uma das bombas da Detonadora.

– O que você quer? – perguntou Nova. – Foi o Cianeto que mandou você ir embora, então, se você quer ir morar com a gente, não depende de mim.

– Por favor – disse Ingrid com um ruído debochado. – Eu já sobrevivi o suficiente sem sua caridade, ou de Leroy Flinn e de qualquer outra pessoa. A última coisa de que preciso é ficar enfiada nesta cidade fantasma. – Ela lançou um olhar de pena para a viela ao redor.

– Então por que está aqui?

– Eu tenho uma proposta pra você, *Insônia*. Uma que vai ser boa pra nós duas.

Nova franziu a testa. Ela sabia que Ingrid só usava seu codinome Renegado para irritá-la. Mas a parte mais irritante era que funcionava.

– Uma proposta.

Ingrid assentiu, mas um sorrisinho sombrio surgiu em seu rosto.

– Se estiver disposta a ouvir. Claro... você não tem muita escolha. Supondo que não queira que todos os seus novos amigos do Quartel-General dos Renegados descubram exatamente quem Nova McLain é.

Nova franziu a testa de consternação.

– É sério, Ingrid? Você está me chantageando? – Ela olhou para o céu, que tinha escurecido para um tom de violeta. – O que está acontecendo com você? Desde o teste dos Renegados você está agindo como se eu tivesse virado o inimigo. – Ela deu alguns passos mais para perto e bateu com o dedo no próprio esterno. – Eu ainda sou a Pesadelo. Ainda sou a pessoa que você treinou por quase nove anos com um propósito. Destruir os Renegados. Não só o Capitão Cromo ou o Conselho, não só uma única unidade de patrulha, mas todos eles. A organização inteira. Então, *talvez*, em vez de ficar me seguindo em vielas escuras e ameaçando a única missão que, talvez, tenha chance de nos ajudar a alcançar esse objetivo, você devia parar um momento para lembrar quem nós somos. Quem *eu* sou.

Ingrid se afastou da parede e se aproximou até estar com os pés tocando os de Nova.

– Espero que esteja falando sério. Porque essa é sua chance de provar. De me mostrar que o que aconteceu na biblioteca foi só – ela deu de ombros com tristeza – uma falha de julgamento infeliz, mas temporária.

Nova olhou para ela.

– Claro – disse ela lentamente –, se você quer dizer *sua* falha de julgamento. Se você tivesse confiado em mim desde o começo, o fiasco todo não teria acontecido. O Bibliotecário estaria vivo, nós ainda teríamos acesso ao estoque e aos distribuidores dele e... ah, sim, nós não teríamos nos revelado para os Renegados e não teríamos sido tirados da nossa casa.

– Casa? – perguntou Ingrid, rindo. – Aqueles túneis nunca foram nossa casa.

– Isso não é a questão – respondeu Nova.

Ingrid olhou para Nova com expressão superior, avaliando-a.

– Interessante você mencionar o Bibliotecário, considerando que o único motivo para eu tê-lo matado foi para proteger *você*.

– Certo – disse Nova. – Tenho certeza de que você não estava nem um pouco preocupada de ele revelar nenhum dos *seus* segredos. Exatamente quantos explosivos você e Leroy repassaram para o Bibliotecário vender para compradores de fora do país? Não me surpreenderia se isso for crime de guerra, pensando bem...

Ingrid curvou os lábios. Não chegou nem perto de um sorriso real, mas foi uma boa mudança da cara feia de sempre.

– Mais uma vez você e eu temos alguma coisa em comum. Se bem que não importa muito a essa altura se os Renegados descobrirem meus crimes, mas acho que você ainda pretende manter os seus escondidos. Agora, visualiza isto. – Ela chegou mais perto e apoiou o cotovelo no ombro da Nova, baixando a voz para um sussurro. – Imagine um cenário em que os Renegados não se preocupam mais em encontrar a misteriosa Pesadelo. No qual eles perderam o interesse em descobrir a identidade dela. No qual eles a deixam completamente em paz.

Nova apertou os olhos, desconfiada.

– Parece improvável.

– Não – disse Ingrid, levantando um dedo – se eles tiverem todos os motivos do mundo para acreditar que a Pesadelo está morta.

Um arrepio desceu pela coluna de Nova, e ela fez o melhor que pôde para disfarçar tirando o braço de Ingrid de cima do ombro.

– Me diz que isso não é um jeito enrolado de me ameaçar de me matar quando eu estiver dormindo. Porque, você sabe... – Ela indicou a cabeça. – Dormir não é muito a minha praia.

Ingrid soltou uma gargalhada, bem mais exagerada do que o comentário de Nova merecia.

– Está vendo? – disse ela. – Morar com Mel tem a tendência de deixar a pessoa um tanto melodramática. Não, não. Eu não quero te matar. Só quero lutar com você. Publicamente. E, no final, o mundo todo, principalmente os Renegados, vai estar assistindo enquanto nos destruímos... – Ela deu de ombros. – Metaforicamente falando.

Nova olhou para ela, tentando retirar o sentido das palavras.

– Você quer fingir nossas mortes?

– Não exatamente. – Ingrid se animou. – Quero fingir as mortes da Pesadelo e da Detonadora.

O rosto de Nova devia estar cético, porque Ingrid chegou perto de novo, os dedos pintando um quadro invisível no ar.

– Vamos fazer parecer que a Pesadelo está furiosa por causa da morte do Bibliotecário e me culpa. Ou... a Detonadora.

– Você é a Detonadora.

– Me acompanha. Nós encontramos um lugar público e garantimos que ao menos um Renegado esteja presente. Não muitos. Nós não vamos querer que eles nos atrapalhem antes de terminarmos. Você e eu lutamos na frente de todo mundo, e no final... você atira em mim na mesma hora em que eu explodo você, e todo mundo vê acontecer. Só que você vai estar usando balas de festim, e eu... bom, eu não vou explodir você de verdade, mas posso fazer parecer que sim. – Ela piscou.

Nova ainda estava com a testa franzida.

– E quando não houver corpos?

– Vamos fazer parecer que as explosões nos destruíram. Eles não vão ficar surpresos se não sobrar nada. Agora pare de pensar nos detalhes insignificantes e se concentre no todo. – Seus olhos arderam, intensos de repente. – Eles parariam de nos caçar. Eles parariam de caçar *você*. Não seria muito mais fácil você continuar seu trabalho dentro dos Renegados se ninguém estivesse mais investigando a Pesadelo?

Nova engoliu em seco, sem conseguir formar um contra-argumento.

– Além do mais – disse Ingrid com um sorrisinho –, você ainda me deve.

– Devo você? Pelo quê?

– Matar o Bibliotecário.

Nova riu.

– Você não...

– Eu, sim. Pode dizer o que quiser sobre o que aconteceu naquele dia. Ele teria contado tudo ao Sentinela, e o Sentinela teria levado tudo para o Conselho. Eu te protegi.

– Eu não teria precisado de proteção se não fosse seu plano estúpido.

– Você não precisaria de proteção se fosse capaz de lidar com essas situações quando elas aparecem. Se tivesse coragem de eliminar Cronin, Narcissa e até o Capitão Cromo. Assuma de uma vez, Nova. Apesar do quanto você fala, você tem medo de tomar as decisões difíceis quando elas precisam ser tomadas. É por isso que você ainda precisa dos Anarquistas. É por isso que você ainda precisa de mim.

Nova contraiu o maxilar, com fagulhas furiosas piscando no campo de visão. Mas sua fúria foi obscurecida pelas inseguranças que as palavras de Ingrid despertaram. Por causa da hesitação, ela não matou o Capitão. Não teria matado Cronin nem para se salvar. Tinha decidido deixar Narcissa ir embora, sabendo muito bem que ela botaria a missão em perigo.

– Pense bem – disse Ingrid, se balançando nos calcanhares. – Tenho certeza de que vai tomar a decisão certa. Que tal eu voltar hoje à noite para começarmos a planejar os detalhes? Agora... – Ela olhou para trás do ombro de Nova. – Parece que você tem companhia.

Nova olhou para trás.

Seu coração subiu até a garganta.

Por uma abertura na viela, depois de uma cerca de arame e um carro parcialmente desmontado, havia uma figura andando pela calçada.

Ela piscou rapidamente, certa de que a visão era uma alucinação, um efeito do contato com Max, talvez. Pois o que, naquela enorme cidade, levaria Adrian Everhart até *ali*?

– Olhe só pra ele, todo distraído e nervoso – disse Ingrid com um tom suave na voz.

Nova falou um palavrão, se virou e empurrou Ingrid para a parede, tentando tirá-la de vista.

– Saia daqui antes que ele te veja.

– Ah, por favor. Ele está imerso nos próprios pensamentos, falando sozinho, provavelmente planejando a coisa patética e adorável que vai dizer quando te encontrar.

– O quê? – Nova olhou para trás, mas Adrian já tinha sumido de vista.

– Acredito que você já tenha reparado em como ele te olha, considerando como você é observadora. – O sorriso de Ingrid ficou provocativo. – Tome cuidado, pequena Pesadelo. Os Renegados estão no sangue dele, talvez mais do que no de qualquer outra pessoa desta cidade.

O coração de Nova ainda estava disparado, o pânico correndo nas veias enquanto ela visualizava Mel na cozinha, Leroy no andar de cima... mas, ainda assim, alguma coisa no olhar de Ingrid a fez parar.

– Você sabe que ele é filho da Lady Indomável.

Ingrid riu.

– Claro que sei. Ela não foi a primeira super-heroína que nós matamos, mas talvez tenha sido a primeira que importou. – O sorriso cruel dela fez o sangue de Nova gelar.

– Você a matou?

– Não *eu* – disse Ingrid, como se isso fosse óbvio. – Ainda sobrou algo dela, afinal.

– Mas você sabe quem foi. Foi um Anarquista?

Ingrid parou e olhou para Nova, o olhar sombrio.

– Que importância tem pra você?

Nova deu um passo para trás e balançou a cabeça.

– Nenhuma.

Ela se virou e saiu correndo para casa.

– Até de noite! – gritou Ingrid atrás dela, e Nova teria disparado nela com a arma de choque de novo só para fazê-la calar a boca, mas não tinha tempo para isso.

CAPÍTULO TRINTA E OITO

O TRAJETO ATÉ A CASA não era longo, mas ela estava sem fôlego quando entrou pela porta dos fundos na cozinha, a pulsação disparada nos ouvidos.

O pote de mel tinha sido deixado na bancada, a colher grudenta equilibrada em cima, mas a Abelha Rainha não estava por perto. Nova correu até a escada e estava na metade dela quando ouviu uma batida à porta da frente. Ela gritou e entrou no quarto de Leroy. Os equipamentos de laboratório ocupavam metade do espaço e havia uma mistura borbulhando em uma panela de cobre em um queimador elétrico. Mas Leroy tinha desaparecido.

Nova deu um giro, correu para o segundo quarto, que agora dividia com Mel, mas também estava vazio, exceto pelos sacos de dormir, o colchão de ar de Mel e algumas peças de lingerie jogadas no chão.

Nova olhou para a porta de acesso ao sótão no teto. Era para ser o espaço do Fobia, mas ela não sabia bem o quanto ele o tinha usado.

Outra batida soou à porta.

Nova engoliu em seco e desceu a escada, parando para olhar atrás de cada porta e em cada armário por que passou, mas não havia sinal de Mel e de Leroy.

Ela ainda estava tremendo quando abriu a porta.

Sua primeira impressão de ver Adrian parado na porta da casa era que ele se esforçava muito para não parecer constrangido, mas não estava funcionando.

Ele sorriu. Desconfortável e inseguro. Nova ainda estava abalada demais para retribuir o sorriso.

– Oi – disse ele.

– O que você está fazendo aqui? – respondeu ela.

Adrian levou um susto e enfiou as mãos nos bolsos.

– Eu estava preocupado com você.

Essas palavras simples destruíram as frustrações crescentes de Nova com ele, mas não ajudaram a dissuadir o pânico de ele estar ali. Seus ombros murcharam um pouco, mas, por mais que tentasse, ela não conseguia reorganizar o rosto em uma expressão calma, confiante e até de boas-vindas. Então ela só ficou olhando para ele, sem conseguir soltar a maçaneta.

– Eu mandei um milhão de mensagens... – acrescentou Adrian enquanto olhava para o pulso dela. – Não tinha passado pela minha cabeça que você poderia ter tirado o comunicador. – Tirando a mão do bolso, ele coçou atrás da orelha. – Eu estava tendo visões de você apagada em uma sarjeta por aí.

– Ah. Certo – gaguejou Nova, se lembrando das mensagens preocupadas que tinha recebido dele enquanto ainda estava no quartel-general. – Eu, hum... – Ela procurou uma explicação. – Eu tiro pra... tomar banho.

Assim que disse isso, ela se deu conta de que estava com o cabelo seco e não lavado e usava as mesmas roupas da noite anterior, quando ele a resgatou na quarentena. Ela limpou a garganta e indicou a casa.

– Eu ia fazer isso, mas aí me distraí com umas coisas... – Ela inspirou fundo e, finalmente, conseguiu abrir algo próximo de um sorriso. – Mas estou bem. Como você pode ver. Não estou desmaiada. Não estou na sarjeta.

Adrian olhou para trás dela e examinou a sala. Os móveis velhos, o tapete manchado, o papel de parede descascado. Apesar de ele não dizer nada e de sua expressão permanecer perfeitamente neutra, Nova teve a sensação distinta de que sua verdadeira casa não era muito melhor do que a sarjeta que ele tinha imaginado.

Ou, talvez, ela só estivesse sendo sensível.

– Hã... você não quer entrar, quer?

– Eu aceito.

Ela olhou para ele horrorizada.

– É mesmo?

Apesar de ter falado com ansiedade antes, Adrian agora pareceu hesitar.

– Se não houver problema.

Com certeza absoluta *havia* problema, e Nova lutou para pensar em um motivo, mas passou pela cabeça dela que poderia ser tão suspeito mandá-lo embora quanto deixá-lo entrar. Apertando os lábios, ela saiu da frente, e sua mente procurou todos os objetos da casa para tentar determinar se podiam ser relacionados à Pesadelo ou aos outros Anarquistas. Eles não fizeram muito no local desde que o tomaram para si além de um pouco de limpeza superficial para torná-lo meio habitável.

Adrian entrou. Nova engoliu em seco e fechou a porta.

Seu olhar se voltou para as fotografias na parede. Ele esticou a mão e ajeitou um dos quadros.

– Está com fome? – perguntou Nova antes que ele pudesse indagar quem era algum dos estranhos nas fotos. Ela passou por ele sem esperar resposta. Apanhou um grampo de pedras de Mel em cima da mesa de centro ao passar e o enfiou no bolso. Pegou os exemplares antigos da revista *Apothecary* de Leroy e os meteu em uma gaveta.

– Nós temos... – Ao chegar na cozinha, ela abriu um armário e se viu olhando seis potes de vidro. – Mel.

Adrian a seguiu até a cozinha, e ela o sentia atrás, olhando para o armário quase vazio. Ela o fechou e olhou no armário seguinte, e encontrou uma caixa de biscoitos salgados e duas latas de atum. Nem ousou fingir olhar a geladeira; tinha aberto a porta uma vez quando foi morar lá e encontrou boa parte das prateleiras coberta de mofo. Nunca voltou a abri-la depois.

Ela pegou a caixa de biscoitos salgados e mostrou para Adrian.

– Estou bem, na verdade – disse ele, e foi impossível não reparar na expressão de confusão misturada com um toque de pena.

Nova guardou a caixa e fechou a porta.

– A gente quase sempre come fora – explicou ela.

Adrian viu uma coisa pela janela dos fundos e franziu a testa.

Nova ficou tensa, imaginando que Ingrid estivesse na viela ou que Mel ou Leroy estivessem no quintal. Mas, quando olhou, eram só...

Colmeias. E ninhos. E abelhas. Muitas abelhas.

– Aquilo... hum. É do meu tio – arriscou ela. – Ele, hã... ele ouviu falar que criar abelhas dá dinheiro. Acho que mel é um produto muito... desejável. – Ela passou a mão pelo cabelo. – É uma coisa nova que ele está experimentando.

Os olhos de Adrian ainda estavam apertados, mas agora havia humor junto da curiosidade.

– Tenho quase certeza de que abelhas *apis* são as únicas que produzem mel.

Ela olhou pela janela. Havia abelhas que produziam mel, mas estavam misturadas com uma variedade de outras abelhas e vespas.

– Eu sei. Eu sei disso – disse ela. E levantou as mãos, como se exasperada. – Eu vivo dizendo para ele, mas ele faz o que quer. Nem sempre quer me ouvir.

– Sei bem como é isso – disse Adrian. Ele sorriu, e ela viu que a intenção era reconfortá-la, dizer que ele não a estava julgando. Que ela podia relaxar.

Isso, pensou ela, devia ser o mais engraçado de tudo.

– Seu tio está em casa? Pensei em me apresentar.

– Ah. Não. Ele... saiu.

Adrian assentiu. Seu olhar foi na direção da pequena mesa de jogo que eles estavam usando como mesa de jantar improvisada, embora Nova desconfiasse que nenhuma refeição tivesse sido feita ali ainda. Também havia cadeiras, mas ela não ousou o convidar para se sentar.

– Desculpe – disse Adrian de repente. – Acho que eu não devia ter vindo.

Ela olhou para ele e, apesar de perceber que Adrian estava constrangido, não conseguiu ter certeza da causa: o estado triste do seu dito lar ou sua óbvia falta de talento para a hospitalidade.

Ele se agitou e bateu com um dedo na bancada.

– Eu não queria invadir. Só... estava preocupado. Como você não respondeu às mensagens... – Ele parou de falar. Limpou a garganta e disse, desajeitado: – Você está bem?

Ela sentiu os nós no estômago se apertarem ainda mais.

– Estou ótima. Só não estou acostumada a ter companhia. – Ela ficou agradecida de pelo menos isso não ser mentira.

– Não, eu quis dizer se você está se sentindo bem. Os curandeiros disseram que ainda não liberaram você. Eles estavam preocupados de ainda poder haver efeitos colaterais ou até... quer dizer, a gente ainda não tem certeza se...

Se Max tirou todos os seus poderes. Nós ainda não sabemos se você continua sendo prodígio.

– Eu estou ótima – disse ela, tentando parecer convincente. – Completamente normal. – Ela tentou abrir um sorriso mais entusiasmado, ansiosa para provar que todos estavam preocupados por nada. – Desperta e cheia de energia! – Ela fez sinal duplo de positivo.

Adrian sorriu.

– Bem. Se você começar a sentir alguma coisa, não só cansaço, mas... tontura ou fraqueza ou... qualquer coisa. Me avisa. Ou a um dos curandeiros.

– Tudo bem. Claro.

Adrian olhou de novo para a mesinha, e ela viu que ele estava pensando em alguma coisa.

– Você se importa se eu... – Ele pegou a caneta e fez sinal na direção da mesa, como se o gesto concluísse a pergunta de forma adequada.

– Se você o quê?

Sem responder, Adrian se inclinou sobre a mesa e começou a desenhar na superfície cinza. Nova arqueou a cabeça, hipnotizada pelos movimentos rápidos e confiantes da mão dele. Não havia hesitação, nem incerteza de onde colocar a caneta em seguida, onde desenhar uma linha ou uma curva. Em pouco tempo, ela viu um vaso redondo surgir, ocupado por um arranjo caprichado de rosas e lírios.

Assim que ele deu vida às flores, a fragrância delas se espalhou pela cozinha e afastou o odor parado da casa.

Adrian tampou a caneta e deu um passo para trás, franzindo a testa para o arranjo.

– Eu preciso começar a andar com mais cores.

Nova riu. Era verdade que os tons monocromáticos de cinza emprestados da mesa davam um aspecto embotado às cores, mas elas ainda enfeitavam a mesa, a cozinha e a casa.

E ficou claro, ao menos para ela, que ali não era o lugar delas.

– Elas vão morrer? – perguntou ela, esticando a mão para sentir a maciez das pétalas de uma das rosas.

– Igual a qualquer flor real – disse ele, mas a boca se curvou quando olhou para ela de novo. – Mas sempre posso fazer mais.

Esse olhar fez um calor se espalhar pelas bochechas de Nova, e ela se virou, pegou o comunicador na bancada e se ocupou o colocando no pulso. As palavras de Ingrid voltaram à cabeça dela. *Acredito que você já tenha reparado em como ele te olha...*

– Eu, hum, tive uma ideia – disse Adrian.

Nova ergueu as sobrancelhas, mas percebeu que ainda não estava pronta para se virar totalmente para ele.

– Sobre o quê?

– Winston Pratt.

Ela parou. Hesitou. E empertigou a coluna, se preparando para... o quê? Um ataque? Uma acusação?

Ela disse para si mesma que estava sendo ridícula. Se Adrian tivesse ido fazer acusações a ela, não teria demorado tanto para falar. E não desenharia um vaso de flores primeiro.

– Acho que devíamos dar uma olhada no parque Cosmopolis – continuou ele.

Com uma das mãos ainda apertando o comunicador no pulso, Nova se obrigou a olhar para ele. Mas Adrian estava ajustando algumas flores no vaso.

– O quê?

— Só dar uma olhada. — Ele empurrou os óculos no nariz. — Sei que o Winston estava mentindo sobre quase tudo, mas o parque de diversões é uma das poucas possíveis pistas que ele nos deu. Achei que talvez pudéssemos ir lá dar uma olhada. Talvez pudéssemos falar com seu antigo chefe, perguntar se ele ouviu alguma coisa sobre uma... uma garota que foi abandonada lá. Ou se ele já viu alguma coisa suspeita, alguma coisa que pudesse ter a ver com a Pesadelo ou com os Anarquistas... — Finalmente, ele olhou para ela, e Nova não conseguiu interpretar sua expressão. A segurança de quando ele estava desenhando tinha sumido e sido substituída por um certo desconforto, mas com... esperança?

— Você quer muito encontrá-la, não quer?

— A Pesadelo? — disse Adrian, surpreso. — Ela é a mais procurada de Gatlon. Bom... ela e a Detonadora, eu acho.

— É, mas... como *você* se envolveu tanto com a investigação? É porque Danna e seus outros companheiros lutaram com ela no desfile?

— Isso é parte da história — disse ele, aquele pequeno franzido surgindo entre as sobrancelhas. — Mas também é porque ela atacou o Conselho. Ela atacou o meu pai.

Ela afastou o olhar.

— E por que ele não está procurando ela?

— Eles não fazem mais trabalho de campo. O Conselho quer encontrá-la tanto quanto todo mundo, mas isso é parte do motivo para eles terem feito os Renegados. Eles não podem fazer tudo sozinhos. De qualquer modo, encontrar a Pesadelo é prioridade para todo mundo. — Adrian baixou o olhar e mexeu na caneta. — Tem anos que um ataque tão direto não é feito. Em plena luz do dia, cercado de civis e Renegados. Além do mais, até onde sei, ninguém chegou tão perto de matar o Capitão. Isso mostra que ela não deve ser subestimada.

O peito da Nova se apertou. De certa forma, ela sentiu uma explosão de orgulho de pensar que tinha chegado mais perto do que qualquer outra pessoa. Mas, ao mesmo tempo, serviu como lembrete de que *perto* não era *sucesso*. Ela fracassou, e agora todos os super-heróis da cidade a estavam procurando.

E Adrian... se ele soubesse... se descobrisse...

O orgulho se apagou rapidamente.

– Então... – disse Adrian, o tom um pouco mais animado. – Sobre o parque de diversões. O que você acha?

Ela pensou, mas não conseguiu pensar em nenhum motivo para rejeitar a ideia. Ir ao parque Cosmopolis poderia, pelo menos, servir para afastar ainda mais Adrian e os Renegados da verdade da identidade e do paradeiro dela.

Pelo menos, ela achava que não haveria nenhum mal. Mesmo seus documentos dizendo que ela, Nova McLain, havia trabalhado lá, a Pesadelo não tinha ligação nenhuma com o lugar.

– Claro. Tudo bem.

– Legal. Ótimo. Hã... podemos nos encontrar, vamos ver... amanhã? Ao meio-dia? *Se* – acrescentou ele – eu conseguir uma liberação da ala médica até lá.

Nova revirou os olhos.

– Eles que tentem me segurar.

Adrian sorriu, e os batimentos de Nova deram um salto ao ver a insinuação das covinhas que costumavam ficar escondidas.

– Bom, acho que eu devia deixar você... descansar. – Sua testa se franziu. – Ou o que quer que você esteja fazendo.

Mas ele não se moveu, e Nova teve a impressão clara de que Adrian estava esperando um convite. Algum motivo para ficar mais.

Ela se recusou a oferecer um.

– Obrigada pelas flores – disse ela, levando-o até a porta. – E por vir ver como eu estava. Nos vemos amanhã.

– Ah, ei – disse ele, parando no caminho para a porta. – Você planeja voltar ao quartel-general hoje à noite? Eu poderia tentar levar uns sanduíches de novo.

O peito saltou, e Nova sentiu quase uma tristeza quando balançou a cabeça.

– Acho que vou tirar a noite de folga.

– Sim. Claro. É o plano certo, com certeza.

Ele hesitou por mais um momento, levantou a mão em uma saudação e saiu para a varanda. Nova esperou que seu pé tocasse a calçada para fechar a porta.

Ela encostou a testa na porta com um gemido e deixou a energia frenética acumulada sair.

– Então aquele é o garoto Everhart?

Nova se virou. Mel e Leroy estavam espiando pela curva do corrimão da escada.

Ela balançou os braços para eles.

– Vocês não podiam ter ficado escondidos ao menos até ele estar fora da nossa rua?

Mel riu.

– Nós ficamos curiosos – disse ela. – É uma pena ele ser um Renegado, não é? Senão você poderia tê-lo convidado a ficar para o jantar.

CAPÍTULO TRINTA E NOVE

A ENTRADA DO PARQUE COSMOPOLIS era um arco enorme de concreto modelado no formato de um pônei gigante de carrossel que parecia montar guarda na porta do antigo parque de diversões. A escultura já tinha sido pintada de pêssego e branco perolado, mas a tinta havia desbotado e lascado ao longo dos anos. O orgulhoso animal também perdera um lado da cara, provavelmente por causa de vandalismo durante a Era da Anarquia, e ninguém ainda tinha achado que devia consertar.

Ainda assim, o parque era um dos muitos negócios da cidade de Gatlon que tinham visto o ressurgimento desde o Dia do Triunfo. Nunca parou de funcionar exatamente, mas, na época do comando dos Anarquistas, alguns vilões ganharam uma fortuna razoável transformando o local em um antro de tráfico de drogas, jogo e rinhas entre cachorros. Todo mundo sabia que o parque era domínio do Titereiro, mas ele nunca se deu ao trabalho de criar restrições, desde que o pagassem por usarem seu espaço; em dinheiro ou em balas, Nova tinha ouvido falar.

Quando os Renegados retomaram a cidade, foi uma das primeiras áreas que decidiram renovar; derrubaram muitos dos brinquedos antigos e velhos e construíram uma terra de fantasias no lugar, com montanha-russa, roda-gigante e um carrossel vintage cercado de jogos de azar e de habilidade e muitos vendedores de cachorro-quente e algodão-doce. Mas, como muitos dos projetos em andamento do Conselho, eles pararam quando a propriedade estava quase completa, deixando detalhes suficientes para as pessoas se lembrarem com facilidade do que tinha sido muito tempo antes. O terreno dos fundos do parque ficou fechado por uma cerca e cheio de placas de aviso, informando aos visitantes que a área ainda estava sob reforma. Depois da cerca de arame, os visitantes podiam ver uma casa maluca em deterioração, barcos do decrépito Túnel do Amor e uma fila inteira de barracas de jogos velhos, as paredes ainda repletas de ursos de pelúcia roxos que ficaram cheios de mofo ao serem abandonados aos elementos.

Adrian estava esperando embaixo da boca da estátua do cavalo quando Nova chegou. Eles não tinham combinado se usariam o uniforme, e vê-lo de jeans e jaqueta a fez lamentar na mesma hora a escolha de colocar o traje cinza.

Ele sorriu quando a viu.

Ela fez cara feia.

– É sério? Você poderia ter me avisado que era para virmos à paisana.

– Eu nem pensei. – Ele levantou a mão até a gola da camisa e a puxou para revelar o traje embaixo. – Você se sentiria melhor se eu trocasse de roupa?

– Não – murmurou ela. – Você já atrai atenção suficiente. Está pronto?

– Já comprei nossos ingressos – disse ele, tirando-os do bolso. Ele passou um para ela e inclinou a cabeça na direção do portão. Os nós dos dedos de Nova estavam brancos quando ela pegou o ingresso e o colocou na pequena máquina embaixo da barriga do cavalo. Uma luz piscou, e ela passou pelas barras giratórias de metal.

Ela passou pela entrada e fez uma pausa do outro lado para observar a cacofonia de luzes e corpos, brinquedos espalhafatosos, jogos barulhentos e barracas cheias de brinquedos baratos de inflar e adereços fosforescentes.

Era um lugar completamente diferente durante o dia.

– E aí? – perguntou Adrian, juntando-se a ela. – Como você está se sentindo?

Uma mistura de emoções surgiu em resposta à pergunta. Ela estava tensa, nervosa, tremendo de adrenalina enquanto seu corpo se preparava para o que estava a caminho.

Mas não era isso que Adrian perguntava. Ela se virou para ele com o maior sorriso que conseguiu abrir e disse:

– Não dormi nada esta noite e me sinto ótima.

Ele riu, e seu alívio foi evidente.

– Que bom. Eu odiaria perder você logo depois de a encontrarmos.

– Você acha mesmo que me expulsariam das patrulhas só por eu de repente passar a ter que dormir como todo mundo?

– Não se eu pudesse evitar.

Eles seguiram entre crianças gritando de alegria e pais gargalhando, em meio aos aromas de algodão-doce e bolinhos fritos com açúcar. Quando Adrian sugeriu dar uma olhada no parque, Nova não sabia quase nada sobre o local, pois só tinha sido levada lá por Leroy e Winston uma vez, muitos anos antes. Mas agora ela sentia que conhecia o lugar intimamente.

Enquanto a cidade dormia na noite anterior, ela foi lá, para preparar a armação que estava planejando com Ingrid.

Ali, naquele dia mesmo.

Ela começara a planejar antes mesmo de Ingrid chegar à noite anterior. Porque, por mais que se recusasse a aceitar a ideia de que devia alguma coisa a Ingrid, havia um apelo inegável em fingir a própria morte. Não haveria mais Renegados a caçando. Não haveria mais *Adrian* a caçando.

Ela não tinha certeza de que estavam prontas. Teria preferido mais tempo para se preparar, mas também não podia negar que a oportunidade havia aparecido e que era difícil deixar passar. Adrian e os Renegados tinham motivo para desconfiar que a Pesadelo estava associada ao parque de diversões. Ela e Adrian o investigavam naquele dia.

Seria a melhor chance delas de tornar o acontecimento crível.

– E então – perguntou Adrian –, por onde devemos começar?

Os dois olharam em volta de novo. Havia um jogo de força ali perto, onde crianças estavam tentando bater com um martelo maior do que elas para fazer um peso acertar um sino no alto. Atrás havia uma abundância de jogos com coisas desde dardos e balões e garrafas a pilhas de jarras de leite, bolas e aros.

Nova ficou tentada a guiá-lo diretamente para as pistas que tinha passado a noite plantando estrategicamente pelo parque, mas teve medo de ser suspeito se as coisas fossem fáceis demais. Então, só deu de ombros.

– Se você fosse um vilão que passasse a maior parte do tempo em um parque de diversões, o que você faria?

– Jogos, provavelmente.

Ela franziu a testa.

– Jogos?

– Nós não sabemos muita coisa sobre a Pesadelo, mas sabemos que ela é boa de tiro. Ela tem que praticar, não é?

– E você acha que ela pratica em jogos de parque de diversões.

Os olhos dele cintilaram.

– O que tem? Está com medo de eu te vencer?

Ela apontou.

– Em jogos de *parque de diversões*? Nem um pouco.

Rindo, Adrian a arrastou até um jogo em que o objetivo era atingir um alvo pintado na cara do Titereiro.

– Que bom, porque você não tem nada a temer.

E ele estava certo.

Adrian podia ser capaz de desenhar um rifle que funcionava ou ilustrar uma zarabatana perfeitamente equilibrada, mas era péssimo de mira. Eles percorreram os jogos, e Nova o derrotou em todas as competições de tiro, mira, arremesso e alvo que o parque tinha a oferecer, embora Adrian a vencesse com facilidade quando os desafios eram de força.

Depois de quase uma hora, Adrian tinha ganhado uma pequena varinha que acendia na qual uma empresa de marketing tinha usado o nome do Luz Negra, apesar do Luz Negra nunca usar varinha, até onde Nova sabia. Enquanto isso, ela trocou todos os seus miniprêmios por um boneco gigante do Guardião Terror, quase do tamanho dela. Adrian morreu de rir quando o funcionário do parque entregou o boneco para ela.

– Olha só, eu ganhei um prêmio pra você – disse ela, entregando o boneco para ele.

– O quê? Você não quer?

– Não mesmo.

Adrian segurou o boneco com os braços esticados.

– Eu devia ficar lisonjeado, mas não consigo deixar de sentir que pode haver algo de sinistro em ter um boneco gigante do seu pai em casa.

– Você acha?

Ele olhou por cima da cabeça do boneco.

– Você vai ficar magoada se eu der pra ele de aniversário? Ele vai achar hilário.

O boneco *era* hilário mesmo, com o cabelo de feltro e a capa fina.

– Faça o que quiser com ele – disse ela. – Eu vou sobreviver.

Ele segurou o boneco embaixo do braço quando eles saíram andando pelo parque de diversões de novo.

– Não é estranho? – perguntou Nova. – Saber que tantas pessoas idolatram seus pais completa e cegamente assim?

– Sinceramente, a parte mais estranha é que a gente se acostuma depois de um tempo. – Adrian deu de ombros. – E eu prefiro que as pessoas o idolatrem e não queiram matá-los. Infelizmente, parece não haver meio-termo na opinião das pessoas sobre o Conselho.

Ela afastou o olhar.

– Por sorte, agora tem mais gente que aprecia os prodígios do que gente que os despreza. Sei que ainda existem pessoas que não confiam em nós, principalmente depois das coisas que passaram nas mãos das gangues de vilões.

Nova sabia que era verdade. Mesmo hoje, andando pelo parque com o uniforme de Renegada, não havia muita variedade nas reações que ela recebia dos estranhos. Ou eles paravam para olhar para ela com sorrisos de queixo caído e olhares perplexos, sussurrando como bobos quando ela passava, ou a expressão deles azedava quando eles viam o uniforme cinza e o *R* vermelho, e na mesma hora mudavam o caminho ou a direção completamente.

Mas ela não tinha como ter certeza se o ódio era direcionado aos Renegados ou a todos os prodígios. As pessoas ainda tinham medo deles, e com razão. Mesmo quem admirava os Renegados, seus supostos protetores, ainda parecia ter um respeito que beirava a insegurança nervosa.

Heróis ou vilões, todos os prodígios eram poderosos. Todos os prodígios eram perigosos.

– ... a maioria das pessoas consegue ver que não somos todos assim – Adrian estava dizendo, atraindo a atenção dela de volta. – A vida está bem melhor agora do que era quando o Ace Anarquia estava no comando, e isso é por causa dos Renegados. – Ele balançou o boneco. – E do Conselho.

Nova franziu a testa.

– Ace Anarquia não ficou no comando – disse ela antes que pudesse se controlar. – Quer dizer, ele... tecnicamente, ele provavelmente era o líder dos Anarquistas, mas acho que ele não queria *comandar*, sabe? Ele só... queria que a opressão aos prodígios parasse. – Ela engoliu em seco. – Pelo menos essa sempre foi a impressão que eu tive.

Os lábios de Adrian se curvaram.

– O quanto uma pessoa tem que ser misericordiosa para defender o Ace Anarquia?

– Eu não estou sendo misericordiosa. Eu só... só acho que ele leva a culpa de tudo que aconteceu durante aqueles anos, quando na verdade... uma boa parte foi por causa das outras gangues que subiram ao poder na ausência de um governo. E não era isso que ele queria. Ele era a favor da liberdade pessoal, da responsabilidade pessoal, de cada um se cuidar e cuidar dos seus, em vez de esperar que alguém cuidasse de você. Ele queria acabar com a opressão e com as regulamentações que só serviam a um grupo pequeno de pessoas, e... e... hum. – Seu rosto ficou vermelho. – Pelo menos... isso é... isso é o que algumas pessoas dizem. Sobre ele.

Em vez de olhar para ela como se tivesse perdido a cabeça, como Nova esperava, o sorriso de Adrian tinha aumentado.

– Bom, tenho a sensação de que se essas pessoas tivessem conhecido o Ace Anarquia, talvez tivessem uma opinião um pouco diferente.

Nova ficou tensa.

– Por quê? *Você* conheceu ele?

– Na verdade, não. E não lamento por nunca ter tido essa chance. – A expressão dele ficou séria quando ele olhou para ela. – Você não acha, de verdade, que as coisas estão melhores agora por causa dele. Acha?

Ela pensou na resposta por um tempo.

– Eu acho que muitas coisas horríveis aconteceram durante a Era da Anarquia, muitas coisas que não deviam ter acontecido. Mas também acho que se o Ace Anarquia não tivesse feito o que fez... então *isto* – ela puxou a capa do boneco – não seria possível. Os prodígios ainda estariam escondidos. As pessoas ainda nos odiariam.

Os lábios de Adrian ficaram rígidos, e Nova se perguntou se tinha dito demais.

Mas ele suspirou.

– Acho que não tenho como discutir com isso. Mas também não consigo deixar de acreditar que havia um jeito melhor de vir de lá até aqui.

Nova pensou em todos os prédios destruídos, em todas as pessoas mortas. O suspiro dela foi igual ao dele.

– Eu também não tenho como discutir com isso.

– Uma coisa boa que definitivamente surgiu daquela época – disse Adrian, abrindo bem os braços – é que agora nós temos super-heróis. Talvez essa seja a diferença. Antes, as pessoas nos viam como aberrações com poderes assustadores. Agora, elas nos veem como... como inspiração.

– Inspiração?

– Claro. Todo mundo quer ser herói. Se você pensar bem, é meio triste que tão poucos possam ser.

Nova não conseguiu segurar uma fungada de desprezo.

– Seria triste, só que as pessoas não estão sendo sinceras.

Adrian inclinou a cabeça para ela.

– O que você quer dizer?

– Não há regra que diga que você precisa ser prodígio para ser herói – insistiu ela. – Se as pessoas quisessem se defender, ou proteger seus entes queridos, ou fazer o que acreditam de coração que é a coisa *certa* a fazer, elas fariam. Se quisessem ser heroicas, elas encontrariam jeitos de ser heroicas, mesmo sem poderes sobrenaturais. – Ela balançou os dedos em uma imitação debochada desses poderes. – É fácil pra você dizer que quer ser herói, mas a verdade é que a maioria das pessoas é preguiçosa e complacente. Elas têm os Renegados para fazer todo o trabalho de resgatar e salvar, então por que se dariam ao trabalho? É mais fácil ligar para o número de emergência, virar para o outro lado e fingir que o problema não é seu.

Suas palavras tiveram gosto amargo até na própria língua, não porque eram pessimistas, mas porque eram verdadeiras.

Por causa dos Renegados, a humanidade estava ficando fraca e patética, como *ela* já tinha sido fraca e patética. Esperando na escuridão daquele armário, escutando os gritos da irmã serem silenciados. Tão esperançosa, tão confiante, acreditando de coração que os Renegados apareceriam.

Mas eles eram ídolos falsos. Mentirosos e traiçoeiros.

Talvez, se não estivesse esperando os Renegados, ela não tivesse se escondido naquele armário. Talvez pudesse ter feito o assassino dos pais dormir antes. Talvez pudesse ter salvado Evie.

Ou talvez um dos vizinhos tivesse ouvido a comoção e ido ajudar, em vez de supor que outra pessoa resolveria.

Talvez... só *talvez*.

– O que você propõe? – disse Adrian, enfiando a mão livre no bolso enquanto eles passavam por vendedores de comidas. – Devíamos abrir um curso de treinamento de heróis que incluísse não prodígios? Para ensinar ética e artes marciais e... sei lá. Coragem. Você acha que dá pra ensinar alguém a ser corajoso?

Nova sentiu o canto da boca subir só um pouco, em alívio por ele não ter refutado de cara seus argumentos contra heróis.

– Um curso de treinamento de heróis seria um começo, mas não iria tão longe. Enquanto houver super-heróis, vai haver gente contando demais com eles. Eu acho que a humanidade ficaria melhor se não existisse... prodígio nenhum.

Por um momento, ela quase disse *Renegados*, mas lembrou a tempo com quem estava falando. Pensando melhor, percebeu que era verdade. Não eram só os Renegados que causavam tantos problemas para a humanidade. Eram os vilões também, embora eles só estivessem reagindo a séculos de ódio e discriminação.

O quanto o mundo ficaria melhor se não existisse prodígio nenhum?

– Concordo que a dependência pode ser um problema – disse Adrian, achando certa graça –, mas nenhum prodígio? Isso pode ser levar as coisas um pouco longe demais.

– Eu não acho.

– E as coisas que o Conselho construiu ao longo dos últimos nove anos? Todas as coisas que os Renegados fazem por esta cidade e pelo mundo todo?

– São coisas que os não prodígios teriam construído se nós não existíssemos. São coisas que as pessoas fariam *por elas mesmas*. Se não existisse o Conselho, elas já teriam restabelecido seu próprio governo, ou estariam tentando. Estariam montando suas patrulhas e seus agentes da lei, escrevendo as próprias leis, construindo a própria infraestrutura...

Ele olhou de lado para ela.

– O mundo estaria desmoronando se não fôssemos nós.

– O mundo estava ótimo antes dos prodígios se envolverem com ele. Ficaria bem de novo. Mas agora vai sempre ser assim. Os prodígios vão sempre se estranhar, vão sempre lutar por poder e domínio, e as pessoas normais sempre vão sofrer por isso.

Adrian inclinou a cabeça, e ela o viu contemplando as palavras dela por um longo tempo.

– Você está falando sério sobre isso.

– Estou, sim. Não que importe, mas eu acredito que a humanidade ficaria melhor sem nós. Sem prodígios, vilões e Renegados. A sociedade se organizaria, assim como já fez cem vezes ao longo da história, mas seria bem mais rápido e com bem menos tormento se não fosse nossa interferência.

Adrian sustentou o olhar dela por muito tempo.

– Que coisa horrível – disse ele por fim.

Nova deu de ombros.

– É a verdade.

Eles passaram em silêncio pela montanha-russa, ouvindo o estalo dos trilhos e os gritos das pessoas.

Adrian passou o boneco para o outro braço e, finalmente, soltou o ar de forma exagerada.

– *Bem*. Agora que tiramos essa discussão filosófica importante da frente... e agora? – Ele apontou. – Montanha-russa? Chapéu mexicano? Está com fome?

Nova sorriu, e o nó no peito dela se desfez rapidamente.

– Me corrija se eu estiver enganada, mas nós não devíamos estar procurando uma pessoa?

– Você está totalmente certa. – Adrian bateu com o dedo nos lábios. – E acho que devíamos procurá-la – ele apontou – na roda-gigante.

Nova seguiu o olhar dele para o brinquedo colorido.

– É. Parece um esconderijo bem provável pra uma supervilã.

– Talvez não, mas vai nos dar uma boa vista do parque, e podemos planejar uma estratégia lá de cima.

Era uma desculpa, e não muito boa. Nova sentiu o coração começar a pular quando eles atravessaram a multidão. Porque, pela primeira vez desde que eles chegaram, ela se perguntou por que Ruby, Oscar e Danna não se juntaram a eles. E começou a se questionar por que Adrian tinha pedido que *ela* se juntasse a ele e não um dos colegas mais experientes da equipe.

E começou a se perguntar se aquele dia tinha mesmo o objetivo de encontrar a Pesadelo.

Mas achar que Adrian tinha outras motivações só fez seus pensamentos seguirem um caminho que deixou suas mãos suadas e a pulsação acelerada. Nova estava imaginando aquelas pequenas gôndolas com ela, Adrian e o boneco espremido. Estava imaginando os quadris se encostando. O ombro dele no dela.

Ou seria tão apertado que ele teria que passar o braço nos ombros dela? Sua pele formigou só com o pensamento.

Como uma coisa que seria impensável semanas antes era agora tão fácil de imaginar?

– Nova?

– Roda-gigante – disse ela, e limpou a garganta. – Claro. Tudo bem.

Mas eles não tinham andado muito quando houve uma gritaria aguda:

– *Renegada!*

Nova se virou e viu mais de dez crianças correndo na direção deles, saídas de uma tenda de circo de listras amarelas, acima da qual havia uma placa dizendo CENTRAL DE FESTAS. As crianças estavam usando uma variedade de máscaras e capas do tipo que Nova tinha visto no desfile.

Para sua surpresa, elas não correram para Adrian, mas para *ela*, e Nova demorou um momento para lembrar que era ela que estava de uniforme.

– É ela! A dos testes! – gritou uma garota.

Um garoto ao lado respondeu:

– É, a que venceu o Gárgula!

Ela olhou para Adrian, que pareceu perplexo, mas a expressão logo se transformou em um sorriso caloroso.

– Ei, crianças. Vocês estão certas. Esta é a Insônia.

– Insônia! – disse o garoto. – Isso mesmo! Eu estava lá naquela noite. Levantei a placa de heroína pra você.

– Ah. Obrigada... – disse Nova.

– Você pode vir à minha festa de aniversário?

Ela olhou para baixo e viu um garotinho de cabelo preto sem o dente da frente sorrindo para eles. Ele era o único garoto de traje completo de super-herói, uma fantasia de Capitão Cromo. O chapéu de festa dizia com letras grandes: COMPANHEIRO DO CAPITÃO CROMO.

– O tema é de super-heróis! Vem!

Nova se viu sendo arrastada para a tenda. Olhou para Adrian, perdida, mas aliviada de vê-lo andando atrás dela. Ele viu a expressão dela e começou a rir.

Eles tinham acabado de passar pela abertura na tenda quando Nova conseguiu se soltar das crianças.

– Esperem – disse ela, levantando as mãos. – Sim, eu sou a Insônia. Mas ele – ela apontou para Adrian – é o verdadeiro herói. Vocês deviam pegar no pé dele.

Adrian levantou uma sobrancelha desafiadora para ela, mas só demorou um momento para as crianças correrem para ele. O aniversariante se balançou nos calcanhares.

– Você parece mesmo familiar. Você é um Renegado?

– Sou – disse Adrian, repulsivamente tranquilo.

Nova olhou para ele com irritação.

– O que você faz?

Adrian olhou ao redor, e Nova acompanhou o olhar. A pequena tenda estava lotada de mesas compridas de piquenique cobertas de toalhas de plástico e cadeiras dobráveis com balões presos. Em uma mesa havia um bolo caseiro e uma pequena pilha de presentes. Também havia adultos, os pais de todas aquelas crianças, supôs Nova, sendo que muitos pararam de conversar para olhar os recém-chegados.

– O que eu faço? – disse Adrian, e Nova viu a mão se aproximando do bolso. Seus olhos brilharam quando ele se apoiou em um joelho para ficar olho no olho com o aniversariante. – Me conte, qual é o presente que você quer muito de aniversário este ano?

O garoto respondeu imediatamente:

– Uma bicicleta.

– Uma bicicleta? – Adrian olhou para uma mulher parecida com o garoto. – Tudo bem por você?

– Tudo bem por mim? – repetiu a mulher, parecendo sofrer. – Não é exatamente... eu não tenho dinheiro... – Ela pareceu perdida, como se seu coração estivesse partido de não poder conceder essa vontade ao filho. – Eu adoraria dar uma para ele se pudesse.

– Bem – disse Adrian, pegando a caneta. – Vamos ver o que podemos fazer.

CAPÍTULO QUARENTA

NOVA FICOU RONDANDO AS beiradas da tenda, vendo a festa com uma mistura de prazer por ver o entusiasmo inocente das crianças, mas também uma certa pena quando pensava o quanto esse entusiasmo era errado.

Os Renegados, tinha vontade de dizer para elas, *eles vão partir seu coração no final.*

Só que ela não conseguia se convencer de que *aquele* Renegado faria isso.

O aniversariante estava oscilando em cima da bicicleta havia vários minutos e tinha até conseguido levantar os pés do chão e dar meia-volta na tenda, mas entrou em pânico e bateu numa mesa... sem se machucar, felizmente. E assim que as outras crianças viram o que Adrian era capaz de fazer, elas começaram a enchê-lo de pedidos. *Desenha um bicho de pelúcia... um pirulito... um avião!* Até que a tenda ficou cheia de presentes, todos em amarelo-canário tirado direto das paredes da tenda de lona.

Adrian nunca disse não, nem quando os pedidos foram ficando mais e mais exagerados (*agora uma casa na árvore... uma casa na árvore com canhões... uma casa na árvore com canhões e também um fosso protegido por um tubarão robô!*), e nunca parecia irritado, nem com as crianças se espremendo em volta dele, deixando pouco espaço para ele desenhar as coisas que elas queriam.

– Com licença?

Nova olhou para baixo. A irmã mais velha do aniversariante, com talvez oito ou nove anos, estava na mesa ao lado dela.

– Não olha pra mim – disse Nova, levantando as mãos. – Minhas habilidades são desprezíveis em comparação com as dele.

A garota piscou, e passou pela cabeça de Nova que talvez ela não fizesse ideia do que significava a palavra *desprezível*. Ela estava tentando pensar em um sinônimo quando a garota comentou:

– Eu estava nos testes.

Nova piscou.

– Ah. Isso. Certo.

– Você foi incrível – disse a garota, meio sem fôlego. – Você nem usou superpoderes!

– Não. Não, essa é a questão, meu poder não... é... – Ela olhou para Adrian. – Não dá pra exibir assim.

– É, mas isso também é o mais legal. – As orelhas da garota estavam cor-de-rosa. – Eu não sou prodígio, mas... quando vi você pensei que talvez eu também pudesse ser uma Renegada, entende?

Nova abriu a boca, mas hesitou, sem saber como responder. Ela duvidava que os Renegados fossem recrutar alguém que não tivesse pelo menos um pouco de superpoder, mas Danna e Adrian deram a entender que ela poderia ficar na equipe mesmo que Max tivesse roubado sua habilidade. E, se isso era possível, talvez um não prodígio pudesse um dia ser aceito.

Ela pensou em sua conversa com Adrian. Ele achava que eles eram inspiração para as pessoas. Acreditava que a existência de super-heróis podia encorajar todo mundo a ser mais heroico. Nova foi taxativa quando disse que ele estava enganado, mas, ao ver o jeito como aquela garota estava olhando para ela agora, ficou na dúvida.

Em vez de rejeitar o sonho da garota, ela se inclinou.

– Posso contar um segredo?

A garota chegou mais perto, assentindo com euforia.

– Você não precisa ser uma Renegada pra ser uma super-heroína.

A garota inclinou a cabeça para o lado.

– Esse é o tipo de coisa que a minha mãe diria.

Nova riu.

– Desculpe. É verdade, mas... também é um jeito de tirar o corpo fora, não é?

– Você comeu bolo?

Sobressaltada com a mudança de tópico, Nova balançou a cabeça.

– Não, mas eu não...

– Vou pegar um pedaço! A minha mãe que fez. Está *muito* bom. – A garota saiu correndo antes que Nova pudesse recusar a oferta.

Nova a viu se afastar, perplexa, e ouviu a voz de Adrian no meio das risadinhas.

– De jeito nenhum. Ninguém vai ganhar um pônei em tamanho real. Chegamos ao limite, crianças!

Ele estava segurando a caneta no alto, como se *ela* fosse o prêmio que as crianças queriam pegar.

Apesar da falsa irritação na voz, ele estava sorrindo.

Não... estava com um sorriso largo que parecia iluminado por dentro.

Ele olhou para ela, e as entranhas de Nova deram um nó. Já tinha percebido desde o começo que ele era bonito, mas alguma coisa nele naquele exato momento foi muito além de bonito. Ela disse para si mesma que era a iluminação da tenda. Que era delírio parcial porque não tinha comido ainda. Era... era só Adrian. Com aquela tranquilidade que Nova não conseguia entender. Uma alegria que parecia se chocar com tudo que ela sempre soube.

– Aqui!

Um pedaço de bolo apareceu na frente do nariz de Nova, e ela ficou feliz de mudar o foco da atenção, as bochechas quentes. Nunca agradeceu tanto um pedaço de bolo que não queria.

– Obrigada – disse ela, mais efusivamente do que seria necessário. Pegou o prato e botou uma garfada de bolo na boca.

Ela verificou o horário no comunicador. Ingrid assumiria sua posição em pouco tempo.

Ela olhou para Adrian, que tinha afastado o olhar dela e estava, claro, desenhando um pônei na parede da tenda.

– Hum… nós temos que ir – disse ela, abrindo um sorriso para a garota e comendo mais um pouco de bolo, que estava mesmo delicioso. – Obrigada de novo.

Ela se levantou do banco e seguiu no meio das crianças. Adrian a viu e parou com o pônei pela metade.

– Primeiro – disse Nova –, era bom você verificar com os pais antes de dar um pônei de verdade para qualquer uma dessas crianças. Segundo, nós não temos que ir?

– Primeiro, você deixou um confeito passar. – Adrian esticou a mão e passou o polegar pelo canto da boca de Nova. Ela ficou paralisada e o toque gerou um tremor nas entranhas dela. Quando ele recuou, um confeito laranja estava na ponta do polegar dele, que ele colocou na boca, os olhos provocadores. – Segundo, você está certíssima.

Ele se virou e terminou o desenho do pônei, mas, quando o tirou da parede da tenda, não era uma criatura viva, e sim um simples cavalo de brinquedo.

– E vamos chamar isso do meu grande final, crianças – disse ele, fechando a caneta e se afastando da parede da tenda, ao som de um coral de gemidos decepcionados. – Eu sei, eu sei. Mas o heroísmo me aguarda! – Ele fez uma pausa para acenar para o aniversariante e os pais, agradecer pela hospitalidade e pegar o pulso de Nova e a tirar da tenda, rindo.

– De nada – disse Nova, ainda meio abalada, o rosto formigando onde ele tinha tocado nela.

Ele sorriu e balançou o pulso.

– Agradeço mesmo. Mas foi divertido.

– É difícil não se divertir quando se é tão popular, imagino.

Ele riu com deboche.

– Como se você não soubesse. – Ele imitou uma voz feminina quando deu o gritinho: – É a Insônia! Ela venceu o Gárgula! A gente a ama!

Ela revirou os olhos e bateu no braço de Adrian.

– Ei, onde está o Guardião Terror?

– Eu dei para o aniversariante. Sabia que ele gosta *muito* de super-heróis?

– É mesmo? Não percebi.

Adrian sorriu para ela e, mesmo sabendo que não devia, Nova sorriu para ele. Quando conseguiu afastar o olhar, Nova viu que eles tinham chegado a uns brinquedos de criança pequena: trenzinhos e montanhas-russas de dinossauro.

– Não sei por quê – disse ela –, mas acho que não vamos encontrar a Pesadelo aqui.

Ignorando-a, Adrian perguntou:

– Que brinquedo você controlava?

– O quê? Ah, hum. Vários. Nós fazíamos rodízio.

– Você viu alguém aqui com quem trabalhou?

Nova engoliu em seco e olhou para os operadores dos brinquedos. De acordo com seu formulário, havia trabalhado ali até uns dois meses antes. Se a história fosse real, claro que ela deveria ter reconhecido vários funcionários.

– Ainda não – gaguejou ela. – Eu, hã... não trabalhava às quintas.

Eles foram até o fim do parque, onde as estruturas velhas e deterioradas podiam ser vistas atrás da cerca de arame. O maxilar de Nova se contraiu quando ela olhou para as passagens cheias de mato entre os jogos, para o telhado da casa maluca como se estivesse prestes a desabar.

– Está com fome? – perguntou Adrian.

Ela assentiu.

Mas eles tinham ido longe demais. Todos os quiosques de comida estavam perto das áreas mais populares do parque.

Nova inspirou fundo e comentou:

– Tem um quiosque de pipoca por aqui. Passando por... – Ela lambeu os lábios. – Passando pela galeria.

A galeria era um túnel comprido de madeira que separava a área das crianças da parte do parque com os brinquedos mais rápidos e radicais. As paredes do túnel eram cobertas de fotografias antigas da história do parque, de quando foi fundado quase setenta anos antes. Quando eles entraram no túnel, Nova foi na direção da primeira coleção de fotos, fingindo curiosidade enquanto lia a legenda embaixo de uma foto que mostrava um palhaço posando atrás de um grupo de crianças. A foto seguinte mostrava a estátua de cavalo na entrada do parque quando era novinha. A terceira foto, uma mulher de chapéu de papel dando um cone de algodão-doce para um homem de terno. Era tudo antiquado e estranho. De antes da Era da Anarquia. De antes da ascensão dos Renegados. Um lugar diferente, uma época diferente.

– Incrível ter durado tanto tempo, não é? – disse Adrian, andando junto à parede oposta.

Nova ficou onde estava, torcendo para ele ver. Torcendo para ele encontrar sozinho...

– Incrível... – murmurou ela. Nova seguiu pela fileira de fotos. Devagar. Com expectativa. Ela não estava mais vendo as fotos; já tinha visto muito bem na noite anterior, de qualquer modo. Famílias felizes entrando na montanha-russa velha. Casais felizes entrando nas gôndolas do Túnel do Amor. Crianças felizes acenando do carrossel.

– Nova.

Ela soube imediatamente pelo tom da voz dele que ele tinha encontrado.

Ela parou, fechou os olhos e expirou.

– Nova, olha.

Ela se virou e o viu olhando para a foto. *A* foto, a que Nova levou três horas para alterar, usando uma fotografia que Mel tinha da casa maluca, tirada durante a época de Winston. Ela a colocou com cuidado no lugar da fotografia original na noite anterior, quando o parque estava silencioso e vazio.

Durante setenta anos, a casa maluca que apodrecia abandonada nos fundos do parque se chamava, de forma simples e sem inspiração nenhuma, de CASA MALUCA.

Mas ali, na foto trabalhosamente editada, o nome tinha sido trocado.

Nova parou ao lado de Adrian e olhou para a fotografia em preto e branco em uma moldura e para as letras no toldo da entrada. Não CASA MALUCA, mas PESADELO.

– Coincidência? – perguntou Adrian.

– Talvez – respondeu ela.

– Se chama Casa Maluca agora, não é? Queria saber por que decidiram mudar.

Ela não disse nada.

Ele olhou para ela, e Nova viu a convicção. Ele não achava que fosse coincidência.

– Você acha que devemos ir falar com seu antigo chefe sobre isso? Talvez ele possa nos contar quando o nome foi mudado, ou... – Ele parou de falar, e ficou claro que estava procurando alguma fonte que pudesse levar a uma pista real, por mais tênue que a prova fosse.

– Duvido que ele saiba – disse Nova. – Era Casa Maluca na Era da Anarquia, então o nome deve ter sido mudado muito tempo atrás. – Ela engoliu em seco e acrescentou: – Acho que a gente devia ir dar uma olhada.

Adrian não hesitou muito e assentiu.

– Você está certa. Vamos.

– Você acha que devemos pedir reforços?

– Nós ainda não encontramos nada – disse ele, parecendo quase estar achando graça. – Mas vamos fazer isso ao primeiro sinal de problema. Combinado?

Ela curvou os dedos nas laterais do corpo.

– Combinado.

Quando eles saíram da galeria, Nova viu que tudo tinha mudado. A leveza e a tranquilidade que emanaram de Adrian o dia todo foram substituídas por tensão e foco renovado. Ela viu que ele estava segurando a caneta de novo, quase como uma arma, e não tinha certeza de quando ele a pegou. Percebeu que ficava prendendo a mão nos aros do cinto, apesar de não fazer sentido ela estar ansiosa.

Ela sabia exatamente o que eles encontrariam.

Não havia nenhum portão visível na cerca de arame, então Adrian prendeu a caneta entre os dentes, enfiou os dedos nos buracos do arame e escalou. O metal sacudiu com o peso, mas ele subiu com agilidade. Adrian caiu na terra macia do outro lado e virou o rosto para dar uma olhada em Nova, mas ela já estava no alto, apoiada delicadamente na barra de metal superior.

– Olhe – sussurrou ela.

Adrian olhou. Seu corpo parou só por um momento, antes de ele andar para a frente e se agachar junto a uma área de terra macia. Puxou a grama com mato nas beiradas e revelou marcas de botas se cruzando. As pegadas de solas grossas de borracha exibiam um caminho claro entre o canto da cerca e os brinquedos abandonados ao longe.

Foi a última pista que Nova decidiu deixar, naquela manhã bem cedo, menos de uma hora antes de o parque abrir. Usando as botas que ela achava incrivelmente confortáveis como Pesadelo, mesmo ela tendo que admitir que não chegavam perto do calçado que havia recebido como parte do uniforme dos Renegados, ela andou de um lado para outro, de um lado para outro, na esperança de passar a ideia de um caminho usado com frequência.

Nova foi se juntar a ele.

Ele tirou a caneta dos dentes.

– São recentes – disse ele, levantando-se e olhando na direção da casa maluca. Ela viu o debate evidente nas feições antes de ele levar o pulso até a boca. – Enviando comunicação de equipe. Insônia e eu estamos no parque Cosmopolis. Achamos que pode haver uma ligação entre a Pesadelo e a casa maluca abandonada nos fundos. Vamos investigar. Até o momento, não vimos a vilã, mas estamos nos preparando para uma altercação, e podemos precisar de reforços.

Ele encerrou a mensagem e baixou o braço.

– Você acha que ela está lá dentro?

– Seria um bom lugar para se esconder.

Adrian foi andando pelo caminho cheio de mato. Eles passaram por um cemitério de foguetes quebrados e carrinhos de uma das montanhas-russas originais, agora com arbustos espinhentos de amoras crescendo em volta das carcaças. Apesar de a tinta estar desbotada, as cores vibrantes ainda contrastavam com o abandono daquele canto do parque: os trilhos enferrujados e engrenagens mecânicas, os pedaços quebrados de cerca e de quiosques de comida.

Adrian parou em uma bilheteria que já tinha sido branca, mas agora estava tão suja e danificada por água que era difícil perceber. Ele desenhou duas algemas na lateral de madeira. Entregou uma para Nova e guardou a outra no bolso. Passou pela cabeça de Nova que, se o objetivo do dia fosse mesmo encontrar a Pesadelo, ele já teria trazido algemas. Ela olhou para o perfil dele quando Adrian encostou a caneta na bilheteria de novo.

– Adrian?

A mão dele parou de se mover e ele virou a cabeça para olhar para ela.

Ela engoliu em seco.

– Isso era um encontro?

Ele abriu os lábios, primeiro de surpresa, mas depois de hesitação, enquanto procurava uma resposta. Afastou a caneta da bilheteria e usou a tampa para coçar atrás da orelha.

– Bom. Foi a primeira vez que uma garota ganhou pra mim um Guardião Terror enorme de pelúcia, então... me diz você.

A bochecha dela tremeu.

– Isso não foi uma resposta.

– Eu sei.

Eles se olharam, e o coração de Nova começou a fazer acrobacias dentro do peito.

– Você teria dito sim se fosse? – perguntou Adrian.

Não, disse seu cérebro. Enfático e agressivo. *Não.*

Enquanto outra coisa sussurrou... *Talvez.*

Mas Nova, covarde de repente, olhou para trás do ombro de Adrian e franziu a testa.

– Acho que vi alguma coisa.

Adrian se virou, ao mesmo tempo esticando o braço para deixá-la atrás dele, o que era tão absurdamente galante que Nova se viu querendo ao mesmo tempo empurrar o braço para longe e segurar a mão dele. Na verdade, enquanto olhava para os dedos que estavam quase roçando nos dela, ela teve a ideia absurda de entrelaçar os dedos nos dele e levar a mão dele à boca, para dar um beijo naqueles dedos.

A fantasia momentânea a paralisou.

– Onde? – perguntou Adrian.

– Dentro da casa maluca – disse Nova, as palavras parecendo robóticas e ensaiadas. – Ah, espera. Acho que pode ter sido aquele boneco sinistro na sacada.

Ela ergueu os olhos para o resto de um manequim no segundo andar. Estava usando uma fantasia suja e molhada de palhaço, mas alguém já tinha tirado a cabeça dele muito tempo antes.

Eles ficaram observando, imóveis, por um momento.

– Será que devemos entrar e olhar? – perguntou ela.

Adrian assentiu.

– Se virmos a Pesadelo, você sabe que não deve deixar que ela toque em você, certo?

Ela tremeu, olhando novamente a pele escura, os dedos finos... tocando nela, mas não de verdade.

– Eu sei – murmurou ela, e voltou o suficiente só para romper o contato hesitante.

Adrian ergueu o braço e começou a desenhar na lateral da bilheteria de novo. Nova fechou os olhos enquanto esperava. Concentrou-se na respiração, tentando sufocar a onda de sensações que tomava conta de seu corpo. Ela precisava parar de pensar em sorrisos bonitos e pequenos toques e beijos e encontros. Se Adrian gostava dela, se gostava mesmo, era só porque não a conhecia de verdade.

Ele nunca gostaria da garota por baixo da mentira. Nunca gostaria de Nova Artino. E não importava, de qualquer modo, porque ela nunca poderia se apaixonar por um Renegado.

Aquela palavra destruiu a nuvem de dúvida que tinha se reunido em volta dela, e ela abriu os olhos, determinada novamente.

Ele era um Renegado.

Ele era seu inimigo.

Ele podia ter ido até ali com outros motivos, mas ela também.

– Pronta? – perguntou ele.

Ela levou um susto, a pele formigando de apreensão. Ele tinha desenhado uma arma.

Ao examinar melhor, ela percebeu que era uma arma tranquilizadora. Isso poderia tê-la feito hesitar, exceto pelo fato de que o tinha visto atirar recentemente. Ela duvidava que precisasse se preocupar.

Ela assentiu com firmeza.

– Estou pronta.

CAPÍTULO QUARENTA E UM

A Casa Maluca, que, segundo a fotografia, mostrou que já tinha sido chamada Pesadelo, era uma construção bamba de dois andares coberta de tinta branca e laranja descascando. As poucas janelas exibiam painéis tortos e tábuas pregadas por cima. Não havia vidro. Teias de aranha, algumas grossas e escuras como fio de lã, ocupavam a varanda em torno da casa toda. Quando eles passaram por baixo, Adrian olhou para o palhaço sem cabeça. Ele supunha que já tinha tido uma, mas era difícil ter certeza. O lugar era tão sinistro que era preciso uma imaginação exagerada para visualizar como deveria ter sido: um lugar de diversão e fantasia. Um lugar onde os estômagos das pessoas não se enchiam de medo quando elas entravam.

A varanda gemeu sob o peso quando ele foi até a entrada de portas duplas, onde um mural de bailarinas gêmeas havia sido pintado para receber os visitantes. Uma delas tinha um balão de fala que dizia: "Bem-vindos à nossa casa maluca!" E a outra: "Apreciem a visita!" E Adrian conseguia imaginar as cabecinhas girando quando ele empurrou a porta, as vozinhas acrescentando com uma gargalhada assustadora: *Senão...*

Mas o mural era só um mural, e nenhuma voz sinistra soou quando ele e Nova entraram na primeira sala da casa. Não havia nenhum ruído além da música distante que vinha do parque de diversões que eles deixaram para trás.

A primeira sala não tinha janelas, e ele segurou a porta aberta por tempo suficiente para eles se localizarem, apesar de não conseguirem ver muito dentro da antiga atração. Havia uma parede a menos de dois metros da porta, encorajando os visitantes a irem rapidamente além do saguão para o que havia depois.

– Alguém esteve aqui recentemente – disse Nova, apontando para o chão, onde pegadas claras podiam ser vistas passando pelos anos de poeira acumulada.

Nova enfiou a mão no cinto e tirou um pequeno dispositivo. Ela fez como se fosse quebrá-lo, e o objeto começou a brilhar em um amarelo luminescente. Ela o jogou na porta seguinte.

– Que legal – disse Adrian.

– Microssinalizadores exotérmicos. Eu mesma faço.

Ele sorriu para ela.

– Se você ficar sem, posso desenhar uma lanterna.

Ela fez uma careta quando passou na direção das sombras.

Adrian soltou a porta, que estalou alto e se fechou com um clique ressonante, prendendo-os lá dentro com o ar parado e silencioso. Ele seguiu Nova pela esquina e por uma série de caminhos que se cruzavam algumas vezes. Nova deixou o microssinalizador ao passar, talvez como uma forma de marcar a direção de onde eles tinham vindo, e acendeu outro quando eles seguiram pelo caminho estreito. Adrian passou a mão esquerda na parede para impedir que eles voltassem para terreno já percorrido e, embora o labirinto parecesse meio infantil, conseguia imaginar como devia ser desconcertante tentar percorrê-lo no breu total.

Depois de encontrar dois becos sem saída, eles se viram no final do labirinto, parados na frente de um corredor comprido que tinha sido feito para parecer o corredor de uma casa antiga comum. Duas janelas quadradas pequenas exibiam cortinas de renda, e as paredes eram cobertas de papel de parede azul quadriculado.

Eles foram para o corredor, e o chão se inclinou.

Nova ofegou e caiu para o lado, esbarrando em Adrian. Ele passou os braços instintivamente em volta dela quando suas costas bateram na parede.

Eles ficaram parados, nenhum dos dois ousando se mexer enquanto o corredor se ajeitava. Ele sentiu o coração de Nova disparado, e quando ela o olhou, as bochechas dela estavam vermelhas.

Ele não pôde evitar que seus dedos se curvassem de leve no tecido do uniforme dela.

Nova soltou um suspiro autodepreciativo.

– Alerta: o piso se move.

Adrian sorriu.

– Não diga.

Para a decepção dele, Nova se afastou e se apoiou na parede.

– É ativado pelo peso – disse ela. – Se ficarmos os dois deste lado, acho que conseguimos deixar no lugar.

– Uau, você é boa mesmo em física.

Ela olhou de cara feia para ele.

– *Agora* você decide ser sarcástico?

Com as bochechas tremendo, Adrian a seguiu pelo corredor, os dois andando o mais perto da parede possível para que o piso não oscilasse embaixo deles de novo.

No final do corredor, eles abriram passagem por uma cortina, e Adrian viu duas figuras escuras correndo na direção deles. Ele deu um gritinho e segurou o cotovelo de Nova para puxá-la para trás, mas seu cérebro acompanhou os olhos e Adrian percebeu que estava olhando para seus reflexos.

Ou, ao menos, seus reflexos distorcidos. Um dos espelhos de parede inteira era curvo, para fazer Adrian parecer baixo e atarracado, enquanto o de Nova era alterado para fazê-la parecer ter dois metros e meio de altura.

Ele expirou.

– Desculpa. Este lugar está me deixando meio tenso.

Nova afastou o braço e se virou para ele, pousando as mãos nos quadris.

– Só para deixar registrado, embora seja muito fofo você ficar tentando me proteger, eu gostaria de lembrar que sei como me defender.

Ele fez uma careta.

– Eu sei. É só... instinto.

– Bom, pare.

Ele levantou as mãos.

– Não vai mais acontecer. – Ele hesitou. – Quer dizer, a não ser que eu tenha certeza de que você está prestes a morrer, aí eu vou mesmo salvar você, quer você queira ou não.

Nova revirou os olhos e foi para a sala de espelhos, que era outra sequência de corredores que ia e voltava, de forma que às vezes eles ficavam rodeados de incontáveis versões deles mesmos refletidos ao infinito, e em outras vezes a ilusão de ótica do salão tornava impossível ver onde ficava a abertura seguinte entre espelhos, de forma que parecia que não havia saída. Em determinado ponto, Adrian se viu olhando uma versão dele mesmo em que as pernas e a cabeça estavam encolhidas em proporção de boneca, deixando o tronco enorme entre ambos, quando, com o canto do olho, ele poderia jurar que viu a Pesadelo passar correndo.

Ele segurou a arma tranquilizadora e se virou para ir atrás dela, mas deu de cara com uma parede. Quando conseguiu dobrar a esquina, só viu Nova franzindo a testa para ele.

– O que houve?

Piscando, Adrian afastou a visão e percebeu que devia ter sido ela que ele viu, sua imaginação se deixando levar por outro reflexo distorcido.

– Nada – disse ele. – Como saímos daqui?

Eles procuraram mais um minuto, até que encontraram uma escada. Adrian reparou nos buraquinhos no chão conforme eles subiam, e desconfiou que eram para soprar ar, provavelmente levantando as saias de meninas distraídas, mas o mecanismo que ativava isso devia estar quebrado, e eles subiram sem incidentes.

Adrian olhou o corredor seguinte. Era mais largo do que o de baixo. Não havia janelas, só o piso de madeira escura e uma coleção de pinturas a óleo penduradas no papel de parede listrado, a maioria retratos de aristocratas estoicos. Empilhados junto à parede mais próxima estavam dezenas de tapetes de aniagem.

Adrian foi na frente e se preparou para se segurar, mas o piso permaneceu estável.

Eles foram em frente, lado a lado, querendo descobrir que nova surpresa aquele aposento tinha a oferecer.

– Acho que usavam os tapetes para escorregar – disse Adrian, olhando um quadro de um homem com uma barba grisalha crespa. Ele franziu a testa. Havia algo de estranho no desenho. Alguma coisa nos olhos dele que fez Adrian hesitar. Imaginou que estavam se movendo, seguindo-o pelo corredor, junto com Nova?

Ilusão de ótica, provavelmente, mas Adrian não conseguiu resistir a chegar mais perto. Nesse momento, ele ouviu um estrondo alto, e Nova gritou.

Ele se virou a tempo de ver Nova desaparecer por um alçapão quadrado. Adrian se jogou para a frente, tentando segurá-la, mas a porta se fechou. Ele só viu um escorrega de metal que levava ao andar de baixo.

– Nova! *Nova!* – Ele se abaixou junto à parte do piso por onde ela havia caído, tentando enfiar os dedos nas beiradas do alçapão, sem efeito. Levantou-se, bateu os pés no mesmo local, mas a porta não cedeu. – Nova!

Lá de baixo, ele a ouviu gritar:

– Estou bem!

No mesmo momento, o quadro na frente de Adrian se abriu e uma cabeça apareceu. Adrian deu um grito, ergueu a arma e disparou.

O dardo tranquilizador passou pela cabeça sem corpo e bateu inofensivamente na parede ao lado.

– *He-he-he-he!* – soou uma voz mecânica aguda. – *Você perdeu sua amiga, ah, buá! Mas não pare agora... a única saída é ir em frente!*

A cabeça balançou mais um segundo, e Adrian viu que estava presa a uma base com mola, como um brinquedo que pula de uma caixa. Estava pintada como a de um palhaço, com lábios vermelhos extravagantes e um diamante preto na bochecha, e ele se perguntou se era para ser a cabeça que faltava do boneco lá fora.

O quadro se fechou. Dentro da parede, ele ouviu o clique dos mecanismos se rearrumando.

Ele engoliu em seco e percebeu que estava tremendo.

– Adrian? – gritou Nova lá de baixo.

Com o pânico passando, ele guardou a arma e pegou a caneta.

– Espere, vou descer até aí. – Ele se ajoelhou no piso e começou a desenhar um alçapão.

– Não... espere!

Ele parou e inclinou a cabeça para ouvir melhor.

– Acho que pode haver dois caminhos por esta casa – gritou Nova. – A gente devia ir em frente... pra olhar os dois.

Ele franziu a testa. Não havia nada de interessante na ideia de eles ficarem separados, principalmente se aquele podia ser o covil da Pesadelo. Se bem que, quanto mais tempo ficava ali, mais Adrian questionava como alguém poderia suportar passar mais tempo ali do que necessário.

Finalmente, Adrian forçou os ombros a liberarem um pouco da tensão crescente.

– Tudo bem – gritou ele para Nova. – Encontro você na saída.

Ela não respondeu. Talvez já tivesse seguido em frente.

Adrian parou um momento para desenhar um novo dardo tranquilizador e carregou a arma antes de sair do corredor. Ele abriu a porta no final e parou ao se ver em uma sala hexagonal, onde cada parede exibia uma porta verde igual.

– Tudo bem – resmungou ele. Quando a porta se fechou, Adrian a marcou com um X, para saber que já tinha passado por ali. Ele abriu a primeira porta à direita e encontrou uma parede de tijolos. Esticou a mão, bateu nos tijolos e, ao determinar que eram tijolos de verdade e não ilusão de ótica, fechou a porta e a marcou.

Ele abriu a seguinte, e sua pulsação deu um salto.

A sala à frente era pintada no chão, nas paredes e no teto com espirais em preto e branco, fazendo parecer que a sala ficava cada vez menor conforme seguia à frente dele.

Mas não foi isso que o surpreendeu.

A ilusão de ótica era quebrada por três coisas.

Um saco de dormir. Um travesseiro. E uma bolsa de viagens grande.

Ele entrou na sala e seu olhar percorreu todas as superfícies. Quase esperava que a Pesadelo aparecesse de algum canto escuro, mas não havia nenhum lugar para ela nem ninguém se esconder.

Adrian se agachou ao lado da bolsa e abriu o zíper. Dentro, ele encontrou uma muda de roupas, um par de tênis e a arma do tamanho de uma bazuca que a Pesadelo havia usado para lançar as cordas em volta dele durante a luta no desfile.

Era toda a confirmação de que precisava.

Adrian se levantou, ergueu o pulso e enviou uma mensagem rápida para Nova, pedindo que ela se encontrasse com ele no segundo andar. Em seguida, alertou o Conselho e os informou do que ele e Insônia tinham encontrado.

Ele tinha acabado de enviar a mensagem quando ouviu o gemido de tábuas do piso. Parou e prendeu a respiração para escutar. Depois de um longo silêncio, no qual conseguia novamente captar as notas metálicas da música distante do parque, Adrian ouviu outro gemido do piso antigo.

Adrian voltou até a porta e olhou a sala hexagonal. Tentando adivinhar de onde o ruído tinha vindo, ele ajustou a mão na arma e foi até a porta em frente. Abriu-a devagar. Silenciosamente. Grato quando as dobradiças não fizeram ruído.

Atrás havia um corredor estreito, com espaço suficiente só para uma pessoa caminhar. Estava completamente escuro, exceto por uma série de buracos redondos em cada parede, posicionadas em alturas variáveis em duplas. Adrian se adiantou, e a porta se fechou atrás dele, deixando-o na escuridão quase absoluta. Ele se aproximou de um par de buracos e se inclinou para olhar. Do outro lado da parede, reconheceu o corredor dos retratos, por onde Nova caiu no alçapão, e logo percebeu que estava olhando pelos olhos de um dos quadros.

Seu sangue gelou quando ele lembrou a sensação peculiar de um dos quadros os observando.

Ele se virou para a outra parede e se viu olhando para outra sala torta, onde as paredes eram pintadas para enganar os olhos a pensarem que tinha uma inclinação para baixo e para a esquerda, enquanto o piso se inclinava em outra direção. Havia portas em cada ponta da sala estranha, e enquanto ele olhava, a da esquerda se abriu.

Esperou que Nova aparecesse, mas quem entrou na sala foi uma figura vestida de preto.

Ele sufocou um ofego, os pulmões se apertando dolorosamente no peito.

Pesadelo.

Ele a tinha encontrado.

Sem hesitar, Pesadelo andou com determinação até a porta seguinte e desapareceu na sala hexagonal. Adrian ouviu portas serem abertas e fechadas, e pensou tê-la escutado mexendo nas coisas na sala onde tinha encontrado a bolsa. Ele franziu a testa. Ela sabia que o local havia sido descoberto? Estava se preparando para fugir?

Ele firmou o maxilar, determinado a não deixar que ela fugisse de novo.

Com a respiração saindo entrecortada, ele preparou a arma, voltou para a sala hexagonal e foi até a outra porta. Pousou a mão na maçaneta, mas com o canto do olho reparou no X preto que tinha desenhado na porta ao lado e na seguinte.

Será que a Pesadelo não teria notado...

A arma foi arrancada da mão dele e um pé enfiado na parte de trás do joelho, derrubando-o no chão.

Ele projetou o cotovelo para trás e a acertou no estômago. Pesadelo grunhiu e se jogou para a frente, chocando-se com o ombro de Adrian. Ele foi empurrá-la para trás, mas, no mesmo momento, ela segurou a barra da jaqueta dele e a puxou para cima, prendendo seus braços nas mangas. Ela o empurrou para o chão, e Adrian foi derrubado de lado. Enquanto tentava se livrar da jaqueta, ele ouviu uma porta se abrir e se fechar, os passos altos com a corrida de fuga dela.

Com um grito furioso, Adrian arrancou a jaqueta e a jogou no chão. Estava ofegante, porém mais de frustração do que de qualquer outra coisa. Rosnando, ele abriu a porta pela qual achou que ela tivesse entrado e deu de cara com um cilindro horizontal comprido. Não havia sinal da Pesadelo.

Rosnando, ele ergueu o comunicador.

– Rabisco para o QG, pedindo reforços. Localizei a Pesadelo. Ela está fugindo. Estou atrás dela agora.

Ele arrancou a camiseta e revelou a parte de cima do uniforme dos Renegados, e saiu correndo. Foi aos trancos e barrancos pelo cilindro, que não o surpreendeu quando começou a rolar debaixo de seus pés, depois por uma pista de obstáculos de pontes oscilantes de corda e por uma escadaria em espiral. Atravessou uma galeria de marionetes animatrônicas que, felizmente, não ganhou vida quando ele passou no meio, depois outra rampa com ilusão de ótica, até finalmente abrir caminho por um par de portas e ir parar do lado de fora.

Estava mais escuro do que quando eles entraram. O crepúsculo caía rápido naquela época do ano, e a sombra da casa maluca já estava comprida pelo mato alto na frente dele.

Ele fez uma pausa, o olhar virando em todas as direções, procurando e escutando sinais da Pesadelo – e também da Nova –, mas aquele canto desolado do parque parecia tão abandonado quanto sempre.

Nova.

Ele não queria se preocupar com o fato de que não a via nem tinha notícias dela desde que se separaram, mas, agora que sabia que a Pesadelo estava próxima, sua mente foi tomada de medo. E se a Pesadelo a tivesse encontrado? E se...

E se.

Havia muitos "e se" para perder tempo com algum. No momento, ele tinha que encontrar a Pesadelo ou tinha que encontrar Nova.

Ele correu pelos degraus da saída e espiou os fundos do prédio. Não viu nada. Não ouviu nada.

Franzindo a testa, ele se virou para a casa maluca. Ela ainda estava dentro?

Assim que teve esse pensamento, ele percebeu uma sombra da casa maluca se prolongando no chão com a figura encapuzada no alto.

Adrian olhou para cima.

Pesadelo olhou para ele, parada calmamente na beirada do telhado. O capuz estava puxado sobre o rosto, e com o sol por trás, ela parecia quase uma sombra. Ela estava com uma arma em cada mão: a tranquilizadora dele e um revólver.

Ela ergueu o revólver.

Adrian a encarou e se agachou, preparando para pular no telhado, quando ela disparou…

E errou.

Por… muito.

O tiro ainda estava ecoando nos ouvidos dele quando foi substituído por uma risada.

– Achei que tivesse treinado você melhor, Pesadelo.

Adrian se virou.

Diretamente em frente à saída da casa maluca, sentada no palco de um antigo teatro de marionetes, estava a Detonadora.

CAPÍTULO QUARENTA E DOIS

A BALA DA PESADELO NÃO atingiu a Detonadora, mas sim uma de duas marionetes penduradas dentro do teatro, bem no meio dos olhos. Embora a Pesadelo não tivesse acertado nem a Detonadora nem o próprio Adrian, ele teve a sensação de que ela acertou o alvo que desejava.

Mas fosse qual fosse a mensagem que ela queria enviar, ele só ficou perdido.

– Você tem muita coragem de mostrar a cara aqui – disse a Pesadelo, a voz grave e abafada por trás da máscara.

Adrian sentiu os antebraços formigando, como se as próprias tatuagens estivessem se preparando para lutar, embora ele ainda segurasse a caneta; se por hábito ou instinto, não tinha certeza. Mas, quando ergueu o olhar para a Pesadelo, ela pareceu estar olhando para a Detonadora, não para ele.

– O quê? – disse a Detonadora, balançando a perna cruzada. Ela estava com a mesma roupa da biblioteca, mas Adrian viu que tinha curativos no braço, o local onde Nova atirou quando ela tentou fugir. – Não posso vir dar um oi pra uma amiga querida?

– *Você* – acusou a Pesadelo com um rosnado na voz – me custou um contato valioso quando foi atrás do Bibliotecário e de todas as mercadorias que ele tinha estocado. Você sabe quanto trabalho eu dediquei ao comércio com ele? Quanto tempo levei para cultivar aquele relacionamento? Tudo por nada, graças a você.

Adrian deu um passo para trás e saiu do caminho entre elas. Como nenhuma das duas deu atenção, ele deu mais passo, e outro.

– Pode me culpar o quanto quiser pelos seus infortúnios lamentáveis – disse a Detonadora, movendo um ombro. – Mas não vamos esquecer que você começou isso tudo quando decidiu ir atrás do Capitão Cromo. O chefão em pessoa. Se não tivesse sido tão descuidada, os Renegados não estariam atrás da gente, estariam? Eles não teriam pegado a sua arma. Não teriam encontrado a sua ligação com o Bibliotecário, e as coisas estariam como sempre, não é?

– Só que eles não nos atacaram depois do desfile, não foi? Eles levaram o Titereiro e deixaram o resto dos Anarquistas livres. Foi só quando você ficou preguiçosa e impaciente, quando decidiu correr um risco que não deveria. Sabe o que eu acho? – Pesadelo ergueu a arma de novo. – Acho que os Anarquistas vão ficar melhor sem você.

Ela atirou de novo, e a Detonadora gritou e caiu para trás na beirada do pequeno palco de madeira, desaparecendo no pequeno teatro.

Adrian mergulhou atrás de uma canoa podre, uma sobra do Túnel do Amor, ele achava.

Pesadelo continuou atirando e soltou mais quatro balas até o revólver só fazer o clique de quando acabam as balas.

Quando Adrian ergueu a cabeça, viu que a frente do teatro de madeira estava salpicada de buracos e madeira estilhaçada. As marionetes estavam balançando nos fios, e havia uma mancha escura no painel de fundo, mas ele não conseguiu ver se era sangue ou terra.

Pesadelo guardou a arma, pulou do telhado e caiu como um gato no chão onde Adrian estava momentos antes. Ela hesitou e olhou para o teatro. Adrian não conseguia ver o rosto dela por baixo do capuz, mas sentiu que ela estava esperando, se preparando. A arma tranquilizadora ainda estava na outra mão dela.

Ele contraiu o maxilar, abriu a caneta o mais silenciosamente que conseguiu e desenhou uma nova arma na lateral da canoa. Foi um desenho apressado, piorado pelos anos de sujeira na madeira, mas ficou feliz de estar armado de novo quando terminou. Ele desenhou um punhado de dardos a mais e os enfiou no bolso.

Ele tinha acabado de terminar quando ouviu o estalo melódico da madeira oca. Ao olhar, viu a Detonadora se erguendo, tirando as marionetes do caminho. Ela caiu pela beirada da cabine do teatro. Quando olhou para cima, seu rosto estava contorcido de dor, os olhos ardendo de fúria.

Ela subiu na beirada e caiu desajeitadamente para o outro lado.

A frente da camisa dela estava coberta de sangue. Havia mais escorrendo pela cintura e cobrindo as braçadeiras.

As narinas se dilataram, e a Detonadora se obrigou a se levantar com pernas trêmulas. Falou um palavrão e cuspiu na terra entre ela e a Pesadelo.

Ela cambaleou para a frente. Um passo trêmulo e hesitante.

Fagulhas azuis começaram a estalar nas pontas dos dedos.

Pesadelo chegou para trás e subiu no degrau inferior da casa maluca.

– Ace não devia ter acolhido você – disse a Detonadora. As fagulhas começaram a convergir em uma coisa do tamanho de uma bola de tênis, mas que estava crescendo rápido. – Você pode já ter tido potencial, mas agora? Não passa de decepção.

Ela deu outro passo à frente, gemeu e caiu sobre um joelho.

Adrian ergueu a arma e apoiou as mãos na beirada da canoa. Mirou primeiro na Detonadora e depois na Pesadelo. Não sabia muito bem o que fazer. Elas estavam lutando uma com a outra. Poderiam matar uma à outra.

Ele desconfiava que a Detonadora não fosse durar muito com aqueles ferimentos.

Mas ele precisava da Pesadelo viva.

Trincando os dentes, ele mirou na Detonadora de novo. A bomba pairando sobre a palma da mão dela estava do tamanho de uma cabeça, ainda crescendo.

Ele apertou os olhos. Nem na biblioteca ele a viu criar um dispositivo explosivo daquele tamanho. Ela estava sorrindo agora, um sorriso maluco e alegre.

Adrian apertou o gatilho.

O dardo desapareceu no mato atrás dela. Ele soltou um palavrão.

A Detonadora riu.

– Você deve esperar sua vez, meu querido. Vou cuidar de você em seguida. – O explosivo estava maior do que uma bola de basquete e brilhava em um azul intenso e agitado.

– Ingrid? – disse a Pesadelo, e o leve tremor na voz dela chamou a atenção de Adrian ao mesmo tempo em que ele se apressava para carregar outro dardo. – O que você está fazendo?

Adrian hesitou. Houve algo de familiar nela naquele momento. Alguma coisa que o incomodou. Alguma vez a Pesadelo pareceu vulnerável quando ele lutou com ela antes, ainda que por um momento? Adrian achava que não.

– Se vou morrer – disse a Detonadora –, não vai ser sozinha.

Pesadelo se moveu, uma mudança quase imperceptível. Sua postura se ampliou. A cabeça se inclinou para baixo. Os ombros se contraíram quando ela se virou, pronta para correr da escada, para longe da casa maluca.

A Detonadora jogou a bomba nela.

Pesadelo reagiu um momento tarde demais.

A explosão derrubou Adrian para trás. Um brilho o cegou, clareou o céu acima, e ele ficou tentando piscar para afastar a tontura. Sua cabeça ecoava. Seu corpo todo vibrou com o impacto. O mundo ficou com cheiro de fumaça e terra.

Tossindo, ele rolou de lado e tirou os óculos para limpar a sujeira no uniforme. Ainda estava com sombras piscando nos olhos quando os colocou de volta e se apoiou nos cotovelos. A canoa tinha sido virada de lado, e ele se perguntou o quanto ela o protegeu de estilhaços e detritos que voaram.

Metade da casa maluca tinha sumido.

Tábuas de piso quebradas e algumas das salas estavam expostas, inclusive o escorrega de metal e a sala de espelhos, que agora estava coberta de vidro quebrado. Havia vigas de madeira e paredes laterais e telhas espalhadas por todos os lados no chão. O telhado inclinado estava desabando para dentro, pronto para desmoronar em cima da pilha de madeira e do gesso fumegante abaixo.

A Detonadora tinha caído para a frente de bruços. O cabelo e as roupas ficaram cinza de tanta poeira, e o sangue dos ferimentos sujava a terra ao redor. Ela não estava se movendo.

Adrian procurou sinal da Pesadelo, que estava parada no exato lugar da grande pilha de escombros soltando fumaça. Ela podia ter ficado soterrada ou, o mais provável, ter sido explodida.

Tremendo, Adrian se levantou e enfiou a arma nas costas, na cintura da calça. Olhou para o interior exposto da casa maluca. Algumas pequenas chamas estavam espalhadas pelos destroços, gerando nuvens de fumaça negra na direção do céu escuro. Em algum lugar lá dentro, ele ouvia o palhaço na caixa rindo.

Seu coração começou a bater de forma irregular.

– Nova...

Sua descrença foi logo superada pela negação, e ele levantou o pulso.

– Nova... Insônia, onde você está? Responda. – Tropeçando em volta da canoa, ele seguiu pelos restos da construção, em busca dos cantos do esqueleto desabado. – Nova!

Ele estava tentando seguir a parede externa destruída quando seu olhar encontrou uma coisa reluzindo embaixo de uma janela caída. Ele chutou a estrutura para longe, se inclinou e pegou o pedaço de aço fino e modelado.

A máscara facial da Pesadelo.

Ao virá-la, ele viu que o outro lado estava sujo de sangue.

Uma gargalhada aguda fez a pele dele formigar. Adrian jogou a máscara de lado, se virou e deu de cara com a Detonadora de quatro, ainda rindo. Ela cuspiu, se sentou sobre os calcanhares e limpou a poeira da boca.

Ela estava encharcada de sangue.

Ele ficou olhando para ela, perplexo. Não estava surpreso de a Detonadora ter sobrevivido à explosão. Pelo que tinha visto na biblioteca, ela parecia ser imune às explosões das próprias bombas. Mas havia levado tantos tiros, tinha perdido tanto sangue...

Como ainda estava viva? E... *rindo*?

Com um sorriso delirante, a Detonadora ficou de pé. Pareceu oscilar por um momento, mas balançou o cabelo sujo, e sua postura se firmou.

– Não sei quem é mais trouxa – disse ela, rolando os ombros. – A Pesadelo... ou você.

Adrian estava distraído demais para cair na provocação dela. Sua atenção se desviava constantemente pelo parque, na esperança de ver algum sinal de Nova.

A Detonadora bateu as mãos para tirar um pouco da terra delas.

– Foi divertida, não foi? Essa nossa briguinha. Foi encenada para você, sabe, para que pudéssemos mantê-lo entretido.

Ele franziu a testa. Sua pulsação estava disparando de novo, seus instintos vibrando, cheio de alertas... mas também de curiosidade.

– Está vendo? – disse a Detonadora, passando os dedos pelo sangue acumulado no abdome. – Sangue falso. Ela disparou balas de festim. Sabe, a Abelha Rainha acha que é a única boa atriz por aqui, mas acho que provei que ela está enganada.

Adrian balançou a cabeça.

– O que você está dizendo?

– Você não entende? Nós planejamos isso tudo para fazer você pensar que estávamos as duas mortas. Para vocês pararem de nos procurar. Entendeu agora?

Ele só olhou para ela.

– Eu sei, eu sei. Você está pensando... então por que a Pesadelo está morta *mesmo*? E por que estou revelando nosso plano maligno agora, se quase conseguimos realizá-lo? – Ela cambaleou para a frente, e apesar de não parecer estar com dor, também não estava se movendo com a graça de sempre. Adrian se perguntou se criar uma bomba daquele tamanho tinha esgotado as energias dela. – É uma pena, na verdade. Eu gostava da Pesadelo. Sempre gostei. Ela era muito parecida comigo em muitos aspectos, sempre disposta a fazer o que tinha que ser feito. Mas eu vi por trás disso tudo. Era só uma questão de tempo até que ela nos traísse, nos traísse todos. E eu não podia permitir isso. Então... ela tinha que morrer. Problema resolvido.

Adrian ainda estava com a testa franzida, e também confuso.

– Isso é... – disse ele, consternado – um discurso de *vilã*?

Ingrid riu.

– Talvez. É horrível passar por tanto planejamento e não ter ninguém que o admire. Além do mais, você também vai estar morto em breve, então não vai importar.

Adrian levou a mão à arma, mas mal tinha encostado os dedos no cabo quando uma bola azul brilhante caiu no chão aos seus pés, abrindo uma pequena cratera na terra e o derrubando em uma pilha de pedaços de madeira. Ele sentiu uma dor forte no tríceps e gritou, puxando o braço do prego que saía de uma das tábuas antigas.

Chiando, ele se sentou.

A Detonadora chegou mais perto, reunindo mais poder nas mãos.

– Está na hora de terminar o que começamos na biblioteca.

Adrian rosnou e fechou os punhos, reunindo o poder da tatuagem cilíndrica do antebraço. Em segundos, o braço, dos dedos ao cotovelo, tinha começado a brilhar em branco.

A Detonadora fez uma pausa.

Antes que Adrian tivesse certeza total de que aquilo funcionaria sem a armadura do Sentinela, um cilindro comprido de metal surgiu na pele dele. Ele disparou, acertando a vilã no peito com um único raio de energia ofuscante. Ela foi jogada para trás e bateu com força no teatro de marionetes. Os manequins tremeram e bateram uns nos outros.

O cilindro se retraiu para a pele, e Adrian se levantou, tentando encontrar apoio nos escombros abaixo. Ele cambaleou para a frente e pegou a arma.

A Detonadora tossiu e colocou a mão no peito, onde o raio a tinha atingido. Sua respiração estava rouca e elaborada quando ela o olhou.

– Tudo bem. Vamos terminar o que começamos na biblioteca – disse Adrian. – Não... na verdade, vamos terminar o que começou dez anos atrás. – Parou a menos de dois metros dela e ergueu a arma, confiante de que até ele a acertaria daquela distância. – A Pesadelo sabia quem matou minha mãe, e você tirou essa pista de mim. Mas você é Anarquista, talvez tenha respostas também.

Em resposta, ela começou a rir de novo. Atordoada e maníaca.

– O Sentinela – ofegou ela. – Você é o Sentinela. Ah, isso é *demais*.

A sobrancelha dele tremeu.

– Quem matou a Lady Indomável?

A gargalhada dela virou um chiado enquanto ela o observava.

– Você vai me ameaçar à submissão com... o quê? Um tranquilizador? Aprisionamento por toda a vida? – Ela deu um sorrisinho. – Pelo que me lembro, você estava ansioso para negociar com o Bibliotecário. Eu não ganho o mesmo tratamento?

Adrian sustentou o olhar dela, considerando, tentando discernir se ela realmente tinha a informação que ele queria ou se só estava tentando manipulá-lo de novo.

E, mesmo que ela soubesse, ele podia realmente negociar com ela depois de tudo?

– Não – disse ele. – Os Renegados não vão mais negociar com Anarquistas.

Ele deu um passo à frente, tirou as algemas do bolso, puxou os pulsos da Detonadora e os prendeu. Ele viu o brilho divertido nos olhos dela quando puxou a caneta e começou a desenhar linhas atravessadas nas mãos dela.

– O que está fazendo?

Em vez de responder, ele terminou seu trabalho e puxou as correntes da pele dela, prendendo as mãos e os dedos com força suficiente para ela não conseguir produzir mais nenhum explosivo.

Ela olhou para ele e curvou o lábio em uma careta.

– E como planeja me obrigar a ficar quieta sobre seu segredinho?

– Não planejo – respondeu ele. – A missão do Sentinela era encontrar a Pesadelo. Com ela morta, não importa mais quem sabe a verdade.

Ele não estava sendo totalmente sincero; seu segredo acabou sendo mais complicado do que ele imaginaria quando elaborou a ideia. Mas não permitiria que aquela Anarquista jogasse a informação que tinha na cara dele. Adrian não permitiria que ela tivesse poder sobre ele.

– Adrian!

Ele olhou para cima quando o som de asas batendo soou no ar. Pássaro do Trovão desceu do céu, um raio estalando no punho. Ela olhou para a Detonadora com surpresa.

– Sua mensagem dizia que você tinha encontrado a Pesadelo!

– E encontrei – disse Adrian. – Ela está morta. E... Nova... – Ele se virou para a casa maluca de novo, ou o que tinha restado dela, enquanto mais pedaços da construção se soltavam e caíam nos escombros abaixo.

Fazia muito tempo que ele a tinha visto pela última vez. Ele queria que houvesse alguma explicação... talvez ela tivesse ido procurar ajuda. Talvez os efeitos de estar perto de Max finalmente estivessem agindo e ela tivesse adormecido em alguma alcova segura em algum lugar.

Mas ele sabia que era o desespero falando.

– Ah, *Nova* – disse a Detonadora, atraindo a atenção dele de volta. – Eu já acabei com ela.

Ele ficou tenso, sem querer acreditar. Ela só estava provocando, tentando obter uma reação. Mas o olhar arrogante... o sorrisinho debochado...

Adrian rugiu e se jogou em cima dela, vendo apenas brilhos lívidos enquanto as palavras se repetiam na mente dele. *Eu já acabei com ela.*

Pássaro do Trovão o segurou pelo braço e o atrapalhou o suficiente para o outro braço, infinitamente mais forte, envolver o peito de Adrian e o puxar para trás. Ele lutou para se libertar, mas foi virado. Duas mãos seguraram seus ombros e ele se viu olhando nos olhos do pai. Do Capitão Cromo.

– Adrian! – gritou ele, olhando-o de cima a baixo. – O que aconteceu? Você está bem?

– Não! – gritou ele em resposta, porque não devia estar óbvio? Ele não tinha ouvido o que ela havia acabado de dizer?

Mas ele sabia que seu pai não estava perguntando sobre seus pensamentos frenéticos e furiosos. Hugh Everhart afastou uma das mãos e olhou para os dedos molhados de sangue. Adrian já tinha esquecido o arranhão do prego. Não era nada. Nada. Não quando Nova... quando Nova estava...

Onde está Nova?

Ele se soltou e girou em círculos, vendo Evander disparar uma série de luzes brancas no ar, clareando o campo em volta da casa maluca. Ele viu Kasumi e, um momento depois, Simon, ficando visível. O Conselho. O Conselho todo estava ali. Era pela Pesadelo... ou por ele?

Ele também viu Ruby, Oscar e Danna, correndo pelo parque abandonado, gritando o nome dele.

– Misericórdia – disse a Detonadora. – Que show de estrelas este aqui acabou virando. É tanta gentileza de vocês se juntarem a nós. – Apesar de estar encostada no teatro de madeira, os braços presos em segurança sobre a barriga, ela ainda estava sorrindo enquanto olhava os recém-chegados. – Isso acabou sendo melhor do que eu esperava. Os *cinco* membros do Conselho. – Ela estalou a língua. – O que as pessoas vão dizer quando perceberem que vocês estavam bem aqui? Estavam *tão perto*... e mesmo assim não conseguiram salvá-los?

– Do que ela está falando? – perguntou Hugh.

Adrian balançou a cabeça, a testa franzida.

– Não sei. Isso foi uma armação. Ela matou a Pesadelo, falou qualquer coisa que achava que a Pesadelo trairia os Anarquistas. E tentou me matar. Mas eu não...

Uma explosão distante sacudiu o chão embaixo dos pés deles. Todos se viraram e viram uma nuvem de fumaça negra surgindo no parque de diversões do outro lado da cerca.

Oscar e os outros pararam e se viraram. Eles eram os mais próximos da explosão, e só hesitaram por um momento, mas Danna virou um bando de borboletas e voou novamente para a cerca, com Ruby e Oscar atrás enquanto gritos se espalhavam no ar.

Adrian cambaleou alguns passos, piscando sem acreditar. O sol tinha se posto. O parque estava cheio de luzes e brilhos de cores dos brinquedos e dos quiosques, e foi quase impossível detectar de primeira, mas, enquanto olhava, ele conseguiu identificar um brilho azul leve emanando do parque todo. Dezenas, talvez centenas de pequenas esferas azuis se misturando com as lâmpadas. Enquanto ele olhava, elas foram ficando mais fortes, o brilho cor de safira superando aos poucos os tons multicoloridos do parque.

Mas... ela estava *aqui*. A Detonadora também, capturada e presa. Como podia...

Seus pensamentos foram interrompidos quando a resposta ficou clara.

Ela havia feito a mesma coisa na biblioteca. Tinha colocado uma bomba na parede do porão e a detonado do outro lado da sala, sem nada além de um estalar de dedos. Ela não só fazia bombas que eram jogadas e usadas como granadas de mão. Podia ser bem mais sorrateira e mais calculista do que isso. *A Detonadora*. Estava bem ali, no codinome dela.

Adrian olhou para as mãos presas, as entranhas se contraindo de horror.

O estalar de dedos não passou de exibição.

Ela podia detonar aquelas bombas apenas com os pensamentos.

Tsunami correu na direção do parque enquanto a Pássaro do Trovão subiu ao céu, voando na direção da explosão. Um segundo depois, outro estrondo sacudiu a terra, e, ao longe, o pilar que sustentava os balanços gigantes caiu no meio da rotação. Girou como um pião, jogando pessoas indefesas na cerca e do outro lado do caminho.

A Detonadora estava rindo de novo, olhando para o céu, atordoada e satisfeita.

– Amanhã de manhã, eles vão *odiar* vocês... – cantarolou ela.

Outra explosão destruiu um pedaço da montanha-russa. Pássaro do Trovão mudou de direção e voou para o brinquedo antes que as pessoas no carrinho despencassem.

E o tom azul foi ficando mais forte.

Bombas para onde quer que ele olhasse.

E se ela detonasse todas de uma vez?

Adrian fechou os punhos e sentiu uma onda de poder no antebraço de novo. Mas o raio de energia tinha sido criado para atordoar, não matar. E o único jeito de impedi-la, de ter certeza de que o resto das bombas nunca seriam detonadas, era...

Um tiro soou pela grama. A cabeça da Detonadora voou para trás e bateu nas tábuas do teatro.

O mundo pareceu parar e ficar em um espaço sem tempo. A Detonadora desabou. Adrian soltou o ar e a viu cair para o lado, deixando uma mancha de sangue na madeira.

Sangue de verdade.

Adrian contraiu os dedos e dissipou a energia crescente, e olhou para as sombras da casa maluca.

Nova empurrou para o lado um bloco de pedaços de madeira e saiu do cilindro rotativo que caiu do segundo andar não muito longe da porta de saída... ou onde antes ficava a porta de saída. Segurava uma arma. O cabelo, a pele e o traje cinza icônico estavam cobertos de poeira.

– Encontrei isto – gaguejou ela, balançando um pouco a arma. – Em uma... bolsa. – Pareceu preocupada, como se alguém fosse ligar de ela ter roubado a arma que impediu a Detonadora.

Sem fôlego, Adrian olhou para o parque. Pássaro do Trovão estava no alto da montanha-russa, segurando os carrinhos a poucos metros da abertura nos trilhos.

O resto do parque estava em pandemônio, com pessoas gritando e correndo em todas as direções, apesar de ele imaginar que Danna e os outros já tivessem chegado aos locais das duas primeiras explosões.

Ainda havia nuvens de fumaça sobre o parque, mas o brilho azul tinha sumido. O resto das esferas tinha se extinguido, evaporado na atmosfera.

– Certo, pessoal – disse Simon, como sempre o primeiro a sair do choque. – Vamos juntar o máximo de unidades de patrulha que pudermos aqui, imediatamente, para ajudar os feridos e começar a arrumar o local.

Adrian ignorou a ordem e se virou para Nova. Seu corpo todo estava tremendo de alívio.

– Nova...

Ela parou no meio dos detritos e tentou tirar um pouco da sujeira do cabelo. Em seguida, olhou para ele e desceu os degraus, mas tropeçou em uma viga caída. Adrian deu um pulo e a segurou antes que ela caísse nos escombros. Foi um pulo razoável, pensou ele, mesmo tendo usado um pouquinho as molas nos pés.

Mas, se alguém tivesse reparado, ele não se importava.

– Você estava lá dentro o tempo todo? Pelos céus, Nova, você sabe o quanto fiquei preocupado?

Ela largou a arma e relaxou o corpo junto a ele. Sua expressão estava perplexa.

– Eu puxei o gatilho – murmurou ela.

O Capitão Cromo foi na direção deles, abrindo caminho nos escombros.

– Você pensou mais rápido do que qualquer um de nós. Em todas as vezes que enfrentei a Detonadora durante a Era da Anarquia, eu nunca a vi fazer uma coisa assim. Quando eu me desse conta de como impedir, imagino que muitas outras pessoas estariam feridas.

Nova olhou para o Capitão e engoliu em seco.

– Nova? – disse Adrian.

Ela voltou a atenção para ele.

– Vou ser cavalheiro agora e carregá-la até um local seguro.

A expressão dela se suavizou.

– Tudo bem – sussurrou ela.

– É mesmo? Você não vai brigar comigo por isso?

A única reação dela foi cair nos braços dele.

Adrian encostou a bochecha no alto da cabeça dela, apreciando brevemente a proximidade, a certeza de que ela estava bem. De que os dois estavam bem. Em seguida, se inclinou e a levantou nos braços.

– Sabe – disse Evander, jogando esferas de luz branca no caminho de Adrian para que ele pudesse enxergar melhor na noite –, isso é prova de que nem todos os prodígios merecem seus poderes. É por causa de vilões como ela que precisamos do Agente N.

Nova apertou a mão no peito de Adrian e virou o corpo para olhar para o Luz Negra.

– Agente N? É assim que vocês chamam o Sentinela?

– Sentinela? – Evander deu um sorriso cheio de segredos e balançou a cabeça. – Não, não. Não é uma pessoa. Está mais para um antídoto. E quando estiver pronto... – Ele cruzou os braços e olhou para o corpo da Detonadora. – O mundo vai ser um lugar bem mais seguro.

Nova se mexeu de novo, e Adrian sentiu-a tentando se contorcer para sair dos braços dele, mas ele se firmou mais em reação.

– Nova, o que houve?

– Nada – disse ela rapidamente. – Eu só quero saber o que ele quer dizer.

– O que ele quer dizer é confidencial – concluiu Simon, olhando com aviso para Evander, que respondeu com um revirar exagerado de olhos.

– Ah, sinceramente, todo mundo vai saber em pouco tempo.

– Não está pronto – disse Simon. Ele olhou para Nova como quem pedia desculpas.

– Tudo bem – disse Evander. – Basta dizer que nunca mais vamos ter que nos preocupar com esses vilões. Em pouco tempo, todos os prodígios serão Renegados... ou seus poderes não serão tolerados.

Nova inclinou a cabeça.

– O que vocês...

– Não, já chega – interrompeu Hugh. – Simon está certo. Ainda é confidencial. Além do mais... vocês todos parecem estar precisando de um descanso. – Ele olhou com severidade para Nova. – Isso vale para você também, Insônia.

O ruído de veículos atraiu a atenção deles para a cerca, e Adrian viu montes de carros da imprensa passando pelo portão de entregas do parque. Os jornalistas começaram a sair.

Os membros restantes do Conselho soltaram um gemido coletivo.

– Eu seguro os repórteres – disse Hugh. – Vamos cobrir a Detonadora com alguma coisa antes que tirem fotos do corpo. Adrian, Nova, voltem para o QG, sejam examinados pelos médicos. Podem fazer os relatórios amanhã.

Assentindo, Adrian saiu andando na direção oposta, para longe das vans da imprensa, mas eles mal tinham saído do cemitério de carros de montanha-russa quando Nova o parou e desceu dos braços dele.

– Esse Agente N – disse ela, o surpreendendo. – Você sabe o que é?

Ele piscou para ela. Sua mente ainda estava exausta, ainda tentando computar tudo que tinha acontecido.

– Não – disse ele lentamente.

Nova cruzou os braços e fez cara feia para ele.

Adrian suspirou.

– Eu os ouvi falar sobre ele algumas vezes. Sei que tem alguma coisa a ver com Max... alguma coisa a ver com todos aqueles exames que fazem nele. Mas só isso. É tudo que sei. Eu juro. – Ele esticou a mão para pegar a dela. – Nova, você está bem? Se machucou?

Ela olhou para as mãos de ambos e, depois de um momento, Adrian também. Apesar de ele ter passado a primeira metade da tarde tentando reunir coragem para segurar a mão dela, era a primeira vez que fazia isso.

Como ela não se afastou, ele chegou mais perto e ousou segurar a outra mão dela.

– Eu achei que você estivesse morta – disse ele, enunciando as palavras que tinha se recusado a admitir em pensamento. Mas percebia agora que era verdade. Por baixo da negação e da recusa, ele achou que ela estivesse morta.

Nova lambeu os lábios e atraiu a atenção dele para sua boca.

– Você não respondeu minha pergunta – disse ele.

– Que pergunta?

– Se eu chamasse você pra um encontro, você diria sim?

Ela pareceu ficar tensa. Seus dedos apertaram os dele.

– Você está chamando?

Adrian hesitou. Ela o estava observando com atenção, os olhos azuis curiosos, mas também nervosos.

Nervosos.

De alguma forma, ver a própria incerteza espelhada neles o ajudou a aliviar a ansiedade presa dentro do peito. Ele a puxou para mais perto, até seus dedos dos pés estarem quase se tocando. Ela não resistiu. Não afastou o olhar.

– Estou – disse ele.

Em vez de esperar uma resposta, ele inclinou a cabeça e fechou os olhos.

Nova deu um passo para trás e puxou as mãos das dele.

Adrian abriu os olhos.

Mesmo com a luz fraca vinda do parque, ele viu que as bochechas dela estavam vermelhas. Ela não estava mais olhando para ele, mas para a casa maluca.

– Meu tio deve estar vendo o noticiário – gaguejou ela. – Vai ficar preocupado. Eu... eu tenho que ir pra casa.

Antes que Adrian pudesse pensar em uma resposta ou se oferecer para acompanhá-la, ela se virou, escalou a cerca mais próxima em um piscar de olhos e sumiu.

CAPÍTULO QUARENTA E TRÊS

Uma fita de isolamento tinha sido colocada na entrada da estação de metrô Blackmire Way, onde Ingrid tinha aberto um buraco na parede no dia em que os Anarquistas fugiram. Nova passou por baixo e encostou a mão na lateral da escadaria quando entrou nas sombras. Seus pés pareciam pesados; seu corpo doía. Mas Nova tinha uma singularidade de propósito agora. Uma coisa que ela devia ter feito vinte e quatro horas antes, quando ainda não havia se distraído com a elaboração de mortes falsas, investigações dos Renegados e a caçada à Pesadelo.

Pesadelo, seu alter ego.

Que tinha sido oficialmente declarada morta, de acordo com os relatos que ela ouviu ao espiar por janelas de apartamentos e ver as notícias nas telas de televisão. Sua morte era a notícia principal daquela noite, embora fosse quase equiparada por relatos de vítimas do parque Cosmopolis; até o momento, trinta e seis feridos estavam confirmados, mas nenhuma morte. Pássaro do Trovão estava sendo declarada heroína por ter salvado as pessoas na montanha-russa. Ironicamente, Insônia também estava sendo elogiada, por ter matado a Detonadora antes que ela pudesse causar mais destruição. Mas o resto da organização dos Renegados já estava sendo criticada por não ter reagido rápido o suficiente à ameaça.

Quando ficou escuro demais para enxergar até mesmo o brilho dos corrimões de metal, Nova tirou um microssinalizador do bolso, o acionou com os dentes e o jogou na plataforma abaixo. Bateu no concreto e rolou um pouco antes de parar a pouca distância da beirada.

Aquela era a plataforma de Winston, mas as tendas dele tinham sumido, levadas pelos Renegados. Alguma espécie de prova.

Era provável que Nova tivesse que os marcar para a base de dados e catalogá-los uma noite daquelas. Ela se perguntou se haviam encontrado o baú de roupas de Mel e o que decidiram fazer com todos os produtos químicos e venenos que Leroy deixara para trás. Tinham sido confiscados ou destruídos? Talvez estivessem no quartel-general. Provavelmente, se ela estivesse trabalhando direito como espiã, ela já saberia a resposta a essas perguntas.

Suas botas bateram no fim da escada, esmagando cascalho e escombros do túnel que tinha sido destruído por outra bomba de Ingrid quando os Renegados os estavam perseguindo. O espaço estava coberto de uma poeira tão densa que quase parecia que ela estava entrando em uma tumba perdida.

Tumba.

A palavra grudou na cabeça dela e talvez a tivesse feito rir com a ironia se ela não estivesse tão esgotada. Tão preparada para fazer o que tinha ido ali fazer e começar a se preparar para o que viria em seguida.

O que teria que vir em seguida.

Um novo plano. Uma nova estratégia. Um novo foco para seguir em frente.

Seu estômago estava embrulhado desde que ela deixou Adrian. O dia tinha causado um caos em seu estado mental. Houve momentos demais em que ela ficou hipnotizada por ele. Seus sorrisos encantadores, aquela ruga adorável entre as sobrancelhas, a *bondade* irritante e impecável.

Por um curto espaço de tempo, ela quase gostou de estar com ele. E não só isso... tinha gostado de ser uma Renegada.

Mas as palavras ditas tão casualmente por Evander Wade jogaram a realidade de volta na cara dela.

Nem todos os prodígios merecem seus poderes. É por causa de vilões como ela que precisamos do Agente N.

Agente N.

Antídoto, disse ele.

Um antídoto que tinha a ver com Max. O Bandido. O garoto que podia roubar poderes... que roubou o poder do *Ace*.

De repente, ela soube. Sabia agora por que faziam tantos exames em Max. E também o que estavam desenvolvendo atrás de portas fechadas. Os Renegados queriam um jeito de tirar o poder dos prodígios. Uma maneira de punir qualquer prodígio que não se juntasse a eles.

A ideia em si fez seu sangue gelar. Porque, sim, talvez alguém como Ingrid Thompson fizesse mais mal do que bem, principalmente depois de uma noite como aquela. Mas onde ficaria esse limite? Quando alguém se recusasse a entrar para os Renegados ou a participar dos testes? Ou quando um prodígio desobedecesse a uma lei aplicada pelo Conselho, embora as pessoas ainda não tivessem recebido nenhum tipo de voto ou representação? Ou talvez fossem decidir remover poderes com base em potencial para violência ou dano, ou até deslealdade?

Ela não sabia onde ficaria o limite e não confiava nos Renegados para determiná-lo.

Principalmente sabendo que os Anarquistas seriam o primeiro alvo.

Ela não podia permitir que isso acontecesse. Ace lutou para salvar os prodígios da opressão, e agora os Renegados queriam forçá-los a um novo tipo de abuso. Uma nova forma de perseguição.

Nova acreditava havia muito tempo que o mundo ficaria melhor se prodígios não existissem. Os superpoderes sempre podiam levar a conflito: os fracos contra os fortes. E enquanto as pessoas dependessem de super-heróis para cuidar delas, elas nunca aprenderiam a se defender sozinhas. Era uma espiral negativa da qual ela temia que eles nunca sairiam.

E talvez, só talvez, aquilo tudo tivesse funcionado bem, exceto que os Renegados não cumpriram sua parte do acordo. Eles prometeram proteger as pessoas, mas ainda havia crimes acontecendo todos os dias. Ainda havia pessoas feridas. Ainda havia pessoas mortas. E, sim, os Renegados tinham que admitir sua responsabilidade nisso, mas as pessoas nem pareciam perceber que sua própria dependência era culpa delas mesmas. Elas viam os Renegados como heróis, os Anarquistas como vilões. Viam os prodígios como apenas bons ou apenas maus, deixando o resto da humanidade em algum ponto no terreno neutro.

Havia potencial para o mal em toda parte, e o único jeito de combatê-lo era se mais pessoas escolhessem a bondade. Se mais pessoas escolhessem o heroísmo.

Não a preguiça. Não a apatia. Não a indiferença.

Mas nada mudaria enquanto o Conselho estivesse no comando. Disso ela sabia. Eles continuariam ficando mais e mais fortes. As pessoas ficariam mais e mais fracas. E ninguém mais reconheceria como o sistema era falho até que fosse tarde demais.

Durante seu tempo com os Renegados, Nova começou a se perder.

Mas não mais.

Anos antes, uma garotinha acreditou que os Renegados viriam. Como ela tinha ido parar tão longe das esperanças traídas daquela garotinha? Como tinha esquecido os sonhos e intenções do Ace Anarquia, que a salvou, que sonhou com uma sociedade onde todas as pessoas fossem livres de tirania?

Ele fracassou.

Mas os Renegados também. Eles fracassaram com a família dela. Fracassaram com *ela*.

E continuariam fracassando até que alguém os impedisse.

Nova desceu pelos túneis enquanto esses pensamentos passavam por sua cabeça, acendendo ocasionalmente um novo sinalizador para encontrar o caminho. Tinha acabado de chegar no antigo vagão quando a escuridão começou a convergir à frente dela. Filetes de escuridão densa escorreram pelas paredes de concreto, tomando a forma lânguida de uma capa comprida, um capuz, uma foice.

Nova parou. Tinha visto Fobia poucas vezes desde que eles fugiram dos túneis, e às vezes se perguntava se ele tinha decidido voltar para o lugar onde se sentia mais à vontade depois que os Renegados acabaram a busca.

Apesar de não conseguir ver os olhos dele por baixo do capuz, ela o sentiu a observando, a respiração fazendo o tecido do capuz tremer de forma ameaçadora.

– Você sempre teve medo do fracasso – disse ele, e sua voz pareceu mais rouca do que o normal –, mas esse medo está especialmente forte hoje.

– Não estou interessada em psicanálise – dispensou ela, se movendo para passar por ele.

Ele moveu a foice e passou a lâmina em volta dela.

Nova fez cara feia.

– E também um medo de que tudo seja por nada...

Nova revirou os olhos e esperou que ele terminasse.

– A Detonadora está morta. – A voz dele ficou baixa. – Você tem medo de se arrepender disso.

– Me avise quando acabar.

Fobia levou a ponta da lâmina até a bochecha de Nova e a usou para virar o rosto dela para ele.

– Essas dúvidas... essas inseguranças... elas vão ser boas para você, Pesadelo. – Ele inclinou a cabeça na direção dela. – Afinal, quem não tem medo não pode ser corajoso.

Ela olhou para as sombras, onde deveria haver um rosto. O nada a encarou.

Leroy tinha lhe contado uma vez que Fobia não precisava de corpo porque era a incorporação do medo. Ela ainda não sabia bem o que isso queria dizer.

– É – concordou ela, segurando o cabo da foice dele e o empurrando para longe. – Você já disse isso antes.

Ela passou pelo vagão dela e, quando ousou dar uma olhada rápida para trás, Fobia tinha desaparecido nas sombras.

Nova deu as costas para o vagão que fora sua casa por tantos anos e parou para se recompor. Suas mãos tinham começado a tremer, mas ela não sabia bem por quê. Não estava com medo. Pelo menos, achava que não. Sem dúvida, Fobia teria lhe dito se estivesse.

Nervosismo, talvez. Ou até medo de ter que confessar todas as formas pelas quais ela havia falhado até o momento.

Fobia estava certo quanto a isso, pelo menos. Ela sempre teve medo de fracassar.

E era por isso que Nova não ia permitir que acontecesse.

Inspirando fundo, ela se aproximou do antigo pôster pichado e o afastou da parede. Entrou no túnel. Desta vez, não se deu ao trabalho de acender nenhum sinalizador. Só havia um caminho ali; ela podia muito bem encontrá-lo só sentindo as pedras ásperas nos cotovelos.

O trajeto pela passagem estreita e úmida pareceu levar uma eternidade quando ela era uma garotinha temerosa fugindo da catedral, mas, nos anos seguintes, o percurso pareceu ir ficando menor cada vez que ela o fazia. Talvez por saber que não continuaria para sempre, que havia fim para aquela passagem apertada e imunda, fizesse diferença.

Ela soube que estava chegando perto quando o ar parou de ter cheiro de água estagnada e de ratos e começou a ter cheiro de morte e decomposição lenta.

Chegou ao fim do túnel e encostou a mão na caixa simples de madeira que servia de porta improvisada, empurrou-a de lado o suficiente para entrar nas tumbas da catedral. Atrás da porta, havia uma bandeja para uma refeição de uma pessoa. Um cálice de vinho tinto e um guardanapo de pano, um prato de porcelana com um triângulo de queijo branco duro, um cacho de uvas, um pedaço de pão. Uma vela branca estava acesa em um castiçal de prata. Ela sentiu o cheiro sulfúrico de um fósforo aceso recentemente, e a vela ainda estava grande o bastante para Nova poder supor que a refeição não tinha sido deixada ali muito tempo antes. Ficou pensando se Fobia a largou ali ou se algum dos outros também andava fazendo peregrinações.

Nova sentiu culpa por ser a primeira vez que tinha ido desde que eles abandonaram os túneis.

Depois que passou por cima da bandeja, ela seguiu pelas pilhas familiares de sarcófagos de pedras antigas, as inscrições tão cobertas de teias e poeira que eram impossíveis de ler. Passou por baixo de uma passagem em arco que tinha palavras de uma língua morta entalhadas no alto e pela pilha de escombros e pedras quebradas onde Ingrid tinha, muito tempo antes, separado as tumbas da catedral acima.

Chegou aos ossos, empilhados tão densa e profundamente que formavam uma parede do chão ao teto. A maioria crânios, mas havia outras coisas também. Fêmures, costelas e até ossos pequenininhos de dedinhos que, por algum motivo, eram os que mais apavoravam Nova quando ela era pequena.

Nova olhou para as órbitas vazias dos incontáveis crânios de santos e clérigos e guerreiros, ou fossem quem aquelas pessoas fossem. Ela se viu questionando, como havia feito incontáveis vezes antes, se algum tinha sido prodígio. Se sim, ousaram usar seus poderes ou os mantiveram escondidos? Na época deles, os dons eram vistos como milagres, ou até os devotos sentiam necessidade de disfarçar quem realmente eram?

Essa era uma coisa com que todo mundo tinha que concordar quando se tratava do Ace Anarquia. Por causa dele, prodígios não tinham mais que se esconder.

Pelo menos, a maioria dos prodígios não precisava mais se esconder.

Nova se sentou no chão e cruzou as pernas. Olhou para as faces da morte e sentiu a morte olhando para ela.

Inspirou fundo, trêmula, e disse as palavras que pareciam impossivelmente simples para o que queriam dizer.

– O elmo não foi destruído.

As palavras ecoaram na câmara, e apesar de ser uma mudança quase imperceptível, Nova poderia jurar que alguns dos crânios se viraram para olhar para ela com interesse maior.

– Os Renegados estão com ele. Deixam trancado porque... porque ainda está intacto, e estão com medo de que alguém tente usá-lo de novo. Mas eu acho... – Ela baixou a voz a um sussurro. – Acho que consigo pegar de volta.

A parede de ossos começou a tremer. Devagar no começo, o suficiente para soltar poeira. Para fazer alguns daqueles dedinhos rolarem no chão na direção dos joelhos de Nova.

Ao mesmo tempo, os ossos foram para trás, como as cortinas ladeando o palco de uma grande produção. Moveram-se em silêncio, languidamente.

A câmara atrás tinha pouca coisa dentro, mas o que havia era luxuoso. Uma câmara de dosséis coberta de veludo. Uma escrivaninha cheia de papel e as melhores canetas. E livros. Tantos livros que o Bibliotecário teria chorado de alegria se os visse.

Embora Ace amasse a catedral, ele sempre se sentia mais feliz quando estava lá. Não era tão macabro quanto as pessoas gostavam de acreditar, ele dizia. Ele gostava da paz. Da solidão e do silêncio. Tinha dito para ela uma vez, os olhos brilhando, que estar ali mantinha seus pés no chão.

E assim, foi com certa ironia que Nova olhou para o espaço apertado e viu tio Ace levitando quase um metro no ar, as pernas cruzadas e o rosto sereno. Ele a lembrou um monge no meio de uma meditação, só que seus olhos estavam abertos, olhando para ela com o mesmo carinho e calor que sempre serviram para recordá-la do pai.

– Eu sabia que você se sairia bem – disse ele, os lábios se curvando num sorriso –, minha pequena pesadelo.

AGRADECIMENTOS

ESCREVER ESTE LIVRO ACABOU sendo uma jornada bem mais traiçoeira do que eu esperava quando decidi escrever sobre super-heróis e supervilões, e sou muito agradecida por ter tido o apoio de tantas pessoas incríveis que me guiaram e estimularam.

À minha agente, Jill Grinberg, que realmente me salvou (e a Nova e Adrian!) ao jogar luz no coração da história deles quando eu a tinha perdido. E também por todas as visualizações excelentes. Deram muito certo! Na verdade, você não sabe o que sua constância e sua tranquilidade significaram para mim ao longo dos anos. E, claro, a Cheryl, Katelyn e Denise, por serem estrelas do rock tão incríveis, o dia todo, todos os dias.

A todos – e quero dizer todos mesmo! – na Macmillan Children's. Em primeiro lugar, à minha excelente editora, Liz Szabla, por sua orientação, serenidade, torcida (*deixa com a gente!*) e, principalmente, por todos os chocolates. Falando sério, obrigada por todos os chocolates. Agradeço a Jean Feiwel, que sempre bota os autores em primeiro lugar. À "Mestra Inteligente" Mary, junto com Jo, Caitlin e toda a equipe de publicidade e marketing, que me surpreendem sempre com suas ideias geniais. A Rich, por outra capa de cair o queixo (*amei tanto!*). A Mariel, por tudo que você faz, mas principalmente pela minha faixa. Pelos céus, aquela faixa! E a Jon, Allison, Angus e incontáveis, *incontáveis* outros que se esforçam tanto para fazer livros maravilhosos e lindos e colocá-los nas mãos dos leitores, o que pode ser o modo mais eficiente do mundo para lutar contra o mal.

Aos meus incríveis, brilhantes, dedicados e tão pacientes leitores beta, Tamara, Meghan e Jojo, que tiveram que sofrer por um rascunho inicial absurdamente longo (Tamara sofreu por dois... desculpe!), mas seu apoio e incentivo nunca oscilou. Obrigada por acreditarem em mim e sempre me ajudarem a ver a história e os personagens de forma que eu jamais teria considerado.

A meus colegas escritores que me mantiveram sã durante vários longos encontros de escrita em cafés e retiros de escrita (temos que fazer mais disso): Anna Banks, Kendare Blake, Jennifer Chushcoff, Kimberly Derting, Corry Lee, Lish McBride, Ayesha Patel, Rori Shay e Breeana Shields. Também a Leilani e Emily, que sempre parecem ter uma palavra gentil quando mais preciso.

Aos meus pais, que sempre me lembram de parar um momento para cuidar de mim, e ao meu irmão mais velho, Jeff, que me apresentou a super-heróis nos quadrinhos dos *X-Men* quando éramos crianças e que conseguiu descrever para mim *exatamente* como é ser perfurado na mão por um objeto sem ponta. Quem imaginaria que aquele acidente um dia teria um lado bom? Viva, pesquisa!

E, em nome da Lua, tenho que agradecer a todos os (Sailor) Moonies e Lunartics! Eu não seria capaz de expressar o quanto seu entusiasmo foi importante para mim ao longo dos anos.

Finalmente, aos meus pequenos Renegados, Sloane e Delaney, que trouxeram mais alegria para a minha vida do que eu achava possível. Agradeço também a Sarah e a todos os avós dispostos a aceitar cuidar de crianças em cima da hora quando meus prazos foram chegando perto.

E – sempre, sempre – ao meu incrível marido, Jesse, que é a pessoa mais galante que se pode ser. (Se vocês um dia o conhecerem, perguntem sobre a vez em que ele perseguiu o ladrão de bolsas em Londres. Ele *adoraria* contar a história.) Mas, além do heroísmo literal, ele me salvou incontáveis vezes na escrita deste livro. Não sou capaz nem de começar a listar todas as formas pelas quais sou grata a você e tudo que você faz – como homem, marido e pai.

Impressão e Acabamento:
GRÁFICA GRAFILAR